죽어가는 형사

DEN DÖENDE DETEKTIVEN
THE DYING DETECTIVE

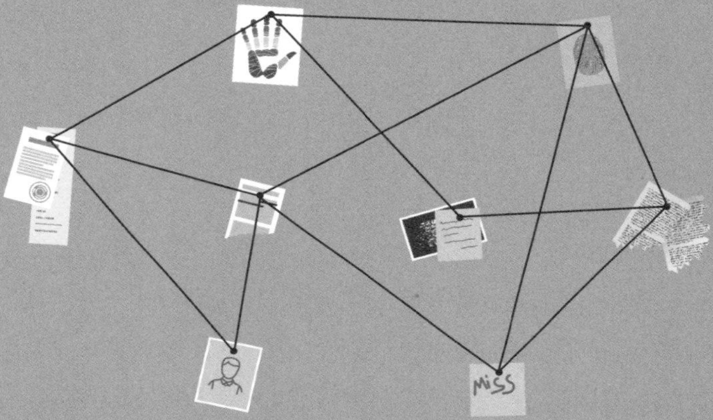

죽어가는 THE DYING DETECTIVE 형사

레이프 페르손 장편소설
이동윤 옮김

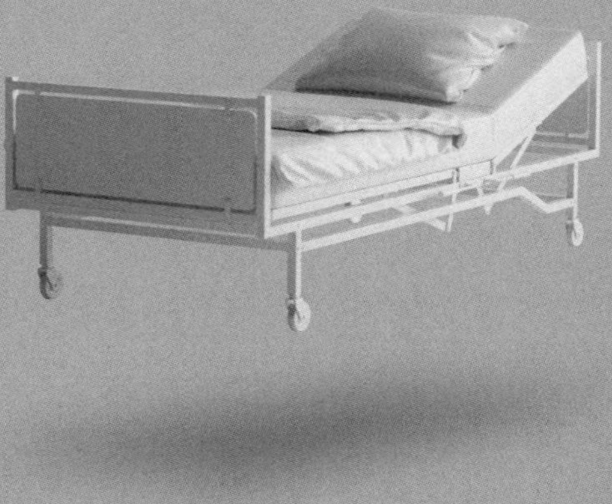

엘릭시르

차례

1장

눈은 눈으로…….

『출애굽기』 21장 24절

1

2010년 7월 5일 월요일 저녁

스톡홀름 칼베리스베겐 66번지에 있는 '귄터스'는 스웨덴에서 가장 맛있는 핫도그를 파는 가판대다. 견고한 석조 고층 빌딩들로 둘러싸여 있는데, 모두 20세기 초에 세워진 건축물이다. 단단한 벽돌을 세심하게 층층이 쌓아 올린 다음 석회모르타르를 바르고, 활처럼 부드러운 곡선을 이루며 튀어나온 내닫이창에는 고풍스러운 방식으로 납땜 유리를 끼워 넣었다. 건물들 앞으로는 잔디밭이 넉넉하게 펼쳐져 있고, 매년 이맘때가 되면 도로에 줄지어 선 나무들이 무성한 이파리를 늘어뜨린다. 어느 건물이든 안으로 들어가보면 대개 붉은색 대리석이 깔린 로비와 내부 계단이 등장하는데 천장과 맞닿은 벽을 따라 띠를 이룬 장식 조각과 화려하고 복잡한 회반죽 장식은 물론 징두리널까지 갖춰져 있다. 굽도리널과 문은 모두 오크 목재로 만들었다. 이곳은 부르주아적이고 부유한 인상을 주는 지역이다.

귄터스는 또한 세계에서 가장 아름다운 수도, 스톡홀름의 구시가지 경계 지역에 있다. 칼베리 궁과 카롤린스카 대학 병원에서 남쪽으로 고작 몇백 미터 떨어져 있으며, 시 중심가에서 북쪽으로 뻗어나간 두 개의 간선도로에서도 지척인 곳이다.

전 국가범죄수사국 국장 라르스 마르틴 요한손은 사실 이날 로슬라겐에 있는 그의 여름 별장에 있어야 했지만, 오전에 그와 큰형이 관심을 갖고 있는 숲 한 뙈기를 구입하는 일을 마무리 짓기 위해 주거래 은행과 상담차 시내로 나와야 했다.

그 일을 마무리하고 나자, 실용적인 이유에서 보더라도 출타한 김에 처리하는 편이 나은 잡다하면서도 사적인 일들이 여느 때와 마찬가지로 튀어나왔다. 해야 할 일의 목록은 순식간에 엄청나게 길어졌고, 아내가 기다리고 있는 로드만쇠의 고요한 여름 속으로 돌아갈 채비를 마쳤을 때는 어느덧 저녁 8시가 다 된 시각이었다. 요한손은 늑대처럼 허기가 졌다.

북쪽으로 차를 몰던 그는 로슬락스툴의 낡은 통행료 징수소를 몇백 미터 앞두고 허기에 굴복하고 말았다. 이미 배 속에서 위장이 아우성을 치고 있는 상황에서 한 시간 내내 운전을 할 수는 없었던 것이다. 그래서 그는 스웨덴에서 가장 맛있는 핫도그 가판대에 들르기 위해 길을 살짝 우회했다. 양념이 잘된 유고슬라비아식 소시지에 올란드산 오이 피클과 자우어크라우트, 디종 머스터드를 추가한 핫도그를 살 작정이었다. 아니, 파프리카와 양파를 곁들이고 금방 갈아 내린 후추를 뿌려 풍미를 더한 집시풍 소시지는 어떨까? 아니면 노를란드 출신에 걸맞게 가볍게 훈제한 사슴고기 소시지에 귄터스에서 직접 만든 으깬 감자 샐러드를 곁들이는 것은?

그는 이런 즐거운 고민에 빠져 가판대에서 몇 미터 떨어진 곳에 차를 세웠다. 바로 앞에 주차되어 있는 스톡홀름 경찰 소속 승합차들처럼 인도에 반쯤 바퀴를 걸치도록 한 다음 차에서 내렸다. 그가 삼 년 전에 은퇴했다는 사실을 고려할 때 완전히 법에 저촉되지 않는 행위라고 할 수는 없었지만, 이렇게 하는 것이 지극히 실리적인 행동이었거니와 그가 오십 년 가까이 경찰 조직에 몸담으며 붙은 습관이 뼛속 깊이 뿌리내린 탓이기도 했다.

칠월 초의 따뜻하고 화창한 날이었고, 하루 종일 날씨가 따뜻했던 터라 저녁이 되어서도 온기가 남아 있었다. 핫도그를 먹기에 이상적인 날씨는 아니었기에 스톡홀름 경찰 긴급출동반 소속 젊은 동료 경찰 네 명이 그의 앞에 줄지어 서 있는 모습은 어딘가 이상한 광경이었다. 엄밀히 따지면 전 동료라 해야겠지만 경찰들은 여전히 그를 동료 취급해주었다. 그들은 묵례를 하면서 미소를 지었고, 그들 중 최고 선임은 모자를 벨트 아래로 찔러 넣은 상태였음에도 오른손을 올려 짧게 깎은 머리에 가져다 댔다.

“자네들은 어떻게 지내나?” 요한손은 자신을 향해 밀려 들어오는 천국의 냄새를 맡는 순간 어떤 메뉴를 고를지 마음을 정하며 이렇게 물었다. 사슴고기 소시지는 가을에 먹는 게 좋을 거야. 훈제 향과 균형 잡힌 풍미, 노를란드 특유의 금욕적인 느낌도 굉장히 구미가 당겼지만, 이날 저녁 같은 날에는 좀더 강렬한 맛이 필요했다. 그렇다고 해서 남쪽 발칸 제도에서 먹는 것같이 지나치게 진한 맛도 곤란했다. 거칠게 간 돼지고기에 파프리카와 양파를 곁들이고 후추를 뿌린, 소금 간을 약하게 한 소시지야말로 참으로 훌륭한 선택이었다. 사실 날씨와 기분을 함께 고려해봤을 때 그는 이보다 더 나은 선택지를 떠올릴 수 없었다.

경찰이 대답했다.

"별일 없이 평온합니다. 그래서 폭풍이라도 밀려오기 전에 잠시 짬을 내서 연료 보급이나 할까 생각했습니다. 괜찮으시다면 국장님께서 먼저 주문하시죠. 저희는 별로 바쁜 일은 없으니까요."

"연금 타 먹고 사는 사람보다 한가하려고." 요한손은 어째서인지 이렇게 대답했다. "자네들은 업무에 복귀해야 하지 않나. 배 속이 텅 비어서야 할 일 없는 양아치 놈들 걷어차줄 힘이 나지 않을 테지?"

경관은 미소를 지으며 묵례했다.

"저희는 뭘 먹을지 아직 정하지 못했습니다. 그러니 어서 주문하시죠."

"뭐, 그렇다면야." 요한손은 이렇게 대답하며 카운터 너머 서 있는 남자 쪽으로 몸을 돌렸다. "집시풍 소시지에 자우어크라우트와 프렌치 머스터드를 얹어주게. 그리고 마실 것도 필요한데, 탄산수 한 병 부탁하네. 평소처럼 말이지."

그는 귄터스에 가장 최근에 들어온 점원에게 격려하듯 고개를 끄덕였다. 루디라는 젊은이로, 귄터 본인과 마찬가지로 오스트리아 출신이었다. 귄터가 죽은 지 십 년이 다 되었지만 새로 채용되는 직원들은 대부분 귄터의 고국 출신이었다. 귄터가 죽기 전에 이미 가게 경영권을 양도받았던 단짝 친구 제바스티안, 오랜 세월 동안 이곳에서 근무했던 우도, 가끔씩만 모습을 보이던 카탸, 그 외에도 그가 이름을 잊어버린 직원이 한 명 더 있었다. 그리고 마지막이 루디였다. 요한손은 그들 모두를 알고 있었고, 그들 역시 수백 개의 핫도그를 팔면서 자연스럽게 요한손의 얼굴을 익혔다. 루디가 주문에 따라 재료를 조합하는 사이 요한손은 몸을 돌려 젊은 동료 경찰들과 즐거운 잡담을 나누었다.

"내가 스톡홀름에서 순경으로 일을 시작한 지 올해로 사십육 년이 되는군." 요한손이 말했다. 아니, 사십칠 년인가? 젠장, 아무려면 어때?

"경찰이 총 대신 칼을 차고 다녔던 때 말입니까?" 가장 어려 보이는 경찰이 만면에 미소를 지으며 말했다.

"이 녀석 말하는 것 좀 보게." 요한손이 대꾸했다. 괜찮은 녀석이로군.

"그런 다음 감시과로 옮기셨죠." 어린 경찰의 상관이 말했다. 틀림없이 요한손의 경력에 대해 공부를 단단히 한 것 같았다.

"아, 알고 있었나? 십오 년 동안 있었지."

"야르네브링 선배님과 파트너셨죠." 다른 경찰이 대화에 끼어들었다.

"맞아. 그 덩치 큰 자식을 알고 있나 보군."

"함께 일한 적이 있습니다. 야르니스, 그러니까 보세■ 선배님께서는 제 직속상관이셨습니다. 제가 모셨던 분들 중 최고였죠." 그는 어째서인지 이렇게 덧붙였다.

"프렌치 브레드 사이에 끼워드릴까요, 아니면 포장 용기에 담아드릴까요, 선생님?" 루디가 갓 조리된 소시지를 집어 들며 대화에 끼어들었다.

"평소처럼 부탁하네." 요한손이 대답했다. "바게트 속을 파낸 다음

■ 고대 스칸디나비아어에서 유래한 이름 '보'의 애칭으로, 스웨덴에서는 개 이름으로도 널리 쓰인다. 우리말의 '발바리'와 뉘앙스가 비슷하다.

소시지와 자우어크라우트를 넣고 머스터드를 얹으면 되지." 이게 기억하기 그렇게 어려운 일인가?

"무슨 이야기를 하고 있었더라?" 그는 자신의 단짝 친구 밑에서 일한 적이 있던 경찰에게 고갯짓을 하며 물었다.

"야르네브링 선배님 이야기를 하고 있었습니다. 보 야르네브링 선배님 말입니다."

"맞아, 그랬었지." 요한손은 무슨 이야기를 하고 있었는지 잊어버렸다는 듯, 공연히 힘주어 대답했다. "그래, 야르네브링이라. 그 녀석도 마찬가지로 연금 타 먹으며 살고 있지. 작년에 예순다섯으로 은퇴하고 나서 말이야. 잘 지내고 있다네. 우리는 종종 만나서 서로 옛날 추억들을 곱씹곤 하지."

"그분께 안부 인사 부탁드리겠습니다. 저는 파트리크 오케손이라고 합니다. P-2라고 하면 아실 겁니다. 당시 그분 밑에 파트리크가 두 명 있었는데, 제가 나중에 들어왔거든요. 그래서 야르니스는 작전중에 혼선을 피하기 위에 저를 그렇게 부르셨죠."

"야르네브링답군." 요한손이 말했다. 그는 고개를 끄덕이며 거스름돈을 호주머니에 넣고 주문한 소시지와 탄산수를 받아들었다. 그런 다음 다시 고개를 끄덕였는데, 주된 이유는 딱히 할 말이 더 생각나지 않아서였다.

"몸조심들 하게나." 마침내 그는 한마디 덧붙였다. "듣기로는 내 현역 시절과는 좀 다르다고 하던데."

경찰들 모두 그에 대한 대답으로 갑자기 진지한 태도로 묵례를 했다. 그리고 그들 중 최고 선임이 까까머리에 가까울 정도로 바짝 깎은 머리에 손을 올려 경의를 표했다.

나 때는 모자도 쓰지 않고 경례를 했다가는 진작에 잘렸을 텐데. 요한손은 이런 생각을 하면서 자동차 운전석에 별다른 어려움 없이 몸을 구겨 넣은 다음, 운전석과 조수석 사이에 있는 컵홀더 안에 음료수를 놓고 왼손에 들고 있던 소시지를 오른손으로 바꿔 들었다.

바로 그 순간, 누군가가 얼음송곳으로 뒷목을 찌른 게 분명했다. 일상적으로 겪는 두통 같은 뚜렷한 전조 증상도 없이, 그저 뒤통수에 날카롭고 타는 듯한 고통이 순식간에 엄습했던 것이다. 거리에서 들려오는 소리가 점점 흐릿해지더니 거의 들리지 않다가 끝내는 완전히 사라졌다. 두 눈에 어둠이 밀려들기 시작했다. 처음에는 오른쪽 눈이었다가 이내 왼쪽 눈으로 번졌다. 누군가 비뚜름하게 걸려 있던 블라인드를 내리는 것 같았다. 팔에는 감각이 사라졌고 손가락이 뻣뻣해지더니 움직일 수조차 없었다. 소시지가 운전석과 조수석 사이로 굴러떨어졌다.

이윽고 암흑과 정적 외에는 아무것도 느껴지지 않았다.

2

7월 5일 월요일 저녁~7월 7일 수요일 오후

라르스 마르틴 요한손은 의식이 없는 상태이다. 자정 직후 상태가 안정되자마자 그는 집중 치료실에서 신경외과로 이송된다. 합병증이 생겨 수술이 필요한 상황이 발생할 경우를 대비하여 수술실에서 가까운 병동으로 이동한 것이다.

히프노스는 그리스신화에 등장하는 잠의 신이고, 죽음의 신인 타나토스와는 쌍둥이 형제 관계이며, 양쪽 모두 밤의 여신인 닉스의 아들이다. 하지만 그들 모두, 심지어 닉스조차 요한손을 돌보는 신은 아니다. 요한손은 의식을 잃은 상태이기 때문이다. 흰색 가운을 입은 사람들이 머리맡으로 다가와 눈꺼풀을 젖히고 눈에다 빛을 비출 때마다, 그는 빛에 대해 순전히 생리적인 감각 반응을 보인다. 하지만 의식을 잃은 상태이기 때문에 이런 자극에 신경 쓰는 것처럼 보이지는 않는다.

히프노스는 그를 돌보는 신이 아니다. 그는 자고 있지 않기 때문이다. 그러니 요한손은 현재 그가 겪고 있는 고통을 악화시키거나, 혹은 완화시킬지도 모르는 꿈을 꾸고 있는 것도 확실히 아니다. 꿈을 꾸기 위해서는 사람이나 사건 같은 존재가 필요하다. 그런 존재가 없다면, 녹색(색깔은 아무래도 좋지만) 투망이나 어린 시절에 즐겨 타던 썰매처럼, 이성을 갖추지 못한 존재나 스스로 움직이지 못하는 사물이 등장하는 꿈을 꿀 수 있을지도 모른다. 하지만 꿈을 꾸기 위해 그 무엇보다 필요한 것은 의식의 각성 단계가 활동할 수 있는 수준에 이르는 것이다. 요한손은 이 조건을 갖추고 있지 않다.

그는 타나토스의 지배 역시 받고 있지 않다. 살아 있기 때문이다. 숨을 쉬고 있고, 스스로의 힘으로 심장이 뛰고 있다. 심장이 규칙적으로 뛰도록 안정시키고 혈압을 낮추며 혈액 농도를 묽게 하기 위해서는 약물의 힘을 빌려야 한다는 사실은 무시해도 좋을 터다. 약물은 고통을 누그러뜨려 그를 진정시키기 위한 것이다. 요한손의 몸에는 온갖 주삿바늘 및 전선, 수액 관 같은 것들이 연결되어 있다. 하지만 그는 살아 있으며, 이제는 닉스의 보살핌을 받고 있다. 그는 한밤의 어둠 속에서 누워 있고, 따라서 그가 자신의 상태에 대해 알지 못한다는 사실은 그리 중요한 문제가 아니다. 차라리 다행스러운 일일 수도 있다. 닉스는 그다지 상냥한 신은 아니며 신화적인 의미에 비추어 봐도 마찬가지이기 때문이다. 무엇보다 그녀는 복수의 신이기도 하지만, 설마 양식 있는 사람 중에 라르스 마르틴 요한손에게 원한을 품을 사람이 있을까?

결국 히프노스야말로 실질적으로 요한손의 곁에 가장 가까이 다가온 신이라 할 수 있다. 고대 신화 속 설명에 따르면 그는 한 손에 양귀비 이삭을 들고 있는 젊은 남성으로 묘사된다. 이 점은 적어도 다음과 같은 사실을 의미한다. 멀고 먼 고대 그리스인들조차 양귀비 씨앗의 의학적 인 효과를 알았고, 또한 몇천 년에 걸쳐 마취제의 국제 교역이 이루어졌다는 것이다. 만약 요한손이 자신의 혈관 속으로 들어가는 약물이 무엇인지 알았더라면 분명 감사의 뜻으로 고개를 끄덕였을 것이다. 하지만 아무래도 상관없는 문제이다. 요한손은 의식이 없는 상태이니까. 그는 죽지 않았고 잠을 자고 있지도 않으며 확실히 꿈을 꾸고 있는 것도 아니다. 그가 고개를 끄덕일 가능성은 전혀 없으니 빛과 어둠에 관한 모든 일은 아무래도 전혀 문제가 되지 않는다.

3

7월 7일 수요일 오후

처음에는 뒤통수를 울리는 듯한 두통이 느껴지더니 빛이 희미하게 떠오르기 시작한다. 정확히 언제였는지 또 어째서인지는 확실치 않지만 그는 불현듯 의식을 되찾는다. 그는 자신이 침대 위에 누워 있다는 사실을 깨닫고는 오랫동안 오른팔을 깔고 누웠던 게 틀림없다고 생각한다. 오른팔에 감각이 없기 때문이다. 손가락이 어색하게 느껴지고 주먹을 제대로 쥘 수조차 없다. 흰색 가운 차림에 머리카락을 짧게 자른 여자가 침대 옆에 앉아 있다. 상의 가슴주머니에서 청진기 일부가 삐죽 튀어나온 모습을 보면, 그녀가 어떤 역할을 맡고 있는지 의심의 여지가 없을 터이다.

이게 대체 무슨 일이지? 요한손은 생각한다.

"이게 무슨 일입니까?" 요한손은 흰색 가운 차림의 여자에게 묻는다.

"제 이름은 울리카 스텐홀름입니다." 여자가 대답하며 고개를 기울여 그를 살핀다. "저는 여기 카롤린스카 병원에서 선임 전문의 대리를 맡고 있죠. 선생님께서는 저희 병동에 와 계시고요. 우선 선생님께서 성함을 기억하시는지 여쭤보고 싶은데요."

그녀는 고개를 바로 세우더니 미소를 지으며 상냥하게 고개를 끄덕인다. 그럼으로써 질문이 좀더 부드럽게 들릴 거라고 생각하는 듯한 모습이다.

"제 이름 말입니까?" 요한손이 되묻는다. 이게 대체 무슨 일이지? 그는 다시 한번 생각한다.

"예, 선생님 성함 말이에요. 기억하시겠어요?"

"요한손입니다. 제 이름은 요한손입니다."

"나머지 이름은요?" 그녀는 다시 한번 고개를 끄덕이더니, 재차 친근한 미소를 지으며 이번에는 다른 방향으로 고개를 기울인다. 하지만 결코 물러서는 태도는 아니다.

"요한손입니다. 라르스 마르틴 요한손. 혹시 제 개인인증번호를 알고 싶으시다면, 제 지갑에 운전면허증이 있습니다. 지갑은 보통 바지 왼쪽 주머니에 넣고 다니고요. 무슨 일이 일어난 겁니까?"

침대 옆에 앉은 여자는 이번에는 한결 환한 미소를 지어 보인다.

"선생님께서는 카롤린스카 병원 신경외과에 와 계십니다. 월요일에 선생님의 뇌에 혈전이 발생해서 이곳으로 모셔온 거지요." 그녀는 다시 한번 고개를 다른 방향으로 기울인다. 짧은 금발에, 길고 가느다란 목에 주름이라고는 흔적조차 찾을 수 없다.

"오늘은 무슨 요일입니까?" 요한손이 묻는다. 마흔이 넘었을 리는 없겠지. 그는 어째서인지 이렇게 생각한다.

"오늘은 수요일이에요. 지금은 오후 5시 정각이고, 선생님께서는 이틀 전에 이곳으로 오셨죠."

"피아는 어디 있습니까? 제 아내 말입니다." 요한손은 문득 자동차 안에 앉아 있던 기억이 떠올라 설명할 수 없는 극심한 불안감에 휩싸인다.

"부인께서는 오고 계세요. 부인은 괜찮습니다. 십오 분 전에 전화를 걸어 선생님께서 깨어나고 계시다고 말씀드렸더니 곧 이곳으로 오겠다고 하셨어요." 스텐홀름 박사는 이야기를 하면서 고개를 끄덕이기까지 한다. 이번에는 두 번. 방금 자신이 한 말을 강조하려는 듯한 태도이다.

"아내는 괜찮은 겁니까? 제가 자동차를 몰던 기억은 나는데요." 요한손이 말을 잇는다. 그가 느낀 설명할 수 없는 불안감이 이제 수그러들기 시작한다.

"선생님께서는 차에 혼자 타고 계셨습니다. 부인께서는 시골에 가 계셨고요. 선생님께서 응급실에 도착하시자마자 부인께 전화를 드렸습니다. 그때부터 부인께서는 내내 선생님 곁을 뜨지 않으셨죠. 그리고 제가 말씀드렸다시피, 부인께서는 괜찮습니다."

"말씀해주시죠. 이게 무슨 일입니까? 그러니까 무슨 일이 일어난 겁니까?"

"음, 선생님께서 들을 준비가 되었다고 생각하신다면 말씀드리겠습니다만." 그녀는 다시 한번 고개를 끄덕인다. 이번에는 진지하고 질문하는 듯한 태도이다.

"말씀해주시죠. 저는 지극히 괜찮습니다. 지금보다 더 나았던 적이 있을까 싶을 정도인데요. 똥통에서 구르는 돼지처럼 행복하다고나 할까요." 그가 한마디 덧붙인 까닭은 그저 신중을 기하기 위해서이다. 정말이지 대체 무슨 일이지? 그는 생각을 거듭한다. 갑자기 형언할 수 없을 정도로 기분이 고무되기 시작해서다.

"팔을 깔고 잤던 게 틀림없군요." 그는 어째서 침대 위로 팔을 들어 올릴 수 없는지 진작부터 의혹을 느끼고 있었음에도 이렇게 덧붙인다.

"팔은 확인해보도록 하겠습니다." 그녀가 대답한다. "조금 후에 말이죠. 걱정하실 필요는 없습니다. 우리가, 그러니까 선생님과 제가 힘을 합치면 반드시 팔을 움직이게 할 수 있을 거예요."

4

7월 5일 월요일 저녁~7월 7일 수요일 오후

요한손을 발견한 사람은 경찰 승합차 운전기사였다. 그는 다리를 좀 풀어보려고 차량에서 내렸다가, 요한손의 머리가 운전대 위로 기울어진 채 미동도 하지 않는 모습을 봤다. 무슨 일인지 알아보려 차 문을 열자 의식을 잃은 요한손이 차 밖으로 굴러떨어져 운전기사가 붙들지 않았더라면 도로에 머리를 부딪칠 뻔했다.

그로부터 후속 조치가 빠르게 진행되었다. 경찰들은 무전기를 통해 구급차가 오기까지 오 분이 걸린다는 소식을 전해 들었는데, 실제로는 그 두 배의 시간이 걸리기 일쑤였다. 하지만 긴급출동반 반장은 구급차가 늦장을 부린 탓에 경찰 조직 역사상 최고의 전설적인 존재 중 한 명이 죽어버리도록, 더더구나 자신의 품 안에서 생을 마감하도록 내버려 둘 생각이 조금도 없었기 때문에, 경찰들은 요한손의 몸을 들어 승합차 안으로 옮겨 바닥에 눕힌 다음 시동을 걸어 사이렌과 경광등을 켜고 카롤린스카 병원을 향해 최고 속도로 출발했다. 이런 방식은 표준적인 운송 절차를 제대로 따랐다고 볼 수는 없을지라도 목숨이 경각에 달린 동료를 구하는 중이었으니 세상의 모든 규칙이나 규범은 쓰레기통에 처박아야 마땅한 상황이었다.

카롤린스카 병원 응급실까지는 직선거리로 일 킬로미터 남짓이었고, 그들은 가능한 한 직선 경로로 달려 이 분 후 응급실 정문에 도착했다. 요한손과 이제껏 함께했던 삶이 그를 떠나가겠다고 위협하고 있다는 점을 고려하면, 그는 현 상황에 딱 맞는 곳에 화려하게 입장한 셈이었다. 그는 의식을 잃은 상태에서 이동식 침대 위에 누워 긴급출동반 대원들과 병원 의료진들에 둘러싸인 채, 흉통이라든지 팔 골절, 무릎 인대 손상, 귓병, 알레르기, 평범한 감기 같은 증상으로 침대에 눕거나 앉아서 대기하던 다른 환자들의 순번을 모조리 뒤로 물리고 곧장 집중 치료실로 들어갔다.

그후로 모든 일이 통상적인 절차에 따라 진행되었다. 중간에 한 번은 위급한 상황을 넘기기도 했지만 네 시간 후에는 진단이 거의 확정되어 그는 신경과 병동으로 이송되었다.

"월요일 저녁 당직 의사에게 이야기를 들었습니다." 의사가 말했다. "선생님을 여기까지 모셔온 동료 경찰분과 이야기를 나눴다더군요. 그 사람들 말에 따르면 다들 꽤나 충격을 받았었다고 하네요." 그녀는 고개를 끄덕였다. 얼굴에는 살짝 미소를 띠고 있었지만 고개를 한쪽으로 기울이지는 않았다.

"충격이라고요?"

"선생님을 알아본 사람들이 있었는데, 선생님께서 복부에 총상을 입으셨다고 철석같이 믿어버렸다더군요."

"총상? 복부에 말입니까?"

"선생님께서는 셔츠에 자우어크라우트와 머스터드 칠갑을 하고 계셨거든요. 엄청나게 묻어 있더라고요. 게다가 다들 경찰들이었으니 선생님의 창자가 쏟아지고 있다고 생각한 사람도 있다고 하던데요." 이제 그녀의 표정은 한결 만족스러워 보였다.

"맙소사." 요한손이 말했다. 대체 어쩌다가 그런 생각을 했던 거지?

"듣자 하니 선생님께서 쓰러지신 곳은 칼베리스베겐 거리에 있는 핫도그 가판대 앞이었다고 하더군요. 건강에 나쁜 음식들만 골라 사서 잔뜩 드시려던 참에요. 자우어크라우트에 튀긴 흰 빵, 지방으로 번들거리는 소시지라니요. 또 뭘 사셨는지 누가 알겠어요."

이 여자가 무슨 이야기를 하고 있는 거지? 분명 권터스 이야기일 터였다. 그는 스웨덴에서 가장 맛있는 핫도그를 파는 가판대인 권터스에 들렀으니까. 거기서 젊은 옛 동료들과 이야기를 나누기도 했다. 기억이 되살아나기 시작했다. 거기까지는 기억할 수 있었다.

"제 동료 중에도 그 가판대 앞에서 줄을 서 있다가 죽은 사람이 있어요. 심장마비였죠. 거의 그런 음식들만 먹고 살았거든요. 본인이 의사였는데도요." 그녀는 고개를 다시 기울였다. 이제는 진지한 태도였다.

"자우어크라우트라니. 자우어크라우트가 무슨 나쁜 음식입니까?" 자우어크라우트야말로 빌어먹을 정도로 건강한 음식일 텐데.

"저는 소시지 탓을 더 하고 있었는데요."

"이것 보세요." 요한손은 정말로 극심한 두통이 시작되자 이해할 수 없는 분노가 치솟아 오르는 것을 느끼며 말했다. "말씀하신 그 소시지가 아니었더라면 저는 지금쯤 죽은 몸이었을 겁니다."

그녀는 고개를 끄덕여 만족감을 표하면서 기울인 고개의 각도를 조절했다. 하지만 아무 말도 하지 않았다.

"핫도그를 사러 그 가게에 들르지 않았더라면 시골로 향하는 차 안에 앉아 있었을 테고, 그 일이 닥쳤을 때 정말로 심각한 사태가 벌어졌을 거라고요." 최악의 경우 나 혼자가 아니라 더 많은 사람이 말려들었을 수도 있었겠지.

"그 점에 대해서는 나중에 이야기하죠." 그녀는 이렇게 대답한 다음 몸을 앞으로 굽혀 요한손의 팔을 토닥거렸다. 그 팔은 잠들어 있는 게 아니라 그저 기능을 잃었을 뿐이었다.

"거울 좀 볼 수 있을까요?" 요한손이 물었다.

그녀는 그런 질문을 이전에도 받아보았던 게 분명했다. 고개를 끄덕이며 가운 주머니에 손을 넣어 작은 거울을 꺼내 쭉 뻗은 요한손의 왼손에 건네주었다.

빌어먹을 정도로 끔찍한 몰골이구먼, 라르스 마르틴. 얼굴 전체가 푹 꺼진 것처럼 보였고, 입은 한쪽으로 기울어졌으며, 두 눈 아래에는 핀 머리만큼이나 작고 검푸른 반점이 여러 개 나 있었다.

"꼭 교살 흔적 같군요." 요한손이 말했다.

"점상출혈이라고 합니다." 주치의는 고개를 끄덕이며 동의를 표했다. "선생님께서는 약 일 분가량 호흡이 정지되었지만 동료분이 처치를 해서 호흡을 되살렸죠. 그분은 경찰이 되기 전에 구급차 운전기사였던 것 같던데요. 훈련받은 구급대원이었던 거죠. 선생님 의견에 동의한다고 말씀드릴 수밖에 없겠네요. 종합적으로 고려해봤을 때, 결국 일이 터진 곳이 그곳이었다는 사실은 행운이었다고밖에 할 수 없습니다."

"빌어먹을 정도로 끔찍한 몰골이로군요." 요한손이 말했다. 하지만 살아 있긴 하군. 그는 두 눈 아래에 비슷한 자국이 남은 사람들을 여럿 보았지만, 그들 중 살아 있던 사람은 아무도 없었다.

의사가 말했다. "아마 지금쯤이면 부인께서 도착하셨을 거예요. 두 분께서 단둘이 조용히 대화를 나누고 싶어 하실 것 같네요. 취침 시간이 되기 전에 상태가 어떤지 보러 오겠습니다."

"그거 아십니까?"

그녀는 고개를 저었다.

"선생님께서는 꼭 다람쥐 같군요." 요한손이 말했다. 내가 왜 이런 이야기를 하고 있지?

"다람쥐요?"

"그 이야기는 다음에 하죠." 요한손이 말했다.

5

7월 7일 수요일 오후

요한손의 아내 피아는 침대까지 똑바로 걸어왔다. 그를 향해 미소를 짓고 있었지만, 미소는 두 눈에 떠오른 감정과는 사뭇 달랐다. 그녀는 침대 옆에 있는 의자에 앉으려 다가가다가 본의 아니게 의자를 쓰러뜨리고 말았다. 그러자 방해가 안 되도록 한쪽 발로 의자를 밀어버린 다음 몸을 굽혀 두 팔을 그에게 둘렀다. 그의 머리를 꽉 끌어안아 자신의 가슴에 밀착시키며 그가 작은 어린아이라도 된 듯 부드럽게 흔들었다.

"라르스, 라르스. 지금까지 뭐 하느라 일어나지 않았던 거야?"

"걱정할 거 없어. 무슨 같잖은 게 머릿속에 생긴 모양이야. 그뿐인걸."

그 순간 무언가가 목을 조이기라도 한 듯 그가 흐느끼기 시작했다. 지금까지 그는 울어본 적이 없었다. 소년 시절 이후로 죽 그랬다. 몇 년 전 어머니의 장례식, 그리고 그보다 이 년 전 아버지의 장례식 때를 제외하면. 당연히 그때는 누구라도 우는 법이었으니까. 당시에는 요한손의 큰형조차 두 눈을 문지르며 손으로 얼굴을 가리곤 했었다. 하지만 그때를 제외하면 요한손은 결코 울어본 적이 없다. 바로 지금까지는. 그리고 왜 이러는지도 정확히 알 수가 없었다. 내가 살아 있는 게 맞지? 젠장, 대체 왜 질질 짜고 있는 거지?

이내 그는 몇 차례 심호흡을 했다. 그러고는 멀쩡한 손으로 아내의 등을 쓰다듬다가 끌어안았다.

"혹시 손수건 있어?" 요한손이 물었다. 대체 이게 무슨 일이냐고?

그러고 나서야 그는 다시 평소 모습으로 돌아왔다. 그는 큰 소리를 내며 몇 번 코를 풀고는 눈물을 닦아주려는 아내의 시도를 저지하며 대신 자기 손등으로 얼굴을 훔쳤다. 그러고는 비뚤어진 채 축 늘어진 입으로 미소를 지어보려 했다. 두통은 순식간에 사라져버렸다.

요한손이 말했다.

"피아, 사랑하는 피아, 귀여운 피아. 지금은 괜찮아. 똥통에서 구르는 돼지처럼 행복한 기분이라니까. 온 세상을 다 얻은 것 같기도 하고. 이제 곧 깡총거리며 걸어 다니게 될 거야."

그러자 피아는 다시 한번 그를 향해 미소를 지었다. 이번에는 입과 두 눈 모두 미소를 띠고 있었다. 그녀는 이제 의자에 앉은 채 몸을 앞으로 기울였다.

요한손이 말했다.

"있잖아. 내가 조금만 옆으로 움직이면 당신이 후딱 올라와서 옆에 누울 수 있겠는데."

피아는 고개를 저었다. 그녀는 요한손의 멀쩡한 손을 꼭 붙들더니,

지금은 꼭 잠든 것 같지만 사실은 그렇지 않은 손을 쓰다듬었다.

잠시 후 아내는 그를 둔 채 밖으로 나갔다. 요한손은 혼자 있고 싶은 욕구가 어느 때보다 더 강렬해진데다 아내에게 시내에 있는 두 사람의 아파트로 돌아가 쓸데없이 걱정을 하고 있을 사람들에게 연락을 해주겠다는 약속을 받아냈기 때문이다. 그다음에는 밤새 푹 자고, 다음 날 오후까지는 병원에 오지 않겠다는 약속 역시 받아냈다.

"일단 의사 가운 입은 양반들이 나를 가지고 노는 일이 끝나면, 우리 둘이서 평화롭고 조용하게 대화를 나눌 수 있게 될 거야." 요한손이 설명했다.

"약속할게." 피아가 대답했다. 그런 다음 그녀는 몸을 굽혀 요한손의 목덜미를 잡았다. 평소에 상대의 목덜미를 잡는 쪽은 그였지만, 이번에는 그녀가 그를 붙잡고 키스를 했다. 이윽고 그녀는 고개를 끄덕인 다음 밖으로 걸음을 옮겼다.

나는 살아 있어. 라르스 마르틴 요한손은 생각했다. 두통이 재발했지만, 고통에도 불구하고 그는 이유도 모른 채 갑자기 찾아온 행복한 감정에 휩싸였다.

그후 요한손은 잠들었다. 어느덧 두통은 사라졌다. 누군가가 팔을 건드렸다. 절대 서른 살은 넘지 않아 보이는 여자였다. 그녀는 음식이 든 쟁반을 요한손의 침대 곁에 내려놓고는 음식 쪽으로 고갯짓을 했다. 그녀는 검은 눈과 넉넉한 입으로 미소를 띠고 있었다.

"괜찮으시다면 제가 도와드릴게요." 그녀가 말했다.

"문제없습니다. 혼자 할 수 있을 겁니다. 그냥 스푼만 주시면 됩니다."

삼십 분 후 여자가 돌아왔다. 그사이 요한손이 먹은 것은 데친 생선(두 숟갈), 화이트 소스(반 숟갈), 크림을 섞은 루바브(세 숟갈)가 전부였다. 그나마 물 한 잔은 다 비울 수 있었다.

그녀가 침대 곁에 서 있는 동안 요한손은 잠든 척했다. 머릿속에 진작부터 권터스가 떠오른 것을 보면 연기는 성공적인 듯했다. 스웨덴에서 가장 맛있는 핫도그 가판대. 카운터 몇 미터 밖에서부터 그를 환영하는 천국과도 같은 향기가 느껴지는 곳.

다음에는 흰색 복장의 다른 젊은 여자가 들어와 요한손의 요강을 비웠다. 그는 다음번에는 스스로 화장실에 가겠노라 굳게 다짐했다. 거기까지 가려면 멀쩡한 팔로 균형을 잡아야 할 테지만, 평범한 인간이라면 화장실에 직접 가는 법이니까.

그후 다람쥐 주치의가 찾아왔다.

요한손이 말했다.

"단도직입적으로 여쭤봅시다. 나이가 어떻게 되시죠?" 그가 이런 질문을 던진 주된 까닭은 화제를 다른 곳으로 돌려 식습관과 전체적으로 엉망인 몸 상태에 대해 잔소리를 듣는 일을 피하고 싶었기 때문이다.

"마흔네 살입니다. 왜 그런 걸 물어보시죠?"

"울리카 스텐홀름 선생님. 절대 마흔 살은 넘어 보이지 않는다고 맹세할 수 있습니다. 다람쥐에 대해서는 나중에 이야기하죠."

그는 그러다 다시 잠에 빠져들었다.

처음에는 불안한 수면에 두통이 도져왔지만, 중간에 히프노스가 쓸데없이 참견한 게 분명했다. 어느덧 두통이 사라지고 꿈을 꾸기 시작했기 때문이다. 누가 침대 주변을 돌아다니며 머리맡에 세워둔 수액 걸이에서 이어진 여러 갈래의 수액 관 중 하나를 만지작거리는 기억만 희미하게 날 뿐이었다.

즐거운 꿈이었다. 꿈이 치료해준 것은 그저 평범한 두통만이 아니었다. 그가 꾼 꿈은 어머니 엘리나, 아버지 에베르트와 함께 북부 옹에르만란드에 있는 농장 고향 집에서 살던 어린 시절, 그가 총으로 사냥한 다람쥐들에 대한 것이었다. 요한손의 종조부 구스타브는 주방 소파에 앉아 자신이 앓고 있던 류머티즘에 대한 불평을 늘어놓으며 전통적인 방식을 따라 다람쥐 가죽 모피를 안쪽으로 향하게 만든 조끼가 증상을 완화시키는 데 유일하게 도움이 될 거라는 말을 한 적 있었다. 그것이 모든 일의 시작이었다.

"괜찮으시다면 제가 하나 구해볼게요, 할아버지." 라르스 마르틴 요한손은 주방 전체의 3분의 1을 차지하고 있는 장작더미 옆에 놓인 의자에 앉아 이렇게 말했다.

종조부가 대답했다.

"그렇게 해주겠다니 정말 고맙구나, 라르스. 내 림파이어 라이플을 가져가도 좋단다. 그러면 작년 크리스마스에 네 아버지가 선물해준 공기총 같은 것으로 깨작거릴 필요가 없을 테지."

아버지 에베르트가 말했다.

"그렇게 하려무나. 녀석은 기독교도답지 않게 사격에 재능이 있으니까 괜찮을 테죠. 숙부님 라이플을 저 녀석에게 빌려주시면 조끼를 하나 만들어 올 겁니다."

이것이 바로 그가 다람쥐 사냥을 시작하게 된 사연으로, 종조부가 권유하고 아버지가 허락했기 때문이었다. 꿈에서뿐만 아니라 실제로 일어난 일로, 그가 신경외과 전문의 울리카 스텐홀름을 만나기 고작 육십 년 전에 일어난 일이었다. 그녀는 요한손의 어린 시절 기억을 불러일으켰다. 그녀는 마흔네 살이었지만, 아무리 봐도 마흔 살 이상으로는 보이지 않았다.

6

7월 7일 수요일에서 7월 8일 목요일로 넘어가는 밤

요한손은 그가 쏜 모든 다람쥐에 대한 꿈을 꾼다. 그가 구스타브 종조부를 위해 사냥한 다람쥐 가죽으로 조끼를 만들기까지는 일 년 조금 넘게 걸렸다. 솔직히 말하면 여름 가죽과 겨울 가죽을 모두 사용하는 사소한 편법을 저지르기는 했지만, 모피 손질을 실질적으로 맡아주었던 어머니 엘리나는 그 정도는 신경 쓸 것 없다고 말했다. 류머티즘이 심한 등이 닿는 부분이 겨울 가죽으로 되어 있기만 하면 별문제가 되지 않는다는 이야기였다.

첫 해 동안 그는 오십 마리가 넘는 다람쥐를 사냥했다. 집안의 다른 남자들과 마찬가지로 종조부 역시 가슴과 등판이 균형 있게 떡 벌어졌기 때문이다. 실제로 사격하는 데 걸린 시간은 다 합쳐서 일 분이 채 되지 않았다.

조그맣고 칠흑 같은 눈을 한 다람쥐는 소나무 사이를 쏜살같이 움직이며 나무줄기를 날쌔게 오르락내리락하는 사이에도 고개를 쉴 새 없이 홱홱 돌리며 주변을 경계했다. 때로는 이동하는 중간에 움직임을 멈출 때도 있었는데, 다람쥐는 몸이 위쪽으로 향하든 아래쪽으로 향하든 상관없이 고개를 돌려 주변 모든 것, 모든 사람을 시야에 넣을 수 있었다. 요한손도 예외는 아니었다. 호기심 가득하고 기민하고 경계하는 듯한 다람쥐의 눈은 조그맣고 통후추처럼 새까맸다. 그가 다람쥐를 발견해서 막 총을 쏘려는 순간에도, 다람쥐는 언제나 고개를 한쪽으로 기울인 채 꼼짝도 하지 않고 앉아 있곤 했다. 그때야말로 그가 방아쇠를 당길 순간이었다. 채찍 휘두르는 소리 비슷한 총성은 요한손의 귀에는 거의 들리지 않았지만, 이는 사냥당하는 다람쥐가 다른 다람쥐에게 고하는 작별 인사나 다름없었다.

그가 맞힌 사냥감이 아래로 떨어지다가 나뭇가지에 걸리는 경우는 셀 수도 없었다. 그가 아직 어린 소년이었던 시절에는 자작나무나 사시나무 가지를 하나 꺾어 다람쥐를 쿡쿡 찔러 아래로 떨어지도록 했다. 그러다가 좀더 나이를 먹어 팔뚝이 큰형 에베르트만큼 굵어지게 되자 나무줄기를 타고 올라가 다람쥐를 붙잡았다. 별로 어려운 일은 아니었고 겨울이 되어 소나무 줄기가 군데군데 눈과 얼음으로 뒤덮인 채 얼어붙어 미끄러울 때도 크게 다르지 않았다. 그는 긴 밧줄 한 가닥의 한쪽 끝을 허리춤에 묶은 채 오른손에는 사냥용 칼을 꼭 쥐고 잡을 곳을 만들어가며 나무에 오를 수 있었다.

그러던 중 어느 날, 그는 다람쥐를 총으로 쏘는 일을 그만두었다. 다람쥐들은 거의 한 순간도 놓치지 않고 고개를 그에게 고정했고, 심지어 총을 발사하는 순간에도 새까만 눈으로 그를 똑바로 응시했다. 다람쥐들은 죽음을 응시하고 있다는 사실을 절대 알아차리지 못했다. 그저 다른 모든 것에 대해 품는 것과 마찬가지로 호기심을 표하는 것뿐이었다. 방아쇠를 당기는 시간을 다 합쳐봐야 채 일 분도 되지 않았지만, 그는 그사이에 수백 마리의 다람쥐를 쏘았다. 그리고 총을 발사하는 사이사이 수백 시간 동안, 그저 자리를 잡고 앉아 다람쥐를 찾아 주변을 살폈다.

인생에서 꽤 많은 시간이 흐른 후, 그리고 이전과는 다른 인생을 살아가는 도중, 요한손은 울리카 스텐홀름을 만나게 되었다. 그녀는 카롤린스카 병원에서 근무하는 신경과 의사로, 짧은 금발에 목에는 주름 하나 없었고, 갈색 모피 가죽이나 털이 무성한 꼬리 같은 것은 갖고 있지 않았다. 그녀가 요한손을 바라볼 때 고개를 돌려 한쪽으로 기울이지만 않았더라면, 다람쥐와 닮은 구석은 조금도 없었을 터였다.

요한손이 잠에서 깨어난 것은 그즈음이었다. 한 팔로 침대에서 일어나보려고 애를 썼으나 뜻을 이루지 못했다. 그는 잠에서 완전히 깨어났지만 한쪽 팔은 아직 그러지 못했다. 게다가 목이 말라 물잔을 잡으려다 그만 잔을 엎고 말았다. 그리고 야간 당직 간호사를 호출하려고 버튼을 누르려다 그만 호출기를 떨어뜨렸다.

"대체 이게 무슨 일이냐고!" 그는 소리를 질렀다. 아무런 예고도 없이 갑자기 터져 나온 고함이었다. 그러자 야간 당직 간호사가 안으로 들어와 그에게 물 한 잔을 건네주며 이미 잠들어버린 오른팔을 쓰다듬어 준 다음, 그가 맞고 있는 정맥주사 중 한 약물의 양을 조절했다. 그는 다시 잠이 들었다. 이번에는 꿈을 꾸지 않았다.

7

7월 8일 목요일~7월 13일 화요일

목요일이 되자 요한손은 걸어서 화장실에 갔다. 물론 남성 간병인과 끝에 고무 패드가 달린 지팡이의 도움을 받았다는 사실은 부인할 수 없었다. 하지만 휠체어나 환자용 보행기를 이용하라는 제안은 단호히 물리치고 홀로 소변을 보았다. 수액 걸이나 덜렁거리는 오른팔, 떨리는 오른쪽 다리, 두통 같은 것들을 이겨내고 이룬 위업이었다. 그는 강렬한 행복감에 빠져들었다. 너무 강렬한 나머지 콧잔등이 시큰해지는 것은 어쩔 수 없었다. 하지만 눈물은 나오지 않았다.

"징징거리지 마." 그는 중얼거렸다. "넌 점점 더 좋아질 거야, 제발."

그리고 별스럽다고 할 만한 일들이 이어졌다. 그의 상태는 의학계 최신 발전 상황에의 도전이었다. 이후 며칠에 걸쳐 요한손의 침대는 온갖 분야의 진료실을 헤집고 다녔다. 요한손은 침대에서 들려 다른 곳에 놓이기도 했고, 새 주삿바늘, 전선, 수액 관도 달았다. 여러 차례에 걸쳐 채

혈 검사를 받았고, 엑스레이 사진도 한 번 더 찍었다. 이동식 침대에 몸이 묶인 채 윙윙 소리가 나는 커다란 원형 관 속에서 이리저리 구르기도 했다. 그는 다각도에서 모든 검사를 받았다. 사람들이 두 눈에 불빛을 비춰보기도 하고, 몸을 꼭 붙잡고 팔다리를 이리저리 굽히고 뒤틀다가 쑤셔보기도 했다. 무릎을 작은 쇠망치로 때리고 발바닥을 망치로 마구 두들겼으며 작은 바늘로 찔러보는 일도 있었다. 상상할 수 있는 모든 신체 부위에 대한 검사가 끊이지 않고 이어졌다.

그런 다음 요한손은 물리치료사를 만나 가장 기본적이고 초보적인 수준의 운동을 배웠다. 그녀는 우리 둘이 함께 요한손의 오른팔의 감각, 가동성, 근력을 모두 회복할 수 있게 할 거라고 장담하며, '우리 둘이 함께'라는 대목을 신경 써서 강조했다. 그의 얼굴은 예전의 모습을 되찾고 있었다. 마법에라도 걸린 것처럼 거의 저절로 그렇게 된 것이다. 또한 물리치료사는 그가 읽어볼 안내 책자 몇 권과 오른손으로 움켜쥐는 연습을 할 수 있는 작은 빨간색 고무공을 건네주었다. 그 시점에서 그가 딱히 질문할 거리가 없다고 한들 세상이 끝난 것처럼 걱정할 필요는 없었다. 두 사람은 다음 날에도 만날 예정이었으니까.

울리카 스텐홀름은 휴가를 떠났다. 고작 며칠뿐이었기에, 이 또한 그가 걱정할 문제는 아니었다. 그녀가 자리를 비운 사이에는 동료 의사들이 그를 살펴봐주었다. 그중 한 명은 파키스탄 출신의 젊은 남성 수련의였고, 다른 한 명은 이십 년 전 폴란드에서 스웨덴으로 이주해서 평생 뇌 전문 외과의로 일했던, 가짜 가슴을 단 중년의 금발 여성이었다. 두 사람 모두 다람쥐와는 조금도 닮은 구석이 없었다.

아내 피아는 매일같이 그를 찾아왔다. 그녀에게 선택권이 있다면 아예 그의 병실에서 함께 기거했을 테지만, 요한손은 피아의 제안을 거부했다. 그로서는 그녀가 하루 한 번 방문하는 것으로 족했고, 그래야 따로 처리해야 할 일이 생겼을 때 그쪽에 시간을 더 할애할 수 있었다. 그는 또한 자신의 건강 상태에 대한 질문을 용의주도하게 피했다. 요한손은 하루하루 점점 더 나아졌다. 이제 곧 평소의 모습으로 돌아갈 것이다. 그것이 현 상황의 전부였다.

게다가 피아는? 그는 아내에게 스스로를 잘 챙기겠다는 약속을 받아냈다. 그리고 자신의 휴대전화와 노트북, 그리고 병원에 입원하기 전에 읽고 있던 책을 가져다달라고 부탁했다. 책 제목이 무엇인지는 기억나지 않았지만 책은 별장 침실 협탁 위에 놓여 있을 터였다. 피아는 부탁을 들어주었다. 책갈피를 끼워 넣은 것으로 보아 절반쯤 읽은 듯한 그 책은 아무도 손대지 않은 채 그 자리에 놓여 있었다. 그는 책이 무슨 내용을 담고 있는지 짐작조차 가지 않는다는 사실을 깨달았지만, 다시 처음부터 읽을 기운은 도저히 낼 수가 없었다. 지금은 아니었다. 어쩌면 나중에, 그가 다시 예전 모습을 회복하고 나면 가능할 것이다.

요한손의 자식들은 주말에 병문안을 오기로 했다. 처음에는 딸과 사위가 먼저 모습을 보였고, 뒤이어 아들과 며느리가 도착했다. 그가 따로 당부할 필요도 없이 손주들은 집에 두고 오기로 결정되어 있었다. 대신 아이들은 그에게 편지와 선물을 보내주었다.

이제 열일곱 살이 되어 다음 해 봄이면 고등학교를 졸업하는 큰손녀는 그에게 장문의 편지를 써서, "세상에서 가장 멋진 할아버지"에게 너무 스트레스 받지 말고 마음을 편히 갖고 "열 좀 식히면서 푹 늘어져 있으라고" 격려했다. 그녀는 이 점을 특히 강조하기 위해 명상에 대한 책한 권과 직접 곡을 골라 만든 '내가 좋아하는 마음을 달래주는 음악'이라는 제목이 붙은 CD 한 장을 같이 보낸다고도 적었다.

작은손녀는 자신이 그린 그림을 한 장 보냈다. 요한손이 머리에 커다란 붕대를 두른 채 침대에 누워 흰색 가운을 입은 사람들에게 둘러싸인 모습이었다. 하지만 그림 속에 묘사된 그는 행복해 보였고, 심지어 손을 흔들기까지 했다. 그리고 그림 아래에 이렇게 적었다. "빨리 나으세요, 할아버지."

작은손녀의 두 살 어린 사촌은 요한손의 휴대전화를 통해 어린 소녀다운 여린 목소리로 노래를 불러주었다. 그리고 매주 받는 과자의 '절반', 그러니까 어린아이의 손으로 만져 끈적끈적해진 바나나 맛 마시멜로와 아기 모양 젤리를 보내주었는데, 듣자 하니 반으로 나누면서 잠시 망설였던 모양이었다. 그보다 두 살 어린 쌍둥이 형제는 이번만큼은 서로를 구분하지 않고, 선을 죽죽 그어놓은 사람의 모습과 아마도 태양으로 추정되는 그림을 보냈다.

그는 많은 사랑을 받는 남편이자 아버지, 할아버지였지만, 지금은 무엇보다도 혼자 있고 싶었다. 그러면 가족들은 그가 이토록 약해져 있는 모습을 보지 않아도 되고, 그 역시 가족들의 눈에 떠오른 우려를 보지 않아도 될 터였다.

피아는 다른 친구들 및 지인들의 방문을 넌지시 거절해주었다. 야르네브링은 하루 종일 전화를 걸어댔고, 요한손의 큰형은 매일 아침저녁으로 전화를 걸어 사업에 대한 논의를 하고 싶어 했다. 그리고 최소한 병세가 어떻게 되어가는지 알고 싶어 하는 친척들이나 친구들, 지인들, 옛 동료들이 가득했다.

"당신도 굉장히 힘들 테지, 여보." 요한손은 아내의 손을 쓰다듬으며 말했다. "조만간 다 끝날 거야. 이번 주말만 여기서 보내고 월요일에 퇴원해도 될지 물어볼 생각이야."

"그 이야기는 좀 있다가 하자." 피아는 희미한 미소를 지으며 대답했다.

그는 전에도 이런 대답을 들은 적이 있었기에 월요일에 퇴원하는 일은 일어나지 않을 거라는 사실을 깨달았다.

그럼에도 병세는 호전되어가고 있었다. 몸에 연결된 수액 관이나 전선, 주삿바늘 같은 것들이 절반으로 줄었다. 두통이 발생하는 빈도도 줄어들었다. 약 또한 주사 대신 대부분 알약으로 섭취했다. 세심하게 수를 헤아린 각양각색의 알약이 조그만 플라스틱 컵에 담겨 나와, 그는 직접 약을 모조리 입안에 털어 넣고 물과 함께 삼키곤 했다. 월요일이 되자 한 간호사가 개인용 약 상자를 하나 건네주었다. 이제는 그가 직접 어느 때 무슨 약을 먹는지 배우는 것이 중요해졌다. 하루빨리 이 일을 규칙적인 습관으로 삼을수록 일이 수월해질 터였다.

그날 저녁 요한손은 아내에게 약 상자를 보여주었다. 작고 투명한 뚜껑이 달린 조그맣고 빨간 플라스틱 상자였다. 상자 안은 총 스물여덟 개의 작은 칸으로 나뉘어 있었고 하루에 아침, 점심, 저녁, 밤, 이렇게 네 줄, 그리고 일주일을 이레로 따져 일곱 줄이었다. 작은 칸은 알약들로 가득했고, 하루에 먹는 약은 대략 열 알이었다.

"훈장이나 풍족한 연금을 받는 것도 참 멋진 일이지만, 나만의 약 상자를 받게 되니 이거 기분이 특별한데." 요한손은 이제 자연스럽게 띠게 되는 뒤틀린 미소를 지으며 말했다.

"그러네." 피아가 대답했다. "실제로 겪어봐야 비로소 알 수 있는 심정일 거야." 그러고는 미소를 지었다. 입과 두 눈 모두 미소를 띠고 있었다. 그녀는 처음으로 그에게 미소를 지어주었을 때만큼 행복해 보였다. 당신이 예전처럼 돌아와 얼마나 감사한지 몰라. 그녀는 생각했다.

8

7월 14일 수요일 오전

수요일 오전, 요한손은 울리카 스텐홀름을 만났다. 그녀는 뭔가가 가득 적혀 있는 노트를 들고 왔다.

"판결문을 들고 오셨군요." 요한손은 노트를 향해 고갯짓을 하며 말했다.

"들을 준비가 되셨나요?"

"경청하겠습니다." 그가 이렇게 대답하는 사이, 또다시 어떤 감정이 솟아올랐다. 갑작스럽고 강렬하면서도 설명할 수 없는 기분이었다. 이번에는 고무되는 듯한 감정이었다.

스텐홀름 박사는 체계적이면서도 가르치는 것을 좋아하는 사람이었다. 요한손은 좌측 측두엽에 뇌경색이 발발한 결과 "몸 우측에 부분 마비가 발생"하여, 여러 증상 중에서도 특히 우측 팔에 "가동성 감소"가 일어났으며, 또한 우측 다리의 감각, 가동성, 근력이 저하되었다. 그리고 일 분가량 호흡이 정지되었기 때문에 양쪽 폐 또한 틀림없이 영향을 받았을 테지만, 그녀는 요한손의 폐에서 영구적인 손상의 징후는 찾지 못했다고 했다.

"짧은 순간 호흡 중단이 일어나는 것은 그리 드문 일은 아니고, 다양한 원인이 있을 수 있습니다." 울리카 스텐홀름이 설명했다.

"제가 이해 가지 않는 것은 어째서 제게 이런 일이 일어났느냐는 겁니다. 지금까지 머리에 문제가 생겼던 적은 한 번도 없었습니다. 심지어 두통약 같은 것을 먹어본 것도 손에 꼽을 정도이고요." 그리고 전립선도 지극히 정상이지. 그녀가 상관할 문제는 아니었기에 그는 속으로 생각만 할 뿐이었다.

스텐홀름 박사가 말했다. "그 역시 진짜 문제는 아닙니다. 문제는 선생님 심장에 있죠."

"심장이라고요?" 이 여자가 대체 무슨 말을 하고 있는 거야? 가끔 무리했을 때 조금 숨이 가쁠 때는 있었다. 가슴이 약간 뻐근하다고 느끼기도 했고, 맥박이 불규칙적으로 뛰는 것 같기도 했다. 자리에서 서둘러 일어났을 때 약간 현기증을 느끼기도 했지만, 그렇다고 한들 세상이 끝날 정도로 큰 문제라고 생각해본 적은 없었다. 그런 증상들은 보통 몇 차례 심호흡을 하거나 짧은 낮잠을 자고 나면 이내 진정되곤 했었다.

"선생님 심장이 아주 좋은 상태는 아닌 것 같습니다." 그녀는 자신이 방금 한 말을 강조하기 위해 고개를 두 번 끄덕였다.

"뇌경색은 그냥 빌어먹을 보너스 같은 거라는 말씀이십니까?" 요한손이 물었다.

"예, 그렇게도 표현할 수 있겠네요." 그녀는 이제 미소를 띠고 있었다. "설명을 좀 하겠습니다." 그녀가 말을 이었다.

그렇게 나쁘지는 않은데. 그녀가 설명을 마치자 그는 생각했다. 심방세동, 부정맥, 심장비대증, 관상동맥확장, 심장이 지나치게 빠르게 뛰거나 불규칙하게 뛰는 현상, 그리고 듣자마자 진작에 잊어버린 다른 증상들까지. 전부 그가 음식을 너무 많이 먹는데다 심지어 건강에 나쁜 것들만 섭취하고, 운동은 거의 하지 않는다고 봐도 무방하며, 심각할 정도로 비만하고, 지나치게 많은 스트레스를 받고, 고혈압에 콜레스테롤 수치도 극악하기 때문에 생긴 증상이었다.

"이 드라마에 등장하는 악역 중 심방세동이 가장 질이 나쁩니다. 혈구 다발이 한데 뭉쳐 혈전을 형성하니까요." 스텐홀름 박사가 설명했다. 박사의 표현을 듣자 하니 그의 가슴속에 수많은 악당들이 활개를 치고 다닌다는 사실에 의심의 여지가 없었다.

"그렇다면 이에 대해 어떤 처방을 내려주실 겁니까?" 요한손은 두 손 들고 당할 생각은 없었다. 오랜 세월 근면하게 일하면서 공공 의료보험에 꼬박꼬박 세금을 가져다 바쳤고, 또 건강염려증 환자들이 어수룩한 의사들을 구워삶아 자신이 낸 세금을 사실상 훔쳐가버렸다는 점을 감안하면 백기를 드는 것은 어불성설이었다.

그녀가 대답했다. "약을 드셔야죠. 혈압을 낮추는 약과 혈액 농도를 묽게 해주는 약, 콜레스테롤을 낮추는 약을 드셔야 합니다. 이미 그런 약들을 복용하고 계신걸요. 장기적으로 봤을 때 가장 큰 변화가 나타날 수 있는 방법입니다. 물론 전적으로 선생님께 달린 문제이지만요."

"체중을 줄이고 소식을 하고 스트레스를 줄이고 운동을 시작하라는 말씀이시군요." 그렇다면 당신이 거기 앉아 잔소리를 늘어놓을 일도 없겠지. 더이상 건터스에 갈 일도.

스텐홀름 박사가 미소를 지으며 말했다. "자, 아시겠죠? 어떻게 해야 할지 이미 알고 계시잖아요. 스스로 몸을 챙기는 일부터 시작하셔야 해요. 그보다 더 중요한 일은 없습니다."

"크리스마스트리는 장식해도 됩니까?" 요한손이 물었다. 그는 최근 몇 년 사이 이렇게 쾌활한 기분은 처음이었다. 참으로 이해할 수 없는 일이로군.

"진지하게 말씀드리는 거예요." 울리카 스텐홀름은 조금도 재미있어 하는 기색이 아니었다. "선생님께서 삶의 방식을 변화시키지 않는다면, 그러니까 근본적인 변화를 주지 않는다면 돌아가시게 될 겁니다. 약 복용을 중단하거나 가끔 건너뛰기만 하셔도 시기가 굉장히 앞당겨질 수 있어요."

"제 뇌 속에 있는 혈전은 작은 보너스라고 들었습니다만. 제 심장이 미쳐 날뛰어서 저를 엿 먹이기 시작했기 때문이라면서요."

"그건 경고라고 보시면 됩니다. 선생님께서는 가볍게 치부하고 넘어가셨죠. 제 환자들 중에는 선생님보다 훨씬 심각한 경고를 받은 사람들도 있습니다. 틀림없이 선생님께서는 여러 해 동안 심장에 이런저런 문제들을 느껴오셨을 테죠. 주치의가 아무 말도 해주지 않던가요?" 그녀는 신기하다는 듯 그를 바라보았다.

"저는 정기적으로 건강진단을 받습니다. 매년 주치의는 심장 소리를 듣는다든지 뭐 그런 검사를 하죠." 그가 설명했다. "하지만 아닙니다. 그는 대개 제 상태에 대해 만족스러워했습니다. 특별한 말은 해준 적이 없어요."

"한 번도 없다고요?"

"없습니다. 그러니 제가 이 일을 다소 가볍게 받아들이는 것처럼 보일 수 있겠지만, 약이나 다른 처방을 받은 적은 없습니다."

"개인적인 생각으로는 좀 이상한 의사 같습니다만."

"전혀 그렇지 않습니다. 그는 제 오랜 사냥 친구입니다. 오래전 성인이 됐을 때부터 함께 사슴 사냥을 가곤 했죠. 그는 제가 살던 곳 옆 마을 출신인데 부친께서 크람포르스 시에서 수의사 일을 하셨습니다. 그는 우메오 대학에서 의학을 공부했고요. 구월에 함께 사냥을 가기 위해 만날 때마다 저를 대충 살펴봐주죠."

"같은 말을 반복해서 죄송합니다만, 그분은 선생님 심장에 대해 아무 말도 해준 적이 없었나요?"

"없었다니까요." 요한손은 끝도 없는 잔소리에 진지하게 진절머리가 나기 시작했다. "지난번에 만났을 때, 그는 제 건강 상태에 대해 칭찬을 했습니다. 질투가 날 지경이라고요. 내가 행복한 남자라고 하더군요."

"칭찬을 했다고요? 어떤 점에 대해서 말이죠?"

좋아, 말해주지. 요한손은 무의미하기 이를 데 없는 대화의 끝을 내기로 결심했다.

"제 성기와 전립선에 대해서 말입니다. 그가 정확히 어떤 말을 했는지 알려드릴까요? 제 성기와 전립선이 자기 것이라면 얼마나 행복할지 모르겠다고 했습니다. 그는 비뇨기과 전문의라서 자신이 무슨 말을 하는지 충분히 알고 있습니다. 그가 평생 동안 본 성기 길이만 합쳐도 몇 킬로미터는 족히 될 겁니다." 끝내 말해버렸군. 뭐, 저 여자가 물어봤잖아.

스텐홀름 박사는 유감스럽다는 듯 금발을 흔들며 한껏 고개를 저었다. 짜증이 난 것 같았다.

"개인적으로 물어보실 질문이라도 있습니까?" 그는 순진한 표정을 지으며 덧붙였다.

"제가 궁금해할 게 있을까요? 그게 뭘까요?" 그녀는 짜증 내며 대꾸했다.

"다람쥐 이야기는 어떨까요? 들을 준비가 되셨다면 말입니다." 갑작스럽게 불타올랐던 성질머리는 어느덧 가라앉은 것 같았다.

그는 사내아이 시절에 사냥했던 모든 다람쥐에 대한 이야기를 꺼냈다. 그리고 다람쥐가 고개를 움직이는 방식에 대해서도 이야기했다. 또한 그가 다람쥐를 지켜보면서 보낸 수백 시간에 대해서도 늘어놓았다. 하지만 지금까지 늘어놓은 이야기에도 불구하고, 자신은 그 분야에 대해 특별한 통찰력을 갖추지 못한 비전문가가 틀림없기 때문에 그녀는 다람쥐와 닮은 구석이 조금도 없다는 말을 덧붙였다.

"이건 그냥 틱이나 버릇 같아요." 울리카 스텐홀름은 고개를 끄덕였다. 자신이 한 말을 강조하려는 듯한 태도였다.

그녀는 기분이 조금 나아졌다. 심지어 미소까지 띠고 있었지만 고개는 조금도 기울이지 않았다.

그녀가 말했다.

"전혀 다른 사안이 하나 있는데요. 선생님에 관련된 것은 아니고요. 음, 선생님 직업에 관련된 일입니다. 은퇴하시기 전 직업 말이죠." 그녀가 확실히 정리했다. "우리 둘이서 대화를 나누는 동안 이 이야기를 할 기회가 있을 거라고 생각했어요. 질문이 하나 있는데요."

요한손은 고개를 끄덕였다.

"들을 준비가 되신 게 확실한가요? 조금 긴 이야기가 될 텐데요."

"경청하지요." 요한손이 대답했다. 그리고 모든 것이 시작되었다. 최소한 라르스 마르틴 요한손에게는 그랬다. 이 일에 관련된 모든 사람에게는 오래전에 이미 시작된 이야기였으니까.

9

7월 14일 수요일 오전

긴 이야기였다. 이야기의 개요마저 장황했다. 이야기가 끝난 후 튀어 나온 질문들만 해도 여럿이었다. 그녀가 궁금해하고 있는 것은 제법 간단했다. 선생님께서는 '야스민 에르메간 살인 사건'을 기억하시나요? 그 아이는 고작 아홉 살의 나이에 강간당한 후 교살당했어요.

그녀는 우선 이야기의 대략적인 개요만 말해주었는데, 그마저도 요한손의 취향에는 지나치게 길고 엉망진창이었다.

울리카 스텐홀름에게는 세 살 터울의 언니 안나가 있었다. 그녀는 기소 담당 검사로 일하고 있었고, 검사로서의 삶에서 라르스 마르틴 요한손은 안나의 우상이었다. 그녀는 동생 울리카에게 요한손에 대하여 셀 수 없을 정도로 많은 이야기를 들려주곤 했다.

"선생님께서 국가보안청 청장으로 재직하고 계셨을 때, 언니는 선생님 밑에서 이 년 정도 일한 적이 있어요. 언니는 선생님께서는 보이지 않는 곳까지 살펴보실 수 있는 분이라는 말을 종종 하곤 했죠. 몸을 굽혀 고개를 내밀 필요도 없다고요."

"몸을 굽히지 않는다는 게 요점인 것 같군요." 요한손이 말했다. 이 여자는 누구를 위해 나를 끌어들이려는 걸까? 나는 언니란 사람이 누구인지 기억나지도 않는데. 그리고 '청장'이라는 직책에 대해서라면, 그는 현장 작전 책임자였다. 책상머리에 앉아서 서류 결재나 하는 부류가 아니었다.

"저희 아버지 오케 스텐홀름은 교구 목사님이셨어요. 스톡홀름 브롬마 지구에 있는 교구였죠." 그녀는 말을 이었다. "사실은 아버지에 대한 이야기예요. 아버지는 지난겨울, 크리스마스 직전에 돌아가셨어요. 암으로 돌아가셨고 여든다섯이셨죠. 물론 그즈음에는 이미 은퇴하신 상태였어요. 1989년, 그러니까 예순다섯 되던 해에 은퇴하셨죠."

좋아, 거기까지. 요한손은 급격하게 짜증이 치솟았다. 그게 대체 나랑 무슨 상관이라고?

"제가 이야기를 엉망진창 늘어놓는 것 같네요." 울리카 스텐홀름은 신경질적으로 고개를 흔들었다. "곧장 본론으로 들어가도록 해볼게요. 아버지께서는 돌아가시기 이틀 전, 여러 해 동안 자신을 괴롭혀왔던 일이 있다고 말씀하셨어요. 아버지 교구 주민 중 한 명이 고해성사를 하면서 털어놓은 말인가 보더라고요. 내용인즉슨, 한 어린 소녀를 살해한 사람을 알고 있다는 것이었어요. 소녀의 이름은 야스민 에르메간이었고요. 그 일이 일어났을 때 아이는 아홉 살이었고 브롬마 교구에 살고 있었죠. 하지만 그녀는, 그러니까 고해성사를 한 여자는 아버지에게 아무에게도 말하지 않겠다는 약속을 받아냈어요. 고해성사는 종교 의식의 일부이기 때문에 그 점은 문제가 되지 않았죠. 분명 알고 계실 텐데, 사제들은 비밀 유지에 대해 절대적인 맹세를 하니까요. 예외가 허용되지 않는 무조건적인 맹세이지요. 저나 제 동료 같은 의사들의 비밀 유지 서약과는 다르게요. 하지만 아버지께서는 이야기를 듣고 굉장히 고뇌하셨어요. 사건의 범인은 끝내 밝혀지지 않았으니까요."

정말이지 유례없이 엉망진창으로 돌아가는 이야기로군. 그는 두통이 도지기 시작했으므로, 상황이 도무지 나아질 것 같지 않았다.

"그래서 제가 궁금한 것은, 그리고 알고 싶은 것은……."

"펜과 종이 좀 주시죠." 요한손은 지시하는 듯한 태도로 왼손 엄지와 검지를 튕기며 말을 잘랐다. 도대체 나는 뭘 하고 싶어서 그런 걸 달라고 한 거지? 그는 곧바로 이런 생각이 들었다. "잠깐만요." 요한손이 말했다. "선생님께서 받아 적으시는 게 더 낫겠군요. 메모 부탁합니다. 새 페이지에요. 피해자의 이름이 뭐라고 말씀하셨죠? 아홉 살짜리 소녀. 부친의 교구에 살던 아이요."

"야스민 에르메간이에요."

"이름을 적으시죠. 이런 식으로요. 피해자, 쌍점 찍고, 야스민 에르메간, 9세, 브롬마 교구에 거주."

울리카 스텐홀름은 고개를 끄덕이며 받아 적었다. 그녀는 작성을 마치고 고개를 들어 다시 한번 고개를 끄덕였다.

"사건은 언제 일어난 것으로 추정됩니까?" 최근에 일어났을 가능성은 극히 적겠지.

"1985년 6월에 일어난 일이에요. 몇 주 전 신문에 관련 기사가 실리기도 했고요. 사건이 일어난 지 이십오 년이 되었다는 사실을 되새기는 큰 기사였죠."

"잠시만요. 6월 며칠 말입니까? 1985년 6월 며칠이었죠?" 그는 신중을 기하기 위해 이렇게 덧붙였다. 이제껏 사실관계를 혼동하는 정보 제공자는 지겹도록 만나봤단 말이지. 빌어먹을 두통 때문에 일이 도통 쉬워질 것 같지 않았다. 그가 연금 생활자 겸 환자라는 사실, 그렇기 때문에 일을 굉장히, 매우 조심스럽게 다뤄야 한다는 사실 역시 일을 어렵게 만드는 데 기여했다. 도대체 어째서 나는 속으로 생각할 때나 혼자 있을 때 갑자기 막노동꾼처럼 빌어먹을 욕설을 퍼붓게 되는 걸까? 어째서 나는 피아 말고 다른 사람들에게는 이토록 화가 치밀어 오르는 거지?

"그 애는 1985년 6월 14일 저녁에 실종됐습니다. 하지 일주일 전 금요일이었죠. 그리고 일주일 후, 하지 전날에 살해당한 채 발견됐어요. 강간당하고 목이 졸려서 말이에요. 살인범은 시그투나 시 외곽에 있는 숲속에 그 애를 묻었어요. 끔찍한 검정색 쓰레기 봉투에 처넣어서요."

"잠시만요. 오늘이 무슨 날이죠?" 갑자기 요한손의 머리가 완전히 멍해졌다.

"수요일이에요." 울리카 스텐홀름이 말했다. "오늘은 수요일입니다."

"그게 아니라요." 요한손이 말했다. "제 말은, 날짜요. 오늘이 며칠입니까?" 대체 내 머릿속이 왜 이 지랄인 거지?

"오늘은 7월 14일이에요. 2010년 7월 14일 수요일요."

"그렇다면 얼마나 오래 지난 겁니까? 그 애가 발견된 지 말입니다."

"대략 따져보면 이십오 년 하고도 삼 주가 되네요. 제 계산이 정확하다면 이십오 년 이십삼 일이 지났고요."

"그렇다면 공소시효가 지났겠군요." 요한손이 어깨를 으쓱하며 말했다. 이제는 오른쪽 어깨마저 움직였다. "이제 저 같은 사람들이 이 사건에 대해 할 수 있는 일이 없다는 뜻입니다. 범행을 저지른 자는 본인이 내키는 대로 수상쩍은 행동을 하고 다닐 수 있습니다. 그리고 저 같은 사람들은 그자에게 사건에 대한 이야기조차 할 수 없고요."

"하지만 그 법은 폐지됐잖아요. 공소시효법요. 지난봄에 의회를 통과하지 않았나요? 이제 살인죄에 대한 공소시효는 존재하지 않는다고요. 가령 올로프 팔메 암살 사건 같은 것도 있잖아요. 공소시효가 적용될 리가 없어요."

이 여자 참 빌어먹을 정도로 끈질기군. 요한손이 말했다. "이것 보시죠. 살인 및 종신형을 선고할 수 있는 몇몇 범죄에 대한 공소시효는 올해 7월 1일 기준으로 폐지되었습니다. 의회는 지난봄에 투표로 이 안건을 통과시켰지만 바뀐 법안은 7월 1일부터 적용되었습니다. 그러므로 7월 1일 이전에 공소시효가 지난 살인은 바뀐 법의 적용을 받지 않아요. 그 사건들은 영원히 종결되어 묻혀버리는 거죠. 제 말을 믿지 못하시겠다면 검사 언니에게 물어보시죠." 좀 모자란 사람 같군.

"이해했어요. 그런데 팔메 사건은 뭐가 다르죠?"

"팔메는 1986년 2월에 암살당했습니다. 그 사건은 올해 7월 1일 기준으로 아직 공소시효가 지나지 않았고, 말인즉슨 새로 제정된 법률의 적용을 받는다는 뜻입니다. 따라서 공소시효가 적용되지 않습니다. 하지만 선생님께서 말씀하신 야스민이라는 소녀는 1985년 6월에 살해되었으니, 법이 바뀌었을 시점에서 사건은 공소시효가 끝난 사건이 됩니다. 양쪽이 어떤 차이가 있는지 이해하실 테죠."

울리카 스텐홀름이 말했다. "끔찍하네요. 살인범을 찾아냈다고 생각해보세요. 선생님 동료들이 야스민을 죽인 남자를 찾아냈다고 가정해 보시라고요. 선생님께서 바로 오늘 그자를 찾아냈다고 한다면요? 어쩔 수 없이 그냥 놓아주어야 한다는 거잖아요. 아무것도 하지 못한 채로요."

"우리는 쓸데없는 짓은 할 수 없습니다." 요한손이 침대에 누운 채 고개를 끄덕이며 말했다. "쓸데없는 짓이죠." 그는 신중을 기하기 위해 같은 말을 반복했다. 그녀가 법에 대해서는 해박한 것처럼 보이지 않아서였다.

"정말 끔찍해요." 울리카 스텐홀름도 같은 말을 반복했다. "요즘에는 DNA 검사라든지 다른 수사 방식들이 많이 있을 텐데요."

"그렇습니다. 지랄 맞을 정도로 말도 안 되는 이야기죠." 요한손은 갑자기 설명할 수 없는 즐거운 기분에 또다시 휩싸였다.

"그래요, 말도 안 돼요." 울리카 스텐홀름이 동의했다.

"그렇습니다. 그런데 더 끔찍한 건 뭔지 아십니까?"

"아니요." 그녀가 고개를 젓자 금발도 함께 흔들렸다.

"반년 전에는 제 머릿속에 혈전이 없었다는 겁니다. 제가 태만한 탓이라고밖에 할 수 없겠군요. 그랬더라면 우리 둘이서 이 사건을 해결할 시간이 꽤 있었을 겁니다. 공소시효가 끝나기 전에요. 또는 선생님께서 미리미리 제 동료들과 이야기를 나눠보실 수도 있었을 테죠. 아니면 훌륭한 목회자셨던 부친께서 그러셨을 수도 있었을 겁니다. 그게 아니라면 야스민을 살해한 자가 불쌍한 소녀를 죽이기 전에 관대하게도 몇 주 정도 기다려줄 수도 있었을 텐데요."

"죄송합니다." 울리카 스텐홀름이 말했다. 그녀는 진심인 듯 보였다.

"선생님을 귀찮게 해드리지 말았어야 했는데……."

"그건 이제 신경 쓰지 마시죠. 정보 제공자, 야스민을 죽인 자를 알고 있다고 부친께 고백했던 여자 말입니다만……."

"예?"

"그녀의 이름이 뭡니까? 정보 제공자요."

"모르겠어요. 아버지께서 말씀해주시지 않았거든요. 그런 건 허용되지 않는다면서요. 아버지께서는 비밀 유지에 대한 맹세를 하셨으니까요."

"맙소사." 이 여자는 대체 무슨 말을 하고 있는 거지? "그렇다면 그녀가 부친께 이야기를 했던 것은 언제였습니까?" 요한손은 말을 이었다. "정보 제공자가요."

"제가 듣기로는 야스민이 살해당한 지 일 년 정도 지났을 때였던 것 같아요. 1989년 여름을 넘겼을 리는 없어요. 아버지께서 은퇴하신 때가 그즈음이었거든요. 아버지의 말씀에서 행간을 짚어보니, 그녀는 교구 신도 중 나이 지긋한 여성일 거라는 생각이 들었어요. 병세가 위중해진 탓에 아버지께 그 사실을 털어놓았다는 느낌도 받았고요. 고해성사를 한 이유 역시 그 때문이었을 테죠."

"하지만 이름은 모르신다고요? 그 여자요. 짐작 가는 바도 전혀 없습니까?"

"전혀 모르겠어요."

"그렇다면 그녀가 진실을 말하고 있다는 것을 어떻게 아십니까? 어쩌면 그녀는 머리가 살짝 돌아버렸을 수도 있습니다. 아니면 자신을 특별한 사람인 것처럼 포장하고 싶었을 수도 있고요. 그리 드문 일은 아닙니다."

"음, 아버지는 그녀의 말을 믿으셨어요. 현명하고 사려 깊은 분이셨고, 몇 해에 걸쳐 사건에 대한 소문을 들으셨을 테니 그리 쉽게 속아 넘어가시지는 않았을 거예요."

"그러면 부친께서 선생님께 하신 말씀으로는, 그녀가 누가 살인을 저질렀는지 말해주었다는 겁니까?"

"아니, 그런 말씀은 하지 않으셨어요. 제게는 말이죠."

"그 여자의 남편이나 아들, 친척, 이웃, 직장 동료 같은 사람은 아니었을까요? 어떤 관계였는지 아무런 실마리도 없습니까?"

"없어요. 하지만 저는 그녀가 아버지께 말씀드렸을 거라 확신하고 있어요. 범행을 저지른 사람의 정체를요."

"그녀는 어떻게 알고 있었을까요? 그녀가 말한 특정 인물이 실제로 범행을 저질렀다는 사실을요."

"모르겠어요. 그저 아버지께서는 그녀가 한 말을 믿으셨다는 사실만 알고 있을 뿐이에요. 그리고 그 때문에 커다란 고통에 시달리셨다는 것도요."

"알겠습니다, 알겠어요. 부친께서 선생님께 그 이야기를 해주셨을 때를 말씀해주시죠." 처음부터 철저히 검토해보자고. 당신에게 있어 처음 시점부터.

브롬마 교구의 전 목사 오케 스텐홀름은 지난해 12월, 85세를 일기로 암으로 사망했다. 죽음이 목전에 닥치자 딸이 하루 종일 곁에 붙어 있었다. 목사의 아내이자 울리카의 어머니는 이미 십 년 전에 사망했고,

울리카의 아버지는 언니 안나와 사이가 좋지 않았기 때문이다. 두 사람이 서로 대화를 나누지 않은 지도 벌써 몇 년이 흘렀다. 딸 울리카는 아버지와 정말로 친밀하다고 할 수 있는 유일한 사람이었다. 게다가 사랑하는 딸이기도 했다.

그는 생전의 마지막 며칠간은 거의 잠든 채 보냈다. 고통을 줄이기 위해 강한 약을 투여한 탓이었다. 하지만 사망하기 이틀 전, 몇 시간가량 정신이 완전히 또렷해졌고, 바로 그때 그녀에게 그 이야기를 해주었다.

"아버지께서는 중요한 이유가 있어서 약을 드시지 않았다고 말씀하시면서 이야기를 시작하셨어요. 머리를 맑게 하고 싶으셨다면서요. 약을 드시지 않는 게 머리를 맑게 하는 방법이었던 거죠. 그래서 제게 이야기를 할 수 있게 되셨죠."

"알겠습니다. 그게 전부입니까?"

"그래요." 울리카 스텐홀름은 인정할 수밖에 없었다. "단서로 삼을 만한 게 별로 없다고 생각하신다고 해도 이해할 수 있어요. 설사 사건의 공소시효가 만료되지 않았다고 하더라도요."

"말도 안 되는 소리 그만하시죠. 알아두셔야 할 점이 하나 있습니다, 선생님. 만약 살인 사건을 수사하게 될 상황에 놓이면, 찾아낸 만큼만 단서로 삼을 수 있다는 사실을 받아들여야 합니다. 수사가 얼마나 어려운지, 알고 있는 게 얼마나 적은지 불평해봤자 소용없는 짓입니다. 쓸데없는 생각일 뿐이죠. 제대로 된 경찰이라면 투덜거리면서 시간을 낭비하지 않습니다. 손에 쥔 것만으로 최선을 다하라, 이게 핵심입니다."

"그래요, 하지만 이 사건은……."

"입씨름 따위는 하지 맙시다." 요한손이 말을 잘랐다. "대신 우리가 알고 있는 사실들을 한데 모아 얼개를 그려봅시다. 이렇게 적도록 하세요."

울리카 스텐홀름은 고개를 끄덕이더니 펜과 노트를 들고 자리에 앉아 받아 적을 준비를 했다.

"작년 십이월, 부친께서는 돌아가시기 직전에 나이 지긋한 여성 신도가 털어놓은 이야기에 대해 선생님께 말씀하신다. 대략 이십 년쯤 전, 그리고 야스민이 살해당한 지 이 년 정도 지난 후, 비밀이 봉인된 고해성사실 안에서 일어난 일이고, 그녀는 죽음을 목전에 둔 상태이다. 맞습니까?" '비밀이 봉인된 고해성사실'이라, 나쁘지 않은 표현이로군.

"맞아요." 울리카 스텐홀름이 말했다.

"그 외에 기억나는 것은 없습니까?"

"없어요."

"알겠습니다. 자, 그렇다면 우리는 정말로 이 단서만으로 최선을 다해야 할 겁니다. 당신 말이 틀리지 않는다면요."

"무슨 말씀이신지 알겠어요. 하지만 그날 오전에 선생님을 처음 뵙게 되었을 때 제 머릿속에 떠오른 것은 딱 하나뿐이었어요. 선생님께서 입원하신 다음 날이었어요."

"듣고 있습니다." 요한손이 말했다.

"그 이야기는 제 아버지에게만 고통을 안겨주는 것은 아니었어요. 제게도 계속 골칫거리였죠. 특히 최근 신문 기사 하나하나가 신경이 쓰였어요. 그러다가 갑자기 선생님께서 이곳에 나타나셨으니……."

"그래서요?"

"아버지께서는 굉장히 독실한 분이셨어요."

"당연한 말처럼 들리는군요. 부친께서 목사셨다는 사실을 고려하면요." 요한손이 말했다.

"저도 신앙심이 조금은 있는 것 같아요. 아버지처럼 말이에요. 아버지만큼 독실하지는 않다는 사실은 인정할 수밖에 없지만요. 아버지라면 이런 상황에서 무슨 말씀을 하셨을까요?"

"모릅니다." 대체 내가 그걸 어떻게 안다고?

"이상한 일이 일어날 때마다 아버지께서는 이렇게 말씀하셨어요. 어떻게 해도 설명할 수 없는 이상한 우연의 일치 같은 일, 그게 좋은 일이든 나쁜 일이든 간에요."

"듣고 있습니다." 요한손이 말했다.

"주님께서는 이해할 수 없는 방식으로 움직이신다고 말씀하시곤 했죠."

"죄송하지만 제게는 신성모독처럼 들리는군요." 갑자기 이전과 똑같은 상황이 일어났다. 그는 순식간에 기분이 고무되었던 것이다. 그를 괴롭히던 두통은 완전히 사라져버렸다.

"무슨 말씀이시죠?"

"주님께서 선생님께 전직 경찰을 보내셨다는 생각요. 조그만 머리에 혈전이 생겨서 의식을 잃은 채 실려 와, 선생님께서 이십오 년 묵은 살인 사건을 해결하는 것을 돕도록 하셨다고요? 그것도 이미 공소시효가 지난 사건을요? 슬프게도 새로 개정된 법의 적용을 받기에는 이 주가 지나버렸는걸요." 생각했는지 모르겠는데, 당신 이야기에 유일하게 짜릿한 측면은 여기뿐이라고.

신경과 전문의이며 마흔네 살이지만 절대 마흔 이상으로는 보이지 않는 울리카 스텐홀름은 고개를 전혀 움직이지 않았다.

"주님께서는 이해할 수 없는 방식으로 움직이시죠." 그녀는 같은 말을 반복했다.

"제 문제가 뭔가 하면, 저는 이제 더이상 보이지 않는 곳까지 살펴볼 수 있는 사람이 아니라는 겁니다. 솔직히 제 상태도 잘 모르겠습니다. 몇몇 기억은 전혀 떠오르지 않습니다. 지난번에는 며느리 이름을 생각해내는 데 한 시간이나 걸렸습니다. 순식간에 짜증이 났다가 슬퍼지기도 하고 행복해지기도 합니다. 온통 엉망진창이 되어버려 갈피를 못 잡겠는데 이유조차 전혀 모르겠습니다. 이상한 말을 내뱉기도 하고, 걸핏하면 욕설도 튀어나옵니다. 선생님께서 말씀하신 야스민이라는 어린 소녀 살인 사건 말인데, 저는 전혀 기억이 나지 않습니다. 솔직히 말해서 실낱같은 기억도 떠오르지 않습니다. 단 하나도요."

"그건 선생님께서 겪으신 일 때문입니다. 선생님과 같은 상황에 처한 사람들 모두 경험하는 일이에요. 그러니 이런 말씀을 드려도……."

요한손은 고개를 저었다.

"저희가 이곳에서 선생님을 치료하고 있으니 자신 있게 드리는 말씀인데, 곧 정상으로 돌아오실 거예요."

"제 팔 역시 그렇게 될까요?" 손에 쥔 것만으로 최선을 다하는 게 좋을 테지.

"선생님 팔 역시 그렇게 될 겁니다." 스텐홀름 박사는 고개를 끄덕였다.

그런 다음 자리에서 일어나, 다시 한번 고개를 끄덕이며 요한손의 멀쩡한 팔을 토닥거렸다.

"이제 좀 쉬세요. 내일 뵙죠."

그녀가 병실을 떠나고 나서야 요한손의 기억이 되살아났다. 누군가 머릿속에서 지워버린, 전문가의 뻔한 요령 중에서도 단연 1번으로 꼽을 수 있는 방식이었다.

"빌어먹을!" 요한손이 소리를 질렀다. "돌아오지 못해, 이 여자야!"

"알겠어요." 그녀는 다시 침대 옆으로 다가왔다.

"부친께서는 사망하면서 수많은 서류와 노트를 남기셨을 겁니다."

늙은 목사들이란 서류 뭉치를 쌓아두는 데에는 타의 추종을 불허하는 사람들이니까.

"상자만 해도 여러 개 남기셨죠." 울리카 스텐홀름이 말했다.

"그 안에서 뭐가 나올지 한번 살펴보시죠." 요한손이 말했다. 내가 대신 살펴봐줄 생각은 없으니까.

그녀는 그 말을 들은 후 병실을 떠났다. 그는 그녀가 문을 채 나서기도 전에 곯아떨어지고 말았다. 나는 한때 보이지 않는 곳까지 살펴볼 수 있는 사람이었는데. 히프노스가 멀쩡한 팔을 움켜쥐고 부드럽게 어둠 속으로 인도하기 직전, 그는 생각했다. 히프노스는 호리호리하고 창백한 손에 쥐고 있는 녹색 양귀비 이삭으로 요한손을 유혹했다.

10

7월 14일 수요일 오후

라르스 마르틴 요한손은 한창때는 동료들 사이에서 '보이지 않는 곳까지 살펴볼 수 있는 사람'이자, 강력 범죄에 관한 한 걸어 다니는 백과사전 같은 존재로 통했다. 동료들은 잘 떠오르지 않는 예전 사건들을 맞닥뜨리게 되면 주저하지 않고 가장 먼저 요한손에게 물어보았다. 대개 그런 시도는 컴퓨터 앞에서 해당 인물을 찾기 위해 쏟아야 할 시간을 상당히 아껴주었다. 요한손은 보통 그들에게 도움을 줄 수 있었고, 기꺼이 요청을 받아주었으며, 세심하고 빈틈없는 답변을 해주었다. 또한 숫자를 기억하는 기묘한 재주가 있어서 특정 사건 수사 번호를 기억해 그 사건을 검토해야 하는 동료들에게 알려주는 경우도 종종 있었다.

이제 요한손의 머릿속에서 무슨 일이 일어나고 말았다. 그는 자신의 외동아들이 재혼한 상대의 이름을 잊어버렸다는 사실은 감수할 수 있었다. 어쨌든 잠시 후에 기억이 났으니까.

하지만 야스민 살인 사건, 아홉 살짜리 어린 소녀가 강간당한 후 교살당한 사건을 기억해낼 수 없다는 사실은 굉장히 심각한 문제였다. 사건이 이십오 년 전에 일어났다는 사실 또한 문제를 악화시킬 뿐이었다. 이전, 특히 현역 시절 중에 좀더 팔팔했던 시기에 일어난 살인 사건들에 대해서는 이후의 사건들보다 더 잘 기억해낼 수 있었고, 사건의 가장 중요한 사안에서부터 사소한 세부 사항까지 떠올릴 수 있었다.

이런 문제에 봉착하자 깊은 근심, 거의 존재론적 불안감이 고개를 들기 시작했다. 그가 야스민 살인 사건에 대해 잊어버렸다는 사실 때문이 아니라, 머릿속에서 무슨 일이 일어난 게 틀림없다는 사실 때문이었다.

그는 처음에는 간호사를 호출해서 알약을 좀더 달라고 요청하는 게 좋겠다고 생각했다. 그가 먹는 알약 중 하나는 무심하고 초연한 상태를 유지할 수 있게 하는 효과가 있었다. 그리고 괴롭히는 게 무엇이든 그와의 거리를 넓혀줄 것이고, 그가 더이상 신경 쓰지 않도록 해줄 터였다. 그 사건이 어떤 것이든 간에, 더이상 아무런 상관이 없는 것처럼.

하지만 이번에는 그럴 수 없었다.

"정신 똑바로 차리라고." 요한손은 큰 소리로 혼잣말을 했다. 인터넷을 뒤져서 살펴보기나 해볼까. 그가 야스민 살인 사건에 대해 기억하지 못하는 이유는 작은 다람쥐가 이야기 대부분을 뒤죽박죽 꼬아버렸기 때문이라고 치부해버리는 것이 가장 간단한 해결책이었다. 그는 순식간에 결론을 내렸지만, 그다음부터 일이 심각하게 틀어지기 시작했다.

그야말로 문제의 연속이었다. 그는 침대 협탁에 두었던 노트북을 침대 위로 가져와 앞에 내려놓고는 덮개를 열고 스위치를 눌렀다. 그 모든 행동을 왼손으로 수행했다. 오른손은 그저 방해가 될 뿐이었다. 그러다가 오래 지나지 않아, 노트북 비밀번호를 잊어버렸다는 사실을 깨달았다. 이날 아침, 의사가 병실로 들어와 요한손의 삶을 복잡하게 휘저어버리는 악몽 같은 일이 일어나기 전까지만 해도, 그는 비밀번호를 문제없이 기억하고 있었다. 하지만 더이상 자신의 컴퓨터를 사용할 수 없었다. 마치 예전부터 컴퓨터를 제대로 다룰 수 없었던 것 같은 기분이었다.

그럼에도 불구하고 그는 몇 차례 시도를 해보았다. 이마에 송골송골 맺히는 땀방울이 느껴졌고 두통이 도지기 시작했으며 가슴이 뻐근해졌다. 접속을 실패할 때마다 증상이 더 악화되었다. 빌어먹을, 빌어먹을, 빌어먹을. 그는 속으로 욕설을 내뱉었다. 현재 그가 신경을 쓰고 있는 것은 자신의 말투 변화가 아니었으니까. 그러다가 그는 피아에게 전화를 걸었다. 그녀는 회의중이었지만 전화를 건 사람이 남편이라는 사실을 알자 곧장 밖으로 나가 전화를 받았다. 그녀는 목소리에서 드러나는 걱정스러운 감정을 애써 숨기려 들지도 않았다.

"라르스, 무슨 일이야?" 그녀가 물었다.

"비밀번호를 잊어버렸어." 요한손이 말했다.

"무슨 비밀번호?"

"빌어먹을 노트북 비밀번호 말이야."

"세상에, 깜짝 놀랐잖아!"

"비밀번호가 뭐였지?" 요한손이 다시 한번 물었다. 제발 좀, 이 여자야. 그가 피아에 대해 그런 생각이 들었던 것은 이번이 처음이었다. 이십 년도 더 전에 그녀를 만난 이후로 처음 든 생각이었다.

"집에 적어둔 게 있어. 오늘 저녁에 면회 갈 때 알려줄게. 바로 튀어나올 정도로 외우고 다니지는 않으니까."

"제발 좀, 이 여자야!" 요한손이 소리를 질렀다. "빌어먹을 컴퓨터 비밀번호 하나 기억하는 게 그렇게까지 더럽게 어려운 일이야?" 그는 그 누구보다도, 그 무엇보다도 사랑하는 사람에게 엄청난 분노가 치솟아 올랐다.

"라르스, 전에는 내게 한 번도 소리친 적 없잖아. 당신답지 않아, 라르스. 그 이유야 우리 둘 다 알지. 하지만 부탁할게. 내게 소리치지 마."

그는 목구멍이 꽉 막혀버렸다. 그 또한 순식간에 일어난 일이었다.

"미안해. 미안해, 여보."

그런 다음 전화를 끊었지만, 좀더 빨리 끊었어야 했다. 이미 눈물이 뺨을 타고 흘러내리고 있었다.

그는 침대 시트로 얼굴을 문질렀다. 그 와중에 노트북컴퓨터가 침대 아래로 굴러떨어졌다는 사실은 전혀 신경 쓰지 않았다. 노트북은 누가 들어와 주워줄 때까지 바닥에 그대로 놓아두는 게 더 나을 수도 있었다. 이윽고 그는 심호흡을 세 번 하고 휴대전화를 들어 단짝 친구에게 전화를 걸었다. 친구의 번호는 단축번호로 지정되어 있었기에 어려운 일도 아니었다. 요한손은 왼손 엄지만으로 완벽하게 전화를 걸 수 있었다.

"야르네브링입니다." 야르네브링은 신호가 두 번 울리자마자 전화를 받았다.

"안녕하신가, 보. 나야."

"맙소사! 목소리 들으니 기쁘구먼! 몸은 좀 어떤가? 기운이 좀 난 것처럼 들리는데."

"부탁 하나 할까 해서 전화했지. 자네는 우리 집 열쇠를 갖고 있으니까. 우리 집에 잠깐 들러서 내 노트북컴퓨터 비밀번호 좀 찾아주겠나?

그러니까 그 비밀 장소에 비밀번호가 적힌 메모가 있을 테니…….”

“당연하지. 한 시간 안에 그쪽으로 가지.”

“아무튼 난 괜찮아. 똥통에서 구르는 돼지만큼 기분이 좋거든.”

“그래, 말하는 것을 들어보니 정신은 똑바로 박혀 있는 것 같군. 혀가 꼬부라들지도 않았고 말을 더듬지도 않으니.”

“이렇게 좋았던 적이 있었나 싶은데.” 요한손은 딱 잘라 말했다. 순간 머릿속에 무슨 생각 하나가 떠올랐다. 최근 며칠 동안 그에게 닥친 일에 비하면 굉장히 기분 좋은 생각이었다. 그렇게 대단한 생각까지는 아니었지만, 그야말로 진짜배기 보너스가 아닐 수 없었다. 부실한 심장 탓에 보너스로 뇌졸중을 일으키는 것과는 달랐다.

“부탁이 하나 더 있네. 우리 아파트에 들어가서 보드카를 한 병 들고 나오고, 오는 길에, 퀸터스 알지? 거기 들러서 자우어크라우트와 머스터드를 곁들인 소시지도 큰 놈으로 하나 사 왔으면 좋겠군. 마실 것은 따로 사 오지 않아도 좋아. 그런 건 여기에도 있으니까.”

“목이 좀 칼칼해졌나 보군.” 야르네브링은 그의 말을 받아주었다. “내가 들은 바로는 그런 곳에서 먹기에는 좀 이상한 음식인 것 같은데.”

“해줄 수 있겠나?”

“당연히 해주고말고. 소시지, 비밀번호, 보드카, 자우어크라우트. 한 시간 내에 가도록 하지.”

역시 내 단짝이라니까. 하지만 요한손은 울음을 터뜨리지는 않았다. 대신 침대에 편히 드러누웠다. 심지어 그럭저럭 양손을 깍지 끼고 배 위에 올려놓는 실용적인 자세를 취할 수도 있었다. 더이상 두통도, 분노도, 불안도 느껴지지 않았다. 평화롭군. 쉴 곳을 찾지 못한 나 같은 사냥꾼에게도 마침내 나름의 평화 같은 게 찾아온 게로군.

여기까지가 요한손의 입장에서 일들이 진행된 과정이었다. 그리고 요한손의 단짝 친구 보 야르네브링의 입장에서는, 그 일이 다시 시작된 사연이기도 했다. 이십오 년 만에 다시 시작된 일이었다.

2장

눈은 눈으로,
이는 이로…….

『출애굽기』 21장 24절

11

7월 14일 수요일 오후

야르네브링은 평소와 다를 바 없어 보였다. 그는 요한손의 병실 문 앞에서 잠시 걸음을 멈추고 자신의 눈으로 병실의 보안 상태를 점검한 다음, 순전히 물리적인 의미에서 병실 안을 점거했다. 마치 마약 소굴을 급습하는 듯한 모습이었다. 그는 침대 옆으로 다가와 요한손 옆에 자리를 잡고 앉았다. 그는 미소를 지으며 고개를 저었다.

"꼴이 참 볼만하구먼, 라르스." 야르네브링이 말했다. "뭐랄까, 예상했던 것보다는 훨씬 더 정신이 멀쩡해 보인다는 말이야." 야르네브링은 자신이 무슨 말을 했는지 깨닫고 이렇게 덧붙였다.

뭔가 잘못됐는데. 뭐가 좀 빠진 게 아닌가? 요한손은 생각했다. 야르네브링은 커다란 갈색 종이봉투를 침대 옆에 내려놓았는데, 그 안에 요한손이 찾는 것은 아무래도 없는 것 같았다. 그리고 야르네브링에게서는 애프터셰이빙 크림 냄새가 났다. 그 외에는 아무 냄새도 나지 않았다. 권터스에 막 들렀다 온 사람이라면 그럴 수는 없었다.

"내 소시지는 어디 있는 거야?" 요한손이 비난하는 듯한 목소리로 물었다.

"여보게, 라르스." 야르네브링이 몸을 앞으로 굽혀 커다란 손으로 요한손의 어깨를 붙잡아 힘을 주면서 말했다. "자네는 내 둘도 없는 친구 아닌가. 아직 살아 있는 모습을 보니 지랄 맞게 기쁜군그래."

"나도 마찬가지야. 그래서 대체 내 소시지는 어디 있는 거야?" 그리고 내 보드카는?

"여기 있네." 야르네브링은 갈색 종이봉투 안에 담긴 것들을 꺼내 침대 위에 올려놓았다. "사과, 배, 오렌지, 바나나라네. 내가 초콜릿까지 사 왔다니까. 카카오 100퍼센트로 된 건강에 좋은 놈이지."

"소시지는 없군."

"소시지는 없고, 보드카도 마찬가지야. 자살하고 싶다면 직접 해야 할 거야. 내가 도와줄 생각은 없으니까. 하지만 자네가 부탁한 대로 노트북컴퓨터 비밀번호는 알아 왔지. 그리고 자네 몸 상태가 나아져서 병원에서 퇴원하기만 하면, 내가 직접 자네를 데리고 체육관으로 가서 철저하게 단련시켜줄 생각이야."

"도와줘서 고맙기 그지없군. 이런 놈이 친구라니 친구가 다 얼어 죽었나?"

"그만 투덜거리라고. 힘든 시기를 겪고 있는 사람은 자네만이 아니니까. 알다시피 피아도 그리 좋은 시간을 보내는 게 아니지 않나. 나도 마찬가지고. 지난주 월요일에 자네가 여기 실려 오는 꼴이 되었을 때, 《아프톤블라데트》에서 웬 멍청이가 전화를 걸어서 자네가 복부에 총상을 입어 집중 치료실에 들어갔다고 하더라고. 그때 나는 정원에 앉아서 내 아내랑 여동생, 매부와 함께 차갑고 맛있는 필스너 맥주를 마시면서 유유자적하고 있었지. 그렇게 연금 타 먹는 삶을 즐기고 있었는데, 그 멍청한 전화가 걸려 와서 자네가 총에 맞아 죽어가고 있다고 우기지 뭔가. 내가 뭐라고 대답했는지 궁금할 테지?"

"뭐라고 했길래?"

"지옥으로 꺼져버리라고 했지. 그런 다음 긴급상황실에 전화를 걸어서 뭔가 알고 있는지 물어봤지. 거기서도 어떤 얼간이가 전화를 받던데, 그런 놈이 경찰이라니. 물론 어떤 놈팡이가 자기랑 닮은 놈을 뽑아서 중앙통제부서에 집어넣었겠지. 어쨌든 녀석이 아는 거라고는 긴급출동반의 젊은 친구들이 자네를 카롤린스카 병원 응급실로 이송중이라고 무선으로 떠들어댔다는 거야. 듣기로는 제대로 된 구급차를 기다릴 시간도 없을 정도로 빌어먹을 긴급사태였다는군. 내가 덜컥 걱정이 들었던 것도 당연하지. 그래서 다시 한번 전화를 걸어봤는데 의사들은 아무 말도 해줄 수 없다고 하고, 피아는 내내 통화중이지 뭔가. 그래서 당연히 점점 더 걱정이 되기 시작했지."

"자네에게도 편한 시간은 아니었겠군." 요한손이 말했다.

"그렇고말고. 편한 시간은 아니었지. 맥주를 서너 잔 마신 상태이긴 했지만 카롤린스카 병원으로 가서 자네에게 작별 인사라도 해주려고 막 차에 올라탔는데, 옛 동료 녀석 하나가 내게 전화를 걸어서 어떻게 된 일인지 말해줬다네. 자네를 태우고 병원으로 간 녀석들 중 하나였거든. 아직도 연락을 하고 지내니까."

"P-2 말이로군. 파트리크 오케손." 요한손의 기억이 되살아났다.

"요것 봐라. 완전히 맛이 간 것은 아니로군. 어쨌든 자네가 복부에 총을 맞았다는 것은 미친 헛소리였지. 자네가 지난 이십 년 동안 기를 쓰고 처먹으려고 했던 그 쓰레기 같은 음식 때문이지 않나. 죽자고 그딴 것들만 먹어대고. 소시지에 머스터드와 소스처럼 무슨 오물 같은 것들을 잔뜩 발라 처먹으면서, 기절까지 할 정도로 엉망진창 살지 않았나?"

"뭐, 기절까지 했는지는 잘 모르겠는데……."

"끼어들지 마. 이 말은 똑똑히 해두겠는데, 소시지에 관한 부탁이라면 손가락 하나 까딱하지 않을 거야. 하지만 그게 아니라면 뭐든지 부탁해도 좋아. 당연하지 않나."

"그렇다면 자네가 도움을 줄 수 있을지도 모른다고 생각하던 게 있긴 하지."

"말해보게." 야르네브링이 말했다.

"이십오 년 전, 그러니까 1985년 여름에 일어났던 살인 사건 하나 기억나나? 아홉 살짜리 소녀가 강간당하고 교살당한 후 시그투나 교외에 파묻힌 사건 말이야. 소녀의 이름은 야스민 에르도간이라고 하네."

야르네브링은 어이가 없다는 표정으로 그를 바라보았다.

"왜 그 사건에 대한 생각을 하고 있는 거지?" 야르네브링이 물었다.

"지금 그 부분은 신경 쓰지 말고. 나중에 이야기할 기회가 있을 거야." 그는 얼버무리려고 이렇게 덧붙였다. "그 사건이 기억나나?"

"그래." 야르네브링이 고개를 끄덕이며 대답했다.

"말해보게."

"소녀의 이름은 야스민 에르메간이었어. 에르도간이 아니라 에르메간. 짧게 요약해서 말하자면…… 그 애는 이란 출신이었지. 태어난 지 몇 해 지나지 않았을 때 부모님과 함께 이곳으로 이주했어. 그 애는 1985년 6월 14일 금요일 저녁에 솔나 시에 있는 어머니의 아파트에 있다가 실종됐지. 그리고 일주일 후, 6월 21일 금요일, 하지 전날에 발견됐어. 그 애는 교살당한 게 아니라 질식사한 거라네. 법의학자의 보고에 따르면 베개에 짓눌린 것 같아. 법의학자가 그 애의 기도에서 조류의 솜털과 흰색 섬유를 미량 발견했거든. 그 애의 몸은 네 장의 비닐 봉투에 싸인 채 평범한 포장용 테이프로 밀봉되어 있었지. 범인은 멜라렌 호수의 작은 만에 자란 갈대밭 사이에 그 애를 유기했지. 스코클로스테르 궁에서 북쪽으로 이 킬로미터 떨어진 곳이었어. 그러니까 그 애는 파묻힌 게 아니라 그냥 유기된 거라네. 그 애가 발견된 곳까지 차를 타고 들어갈 수 있었어. 범인은 그저 애를 들고 십여 미터 정도 이동하는 것으로 충분했지. 대부분의 사람들은 다 할 수 있는 일이었어. 그 애는 체중이 삼십 킬로그램이 채 안 나갔으니까."

"어떻게 그걸 다 기억하고 있나?" 요한손이 물었다. 나는 요만큼도 기억이 나지 않는데, 야르네브링 녀석은 어떻게 그걸 다 알고 있는 거지?

"내가 맡았던 사건이었으니까. 그러니 낯선 사건이라고는 절대 말할 수 없지. 야스민 살인 사건에 대해서는 모조리 알고 있네. 내가 모르는 것은 단 하나뿐이야."

"그게 뭐지?" 요한손은 답을 알고 있었음에도 이렇게 물었다.

"누가 그 불쌍한 아이를 죽였는지 말이야. 그 개자식에게 하고 싶은 말이 좀 있는데."

12

7월 14일 수요일 오후

야르네브링은 조금 전 가져온 사과 한 알을 크게 베어 먹으며 말했다. "말해보게. 왜 이십오 년 전 살인 사건에 흥미를 갖게 된 거지? 혹시 경찰이나 그 비슷한 일에 복귀할 생각을 하고 있는 건가?"

"아니, 그건 전혀 아니야. 여기서 일하는 사람 하나가 신문에서 기사를 읽었다면서 내게 물어보더라고. 그러다가 그녀가 말하고 있는 사건에 대해 뭐 하나 기억나는 게 없다는 사실을 깨달았지 뭔가. 썩 좋은 기분은 아니더군. 나는 그런 일을 기억하는 데 별 어려움이 없는 사람이었으니까."

야르네브링이 씩 웃으며 말했다. "그렇게 놀랄 일은 아니로군. 사건이 일어났을 당시 자네는 국가경찰청 소속이었으니까. 서류 뭉치에 파묻혀 있었으니 무엇을 보거나 들을 기회가 없었겠지."

"그럴지도 모르겠군." 요한손이 말했다.

"알겠네." 야르네브링은 떡 벌어진 어깨를 으쓱했다. "내가 의사는 아니지만, 자네에게 일어난 일과 관련이 있을지도 모르겠군. 분명히 그런 일이 자네에게도 일어났을 테지? 머릿속에 생긴 혈전이 정말로 이것저것 다 개판으로 만들어버릴 수 있다네. 내 아버지 때가 떠오르는군. 아버지께서는 갑자기 가족을 아무도 못 알아보게 되셨지. 그러고는 돌아가실 때까지 주저앉아서 펑펑 울고 계시거나 누구를 만나든 무엇을 보든 폭소를 터뜨리시곤 했지. 이런 식으로 말해도 될지 모르겠지만 아버지께서는 그때부터 이미 다른 분이셨다네."

"나는 좀더 드문드문 기억을 잃은 것 같아. 머릿속 일부가 비어버린 느낌이야. 하지만 이 사건을 기억해냈어야 해. 사건이 일어났을 때 언론도 크게 다뤘을 게 분명하니까. 예를 들어 1989년에 회르뷔 시에서 일어난 헬레네 닐손 살인 사건에 대해서는 세세한 부분까지 다 떠올릴 수 있거든."

"아니." 야르네브링은 단호하게 고개를 저었다. "이 사건은 헬레네 사건과는 달라. 신문 기사 분량만 따져봐도 헬레네 쪽이 야스민보다 백 배는 더 많았을 거야. 실종 첫 주에 야스민은 단 한 번도 신문 기사에 등장하지 않았다네. 텔레비전이나 라디오 역시 아무것도 보도하지 않았고."

"어째서지? 아홉 살짜리 소녀가 금요일 저녁에 집에 있다가 실종됐는데? 틀림없이 엄청난 소동이 일어났을 텐데?"

"별다른 소동은 일어나지 않았어. 그 애의 부모는 일 년도 더 전에 별거를 시작했다네. 야스민은 일주일은 아버지와 아버지의 새 애인과 함께 브롬마 지구 에펠비켄에서 지냈고, 다음 일주일은 솔나 시에 있는 엄마 집에 있었지. 그 애의 어머니는 혼자 살고 있었다네. 그 애가 엄마와 함께 지내기로 되어 있었던 주에, 모녀는 고작 몇 시간 만에 말다툼을 시작한 거야. 그 애는 자기 물건을 챙겨서 밖으로 나가버렸다네. 몇 시간 후 어머니가 솔나에 있는 우리 동료들에게 연락을 취했을 때는, 그녀마저도 야스민은 그저 자기 아버지에게 돌아간 거라고 믿고 있었지. 그녀는 당연히 전남편 집으로 전화를 걸어보았지만 아무도 전화를 받지 않았어. 솔나 경찰서 당직 형사는 그 애 아버지 집으로 순찰차를 보냈다네. 애 어머니는 전남편을 무서워해서 함께 가는 것을 거부했지. 그런데 그가 살고 있던 저택은 텅 빈 채 문이 잠겨 있었다네. 이상한 일이었어. 우리 동료 형사들이 그의 직장 동료들과도 이야기를 나눠보았는데, 그는 그날 저녁에는 근무를 하러 나올 예정이었다더군. 그는 의사였다네. 조금 이상한 실험에 관여하고 있었는데, 수많은 실험용 동물들을 천천히 죽여가면서 상태를 계속 살펴볼 수 있도록 집과 일터를 오가면서 지내고 있었지. 하지만 그 금요일 저녁에는 행방이 묘연한 상태였어. 근무시간을 바꿔달라고 직장 동료 하나에게 사정사정했다는군. 우리가 그 사실을 알아내기까지는 일주일쯤 걸리고 말았지. 그런데 이곳이 바로 그가 일하던 곳이야."

"여기? 신경과 말인가?"

"아니, 카롤린스카. 그는 카롤린스카 연구소에서 일했지. 어떤 연구부서에서 부교수로 재직하고 있었다네."

"아, 이해했어."

"그래. 그러니까 아이가 아버지의 직장에 나타나자 그는 화가 머리끝까지 나서 아이를 데리고 사라져버렸다는 게 일반적인 인식이었어. 그 애 부모는 꽤 복잡한 이혼 조정중이었는데, 일이 정말로 추잡하게 흘러가고 있었지. 다른 문제들도 있었지만, 대부분의 분쟁은 유일한 자식이었던 야스민의 양육권에 대한 다툼이었어. 모두들 그에 관련된 문제라고 생각했다네. 우리들이나 야스민의 어머니마저도."

전형적이로군. 요한손은 생각했다. 처음부터 수사가 잘못 진행되는 전형적인 예였다. 모든 것이 그럴듯했고, 모든 사람이 그럴듯한 판단을 했다. 그러다가 모든 것이 완전히 틀어져버렸다.

"하지 전날에 그 애가 발견되자 모든 것이 변해버렸지. 내가 사건에 투입된 시점은 그때였다네. 나는 토요일 오전에 소환 명령을 받아 나머지 팀원들과 함께 솔나 경찰서에 지원을 나갔지. 하지만 불행하게도 그 수사 또한 잘못된 길로 빠지고 말았다네. 나 때문이 아니라 수사 책임자였던 바보 천치 때문이었어."

"자네가 수사 책임자였을 거라고 생각했는데. 자네가 맡은 사건이라고 하지 않았나?"

"나는 부책임자였지. 우리 동료 중 한 사람이 공식적인 수사 책임자였다네."

"그게 누구였지?" 요한손이 물었다.

"알고 싶지 않을 텐데." 야르네브링이 함박웃음을 지으며 말했다.

"아니, 알고 싶네."

"에베르트 벡스트룀이었어." 야르네브링은 더 크게 웃으며 말했다.

"하느님 맙소사!" 요한손이 말했다. 하느님 맙소사!

13

7월 14일 수요일 오후

"물 한 잔 주게." 요한손은 침대 협탁 위에 놓인 유리 물병 쪽으로 고갯짓을 하며 말했다.

"자네 얼굴이 새빨개졌구먼, 라르스. 그냥 부탁을 들어줄걸 그랬나. 보드카도 가져오고."

야르네브링은 물을 한 잔 따른 다음 요한손이 쭉 뻗은 손에 조심스럽게 물잔을 건네주었다. 요한손은 벌컥벌컥 물을 마셨다. 그는 이제 완전히 평정심을 되찾았다. 약의 힘을 빌리지 않고도 진정된 것이다.

"지금 가져와봐야 너무 늦었어." 요한손이 윗입술에 맺힌 물방울을 훔치며 말했다. "보드카는." 요한손은 야르네브링이 빈 물잔을 받아 다시 침대 협탁 위에 올려놓는 모습을 보며 덧붙였다. "고맙네."

"신호등을 직업으로 삼을 수도 있겠군, 라르스." 야르네브링이 말했다. "자네를 교차로 옆에 세워두면 쌍소리를 퍼부어대며 즉시 빨간색으로 변할 테니까."

"도대체 어떻게!" 요한손은 강한 어조로 말했다. 그러고 싶은 심정이기도 했고, 몸속에 쌓여가는 스트레스를 절실하게 해소할 필요도 있었다. "도대체 어떻게 그런 결정을 내릴 수가 있지? 아니, 그런 생각을 떠올렸다는 것 자체를 이해할 수 없군. 에베르트 벡스트룀을 그런 사건의 초동수사 책임자로 임명했다고?"

"에베의 실수였다고 생각하네." 야르네브링의 말투로 미루어 보아 그는 그렇게까지 불만인 것처럼 보이지는 않았다.

"에베? 어떤 에베 말인가?"

"에베 칼손■ 말이야. 경찰 일에 쓸데없이 고개를 들이밀곤 하던 그 미치광이 출판업자 자식 있지 않나. 법무장관 휘하 정보 담당 비서관으로 일하던 시절, 서독 대사관 점거 사건■■부터 십일 년 후에 일어난 올로프 팔메 암살 사건에 이르기까지 끼어들지 않는 곳이 없었지. 그 에베 녀석이 본니에르 출판 그룹 임원으로 있었을 때 일이었어. 도대체 그놈들이 살인 사건 수사와 무슨 관계가 있는지는 모르겠지만. 아니면 우리 윗자리를 차지하고 있던 덜 떨어진 국가경찰청장이 한 일일 수도 있지. 살인 사건 수사를 어떻게 하는지 쥐뿔도 모르면서 우리의 경애하는 수상 암살 사건 수사 책임자로 자기 자신을 임명하고는, 단짝 친구 에베의 도움을 요청해야 한다고 우기던 놈 말이야."

■ 스웨덴의 저널리스트 겸 출판인으로, 1986년 올로프 팔메 사건 당시 스웨덴 총리가 암살당하자, 법무부 장관 및 국가경찰청장의 비호 아래 비공식적이고 불법적인 조사를 수행했다. 칼손의 조사 활동은 이후 언론에 의해 밝혀져 정치 스캔들로 비화된다.

■■ 1975년 서독 적군파가 서독에 구금되어 있던 동료의 석방을 요구하며 스톡홀름에 있던 서독 대사관을 점거한 사건.

"설명해보게."

"긴 설명을 바라나, 짧은 설명을 바라나?" 야르네브링이 물었다.

"긴 쪽이 낫겠군." 요한손은 오랜만에 생기가 도는 것을 느끼며 말했다.

"에베가 호모 자식이었다는 것을 기억할지 모르겠군." 야르네브링이 이야기를 시작했다.

"그게 무슨 관계라도 있나?"

"이 대목에서는 실제로 관계가 있지." 야르네브링은 뒤틀린 미소를 지으며 말했다.

"어떻게?"

"야스민이 살해당하기 육 개월 전, 출판업자는 비슷한 부류의 녀석들이 모이는 한 클럽에 모습을 드러냈다네. 거기서 해군 정복을 입은 젊은 남자를 하나 발견하고는 집으로 초대했지. 술집에서 처음 만난 사람을 집으로 끌고 갔을 때 으레 기대하는 일을 노리고 말이야. 게이든 아니든 상관없이 다들 기대하는 일 있지 않나." 야르네브링은 무슨 이유에서인지 이렇게 덧붙였다.

"그래서 무슨 일이 일어났는데?" 요한손이 말했다.

"도널드 덕 옷을 입고 있던 젊은 녀석이 그를 털었다네. 출판업자를 죽도록 팬 다음, 지갑이랑 값나가는 물건들을 가지고 사라져버렸어. 그 중에는 출판업자가 경매에서 사들인 오래된 드레스 몇 벌도 있었지. 리타 헤이워스가 입었던 의상으로 추정되는 옷이었거든. 미국 배우 말이야. 듣자 하니 꽤 값이 나가는 물건이었다더군."

"계속해보게."

“출판업자는 경찰에 신고했고, 무슨 행운이 겹쳤는지 벡스트룀이 그 사건을 담당하게 되었다네. 그런데 벡스트룀은 행운을 제대로 걷어차고 말았어. 정신을 똑바로 차리고 평범한 사람들처럼 행동하는 법을 배우지 않는다면 이런 일을 당하는 것은 감수해야 한다고 출판업자에게 설교를 해댔거든.”

“한숨 나올 노릇이로군.” 요한손이 말했다. 한숨에 신음까지 나오겠군.

“당연하게도 에베는 미친개처럼 날뛰었지. 뭐랄까, 누가 그러지 않겠나? 본인은 죽도록 얻어맞고 강도까지 당했는데. 그래서 그는 절친한 친구에게 전화를 걸어서 벡스트룀 녀석이 한 짓에 대해 말했다네. 벡스트룀이 그를 후장 따먹는 놈이라든지 똥구멍 곡예사라든지, 비슷한 의미의 여러 표현으로 불렀다는 사실 역시.”

“국가경찰청장은 미친놈처럼 화를 냈겠군.” 요한손이 결론을 내렸다.

“온건하게 표현해서, 완전히 이성을 잃어버렸다고 하자고. 그래서 그는 에베르트 녀석에게 앞으로 행실 똑바로 하고 다니지 않으면 죽여버리겠다고 협박했지. 그래서 벡스트룀은 국가범죄수사국에서 쫓겨났다네. 그리고 징계의 의미로 솔나 경찰서 범죄수사과로 전출되었지. 야스민이 실종되었을 때, 마침 녀석이 거기 엉덩이를 붙이고 있었던 거야. 당시는 여름이어서 다들 휴가를 떠난 터라 마땅한 사람이 없어 일주일 후에 결국 놈이 수사 책임자가 된 거라네.”

“그후로 야스민 사건은 어떻게 됐지?” 요한손이 물었다. 이미 답을 알고 있었기에 멍청한 질문이 아닐 수 없었다.

“아래로 고꾸라졌지. 지하실까지 쭉 뚫고 들어가버렸다네. 하지만 솔직히 말해서, 벡스트룀 혼자만의 잘못은 아니었어.”

“말해보게.”

“진심인가?” 야르네브링은 시간을 확인했다. “오늘 피아는 안 오는 건가?”

“세 시간 후에 올 거야. 시간은 넉넉하지. 어서 시작하게.”

에베르트 벡스트룀 경위는 수사 개시 직후부터 머릿속에 명확한 그림을 그려놓은 터였다. 야스민은 어머니와 말다툼을 했다. 야스민이 아버지의 집으로 돌아가자, 아버지는 딸을 데리고 도시를 떠났다. 어려운 양육권 분쟁에 종지부를 찍을 수 있는 손쉬운 방법이 아닐 수 없었다. 그러다가 일주일 후에 야스민이 살해당한 채 발견되었을 때, 벡스트룀은 그저 사소한 수정을 가하는 것만으로 충분했다. 야스민의 아버지는 단순히 딸을 유괴한 것뿐만 아니라, 강간하고 살해하기까지 한 것이었다. 그와 같은 사람들에게 적용되는 일반적인 근거에 따른 추론이었다.

“끔찍한 명예 살인 사건이 또 한 건 발생했다고 생각했지. 아랍인들과 이슬람교도 같은 부류의 인간들이 저지르는 일 말일세. 당연하게도 에베르트는 그런 종류의 일에 대해 다른 사람들보다 훨씬 잘 알고 있었으니까.” 야르네브링은 침울하게 고개를 끄덕였다.

“하지만 강간을 당했는데도? 녀석은 어떻게 그따위 가설을 믿을 수가 있지? 불쌍한 소녀는 강간당하지 않았나?” 요한손은 믿지 못하겠다는 듯 고개를 저었다.

“그건 문제가 아니었어. 벡스트룀의 말에 따르면, 야스민의 아버지 같은 남자들은 자식을 건드리지 않을 때는 염소나 양을 범한다고 하더군. 게다가 유감스럽게도 야스민의 어머니가 벡스트룀의 의견에 상당한 신빙성을 더해주었거든. 아까도 말했지만, 사건이 일어났을 때 두 사람은 이혼소송중이었고, 그전에 그녀는 남편에게 여러 번 학대를 받았다고 신고한 적도 있었다네. 조사는 유야무야 끝나버렸지만, 내 의견을 묻는다면, 그는 최소 한 번 이상 그녀를 심하게 폭행한 것 같아." 야르네브링은 생각에 잠긴 채 말했다.

"야스민 사건이 일어나기 고작 두 달 전, 그 애의 어머니는 남편이 딸을 성적으로 학대했다고 주장하면서 타는 불에 기름을 더 부어버렸다네. 기본적으로 그녀는 정말로 사생결단의 각오로 나서고 있었던 거야. 두 사람 모두 딸에 대한 양육권을 원했지만, 평결이 나오기를 기다리는 동안 일주일씩 돌아가면서 딸을 맡는 데 동의했어. 그런데 그 애는 스톡홀름 중심가에 있는 학교에 다니고 있었다네. 학비가 비싼 사립학교였어. 부모가 같이 살고 있을 때부터 다니던 곳이었지."

"그건 사실이었나? 아버지가 딸을 성적으로 학대했다는 것."

"아니. 그러지 않았을 거라고 확신해. 그 이야기는 곧 하지." 야르네브링이 말을 이었다. "다른 한편으로는, 그가 아내를 종종 폭행했다는 점은 틀림없을 거야. 그리고 두 사람의 관계가 끝을 향해가면서 폭행이 점점 더 빈번히 발생했다고 생각하네."

"믿을 수 없을 정도로 우울한 이야기로군." 요한손이 한숨을 쉬었다.

"앞으로 더 심해질 텐데."

"듣고 있네."

"야스민이 발견되었을 때, 아버지의 행방은 여전히 오리무중이었어. 그때까지 아버지는 일주일 내내 실종 상태였던 거지. 다음 날 아침, 그러니까 토요일 아침에 라디오와 텔레비전에서 야스민의 시체가 발견되었다는 뉴스가 발표되었지. 그로부터 두 시간쯤 지나 그가 솔나 경찰서에 모습을 드러냈다네. 완전히 정신이 나간 채로."

"그래서 어떻게 됐지?"

"그런 재난이 또 없었지. 완전히 빌어먹을 재난의 연속이었다니까. 벡스트룀이 처음으로 애 아버지를 신문했을 때, 그가 에베르트 녀석의 팔다리를 부러뜨리려고 날뛰면서 신문은 끝나고 말았지. 그 애 아버지는 덩치가 큰 남자였거든. 나처럼. 하지만 벡스트룀은 멍청한 놈은 아니었어. 그렇게 당할 정도로 바보는 아니었지. 근처에는 다른 형사들이 많았고 애 아버지는 죽도록 쥐어터진 다음에 유치장으로 끌려갔다네. 검사는 즉시 그를 구금하기로 결정을 내렸어. 그 시점에서 검사는 벡스트룀과 의견이 완전히 일치했거든. 솔직히 말하면 우리 동료들 대부분이 그랬지. 당시에는 나조차도 아버지가 범인이라고 생각했으니까. 그는 종적을 감춘 일주일 동안 어떻게 지냈는지 진술했는데, 애석하게도 그 진술은 사실이 아닌 것으로 드러났거든."

"그가 뭐라고 주장했길래?"

"바닷가 군도 중 한곳에 있는 별장에 내내 틀어박혀서 인생에 대한 진지한 성찰을 하고 있었다나. 직장 동료에게서 별장을 빌렸다면서. 뭐, 별장을 빌렸다는 것은 분명 사실이었지만, 그거 하나만 빼고는 죄다 거짓말이었어. 뻔한 이유 때문이었지."

"불륜이로군. 다른 여자가 있었던 거야." 요한손이 결론을 내렸다.

"당연히 여자가 있었지. 하지만 그가 사실을 털어놓기까지는 며칠이 걸렸다네. 이런 식으로 말해도 좋을지 모르겠는데, 좀더 복잡한 상황으로 드러났어."

“복잡하다니, 그게 무슨 뜻인가?” 요한손이 물었다.

“뭐, 말 그대로야. 그에게는 정기적으로 만나는 파트너가 있었지. 그와 같은 나이의 다른 의사였어. 혹시 눈치챘는지 모르겠는데 이 이야기에는 의사들이 잔뜩 등장한다니까. 그 파트너는 에펠비켄에 있는 저택에서 그와 함께 살고 있었는데, 그곳은 그녀의 집이었어. 부모님에게 양도받은 집으로, 그녀와 야스민의 아버지는 그가 그 애의 어머니와 헤어지기 일 년 전부터 만남을 가지고 있었지. 이 모든 일이 일어났을 때 그녀는 다른 곳에 있었다네. 부모가 살고 있는 스페인으로 이 주 동안 휴가를 떠난 상태였거든. 그래서 그녀의 애인은 그 기회를 십분 활용하자고 마음을 먹었지. 그는 같은 연구소에서 일하던 모델 같은 젊은 여자를 꼬셔내고는 동료로부터 군도에 있는 별장을 빌린 다음 서둘러 그곳으로 향했던 거야. 그러고는 셰익스피어의 말을 빌리자면 등이 두 개 있는 짐승처럼 밤낮없이 찰싹 붙어서 떨어지지 않았지. 그가 꼬신 여자는 나이가 그의 절반밖에 되지 않았고, 그녀 역시 따로 애인이 있었다네. 약혼자는 병역의무를 수행하던 중이었거든.”

“나이가 절반밖에 안 되는 여자랑 함께 있었다고 했는데, 그렇다면 아버지가 딸을 살해한 것은 아니로군?”

“맞아. 그는 야스민을 죽이지 않았어. 그는 확실히 여자를 보는 눈이 까다로웠고 주먹질에도 소질이 있었지만 소아성애자는 아니었어. 자네나 나처럼 말이야, 라르스. 내 기억이 정확하다면, 그는 딸아이가 살해당했을 때 서른넷, 그러니까 1951년생이었어. 그가 섬에 있는 별장으로 꼬여낸 여자는 고작 열아홉 정도였지만 어린아이라고는 할 수 없었지. 젊고 매력적인 금발이었다네. 그녀가 추파를 던진다면 자네나 나나 거부하지 못할 테지."

자네야 그렇겠지, 난 아니야. "그런 결론을 내린 게 언제였나?"

"그를 만나자마자 내린 결론이었다네. 그는 유치장에 구류되어 있었는데, 초조해서 미칠 지경인 상태였지. 며칠 후에 나는 유치장으로 가서 그와 이야기를 나눴어. 그러고는 그가 범인이 아니라는 사실을 즉시 깨달았지. 기본적으로 그는 딸아이에게 일어난 일 때문에 비통해 미칠 지경이어서 그렇게 날뛰었던 거야."

"틀림없이 확신하나?"

"우리의 범인상에는 전혀 맞지 않는 유형이었어. 그에 대한 판단은 뭐 하나 옳은 게 없었던 거야. 적어도 나는 대화를 나누면서 그럭저럭 그가 정신을 차리게 할 수 있었지. 그가 자신의 알리바이를 증명해줄 사람이 있다는 말까지 할 정도였으니까. 같은 직장에서 일하는 여성 지인이라더군. 하지만 그는 이름을 알려주는 것은 꺼려했어. 그래서 나는 본격적으로 싸울 준비를 했지. 그에게 만약 정신을 똑바로 차리지 않으면 수사 전체가 최악으로 치닫게 될 거라고 말했어. 그를 용의 선상에서 제외할 수 있을 때까지는 수사가 진전되지 않을 거라고도 했고. 그리고 그가 자신이 주장한 대로 결백하다면 진지하게 생각 좀 해보라고도 했지. 그러고 나서야 마침내 그에게서 여성 지인의 이름을 알아낼 수 있었어. 그녀와 제대로 이야기를 나눠봤는데 그가 진술한 내용이 틀림없다는 사실이 드러났다네. 그쯤 되자 우리는 그의 알리바이를 뒷받침하는 다른 정보를 찾기 시작했지. 그와 통화를 한 사람들이라든지, 빌린 별장에서 그와 그 여자가 함께 있는 것을 본 사람들이라든지. 일반적으로 조사하는 일 있지 않나."

“그다음에는 어떻게 됐지?”

“검사와 벡스트룀이랑 대화를 해봤지. 그 시점에서 검사는 이미 의구심을 품고 있었어. 검사는 구류 절차에 문제가 있지 않았는가 걱정하고 있었는데, 아버지 쪽에 불리한 구체적인 증거는 그리 많지 않았으니까. 벡스트룀은 이전 주장을 고수했지. 나처럼 우둔한 사람이 아닌 한, 뇌가 있는 사람이라면 그 애 아버지가 범인이라는 사실을 알아차릴 수 있을 거라고. 최근에 나타난 증인들은 그를 보호하기 위에 거짓말을 한 게 분명하다더군.

그 애 아버지를 기소하기로 예정되어 있던 날, 국립법의학연구소에서 감식 보고서가 도착했다네. 우리는 야스민의 몸과 옷에서 정액 샘플을 간신히 확보했었거든. 범인의 혈액형은 아버지의 피와 맞지 않았어. 물론 당시에는 DNA 분석 기술 같은 것은 없었지만, 혈액형만으로도 판단하기에 충분했지.”

“검사는 뒤로 물러나 아버지를 석방했겠군.” 요한손이 말했다.

“맞았어. 자네라면 그렇게 생각할 줄 알았지. 절대 물러서지 않았던 사람은 벡스트룀 한 명뿐이었어. 야스민을 강간한 사람이 그 애 아버지가 아니라면, 아버지의 친구 중 한 놈이 재미나 볼까 하고 그 애를 건드린 게 틀림없다고 하면서. 이 모든 소동의 결과로 인해, 우리가 다루고 있는 사건의 본질을 제대로 파악할 수 있게 된 것은 그 애가 실종된 지 이 주 이상이 지난 후였어. 마침 휴가 시즌이 한창이기도 했으니, 휴가를 떠난 동료들과 도무지 연락이 닿아야 말이지. 그래서 우리는 평소 수사 인력의 3분의 1만 동원할 수 있었지. 어떻게든 인력을 보강해서 수사의 진전을 이끌어낼 필요가 있었는데도. 여기에 모든 수사 책임을 맡고 있는 그 뒤룩뒤룩한 개자식까지 계산에 넣어보게."

"벡스트룀은 계속해서 비협조적으로 굴었나?"

"당연하지. 옆에 들어줄 사람이 있기만 하면 놈은 이제 적어도 두 명의 범인이 연루되었다는 사실을 알고 있다고 떠들어댔지. 그 애의 아버지와 정체가 밝혀지지 않은 친구 말이야. 그리고 그 말을 그대로 믿어버린 기자들이 잔뜩 있었어. 하지만 법적인 책임을 준수하는 편집장들도 몇 명 있었지. 그게 아마 야스민 살인 사건에 대한 언론의 보도가 그리 많지 않았던 또 하나의 이유일 거야. 그들 가족은 이민자 신분이었다는 부인할 수 없는 사실도 있었지. 그리고 그 애의 어머니가 행한 고발은 아버지 쪽에 불리하게 작용했어. 명예 살인 및 여성에 대한 폭력, 근친상간, 이민자에 대한 편견, 그 밖에 다른 게 나올지 누가 알겠어? 갑자기 사건은 피비린내 나는 민감한 이야깃거리가 되고 말았지."

"상상이 가는군." 요한손이 말했다. "진실과는 아무런 관련이 없으면서 상황을 괜히 혼란스럽게 만들 뿐인 헛소리들이 온통 떠돌아다녔겠지."

"두말할 필요 있나. 그 점에 대해 벡스트룀에게 설명하는 것은 완전히 시간 낭비였어. 그는 아예 듣는 것조차 거부했으니까."

"대체 무슨 기대를 하고 있었나?"

"그리하여 사건 전체가 완전한 재난이 되어버리고 말았지."

요한손은 깊은 한숨을 쉬며 고개를 저었다.

"야스민 살인 사건에 대한 수사는 그리 즐거운 이야깃거리가 못 돼. 즐거운 이야기가 전혀 아니라네."

요한손은 고개를 끄덕이는 것으로 대답을 대신했다. 그는 오랫동안 아무 말도 하지 않고 앉아 있었다. 그러자 야르네브링은 걱정이 되었는지 잠든 것은 아닌지 확인하려 그를 흘끗 훔쳐보았다. 그게 아니라면 설상가상으로 또다시 뇌졸중이 발생했을 수도 있었다. 하지만 양쪽 다 아니었다. 그는 생각에 잠겨 있는 것처럼 보였다. 생각에 잠긴 나머지 내면 깊은 곳 어딘가로 잠겨버린 것 같았다.

"진짜로 긴 설명을 해주면 좋겠군." 요한손이 갑자기 입을 열었다. "초동수사 과정에 대해 좀더 듣고 싶으니까. 소녀와 그 애의 가족에 대해서도 좀더 알고 싶네. 아직 시간은 많아." 그는 병실 문 위에 걸려 있는 시계를 향해 고갯짓을 했다.

"정말로 무리해도 괜찮겠나?" 야르네브링이 물었다. 이제 다시 예전의 자네 모습을 알아볼 수 있겠군. 비록 꼴은 말이 아니고 얼굴 반쪽이 축 처져 있긴 하지만.

"더할 나위 없을 정도인데." 요한손이 말했다. 실은 요리하다 망쳐버린 사과 소스가 된 것 같은 기분이긴 하지만.

"알았어. 그러면 펜이랑 종이를 좀 주게. 그리고 생각을 정리할 시간이 오 분 정도 필요하고."

"간호사에게 부탁해봐야겠군. 자네가 준비하는 사이 바나나 좀 먹어도 될까?" 귄터스에서 파는 훌륭한 폴란드식 소시지와 모양은 똑같군. 하지만 슬프게도 닮은 점은 그뿐이야.

14

7월 14일 수요일 오후

"자고 있나?" 야르네브링이 물었다.

"아니." 요한손이 누운 자세를 바꾸며 대답했다. "잠깐 눈을 감고 있었을 뿐이야."

"좋아. 그러면 시작하지. 그 애가 실종되던 날 날씨 이야기부터 하는 게 어떨까 하는데."

"듣고 있네."

"전형적인 스웨덴의 한여름이었지. 하늘에는 구름 한 점 없고 바람도 거의 불지 않았어. 최저기온은 20도, 최고기온은 30도 정도. 일주일 내내 그다지 변화가 없었고, 당연히 나는 엉덩이에 땀을 삐질삐질 흘리면서 업무에 매여 있었다네. 내 평소 운수가 다 그렇지."

"적어도 야스민에게 날씨 운은 있었던 게로군." 요한손이 말했다. 이런 말이 튀어나온 까닭은 평소 마음이 자리 잡고 있던 가슴속 한구석이 갑자기 블랙홀처럼 텅 비어버렸기 때문이다. 하지만 눈물을 쏟을 여지는 없었다. 갑자기 떠오른 증오의 감정이 너무나 강렬한 나머지 사랑, 슬픔, 평범한 인간의 품위 같은 것들을 다 차단해버렸다.

야르네브링은 놀란 표정을 숨기지도 못한 채 그를 바라보았다.

"기분이 좀 어떤가, 라르스? 아무래도 나중에 이야기하는 편이 좋지 않을까?"

"아니야. 듣고 있다니까." 그가 같은 말을 반복했다. "그 애가 실종된 날 무슨 일이 있었는지 말해주게. 금요일이라는 이야기는 했었지."

"1985년 6월 14일 금요일이었다네." 야르네브링이 요한손의 말을 확인해주었다.

"1985년 6월 14일 금요일." 요한손이 야르네브링의 말을 되풀이했다. 스웨덴의 뜨거운 여름이라. 그는 자신이 느끼고 있는 증오의 감정을 무시하려 애를 썼다. 이제 나는 보이지 않는 곳까지 살펴볼 수 있는 사람이 아니라는 것을 명심해야 해.

15

1985년 6월 14일 금요일

이십오 년 전, 요세프 에르메간이 아홉 살 난 딸아이와 마지막으로 대화를 나눴을 때, 그는 딸에게 거짓말을 했다.

그가 딸의 어머니가 살고 있는 솔나 시 한네베리스가탄 거리에 있는 아파트 정문 앞에 딸을 내려줬을 때는 저녁 6시 즈음이었다. 그는 딸의 볼과 이마에 키스를 하며 어머니와 싸우지 않겠다는 약속을 받아냈다. 그리고 시간이 나는 대로 딸에게 전화를 걸겠다고 약속하면서, 직장에서 할 일이 굉장히 많아 전화를 걸기까지는 며칠 걸릴지도 모른다고 딸을 달랬다. 그런 다음 차를 몰고 직장 동료에게 빌린 별장이 있는 군도의 한 섬으로 향했다. 이제 막 불륜 관계를 맺은 젊은 여자와 함께였다. 지난 이 년 동안 그와 한 집에서 한 침대를 써왔으며, 때때로 야스민이 피곤하거나 졸릴 때, 혹은 그저 단순히 혼동했을 때 '엄마'라고 부르던 여자와는 다른 사람이었다.

일주일도 더 지나 그가 야르네브링에게 이 이야기를 했을 때, 그는 딸을 살해한 혐의를 받고 솔나 경찰서 유치장에 수감된 상태였다. 그는 버림받은 어린아이처럼 걷잡을 수 없을 정도로 흐느끼고 있었고, 야르네브링은 어찌할 줄 몰랐다. 야르네브링은 요세프의 어깨를 두드리며 자신은 그가 한 말을 믿는다고 말해주었다. 요세프는 야르네브링의 손을 움켜쥐며 두 손으로 꼭 붙들고 있다가 자신의 얼굴에 가져다 댔다. 야르네브링은 '끔찍할 정도로 불편한' 심정이었다. 비록 그가 이제껏 별별 일들을 목격했고, 또 온갖 종류의 보디랭귀지에 익숙하다 한들 그런 기분이 달라지는 것은 아니었다. 그는 가능한 한 부드럽게 잡힌 손을 잡아 뺀 다음, 테이블 너머로 몸을 숙여 요세프 에르메간의 양어깨를 붙잡았다. 그는 자신의 이야기에 귀를 기울이라는 뜻으로 어깨를 잡은 두 손에 힘을 주었다. 요세프는 훌쩍거리면서 손가락 마디로 양쪽 눈을 짓누르며 테이블 위로 고개를 떨구었다. 야르네브링은 요세프의 등을 토닥거렸다. 그러면서 요세프에게 어서 냉정을 되찾아서 딸을 죽인 범인을 찾는 데 도움을 주어야 한다고 말했다. 요세프는 몸을 똑바로 세우더니 얼굴에서 두 손을 치웠다.

"약속합니다. 마음을 굳게 먹겠다고, 그 끔찍한 일을 떠올려보겠다고 약속드리겠습니다. 도와드리겠다고 맹세하지요. 딸아이의 목숨에 걸고 맹세하겠습니다."

야스민이 아버지와 한 약속을 지킬 수 있었더라면 좋았을 테지만, 그런 일들은 결코 일어나지 않았다. 대신 그녀와 서른두 살이 된 어머니 마리암은 저녁 식사를 하기 위해 자리에 앉기도 전에 말다툼을 벌이기 시작했다. 야스민은 배낭에서 코카콜라 캔을 하나 꺼내고는 테이블 앞에 앉아 가져온 만화책을 읽기 시작했다. 어머니는 콜라는 치아에 해롭기 때문에 마셔서는 안 된다는 둥, 자신은 치과 간호사이기 때문에 아빠보다 더 잘 안다는 둥 잔소리를 하기 시작했다. 마리암이 딸에게서 콜라를 빼앗으려 하는 통에 야스민은 블라우스에 콜라를 엎지르고 말았고, 두 사람은 서로에게 고함을 지르며 싸우기 시작했다. 야스민은 자기 물건들이 담긴 작은 배낭을 메고 욕실 안으로 달려가 문을 잠가버렸다.

어머니는 아무 일도 일어나지 않은 척 행동하기로 결심했다. 저녁 식사 준비가 끝났을 때가 되어서야, 욕실 문을 두드리며 저녁 먹을 시간이 다 됐다고 말했다. 야스민이 밖으로 나왔다. 그녀는 흰색 블라우스 대신 분홍색 티셔츠와 담청색 청바지로 갈아입은 모습으로, 테이블로 가 자리에 앉아 아무 말도 하지 않고 뚱한 표정으로 음식을 먹기 시작했다. 어머니는 그런 행동 역시 무시해버렸다. 이윽고 전화벨이 울리자 어머니는 주방으로 가서 전화를 받았다. 한 직장 동료가 건 전화였다. 마리암은 딸과 함께 식사중이라 나중에 전화를 걸겠다고 약속했는데, 수화기를 내려놓는 순간 정문 현관문이 닫히는 소리가 들렸다. 1985년 6월 14일 금요일, 저녁 7시가 되기 직전이었다. 그녀가 딸아이와 말다툼을 벌이지 않았더라면 그날 일어났던 일들은 결코 일어나지 않았을 터였다.

처음에 그녀는 욕실로 달려갔다. 이후 그녀는 왜 욕실로 갔는지에 대해 질문을 받았지만 제대로 대답할 수 없었다. 야스민이 갖고 있던 열쇠 뭉치는 세면대 앞에 떨어져 있었다. 평소 야스민이 열쇠를 꿰어 목에 걸고 다니던, 복잡하게 꼬아 만든 가죽 목걸이로, 하나는 어머니의 아파트 열쇠였고 하나는 아버지가 사는 집 열쇠였다. 그녀는 흠뻑 젖은 블라우스를 분홍색 티셔츠로 갈아입으면서 목걸이를 풀었다가, 어머니가 저녁 먹을 시간이 다 됐다고 말했을 때 그만 다시 목에 거는 것을 잊어버린 게 분명했다.

마리암은 발코니로 달려가 딸을 불렀다. 하지만 거리는 텅 비어 있었다. 그녀가 딸의 이름을 큰 소리로 부르자, 지나가던 성인 몇 명이 놀란 표정으로 발코니에 있는 그녀를 올려다볼 뿐이었다.

그런 다음 그녀는 신발을 신고 계단을 따라 아래로 달려 내려갔다. 막 도로로 뛰쳐나가려는 순간, 그녀는 같은 건물에 살고 있던 이웃 경찰과 맞닥뜨렸다. 그는 그녀보다 나이가 꽤 많았지만, 두 사람이 서로 인사를 나눌 때마다 그가 그녀를 바라보는 모습으로 미루어 그녀에게 호감이 있었으며, 심지어는 꽤 반한 나머지 그녀와 데이트를 하는 상상까지 해봤을 가능성도 충분했다. 비록 그는 스웨덴인에 금발이고 경찰이기도 하며, 스웨덴 시민권을 받은 지 얼마 되지 않은 이란 출신 난민인 그녀보다 꽤 나이를 먹기는 했지만.

"뭐가 그렇게 바쁘십니까?" 페테르 순드만 경위는 막 자신의 품 안으로 뛰어 들어온 여자를 향해 환한 미소를 지으며 말했다.

"죄송해요, 페테르." 마리암은 상대가 누군지 알아보자마자 사과했다. "야스민 말이에요. 제 딸요. 방금 집에서 뛰쳐나갔어요."

"지금 방금요?" 페테르 순드만이 물었다. "이 분 전쯤 그 애를 지나쳐 왔습니다. 지하철 방향으로 가고 있더군요. 하는 짓이 꼭 어린아이가 자기 엄마랑 싸웠을 때 하는 행동이던데요. 손을 흔들었지만 그 애가 저를 봤을 것 같지는 않더군요. 제 생각에는 아빠에게 돌아가 엄마가 얼마나 지독한지 일러바치면서 동정심 좀 사보려는 것처럼 보이던데요."

그는 마리암과 전남편 사이에 어떤 일이 있는지 진작부터 알고 있었다. 그녀가 그에게 이야기를 해준 적이 있었고 그 나름대로 일터에서 들은 말도 있었다. 마리암은 젊고 아름다우며 학식이 있고 똑똑해 보이기도 했다. 그러니 그녀가 새로운 삶을 살고 싶어 한다면 그는 기회를 잡을 준비가 되어 있었다.

"야스민이 열쇠를 놓고 나갔어요." 마리암이 말했다.

"아버지가 집에 있다면 분명 문을 열어줄 테죠." 페테르 순드만은 동정하는 듯한 태도로 마리암의 팔을 두드렸다. "엄마에게 소리를 지를 좋은 구실을 잡았다고 생각할 겁니다."

"만약에 애 아빠가 집에 없으면요?"

"그러면 야스민이 아버지에게 전화를 걸겠죠. 제 추측이지만, 아이는 엄마에게 먼저 전화를 걸 것 같군요. 진작에 자신이 한 일을 후회하며 바보 같은 행동을 한 것을 사과하려고 말입니다. 커피라도 한잔하시겠습니까?"

"제 아파트에서요. 그래야 혹시 아이가 전화를 건다면 받을 수 있을 테니까요. 아니, 반드시 걸 거예요."

만약에 야스민이 열쇠를 가져가는 것을 잊어버리지 않았더라면 그 일은 결코 일어나지 않았을 것이다.

야스민은 전화를 걸지 않았다. 여러 잔의 커피를 비우며 두 시간가량 지나자, 마리암과 페테르는 여기저기 전화를 걸기 시작했다. 맨 처음에는 페테르가 마리암의 전남편 집으로 전화를 걸었다. 그녀가 전남편에게 전화를 거는 것을 거부했기 때문이다. 그러고는 요세프의 직장으로 전화를 걸어보았다. 그런 다음 마리암이 요세프의 직장 동료 몇 명과 야스민의 친한 친구들에게 전화를 걸었다. 하지만 상당수는 전화를 받지 않았고, 통화가 연결된 사람들에게도 딱히 도움되는 말은 들을 수 없었다. 그들은 요세프가 어디 있는지 몰랐다. 그가 집에 없다면 아마 직장에 있을 터였다. 꽤 늦은 시각이었지만, 어쩌면 음식을 사러 밖에 나갔을 수도 있었다. 어쩌면 집과 연구실 사이 어딘가에 있을지도 몰랐다. 한시도 시선을 떼지 않고 돌봐주어야 하는 실험용 동물들 탓에 집과 실험실을 오가는 여정을 계속해야 했으니까.

만약에 그녀가 야스민과 말다툼을 벌이지 않았더라면, 만약에 남편이 그녀가 허락할 리 없다는 사실을 알고도 야스민에게 코카콜라 캔을 주는 짓을 하지 않았더라면, 만약에 딸이 열쇠를 놓고 가지 않았더라면⋯⋯ 만약에, 만약에, 만약에.

이후 몇 달 동안 마리암과 요세프는 결국 일어난 일이 일어나지 않았어야 하는 이유에 대해, 즉 그 일이 누구의 책임인지에 대해 시시비비를 가리는 서로 다른 설명을 수백 개는 늘어놓게 될 터였다. 만약에, 만약에, 만약에. 그런 짓은 서로를 괴롭히는 동시에 자학하는 행위에 불과했다.

자정이 되기 직전, 페테르 순드만이 솔나 경찰서에 전화를 걸자, 아까 저녁 6시 30분에 솔나 경찰서에서 자신과 임무 교대를 했던 당직 경찰이 전화를 받았다. 당직 경찰은 그날 저녁 솔나 경찰서 범죄수사과에서 대기하던 형사에게 통화를 연결해주었다. 페테르 순드만은 전화를 받은 사람의 이름을 듣자 조용히 신음했다.

"벡스트룀입니다. 무슨 일입니까?"

16

6월 15일 토요일

벡스트룀과 순드만은 통화를 시작하자마자 옥신각신하기 시작했다. 벡스트룀에게는 '엄마와 말다툼을 하다가 아빠에게 도망가버린 버릇없는 꼬맹이'를 돌봐주는 것보다 훨씬 중요한 일들이 있었다. 당연히 순드만 같은 사람이라도 이해할 수 있는 이야기 아닌가? 순드만은 전화를 끊고 당직 경찰에게 다시 전화를 걸었다. 그는 당직 경찰에게 야스민의 아버지가 살고 있는 집으로 순찰차를 한 대 보내달라고 말했다. 순찰차는 자정 직후에 도착했지만, 건물은 문이 잠긴 채 불도 다 꺼져 있었고 진입로에 자동차도 보이지 않았으며 우편함도 비어 있었다. 경찰들은 차를 몰고 근처 지역을 돌아보았지만 지역 전체가 조용하고 어두워 버려진 동네 같은 느낌이 들 뿐이었다.

순찰차는 솔나 경찰서로 복귀하는 길에 카롤린스카 병원에 있는 야스민 아버지의 직장에 들렀다. 불이 켜진 창문이 몇 개 있었지만 초인종을 눌러도 인터폰을 통해 대답하는 사람이 없었다. 그들은 확실히 해두기 위해 자동차를 몰고 병원 원내를 몇 차례 돌았다. 야스민과 조금이나마 닮은 사람의 모습은 눈에 띄지 않았다.

다음 날 아침, 그들은 근무 교대를 하기 전에 다시 한번 같은 탐색을 반복했다. 이번에는 경로를 거꾸로 되짚었다. 결과는 이전과 다를 바 없었다. 야스민 아버지의 직장에서 현관 인터폰에 대답하는 사람은 아무도 없었다. 그가 살던 집도 마찬가지였다. 진입로 역시 비어 있었고 우편함도 여전히 텅 빈 채였으며, 신문 배달부가 길을 따라 내려가고 있었지만 조간신문도 보이지 않았다. 그들은 차를 세우고 신문 배달부와 이야기를 나누며 배달 주소 목록을 확인해보았다. 그 집은 지난 월요일부터 신문 배달이 이 주 동안 정지된 상태였다. 신문 배달부가 해준 이야기 중 참고할 만할 내용은 하나도 없었다.

"이 동네에 사는 사람들 대부분은 이미 여름 별장으로 휴가를 떠났습니다." 배달부가 설명했다.

젊은 동료 경찰들이 순찰차를 몰고 앞뒤로 살펴보는 사이, 당직 경찰은 야스민 아버지의 집과 직장에 전화를 걸었다. 당직 경찰의 말에 따르면, 밤사이에 적어도 두 시간 간격으로 세 차례 통화를 시도했다. 아무도 전화를 받지 않았다. 벡스트룀의 행적 역시 불분명했다. 새벽 3시에 당직 경찰이 전화를 걸어보았지만 벡스트룀은 전화를 받지 않았다. 이 모든 내용은 사건이 발생한 지 일주일 넘게 지나 야르네브링이 당직 경찰과 의견을 교환했을 때 그가 해준 이야기에 따른 것이었다.

"주로 그 뒤룩뒤룩한 개자식을 호출하려던 것이었습니다. 그 인간에 대해서 순드만과 저는 의견 일치를 봤습니다. 제게 선택권이 있다면 그놈과 함께 일하느니 차라리 치질에 걸리겠습니다."

토요일 오전에 페테르 순드만은 상관에게 사정을 이야기했고, 그는 벡스트룀의 상관에게 이야기를 전달했다. 벡스트룀의 상관은 결국 적어도 아홉 살 먹은 야스민 에르메간에 대한 공식 실종 보고서는 작성해서 제출하라고 벡스트룀에게 지시했다. 하지만 원칙적인 수준에서 그는 벡스트룀의 의견에 동의했다. "자발적인 가출로 사료됨. 범죄의 징후는 보이지 않음."

며칠 안으로 그녀는 아버지와 함께 더할 나위 없이 건강한 모습으로 나타날 것 같았고, 그런 다음에는 아버지와 어머니 사이에 다시 한번 지옥도가 펼쳐질 터였다. 일반적인 경우 고발과 맞고발이 난무하기 마련이었다. 그런 배경과 그런 부류의 부모를 둔 어린아이가 가출했을 때, 상황은 언제나 그런 결론을 맞이하기 마련이었다. 제대로 된 경찰이라면 모두 그 사실을 알고 있었다.

하지만 이번에는 그렇지 않았다.

17

2010년 7월 14일 수요일 오후

"그래서 기본적으로, 빌어먹을 첫 번째 일주일 동안 특별히 지랄 맞은 일이 벌어진 것은 아니었지. 6월 21일 하지 전날 저녁에 그 애가 시체로 발견되기 전까지는." 야르네브링은 자신이 적은 메모를 흘끗 바라보며 말했다.

"듣고 있네." 요한손이 말했다.

"별다를 게 없는 날이었지. 개를 기르는 사람 하나가 저녁 소피를 보게 하려고 개를 데리고 산책을 갔어. 그동안 얼마나 많은 시체가 개를 기르는 사람에게 발견되었는지 궁금하지 않나?"

"자네 말이 맞아. 개와 함께 있으면 절대로 엇나갈 리가 없지. 개는 훌륭한 녀석들이라고."

야르네브링은 약간 경계하는 듯한 눈초리로 그를 흘끗 바라보았다. 라르스 마르틴에게 무슨 일이 일어난 게 분명해. 하지만 그가 할 수 있는 일은 그리 많지 않았다. 당연하게도 그가 이미 하고 있는 일 이상은 할 수 없었던 것이다.

"어쨌든 말이야. 발견자는 스코클로스테르 궁 인근 별장을 하나 빌려 지내고 있었지. 그가 개를 데리고 호숫가를 따라 걷고 있는데, 개가 갑자기 쏜살같이 앞으로 뛰쳐나가 한달음에 갈대밭 속으로 뛰어 들어가더니 굉장한 기세로 짖기 시작하더라는 거야. 불쌍한 여자애는 커다란 비닐 봉투 같은 것에 싸여 있었는데, 개가 그곳에서 걸음을 멈추고 비닐 봉투를 찢어발기고 있었다는군. 그래서 개 주인은 비닐 봉투 안에 담긴 게 무엇인지 알아차렸던 게지. 당연히 그는 그 자리에서 펄쩍 뛰고 말았어. 그는 개를 앞세우고 집으로 달음박질쳐서 90000번■에 전화를 걸었어. 당시만 해도 아직 그 번호를 쓰고 있었으니까. 그런 다음 검정색 비닐에 싸여 있는 시체를 발견했다고 신고했지. 그런데 스탠더드 푸들이었다네." 야르네브링이 말했다. "그 개 말이야. 내 기억에 개 이름이 보세 영감이었던 것 같아. 사람들은 왜 하필 개 이름을 보세 영감이라고 짓는 거지?"

"자네 이름이 보 아닌가?" 요한손이 말했다.

"그래." 야르네브링은 씩 웃었다. "이제야 예전의 라르스를 알아보기 시작하겠군. 완전히 맛이 간 게 아니라는 사실을 알게 되니 기쁜데."

"그 애는 갈대밭 사이에 누워 있었다고?" 요한손이 물었다. "파묻혀 있던 게 아니라?"

"파묻혀 있지 않았다네. 범인은 그 애를 끌고 갈대가 가장 무성한 곳

■ 스웨덴 긴급 출동 서비스의 옛 전화번호. 현재는 112로 대체되었다.

까지 몇 미터 이동하다가, 진흙 속에 밀어 넣었거나 발로 짓눌렀던 거지. 아래쪽으로는 진흙이 엄청나게 쌓여 있었다고. 만약 개가 발견하지 못했더라면 한참 동안 그곳에 있었을 테지."

"그 애는 어디로 갔던 거지? 엄마 집에서 뛰쳐나갔을 때 말이야."

"그 이야기는 머지않아 나올 걸세." 야르네브링은 검지로 빽빽하게 적은 메모 위를 훑어 내리며 말했다.

18

1985년 6월 14일 금요일 저녁

금요일 저녁 7시가 되기 직전, 야스민은 어머니의 아파트를 뛰쳐나갔다. 건물 정문 밖으로 나가서는 십중팔구 오른쪽으로 돌아 걷거나 뛰어서 한네베리스가탄 거리를 따라 쉬테홀름스베겐 도로와 만나는 교차로까지 이동했을 터였다. 그곳에서 다시 오른쪽으로 돌아 지하철 입구에 도착할 때까지 백 미터 정도 걸었다. 그리고 지하철역 안으로 사라지기 이십 미터 전에 첫 번째 목격자, 페테르 순드만 경위의 눈에 띄었다.

두 사람은 십 미터 정도 거리를 두고 서로를 지나쳤다. 그는 야스민에게 인사를 건넸지만, 야스민은 경위를 알아차렸던 것 같지 않았다. 그녀는 단호한 태도로 지하철역 문을 향해 행진해 스윙 도어를 지나 경위의 시야에서 사라졌다. 허리를 꼿꼿이 편 오만한 태도였고 재킷은 허리에 둘러 묶고 작은 배낭은 한 손에 들었다. 그녀는 온몸에서 분노와 절박한 심정을 발산하고 있었다.

자기 엄마랑 또 한바탕한 게지. 순드만은 이렇게 생각하며 아이의 뒤를 쫓아가서 말이라도 붙여볼까 잠시 고민했다. 그러나 그는 대신 그저 고개를 저으며 혼자 미소를 짓고 말았다. 고작 몇 분 후, 아파트 정문으로 들어갈 때 야스민의 어머니가 흥분한 채 그의 품속으로 곧장 달려들었다.

이후 몇 달, 몇 년 동안 그는 이날 있었던 일에 대해 수없이 생각해보았다. 그 애에게 말이라도 걸어봤으면 얼마나 좋았을까. 그는 보통 이런 생각을 하곤 했다. 그리고 이런 상황에서 유일하게 위안이 되었던 것은, 적어도 비슷한 상황에서 불쑥 등장하곤 하는 다른 사람들에 비하면 그가 훨씬 나은 목격자였고, 그리하여 범인을 찾기 위해 애를 쓰는 동료 경찰들을 도울 수 있는 일은 다 했다는 사실뿐이었다.

스톡홀름 경찰서에서 파견된 경찰들은, 그러니까 보 야르네브링과 다섯 명의 동료들은 야스민을 본 적이 있는 목격자를 네 명 더 찾아냈다. 그들 중에서 특별히 결격사유가 있는 목격자는 없었다. 그리고 적어도 세 명은 일반적으로 나타나는 목격자에 비하면 상당히 도움이 되기도 했다. 하지만 그녀의 행적을 조금 더 자세히 파악했다고 한들 그리 위안이 되는 것은 아니었다.

두 번째 목격자는 솔나센트룸 지하철역 매표소 안에 앉아 있던 경비원이었다. 야스민과 마찬가지로 이란 출신이었다. 이전에도 그는 바로 이 창구에 앉아 야스민의 모습을 셀 수 없이 많이 보았다. 한 번은 야스민의 외양적 특징을 알아차리고 이란에서 왔는지 물어본 적도 있었다. 당시 그는 페르시아어로 질문까지 했지만 야스민은 아무 대답도 하지 않은 채 고개를 흔들면서 계속해서 플랫폼을 향해 걸음을 옮길 뿐이었다.

야르네브링은 누가 봐도 알 수 있을 정도로 경비원을 철두철미하게 조사했고, 심지어 자신의 동료인 순드만까지 조사 대상에 포함했다. 경비원의 알리바이는 순드만보다 훨씬 더 견고했다. 경비원은 밤이 깊어 역이 문을 닫을 때까지 창구 안에 앉아 있었고, 그 사실을 확인해줄 수 있는 사람이 굉장히 많았다. 또한 그는 자신이 맡은 일을 했을 뿐이었지만 그 과정은 전산 시스템 속에 고스란히 담겨 증거가 되었다.

야스민은 솔나센트룸 역에서 지하철을 타고 프리드헴스플란 역에서 내린 다음, 노선을 갈아타 알비크 역까지 이동했다. 알비크 역에서 노케뷔 노면전차를 탔는데, 그곳에서 그녀는 세 번째와 네 번째 목격자와 마주쳤다.

세 번째 목격자는 알비크와 노케뷔를 왕복하는 노면전차 운전기사로, 그가 막 전차 문을 닫고 출발하려는 순간, 야스민이 쏜살같이 달려와 전차에 올라탔다. 운전기사는 터키 출신 이민자였다. 그는 1960년대에 스웨덴으로 이주했고 십 년 가까이 노면전차를 운전하고 있었다. 그가 야스민을 알아볼 수 있었던 건 야스민이 지난 이 년 동안 그가 운전하는 노면전차를 타고 학교에 다녔기 때문이었다. 또한 노면전차 안에는 네 번째 목격자가 타고 있었다. 그녀는 일흔다섯 살의 연금 생활자 여성으로, 야스민과 같은 지역에 살고 있었기 때문에 그녀를 알아보았다.

노면전차 운전기사는 야스민에게 말을 걸어, 전차를 놓치지 않고 제때 탑승해서 다행이라고 했다. 야스민은 그에게 기다려줘서 감사하다고 대답했다. 연금 생활자는 그녀에게 인사를 건넸다. "안녕, 꼬마 친구야. 잘 지내지?" 그러자 야스민은 미소를 짓더니 무릎과 상체를 살짝 굽히며 예의 바르게 인사했다. "감사합니다. 저는 잘 지내요." 두 목격자 모두 그녀에게서 평소와는 다른 모습을 발견하지 못했다.

야스민은 평소처럼 노면전차로 단 한 정거장만 이동했다. 거리로는 약 오백 미터, 일 분이 채 걸리지 않는 여정이었다. 그곳에서 그녀는 노부인에게 작별 인사를 한 다음 전차에서 내려, 집으로 향하는 마지막 길을 걷기 시작했다. 오백 미터가 채 안 되는 거리였다.

반쯤 걸었을 즈음 다섯 번째이자 마지막 목격자와 마주쳤다. 마지막 목격자는 에펠빅스가탄 거리에 있는 저택에 살았는데, 야스민이 아버지와 아버지의 새 애인과 함께 살고 있는 집이 있는 마이블롬메스티겐 골목길에서 몇백 미터밖에 떨어지지 않은 곳이었다. 목격자는 "마침내 주말이 와서" 시골에 가 있는 아내와 아이들에게 가는 길이었다. 그는 집 앞 진입로에서 차를 빼다가 그녀를 보았다. 그녀는 아버지의 집 쪽으로 가는 중이었고, 몇백 미터는 더 걸어야 했다. 그 역시 야스민을 알아보았다. 막내아들이 야스민과 같은 학교에 다녀서였다.

그는 다른 방향으로 차를 몰아 떠났다. 이미 두어 시간은 늦은 상태라 짜증이 나 있었다. 아내가 전화를 걸어 벌써 한 소리를 했다. 그때부터 그는 계속해서 시간을 확인했다. 그가 야스민을 본 시각은 "약간의 오차는 있을지언정 7시 45분 즈음"이었다. 그가 시간을 확인했던 또 다른 이유는, 야스민이 혼자 걸어가고 있었고 여름 동안 이 구역에 가택 침입 사건이 두어 건 발생했기 때문이었다. 끝내 무슨 일이 일어났는지 고려해보면, 그가 야스민의 뒤를 차로 따라가면서 "적어도 그 애가 집에 무사히 들어가는 것을 확인하지" 않은 탓에 스스로를 "저주하게" 되기까지는 하루도 채 남지 않았던 것이다.

요약하자면, 야스민은 7시가 되기 직전에 어머니의 아파트를 나섰다. 몇 분 후, 그녀는 솔라센트룸 역에서 지하철을 타고 사라졌다. 십중팔구 그녀는 7시 10분에 프리드헴스플란행 열차를 탔을 터였다. 그곳에서 그녀는 7시 35분에 다른 노선 열차로 갈아타고 알비크로 향했다. 육 분 후, 그녀는 알비크에서 내려 노케뷔로 향하는 노면전차에 뛰어올랐다. 노면전차는 7시 45분 정시에 출발했다. 일 분쯤 후, 그녀는 다음 정류장에서 내려 몇 분가량 도보로 이동했다. 그리고 집에서 몇백 미터 떨어진 곳에서 그녀가 살아 있는 것을 목격한 마지막 사람의 눈에 띄었다. "약간의 오차는 있을지언정 7시 45분 즈음"이었다.

19

2010년 7월 14일 수요일 오후

"우리는 야스민의 행적을 처음부터 끝까지 추적할 수 있었지." 결론을 내리는 야르네브링의 말투에는 어느 정도 만족감이 담겨 있었다. "그 애가 사는 곳으로 통하는 길을 따라 걸어가는 마지막 구간을 제외하면. 마이블롬메스티겐이라고 하는 곳이었다네. 에펠빅스가탄 거리 뒤쪽으로 난 작은 골목길이지. 나와 내 동료들은 그 점에 대해서는 스스로 꽤 만족스러워했다네."

"잠깐만. 잠깐만 기다려보게. 그 마지막 목격자 말이야. 도대체 어떻게 생겨먹은 광대 같은 녀석이지?"

"흥미로운 인물이 아닐 수 없었지." 야르네브링이 미소를 지으며 대답했다. "예전의 자네로 돌아오고 있는 모습을 보니 반갑구먼, 라르스. 자네의 사고력은 아직 사라지지 않았군그래."

"마지막 목격자 말이야." 요한손이 재차 말했다. "계속 말해보게."

마지막 목격자는 나이가 마흔두 살이었고, 십오 년째 결혼 생활을 이어오고 있었다. 아내는 교사였고, 두 사람 사이에는 열일곱, 열다섯, 열 살 난 세 아이가 있었다. 그는 보험회사에서 손해 사정사로 일했다. 그와 아내는 현재 가족들이 살고 있는 집을 십 년 전에 구입했다. 그들에게 악성 부채는 없었고, 전과 기록도 없었다. 심지어 과속 딱지조차 떼인 적이 없었다.

"그래서?" 요한손은 단짝 친구를 수상쩍다는 듯이 노려보았다.

"그의 주된 취미는 수영이었다네. 젊은 시절에는 스웨덴 최고의 수영 선수 중 한 명이었지. 그리고 선수에서 은퇴한 다음에는 유소년 코치와 수영 클럽 임원 직책을 맡고 있었다네. 그는 자신이 속한 클럽뿐만 아니라 수영 협회에서도 맡고 있는 직책이 몇 개 있었어. 스폰서를 모집하는 데 꽤 많은 역할을 담당했다더군."

"유소년 코치라. 유소년 코치가 뭐 하는 사람인데?"

"그래. 바로 그 지점부터 흥미로워지기 시작하는 거야. 이 경우에는 수영 클럽에서 일곱 살에서 열 살 사이의 어린 여자애들을 가르치는 일을 하는 사람을 뜻하지. 야스민과 거의 같은 나이라네."

"누가 상상이나 했겠어? 자, 비슷한 이야기를 어디서 들었더라?"

"나 역시 그런 생각을 했지. 특히 그 아내와 이야기를 나눴을 때 말이야. 그녀는 남편이 트로사 시 외곽에 있는 여름 별장에 마침내 모습을 보인 게 언제였는지 잘 모르겠다고 말했어. 그리고 자동차로 그곳까지는 평균 잡아 한 시간 정도 걸리는 거리였지. 그녀는 그날 저녁 9시쯤 잠이 들어버렸다고 했어. 끔찍한 두통이 도져서 진통제를 두 알 털어 넣고 침실로 가서 잠이 들었다나. 아이들은 이미 다른 친구들과 함께 밤을 지새우러 별장 밖으로 나간 후였지. 그녀는 다음 날 아침이 되어서야 자리에서 일어났는데, 그때쯤에는 남편이 이미 와 있었다더군. 침대에서 그녀 옆에 누워 있었다던데. 하지만 내 개인적인 생각으로는, 그녀는 두 통약 두 알 정도 먹는 정도로 끝내지 않은 것 같아."

"예를 들면?"

"이웃들 말을 믿어보자면 그녀는 상당히 폭음을 하는 사람이었다네. 나도 이웃들 말에 동의하고 싶어. 수사 과정에서 의문부호가 점점 쌓여가자 나는 실제로 그녀를 만나서 다시 한번 진술을 받았지. 이런 표현이 어떨지 모르겠는데, 숙녀분에게는 알코올의존의 위험신호가 꽤 강하게 감지되더군."

"그 여자의 남편에게는 알리바이가 없는 게로군." 요한손이 말했다.

"사실은 그렇지 않아. 그는 확실한 알리바이를 갖고 있었어. 사실은 놀라울 정도로 뜻밖의 행운과 마주쳤거든."

"계속해보게."

"8시 20분에 그는 쇠데르텔리에 시에서 남쪽으로 십 킬로미터쯤 떨어진 고속도로에서 속도위반으로 걸렸지. 그가 에펠비켄에 있는 집을 떠난 지 삼십 분쯤 지난 시각이었어."

"자네가 그의 운전면허에 벌점 기록이 없었다고 말한 것을 들은 것 같은데?"

"벌점 기록은 없었지. 그를 적발한 경관들과도 이야기를 나눠봤는데 훈방 처리를 해줬다더군."

"대체 무슨 이유로 그따위 짓을 한 거야?"

"듣자 하니 경관 하나가 수영 선수였더라고." 야르네브링이 싱긋 웃었다. "그 이야기를 듣기까지 시간이 좀 걸렸지."

"그가 아이를 트렁크에 감금했을 수도 있어. 야스민 말이야. 그럴듯한 가설은 아닐지도 모르지만, 아내의 말을 들어보면 밤새 들어오지 않았을 가능성도 있으니까."

"여기서 우리는 참 보기 드문 사람을 상대하고 있는 거라네. 시종일관 믿을 수 없을 정도의 천운이 따랐다니까. 삼십 분 후 그가 시골에 모습을 드러냈을 때, 그와 가까운 이웃이 차를 몰고 가다가 배수로에 빠져버렸던 거야. 여름 별장이 스톡홀름 남쪽으로 대략 백 킬로미터쯤 떨어진 곳에 있으니까 거리와 소요 시간이 꽤 잘 들어맞는 셈이지."

"누가 상상이나 했겠어? 배수로에 차가 빠지다니. 평범한 금요일 밤에 인적도 없는 곳에."

"나도 알아. 그가 얼음장같이 냉정한 인간이라는 사실에도 불구하고 말이지. 냉정한 인간이라는 이야기는 그 자신에게서 들은 거라네." 야르네브링은 활짝 웃었다. "우리는 그와도 이야기를 나눠보았지. 긴 이야기를 짧게 요약해서 들려주자면, 우선 우리의 목격자는 이웃을 도와 자동차를 배수로에서 빼냈다네. 그런 다음 별장으로 가서 아내를 찾았지. 그녀는 별장에서 혼자 잠들어 있었다네. 그래서 그는 배수로에서 차를 꺼낸 이웃의 집으로 가서, 그곳에 죽치고 앉아 뜻이 통한 이웃들 대여섯 명과 함께 밤을 새워가며 술을 마셨다나. 그러고는 비틀거리면서 별장으로 돌아와 잠이 들고 말았지. 그래서 내가 그의 알리바이를 믿는 거라네. 자네라면 어떻게 했을 것 같나?"

"그의 알리바이를 믿었겠지. 그다음에 어떻게 됐지? 수사가 진행되면서."

"우리는 평소처럼 수사를 진행했네. 야스민과 가족들의 배경을 들쑤시고 다녔어. 그 애가 살던 인근의 모든 사람을 확인했어. 다른 친척들, 친구들, 지인들, 이웃들, 동급생들, 친구들의 손위 형제들까지. 그 구역을 집집마다 돌아다니면서 그곳에 사는 모든 사람을 확인했고, 신문 배달부과 우체부, 일꾼들은 말할 것 없고 그곳에 그저 모습을 드러낸 사람들까지 죄다 조사했지. 그 애가 실종되었을 당시 그 구역에 택시가 오지 않았는지도 확인했다네. 성적 강박을 갖고 있는 미치광이 전과자들도 조사했어. 야스민 사건과 관련이 있을지도 모르는 다른 범죄 사건들도 세심히 살펴보았지. 대중에게는 제보를 부탁했어. 이 사건에 대해서는 내 동료들과 나, 그리고 여성 경찰 두 명이 수사 과정에서 응당 해야 하는 일은 모두 했다네. 원칙에 따라 해야 하는 일은 전부 다. 하지만 수확은 거의 없었지. 우리는 범행 현장을 찾아내지 못했지만, 그 애의 시체 및 입고 있던 옷 상태를 감안했을 때 대부분의 증거가 범행은 실내에서 이루어진 게 틀림없다는 사실을 가리키는 듯했어. 우리들은 인원이 턱없이 부족했다네. 처음부터 지나치게 느릿느릿 움직였던 거지. 범행 현장도 없었으니, 그런 상황이 벌어질 때마다 모든 수사가 엉망진창이 되는 게 보통이지. 그리고 범인 역시 특정하지 못했으니."

"그 애는 옷을 입고 있었나?"

"아니." 야르네브링이 고개를 저으며 말했다. "벌거벗은 상태였어. 실오라기 하나 걸치지 않은 채로 옷도 장신구도 아무것도 걸치지 않았지. 범인은 그것들을 같은 갈대밭 속에, 시체와 이백 미터쯤 떨어진 곳에 버렸다네. 다음 날, 6월 22일 토요일에 야스민이 발견된 장소 인근에 대한 수색을 벌이다가 경찰견 핸들러 한 명이 찾아냈지. 그 애가 입고 있던 옷가지와 신발, 배낭, 시계, 그리고 내 기억이 맞는다면 그 애가 끼고 있던 반지도 두 개 있었어. 물건들은 모두 시체를 쌌던 것과 동일한 종류의 또 다른 비닐 봉투 두 장에 나눠어 들어 있었지. 과학수사과에 따르면, 비닐 봉투는 열 장 단위로 묶여 있는 한 두루마리에서 뜯어낸 것이었어. 아무 주유소나 슈퍼마켓에서 살 수 있는 종류였지. 궁금해할까 해서 말하자면, 놈은 옷가지를 넣은 비닐 봉투들을 평범한 세로매듭으로 대충 묶어놓았다네."

"한 두루마리에서 뜯어낸 것이었다고? 그걸 어떻게 알아냈지?"

"과학수사과에 있는 동료 한 명이 알아냈지. 영리한 녀석이었다니까. 정말 똑똑했지. 야스민의 시체와 옷가지를 유기하는 데 사용된 비닐 봉투는 총 여섯 장이었어. 처음에 다섯 장을 뜯어내고, 다른 한 장은 두루마리에 붙어 있던 마지막 장이었지. 그 사이에 있던 네 장이 사라진 거야. 범인은 네 장을 다른 곳에 사용했을 테지. 자신이 어지른 것을 치우거나 할 때야. 그게 무엇인지는 모르고, 앞으로도 절대 찾을 수 없을 거라고 보네."

"피 묻은 시트라든지, 매번 나오는 것들을 처리할 때 썼겠지. 그런데 벡스트룀은 어땠나? 그는 뭘 하고 있었지?"

"언제나 마찬가지였어. 어디 처박혀 있지 않을 때는, 대부분 그저 자리에 앉아 야스민의 아버지에 대한 이야기를 늘어놓았지. 자기 주장을 포기하지 않으려 했어."

"벡스트룀 같은 놈이 어떻게 경찰이 됐는지 궁금해하지 않을 도리가 없다니까." 요한손의 머리가 갑자기 산만해지기 시작했다.

"아버지가 경찰이었거든." 야르네브링이 씩 웃었다. "부친은 아들보다 심했던 모양이야. 숙부 역시 경찰이었고. 경찰 오토바이를 주로 타던 사촌도 있는데, 완전히 바보 천치라서 노조 사무총장이 되는 뻔한 선택을 하고 말았지. 어쩌면 그렇게 이상한 일은 아닐지도 몰라. 경찰 조직은 그런 놈들로 가득하니까. 벡스트룀에게 그나마 가장 좋은 점이 있다면, 적어도 녀석은 나중에 경찰에 들어올 한 무더기의 자식은 낳지 않을 정도의 분별력은 있다는 점일 테지."

"그래서 수사는 거북이 놀음을 하고 있었군." 요한손이 말했다.

"수사가 처음 시작됐을 때부터 모든 게 잘못 돌아갔다네. 우리가 끼어들었을 때쯤에는 너무 늦어버린 후였지. 내가 말했지 않나. 실제로 쓸모 있는 단서는 하나도 찾지 못했어. 잡아당겨볼 만한 것은 아무것도 없었고, 심지어 시험 삼아 들쑤셔볼 조그만 단서도 눈에 띄지 않았지. 우리는 가을 내내 수사를 진행했어. 우리 위에 앉아 있던 수많은 상관 중 한 명이 이 사건을 미결 상태로 덮어두자고 결정할 때까지. 그런 결정이 내려진 것은 새해가 막 되고 나서였어. 그로부터 두 달쯤 후, 그래, 우리 총리가 암살당하는 일이 벌어졌고 그 때문에 이 사건은 끝을 맺게 되었지. 옛 형사과와 감시과의 모든 인원이 팔메 사건에 배치되었으니까."

"알고 있네." 요한손은 고개를 끄덕이며 말했다. 대부분의 사람들보다 더, 그리고 자네보다 더 잘 알고 있지.

"누가 상상이나 했겠어?" 야르네브링이 활짝 웃었다.

"그렇기는 하지만, 의문부호가 생긴 곳이 분명 몇 군데 있었을 텐데?"

"내 기억으로는 대부분 우리 손을 거쳤어. 가장 선명하게 기억나는 의문부호는 그날 저녁 야스민이 살던 집 근처에서 목격된 것으로 추정되는 차량 한 대였다네. 빨간색 폭스바겐 골프 최신 모델이었지. 상태도 괜찮았으니, 하류계급 사람들이 몰 수 있는 게 아니라는 것은 명백했지. 그리고 차량에 대한 평범한 제보는 살인 사건 수사를 할 때마다 들이닥치기 마련이지 않나." 그는 씁쓸한 미소를 지었다.

"말해보게."

"우리는 그 제보에 대해서도 진상을 규명하지 못했어." 야르네브링이 말했다.

"말해봐. 어쨌든 들어나 보지."

20

7월 14일 수요일 오후

그 지역에 살고 있던 나이 지긋한 목격자에 따르면, 빨간색 폭스바겐 골프 한 대가 마이블롬메스티겐 골목에, 즉 야스민이 살던 곳 인근에 주차되어 있었다. 길을 따라 그녀의 집에서 아래로 몇 집 내려간 쪽으로, 에펠빅스가탄 거리와 만나는 교차로 바로 옆이었다.

이전에 등장했던 수많은 비슷한 목격자처럼, 야스민이 실종되던 날 저녁, 그는 개를 데리고 산책을 나갔다가 "9시에서 10시 사이의 언젠가"에 그 자동차를 목격했다.

제보가 들어오자 통상적인 절차에 따라 모든 일이 진행되었다. 우선 경찰들은 자동차가 그 거리, 혹은 인접 거리나 근처 구역에 살고 있는 주민의 소유가 아닌지 꼼꼼히 확인했다. 그렇지 않다는 사실이 확인되자, 자동차는 즉시 좀더 흥미로운 존재가 되었다. 그 구역에 살고 있거나 혹은 그곳에 어느 정도 연고가 있는 사람 중 폭스바겐 골프 차량을 보유하고 있는 사람은 조사 대상에서 제외되었다. 실제로 그런 사람이 일부 존재했고, 그들 중 두 명은 밝은 색상의 차량을 소유하고 있었음에도 취해진 조치였다.

다음 단계는 차량 등록 데이터베이스에서 스톡홀름에 등록된 모든 빨간색 폭스바겐 골프 차량의 명단을 확보하는 것이었다. 개인 소유이든, 회사나 리스 업체, 또는 렌터카 업체 소유이든 관계없이 모두 명단에 포함되었다. 경찰이 조사 대상을 최신 모델로 한정했음에도, 명단에 오른 차량은 여전히 수백 대에 달했다.

이전에 등장했던 수많은 비슷한 목격자들처럼, 조사가 진행되는 동안 이번 목격자 역시 자신이 제대로 보았는지 의문을 품기 시작했다. 우선 그는 목격한 날짜를 확신하지 못했고, 의문은 차량 모델로 이어졌다. 그는 "당연히 전문가가 아니었기" 때문이었다. 결국 그는 차량 색상마저 확신하지 못하게 되었다.

그 시점이 되자 야르네브링과 동료들 앞에는 차량 등기부 파일이 넘쳐흐를 정도로 담긴 상자 하나가 덩그러니 놓인 채, 그들 중 한 명이 짬을 내서 조사해주기를 기다리고 있었다. 하지만 시간을 들여야 하는 다른 일들도 있어서, 더 빈번히 일어나는 일들을 먼저 처리해야만 했다. 그러고 나서야 그들은 형사 전과 기록, 특히 야스민에게 일어난 것과 비슷한 범죄를 저지른 이력이 있는 사람들에 대한 조사와 함께, 솔나와 브롬마 사이에 거주하는 등기상의 차량 소유주들에 대한 조사도 시작했다. 그들은 야스민이 아버지와 어머니의 집 사이를 오가는 도중에 어딘가에서 그녀와 우연히 마주쳤을 가능성도 있었다.

경찰은 흥미로운 것은 아무것도 찾아낼 수 없었다. 처음에 조금이나

마 가능성이 보이는 대상이 발견되더라도 이내 기각되기 일쑤였던 것이다. 그 시점에 이르자 차량에 대한 조사 작업은 중단되었다. 좋게 말해서 보류되었다.

"육 개월 후에 시작된 팔메 암살 사건 수사에 그 빌어먹을 자동차 조사를 끼워 넣지 않은 게 후회된다니까. 그렇게 했더라면 돌멩이 하나 남기지 않고 다 들춰보았겠지."

그렇게 확신해서는 곤란해. 요한손은 생각했다. 그는 좀더 많은 것을 알고 있었지만, 동시에 다른 생각이 불현듯 떠올라 아무 말도 하지 않았다. 이와 같은 상황에 확실히 적용할 수 있을 것 같은 발상이었다.

"현장에 가봐야 해. 그 애가 살던 집을 둘러보고 이동 경로도 살펴보고 땅에 귀를 대고 뭐가 들리는지 확인해봐야겠어."

"현장에 말이지." 야르네브링이 반복했다. 이 친구 또다시 이상하게 변해버렸군.

"바로 그거야."

"환자복과 병원 슬리퍼 차림으로." 야르네브링이 침대에 누워 있는 요한손에게 고갯짓을 하며 말했다.

"어, 그래. 말이 안 되는 소리지. 좋아, 내일 자네가 오면서 옷을 좀 가져다주는 게 좋겠군. 대단한 것을 가져올 필요는 없어. 편한 바지 하나랑 팬티, 셔츠 한 장이면 충분해. 그리고 신발도 한 켤레 있어야겠지. 신발은 필요하니까."

"자네 제정신인가?" 야르네브링은 현재 느끼는 심정보다 좀더 긍정적인 목소리를 내려고 애쓰며 말했다.

"이렇게 고마울 수가. 지난 이십오 년간 이 사건에는 아무 일도 일어나지 않은 것 같구먼."

"흠. 실은 두어 가지 정도 일어나긴 했지. 1989년 봄, 헬레네 닐손이 스코네 주에서 살해당했을 때, 당시 수사 과정을 다시 한번 들춰보았지. 헬레네 살인 사건과 야스민 살인 사건 사이에 그럴듯한 연관성이 존재하는지 확인하려고. 관계가 있다고 암시하는 부분은 하나도 없었고, 경찰이 야스민을 살해한 놈의 DNA 샘플을 확보하자마자 두 사건의 범인은 서로 다른 사람이라는 사실이 명백해졌지. 그래서 야스민 사건은 다시 가라앉고 말았다네."

"그후에는 아무 일도 없었나?"

"통상적인 후속 조치 절차에 따라 이후에도 새로 사건이 발생할 때마다 비교 작업이 진행되었지. 지난겨울, 이 사건의 공소시효가 만료되기 육 개월 전에 스톡홀름 주 경찰청 미제 사건 담당 부서에서 마지막으로 조사를 시도하려 했지만, 후딩에 시에서 어떤 놈이 검사의 머리를 총으로 날려버리는 바람에 대신 죄다 다른 일을 떠맡게 되었지."

"미제 사건이라." 요한손이 코웃음을 쳤다. "그런 쓸데없는 짓에 시간을 낭비해서는 곤란하지. 살인 사건은 쉽게 상하는 상품이라고."

"현명한 태도 같군." 야르네브링이 말했다. "굉장히 현명해." 그는 어째서인지 이렇게 덧붙였다.

"두 사람은 여기 앉아서 무슨 흉계를 꾸미고 있는 거야?" 피아 요한손이 갑자기 병실 문 앞에 나타났다.

21

7월 14일 수요일 저녁

피아는 벌써 침대 옆으로 와 남편의 뺨을 쓰다듬고 있었지만, 야르네브링은 개의치 않고 그녀를 포옹했다. 그런 다음 헛기침을 하며 자신이 적은 메모를 주머니에 쑤셔 넣었다.

“뭐, 이제 가봐야 할 시간인 것 같군.” 그가 말했다.

“그래, 확실히 그렇군. 조심해서 가게, 보. 내일 보자고. 그리고 약속한 것 잊으면 안 돼.”

“이번에는 무슨 약속을 했는데?” 피아는 호기심이 담긴 표정으로 야르네브링을 바라보며 물었다.

“소시지나 보드카 같은 것은 아니야. 내일 또 오겠다고 약속했거든. 그뿐이야. 저 친구가 평소 모습을 되찾기 시작했으니 내가 계속 지켜봐야 할 좋은 구실이 생긴 셈이지.”

그는 고개를 끄덕이며 친한 친구의 어깨를 두드려준 다음 문가로 걸음을 옮겼다. 그곳에서 멈춰 서서 다시 한번 고개를 끄덕였다.

“보가 평소와는 좀 다른데.” 병실 문이 닫히자 요한손은 이렇게 말했다. “이번 일로 충격을 좀 받은 것 같아.” 내가 왜 이런 이야기를 하고 있지? 그녀 스스로도 야르네브링이 평소와는 다르다는 사실을 알아차릴 텐데.

피아는 침대 위 요한손의 곁에 앉았다. 그녀는 부드럽게 손가락으로 뺨과 이마를 어루만지며 몸을 앞으로 기울였다.

“기분은 좀 어때?” 그녀가 물었다.

“괜찮아.” 요한손이 고개를 끄덕였다. “솔직히 말하면 조금 피곤하긴 한데, 근래 들어 가장 괜찮은 것 같아.”

“간호사랑 잠깐 이야기를 해봤어. 당신이 식사를 잘 못 하고 있다던데. 잘 먹어야지. 당신도 그래야 한다는 걸 잘 알지?” 그녀는 엄한 태도로 그를 바라보았다.

“먹고 있어. 사워밀크랑 과일, 채소, 섬유소 같은 것들을 잔뜩 먹는다니까. 바나나 두 개에 사과도 하나 먹었지. 보가 한 봉지 가득 사 왔거든.”

“소시지는 안 돼.” 피아가 말했다.

“안 먹어.” 요한손이 고개를 저었다. “더이상 그런 음식이 먹고 싶어질 것 같지 않아.”

“보랑 무슨 이야기를 하고 있었던 거야? 보가 오후 내내 여기 있었다고 들었는데.”

“옛 추억을 곱씹었지. 내가 잊어버린 옛 기억 말이야. 대부분은 일 이야기였어. 우리하고는 별 관계 없는 이야기였지.” 그는 덧붙였다. 왜 내가 이런 말을 했지?

"정말로 아무것도 먹고 싶은 게 없어?"

"그래, 난 괜찮아."

"잠을 자고 싶지는 않고?"

"당신이 내 옆에 눕는다면야." 요한손이 말했다.

"그러면 조금 옆으로 움직여봐. 코를 골지 않겠다고 약속한다면 그럴게."

"약속할게."

그는 조금 옆으로 움직인 다음 몸을 옆으로 뉘었다. 그녀가 옆에 누웠다. 그는 멀쩡한 팔을 그녀에게 두르고 조심스럽게 포옹했다. 그러자 곧 곯아떨어졌다. 잠에 빠져들었다. 이날 밤에는 아무런 꿈도 꾸지 않고 푹 잘 수 있었다. 비록 야스민에 대한 꿈을 꾸어야 했을지도 모르지만.

22

7월 15일 목요일 오전

요한손의 삶은 날이 갈수록 더 체계적이고 계획된 방식에 따라 진행되었다. 우선 그는 다리를 절뚝거리며 화장실로 갔다. 끝에 고무 패드가 달린 지팡이에만 의지해서, 심지어 오른손으로는 지팡이를 제대로 잡을 수 없었음에도 해낸 일이었다. 뒤에서 간병인이 걱정 어린 표정으로 따라왔다는 사실은 그리 신경 쓸 일이 아니었다.

그런 다음 약을 복용하고, 새 메뉴로 구성된 영양가 높은 아침 식사를 했다. 그러다가 깜박 잠이 들었는데, 시선을 들어보니 울리카 스텐홀름이 자신의 침대 옆에 앉아 있는 모습이 눈에 들어왔다. 그녀는 고개를 기울인 채 그에게 미소를 짓고 있었다. 그가 달리 기대할 것이 또 있었을까?

"하루하루 호전되고 계시네요."

"그녀를 찾아내셨습니까?" 요한손이 물었다.

"그녀를 찾다니요?"

"정보 제공자 말입니다. 부친께서 남기신 서류를 조사해보겠다고 약속하시지 않았습니까?"

"맞아요." 그녀가 말했다. "아니, 아직 찾지 못했어요. 일단 조사는 시작했죠. 아버지께서 남기신 문서 양이 어마어마해서 조사하는 데 시간이 걸릴 것 같더라고요. 아버지의 낡은 서류가 담긴 상자와 가방이 스무 개는 족히 되는 것 같아요. 온갖 문서가 다 있어요. 신문에서 오려낸 것이라든지 메모, 설교 원고 초안, 오래된 일기장, 편지 같은 것들요. 편지랑 엽서가 어마어마하던데요."

"시간 순서대로 정리되어 있습니까?" 요한손이 물었다.

"거기까지는 생각을 못 해봤네요. 말씀을 들으니 생각나는데, 아버지께서는 시간 흐름에 따라 분류하셨던 것 같아요. 하지만 체계적으로 정리되어 있지는 않을 거예요. 온통 뒤섞여 있거든요. 하지만 맞아요, 아마도 어느 정도 시간 순서대로 정리되어 있을 테죠. 사실은 어제 아버지께서 보관해두신 편지 다발을 읽을 때 생각을 했어야 하는 건데. 편지들이 모두 같은 해에 작성된 것처럼 보였거든요. 날짜가 적힌 편지는 그랬어요."

"부친께서 언제 은퇴했다고 하셨죠?"

"1989년 여름요. 제 기억에는 초여름이었던 것 같아요. 왜 그걸 물으시죠?"

"부친께서 은퇴하시기 전 마지막 이 년간의 서류들을 찾아보도록 하세요. 1987년 여름부터 1989년 여름까지요." 요한손이 말했다. "1989년부터 시작해서 뒤로 거슬러 올라가시고요."

"1985년은요? 야스민은 1985년 여름에 살해됐잖아요. 그때부터 시작해야 한다고 생각하지 않으세요?"

"제 말대로 하시죠." 요한손이 말했다. 저 여자가 똑똑해야 할 텐데.

"알겠어요. 호기심이 생기는데요. 왜 거슬러 올라가라고 말씀하신 거죠?"

"사람들이 이와 같은 일을 억지로라도 털어놓게 되기까지는 시간이 걸리기 마련입니다." 요한손이 말했다. 당신은 절대 경찰은 못 되겠군.

그는 물리치료사를 만나 두 가지 종목에서 개인 최고 기록을 갱신했다. 하나는 오른손으로 빨간색 고무공을 움켜쥐는 운동이었고, 다른 하나는 오른팔을 굽히는 동작이었다. 그는 옆에 나란히 선 물리치료사의 독려를 받으며 오른팔을 거의 중간쯤까지 간신히 들어 올릴 수 있었다.

"어깨까지 갑시다, 라르스. 할 수 있다는 거 다 알아요. 어서요. 어깨까지 손을 올려봐요."

"내일 합시다." 요한손이 말했다. 내일이 또 있으니까.

확실히 좀더 활기찬 기분이었다. 비록 어깨에 손이 닿지는 않았지만 한층 희망적인 기분이 들어, 점심 식사로 나온 소고기와 비트를 섞어 만든 패티에 과감히 손을 대기까지 했다. 하지만 소스는 없었다. 감자도 곁들이지 않았다. 음식에 어느 정도 제한을 두어야 했던 것이다.

그리고 그는 시간 맞춰 음식을 전부 해치울 수도 있었다. 간병인이 식사 쟁반을 치워준 때는 야르네브링이 병실에 모습을 드러낼 즈음이었다. 야르네브링은 커다란 파일 세 개를 들고 나타났다. 하지만 바지도, 셔츠도 가져오지 않았다. 신발은 물어볼 필요도 없었다.

23

7월 15일 목요일 오후

야르네브링은 침대 옆에 자리를 잡고 앉아 시트 위에 파일을 올려놓았다.

"대체 이게 다 뭔가?" 요한손이 파일 쪽으로 고갯짓을 하며 말했다. 대체 내 바지는 어디 있는 거야?

"셸 헤르만손은 기억이 나겠지? 헤르만 말이야. 분명 기억할 테지?" 야르네브링은 그를 바라보았다. "자네가 감시과에 있을 때 형사과에서 일하던 젊은 친구."

"그만 좀 들볶아. 그래, 헤르만은 기억나네." 대체 그 자식이 내 바지랑 무슨 상관이 있다고?

"괜찮은 친구지. 똑똑한 경찰이기도 하고. 지난 몇 년간은 주 경찰청에 있었지. 지금은 미제 사건을 담당하는 팀을 이끌고 있네."

"아." 약속했던 내 옷에 대해서는 일언반구도 하지 않는군.

"자네가 이 사건에 흥미가 있다고 하니까 헤르만손이랑 이야기를 좀 해봐야겠다는 생각이 들더군. 그 친구가 야스민 살인 사건 수사에 관련된 모든 파일을 갖고 있거든. 자네도 알다시피, 지금은 공소시효가 만료된 상태야. 개정된 법률이 적용되기에는 고작 이 주가 부족했던 거지. 그래서 그와 이야기를 나눠봤어. 그가 안부 전해달라고 하더군. 그 친구에게 자네라면 으레 살펴보고 싶어 할 자료를 좀 캐내달라고 부탁했다네."

"무슨 자료 말인가?"

"최초 보고서, 사건 현장 분석 자료, 세세한 법의학적 단서, 검시 보고서, 그 애의 부모와 그 애를 목격한 사람들에게서 받은 참고인 조서, 집집마다 진행한 탐문 조사 요약 보고서까지. 자네도 알다시피, 일반적인 수사 자료 말일세."

"그래, 알고 있어."

"자, 이걸 보라고." 야르네브링이 첫 번째 파일을 펼치며 말했다. "자네가 살펴보기 편하게 하려고 내가 스테이플러 침을 다 제거했다네. 혹시 메모를 하고 싶어 할 수도 있을 것 같아서, 두어 쪽 간격으로 빈 종이도 끼워 넣었다니까. 자네 팔이나 몸 상태를 감안하면, 좀더 편하게 해주는 게 좋을 거라 생각했지. 첫 번째 장은 파일에 들어 있는 문서 목록이라네. 그다음은 최초 보고서이고, 그 뒤로 다른 것이 모두 줄줄이 나오지. 정확히 자네가 선호하는 방식 아닌가."

"정말 고맙군, 보. 자네가 이렇게 사려 깊은 사람이었다니." 그는 이 말을 덧붙이다가, 금방이라도 눈물이 터져 나올 것 같다는 사실을 깨달았다.

다행스럽게도 그는 간신히 휴지를 한 장 뽑아 큰 소리로 코를 몇 번 풀면서 최악의 순간이 지나고 안정되기를 기다렸다.

“자네 괜찮나, 라르스?” 야르네브링이 걱정스러운 시선으로 그를 바라보았다.

“괜찮네. 약 때문이야.” 그는 거짓말을 했다. “이게 코가 꽉 막혀버리는 부작용이 있다니까.”

“정말인가?”

“그래.” 요한손이 말했다. “어쨌든 내가 가져다달라고 한 옷은 대체 어떻게 된 거지? 내게 옷을 가져다주고 그 애가 살았던 곳을 둘러볼 수 있게 데리고 나가겠다고 약속하지 않았나? 그 애 부모들이 각각 사는 곳 사이의 경로를 느껴볼 수 있도록 해주겠다고 하지 않았느냐고? 게다가 그 애가 발견된 곳도 둘러보고 싶어. 스코클로스테르 궁 외곽 지역 말이야.”

“피아와 이야기를 해봤네.” 야르네브링이 대답했다. “그리고 이 병실 담당 간호사랑도. 두 사람 다 좋은 생각이 아니라고 하던데.”

“젠장, 제발 좀, 보. 그게 무슨 상관이야? 나는 성인 아닌가? 내가 어디 격리된 것도 아니지 않나. 이제 자네랑 피아를 비롯해서 다들 나를 온전한 시민으로 대해줄 때가 됐다고.”

“뭐, 잠시 동안은 자네를 평범한 환자 취급해줄 생각이야. 물론 자네가 큰 소리를 내지 않는 한. 끝내 큰 소리를 내겠다면, 자네를 평범하고 처치 곤란한 정신병 환자 취급할 수밖에. 자네 오른팔이 제대로 움직인다 한들 반항할 수는 없을 거야.”

요한손은 아무 말도 하지 않았다. 아무 감정도 느껴지지 않았던 것이다. 울음이 터지려는 것도 분명 아니었다.

"어디서부터 시작했으면 좋겠나?" 야르네브링이 물었다.

"그 애가 어떻게 죽었는지 말해주게."

"이 파일 속에 다 들어 있네." 야르네브링은 다른 파일을 집어 들며 말했다. "직접 읽어보고 싶다면. 다 이 안에 있네. 검시 보고서, 현장 감식 보고서, 국립법의학연구소의 최종 보고서, 사건 현장과 피해자의 옷에 대한 분석 자료. 엄청나게 많지."

요한손은 고개를 저었다. 그는 엄청나게 방대한 문서 검토 작업을 할 기분이 아니었다. 게다가 문서를 읽으려 하자마자 두통이 도지기 시작했다.

"자네가 말해주는 게 더 나을 것 같은데. 그 애가 어떻게 죽었는지부터 시작해볼까? 그런데 검시를 진행한 사람은 누구였지?"

"셰베리였네. 그 교수 있지 않나. 전설적인 존재 셰베리. 한꺼번에 검시 두 건을 진행하면서, 시체를 해부하는 동시에 자네나 나 같은 사람들에게 강의를 할 수도 있었던 양반."

"그때쯤에는 이미 은퇴했을 거라고 생각했는데?"

"그랬었지." 야르네브링이 말했다. "하지만 그해 여름 국립법의학연구소는 완전히 혼란의 도가니에 빠진 상태였거든. 매춘부를 살해한 혐의를 받았던 법의학자를 기억하겠지? 그 사건은 그전 해 여름이었는데……."

"그래, 그 사람 기억하지." 요한손이 말을 잘랐다. 그곳에 있는 다른 사람들보다 특별히 더 미친 사람은 아니었지.

"그는 정직 처분을 당했어. 동료 두 명은 진작에 사직해버렸고. 그리고 셰베리의 후임으로 온 유고슬라비아 출신의 멍청이 있지 않나. 엄청나게 근시라서 매일 아침 출근하면 안내 데스크에 놓여 있는 용설란에게 인사를 하던 놈."

"그 사람도 기억나네. 그가 이 일과 무슨 상관이 있지?"

"아무 관련도 없어." 야르네브링은 자신의 말을 강조하기 위해 고개를 저었다. "그는 몇 가지 조사를 하러 해외에 나가 있었지. 내 개인적인 생각에는 그게 그다지 큰 문제는 아니었어. 아무튼 국립법의학연구소에는 사람이 별로 남아 있지 않았던 거야. 그래서 셰베리는 최소한 조직의 외견만이라도 유지하려고 옛 직장으로 복귀한 거지. 그리고 그는 어린 소녀를 강간하고 살해한 놈들을 찾아내는 일에는 유독 바지런했으니까. 자네도 틀림없이 기억할 테지."

"셰베리라. 정말로 가차없는 사람이었지. 그가 일을 제대로 처리하는 날이면 경찰도 검사도 판사도 필요 없었어." 그보다 더 나은 사람은 없을 테지. "계속해보게." 요한손은 침대에 몸을 뉘었다.

24

1985년 6월 26일 수요일

야스민 에르메간의 시체에 대한 검시는 1985년 6월 22일 토요일부터 23일 일요일까지 이틀에 걸쳐 진행되었다. 사흘 후인 6월 26일 수요일, 명예교수 겸 의학박사인 랑나르 셰베리 박사는 검시 보고서 작성을 마치고 서명을 했다. 서명은 완벽할 정도로 또박또박했고 필체가 단정했으며 뒤쪽으로 완만하게 기울어진 형태였다.

야르네브링과 동료들은 6월 22일 토요일 저녁에 사전 보고서를 받은 터였다. 며칠 후 셰베리가 배달부를 통해 정식 보고서를 보낸 날, 야르네브링에게 전화를 걸어 그와 감시과 동료들과 함께 "비밀리에 툭 터놓고 나누고 싶은 문제"가 있다고 말했다. 에베르트 벡스트룀을 데려오지 않는 것이 그가 내건 회담 조건이었다.

"그 멍청한 녀석을 보기만 해도 어디 참을 수가 있어야지." 셰베리는 설명했다. "녀석을 볼 때 유일하게 위안이 되는 것은, 녀석은 내 옛 직장에서 그리 오래 버티지 못할 것이라는 확신이 든다는 것뿐이오. 아마 나는 절대로 이해하지 못할 그런 상태로 살아가겠지."

세베리가 비현실적인 희망을 마음속에 새기는 사이, 야르네브링과 동료들은 전설적인 존재와 함께 길고 굉장히 보람 있는 대화를 만끽했다.

야스민 에르메간은 사망한 시점에 체중이 "대략 33킬로그램"이었고, 신장은 "대략 133센티미터"였다. 세베리가 좀더 정확하게 측정할 수 없었던 까닭은, 그녀가 사망한 지 일주일 가까이 지났거니와 시체는 대부분의 시간 동안 검정색 비닐 봉투에 싸인 채 우플란드 지방에 있는 스코클로스테르 궁에서 북서쪽으로 이 킬로미터쯤 떨어진 갈대밭 속 진흙탕에 처박혀 있었기 때문이다.

야스민은 질식사했고, 세베리가 야스민의 기도에서 조류의 가슴 솜털 한 조각, 치아 사이에서는 흰색 섬유 두어 가닥을 발견한 것으로 미루어 보아, 흉기는 베개로 추정되었다.

"범인이 질식시킬 때, 그 애가 베개를 물어뜯었지. 그 때문에 조류의 솜털과 섬유 가닥이 검출된 거요. 그리고 이 점을 특히 강조하고 싶소만……." 그는 힘주어 말했다. "조류의 솜털은 그 애가 갈대밭 사이에 누워 있을 때 들어간 게 아니오. 개가 그 애를 감싸고 있던 비닐 봉투를 찢어버리긴 했지만 하체 쪽이었지. 게다가 솜털이 기도 깊은 곳까지 들어가 있었으니 아직 숨을 쉬고 있을 때 흡입한 거라고밖에 볼 수 없소."

야스민은 질식사당하기 전 강간을 당했고 질에 삽입 흔적이 남아 있었다. 생식기에 난 상처는 성인 남성이 어린 소녀를 성폭행했을 때 나타나는 종류였다. 질에서 범인의 분비물이 검출되었지만 정액은 아니었다. 범인의 정액은 야스민의 복부와 가슴 및 머리카락에 다량 묻어 있었다. 그리고 야스민이 입고 있던 분홍색 티셔츠에도 마찬가지였다.

"범인은 오르가슴을 느끼기 전에 삽입을 멈추고, 애의 배와 가슴, 머리에 사정을 한 거요." 셰베리는 야르네브링과 동료들에게 설명했다.

야스민의 시체에서는 예상과 달리 방어흔이 발견되지 않았다. 국립법의학연구소의 셰베리와 동료들은 야스민의 혈액과 몇몇 내부 장기에서 강력한 속효성 진정제를 검출함으로써 방어흔이 없는 이유를 설명할 수 있었다. 나이와 체중을 감안할 때 권장 투여량보다 세 배 이상 많은 양이었다.

"이 비극적인 이야기에 유일하게 위안이 되는 점이라면 범인이 강간을 시도할 때 애는 의식이 없었을 거라는 사실이오." 셰베리가 이야기를 마쳤다.

"하지만 범인이 질식시켜 죽이려 할 때 베개를 물어뜯었는데요?" 야르네브링이 의문을 제기했다. 확실하게 하려면 물어보는 편이 제일이지.

"그런 현상은 질식사하는 과정에서 반사작용에 의해 발생할 수 있소. 그게 아니라면, 애석하게도 그 순간 의식을 회복하고 있었던 거요. 그가 애를 희롱하는 데 정신이 팔려서 눈치채지 못했든지, 혹은 애가 사타구니의 고통을 알아차리기 시작했든지, 아니면 둘 다였든지. 그 때문이었을 거요." 셰베리는 한숨을 쉬며 말했다.

"그 점은 제쳐두고, 꼬마 숙녀는 건강 상태가 양호했소." 셰베리가 말을 이었다. "골절이 생겼다가 아문 흔적도 없었고, 과거에 염증이 생겼을 때 나타나는 흔적도 보이지 않았지. 건강 상태가 완벽했던 것 같소."

"범행이 어떻게 진행되었는지 혹시 짐작 가십니까?" 야르네브링이 물었다.

셰베리는 희미한 미소를 띠며 말했다. "내가 왜 여러분을 여기 불렀다고 생각하시나? 당신네들이 언제나 건네달라고 간청하는 정보를, 분별 있는 개업의라면 절대로 어디 적어두지 않는 정보를 모두 알려줄 작정이오."

"저희들로서는 굉장히 감사할 따름입니다." 야르네브링이 말했다.

"뭐, 좋소." 셰베리는 어깨를 으쓱했다. "어쨌든 나는 현재 은퇴한 몸이고, 연금 생활자와 말다툼을 벌일 정도로 기운이 넘치는 사람이 누가 있겠소? 나는 이런 일이 일어났다고 생각하오……."

처음에 범인은 아이를 속여 진정제를 먹였다. 진정제가 꽤 쓴맛이 난다는 사실을 고려하면 아마도 굉장히 달고 강한 맛이 나는 음료수에 희석해서 먹였을 터였다.

"위장 속에서 검출된 내용물에 따르면 콜라일 수도 있소. 아니면 주스 같은 음료수이거나. 기본적으로 진정제의 맛을 감출 수 있는 것이었을 테지."

그후 야스민은 의식을 잃었다. 그때까지 걸린 시간은 기껏해야 십 분 안쪽이었을 것이었다. 범인은 그녀를 침대에 눕히고 옷을 벗겼다. 그녀가 입고 있던 옷은 물론이고 손목시계와 반지까지 모두 제거했다.

"보통은 그런 순서로 진행되오." 셰베리가 말했다. "흉기로 베개를 사용했다는 것은 침대가 있었다는 뜻이고, 범인들은 보통 피해자의 옷을 완전히 벗기는 데 신경을 쓰니까. 그들은 피해자를 강간하기 전에 보통 선 채로 피해자를 바라보는 것부터 시작하오. 그런 다음 피해자의 옷을 완전히 벗기고, 신체를 마음대로 움직여보기도 하고, 다양한 각도에서 관찰하기도 하오. 조그만 피해자들은 무방비 상태로 완전히 노출된 채 범인의 손아귀 위에 놓여 있는 거요. 범인들은 보통 그런 짓을 하면서 시간을 보내곤 하지."

범인은 그녀를 강간하며, 완전한 질 "성교"를 억지로 실행하면서 오르가슴을 느끼기 전에 삽입을 중단했다. 그리고 배와 가슴, 머리에 사정을 했다. 그러고는 자신의 생식기를 야스민의 분홍색 티셔츠로 닦았다.

"추측이지만, 내 생각에는 범인이 꽤 젊은 축인 것 같소." 셰베리가 말했다. "정액 양이 꽤 많았고, 다소 거리를 두고 분출되었으니까. 당신들 연배쯤 되는 평범하게 못난 나이 든 남자가 해낼 수 있는 일은 아니오."

"범인이 그 애를 여러 번 강간했습니까?" 야르네브링의 동료 한 명이 물었다.

"그렇게 생각하지는 않소." 셰베리가 말했다. "그 애는 처음 강간당한 후 출혈이 심했지. 많은 소아 강간범이 그 때문에 고생하기도 하오. 물론 진짜 사디스트라면 정반대일 테지만. 하지만 우리가 상대하고 있는 자는 예민한 성격의 소아성애자라는 느낌을 받는구려. 전에 한 소아성애자의 신체검사를 진행했던 적이 있었는데, 그때 그놈은 자신은 정중한 성격이라고 내게 말하기도 했소."

마침내 그는 자신이 저지른 일에서 빠져나가기 위해서는 야스민을 죽이는 것 외에 다른 대안이 없다는 사실을 깨닫고 베개를 이용해 그녀를 질식사시켰다.

"강간죄 하나만 따져봐도 놈은 최소한 칠 년에서 팔 년 형을 받게 될 거요." 셰베리가 말을 이었다. "그러니 운에 맡기고 저질러보는 게 낫다는 거지. 게다가 그런 자들은 이런저런 것들을 죄다 고려하여 행동하오. 이런 식으로 말해도 좋을지 모르겠지만, 사회화의 결과물이라고 할 수도 있을 거요. 그는 미치광이처럼 보이지는 않아요. 애를 교살하지도 않았고, 목을 그어버리지도 않았고, 머리를 으깨버리지도 않았소. 그런 식으로 죽이는 게 훨씬 간단한데도. 가학적인 폭력의 징후 역시 조금도 드러나지 않았소. 그는 가장 인도적인 대안을 선택해서 베개로 그 애를 질식시킨 거요. 당연한 이치겠지만 그러면 애를 직접 볼 필요가 없으니까. 아까 내가 그는 예민한 성격의 소아성애자라고 했는데, 그런 자는 주변 사람들에게 허물없이 받아들여질 수 있소. 주변 사람들이 성적 성향에 대해 사소한 의심도 품지 않을 테니까. 그에게는 선택권이 없다고 믿는 사람도 있소. 그런 일이 일어난 것은 그의 잘못이 아니라는 거지. 그저 그런 식으로 표출된 거라고 말이오."

"비겁한 개자식이라는 말씀이시군요." 야르네브링이 말했다. 그 개자식을 죽여버리겠어. 생각은 너무도 강렬한 나머지 이미 그의 두 주먹에 뿌리 깊게 박혀 있었다.

"전적으로 동의하오." 셰베리가 말했다. "만약 당신이 그자를 체포하면서 팔다리를 부러뜨린다면, 내 영향력을 총동원해서 그가 입은 상처는 자해의 흔적이라고 주장하리다."

그렇다면 범행 시기는? 그에 대해서는 뭐라고 설명할까? 처음에 강간, 그다음에 살인인가?

셰베리에 따르면, 그가 설명한 모든 것은 그녀가 실종된 직후에 자행되었다. 그녀는 아마 6월 14일 금요일, 실종된 날 저녁에 사망했을 것이다. 여러 단서들 중, 야스민의 위장 속에서 검출된 내용물이 그 사실을 강하게 가리켰다.

그렇다면 시체를 유기한 시기는?

그 시점에 대해서는 불확실한 면이 굉장히 컸다. 셰베리가 틀릴 위험을 무릅쓰고 추측한 바로는, 야스민의 시체는 살해된 다음 날 밤에 유기되었을 터였다. 아마도 자정 무렵, 다른 사람의 눈에 띄기 어렵게 충분히 어둡고, 자신이 하는 일을 확인하고 발이 걸려서 넘어지지 않도록 충분히 밝은 시점이었을 것이다. 그가 예민한 성격이라는 것을 감안하면 그랬을 터였다.

25

2010년 7월 15일 목요일 오후

"셰베리야말로 진정 바위 같은 분이었다네." 야르네브링이 딱 잘라 말했다. "하지만 그는 우리의 존경해마지않는 동료 벡스트룀을 나이프로 찔러버리는 짓은 결코 하지 않았지. 그 영감은 십 년쯤 전 사망했어. 아흔이 넘는 나이였는데 내가 보기에는 여전히 희망을 버리지 않았던 것 같아. 계속 매달려보려고 했지만 그리 성공적이지 못했지."

"벡스트룀 같은 인간들의 문제는 절대로 죽지 않는다는 점이지." 요한손이 말했다. "지금 그런 놈은 아무래도 상관없어. 야스민 이야기나 계속해보게. 그 애는 행복해하고 붙임성이 있으며 사람을 잘 믿는, 모르는 사람과 함께 사라져버릴 수도 있는 아이였나?"

"부모 말에 따르면 아니었네. 어머니와 아버지 둘 다 그 점에 대해서는 셀 수도 없을 만큼 말했지. 모르는 사람은 절대로 따라가지 않았을 거라고. 성별을 가리지 않고 모르는 사람이라면 가까이 가려 들지 않았다는군. 심지어 또래의 아이들이나 십 대 청소년들에 대해서도, 상대가 누구이고 과연 믿을 수 있는 사람인지 알기 전에는 마찬가지의 태도를 취했다고 하네. 그 애는 분별이 있고 나이에 비해 성숙하며 가정교육을 잘 받고 자란 아이처럼 보였지. 그리고 자기 주관도 뚜렷했어. 예쁜 아이이기도 하고. 자네가 살펴볼 수 있도록 사진 몇 장을 파일 안에 넣어 두었다네. 짙은 피부색에 커다란 갈색 눈, 머리카락이 길고 까맸지. 학교에서도 잘 지냈다네. 친구들 사이에서도 인기가 많았고, 또래 남자애들이 반할 만한 아이였지. 옷에 대해서도 굉장히 까다로웠어. 그들 말에 따르면, 나름 애교가 있었다는군."

"물론 전부 그 애 부모가 해준 이야기겠지?"

"무슨 뜻인지 알아. 하지만 학교 교사들과 내가 이야기를 나눠본 사람들 모두 같은 이야기를 하더군."

"평범한 상황이었다면 사실이었을지도 몰라. 하지만 그날은 평범한 저녁이 아니었어. 우선 그 애는 어머니에게서 도망쳤어. 그리고 아버지의 집에 도착했는데, 문은 잠겨 있고 아버지란 사람은 자식에게 일언반구도 없이 사라져버렸지. 게다가 그 애는 열쇠까지 잃어버렸어. 전화기도 갖고 있지 않았지. 당시에 휴대전화 같은 것은 없었으니까. 그 애가 평소라면 하지 않을 일들을 굉장히 많이 했을지도 모른다는 가능성을 열어두어야 한다고 생각하네."

"자네 말이 맞아. 일이 수월하게 풀리지 않았던 것은 분명해."

"그런데 그들은 여기 어떻게 오게 된 거지? 가족 전체가." 요한손은 이렇게 말했지만, 사실 의식은 시간이 훨씬 지나고 나서야 떠오른 특정 시간과 삶에 집중되어 있었다. 어쩌면 그 애는 엄마에게 전화를 걸기 위해 그저 전화기를 잠시 빌리고 싶었을지도 몰라. 신뢰할 수 있을 것 같고 기꺼이 도와줄 것 같은, 예민한 소아성애자의 집 대문을 두드렸을 수도 있어. 놈은 벌거벗은 채 자신의 침대에서 잠들어 있는 그 애를 그저 자위를 하면서 바라보기만 하고 싶었을 수도 있지. 놈의 잘못은 아니었겠지만, 성욕이 갑자기 치밀어 올라 놈을 움켜쥐고 아무런 선택지도 남겨놓지 않을 때까지.

"정치적인 사안은 내 전문 분야가 아니지만, 나는 언제나……."

"미안하네. 방금 무슨 이야기를 하고 있었지? 정치에 관련된 이야기였나?" 정신 바짝 차리라고.

"야스민과 그 애 부모는 정치적인 이유로 이란에서 이곳으로 망명했다네." 야르네브링이 말했다. "1979년 겨울이었어. 야스민이 갓 세 살이 되었을 때였지."

"그렇군."

'정치적인 사안'은 야르네브링의 전문 분야는 아니었지만, 그는 야스민의 부모와 이야기를 나누며 그들이 정치적인 사안에 대해 하는 말에 귀를 기울였다. 그런 후 그들이 말한 내용과 그들이 스웨덴에 도착했을 때 이민국에서 작성한 파일에 기록된 내용을 서로 비교해보았다. 1979년 1월 20일, 그들은 알란다 국제공항에 도착하자마자 정치적 망명을 신청했다. 관련 단체들이 감동적일 만큼 만장일치로 지지를 보낸 것은 이번 한 번뿐이었다. 아야톨라■ 정권 아래에서 그들이 당하는 "정치적

■ 이슬람교 시아파의 성직자 계급으로, 종교적 율법에 대해 유권해석을 내릴 수 있는 권한이 있다. 여기서 아야톨라는 1979년 이란혁명 이후 집권한 아야톨라 호메이니를 뜻한다.

박해"의 위험은 "상당한 수준이며 여기저기 산재해 있는" 것으로 여겨졌다. 그들은 다른 친척들과 마찬가지로 기독교 소수 집단 소속이었고, 샤■를 지지하는 옛 상류층에 속해 있었다. 아버지 유세프(이란 여권에 적혀 있는 이름이었다), 아내 마리암, 그리고 세 살 난 딸 야스민. 세 사람에 대한 체류 허가가 신속하게 떨어졌다.

부모는 고등교육을 받은 사람들이었다. 아버지 쪽은 테헤란에서 의대를 졸업한 의사였고, 어머니 쪽은 같은 대학에서 의료기사 자격을 획득했다. 그들은 또한 새로운 조국이 될 나라에 아직 통하는 연줄이 있었다. '요세프' 에르메간(그는 영주권을 획득하자마자 자신의 이름을 바꾸었다)의 친척 몇몇이 스웨덴에 살고 있었고, 그들 중에는 성공한 의사이자 카롤린스카 연구소에서 의화학 교수로 재직중인 숙부도 있었다.

"일 년 정도 지났을 즈음, 아버지 쪽은 스웨덴에서 의사로 일할 수 있는 허가를 받은 것 같아." 야르네브링이 말했다. "대신 추가 강좌를 두 개 정도 이수해야 했지. 야스민의 어머니는 치과 간호사가 되기 위한 교육을 받았고, 역시 이곳에 도착한 지 일이 년 사이에 교육을 마쳤어. 그리고 1985년 2월에 가족 전체가 스웨덴 시민권을 획득했다네. 딸이 살해당하기 고작 몇 개월 전이었어. 두 사람이 정식으로 이혼 신청을 한 것도 그때였지. 두 사람은 이미 일 년도 더 전부터 별거중이었지만, 두 사람은 그 사실을 비밀로 했다네. 짐작하건대 시민권 신청에 문제가 생기는 것을 원하지 않았던 것 같아."

대체 그들의 이혼이 사건과 무슨 관계가 있다는 거야? 요한손은 생

■ 1979년 이란혁명 이전에 이란을 지배했던 팔라비 왕조의 왕을 의미한다.

각을 입 밖에 내는 대신 고개를 끄덕이는 것으로 만족했다.

"어머니 쪽에서 아버지 쪽을 상대로 여러 차례 고발을 했던 것 기억하지? 남편에게 폭행당했다면서. 어제 말했지."

"그래." 요한손이 말했다.

"고발 역시 두 사람이 시민권을 획득하고 나서야 제기되었다네."

"뭐, 꽤나 실리적이로군. 아버지 쪽이 그랬다고. 쓸데없이 일을 복잡하게 만든 이유가 있을 거야. 그는 아마도 그녀가 입을 다물고 있기만 하면 양육권을 양보하고 양육비를 좀더 얹어주겠다고 약속했겠지."

이 친구가 또다시 이상해지는군. 야르네브링은 이렇게 생각했다. 뭔가 정상이 아닌 부분이 있는데.

"그후로 어떻게 됐지? 부모들 말이야. 아직 생존해 있나?" 요한손이 말했다.

"그렇지 않다는 이야기는 못 들었는데." 야르네브링이 대답했다. "하지만 두 사람 모두 스웨덴을 떠났다네. 아버지 쪽은 1990년에 미국으로 이주했지. 혼자 떠났는데, 딸아이가 살해당했을 때 동거하던 여자와는 오래가지 못했거든. 그는 그곳에서 혼자 잘 살고 있는 것 같아. 스크루지 영감처럼 부자가 되었다지. 큰 제약 회사를 갖고 있거든. 오래전에 미국 시민권도 획득했지. 미국으로 이주했을 때 이름도 조지프 사이먼으로 바꿨다네. 철자에 ph가 들어가는 조지프 말이야. 그리고 사이먼은 그의 아버지 이름을 딴 거지. 사이먼 앤드 가펑클이라는 가수 있지 않나."

"어머니 쪽은 어떤가?" 요한손이 물었다.

"듣자 하니 그녀는 미쳐버린 모양이야. 1990년대에 다시 이란으로 돌아갔지. 마호메트에 귀의했고. 베일을 쓰고 온몸을 가리고 다닌다지."

"이슬람교로 개종했다는 말이로군."

"그래. 부르카라고 부르나? 그런 걸 두르고 다니기 시작했지."

"실리적인 행동 같군."

"그럴 거야." 야르네브링이 동의했다. "그곳에 살고 있는 여자라면, 아마 필수적으로 그렇게 해야 할 테니까."

한 사람은 살아남았군. 요한손은 생각했다. 자신을 닦달하면서 최악의 상황을 모면하고 증오의 도움에 힘입어 살아남았을 테지. 그리고 한 사람은 아래로 가라앉아 이전에 살던 삶을 포기할 수밖에 없었을 거야.

"좀 피곤해지는 것 같은데." 요한손이 말했다. "잠깐 타임아웃을 부르고 낮잠을 좀 자도 괜찮을까?"

"괜찮고말고."

"내일 다시 올 텐가?"

"아, 그래." 야르네브링이 대답했다. "기대하고 있으라고. 같은 시간 같은 장소에서 보지."

그때 뭔가 신기한 일이 일어났다. 야르네브링이 남자답고 전우애가 넘치는 동작으로 요한손의 어깨를 두드려주려고 침대 위로 몸을 굽히자, 요한손이 오른손을 내밀었다. 그럴 생각조차 하지 않은 상태에서 벌어진 일이었다. 그는 지금까지 내내 이불 속에서 꼼짝도 하지 않던 오른손을 들고 앞으로 내민 것이었다.

야르네브링이 요한손의 손을 잡았다. 단단하게 붙잡고 있었음에도, 어린아이의 손을 잡는 듯 부드러운 동작이었다.

"꽉 쥐어보게, 라르스. 내가 알고 있던 기운을 간직하고 있는지 한번 보자고."

"돌아오는 중이야." 요한손이 말했다. 돌아오는 중이야. "여보게, 야르니스." 단짝 친구가 병실 문 밖으로 나가려는 순간, 그는 한마디 덧붙였다. "내 바지 잊지 말게나."

그러고는 잠이 들었다. 똑바로 누워 양손은 배 위에 포개놓은 채였다. 위태위태한 심장 탓에 보너스를 얻어 머릿속에 쓰레기가 들어차기 전부터 잠을 청하던 자세였다.

그날 저녁 피아가 그를 살펴보러 왔을 때, 요한손은 여전히 잠에 빠져 있었다.

그녀는 침대 옆에 놓인 의자에 앉아 남편을 바라보기만 하면서 두 시간은 족히 머물렀다. 그는 이번에는 코를 골지 않았다. 왼쪽으로 편히 돌아누운 채 미동도 없이 조용히 자고 있을 뿐이었다.

그녀는 요한손의 얼굴과 오른팔을 부드럽게 쓰다듬었다. 아무런 움직임도 없었다. 얼굴이 조금도 움직이지 않았다. 그녀는 설명할 수 없는 깊은 불안감에 빠져들었다.

자고 있는 거야. 자고 있는 거라고. 그뿐인걸. 그녀는 스스로에게 되뇌었다. 그냥 다른 일이 일어나지 않기 때문인 거야.

그러고는 집으로 향했다.

26

7월 16일 금요일

라르스 마르틴 요한손의 새 삶에 또 다른 날이 찾아왔다. 그는 두 종목에서 개인 최고 기록을 갱신하면서 하루를 시작했다. 우선 오른손으로 빨간색 고무공을 움켜쥐는 시간을 두 배 이상 늘렸다. 그런 다음 잠자고 있던 오른팔을 조금도 주저하지 않고 들어 오른쪽 어깨를 짚었다. 팔에서 내내 가렵고 쑤시는 듯한 느낌이 들었는데, 그 무엇보다도 격려가 되는 느낌이 아닐 수 없었다.

물리치료사가 말했다. "얼마나 자랑스러운지 몰라요, 라르스. 굉장히 큰 진전을 한 거라고요."

"아, 잘 모르겠군요." 요한손이 말했다. 사실 그는 수줍음 많고 겸손한 사람이었다. "큰 진전은 아닐지도 모르겠지만 적어도 올바른 방향으로 나아가고 있는 것 같긴 하네요."

주치의 울리카 스텐홀름은 일이 그다지 잘 풀린 것 같지 않았다. 그녀는 피곤해 보였다. 피곤하다는 말이야말로 울리카의 상태를 정확히 나타내는 표현이었다. 그녀는 지난 이틀간 야간 당직을 섰고, 중간에 깨지 않고 네 시간 정도 간신히 눈을 붙이는 것이 최선이었다.

그녀는 아버지가 남긴 서류를 살펴볼 시간이 그리 많지 않았다. 하지만 요한손이 지시한 대로 1987년부터 1989년까지의 문서가 담긴 가방과 상자를 골라내는 진전이 있었다. 그녀는 그 문서들을 따로 쌓아놓은 다음, 주말에 진지하게 살펴보겠다고 벼르고 있었다.

요한손이 말했다. "세상이 끝난 것도 아닌데 기운 내시죠. 서류는 어디 도망가지 않을 겁니다." 그가 덧붙였다.

"감사합니다. 제게 인내심을 발휘해주는 사람이 있다니 참 좋네요."

당신은 변호사가 될 자질도 없나 보군? 어떤 상황인지 진작에 설명해줬을 텐데.

요한손은 점심 식사를 했다. 평소와 별로 다를 것 없는 음식이었다. 바나나 한 개와 체리 한 봉지로 식단을 보강했고, 몰래 두고 먹던 초콜릿 비스킷도 하나 추가했다. 그가 입가에 묻은 마지막 부스러기를 훔치는 순간, 야르네브링이 나타났다. 두 사람은 요한손의 병실에서 커피포트를 가득 채운 커피에 유리 주전자에 담긴 따뜻한 우유를 곁들였다. 그런 다음 오후 시간의 절반쯤을 사건 이야기를 하는 데 할애했다.

야르네브링이 말했다. "자네 생각은 어떤가, 라르스? 야스민 살인 사건 말이야."

"자네가 먼저 시작하게. 내가 들어보지. 어쨌든 수사에 참여한 사람은 자네였을 테니."

"처음부터 모두 틀어져버리고 말았지." 야르네브링이 이야기를 시작했다. "어떻게 틀어져버렸는지 돌이켜 생각할 때마다, 이 사건은 어떻게든 엇나가버릴 수밖에 없는 사건 중 하나일지도 모른다는 생각을 하면서 스스로를 위로하곤 한다네. 정말이지, 안에서부터 나를 갉아먹어왔다니까."

"'어떻게든 엇나가버릴 수밖에 없다'는 게 무슨 뜻이지?"

"지나치게 난해한 사건이었으니까." 야르네브링이 말했다. "야스민이 어머니의 집으로 돌아가고 있을 때, 뭐 아마도 결국엔 그랬을 테지, 그 애는 어린아이에게 성욕을 느끼는 한 미치광이의 집으로 뛰어 들어갔지. 그는 야스민이 한 번도 만나지 않은 사람, 완벽한 타인이었어. 두 사람은 완전히 우연으로 만나게 된 거야. 하지만 야스민이 평소와는 달랐기에 그는 애를 꼬여서 자신과 함께 가도록 할 수 있었지. 이 사건은 우리가 해결할 수 없는 사건이야. 그저 지나치게 난해한 사건이었으니까." 그는 재차 같은 말을 반복했다.

"맙소사, 보." 요한손이 한숨을 쉬며 말했다. "나는 진심으로 자네가 걱정되기 시작하는데."

이제야 예전의 자네 같구먼. 야르네브링이 생각했다.

"그러면 무슨 일이 일어났는지 말해주게. 나는 언제나 단순한 경찰이었지. 보이지 않는 곳까지 살펴볼 수 있었던 적은 한 번도 없었어. 무슨 일이 일어났는지 말해주게."

"나도 몰라." 요한손이 말했다. 아직은 말이지. "하지만 아는 게 하나 있네."

"그게 뭔가?"

"우리가 이런 형사사건을 다룰 때면, 스무 건의 사건 중 열아홉은 이런 식이지. 범인은 피해자와 굉장히 가까운 범위 안에 존재하는 사람이야. 자네도 알다시피, 일반적으로 범인과 피해자는 사회적으로 가까운 관계이거나, 혹은 범인이 보통 피해자의 가족이나 친구 무리에 속해 있기도 하네. 또는 피해자와 지리적으로 가까운 곳에 존재하기도 하지. 범인은 피해자의 이웃 주민일 수도 있고, 같은 구역에 사는 사람일 수도 있어. 범인은 피해자가 등하교를 하는 모습을 매일같이 지켜보기도 하지. 길 건너 구멍가게에서 일하는 사람일 수도 있으니까. 혹은 양쪽 모두 해당되기도 해. 범인은 피해자와 사회적, 지리적 거리가 모두 가까울 수도 있다는 뜻이라네."

"여기서 잠깐만, 라르스." 야르네브링은 신중을 기하기 위해 한 손을 들어 말을 끊었다. "안데르스 에클룬드 같은 경우도 있을 텐데. 달라르나에 살던 엥라 회글룬드라는 어린 소녀를 살해한 놈 말이야. 순전히 우연이었지 않나. 그자는 아마 평생 동안 그 애를 한 번도 본 적이 없었을 거야."

"그게 바로 스무 번째 사건이지." 요한손이 말했다. "이번에는 그런 걱정을 할 필요 없어. 야스민 사건에는 해당되지 않으니까."

"그게 무슨 뜻이지?"

"에클룬드는 수면제를 가지고 다니지 않았고, 주변에 흰색 베갯잇을 씌운 베개도 없었으니까." 요한손이 말했다. "그는 원시시대에나 어울릴 얼간이였다네. 빈약한 두뇌가 돌아가는 방식을 고려해볼 때 그가 범행을 수행한 방식은 완벽하게 이치에 맞았어. 지역 경찰들이 그를 찾아내기까지 열두 시간이 채 걸리지 않았지. 그래서 야스민 사건에 관한 한, 에클룬드와 비슷한 범인에 대해서는 철저하게 잊는 게 좋아."

"울프 올손은? 헬레네 닐손을 죽인 놈 말이야."

"스무 건 중 열아홉 건에 해당하는 전형적인 사례라네. 범인은 피해자와 같은 곳에 살았고 그곳에서 평생 살았지. 범인의 가족은 피해자의 가족과 아는 사이였고, 여동생은 헬레네의 언니와 절친한 친구 사이 아니었던가? 그 개자식을 찾아내는 데 십육 년이나 걸렸지만 놈을 탓할 수는 없겠지. 놈은 스코네 주 경찰에게 감사 인사라도 하고 싶을 거야. 지극히 간단한 사건을 몰라볼 정도로 된통 망쳐버렸으니까. 나라면 한 달 내에 놈을 체포했을 걸세."

나도 그랬을 거라 믿네. 야르네브링은 생각했다. 혹시 알아? 어쩌면 나도 그럴 수 있을지?

"그러면 그 '소녀 살해범', 욘 잉바르 뢰프그렌은 어떻지? 1960년대 중반 스톡홀름에서 활개 치고 다니던 놈 말이야."

"1963년이었다네. 피해자는 두 명의 어린 소녀였지. 내가 잘못 기억하는 게 아니라면, 첫 번째 피해자는 여섯 살이었고, 다른 한 명은 그보다 더 어린 네 살이었던 것 같은데. 첫 번째 살인 사건은 8월 12일, 스톡홀름 아스푸덴 지역에서 일어났고, 두 번째 사건은 9월 2일, 쇠데르말름 섬에 있는 비타베리스파르켄 공원에서 발생했지."

이제 확실히 예전의 자네다워. 야르네브링은 생각했다. "그런데 피해자들이 놈과 친분 관계가 있었다고는 볼 수 없을 텐데." 그렇게 쉽게 항복하면 무슨 의미가 있다고.

"그가 접근을 시도했지. 뢰프그렌은 서른세 살이었어. 그는 지적 수준이 여덟 살에 머물렀지만, 성인 남자의 몸과 욕망을 지니고 있었지. 그는 자신과 함께 놀아줄 정신연령이 비슷한 소녀들을 찾아서 여러 공원을 배회하며 하루하루를 보냈다네. 그는 피해자들에게 자신과 함께 놀자고 강요했지. 어쩌면 애를 썼다고도 볼 수 있겠군. 그런 다음 두 사람을 살해하고 달아났어. 그와 비교해보면, 안데르스 에클룬드조차 평균적인 지능을 가졌다고 할 수 있을 테지. 에클룬드나 뢰프그렌 같은 놈들은 잊어버리게. 야스민 살인 사건에 관한 한, 울프 올손까지 잊어도 좋아. 지능지수만 따져보면 놈은 평균보다 훨씬 지능이 높긴 하지만."

"울프 올손 역시 잊어도 좋다고? 어째서?"

"지나치게 독특하니까. 외톨이에 음모론자이기도 하고, 만나는 사람과 언제나 싸우게 되는 놈이지. 멍청한 범죄를 저지른 탓에 전과 기록이 있기도 하고. 올손 같은 놈들은 잊게나."

"그러면 우리가 찾는 녀석은 어떤 놈이지?"

"상냥하고 기꺼이 도움을 주고 붙임성이 있으며 함께 시간을 보내기 좋은 녀석이지. 자신과 비슷한 연배의 남녀와 시간을 보내는 것을 좋아하고. 주변 사람들은 그가 정말로 원하는 것은 어린 소녀와의 섹스뿐이라는 생각은 절대 해본 적이 없겠지. 놈에 대해 비난할 수 있는 점이라면 과음을 한다는 것뿐일 거야. 하지만 절대 짜증스럽게 굴거나 막 나가는 녀석은 아니라네."

"그렇게 자세히 안다면 이름이나 좀 알려주지 그래?" 야르네브링이 씩 웃으며 말했다. 라르스 마르틴이 권좌에 복귀하셨도다.

"일주일 정도 시간을 주게나. 내 머릿속에 온통 쓰레기가 떠돌아다니고 있다는 사실을 잊어서는 안 돼. 나는 잊어버린 것들을 계속 떠올려보고 있다네. 그게 뭔지 기억하지 못한다는 게 무엇보다 최악이지. 단지 잊어버렸을 뿐인데."

"그래." 야르네브링이 동의했다. "자네는 완전히 정상으로 돌아온 것처럼 보이는군. 사실 인간의 다양한 면모를 보여주지 않았나."

"내가 잊지 않은 게 세 가지 있네." 요한손은 야르네브링의 말을 전혀 알아듣지 못한 듯 이렇게 말했다. "그 세 가지를 잊는 순간 나는 다 끝난 거야."

"그게 뭔가?" 야르네브링이 물었다.

"손에 쥔 것만으로 최선을 다하라. 쓸데없이 일을 복잡하게 만들지 마라. 그리고 우연을 혐오하라."

"살인 사건 수사에 대한 라르스 마르틴 요한손의 세 개의 황금률이로군. 일주일이라고 말했겠다. 그때가 되면 범인의 이름을 알려줄 테지?"

"나로서는 자네가 알고 싶어 하는 이유를 모르겠군. 지금 자네가 그 사건에 대해 할 수 있는 것은 아무것도 없네." 우리 둘 다 아무것도 할 수 없지.

"호기심을 충족하기 위해서라네. 어슬렁거리다가 놈을 만나서 심각한 대화를 나눠볼 수 있을지도 모르니까. 남자 대 남자로서 말이야. 그리고 내친김에 놈의 팔다리도 잡아 뜯어버리고."

"훌륭한 생각 같군. 하지만 일주일 정도는 시간을 줘야 하네. 나는 평소의 내가 아니니까." 요한손이 말했다.

27

7월 16일 금요일 오후

요한손은 야르네브링이 가져다준 파일을 훑어보며 나머지 오후 시간을 보냈다. 그는 야스민의 사진을 손에 든 채 오랫동안 앉아 있었다. 평범한 인물 사진으로 학교에서 찍은 것 같았다. 사진 속에서 그녀는 얼굴을 반쯤 옆으로 돌리고 미소 짓는 반짝이는 눈으로 사진사를 바라보고 있었다. 명랑해 보이는 어린아이로, 야르네브링이 말했던 것처럼 예쁜 아이였다. 그는 가슴이 아파지기 시작했다. 사진을 다시 파일 안에 넣자 고통은 가라앉았다.

그는 임시변통으로 검시 보고서를 대충 훑어보며 마음을 달랬다. 보고서 내용은 단짝 친구가 해준 이야기와 일치하는 듯 보였다. 그는 들은 이야기와 겹치는 부분 대신, 다른 법의학적 조사 보고서들 및 야스민이 발견된 장소에 대한 분석 결과 보고서를 면밀히 살폈다. 그는 과학수사과에서 찍은 사진들을 전부 세심하게 검토했다. 심지어 열쇠고리에 끼우고 다녔던 소형 확대경이 있으면 얼마나 좋을까 하는 생각도 했다. 병원 같은 곳이라면 분명 돋보기가 있을 테지. 그는 이런 생각을 하고는 벨을 눌러 간호사를 호출했다.

"뭘 도와드릴까요?" 삼십 대 정도로 보이는 젊은 여자였다. 훌륭한 외모에 명랑하고 긍정적인 태도까지 느껴졌다. 이런 사람이라면 분명히 돋보기를 갖고 있을 터였다.

"혹시 돋보기를 갖고 계시면 빌릴 수 있을까요?" 요한손이 물었다.

"그럼요. 사무실에 있으니 빌려드릴게요."

예민한 성격의 범인은 야스민을 강간, 살해한 다음 시간을 들여 상당한 고생까지 감수하며 비닐 봉투로 시신을 깔끔하게 싸맸다.

그는 야스민의 머리 위로 두 장의 비닐 봉투를 씌워 몸통을 지나 허벅지까지 집어넣었다. 그리고 비닐 봉투를 두 장 더 사용해, 이번에는 발부터 시작해서 다리와 허리까지 끌어올렸다. 봉투 입구는 거의 그녀의 젖꼭지 부근까지 닿았다. 아래쪽부터 씌운 비닐 봉투가 위쪽에서 씌운 비닐 봉투 위로 포개져 있는 걸로 보아, 범인은 이 순서대로 작업을 진행했을 터였다.

그는 포장용 테이프로 비닐 봉투 꾸러미를 밀봉했다. 오 센티미터 너비의 평범한 갈색 포장용 테이프였다. 테이프는 팽팽하게 감겨 있었다. 처음에 범인은 야스민의 발과 다리를 가까이 모은 다음 발목 부분에 테이프를 감았다. 그런 다음에는 무릎, 그리고 엉덩이 바로 아래쪽 허벅지였다. 그러고는 야스민의 팔을 옆구리에 붙이고, 허리와 가슴 둘레를 테이프로 감았다. 테이프는 한 번씩만 감아도 충분했을 테지만, 그는 각

지점마다 대여섯 번씩 감았다. 그 결과 꾸러미는 내용물과 외관 면에서 붕대를 감아놓은 미라와 현저하게 비슷한 모습이 되었다. 물론 검정색 비닐 봉투와 포장용 테이프를 사용한 것을 제외한다면.

암담하군. 네놈이 저지른 일만 암담한 게 아니라, 네놈이 처한 상황 역시 절망적이었겠지. 이런 절망은 네놈이 사건을 저지르기 전부터 존재했을 거야. 지금쯤은 그런 절망감을 통제하는 법을 배웠을 테고. 절망감을 통제하려는 태도는 네놈 성격의 근본적인 부분을 이루고 있겠지.

범인은 범행을 저지르는 과정에서 지문 하나 남기지 않았다. 하지만 고무장갑을 낀 손으로 남긴 손가락 자국은 여럿 있었다. 옅은 분홍색 고무 조각이 포장용 테이프 밑에서 발견되기도 했다.

설거지용 고무장갑이로군. 평범한 설거지용 고무장갑. 해져서 조각이 떨어지기 시작한 것으로 보아 꽤 오래 사용한 것 같군. 만약 네놈 집에서 범행을 저질렀다면 이것은 네놈이 쓰던 고무장갑은 아닐 테지. 네놈이 사용하던 고무장갑이었다면 다른 색깔이었을 테니. 게다가 네놈은 설거지를 하는 인간처럼 보이지는 않고, 더더구나 설거지를 한들 고무장갑을 끼는 녀석은 아니겠지. 고무장갑을 사용하는 사람들은 보통 여자들이니, 인생 어딘가에 여자가 끼여 있을 거야. 네놈 애인인가? 그게 아니라면 어머니나 누이인가? 혹은 단순히 다른 여자가 있나? 서둘러야 할 필요성도 느끼지 않은 채 여자의 집에서 시간을 보낼 수 있을 정도로 가까운 여자가?

네놈이 아직 살아 있는지 궁금한데? 아니면 절망감이 네놈을 죽여버렸을까?

나는 네놈이 살아 있다고 생각해. 손에 쥔 것만으로 최선을 다해서 살아남았겠지. 네놈은 자기애가 아주 강하고, 죄책감 따위는 전혀 느끼지 않을 테니까. 적어도 네놈이 통제할 수 없는 절망감은 없을 거야. 게다가 세상에는 야스민을 닮은 아이가 얼마든지 있으니까. 네놈은 내내 그 아이들을 지켜봤겠지. 네놈의 의식은 언제나 그 아이들로 꽉 차 있을 거야.

요한손은 파일을 내려놓고 저녁 식사를 했다. 그는 물을 두 잔 마시고 페스토 소스를 곁들인 통밀 파스타를 절반쯤 먹었다. 거의 의무감에 먹은 것이었다. 자신의 건강과 당장의 회복을 책임지는 사람들에게 걱정을 끼칠 수는 없으니까.

저녁 식사 후 그는 잠이 들었다. 잠에서 깨어 보니 피아가 침대 옆 의자에 앉은 채 집게손가락으로 뺨을 따라 턱까지 쓸어 내리고 있었다.

피아가 물었다. "오늘 기분이 좀 어때? 얼굴이 꽤 밝아 보이네. 어제 여기 왔었는데, 내내 잠만 자고 있더라고. 아기처럼 자고 있었다니까. 코도 전혀 골지 않고. 걱정할 뻔했잖아."

"똥통에서 구르는 돼지처럼 행복한 기분이야. 그러니 내 걱정 하지 마. 대신 당신이 오늘 어떻게 지냈는지 말해줘."

28

7월 17일 토요일~7월 18일 일요일

주말은 면회객으로 북적거렸다. 그가 손주들의 연락을 미리 차단했다는 것만 제외하면 지난 주말과 다를 바 없었다. 심지어 그는 확실히 다짐을 받으려고 아들과 딸에게 전화까지 했다.

"곧 퇴원할 거란다. 다들 우리 집으로 와서 나랑 피아와 함께 제대로 된 저녁 식사를 하는 게 훨씬 나을 것 같구나. 평범한 사람들처럼 함께 시간을 보내는 거지."

"그거 좋은 생각 같네요." 아들이 말했다.

"말씀하신 대로 할게요." 딸이 말했다. "착한 딸은 언제나 아빠 말을 잘 듣는 법이니까요." 그녀는 어째서인지 이렇게 덧붙였다.

하지만 그의 큰형, 에베르트에게서 벗어날 방도는 없었다. 그는 점심 식사 시간이 되기 전에 위풍당당한 모습으로 들이닥쳤다. 그는 요한손가문의 막내아들인 라르스보다 열 살은 더 먹었지만, 크고 무거운 덩치에 허리를 대쪽같이 꼿꼿하게 편 불굴의 모습을 유지하고 있었다.

그는 언제나처럼 쾌활하고 현실에 만족하는 모습을 보이며, 라르스 마르틴에게 "갑작스러운 사고"가 닥치기 전에 숲에 대한 거래를 마칠 수 있어서 "얼마나 엄청난 행운"인지 모르겠다고 말했다.

"우리는 정말 지랄 맞을 정도로 운이 좋았다니까." 에베르트 요한손은 이렇게 딱 잘라 말하고는, 말 장사꾼이 말의 이빨을 보여주며 나이를 확인시키는 것처럼 자신의 커다랗고 누런 치아를 내보이며 씩 웃었다.

"목재와 목재펄프 가격이 치솟고 있거든. 우리가 손에 넣은 땅을 팔아달라고 내 뒤를 졸졸 따라다니는 사람들이 한둘이 아니라니까."

"그 사람들에게 뭐라고 대답했는데?" 요한손이 물었다. 그는 반만 귀를 기울이고 있었다. 머릿속이 덜컹거리는 것이 벌써부터 두통이 재발하는 것 같았다.

"팔기에는 지나치게 일러. 지나치게 이르다고. 그래서 저리 꺼져버리라고 대답해줬지." 에베르트는 만족스러운 표정으로 싱긋 웃었다.

"그런 말을 듣고 화를 내지는 않고?" 요한손은 궁금해했다.

"화가 난다 쳐도 그쪽 문제지, 너나 내 문제는 아니잖아." 에베르트가 툴툴거렸다. "화제를 좀 바꿔서, 외레브로 시 외곽 지역에서 산업용 부지로 지정된 건물을 하나 찾아냈어. 낡은 작업장 겸 창고로 쓰이는 곳이지. 투자가치가 꽤 있는 곳 같아. 꽤 유망해 보인다니까. 어떻게 생각해?"

"좀더 들어볼까?" 요한손은 아예 귀를 닫아버리자고 결심하면서 이렇게 말했다.

잠시 후 요한손의 형이 장광설을 한창 늘어놓고 있는 도중에 야르네브링이 도착했다. 그와 에베르트는 서로를 재빠르게 훑어보는 것만으로 수컷다움을 겨루는 시도는 시간 낭비에 불과하다는 사실을 알아차렸다. 자신과 똑같은 덩치를 만나게 되는 것이 그리 흔한 일은 아니었다.

"보 야르네브링이시로군." 에베르트 요한손이 말했다. "악수합시다, 보. 내 막냇동생을 돌봐줘서 고맙소이다. 이런 말을 해도 좋을지 모르겠지만 그건 보통 내가 하던 일이었는데 오십 년 전에 녀석이 스톡홀름으로 가버린 다음에는 그럴 기회가 점점 줄어들고 있구려."

그리고 두 사람은 다른 사람들은 범접할 수 없는 크기의 손을 내밀어 서로 의견 일치를 보았다는 의미로 악수를 나눴다. 둘 다 평소보다 더 손에 힘을 주며 버티다가, 형제지간에 우애를 나누는 듯한 태도로 거의 동시에 상대방의 오른쪽 어깨를 찰싹 때리면서 문제를 해결했다.

"혹시 내가 도와줄 일이 있으면 주저하지 말고 연락하시오, 보." 에베르트가 말했다. "내 전화번호를 알려줄 테니. 그리고 당신 번호도 알려주시오."

그 이후로는 주로 두 사람 사이에서 대화가 이루어졌다. 범죄 이야기도 아니고 숲이나 부동산 이야기도 아닌, 자동차에 대한 이야기였다. 자동차가 두 사람의 공통 관심사였던 것이다. 에베르트 요한손은 자신이 보유하고 있는 숲과 토지, 부동산 외에도 베스테르노를란드 주에서 규모가 큰 자동차 판매 영업소 두 곳을 운영하고 있었다. 보 야르네브링은 비록 돈은 없지만 헌신적인 자동차 애호가였고, 자연스럽게도 자신은 구입할 형편이 못 되는 종류의 자동차들을 선호했다.

"그렇다면야 당신에게 딱 어울리는 자동차가 있소, 보. 월요일이 되면 내 판매 사원 한 녀석더러 당신에게 전화를 걸어보라고 할 테니 거래를 한번 터봅시다. 당신 평생 그런 가격 제안은 다시 받지 못할 거요. 내 장담하리다." 에베르트가 말했다.

조심해, 야르니스. 요한손은 생각했다. 하지만 아무 말도 하지 않았다.

그후 피아가 등장했다. 그녀는 에베르트 요한손과 보 야르네브링을 향해 환한 미소를 지으며, 한 명씩 꼭 끌어안았다. 그런 다음 두 사람에게 어서 꺼지라고 했다.

꼭 그런 표현을 쓰지는 않았지만 어쨌든 그런 뜻이었을 테지. 피아의 남편, 라르스 마르틴 요한손은 이렇게 생각했다.

"두 사람 다 가봐야 한다니 유감이네요. 어디 근사한 곳에 가서 자리를 잡고 앉아서 사내애들에게 어울리는 식사라도 하세요. 팔씨름 같은 것도 하면서 서로 챙겨주시고요. 에베르트 아주버님께서 내시면 되겠네요. 그동안 저는 남편이랑 조용히 수다나 떨고 있을게요."

"레예링스가탄 거리에 있는 정말 멋진 바를 알고 있습니다." 야르네브링은 두 사람이 문을 채 나가기도 전에 말했다. "분위기도 괜찮고 전통 스웨덴 음식을 파는데다 크게 붐비지도 않고 가격까지 적당하지요. 유고슬라비아인 두 명이 운영하는 집입니다. 제가 스톡홀름에 와 감시과에서 근무하던 시절에 알게 된 사람들입니다만, 지금은 두 사람 다 성질이 많이 누그러진데다 요리 솜씨가 정말로 대단하지요."

"뭘 꾸물대는 거요? 좋은 사람들과 좋은 음식이라니." 에베르트가 말했다.

문이 닫히자마자 피아가 말했다. "벌써부터 저 사람들이 그리워지나 보네."

"전혀 아니야." 요한손은 이렇게 말하며 두 팔을 그녀에게 뻗었다. 그가 이전과 다른 사람으로 변하기 전에 항상 포옹하던 방식대로 그녀를 안아주기 위해서였다.

29

7월 19일 월요일

요한손이 인간이라는 사실은 분명했지만 주로 환자 신분이었기에 스스로 정한 것이 아닌 타인이 정해준 고정된 일과를 따라야 하는 처지였다. 우선 그는 물리치료사를 만났다. 고무공을 쥐어짜는 운동에서는 지난 기록이 아직 공고했다. 오른팔 상태는 이전과 마찬가지였다. 더 나아지지도, 더 나빠지지도 않았다. 어쩌면 좀더 쑤시는 것 같기도 했다. 가려움증도 물론이었다. 핀이나 바늘을 대고 있는 것처럼 깔끄러웠다. 심지어는 찌르는 것 같은 통증도 약간 느껴졌다.

그를 담당하는 숙련된 여성 고문 기술자가 설명했다. "정체기에 들어가신 거예요. 지극히 일반적인 상황이니 걱정하실 것은 아무것도 없습니다. 신체 회복은 단계적으로 진행될 거예요. 팔도 예전과 다를 바 없이 회복될 거고요. 하지만 시간이 걸리는 것은 어쩔 수 없어요."

왜 당신 말이 믿기지 않는 거지? 갑자기 그는 피곤하고 우울해졌다.

"왜 당신 말이 믿기지 않을까요?"

"그렇게 생각하셔서는 안 돼요. 그러면 회복 기간이 더 길어질 뿐이에요. 몸은 정상으로 돌아갈 테고, 팔도 예전과 다를 바 없이 회복될 거야, 이런 생각을 하셔야 합니다."

'손에 쥔 것만으로 최선을 다하라'의 의료계 버전이로군.

"경찰에서는 보통 손에 쥔 것만으로 최선을 다하라고 표현하죠." 그가 말했다.

"바로 그거예요. 정확한 표현이네요."

당신 일이라면 그렇게 쉽게 말할 수 있을까?

그가 병실로 돌아오자 야르네브링에게 전화가 걸려 왔다. 오늘 만남을 뒤로 미루자는 용건이었다. 딸네 집 주방에서 물이 새기 시작해 재주 많은 아버지가 가서 배관을 손봐줘야 한다고 했다.

"끝내주게 괜찮은 배관공을 아무래도 찾을 수가 없더라고." 야르네브링은 이렇게 말했다. "일이 끝나자마자 그쪽으로 가도록 하지."

"그런 일이라면 자네를 따라올 사람이 없지. 세상이 끝난 것도 아닌데 괜찮네. 그런데 내가 해치워야 할 일이 좀 있어서. 그러니 내일 만나면 어떨까? 자네가 괜찮다면."

"물론 괜찮고말고. 무슨 내 걱정을 하고 있나? 지금은 자네 신경이나 쓰도록 하게."

그후 주치의 울리카 스텐홀름이 나타났다. 그녀는 약속했던 것과는 달리 주말 동안 아버지가 남긴 서류를 다 살펴보지 못한 것에 죄책감을 느끼고 있었다. 온갖 종류의 일이 일어나 그녀를 방해했던 것이다.

"아이를 좀더 일찍 낳았어야 했어요. 이 나이에 일까지 하면서 다섯 살짜리와 세 살짜리를 키우기란 정말 못해먹을 짓이라고요."

"세상이 끝난 것도 아닌데 조급해하지 마시죠." 요한손이 말했다.

"마냥 미뤄서 좋은 것도 아니잖아요? 약속드릴게요. 오늘 밤에는 작정하고 덤벼볼 생각이에요. 애들을 아이 아빠에게 맡겨둘 수 있으니까요. 어쨌든 좋은 소식이 있는데요." 그녀는 덧붙였다.

새 팔을 달아줄 생각인가? 끝에 갈고리가 달린 것으로 말이지. 하지만 당연하게도 그는 자신의 생각을 입 밖으로 내지 않았다.

요한손은 집에 가도 좋다는 이야기를 들었다. 병원에서 퇴원하게 되는 것이었다. 앞으로는 외래환자 병동으로 인계되어 정기적인 검사를 받게 될 예정이었다. 하지만 퇴원 날짜는 바로 다음 날이 아닌 수요일이었다. 스텐홀름 박사가 그를 퇴원시키기 전에 이런저런 검사들의 최신 결과를 확인해보고 싶어 했기 때문이다. 물론 그사이에 별다른 일이 일어나지 않는다면 말이지만.

"그런 일은 없을 거예요." 스텐홀름 박사는 쾌활하면서도 전문가다운 태도로 미소를 지으며 말했다. "선생님께서 정말 잘해주셨다고 생각해요. 일주일쯤 지나서, 그러니까 다음 주 월요일에 제가 진행하는 검사 예약을 잡아뒀어요. 그리고 나머지 문제에 대해서는 피아랑 이야기를 해볼 생각이에요."

피아를 이름으로 부르는군. 이제 서로를 피아와 울리카로 부르는 사이가 됐나 보지. 내게는 아직 스텐홀름 박사가 '울리카 스텐홀름' 혹은 '내 주치의'일 뿐인데.

"의사는 선생님 아니십니까? 그러니 가장 잘 알고 계실 테죠. 저는 집에 가고 싶군요." 그가 불쑥 말했다.

"그 심정 충분히 이해해요." 울리카 스텐홀름이 미소를 지으며 고개를 끄덕이더니, 고개를 한쪽으로 기울였다.

점심 식사는 이전과 별반 다르지 않은 맛이었지만, 그는 어떤 음식이 나오든 개의치 않았다. 식사를 마친 후 다시 한번 정신을 똑바로 차리려고 해보았다.

"여기 병실 안에서 커피 한 잔 정도는 마셔도 되지 않겠습니까?" 요한손은 음식 쟁반을 치우러 온 간병인에게 툴툴거렸다.

"돋보기도 하나 같이 가져다드릴까요?" 그녀가 명랑한 태도로 그에게 미소를 지었다.

"커피만 있으면 됩니다. 블랙으로요."

블랙커피는 머리를 맑게 하는 데 도움이 되지. 요한손은 이렇게 생각하며 파일 하나를 골라 손을 뻗었다. 정신 똑바로 차려. 손에 쥔 것만으로 최선을 다하라고. 어쨌든 이 일은 내가 처한 문제와는 관련이 없으니까.

그는 파일에 들어 있는 서류들 중에서 린셰핑의 국립법의학연구소의 전문가 의견 진술서를 발견했다. 자세히 보니 이는 스톡홀름 대학의 한 동물생태학 교수가 작성한 추가 의견 진술서였다.

셰베리 교수는 야스민의 기도에 걸려 있던 조류의 솜털 조각을 조심스럽게 빼낸 후, 똑같이 정확한 동작으로 치아 사이에 끼어 있던 흰색 섬유 두 가닥을 제거했다. 그런 다음 각각의 조각을 서로 다른 봉투에 나누어 담아 일반 공문을 작성해서 다른 증거물들과 함께 스톡홀름 주 경찰청 범죄수사국 과학수사과로 보냈다.

그곳에서 한 과학수사대원이 그 조각들을 살펴보았다. 흰색 면직물 두 조각과, 대략 길이가 이 센티미터, 너비가 일 센티미터인 조류의 솜털 조각 하나였다. 그는 관련 지식도 충분하지 않았고 필요한 장비도 부족했기에 증거품에 대해 할 수 있는 말이 별로 없었다. 하지만 성실하고 철저한 공무원인지라 증거품들을 두 개의 새 봉투에 나누어 담고 공문에 좀더 내용을 추가한 다음, 린셰핑의 국립법의학연구소로 보냈다. 그에게는 두 가지 의문이 있었다. 이 섬유는 정확히 어떤 종류인가? 그리고 조류의 솜털 조각에 대해 추가적으로 말할 수 있는 것이 더 있는가?

국립법의학연구소에는 마침 그런 문제를 다루기에 적합한 생물학자가 있었고, 그는 첫 번째 질문에 어려움 없이 대답할 수 있었다. 관련 지식도 풍부했고 필요한 장비도 모두 갖추고 있었다. 두 조각의 섬유는 학명 리눔 우시타티시뭄, 통칭 아마라는 식물로 만든 것이었다.

최상급 품질의 아마, 좀더 구체적으로 말하면 섬유를 짜는 데 사용되는 최상급 품질의 아마였다. 스톡홀름의 과학수사과의 동료가 말해준 베갯잇 이야기와 최상급 품질의 아마를 한데 묶어 생각하는 것이, 현재까지 파악된 정황으로 미루어 보면 상당히 이치에 맞는 듯 보였다. 혹은 같은 섬유로 만든 침대 시트나 이불보, 손수건일 가능성도 있었다.

그런 가능성과는 반대로, 이 섬유 조각이 다른 곳, 예를 들어 테이블보나 테이블러너, 수건, 혹은 리넨 냅킨 조각에서 떨어져 나온 것이라는 생각은 개연성이 굉장히 낮았다. 사건 정황에 들어맞지 않는 주장일 뿐만 아니라, 그런 제품들은 보통 다른 구조로 엮은 좀더 거친 실을 이용해 제작했다.

남은 것은 작은 솜털 조각이었지만 그는 관련 지식이 부족했다. 그 또한 과학수사과 동료만큼 성실하고 철저한 사람인지라 솜털 조각을 스톡홀름 대학에 있는 옛 스승에게 보냈다. 교수는 쟁쟁한 조류학자였기 때문에, 답을 하는 데 전혀 어려워하지 않았다.

교수는 국립법의학연구소로부터 샘플 및 부탁이 담긴 소포를 받은 당일에 팩스로 답변을 보내주었다. 솜털은 오리과에 속하는 조류의 것이라는 설명이었다. 정확히 말하면, 솜털은 잠수오리의 아종에 속하는 조류의 것이며, 특히 이번 경우에는 학명이 소마테리아 몰리시마, 즉 참솜깃오리의 가슴에서 나온 솜털이라는 것이었다. 싸구려 베개는 아니로군. 국립법의학연구소의 생물학자는 솔나 경찰서로 답신을 보내며 이렇게 생각했다. 야스민을 살해한 도구는 참솜깃오리의 가슴 솜털로 속을 채우고 최상급 리넨으로 짠 베갯잇을 씌운 베개였던 것이다.

이게 무슨 미친 짓거리야? 전 국가범죄수사국 국장 라르스 마르틴 요한손은 문서를 다 읽고 난 다음 생각했다. 세상 모든 거룩한 존재들의 이름을 걸고, 어떻게 이걸 알아차리지 못하고 지나칠 수가 있지? 놈들은 죄다 바보 천치로군. 그리고 '놈들'에는 유감스럽게도 절친한 친구이자 전 경정인 보 야르네브링도 포함되어 있었다. 그는 왼손으로 새 기록을 갱신한 다음 잠이 들고 말았다.

30

7월 20일 화요일

또 다른 하루는 물리치료사와 함께 운동하는 것으로 시작을 끊었다. 사실 그전에 요한손은 화장실로 걸어가서 샤워와 면도를 한 다음 아침식사까지 했지만, 이제 그런 사실은 슬쩍 무시해버리는 단계에 이르렀다. 따라서 요한손의 하루는 물리치료사와 함께 시작했고, 스텐홀름 박사가 거짓말을 하지 않았고 또 예상하지 못한 일이 일어나지 않는다면, 이날이 퇴원 전날이기도 했다. 또한 그는 유감스럽게도 전날과 마찬가지로 '운동 기능 정체기' 상태에 머물러 있었다.

"손에 쥔 것만으로 최선을 다해야죠." 물리치료사가 미소를 지으며 말했다.

"손에 쥔 것만으로 최선을 다해야죠." 요한손이 동의했다.

뭔가 일어났군. 요한손은 스텐홀름 박사가 항상 앉곤 하던 자리에 또

다시 앉아 있는 모습을 보자 이렇게 생각했다. 박사의 두 뺨이 다소 상기된 것처럼 보이기도 했다.

"뭔가 찾아내셨군요." 그가 말했다.

"그래요, 찾아냈어요. 1989년 문서로 가득 찬 상자 안에 있었어요. 선생님께서 어떻게 알 수 있으셨는지, 저로서는 짐작도 못 하겠네요." 그녀는 작은 비닐 봉투를 그에게 건네주었다.

"한번 살펴봅시다." 요한손은 멀쩡한 손을 뻗었다. 머리핀이로군. 빨간색 플라스틱으로 만든, 몬치치■ 인형 머리 모양의 조그만 머리핀이었다.

"몬치치 인형이에요."

"알고 있습니다." 요한손은 희미한 미소를 지으며 말했다. "저는 자식도, 손주도 있는 사람입니다. 이 봉투 안에 있었습니까?" 그는 작은 비닐 봉투를 들어 올렸다.

"아니에요." 스텐홀름 박사는 금발을 단호하게 흔들었다. 제가 넣어서 가져온 거예요. 제 생각에는……."

"무슨 생각을 하고 계셨는지 알겠군요." 요한손은 그녀의 말을 잘랐다. 그녀가 지문 및 DNA에 대해 흔해빠진 설명을 늘어놓는 것을 미연에 방지하기 위해서였다.

"머리핀은 이 봉투 안에 들어 있었어요." 울리카 스텐홀름은 흰색 편지 봉투가 한 장 들어 있는 다른 작은 비닐 봉투를 건네며 말했다.

달걀 껍데기 색이로군. 요한손은 생각했다. 덮개 안쪽에 소유자의 이

■ 1974년 일본에서 탄생한 원숭이 봉제 인형 캐릭터. 유럽 및 북미에 수출되어 큰 인기를 누렸다.

름이 인쇄되어 있는 최상급 품질의 제품이었다. "마르가레타 사겔리에에드." 그는 소리 내어 읽었다. 예전에 어디서 이 이름을 들어봤더라? 그는 봉투를 뒤집어보며 의문에 빠졌다. 일반적으로 소인이 찍히는 자리에는 간단한 글자가 적혀 있었다. 만년필과 잉크로 적은 "USC/ ÅS"라는 글자였다.

"고해성사 비밀 유지 원칙에 따라(Under the seal of confession), 사선, 그 뒤는 부친의 머리글자로군요. Å.S, 오케 스텐홀름."

"맞아요. 언니가 선생님에 대해 해준 모든 이야기가 과장된 게 아니라는 생각이 들기 시작했어요."

"흠. 흥분은 금물입니다. 머리핀이 어렸을 적 선생님이나 언니분의 물건이었던 것 같지는 않습니다만, 어떻습니까?" 그리고 봉투 안에 달리 출발점으로 삼을 수 있는 뭔가가 들어 있었을 것 같지도 않군.

"아니에요. 우리 둘 모두 그렇게 생긴 머리핀은 가져본 적이 없어요. 게다가 우리 둘 다 꽤 나이를 먹었다고요. 이 머리핀은 1970년대 후반쯤 태어난 여자애들이 좋아할 만할 물건이잖아요. 알고 계실 테지만, 몬치치 인형은 아직도 인기가 많아요. 제 두 아들도 몬치치 봉제 인형을 갖고 있어요. 야스민은 1985년에 살해당했을 때 아홉 살이었죠. 그 애가 이런 머리핀을 갖고 있었을지도 몰라요."

요한손은 고개를 끄덕이며 만족감을 표했다. 머리핀에는 머리카락 한 올 붙어 있지 않군. 그는 머리핀이 들어 있는 비닐 봉투를 자세히 살펴보았다.

"이 편지 봉투 말입니다만." 그는 다른 비닐 봉투를 집어 들며 말했다. "혹시 편지 봉투 안에 머리카락이 몇 가닥이라도 들어 있는지 확인해보셨습니까?" 그가 편지 봉투를 열어 안쪽을 확인해보는 것은 당연히 불가능했다.

"아뇨." 울리카 스텐홀름이 말했다. "편지 봉투를 열 때 굉장히 조심스럽게 굴었거든요. 아버지께서 봉투 위에 본인의 머리글자를 적어두신 것을 봤으니까요. 제 언니는 글자를 떼자마자 아버지의 암호를 푸는 법을 익혔어요. 어쨌든 저도 의사가 될 정도의 머리는 있었으니, 몇 년 후에 조금은 배우게 되었지요."

놈은 예민한 살인범이었지. 의식을 잃고 잠이 든 피해자가 긴 검정색 머리카락을 베개 위에 펼친 채 누울 수 있도록 조심스럽게 머리핀을 뺄 정도로.

"이 마르가레타 사겔리에드라는 사람 말입니다. 이 사람에 대해 알고 계시는 게 있습니까?" 요한손이 물었다.

"조금요. 몇 번 만났던 적도 있는걸요. 편지 봉투를 발견하고는 인터넷에서 그녀를 검색해보았어요. 『후스후』■ 인명사전에도 올라와 있던데요. 그 책 아실 거 아니에요."

"말씀해보시죠." 요한손이 말했다. 언제나 인터넷이로군.

마르가레타 사겔리에드는 1914년 4월 12일에 출생하여 1989년 5월 6일, 75세의 나이로 사망했다. 그녀는 한때 오페라 가수였다. 그리 유명한 가수는 아니었지만, 수많은 신문 기사와 공연 리뷰, 오페라에 관한

■ 1849년 영국에서 처음 발표된 인명사전이다. 이후 이 이름은 인명사전을 뜻하는 일반명사가 되어, 세계 각국 여러 출판사에서 같은 이름의 인명사전을 발표하고 있다.

서적과 다른 오페라 가수들의 언급 속에 자취를 남기고 있을 정도의 지명도는 있었다. 그리고 1950년대에 『후스후』에 수록될 정도로도 지명도가 있었다.

"말씀드린 대로, 『후스후』 옛날 판본에서 그녀를 찾아냈어요. 아버지께서는 『후스후』 정기 구독을 하셨던 게 분명해요. 아버지께서 물려주신 판본이 적어도 스무 개는 되니까요. 전부 집에 있는 제 책장에 있어요."

"그 책에는 뭐라고 나와 있습니까?" 요한손이 물었다.

"사실 놀랐어요. 그녀가 유명하다는 것은 알고 있었지만 그렇게까지 널리 알려진 사람인 줄은 몰랐었거든요. 분량이 거의 비르기트 닐손■ 만큼 되던데요. 읽어보실 수 있도록 복사를 해 올게요."

"흠." 요한손이 말했다. 그는 경험을 통해 잘 알고 있었던 것이다. "가장 그럴듯한 설명은 이런 겁니다. 일단 선생님께서 그런 책에 오르게 되면, 직접 자신의 항목을 작성해서 보내실 테죠."

"그런 거라면 이해가 가네요." 울리카 스텐홀름이 말했다. "그녀는 자기애가 극도로 강했어요. 저랑 제 언니가 어렸을 때, 저희 부모님과 저녁 식사를 하러 집에 여러 번 왔었어요. 그리고 브롬마에 있는 교회에서 세례식과 결혼식, 장례식이 열릴 때면 노래를 부르곤 했죠. 게다가 그녀는 언제나 이야기가 넘쳐났어요. 국왕, 그러니까 선대 국왕을 만난 이야기라든지, 유시 비엘링■■ 과 함께 노래를 부른 이야기라든지, 비르

■ 20세기 중후반에 활동했던 스웨덴의 전설적인 오페라 가수.

■■ 20세기 초중반에 활동했던 스웨덴의 테너 가수로, 20세기 최고의 테너 중 한 명으로 꼽힌다.

기트 닐손을 알고 지낸 이야기라든지요. 궁전에서 열린 연회에 참석했던 이야기나 주지사 관사에 갔던 이야기도 했었죠. 또 노벨상 수상식장에서 노래를 부른 이야기도요. 그녀는 매력적인 사람이었다는 말씀을 드렸던가요? 외모가 굉장히 남다른 사람이었어요. 하지만 그녀가 가수로서 그렇게까지 뛰어난 사람이었다고는 생각하지 않아요."

"그렇습니까?" 요한손이 말했다. "비르기트 닐손과는 다르군요■." 아무래도 고무장갑을 낀 채 싱크대 앞에서 몸을 숙이고 서 있을 사람처럼 들리지는 않는군.

"그래요. 사실 저는 음악에 관심이 꽤 많거든요. 아버지의 교회에서 피아노와 오르간을 연주하곤 했죠. 지금도 일주일에 몇 시간씩 피아노를 쳐요. 휴식을 취하는 좋은 방법이니까요."

"그녀에게 남편이나 자식은 있었습니까? 다른 가족이라도?"

"자식은 없었어요." 스텐홀름 박사는 고개를 저었다. "그녀는 꽤 늦은 나이에 결혼을 했어요. 『후스후』에 따르면 1960년, 거의 오십이 다 됐을 무렵이었어요. 남편은 그녀보다 훨씬 더 나이가 많은 사람이었어요. 1895년에 태어나서 1980년에 죽었으니까요. 저는 남편 쪽에 대해서도 희미한 기억이 남아 있어요. 언젠가 그들 부부가 저희 부모님과 함께 저녁 식사를 하려고 온 적이 있었거든요. 『후스후』에는 남편의 이름이 요한 닐손이며, 직업은 기업 임원이라고 나와 있어요. 저는 그가 식품 업계에 종사하고 있다는 느낌을 받았는데, 아버지께서 굉장히 부유한 사람이라고 하신 이야기를 들은 기억이 나네요."

■ 비르기트 닐손은 뛰어난 실력에 비해 외모에 대해서는 박한 평가를 받았다.

마르가레타 사겔리에드의 남편은 야스민이 살해당하기 오 년 전, 85세를 일기로 사망했고, 자식이나 손주도 없군. 뭐, 알려진 자식이나 손주가 없다는 것뿐이지만. 좀더 나이가 어린 남자 친척이 있을까? 유명한 오페라 가수의 팬이어서 그녀와 함께 지낼 수 있도록 허락을 받은 사람이? 어쩌면 그녀의 측근들 중 한 명일지도 몰라. 누가 그 측근들의 일원이었을지는 둘째 치고, 측근이라는 말 자체는 참 매력적인 단어로군. 요한손은 생각했다.

"어쩌면 언니에게 물어봐야 할지도 모르겠어요. 언니는 저보다 세 살 많으니 그 시절에 대해 더 많이 기억하고 있을 거예요."

"안 됩니다." 요한손은 단호히 고개를 저었다. "그래서는 안 됩니다. 당분간 이 이야기는 우리 둘만 아는 것으로 남겨두고 싶군요. 이 문제에 대해 그 누구에게도 발설해서는 안 됩니다." 꼬치꼬치 캐묻기 좋아하는 검사가 내 옆에 달라붙어 있는 꼴은 기필코 피하고 싶군.

"네, 무슨 말씀이신지 알겠어요."

"부친께서 남기신 문서를 계속 조사해보세요. 혹시 다른 것을 발견할 수도 있으니."

"조사는 계속할 생각이에요. 전남편이 애들을 데리고 시골에 갔으니 앞으로 며칠 동안은 시간 여유가 꽤 있거든요."

"대화 주제를 조금만 바꿔봅시다." 요한손이 말했다. "사겔리에드란 여자가 살던 곳이 어디였는지 모르십니까?"

"아마 아버지의 교구에서 살았던 것 같은데요. 브롬마요."

"브롬마는 넓은 곳입니다."

"그건 알아요. 그녀가 시 중심가로 이사한다는 이야기를 했던 기억이 희미하게 나요. 여기저기 전부 다 가까운 곳에 살고 싶다면서요. 오페라 공연장이나 극장 같은 곳, 또는 외스테르말름스 시장이나 다른 친구들에게서요. 혼자 지내기에 지금 사는 저택은 지나치게 크다는 말도 했었어요. 분명 그녀가 남편을 잃은 지 일 년 정도 지난 때였을 거예요. 당시 저는 어린아이였어서 단편적인 부분만 기억이 나요. 하지만 아버지께서 사겔리에드의 장례식을 진행하셨다는 사실은 확실히 알고 있어요. 아버지께서 언니랑 제게 장례식에 참석하고 싶은지 물어보셨기 때문에 확실해요. 그러니 아버지의 공식 기록에서 관련 내용을 찾아내는 것도 가능할 거예요. 교구 사무실에 있는 사람과 이야기를 나눠볼 수도 있어요."

"전부 명백해지겠군요. 제가 머리핀이랑 편지 봉투를 가지고 있어도 괜찮을까요?"

"물론이에요. 유치하다고 생각하지 않으셨으면 좋겠는데, 이 모든 것이 흥미진진하다고 생각하지 않을 수가 없어요. 소름 끼치지만 동시에 흥미진진한걸요."

"아닙니다. 유치하다고 생각하지 않습니다. 그러면 장례식에 참석하셨습니까? 선생님이랑 언니분, 둘 다?"

"아니요. 사실은 둘 다 시간이 없었거든요. 아버지께서는 우리에게 조금 실망하셨어요. 장례식에 사람들이 별로 오지 않았던 모양이에요. 사실은 거의 없었죠."

예민한 아동 살해범조차 오지 않았던 게로군. 요한손은 생각했다.

그녀가 병실을 나서자마자, 요한손은 스톡홀름 주 경찰청에 전화를 걸었다. 미제 사건 담당 부서를 이끄는 셸 헤르만손 경정과 통화를 하고 싶으며, 그가 전화를 받을 수 없는 상황이라면 헤르만손의 사무실로 전화를 돌려달라고 요청했다.

"라르스 마르틴 요한손이라네." 요한손이 말했다. 대체 내 이름이 무슨 상관이라고! 전국 은퇴경찰협회에서 나왔다고 해야겠군. 이렇게 생각하자 갑자기 기분이 고무되기 시작했다.

"목소리만 들어도 알겠습니다, 국장님." 접수 담당자가 말했다. "잠시만 기다려주십시오."

"헤르만손입니다." 헤르만손은 고작 십오 초 만에, 벨이 세 번 울리자마자 전화를 받았다.

"요한손이라네."

"요한손. 도대체 어떻게 지내고 계시는 겁니까? 목소리는 기운이 넘치시는 것 같습니다만." 그는 어째서인지 이렇게 덧붙였다.

"열심히 살고 있지." 요한손은 거짓말을 했다. "내가 뭔가 도움을 줄 수 있을 것 같아서 말이야. 야스민 에르메간 사건의 수사 일지를 보고 싶네. 그러니까 수사 과정에서 등장한 모든 사람 및 차량, 장소, 시간 같은 것들."

"좀 궁금해지기 시작하는데요." 헤르만손이 말했다.

"그러지 말게. 사연을 말해주기에는 너무 일러. 내게 이메일을 보내주겠나?"

"어렵겠습니다. 수사 일지가 데이터베이스 시스템 안에 들어 있지 않아서요. 몇 년 전 우리 컴퓨터에 문제가 생긴 적이 있었는데, 그때 데이터가 모조리 유실됐습니다."

사실일 리가 없지.

"하지만 우리 쪽 기록 보관실에 분명히 사본이 있을 테니, 그 자료를 드리면 되겠군요. 괜찮으시다면 제가 복사를 해서 보내드릴까요, 국장님?"

"훌륭하군. 언제 받을 수 있을까?"

"바로 보내드리겠습니다. 하지만 조건이 하나 있습니다."

"그게 뭐지?"

"제게 그 개자식의 이름을 가장 먼저 알려주셔야 합니다." 헤르만손의 목소리는 예상 외로 격렬했다. "저는 놈을 죽여버리겠다는 생각을 하고 있었거든요."

"당연히 그렇겠지."

"제 사위를 보내겠습니다."

삼십 분 후, 파트리크 오케손, P-2 경위가 갈색 봉투를 손에 든 채 요한손의 병실 안으로 들어왔다. 오케손이라는 성에 어울리지 않게 수수한 옷차림이었다.

"실례합니다, 국장님." P-2가 말했다. "귄터스에서 소시지는 사 오지 못했습니다. 야르니스와 통화를 했는데, 알파 원으로부터 엄명이 떨어졌다고 하더군요."

"알파 원?"

"사모님 말입니다, 국장님." P-2는 활짝 웃으며 말했다. "저희가 작전 중에 사용하는 코드입니다. 가족 중에서 서열이 가장 높은 여성, 즉 사모님을 가리키는 코드네임이죠. 시간도 절약하고 쓸데없는 잡담도 막

아줍니다."

"좋은 생각 같군." 요한손이 말했다. "지난번에는 고마웠네. 자네가 헤르만손의 딸과 결혼했다는 것을 몰랐군. 그녀는 시내 중심가에 있는 가정 폭력 전담반에 근무하지 않나?"

"그렇습니다." P-2가 한층 더 활짝 웃으며 말했다. "직장이야 그렇다 치고, 그녀는 지극히 보통 사람입니다. 참 좁은 세계로군요."

"굉장히 좁지." 요한손이 말했다. 에베르트 벡스트룀 같은 미친놈들만 빼면, 내 가족 같은 곳이니까.

야스민 에르메간 살인 사건에 대한 수사와 관련해서 1985년 여름에 작성된 수사 일지에 따르면, 마르가레타 사겔리에드는 1985년 7월 2일 화요일, 그 구역에서 집집마다 이루어진 방문 조사 과정에서 경찰에게 진술을 했다. 그녀와 이야기를 나눈 경찰은 카리나 텔이라는 여성 순경이었다. 그녀에게는 이 사건에 아무런 열의를 보이지 않는다는 평가가 매겨져 있었는데, 평가를 내린 장본인은 초동수사 지휘관이었던 에베르트 벡스트룀이었다.

71세의 나이 든 여성, 남편과 사별한 지 오 년, 자식 및 사건과 관련이 있어 보이는 남성 지인은 없음, 야스민의 실종 신고가 들어오기 사흘 전부터 집을 떠나 있었음. 방문 조사를 받기 하루 전에 귀가함. 경찰은 그 지역에 살고 있는 모든 사람에 대해 같은 조사를 진행한 터였다. 마르가레타 사겔리에드는 전과가 없었고, 차량도 소유하지 않았으며, 여권은 있었지만 운전면허는 없었다.

그녀가 경찰의 방문 조사를 받은 유일한 이유는, 그녀가 마이블롬메스티겐 2번지, 골목의 맨 아래쪽이자 에펠빅스가탄 거리에 접한 교차로 옆에 살고 있었기 때문이다. 한 목격자가 야스민이 사라진 날 저녁에 빨간색 폭스바겐 골프 최신 모델을 봤다고 진술한 장소와 거의 같은 곳이었다.

마찬가지로 야스민은 골목 맨 위쪽 같은 쪽 라인, 마이블롬메스티겐 10번지에 살고 있었다. 그녀의 아버지, 그리고 그녀가 가끔 피곤하거나 졸릴 때, 혹은 단순히 혼동했을 때 '엄마'라고 부르던 아버지의 새 애인과 함께였다.

전 국가범죄수사국 국장 라르스 마르틴 요한손은 경찰 생활 초기부터 우연의 일치를 증오하도록 배운 사람이었음에도, 이는 굉장히 주목할 만한 우연의 일치가 아닐 수 없었다.

31

7월 20일 화요일

자, 정말로 시간문제일 뿐이야. 요한손은 생각했다. 그는 우연의 일치를 증오하기 전부터, 손에 쥔 것만으로 최선을 다하라고 배웠다. 이는 그가 또다시 뇌졸중을 일으키지 않는다는 가정하에 성립했다. 물론 그는 이전까지 줄곧 살아왔던 자신과는 다른 사람이기는 했지만.

우선 그는 잠시 낮잠을 자면서 갓 쟁취한 승리를 만끽해보는 게 어떨까 생각했다. 굉장히, 아주 조심스럽게 생활해야 한다는 말을 들은 사람이었으니까. 하지만 그는 도통 잠을 이룰 수가 없었다. 머릿속에 지나치게 많은 것을 집어넣은 탓이야. 그는 두어 가지 시도를 거듭한 끝에, 심지어 침대 안에서 몸을 굴리는 노력까지 해본 후에, 이런 생각을 했다.

그리하여 그는 잠을 자는 대신 커피를 청한 다음 단짝 친구가 주고 간 파일을 검토하기 시작했다. 야르네브링은 정확히 요한손이 살펴보고 싶어 할 순서대로 서류를 정리해두었기 때문에, 야스민이 사라질 때 입고 있었던 옷 및 기타 소지품의 목록을 찾아낼 수 있었다.

머리핀은 없군. 요한손은 목록을 끝까지 다 읽고 난 다음 생각했다. 그는 단짝 친구인 보 야르네브링 전 경정이 서명한 물품 목록을 봤을 때 온몸이 차분해지는 기분이 들었다.

머리핀이 목록에 올라와 있을 리는 없었다. 만약 야스민이 어디선가 머리핀을 잃어버렸다면, 당연한 결과였다. 그는 야스민의 검은 머리카락이 흰 베개 위에 펼쳐져 있는 모습을 머릿속에서 떨쳐버리려 애썼다.

그런 다음 야스민의 사진을 꺼냈다. 그녀는 사진사를 향해 검은 눈을 반짝거리고 더할 나위 없이 하얗고 고른 치아를 드러내며 미소를 짓고 있었다. 고작 아홉 살이었음에도 불구하고, 같은 반 친구들 절반쯤이 교정기를 달고 돌아다니는 것과는 전혀 다른 모습이었다. 그는 보이지 않는 곳까지 살펴볼 수 없는 것처럼, 야스민의 두 눈과 입 뒤쪽이 어떤 모습인지, 가느다란 목 위로 긴 검은 머리를 어떻게 갈무리했는지도 볼 수 없었다. 사진을 뒤로 돌려봐도 도움이 안 되겠지. 그는 경찰서 접수 담당자에게 전국 은퇴경찰협회에서 나왔다는 말을 하면서 느낀 것과 똑같은, 설명할 수 없는 환희를 느꼈다.

요한손은 사진을 침대 시트 위에 내려놓았다. 그러고는 기운을 내기 위해 커피를 한 모금 마신 다음, 세 번 심호흡을 하면서 이제까지의 생각을 털어버리려 애썼다.

"라르스 마르틴 요한손, 너는 지금 미쳐가고 있어." 그는 큰 소리로 혼잣말을 했다. 어서 정신을 차리라고.

효과가 있었다. 갑자기 그는 안정되고 침착해졌다. 그는 다시 한번 사진을 집어 들고 자세히 살펴보았다.

내가 미용사는 아니지만, 사진을 보면 머리카락을 뒤에서 묶었거나 말아 올린 것처럼 보이는군. 그런 헤어스타일을 뭐라고 부르든 간에. 요한손은 생각했다. 머리핀이나 머리띠, 어쩌면 평범한 머리끈을 사용했을 수도 있었다. 요한손의 아내가 체육관에서 운동을 하거나 아예 아무것도 하고 싶지 않을 때, 제멋대로 흐트러진 머리카락을 갈무리하기 위해 그런 것들을 사용하곤 했다.

보 야르네브링은 굉장히 철두철미한 사람이었다. 이것이 그가 전설적인 형사로 통하는 이유이기도 했다. 목록을 작성하는 것 또한 그가 철저하게 단련한 능력 중 하나였다. 보의 목록에 대한 애착의 결과가 바로 야스민이 실종되었을 당시 걸치고 있었던 옷가지 및 장신구들, 그리고 기타 소지품은 무엇이었는지 알아내기 위해 애를 쓰면서 그가 진행했던 신문을 바탕으로 작성한 목록이었다. 야스민의 어머니와 세 번, 아버지와 두 번, 그녀가 어머니의 아파트를 뛰쳐나와 아버지의 집으로 향하는 길에 그녀를 보았던 목격자 다섯 명과 각각 한 번씩, 그는 전부 다 합쳐서 열 번의 신문을 진행했다. 또 다른 열 명의 목격자가 그녀를 보았다고 주장했지만 그는 아마도 잘못 보았을 것이라고 판단했는데, 주된 이유는 그들이 묘사한 그녀의 외양과 옷차림이 처음 일곱 명의 증인이 제공한 정보와 크게 달랐기 때문이다.

목록에는 빨간색 플라스틱으로 만든 몬치치 인형 모양의 작은 머리핀에 대한 내용은 전혀 등장하지 않았다. 야르네브링에게 전화를 거는 게 가장 쉬운 방법이겠지. 요한손은 생각했다. 하지만 그 순간 피로가 발목을 잡아, 머릿속에서 생각과 기력, 의지가 모두 사라져버리고 말았다. 그는 잠이 들기 전에 가까스로 파일을 내려놓을 수 있었다. 그리고 잠에서 깨어났을 때는 무슨 일이 일어났는지 기억이 잘 나지 않았다.

그는 저녁 식사를 사양하고, 대신 의무적으로 샌드위치 하나와 귀리 비스킷, 치즈를 조금씩 먹은 다음, 물을 두 잔 마시고 배를 하나 먹었다. 아니, 사과였나? 화장실에 가서 세수를 하고 이를 닦았던 것도 같다. 퇴원해서 쇠데르말름에 있는 커다란 이 층짜리 집으로 돌아가는 일과 관련해서, 결정할 필요가 있는 실질적인 문제에 대해 피아와 이야기를 나누기도 했다. 그들의 집은 1층에는 주방과 서재가, 위층에는 부부 침실과 욕실이 있었는데, 양쪽을 연결하는 좁은 계단은 위로 오르든 아래로 내려가든, 그로서는 협상의 대상이 아니었다. 현재 몸 상태를 고려하면 계단을 오르내리는 것은 불가능했기 때문이다.

"당신이 괜찮다면, 당신 서재에 침대를 하나 둘 수도 있어. 공간은 충분하잖아. 아니면 아래층 손님용 침실에서 잘 수도 있고. 전부 당신 생각에 달린 거지."

"소파에서 자도 괜찮아." 요한손은 이렇게 말한 다음 곧바로 잠에 빠져들었다.

그는 밤새 잠에서 깨지 않고 야스민의 꿈을 꾸었다. 불안 혹은 고뇌, 어느 쪽도 느껴지지 않았다. 꿈속에서 한 일은 대부분 바라보는 것이었다. 어쩌면 비통한 감정이 들었을 수도 있었다. 하지만 아직은 비통한 감정에 타격을 받지는 않았고, 발목을 잡힐 정도조차 아니었다.

꿈속의 야스민은 사진 속의 모습과 똑같다. 하지만 웃음은 보이지 않는다. 그녀는 그를 바라보며 서 있다. 진지하고 주의 깊은 표정이지만 무서워하는 모습은 아니다.

요한손이 말한다.

“안녕, 꼬마야. 겁먹을 필요 없단다.”

야스민은 대답하지 않지만 적어도 고개는 끄덕거린다. 그녀는 무서워하지 않는다.

“네 머리핀을 찾았단다.” 요한손은 이렇게 말하며 야스민에게 머리핀을 건넨다.

“고맙습니다.” 야스민이 말한다. 놀란 표정이지만 웃고 있다. “정말 고맙습니다.” 야스민은 이렇게 말하며 요한손의 쭉 뻗은 손에서 머리핀을 가져간다.

32

7월 21일 수요일 오전

그는 처음에는 용변을 보고 그다음에는 샤워를 하고 마지막으로 양치질을 했다. 하지만 귀찮게 면도를 할 생각은 없었다. 거친 남자라면 수염 자국이 거뭇거뭇한 것은 문제가 되지 않는 법이지. 요한손은 비틀거리면서 병실로 돌아갔다.

게으른 개자식들. 요한손은 침대에 누워 있다가 문득 이런 생각이 들었다. 오롯이 혼자 걸음을 옮기다가 치명적인 사고가 일어날 가능성이 있는데도 병원에서는 네 번 연속 그를 홀로 내버려두었다. 일생 동안 공공 의료보험에 세금을 쏟아부으며 대가를 요구하지도 않았건만, 결과가 이런 꼴이었다.

그다음은 아침 식사 시간이었다. 요거트, 뮤즐리, 신선한 과일로 구성된 건강한 식단이었다. 생수도 세 잔 분량이 나왔지만 커피는 없었다. 그는 이날 아침에는 커피를 마시고 싶지 않았다.

머릿속에서 자유의 종이 큰 소리로 울리고 있었음에도 그는 물리치료사를 피하지 않았다. 그는 고작 이 정도가 자신의 원래 몸 상태로 보이지 않도록 열심히 노력했지만 여전히 정체기에 붙잡혀 있었다.

"손에 쥔 것만으로 최선을 다해요." 물리치료사는 이렇게 말하며 그를 꼭 끌어안았다.

"손에 쥔 것만으로 최선을 다하도록 합시다." 요한손은 고개를 끄덕이고 미소를 지었다. 당신 입장에서 그렇게 말하기는 쉽겠지. 나는 자유야. 그는 기분이 홀가분해졌다. 머릿속이 맑게 갠 것 같았다. 걱정도 고뇌도, 심지어는 실낱같은 불안조차 사라져버렸다.

물리치료가 끝나자 주치의이자 개인 정보원이기도 한 울리카 스텐홀름이 찾아왔다. 이날 아침 그녀는 굉장히 피곤해 보인 나머지 충분히 실제 나이인 마흔네 살로 보일 지경이었다.

"제게 무슨 문제가 있는지 모르겠어요." 그녀는 한숨을 쉬었다. "최근 몇 달 만에 처음으로 평화롭고 조용하게 지낼 기회를 얻었는데, 밤새도록 한숨도 못 잤다니까요. 계속 애들 생각만 나더니 꿈까지 꿨어요. 끝내는 애들 아빠한테 전화를 걸어서 깨우기까지 했어요."

"음, 그렇게까지 놀랄 일은 아니로군요. 밤이 늦도록 진득하게 앉아서 피아노를 칠 작정이었는데, 레드 와인이나 마시면서 다른 사람들의 피아노 연주를 듣게 되는 것과 같은 이치입니다." 괜찮은 녀석을 만나보면 도움이 될 텐데.

"그거 아세요?" 울리카 스텐홀름이 말했다. "때로는 정말로 저를 불안하게 하신다니까요. 한밤중에 여기서 몰래 빠져나와 저를 염탐하시는 건 확실히 아니죠?"

"초대는 감사합니다만, 아닙니다. 한밤중에 흰색 환자복 차림의 뚱뚱한 연금 생활자가 수액 걸이를 질질 끌고 선생님네 유리창에 코를 짓누르고 있다고요? 아니, 절대 그럴 일은 있을 수 없습니다." 그는 고개를 저었다. "만약 그런 짓을 하는 사람이 있었다면, 선생님 같은 분조차 알아차리셨을 겁니다."

"그거 아세요?" 그녀는 미소를 지으며 말했다. "선생님께서는 내키실 때는 굉장히 재미있으시다니까요. 선생님과 이야기를 나누니 기운이 나네요."

"알고 있습니다. 그러면 선생님께서는 실질적인 문제들에 대해서는 어떻게 생각하십니까?"

울리카 스텐홀름은 그날 오전 일찍 피아와 통화를 마쳤고, 문제들은 다 해결되었다고 말했다. 피아는 집 안 정리를 모두 끝마쳤다. 그녀는 또한 신체 검진, 새 진료 예약, 각종 검사, 물리치료사를 매일 방문하는 일 또한 서둘러 처리할 생각이었다.

"듣자 하니 전 동료분께서 선생님을 모시러 온다고 하더라고요. 그분께서 선생님의 옷도 가지고 오신다고요. 본인 차를 몰고 오겠다고 하셨어요. 아시겠지만 선생님께서는 택시 지원을 받으실 수도 있습니다."

"제 가장 친한 친구일 겁니다." 요한손은 말하며 누군가, 혹은 무언가가 자신의 마음을 흔드는 듯한 기분을 느꼈다. "경찰학교에 다닐 때부터 서로 알고 지냈죠. 거의 오십 년은 됐을 겁니다. 그런데 그는 야스민 사건 수사에 투입됐던 경찰 중 한 명이었습니다. 당시 저는 국가경찰청 소속이었죠."

"야스민 사건요?" 그녀는 놀란 표정으로 바라보며 말했다. "그러면 잘된 일 아닌가요? 그분께서 도움을 주실 수도 있잖아요?"

"제가 검토해볼 수 있도록 관련 서류들을 가져다주었습니다." 요한손은 침대 협탁에 놓여 있는 파일 쪽으로 고갯짓을 했다. 그 친구가 도움이 되었을까? 어느 정도는 그랬을 테지.

"잘됐네요." 울리카 스텐홀름은 이렇게 말하며 흰색 의사 가운 주머니에 손을 넣어 휴대전화를 꺼냈다. "자, 이제 가봐야 할 것 같네요." 그녀는 고개를 저었다. "서둘러야겠어요."

"건강 살피길 바랍니다." 요한손은 말하며 왼쪽 손을 그녀에게 내밀었다. 이 여자는 참 지랄 맞은 직업을 선택했군.

"건강 살피세요." 그는 이날 오전의 두 번째 포옹을 받았다. "선생님 짐을 들어드리라는 말은 해놨어요. 저는 어서 가봐야 할 것 같네요."

왜 그런지 참 궁금한데? 요한손은 생각했다. 당신 얼굴이 한쪽으로 흘러내리고 있는데도 사람들은 여전히 당신 말이면 사족을 못 쓰니.

오 분 후, 야르네브링이 병실 안으로 위풍당당하게 들어왔다. 그는 곧장 침대 쪽으로 걸어와 옷가지가 든 가방을 거꾸로 쏟았다.

"일어나서 입게나, 친구. 자네 청춘이 다 가도록 여기 누워서 썩을 수는 없지 않나." 그가 말했다. "팬티, 티셔츠, 셔츠, 양말, 신발, 바지. 그리고 내가 찾을 수 있었던 가장 긴 벨트라네." 야르네브링은 활짝 펼친 손을 흔들며 말을 이었다. "바깥 날씨는 화창하고 기온은 20도라네. 자네 엉덩이가 얼어붙을 것 같지는 않아."

"빌어먹을 시간이 됐구먼." 요한손은 약간 힘겹게 자리에서 일어섰다.

"그만 좀 징징거려." 야르네브링이 말했다. "내가 옷을 입혀주기를 바라는 건가, 아니면 그저 아름다운 간호사들이 자네를 보지 못하게 하려고 전략적 거점을 차지하고 서 있는 건가?"

"저쪽 의자에 앉아서 닥치고 있게. 나머지는 내가 알아서 할 테니."

삼십 분 후, 두 사람은 주차장으로 나와 요한손의 자동차 옆에 서 있었다.

"자네 형님이 서류 작업을 맡아 처리해주는 틈을 타서 한번 저질러 보자고 생각했지."

"자네가 내 차를 샀군." 요한손은 조금도 놀라지 않은 채 말했다. 그는 단짝 친구에 대해 알고 있는 것만큼이나 큰형에 대해서도 잘 알고 있었다. 혹은 그런 점이라면, 자기 자신에 대해서도.

"그래. 자네가 서명해야 할 서류가 몇 장 있지. 내가 가져왔으니 일단 자네 집으로 돌아간 다음 처리해보자고."

"좋아. 그러면 나는 어떻게 되는 거지?"

"자네? 그게 무슨 뜻이야?" 야르네브링이 넓은 어깨를 으쓱했다.

"이제 앞으로 나는 어디든 걸어 다녀야 하는 거야, 뭐야?"

"내가 듣기로는 똑같은 차를 새로 하나 살 거라고 하던데. 자동변속기가 달린 놈으로. 형님이 자네 팔 문제가 해결될 때까지 사용할 수 있도록 몇 가지 잡다한 장치를 달아달라고 했다는군."

"알았네." 요한손이 말했다. 그는 운전에 흥미가 있었던 적이 한 번도 없었다. 그리고 지금은 어느 때보다도 흥미가 없었다. 보는 이 차를 사는 데 얼마나 내야 했을까?

33

7월 21일 수요일 오후

"아아." 야르네브링은 차를 몰아 주차장을 나서며 만족스러운 한숨을 뱉었다. "역시 12기통 450마력 엔진이로군." 그는 길게 뻗은 검정색 보닛을 향해 고갯짓을 하며 설명했다.

"자네가 말하니 하는 말인데, 액셀을 꽉 밟으면 빌어먹을 정도로 빠르다니까." 최고 제한속도가 시속 120킬로미터인 상황에서 도대체 누가 그런 스피드를 원하는지는 몰라도, 이제 파란색 경광등과 사이렌은 요한손이나 야르네브링 같은 사람들에게는 과거의 물건이었다.

"어떻게 하고 싶은가? 곧바로 집으로 갈까, 아니면 길을 좀 돌아서 우선 현장에 들러볼까?"

"땅에 귀를 대보고 싶군." 요한손이 말했다. 마침 내 눈으로 직접 둘러보기 좋을 때야.

"그러면 야스민의 어머니가 살던 아파트부터 시작해볼까? 솔나 시

중심부에 있지. 이 분만 가면 된다네."

"에펠비켄으로 가주게." 요한손이 말했다. "그 애가 아버지와 함께 살았던 집을 보고 싶어. 솔나 쪽은 알고 있으니까." 그가 설명했다. 게다가 사건이 일어난 곳은 그곳이 아니니까. 왜 그렇게 생각하는지는 몰랐다. 아직까지는. 그저 느낌일 뿐이었다. 하지만 그에게는 충분히 강한 느낌이었다. 과거에는 언제나 그런 느낌을 충분히 느끼곤 했다. 현재의 그와는 다른 사람이었던 시절로 거슬러 올라갔을 때 이야기였지만.

"좋아." 야르네브링은 긴 오른팔을 뻗어, 요한손이 잊고 있었던 안전벨트를 당겨 채워주었다. 경고음이 들리고 대시보드에서 빨간불이 빛나고 있었음에도 요한손이 전혀 알아차리지 못했던 것이다.

"고맙네. 서두를 필요는 없어." 그는 그저 신중을 기하기 위해 이렇게 덧붙였다.

훌륭하고 안전한 주행이었다. 길이 막히지도, 몸에 무리가 가지도 않았다. 카롤린스카 병원을 나서서 묘지 가장자리를 따라 계속해서 왼쪽으로 가다가 첫 번째 로터리에서 솔나 시로 향하는 도로에 들어선 다음, 오른쪽 첫 번째 진출로를 타고 E4 고속도로 하행선으로 접어들어, 브롬마와 에펠비켄이 있는 오른쪽 길로 방향을 틀었다. 그리고 십이 분 후, 야르네브링은 에펠빅스가탄 거리와 마이블롬메스티겐 골목이 만나는 교차로에 차를 세웠다.

"목격자가 빨간색 폭스바겐 골프 차량을 봤다고 생각했던 곳이 이 근처라네." 야르네브링이 오른쪽 첫 번째 집을 가리키며 말했다. "여기가 마이블롬메스티겐 골목이야." 그는 좁고 막다른 골목을 향해 손을 흔들었다. "길이는 백 미터쯤 되고 끝은 막혀 있지. 경사지 맨 위에 회차 구역이 있고. 야스민과 그 애의 아버지, 그리고 아버지의 새 애인은 경사지 맨 위쪽, 마이블롬메스티겐 10번지에 살았어. 지금 우리가 앉아 있는 곳에서 오른쪽이야." 그는 다시 한번 손을 들어 가리켰다.

"자동차는 여기 주차되어 있었군. 우리가 있는 곳 말이지. 우리가 차를 세운 집 바깥쪽에 말이야. 마이블롬메스티겐 2번지. 여기, 교차로 옆에 주차되어 있었나?" 요한손이 말했다.

"목격자의 첫 번째 진술에 따르면 자네 말이 맞네. 그러다가 그 멍청한 놈이 마음이 약해져서 결국 아무것도 확신할 수 없게 되고 말았지. 우리도 그렇게 되어버렸고."

자네가 너무 밀어붙인 게지. 요한손은 생각했다. 목격자는 자신이 보았던 것이 무엇인지 깨닫자 불안해졌고, 여기 자신의 집 앞에 기자들이 떼로 몰려와 초인종을 누르기 시작했던 것이다.

"기자를 자처하는 나부랭이들이 목격자의 집 근처를 서성거리고, 경찰들에게는 인터뷰를 하자고 들이대기 시작했으니 상황이 조금도 나아질 수가 없었지." 야르네브링은 요한손의 속마음을 읽은 듯 이렇게 말했다.

"상상이 가네." 요한손은 다른 생각을 하고 있었다.

양차 세계대전 사이에 지어진 목조건물들은 빨간색에 노란색, 흰색, 파란색, 심지어는 분홍색으로 칠해져 있었지만, 이웃들의 심기를 거스를 정도로 선정적인 느낌은 아니었다. 당시 시대를 반영하는 목조건물의 작은 부분들 및 현관, 베란다 같은 곳들을 보면 이 작업을 했던 도장공들과 대장장이들은 자신들이 무엇을 해야 하는지, 또 그 일을 제대로 하기 위해서는 얼마나 시간이 걸리는지 충분히 알고 있었으리라. 말뚝으로 된 울타리, 깔끔하게 다듬은 산울타리, 화단과 과일나무, 맵시 있는 잔디밭으로 구성된, 녹음이 우거진 원숙한 정원도 있었다. 한두 집은 대문에서 현관에 이르는 자갈길을 깔아놓기까지 했다. 이곳은 여러 해에 걸쳐 관리 및 확장, 수리, 복원 등이 충실하게 이루어진 구역이었다. 거주민들은 품위 있고 유복한 중산층이었고, 최근 몇 년 동안에는 주택 가치 상승에 따라 굉장히 부유해진 이웃도 몇몇 존재했다.

길 맨 위쪽에 있는 야스민이 살았던 집은 가장 큰 건물은 아니었지만, 그렇다고 가장 작은 건물도 아니었다. 전체적으로 빨간색이었지만 부분부분 흰색이 섞여 있었고, 건물 정면은 새로 칠을 한 것 같았다. 아직도 도장공들의 도구 일부가 진입로에 놓여 있었고, 방수포가 그 위를 느슨하게 덮은 채였다.

"그녀가 아직도 여기 살고 있는지 알고 있나? 애 아버지의 전 애인 말이야."

"아니." 야르네브링이 대답했다. "다음 해 여름에 집을 팔고 이사를 갔다고 들었어. 야스민의 아버지는 그 일이 일어난 지 한 달 만에 집을 나갔고. 사건 때문에 두 사람이 굉장히 힘들어했으리라는 것은 짐작이 가네."

새 기억들을 쌓아가고 있는 집이로군. 바로 그 기억 때문에 살던 사람들은 더이상 머무를 수가 없게 되지.

"차에서 내려서 돌아볼 텐가?"

"아니." 요한손이 고개를 저으며 말했다.

"내가 아동 살해범에 대한 전문가는 아니지만, 만약 그 일이 여기서 일어났다면 옛날에 쓰던 경찰 헬멧을 씹어 먹겠다고 약속하지." 야르네브링은 이렇게 선언하고는, 자신만만하게 자동차 바퀴를 움직여 차를 돌렸다. "이 구역은 절대 아닐 거야."

"그렇다면 사건 현장은 어디일까?"

"내 개인적인 생각으로는, 그 애가 어머니의 아파트로 다시 돌아가는 도중에 누군가 그 애를 낚아챈 것이 확실해. 불쌍한 아이는 아마 피곤했을 테지. 피곤하면서도 화가 나 있었을 거야. 이곳은 어린 여자아이를 살해할 사람들이 사는 동네가 아니야." 두 사람을 태운 차가 도로 아래쪽으로 천천히 내려가는 동안, 야르네브링이 재차 말했다.

"여기 모퉁이에서 좀 세워줄 텐가?" 요한손이 물었다.

"물론이지." 야르네브링이 대답했다.

이 거리에 있는 다른 집들과 비교해볼 때, 이 집은 굉장히 컸다. 파란색 칠을 했고, 추녀마루가 달린 경사 지붕에, 두 개의 흰색 기둥이 돌출된 현관을 떠받치고 있었으며, 위층은 아래층보다 앞으로 더 튀어나온 모습이었다. 인상적인 모습의 돌계단이 쌍여닫이문으로 되어 있는 정문으로 이어졌고, 차곡차곡 접히는 대형 유리창을 두른 베란다가 뒤뜰 정원을 마주하고 있었다. 현재 주인은 그곳에서 한동안 살았던 사람과는 다른 사람일 테고, 아마 여러 번 주인이 바뀌었을 터였다. 그 일이 일어났을 때 이곳에 살던 여자는 무슨 일이 일어났는지 알아차리자마자, 그리고 그 일이 자신의 집에서 일어났다는 사실을 깨닫자마자 다른 곳으로 이사했음이 틀림없었다. 이는 부동산등기부를 확인하지 않아도 충분히 알 수 있는 사실이었다.

그녀는 언제 그 사실을 알아차렸을까? 어쩌면 같은 해 가을 정도로 이른 시점이었을 수도 있어. 알아내기 꽤 손쉬운 일이었을 테니. 그녀는 어디서 야스민의 머리핀을 발견했을까? 이십오 년이나 지났으니 그 사실을 알아내기란 여간 힘든 일이 아니겠지.

"만약 자네가 단독주택으로 이사할 생각을 하고 있다면, 자네가 살던 아파트를 사는 것을 고려해봐야겠군." 야르네브링이 말했다. "이미 자네 차도 사버리지 않았나."

"아니. 나는 쇠데르말름에서 사는 게 좋아."

"자네는 바닥에 귀를 대고 있어야지." 야르네브링이 씩 웃으며 말했다.

"아니, 그저 자네가 범행 현장을 둘러보고 싶어 할지도 모른다고 생각했을 뿐이야." 요한손은 커다란 파란색 집을 향해 고갯짓을 했다.

3장

눈은 눈으로, 이는 이로,
손은 손으로…….

『출애굽기』 21장 24절

34

2010년 7월 21일 수요일 오후

처음에 야르네브링은 고갯짓으로 대답을 대신했다. 먼저 길 반대편에 있는 커다란 집을 향해, 그다음에는 요한손을 향해.

"어째서 그렇게 생각하지? 이곳이 범행 현장이라고?"

"베개 때문에. 뭐, 정확히 말하면 베개와 베갯잇 때문이라네." 요한손이 대답했다. 그는 자신만의 생각에 잠겨 있는 것 같았다. "그게 내가 가장 처음 알아차린 것이었지."

"베개? 그리고 베갯잇이라고?"

"그래, 다른 것들도 있긴 하지만. 빨간색 폭스바겐 골프 같은 경우 바로 이곳에 주차되어 있었다는 느낌이 들어. 이런 식으로 말해도 좋을지 모르겠지만 모든 무대가 마련되어 있었던 거지."

"베개와 베갯잇, 그리고 빨간색 폭스바겐 골프라니. 무대라고?"

지금 내가 기뻐해야 하는 건가, 아니면 걱정해야 하는 건가?

"뭐, 그 외에도 더 있다네. 하지만 대부분은 그저 느낌일 뿐이라서. 예를 들어 저 집에 살고 있었던 여자라든지."

여자? 저 집에 살고 있었던 여자? 좋아, 이제 정말 빌어먹을 정도로 걱정이 되기 시작하는데. 야르네브링은 생각했다. 대체 그 여자는 어디서 튀어나온 거야?

"자네가 설명해줄 것 같지는 않은데?" 야르네브링이 말했다.

"나중에. 지금은 집에 가고 싶군."

마침내 집에 왔군. 그는 볼마르 윅스퀼스가탄 거리에 있는 자신의 집 문지방을 넘으며 이렇게 생각했다. 절친한 친구에게 명백하게 의지하긴 했지만 대부분 자력으로 걸음을 옮겼다.

"가서 내 서재에 앉자고. 그러면 소파에 몸을 기댈 수 있지. 그냥 내 지팡이만 건네주면 괜찮을 거야."

"알겠네. 그런데 차라리……."

"그냥 말한 대로 해주게." 요한손이 말을 잘랐다. "물 한 잔만 가져다 주고. 뭔가 먹고 싶으면 틀림없이 냉장고 안에 잔뜩 있을 거야. 피아는 그런 데 빈틈이 없거든. 나는 물 한 잔이면 족하네."

마침내 집에 왔군. 그는 악전고투하며 소파에 간신히 앉아 평소 자세대로 다리를 갈무리하고 난 다음 생각했다. 똑같은 소파였다. 그가 오랜 세월에 걸쳐 책을 읽거나 텔레비전을 보거나 잠시 낮잠을 자거나 그저 생각에 잠긴 채 수천 시간을 보냈음이 분명한, 똑같은 구석자리에 놓인 똑같은 커다란 소파였다. 이제 이 방에는 피아가 그를 위해 구입한 커다란 침대 또한 좁은 벽 쪽에 자리 잡고 있었다. 침대에는 그가 어서 만져

보고 싶은 여러 전자장치들도 달려 있었다.

야르네브링은 의자 하나를 가져와 요한손의 맞은편에 자리를 잡고 앉았다. 그는 두 사람 사이에 놓인 테이블 위에 커다란 생수병 하나와 과일이 담긴 그릇 하나, 잔 두 개가 놓인 쟁반을 내려놓았다.

"샌드위치라도 먹지 그러나?" 요한손이 쟁반 쪽으로 고갯짓을 하며 물었다.

"배고프지 않네. 그보다 지랄 맞을 정도로 궁금해 미치겠는걸."

"진정하게나. 머지않았어. 어떤 순서로 설명해야 할지 정리하고 있다네."

"순서 따위는 상관없고, 단순한 경찰 아저씨가 이해할 수 있을 정도로 쉽게 해주면 좋겠는데."

"물론이야. 자네는 법의학자가 불쌍한 소녀의 기도와 치아 사이에서 찾아냈던 깃털 조각 하나랑 흰색 섬유 두 가닥을 기억할 테지? 증거들이 그 애가 흰색 베갯잇을 씌운 베개로 질식사를 당했다는 사실을 가리킨다는 것도 기억하고?"

"그래, 그랬을 거라고 생각하네. 다들 그렇게 생각했지. 그 뒤룩뒤룩한 벡스트룀조차 베개가 살인 흉기라는 가설을 받아들였다고."

"문제는 그 베개가 평범한 물건이 아니었다는 데 있지. 베갯잇 또한 평범한 물건이 아니었다네. 베갯속은 참솜깃오리의 가슴 솜털로 채운 것이었고, 베갯잇은 리넨 섬유로 만든 것이었어."

"잠깐만 기다리게." 야르네브링이 신중을 기하기 위해 한쪽 손을 들어올리며 말했다. "아내랑 나는 초라한 벽돌집에 살면서도 오리털 베개를 쓴다네. 심지어 우리 시골 별장에도 오리털 베개가 있는데. 거기 있는 베개는 좀더 싸구려이긴 하지만. 뭐, 자네도 우리 집에 와봤으니 충분히 알고 있을 텐데. 여기 시내에 있는 집과 시골집 모두 오리털 베개를 쓰고 있다고."

"알고 있네. 하지만 평범한 오리털 베개나 평범한 면 베갯잇에 대한 이야기를 하고 있는 게 아니야."

"아니, 지금 자네가 하는 말은……."

"잠시만 입을 닥치고 내 말을 끊지 않는다면, 평범한 흰색 면 베갯잇을 씌운 평범한 오리털 베개와 우리가 찾는 범인이 야스민을 질식시킬 때 사용했던 베개의 차이에 대해 설명해주겠네."

"듣고 있네." 야르네브링이 말했다. 그는 의자에 몸을 기대고 두 손을 모아 자신의 납작한 배 위에 올려놓았다.

요한손이 해준 이야기에 따르면, 전체적인 이야기는 굉장히 단순했다. 소위 말하는 오리털 베개의 속을 채우는 재료는 주로 깃털이었다. 농장에서 깃털을 얻기 위해 기르는 조류, 주로 오리나 거위의 깃털에 가슴 솜털을 약간 섞는 방식이었다. 베개용으로 쓰이는 깃털 및 솜털의 주된 생산지는 아시아였고, 그중 가장 많은 수출을 하고 있는 국가는 중국이었다.

일반적인 베갯잇의 경우, 가장 기본적이고 저렴한 제품들을 제외하면 면으로 제작되었다. 대부분의 베갯잇은 면으로 만들지, 리넨으로 만드는 경우는 드물었다.

"자네 말은 이 베개가 지랄 맞을 정도로 흔치 않은 물건이라는 거로군." 야르네브링은 씩 웃으며 말했다.

“요즘 그런 베개 하나에 가격이 얼마나 되는지 알고 있나? 그러니까 자네가 어떻게든 하나 사려고 한다면 말이지. 최상급 리넨으로 만든 베갯잇을 씌우고 참솜깃오리 가슴 솜털로 속을 채운 베개 가격이?”

“짐작도 못 하겠는데.” 야르네브링은 고개를 저었다.

“이만에서 삼만 크로나■ 정도. 어쩌면 더 비쌀 수도 있고. 만약 자네가 이불까지 세트로 맞추고 싶다면, 아마 십만은 줘야 할 거야. 십만 크로나■■. 그것도 자네가 실제로 그런 베개와 이불을 찾을 수 있을 때 성립하는 이야기지만.”

“무슨 뜻인지 알겠군. 대체 어떤 미친놈이 베개 하나랑 이불 한 채에 십만 크로나를 쓴단 말이야?”

“자네가 접한 일반적인 아동 살해범은 그러지 않겠지. 욘 잉바르 뢰프그렌이나 안데르스 에클룬드, 울프 올손 같은 놈들도 아니야. 이 점에 대해서라면 다른 놈들도 마찬가지고. 그리고 야스민을 살해한 놈, 셰베리 교수가 묘사했던 예민하고 주의 깊은 소아성애자 역시 절대 아니야.”

“이야기를 못 따라가겠는데.” 야르네브링이 말했다. “설명을 해달라고.”

“그건 범인의 베개가 아니었다네.” 요한손이 말했다.

야르네브링은 일 분 가까이 그 점에 대해 심사숙고해보았다. 그런 다음 그는 요한손 쪽으로 고개를 끄덕이며 의자에 앉은 채 몸을 꼿꼿이 세우더니, 몸을 앞으로 굽히며 또 한 번 고개를 끄덕였다.

■ 한화로 약 250만 원에서 370만 원 사이이다.

■■ 한화로 약 1200만 원이다.

"듣고 있네."

"마르가레타 사겔리에드. 자네 기억에 있는 이름인가?"

"기억나지 않는데." 야르네브링이 말했다. "그녀가 누군데?"

"자네 수사 과정에서 불쑥 등장했던 사람이지. 과부, 당시 71세, 전직 오페라 가수, 이런 말 해도 될지 모르겠지만, 화려한 상류층 마나님. 1989년에 사망했지. 그런데 그녀의 남편은 1980년에 85세로 사망했으니, 남편이 그녀보다 스무 살 더 나이가 많다는 점을 감안하고 그 문제의 여자에 대해 내가 들은 이야기를 유념해보면, 그녀는 상당한 자산가였다고 말할 수 있네. 우리가 앞에 정차했던 집이 바로 사겔리에드의 집이었네. 야스민이 살해당했을 때 그녀는 마이블롬메스티겐 2번지에 살고 있었어. 그 일이 일어났을 때는 집을 비운 상태였지. 사건 며칠 전에 집을 나선 다음 일주일 후에 귀가했다네. 그녀는 꽤 이른 시점에 수사 대상에서 제외되었어. 물론 벡스트룀이 내린 결정이었지."

"이해했네. 이제 알겠어." 야르네브링이 갑자기 환한 표정을 지었다.

"훌륭하군." 요한손이 말했다.

"남편은 잊어도 되겠군. 지나치게 늙은데다 사건 당시에는 이미 사망한 후였으니 말이야. 자식이나 손주는 있나?"

"그게 문제라네. 그녀나 남편 모두 자식은 없었던 것 같아."

"사람들 말마따나 뒷배로 낳은 자식 같은 게 있지 않을까?"

"아니. 찾아볼 방법도 없거니와, 내 생각에는 사생아나 후손은 전혀 없는 것 같아. 남편 쪽이든 부인 쪽이든. 그녀에게는 젊은 남성 지인이 있었던 게 분명해. 자네가 놓친 누군가가 말이야."

"흠." 야르네브링이 말했다. "정신 혼미한 목격자가 빨간색 폭스바겐 골프를 봤다고 진술한 것에 매달리는 쪽은 말리고 싶은데. 결국 그는 자신의 진술을 완전히 철회했지 않나."

"그래." 요한손은 어깨를 으쓱하며 말했다. 우리는 자유국가에 살고 있으니 어떻게 생각하든 자유일 테지.

"하지만 베개에 대한 생각은 받아들이겠네." 야르네브링이 말을 이었다. "자네도 알다시피 그 구역에는 부유한 사람들이 많이 살고 있었지. 적당한 나이대의 아들들이 상당수 있었어. 자네가 무슨 생각을 하고 있는지 알겠군. 훌륭한 부모에 훌륭한 아들. 우리가 그곳에서 누군갈 놓친 것도 당연한 일이었다는 거로군."

"그 사람들은 신경 쓰지 말게. 빨간색 폭스바겐 골프는 목격자가 처음 진술했던 자리에 주차되어 있었네. 노부인의 집, 마이블롬메스티겐 2번지가 범행 현장이야. 저기 있는 가방 좀 건네주겠나?" 요한손이 방 한쪽을 가리키며 말했다. "하나는 병원에서 사용하던 내 소지품이고, 하나는 자네가 건네준 파일이 들어 있지."

"자네라고 해서 우리가 이 파일에서 무엇을 놓쳤는지 찾아낼 수 있을 것 같지는 않은데."

"맞아. 하지만 자네는 다른 것을 놓쳤다네. 내가 자네에게 보여주려고 생각하고 있는 것 말이야." 자네가 놓친 것은 보통 파일 안에 들어 있지 않은 법이지.

요한손은 다소 고생한 끝에 빨간색 머리핀이 들어 있는 비닐 봉투를 찾아냈다. 그는 정상적으로 움직이는 왼손으로 봉투를 꺼낸 다음 야르네브링에게 넘겨주었다.

"이 물건을 알아보겠나?" 요한손이 말했다.

야르네브링의 두 눈에 떠오른 표정이 갑자기 변했다. 그가 조심스럽게 오른손으로 봉투를 들어 올리는 순간, 두 눈이 가늘어지더니 눈동자에는 경계하는 빛이 서렸다.

"그래. 이제 자네 말에 완전히 동의하네. 그러니 빌어먹을 정도로 제대로 설명하는 게 좋을 거야."

35

7월 21일 수요일 오후

요한손은 고개를 저을 뿐이었다.

"나중에."

"지금 하면 무슨 문제라도 생기나? 이 머리핀 때문에 얼마나 많은 문제가 생겼는데. 빌어먹을 정도로 많은 문제였다고."

"나중에." 요한손이 같은 말을 반복했다. "어째서 머리핀 때문에 문제가 생겼지? 자네가 결코 찾아내지 못했기 때문이 아니었나?"

"그게 문제였지. 야스민의 머리카락은 길고 검은색이었어. 어쩌면 어깨 밑으로 이십 센티미터는 더 내려왔는지도 몰라. 그리고 그 애는 언제나 머리핀이나 머리끈 같은 것으로 머리카락을 단단히 묶고 다녔어. 그 애에게는 여러 가지 머리핀이 굉장히 많았지. 정말로 예쁘게 보이고 싶을 때는 엄마에게 머리를 매만져달라고 부탁하곤 했어. 심지어 파라 디바처럼 차려입은 사진도 봤다니까. 이란 왕이랑 결혼한 여자 말이야."

그 여자가 이 일과 무슨 상관이 있지? 이란 왕 레자 팔라비와 결혼한 여자였는데. 요한손은 기억을 더듬어보았다.

"그래, 듣고 있네."

"머리핀에 대해 첫 번째로 언급을 한 사람은 애 어머니 옆집에 살던 순드만이라는 우리 동료였어. 야스민이 사라진 날 밤에 애 어머니와 함께 진술을 했지. 진술 내용에 따르면, 그녀는 작은 원숭이 모양의 빨강 플라스틱 머리핀으로 애의 머리를 묶어주었다는군."

"몬치치. 몬치치 인형이라네."

"바로 그거야." 야르네브링은 야스민이 입고 있던 옷 및 기타 소지품 목록을 집어 들며 말했다. "순드만은 지극히 견실한 경찰이었네. 나중에 우리가 그 애를 발견했을 때, 그가 묘사했던 모습과 거의 일치했어. 자네도 기억할 텐데, 범인은 야스민의 옷가지와 다른 소지품들을 시체와 따로 싸서 버렸지. 물건들은 시체가 발견된 지점에서 이백 미터 정도 떨어진 곳에서 두 개의 비닐 봉투에 담긴 채 발견됐어."

"기억나네." 요한손이 말했다.

"전부 다 있었지. 심지어 반지 두 개랑 손목시계까지 있었어. 지역 교통 탑승권까지, 전부 다. 그 애의 어머니와 순드만이 그 애가 꽂고 있었다고 주장하던 머리핀만 빼고 말이야."

"그 애의 옷차림은 어땠지?" 요한손이 물었다.

"흰색 가죽 모카신이랑…… 당시 사람들은 인디언 신발이라 불렀던 것 같은데. 흰색 양말, 흰색 팬티. 연청색 청바지, 분홍색 티셔츠. 티셔츠는 그 애가 어머니의 아파트에서 콜라를 엎지른 다음 갈아입은 거지. 그리고 티셔츠와 똑같은 분홍색인 작은 아디다스 배낭. 재킷은 허리에 묶고 있었어. 피엘라벤 브랜드의 얇은 파란색 재킷이었지. 그리고 시계, 반지 두 개, 교통 탑승권. 그 애는 가방에 이것저것 넣고 다녔지. 잡지 한 권, 껌, 목캔디 한 통, 역시 분홍색이었던 가죽 지갑. 그 애 어머니의 신문을 진행하면서 빨간색과 분홍색이 야스민이 가장 좋아하는 색깔이었다는 말을 들은 기억이 희미하게 나는군."

"전부 목록과 일치하나?"

"그래. 전부 다 일치하네. 머리핀만 빼면."

"그래서 자네는 어떻게 생각하나?"

"우리는 처음에는 그 애가 젖은 흰색 블라우스를 분홍색 티셔츠로 갈아입을 때 머리핀 꽂는 것을 잊어버렸다고 생각했지. 열쇠 목걸이를 거는 것을 잊어버린 것처럼. 결국 다른 소지품들은 다 거기 있었으니, 범인이 그 애 머리핀만 간직했을 이유는 없지 않나? 이와 비슷한 사건에서 사라지는 게 있다면 보통은 피해자의 속옷이기 마련이야. 그래서 그 애가 머리핀 꽂는 것을 깜빡했다는 게 일반적인 생각이었지. 그 애가 열쇠를 깜빡했던 것처럼. 벡스트룀은 그렇게 된 거라고 확신했다네. 그는 문제를 전혀 이해하지 못했지. 그래서 우리는 후속 조치를 취할 수가 없었다네."

"알겠네. 그렇다면 어째서 욕실에서 머리핀이 발견되지 않은 거지? 열쇠는 욕실에서 발견되었을 텐데."

"바로 그거야. 어쨌든 순드만은 그 애가 자신을 지나쳐 지하철역으로 갈 때 머리핀을 꽂고 있었다고 확신했다네."

"꽂고 있었지. 자네가 손에 들고 있는 게 그 머리핀이라네." 나는 이미 머리핀을 그 애에게 돌려주었지. 요한손이 생각했다.

"무슨 뜻인지 알겠네." 야르네브링이 말했다. "심지어 자네 말을 믿고 싶어지는걸. 내가 빌어먹을 정도로 걱정하는 게 바로 그 점이라니까. 도대체 어떻게 자네는 이십오 년이나 지나서 이 머리핀을 손에 넣을 수 있었던 거지? 빌어먹을 혈전이 갑자기 양심의 가책을 불러일으키기 전까지, 지금껏 내내 입을 다물고 있었나? 그건 확실히 아닐 테지?"

"걱정할 이유는 전혀 없네." 요한손이 말했다. "어제 손에 넣었다네." 어제 맞지? 아닌가?

"어제 손에 넣었다고? 누구에게서?"

"익명의 정보원으로부터. 걱정하지 말게. 자네가 찾는 신원 미상의 범인은 내 정보원이 아니니까. 그 점에 대해 걱정할 필요는 없네."

"그러니까 그 사람이 누구냐고?"

"당분간은 익명의 정보원인 것으로 해두지. 자네와 나는 그 점에 대해 정확히 같은 생각을 갖고 있으니, 이제 정보원에 대한 이야기는 더이상 하지 말자고. 머리핀은 다시 돌려주게."

야르네브링은 어깨를 으쓱하더니 머리핀을 그에게 건네주었다. 보아하니 마지못한 태도였다.

"양해해주게, 라르스. 만약 내가 틀렸다면 정정해달라고. 자네는 뇌졸중을 일으켰어. 그래서 카롤린스카 병원에 입원하는 처지가 됐는데, 입원한 이 주 사이에 익명의 정보원이 나타나 이십오 년 전 어린 여자애가 살해당했을 때 꽂고 있던 머리핀을 건네주었다는 게로군."

"대략 맞아." 요한손은 고개를 끄덕이며 말했다. 내가 머리핀을 돌려주자 그 애는 고마워했지.

"자네가 머리핀을 어제 손에 넣었다면, 어째서 이 사건에 대한 이야기를 일주일 전에 시작했는지 궁금해하지 않을 수가 없군."

"전혀 이상한 일이 아니라네. 정보원이 머리핀을 찾아내는 데 시간이 필요했으니까. 심지어 그녀는 자신이 무엇을 찾고 있는지조차 몰랐지."

보는 평소 자신의 모습이 아니로군. 본래의 날카로움을 잃어버린 것 같아.

"자네 말에 동의하지 않아. 이건 어쩌면 자네가 내게 말해준 것들 중 가장 이상한 이야기일지도 몰라. 그러니 자네에게 더럽게 훌륭한 이유가 있을 거라고 추정할 수밖에 없군."

"그래." 요한손이 말했다. 더할 나위 없는 이유가 있고말고.

"그게 뭔가?"

"신의 섭리라네."

36

7월 21일 수요일 오후

두 사람은 헤어지기 전에 몇 가지 현실적인 문제를 처리했다. 우선 요한손은 자신의 아우디 자동차를 단짝 친구에게 넘기는 서류 몇 장에 서명을 했다. 편한 기분은 전혀 아니었다.

요한손이 물었다. "자네는 이게 정말 좋은 생각이라고 확신하나? 매달 상환해야 하는 금액이 꽤 될 텐데."

"걱정하지 말게. 자네 형님은 내가 값을 다 치를 수 있다고 장담하던데."

"그저 호기심에서 묻는 건데, 형은 자동차 가격을 얼마나 불렀지?"

"이십만 크로나■ 라네."

"세상에. 내 형답지 않은 처사인데." 혹시 형의 머릿속에도 무슨 쓰레

■ 한화로 약 2500만 원이다.

기가 돌아다니고 있는 건가?

"운전기사 노릇 좀 해주겠다고 약속했거든. 오랜 친구를 위해 심부름도 해주고. 아직 은퇴 생활을 즐길 시점이 아닌가 본데?"

"그거 괜찮은 생각이로군." 요한손이 말했다. 그는 이미 다른 생각을 하고 있었다. "혹시 자네가 헤르만에게 연락해서, 자네의 옛 수사 기록에 등장하는 오페라 가수에 대해 그 친구가 알고 있는 정보를 모두 내게 넘겨달라고 부탁할 수는 없을까?"

"마르가레타 사겔리에드 말이로군."

"그래. 그게 그 여자의 이름이지. 그리고 자네가 진행했던 모든 방문 조사 기록도 같이."

"방문 조사는 1985년 6월과 7월 사이에 진행했다네. 8월에 후속 조사를 몇 건 진행했고, 나중에 그해 가을이 되어 사람들이 휴가지에서 돌아왔을 때 추가로 더 했었지. 서류가 엄청나게 많다네. 하지만 분명히 내가 처리할 수 있을 거야."

"내가 또 잊어버린 게 있을까?" 요한손이 물었다.

"자네가 손을 떼지 못하는 빨간색 폭스바겐 골프 있지 않나. 차량 등록대장뿐만 아니라 눈에 띄는 차주들 기록을 인쇄한 서류가 한 상자 가득 있지. 전과가 있거나 근처에 거주하는 사람들 말이야."

"그것 역시 부탁하네."

"내일 갖다주지. 또 내가 해줄 일은 없나?"

"그래, 이제 좀 나가주면 좋겠군. 잠시 낮잠을 잤으면 좋겠는데."

"그게 현명한 생각일까? 나는 피아가 퇴근할 때까지 기다릴 생각이었는데. 자네만 좋다면 다른 곳에 처박혀 있어도 괜찮네."

"좋아, 알겠네." 요한손은 갑자기 피곤해졌다. 기운이 바닥났군. 잠을 좀 자야겠어. 머릿속을 두드리는 듯한 두통이 관자놀이까지 내려와 있었다.

"나는 주방에 앉아 있겠네." 야르네브링이 말했다. "필요한 게 있으면 소리를 지르게나."

"방금 생각났는데, 만약 자네가 소파 위에 하루 종일 누워 있어야 하는 처지가 된다면 과연 이십오 년 전의 살인 사건을 해결할 수 있을까?"

"우리는 한 번 더 현장을 둘러봐야 할 테지." 야르네브링은 미소를 지으며 말했다. "자네만 괜찮다면 소파에 나란히 죽치고 있을 수도 있어. 그 점에 대해서는 걱정할 필요가 없네."

"흠." 요한손이 말했다. 가능할 수도 있겠군. 그 친구, 그러니까 셜록 홈스의 형이라면 그럴 수도 있었을 테지. 그 친구 이름이 뭐였더라?

그리고 요한손은 잠이 들었다.

37

7월 21일 수요일 오후

흘러 들어온 냄새가 요한손을 깨웠다. 아내가 그를 위해 요리하고 있는 음식에서 풍기는 냄새였다. 그다음에는 아내의 손이 뺨과 관자놀이를 부드럽게 어루만졌다. 그러자 두통이 사라졌다.

"야르네브링은?" 요한손이 말했다. "아직 여기 있어?"

"걱정 마. 한 시간 전에 쫓아냈으니까. 당신이 먹을 것을 좀 만들었어." 그녀는 소파 옆 테이블 위에 내려놓은 커다란 쟁반 쪽으로 고갯짓을 하며 덧붙였다.

마침내 집에 왔군. 마침내 제대로 된 음식을 먹겠어. 그에게 직접 고르라면 선택하지 않았을지도 모를 음식이긴 했지만, 공공 의료 기관의 거대한 주방에서 만든 것과 비교하면 전혀 다른 세상, 더 나은 세상에서 온 음식이었다. 중심부에는 분홍색을 충분히 살린 연어구이와 현미를 얹은 미지근한 샐러드가 놓였다. 취향에 완전히 부합하기에는 채소

양이 지나치게 많은지도 몰랐지만, 적어도 아스파라거스와 버섯은 들어 있었다. 맥주나 와인은 물론, 싸구려 보드카조차 없었다. 대신 차가운 생수가 있어서 충분히 만족스러웠다. 그리고 제대로 된 커피도 있었다. 따뜻한 우유가 딸린 더블 에스프레소였다.

너는 살아 있어. 라르스 마르틴 요한손은 생각했다. 그러니 스스로를 불쌍히 여기는 짓은 그만하자고.

요한손이 말했다.

"당신은 내게 과분한 사람이야, 피아. 만약 당신이 우리가 사는 모습을 다루는 일상 소설 속의 주인공이라면, 언론계 미술 담당으로 있는 당신 여동생은 페미니스트 대의를 배신했다는 이유로 당신을 물어뜯었겠지."

이제 예전의 당신 모습을 알아보겠네. 그녀는 생각했다. "만약 이야기가 정반대라면?" 피아가 말했다. "병이 난 쪽이 나라면 어떻게 될까?"

"그건 그 자체로 비극일 것 같은데." 요한손이 말했다.

"뭐가 좋든 나쁘든 어쩌겠어." 피아가 자신의 잔을 들어 올리며 말했다.

"뭐가 좋든 나쁘든 어쩌겠어." 요한손은 같은 말을 반복했다.

두 사람이 식사를 끝마치자 피아는 이렇게 물었다. "현실적으로 결정해야 하는 문제가 몇 개 있는데 그럴 기운이 있겠어?"

요한손은 고개를 끄덕이는 것으로 대답을 대신했다. 그는 갑자기 불안감을 느꼈지만, 감정의 원천이 무엇인지는 파악할 수 없었다. 결국 문제는 변하지 않은 채 그대로였다. 이미 일어난 일은 돌이킬 수 없었다. 하지만 아직 닥치지 않은 일에 대해 뭐라도 하는 것은 가능했다.

울리카 스텐홀름에 따르면 모든 당사자, 심지어 울리카의 환자이자 피아 요한손의 남편에게도 최선의 해결책은 간단했다. 그가 자신과 비슷한 환자들의 회복기 치료 및 재활에 특히 강점을 가지고 있는 요양원에 입원하는 것이었다.

"소용없어요." 피아는 고개를 저으며 말했다. "그이는 절대로 동의하지 않을 거예요."

"논리적인 설명이 그분을 설득할 수 있을 가능성은 없다고 보시나요? 한 달 남짓이라도요."

"말을 꺼낼 생각조차 하기 어렵네요." 피아가 말했다. 대체 이 여자가 무슨 이야기를 하고 있는 거지?

"이런 증상이라면, 여러 차례 내원하셔야 할 거예요. 곁에서 지켜볼 사람도 필요하고요. 선생님께서는 구급차 이동 서비스를 신청하실 권리가 있지만, 자택 요양 치료만으로는 충분하지 않을 거예요. 특히 사람들이 휴가를 떠난 여름이라는 점을 고려하면 더욱 그렇죠."

"그이의 진료 예약을 잡아주시고, 그이가 만나야 하는 사람들도 알려주세요. 제가 처리할게요."

"그러시다면 일을 맡아줄 수 있는 민영 기관이 몇 군데 있어요. 우리가 처한 상황이 이런걸요. 화를 내지는 마세요, 피아. 제가 권해드릴 수 있는 것은 그뿐이에요."

"화는 나지 않았어요. 하지만 그이를 요양원에 집어넣으라는 말씀을 하시다니, 정말로 실망했어요. 지난 이 주 동안 그이를 환자로 데리고 계셨는데도 그이가 어떤 사람인지 전혀 모르고 계신 것 같네요."

"죄송해요. 기분 상하게 해드릴 생각은 없었어요."

"조금도 기분 상하지 않았어요. 그냥 그이의 진료 예약이나 잡아주시고, 그이가 만나야 하는 사람들도 알려주세요. 나머지는 제가 처리하죠."

피아는 요한손에게 앞으로의 일에 대한 이야기를 해주면서, 주치의와 나눴던 대화 내용은 언급하지 않았다.

"당신 주치의, 울리카 스텐홀름이랑 이야기를 해봤어. 계속해서 당신 주치의로 남게 되어 기쁘다던데. 아니면 내가 다른 사람을 알아볼 수도 있어. 소피아 병원에 훌륭한 의사들이 여럿 있어. 우리 은행에서 그 병원을 이용하거든."

"어째서?" 요한손이 깜짝 놀라 말했다. "스텐홀름에게는 아무 문제도 없지 않아?" 게다가 우리는 함께 사건을 하나 파헤치고 있으니까.

"당신 생각이 그렇다면, 뭐. 다음 주 월요일에 외래 진료 예약을 잡아놨어."

"좋아." 요한손이 말했다. 무슨 일 때문에 두 사람 사이가 틀어졌을까?

"그리고 당신은 낮에도 도움이 필요할 테니까. 그것도 내가 처리해뒀어. 당신이 겪은 일 같은 상황이 발생했을 때 은행에서 이용하는 사설 간병업체가 있거든."

"그런 말을 들으니 반갑네. 당신은 은행 직원들을 신경 써준다는 뜻이잖아."

"정말이지. 당신 그거 알아?" 아내는 몸을 앞으로 기울이며 요한손의 손을 잡았다. 그를 향해 미소 지은 채였다.

"아니. 뭔데?"

"당신 꼭 내 남편처럼 말하기 시작하는데."

"당신네 회계 직원이 받는 별 다섯 개짜리 처치를 받으면 그 남편이라는 사람보다는 좀더 나은 사람이 되겠지."

"당신을 도와줄 사람과도 이야기를 마쳤어. 이름은 마틸다고, 보통은 틸다라고 부르나 봐. 내일 아침에 올 예정인데, 그때는 내가 집에 있을 거야."

"알았어. 그런데 그 여자에게 무슨 문제라도 있어?"

"아무 문제도 없어. 스물세 살이고 예쁘고 기운이 넘치는데다 명랑하고 긍정적인 사람처럼 보이더라. 고등학교에서 건강관리를 전공했대. 개인 비서 교육도 받고."

"미사여구는 다 빼고. 그 여자에게 무슨 문제라도 있어?"

"뭐, 요즘 젊은 애들처럼 보이더라고."

"그게 무슨 뜻이야?"

"팔에 문신이 몇 개 있고, 뭐, 그런 거."

"그런 거라면 또 어떤 거?"

"귀에 피어싱도 했더라고."

"맙소사. 어째서 요즘 애들은 자기 몸에 온통 낙서를 하고 다니겠다고 고집을 부리는 거지? 나 때는 말이야, 범죄자들과 선원들만 문신을 하고 다녔다고. 그리고 이름은 까먹었지만 그 덴마크 왕■도."

"그 정도만 빼면 정말로 상냥한 여자애인 것 같아."

■ 프레데리크 9세. '문신한 왕'으로 불렸다.

요한손은 피아의 말을 듣고 있는 것 같지 않았다.

"만약 알리시아가 그렇게 낡은 양탄자 같은 꼴을 하고 나타난다면, 그 애 얼굴에 커튼 레일이라도 달아줘야 할 거야. 이제 곧 그런 이야기를 하게 되는 날이 올걸."

"요즘 젊은 애들은 다 그런 법이야." 피아가 요한손의 말을 일축했다. 그녀는 맏손녀와 함께 사우나에 갔던 적이 있었기에 손녀에 대해 할아버지보다 더 잘 알고 있었다. "다른 문제가 하나 있는데……."

"응?" 요한손이 말했다.

"당신이랑 보는 무슨 짓을 하고 있는 거야? 옛날 사건이야?"

"그래, 옛날에 있었던 살인 사건 수사에 관련된 거야. 미제 사건이지. 우리 경찰들이, 그러니까 우리들 중 몇몇이 그 사건을 쉽게 떠나보내지 못하고 있어."

"세상에, 얼마나 흥미진진할까?" 말투로 보아, 그녀는 정말로 그렇게 생각하는 것 같았다. "무슨 사건인지 말해줄 수 있어? 당신이 맡았던 사건이었어?"

"아니, 절대 아니야. 내가 사건에서 손을 뗄 때는 해결된 후니까."

"미안. 피곤할 텐데 잠 좀 자."

"아니. 내 새 침대에 무슨 기능이 있는지 시운전을 해보고 싶어."

이윽고 그는 잠이 들었다. 히프노스가 그를 소환한 것이다. 그는 요한손을 향해 상냥하게 미소를 지었다. 그러고는 녹색 양귀비 이삭을 요한손의 멀쩡한 손에 쥐여준 다음, 요한손의 팔을 꽉 잡고 그를 어둠 속으로 이끌었다.

38

7월 22일 목요일

요한손은 오랜만에 여덟 시간 동안 수면을 취했지만, 정신이 맑아지고 피로가 풀리는 대신 피곤하고 몸이 무거웠다. 게다가 일어났을 때 두통이 심해서 요즘 배가 터지도록 먹는 이런저런 약에 알약을 하나 더 추가했다.

꼴이 아주 지랄 같구먼, 라르스. 그는 욕실 거울에 비친 자신의 모습을 바라보았다. 면도를 하지 않은 얼굴은 문자 그대로 지극히 초췌하고 축 늘어져 있었다. 그는 까칠하게 자란 수염을 어떻게 해보려는 생각조차 할 수 없었다.

야르네브링은 오전 8시가 되자마자 모습을 드러냈다. 그는 서류가 가득 담긴 상자를 세 개나 들고 들어와 요한손의 서재 바닥에 내려놓았다. 야르네브링이 말했다.

"헤르만이 인사 전해달라더군. 그 친구가 자네가 사인해야 하는 신청서 같은 것을 몇 장 보냈다네. 이 사건은 공소시효가 만료되었지만 아직 기밀 사항으로 취급되는 것 같으니, 사건 파일을 열람하기 위해서는 공식적인 허가가 필요하다는군."

"알았네." 요한손이 말했다. "펜 가진 것 있나?" 왼손으로 서명이라. 왼손 서명은 얼마나 어려울까? 그는 자신의 이름을 굉장히 여러 번 써 봤으니 지금쯤이면 왼손으로도 이름 정도는 적을 수 있어야 했다.

"좋아." 야르네브링은 서명을 마친 서류를 건네받으며 말했다. "라르스 마르틴 요한손, 필적으로 미루어 보아 네 살로 추정됨. 어쨌든 축하하네. 이제 자네는 경찰 연구원 신분이야."

"경찰 연구원?"

"헤르만에 따르면 그게 가장 간단한 해결책이라나. 자, 꽤 많은 사람이 무엇이든 자기가 조사하고 싶은 사안에 대해 허가를 받을 수 있다네. 그저 자기 호기심을 충족시키려는 이유로 말이야. 국가경찰청에 〈크라임워치■〉에 대해 허튼소리만 잔뜩 늘어놓는 미친 교수 있지 않나. 헤르만이 전화기를 들어 그와 통화를 하자마자 자네의 신청을 승인해주었지. 자네가 궁금해할 것 같아서 말해주는 거야. 그래서 서류들을 여기 가져올 수 있었던 거라네. 듣자 하니 자네의 성공을 진심으로 바라고 있다더군, 그 교수가 말이야. 자신도 혈전이랑 뇌졸중으로 고생해봤고, 몇 번인가 심근경색도 겪었다면서 자네더러 너무 걱정하지 말라고도 했다는군."

"그가 아직 살아 있나?" 요한손이 말했다. 그는 고대 사람 아니었나?

■ 1984년부터 영국에서 방송된, 강력 범죄 사건을 재구성해 제보자를 찾는 프로그램.

"살아 있고말고. 아주 팔팔하다던데. 죽을 날은 이미 받아놨는데 그 날이 오지 않는 셈이지. 게다가 헤르만에 따르면 그 개자식을 푹 졸여서 곤죽으로 만들어버리기 좋을 때라는 말도 하고 다닌다더군."

"누구 말이지?" 요한손이 말했다. "곤죽으로 만들어야 할 놈이 누군데?"

"야스민을 죽인 놈." 야르네브링이 말했다. 이 친구 다시 오락가락 하고 있군. 제정신이 아닌 것 같은데.

"아, 그가 그런 말을 했다고?"

"그래. 헤르만에 따르면 정확히 그런 말을 했다지. 어쨌든 나는 빨리 가봐야겠네. 자네도 알다시피 딸네 집에서 물이 새고 있거든. 아무래도 곰팡이가 슬기 전에 바닥을 들어내고 건조시켜야 할 것 같아."

"저 서류 말인데." 요한손은 세 개의 상자 쪽으로 고갯짓을 하며 말했다.

"저 안은 온통 엉망진창이야. 지금은 저 상자들에 신경 쓰지 말게. 내가 다녀온 후에 도와주지."

그후 새 간병인인 마틸다가 나타났다. 아내가 해준 설명은 꽤 정확했다. 마틸다의 드러낸 양쪽 팔 상박에는 똬리를 틀고 있는 뱀처럼 보이는 검정색 도안이 자리 잡고 있었다. 피아는 문신에 대한 이야기를 넌지시 하느라 마틸다의 얼굴에 매달린 피어싱들에 대해서는 차마 언급하지 못했을지도 몰랐다. 피어싱 고리가 왼쪽 콧구멍에 하나, 아랫입술에 두 개, 그리고 양쪽 귓불마다 세 개씩 매달려 있었던 것이다.

사랑하는 당신이 언제까지 내게 저런 것을 숨길 작정이었는지 궁금한데? 요한손은 생각했다. 어쨌든 마틸다는 활기차고 굉장히 쾌활해 보였다.

피아가 말했다.

"좋아. 이제 자네가 맡아줄 시간이야, 틸다. 만약의 경우를 대비해서 내 전화번호를 알려줄게."

"걱정하지 마세요. 다 괜찮을 거예요." 마틸다는 안심시키려는 듯 이렇게 덧붙였다.

사람들이 어린아이를 맡기고 파티에 갈 때 딱 저런 모습 아닌가? 베이비 시터에게 전화번호를 알려주는 것도 절대 잊지 않고 말이지.

요한손은 서재 안 소파에 앉아 아침 식사를 했다. 요거트, 뮤즐리, 커피, 물로 구성된 식단이었다. 특별히 언급할 가치가 있는 음식은 아니었다. 그리고 마틸다가 음식을 내오는 모습 또한 흠잡을 구석이 없었다. 그녀는 심지어 요한손의 목에 냅킨을 매어주려고 하기까지 했다. 당연히 그는 마틸다의 제안을 물리치고 직접 냅킨을 맸다. 두 번 떨어뜨리긴 했지만.

"특별한 요청 사항 같은 게 있으신가요?" 요한손의 개인 간병인은 꼬치꼬치 캐묻는 듯한 표정으로 그를 바라보았다.

"특별한 요청 사항?" 대체 무슨 헛소리를 지껄이고 있는 거야? 특별한 요청 사항이라니?

"예, 그러니까 산책을 하시고 싶다거나, 특정 음식을 드시고 싶다거나 하는 것요. 혹시 원하신다면 드라이브를 나갈 수도 있어요. 영화를 보러 갈 수도 있고요. 말씀만 하시면 됩니다." 그녀는 격려하는 듯한 태도로 그를 향해 고개를 끄덕였다.

“나는 평화롭고 조용히 있는 것을 좋아하네. 그러니 혼자 있고 싶군.”

“저는 주방에 앉아서 책이나 읽고 있을게요. 그러면 될 거예요. 필요하신 게 있으면 큰 소리로 말씀해주세요.”

요한손은 소파 위에 누워 천장을 바라보았다. 상자 가득한 서류에 대해서는 생각조차 하기 싫었다.

어쨌든 꽤 괜찮은 것 같군. 예쁘기도 하고. 그런데 어째서 자신의 몸에 그런 짓을 했을까? 그리고 어째서 부모가 아무 말도 하지 않았을까?

그러고는 요한손은 잠에 빠져들었다. 그러다 누가 부드럽게 팔을 건드리는 느낌에 잠에서 깼다.

마틸다가 말했다. “일어나실 시간이에요. 두 시간 후에 물리치료사와 운동을 하러 가기로 되어 있거든요.”

“두 시간 후라. 기껏해야 십오 분이면 옷을 갈아입을 수 있는데.” 거기까지 차로 얼마나 걸리더라? 이십 분 이상은 아니겠지.

“출발하기 전에 선생님을 멋들어지게 꾸며드리려는 생각을 했어요. 의자에 앉으실 수 있겠어요?” 그녀는 그가 누워 있던 침대에서 고작 일 미터 정도 떨어진 곳에 가져다 놓은 안락의자를 가리키며 말했다.

“그래.” 요한손이 말했다. 그게 어려운 일이라도 되나? 일 미터라. 나를 무슨 전신 마비 환자라고 생각하는 건가?

그가 자리에서 일어나 의자에 앉자, 의자가 앞뒤로 흔들렸다.

마틸다는 요한손의 머리 뒤에 쿠션을 받쳐준 다음 따뜻한 수건으로 얼굴을 감쌌다. 두통이 갑자기 사라졌다. 마치 그녀가 호리호리하고 긴

손가락으로 스위치를 딸깍 눌러 두통을 꺼버린 것 같았다.

"자, 일이 분 정도 계세요. 제가 면도날이랑 면도 크림을 가져올게요."

마틸다는 요한손의 거뭇거뭇하게 자란 수염을 면도해주었다. 조심스럽게 칼날을 놀린 덕에 요한손이 항혈전제를 복용하고 있음에도 조그만 핏자국도 생기지 않았다. 마틸다는 다른 수건을 따뜻한 물에 담가 적셔놓았다가 요한손의 얼굴에서 면도 크림을 닦아냈다. 그러고는 욕실 찬장에서 애프터셰이브를 가져와 뺨과 턱을 부드럽게 두드리며 건조시켜주었다. 마틸다는 요한손의 앞에서 거울을 들어 비춰주었다.

"자, 약간의 차이는 있다고 인정하셔야 할걸요." 그녀가 말했다.

"그렇군." 요한손이 말했다. 내가 최근에 한 일 중 가장 섹스에 가깝군그래. 그 끔찍한 혈압약에 감사해야겠어. "고맙네, 마틸다."

"별말씀을요. 사람들이 뇌졸중에 걸리면 이상한 이야기를 한다는 것은 알고 있어요. 그건 괜찮아요. 아무튼 제 친구들은 저를 틸다라고 불러요. 혹시 궁금해하실 수도 있을 것 같아서요."

"고맙네, 틸다." 요한손이 말했다. 도대체 이 여자는 무슨 이야기를 하려는 거지?

39

7월 22일 목요일 오후

야르네브링은 약속한 대로 점심 시간이 지나 모습을 드러냈다. 마틸다가 두 사람에게 커피와 물, 과일을 내왔다. 그런 다음 두 사람이 편히 있을 수 있도록 문을 닫았다. 그녀는 요한손의 커다란 아파트에 밴 적막함 속으로 사라져버렸다.

야르네브링이 말했다. "예쁜 아이로군. 똑똑하기도 하고."

"그래, 그런 것 같더군. 하지만 문신에 피어싱이라니, 무슨 의도로 그러는 거지?"

"요즘 애들은 다들 그러고 다니니까." 야르네브링은 어깨를 으쓱하며 말했다. "어른과 애들은 서로 닮는 법이지. 예를 들어 내 아내도 그래. 문신을 두 개나 새겼다니까." 자네가 그 문신을 절대 볼 일이 없다는 게 얼마나 다행인지.

"내가 못 보고 지나친 게로군." 요한손이 말했다. 세상이 어떻게 돌아가고 있는 거지?

“어디서부터 시작하고 싶나?” 야르네브링이 상자를 향해 고갯짓을 하며 물었다.

“상자 안이 완전 엉망진창이라면서.” 요한손은 한숨을 쉬었다.

“그것도 순화한 표현이었지. 하지만 내게 생각이 있네. 내가 저 상자에 들어 있는 서류 내용에 대해 적절히 설명해줄 수 있어.”

“집집마다 방문 조사를 했던 것부터 시작해볼까?” 요한손이 말했다. 이제 두통은 느껴지지 않았다. 대신 그가 근래 들어 감지하기 시작한, 이상하면서도 동떨어진 듯한 기분이 느껴졌다. 마치 어딘가 다른 곳으로 향하는 듯한 기분이었다. “집집마다 방문 조사를 했던 것부터 시작해볼까?” 그는 같은 말을 반복했다. 정신 똑바로 차리라고. 면도도 했고 운동도 막 끝냈는데. 정체기를 극복했다고 물리치료사에게 칭찬도 들었으면서. 그리고 가장 친한 친구와 함께 앉아 있지 않나. 더이상 뭘 원하는 거지? 어쨌든 살아 있는데도 그러나.

요약하면 다음과 같았다. 야스민 살인 사건 수사 과정에서 집집마다 실시한 방문 조사는 그야말로 재앙이었다. 그들이 방문 조사를 시작한 시점은 야스민이 실종된 지 일주일이 지났을 때였고, 야르네브링에 따르면 그와 동료들이 야스민이 아버지와 함께 살고 있는 골목은 고사하고, 구역 전체를 통틀어 그녀를 알아본 목격자를 찾아내기란 기적과도 같은 일이었다.

당시 일주일 내내 날씨가 좋았고 일기예보에 따르면 주말에도 비슷한 날씨일 것으로 예상되었다. 여름휴가 시즌은 시작되었고, 부유한 중

산층 이웃들은 휴가를 보낼 시골, 혹은 친구들이나 지인들의 초대가 부족하지 않았다. 한 명단에 따르면, 야스민이 실종되었던 6월 14일 금요일 저녁에 자택에 머무르고 있던 이웃 주민은 다섯 가구가 채 못 되었다. 그들 중 방문 조사 시점에 자택에 남아 있던 유일한 가족은 일찍 잠자리에 들거나 시원한 실내에 앉아 있던 나이 지긋한 사람들이었다. 독서, 라디오 청취, 음악 연주, 텔레비전 시청……. 그들은 집 안에서 하지 않는 일이 없었지만, 그들의 성을 둘러싼 벽 밖에서 일어난 일을 보거나 듣는 것만큼은 예외였다.

야르네브링이 말했다.

"자네에게 굳이 말할 필요는 없겠지, 라르스. 하지만 방문 조사를 하는 입장에서 보면, 그 애는 실종되는 날로 그보다 더 나쁜 날을 고를 수는 없었을 거야. 금요일 저녁, 스웨덴의 여름, 방학 기간이라니. 경찰들이 방문 조사를 진행하기에 그야말로 악몽과 같은 시기였지."

"무슨 뜻인지 알겠네." 요한손은 고개를 끄덕이며 대답했다.

범인은 그곳에서 무엇을 하고 있었을까? 금요일 저녁 늦은 시각, 여름 저녁 늦은 시각이었는데. 날씨가 좋기도 했고. 놈은 그곳에서 무엇을 하려고 했을까? 이 녀석은 십중팔구 그 동네에 사는 사람이 아니야. 어째서 놈은 빨간색 폭스바겐 골프를 몰고 나가 도시 여기저기를 돌아다니면서 짧은 치마를 입은 젊은 여자들을 쫓아다니지 않은 걸까? 사실 젊은 여자들이 밖에 나가 놀기에는 늦은 시각이긴 했지만.

"우리가 진행한 방문 조사 요약 보고서를 간신히 찾아냈네. 사건이 일어났을 때 그 구역에 살던 모든 사람의 명단이야. 부동산 대부분은 사무실 같은 게 아니라 거주용 주택이었는데, 그 점은 다행이었지. 하지만 그들에게 진술을 받아내는 일은 난장판도 그런 난장판이 없을 지경이었다네."

"명단을 갖고 있는 한 앞으로도 계속 유용하게 쓸 수 있을 거야." 요한손이 말했다. 아마 벡스트룀이 뒤룩뒤룩한 손가락으로 휘저어 모조리 엉망진창으로 만들어버렸을 테지.

"폭스바겐 골프에 대한 수색은 한층 더 엉망이었다네. 그 보고서를 찾을 수가 없군. 미제 사건 담당 부서에 컴퓨터 문제가 발생한 이후로 사본을 복사해두지 않았나 본데. 분명히 하나 남아 있어야 하는데 아무래도 잃어버린 것 같아. 하지만 전국 차량 등기 대장에서 찾아낸 자동차들은 수사 일지에 남아 있을 거야. 그것도 없다면 큰일인데."

벡스트룀의 휴지통 속에 처박혔겠지. 요한손은 이렇게 생각하며 말했다.

"손에 쥔 것만으로 최선을 다해야겠지. 최악의 경우에는 명단을 새로 작성해야 할지도 몰라."

"그래야지. 뭐랄까, 나는 폭스바겐 골프에 대한 이야기는 믿지 않아. 그 이야기는 했었지. 자네는 듣고 싶어 하는 것 같지 않았지만."

"마르가레타 사겔리에드 말인데. 그녀에게 받은 진술서를 찾아냈나?" 때로는 뇌졸중이 일어난 건 보가 아닐까 궁금하다니까. 그는 생각했다.

"그래. 두 번 진행했더군. 처음 진술을 받은 것은 7월 2일 화요일이었으니 야스민이 실종된 지 이 주 하고도 나흘이 더 지난 시점이었지. 다른 사람들이 한 진술과 마찬가지로, 노부인 역시 당시에는 집에 없었다는군. 추가 진술은 약 한 달 후, 8월 9일 금요일에 진행되었다네."

"듣고 있네." 요한손이 말했다.

"저 난장판 속에서 간신히 그 여자의 진술서를 찾아냈지. 내가 진술서를 요약해서 같은 플라스틱 파일 안에 넣어두었다네. 요약본을 읽어 보고 싶나?"

야르네브링은 파란색 플라스틱 파일을 들어 올렸다.

"어째서 그 말을 안 해준 건가?" 요한손은 고개를 저으며 말했다. 그럴 기력이 없군.

"두 번의 진술을 받은 사람은 모두 카리나 텔이라고 하는 경찰이었지. 굉장히 매력적인 친구였는데, 분명 나보다 스무 살은 더 어렸을 거야. 학교를 갓 졸업한 후였고. 솔나 경찰서에서 차출된 인원이었는데 그곳에서는 순찰차를 몰았지. 똑똑했고 일이 돌아가는 사정도 제대로 파악하고 있었어. 게다가 자네도 그 가슴을 봤어야 하는 건데……."

"본론으로 들어가게. 나이 든 여자가 무슨 이야기를 하던가? 사겔리에드라는 여자 말이야."

"집에 없었다더군. 야스민이 실종되기 이틀 전에 집을 비웠고, 이 주 후에 귀가했지."

"그동안 어디 있었지?"

"박스홀름 인근 린되 섬에 있는 자기 소유의 시골 별장에 있었다지." 야르네브링이 말했다. "남편이 남겨준 크고 오래된 저택이라나. 그곳에서 역시 오페라 가수였던 오랜 친구와 함께 휴가를 보내곤 한다고 진술했네."

"친구란 사람에게도 진술을 받았나?"

"나를 어떻게 보고 하는 말이지? 친구의 이야기는 사겔리에드의 진술과 토씨 하나, 구두점 하나 틀리지 않고 일치했다네. 그 친구는 사실 사겔리에드보다도 나이가 많아서, 내 기억이 정확하다면 거의 여든 가까이 됐었지. 사겔리에드의 젊은 시절에 대해 잘 알고 있는 것 같았어. 즉, 친구였다는 거지."

"좋아. 그녀는 뭐라고 진술했지? 마르가레타 사겔리에드 말이야." 말이 되는군. 자신보다 나이가 여덟 살 많은 사람과 함께 지냈다면, 분명히 그럴 이유가 있는 사이였을 테지.

"사겔리에드의 진술은 네 가지로 요약할 수 있어. 첫째, 그녀는 사건에 대해 아무 할 말도 없다는 것이었지. 사건이 일어났을 때 집에 없었으니까."

"두 번째는?"

"둘째로 사겔리에드는 야스민을 알고 있었다는 거야. 여러 차례 만났다던데. 사겔리에드에 따르면, 야스민은 예쁘고 상냥하고 예의 바른 아이였다고 하더군. 두 사람은 심지어 함께 피아노를 치면서 노래를 부르기도 했다고 말했지. 그래서 사겔리에드는 무슨 일이 일어났는지 알게 되자 제정신이 아닐 정도로 슬퍼했다네. 하지만 그녀는 자신이 살던 구역에서 그 일이 일어났을 리가 없다고 백 퍼센트 확신했지. 브롬마 지구의 에펠비켄에는 품위 있고 교육 수준이 높은 사람들만 살고 있기 때문에 그런 일이 일어날 리 없다고 말이야."

"세 번째는?" 요한손이 말했다. 그녀는 주변에 살던 사람들은 절대 의심하지 않았겠지. 그녀로서는 상상할 수조차 없는 생각이었을 테니.

"연락을 주고받는 남자들이었네."

"그들에 대해 어떤 이야기를 했지?"

“그런 남자들은 없다는 이야기를 했지. 자식도, 손주도, 그 누구도 없었다고 했어. 그녀 가게 쪽만 아니라 남편 가게 쪽에도. 성별을 막론하고 젊은 사람들과의 교류는 없었다고 했어. 그녀 연배의 오랜 친구들은 남녀가 모두 있었지. 그녀와 배경이 같은 사람들이었어. 말하자면 나이 든 가수들, 오페라 공연장이나 극장에서 일하던 사람들, 전직 배우들, 그녀가 젊었던 시절의 유명 인사 같은 사람들 말이야.”

“맙소사. 자네는 그녀가 살던 집을 봤을 텐데. 최소한 청소부는 두고 살았을 게 아닌가.” 요한손이 말했다. 설거지를 하는 사람도 있었겠지. 낡은 분홍색 고무장갑을 사용하던 사람이. 그 점에 관해선 고용주가 인색했을지도 모르겠군.

“텔 순경이 바로 그 질문을 했다네. 내가 말한 대로 그녀는 일이 돌아가는 사정을 제대로 파악하고 있었다니까. 노부인은 자신이 직접 설거지를 한다고 대답했어. 그리고 크리스마스가 오기 전에 청소업체를 부른다는 거야. 봄이 되면 여름이 오기 전에 창문을 모조리 닦고 집 안을 깔끔하게 정돈하기 위해 마찬가지로 청소업체를 부르고.”

“말도 안 되는 소리.” 요한손이 코웃음을 쳤다. “일꾼들은 어떤가? 그녀가 일꾼을 고용한 적은 없었나?”

“몇 년 동안은 고용하지 않았다던데. 마지막으로 일꾼들을 불렀을 때는 남편이 아직 살아 있던 시절, 지붕 홈통과 배수관을 교체할 때였다더군. 낡은 구리관에 녹이 슬어서 새 구리관을 설치했는데 돈깨나 들었다지. 어제 카리나에게 전화를 걸어서 물어보았다네. 그녀가 한 진술의 행간을 읽어보면 그런 느낌을 많이 받았다는 거야. 돈이 많다든지 유명한 사람들과 알고 지냈다든지 하는 것 말이지. 노부인은 시골 별장에 대한 질문은 거의 받지 않았지만, 곧이어 저택에 방이 열다섯 개 있고 베란다가 두 개 있다는 이야기라든지, 시아버지가 얼마를 주고 저택을 구입했는지에 대한 이야기를 늘어놓기 시작했더군."

분명 그랬겠지. 정확히 그녀 같은 사람이 할 법할 행동이니까. "가사 도우미들은 어땠지?" 그가 물었다.

"그녀는 그런 사람들을 믿지 않았다네. 교구 위원회 같은 곳에서 보낸 사람들을 집에 들일 생각은 꿈에도 하지 않았지. 신문에서 한 노부인이 자신을 도와주기로 했던 인도인 남자에 의해 목이 졸려 죽었다는 기사를 읽은 이후로 그렇게 되었다는군. 항소심에서 유죄판결이 뒤집힌 그 사건 기억하나?"

그래, 그 남자 기억하지. "네 번째는 뭔가? 무엇에 대한 것이었지?"

"그녀의 집 밖에 주차되었던 것으로 추정되는 빨간색 폭스바겐 골프였지."

"사겔리에드는 그 차에 대해 뭐라고 말했는데?"

"한마디도 하지 않았어. 그녀는 운전을 못 했고 자동차도 없었지. 그녀가 아는 사람 중 빨간 폭스바겐 골프를 갖고 있는 사람은 아무도 없었어. 심지어 그녀는 그게 어떤 차인지도 모르고 있더군."

좋지 않아. 전혀 좋지 않아. 나는 더이상 보이지 않는 곳을 살펴볼 수가 없는데.

"그 경찰 말인데……."

"니나…… 카리나라고 하네. 카리나 텔."

"그래, 그녀 말이야. 아직 경찰 소속인가?"

"아니. 몇 년 전에 사직했네. 요즘은 라이프 스타일 컨설턴트라고 하나, 그 비슷한 일을 하고 있지. 사람들 말로는 굉장히 성공한 모양이야. 자네 같은 평범하게 뚱뚱하고 부유한 노인네들 대상으로 좀더 건강한 삶을 누리는 방법을 가르쳐주는 일뿐만 아니라, 강의도 하고, 체육관도 두 개나 운영하고, 백만장자 대여섯 명의 개인 트레이너 일도 한다더군."

"어떻게 거기까지 알고 있지?"

"그녀를 알고 있으니까. 전화를 걸어서 이야기를 나눴다네. 아까 말해줬을 텐데." 그는 흡족한 미소를 지었다.

"알고 있다는 게 무슨 뜻인가?"

"일반적인 의미라네." 야르네브링은 씩 웃으며 말했다. "이십오 년 전, 아내를 만나기 전 일이야."

"내게 전화를 해달라고 부탁할 수 있을까?"

"조건이 하나 있네." 야르네브링은 한층 환한 미소를 지으며 말했다.

"그게 뭐지?"

"피아에게는 아무 말도 하지 말게."

"그러지." 요한손이 말했다. 내가 왜 그런 짓을 하지? "하나 더 있네. 물어볼 것이 하나 더 있다고."

"뭐지?"

"두 번째 진술 말인데. 오 주 후에 텔이 진행했던 것 있지 않나. 사겔리에드는 그때 무슨 이야기를 했지?"

"아무 말도." 야르네브링이 말했다.

"아무 말도?"

"그래. 마르가레타 사겔리에드가 카리나에게 전화를 걸었지. 그녀는 수사가 어떻게 진행되고 있는지, 혹시 우리가 무슨 결론에라도 이르렀는지 궁금해했어. 으레 일어나는 일이지. 뭔가 끔찍한 일이 일어나면 근처에 사는 노인네들이 매번 전화를 걸어서 물어보는 법이니까. 그 진술은 전화를 통해서 이루어졌네. 집에 방문해서 이야기를 나눠야 할 이유가 없었으니까. 믿기지 않는다면 직접 읽어보게. 궁금한 게 또 있나?"

"피곤하군. 조금 낮잠을 자야겠어."

다시 시작이로군. 야르네브링은 생각했다. 완전히 정신이 흐려진 것 같은데. "곧 괜찮아질 거야."

"나는 괜찮아. 그저 휴식이 필요할 뿐이지."

"몸 잘 챙기게, 라르스. 내일 보도록 할까? 같은 시간, 같은 장소, 같은 감시과 옛 팀으로 말이지. 그때 기억나나? 십 년 동안 낡아빠진 볼보 자동차 앞자리에 앉아서 보냈었지?"

그러고는 몸을 굽혀 요한손의 몸에 한 팔을 둘러 강하게 끌어안았다.

"몸 잘 챙기겠다고 약속하게, 라르스." 야르네브링이 말했다.

"약속하지."

오 주 후, 사겔리에드는 전화를 걸어 수사가 어떻게 진행되고 있는지 물었어. 요한손은 단짝 친구가 나가면서 닫아놓은 문을 응시하며 이렇게 생각한다. 야르네브링은 요한손이 잠들어버렸다고 여겨, 그를 방해하지 않도록 부드럽게 문을 닫아놓았다.

그때 무슨 일이 일어났을까? 요한손은 생각했다. 사겔리에드가 갑자기 수사가 어떻게 진행되는지 궁금해진 까닭은 무엇일까? 그녀가 알고 있었지만 사건에 관련되었다고는 한 번도 생각해보지 못한 사람이 있을까? 빨간색 폭스바겐 골프를 몰고 온 사람이? 혹은 빨간색 플라스틱 머리핀에 대한 것이었을까? 어쩌면 그 애가 머리에 꽂고 있었던 빨간색 몬치치 인형 머리핀이 사겔리에드의 침실 침대 밑에서 발견된 것은 아닐까?

거기까지 생각하고 나서, 그는 잠이 들었다.

40

7월 23일 금요일

요한손의 새 삶에 또 다른 날이 찾아왔다. 아침 식사, 물리치료사, 그리고 마틸다. 그녀는 수많은 피어싱과 문신에도 불구하고 존재감이 점점 더 커지고 있었다.

"이제 뭘 하고 싶으신가요?" 두 사람이 카롤린스카 병원에서 돌아오는 길에 그녀는 물었다.

"야르네브링을 만날 예정이라네." 요한손이 말했다.

"친구분이 오실 때까지는 몇 시간 남았어요. 자, 선생님께 선택권이 있다면 뭘 하고 싶으세요?"

"그렇다면야 수영을 하러 가고 싶군." 요한손이 말했다.

"수영이라." 마틸다는 요한손의 덜렁거리는 오른팔 쪽으로 고갯짓을 했다. "그게 좋은 생각일까요?"

"이것 보게. 필요하면 두 팔을 뒤로 묶고도 자네 정도는 수영장 절반 정도는 넉넉히 앞설 수 있다네."

"좋아요."

마틸다는 미소를 지으며 어깨를 으쓱했다.

메드보리아르플랏센에 있는 포르그렌스카바데트, 또는 에릭스달 수영장이라고도 불리는 곳이 가장 가까웠기에 마틸다는 이곳으로 가자고 제안했다. 요한손은 시 중심가에 있는 스투레바데트에 가고 싶었지만 단지 그뿐이었다. 요한손은 풀 안으로 들어가기 위해 사다리를 이용해야 했다. 펄럭거리는 오른팔로는 다이빙을 할 수 없었기 때문이다. 기력을 요하는 크롤 영법이나 접영 또한 무리였다. 한쪽 팔의 도움을 받아 두 다리로 힘차게 물장구를 치는 배영을 주로 할 수밖에 없었다. 자우어크라우트와 디종 머스터드를 곁들인 집시풍 소시지를 사려고 세상에서 가장 훌륭한 핫도그 가판대 앞에 차를 세우고 내린 이후로, 그는 이렇게까지 기분 좋았던 적이 없었다.

"그렇게 수영하는 법은 어디서 배우셨어요?" 쇠데르말름으로 돌아가는 차 안에서 마틸다가 물었다. "꽤 멋지시던데요."

"어렸을 때 큰형이 집 뒤편에 있는 강에 나를 집어 던지곤 했지. 나로서는 선택의 여지가 별로 없었어."

"그때가 몇 살쯤이었는데요?" 마틸다는 놀란 표정으로 요한손을 바라보았다.

"한 살 정도였나." 요한손은 어깨를 으쓱하며 말했다.

"형님께서는 동생이 물에 빠져 죽을까 걱정도 되지 않았나 봐요?"

"걱정 따위를 했을라고." 요한손이 말했다. 자네가 내 형을 몰라서 하는 말이지.

마틸다는 요한손에게 점심 식사를 만들어주었다. 피아의 솜씨에는 미치지 못했고 몇몇 채소는 지나치게 많았지만, 마틸다의 외양을 감안하면 기적에 가깝다고 할 수 있었다.

“훌륭하군.” 요한손은 빈 접시를 향해 고개를 끄덕이며 말했다. “이렇게 요리하는 법은 어디서 배웠지?”

“제가 어렸을 때 오빠가 저를 집어 들어 강에 던지곤 했었거든요.” 마틸다가 말했다. “저로서는 선택의 여지가 별로 없었죠.”

야르네브링이 전화를 걸어 이날 방문을 취소해도 괜찮겠느냐고 물었다. 딸의 집 주방에 발생한 누수가 예상치 못한 결과로 이어진 것이다.

“물이 지하 저장고까지 흘러 들어갔지 뭔가. 미안하지만…….”

“걱정하지 말게. 월요일에 보세나.”

“괜찮겠나?” 야르네브링이 물었다.

“괜찮고말고. 제대로 된 배관공에 대한 조언을 얻고 싶다면 전화를 주게.”

“그럴 여유는 없어. 자네에게 산 자동차에 방금 기름을 가득 넣었거든. 자네는 무엇을 할 생각이지?’”

“소파에 누워서 예전 진술 보고서를 읽어볼 생각이야.”

요한손이 말했다.

현실적인 이유 탓에, 보고서에 대한 조사는 야르네브링이 일찍이 그를 위해 발굴해준 마르가레타 사겔리에드의 진술서로 끝나고 말았다. 세 개의 상자 속에 가득 차 있는 서류 뭉치를 뒤져본다는 생각은 애초부터 요한손의 머릿속에 없었다.

텔 순경과 마르가레타 사겔리에드 사이에서 이루어진 첫 번째 진술 날짜는 1985년 7월 2일, 야스민이 실종된 지 열여드레 후였다. 그녀의 진술은 오후 2시 15분에 시작해서 5시 5분에 마무리되었다. 세 시간 가까이 걸렸으니 방문 조사로서는 이례적인 경우였다. 초인종을 누르며 누구든 문을 열어달라고 해서, 운이 좋다면 '혹시 보거나 들은 것이 있는지' 물어보는 과정은, 대체로 오 분 안에 해치워야 했다. 주민들은 보통 문을 열어주지도 특별한 이야기를 해주지도 않았기 때문에 오 분이면 충분하고도 남는 시간이었다. 카리나 텔은 철두철미하면서도 체계적인 사람이었고, 마르가레타 사겔리에드는 수다스러우면서도 협조적인 사람이었다. 진술 내용을 적은 보고서는 열 쪽에 달했다. 그녀의 진술은 녹음되어 요약, 인쇄되었고, 마르가레타 사겔리에드가 요약본을 읽고 확인까지 해주었다.

진술서에서 야르네브링이 말해주지 않았던 부분의 내용은 사실상 아무것도 아니었다. 세부적인 사항이 한두 가지 추가되었을 뿐이었다. 예를 들어 마르가레타 사겔리에드는 고양이를 두 마리 키우고 있다는 식이었다. 그녀가 시골로 떠났을 때 고양이들도 데리고 간 게 분명했다. 이웃들 중 사겔리에드의 집 열쇠를 갖고 있는 사람은 한 명도 없었다. 그녀는 사생활을 중요시했기 때문이다. 그리하여 집을 비울 때는 아무도 집에 들어오지 못하게 했다. 또 그녀가 교제하던 사람들은 모두 연배가 비슷했다. 동시에 그녀와 배경이 같은 사람들이었다. 모두 그녀가 잘

아는 사람들이었고, 오랜 세월 동안 알아온 사람들이기도 했다.

요한손은 읽고 있는 모든 것에 짜증이 나 미칠 지경이었다. 특히 자신을 화나게 하는 내용을 손가락으로 짚을 수가 없어서 짜증이 났다. 그녀에게 애인이 있었을 가능성이, 혹은 세심한 수행원 같은 사람이 있었을 가능성이 있을까? 그녀가 언급하고 싶어 하지 않는 사람이? 그녀는 거짓말을 하고 있었을까, 아니면 그저 경찰이 무엇을 찾고 있는지 이해하지 못한 것이었을까?

젊은 남자. 사겔리에드의 눈을 통해서 보면 지극히 평범한 보통 남자. 완전히 평범할 뿐만 아니라 고등교육을 받고 붙임성이 좋으며 예의가 바르고 귀를 기울일 줄 알아서, 그녀가 알고 있을 뿐만 아니라 신뢰하기까지 하는 남자. 조그만 야스민을 강간 살해한 괴물과 닮은 구석이 조금도 없는 남자.

요한손이 진술서를 가까스로 다 읽고 내려놓았을 때 카리나 텔이 휴대전화로 전화를 걸어왔다.

"카리나 텔이라고 합니다. 친구분이신 보 야르네브링과 통화를 했는데, 국장님께서 저와 통화하고 싶어 한다고 하시던데요."

"그래. 혹시 우리 집에 잠깐 들러줄 수 있을까?"

"삼십 분 정도 걸릴 것 같습니다. 제가 체육관에 들렀거든요. 간단히 샤워를 해야 해서요."

"좋아. 그러면 내가……."

"국장님 댁의 주소와 출입문 비밀번호는 알고 있습니다." 그녀가 말을 잘랐다. "삼십 분 후에 뵙도록 하지요."

굉장히 효율적으로 움직이는 여자로군. 시간 관념도 철저하고. 정확히 삼십 분 후 초인종이 울리자, 그는 이렇게 생각했다.

41

7월 23일 금요일 오후

"저기 앉게." 요한손이 가장 가까운 곳에 놓인 의자를 가리키며 말했다. "내가 일어나서 인사하지 않는다고 너무 뭐라고 하지는 말게. 요즘 몸이 약간 불편해서 말이지." 굉장히 매력적인 여자로군. 피아만큼이나 매력적이야. "뭐라도 좀 마실 텐가?" 그가 한마디 덧붙였다.

"감사하지만 괜찮습니다. 국장님께서 야스민 살인 사건에 대해 이야기하고 싶어 하신다고 알고 있습니다. 그중에서도 제가 방문 조사 도중에 진술을 받았던 늙은 오페라 가수에게 흥미를 갖고 계신다고요."

"맞아. 자네가 작성한 그녀의 진술 보고서를 둘 다 읽어보았네."

"궁금한 점이 딱 하나 있습니다." 카리나 텔이 미소를 지으며 말했다. "솔직히 말씀드리자면, 저는 국장님께서 어떤 분이신지 알고 있기 때문에 왜 이런 오래된 사건에 관심을 갖고 계신지 모르겠습니다. 설명을 부탁드려도 될까요?"

“대부분은 내 느낌 때문이라네. 자네가 말해보게. 자네가 기억하기에 마르가레타 사겔리에드는 한 인간으로서 어떤 사람이었지? 알 테지만, 나는 그녀를 만난 적이 없네.”

“예, 마르가레타 사겔리에드를 기억하고 있습니다. 조심스럽게 말하면 자기중심적인 사람이었습니다. 그녀는 자기 자신과 가수로서의 경력, 알고 지내는 부유한 사람들과 유명 인사들에 대해 길게 이야기를 하면서 즐거워했죠. 하지만 야스민에게 일어난 일은 그녀에게 커다란 상처로 남은 것 같았습니다. 야스민에 대해 이야기할 때 그녀의 눈에 눈물이 고여 있었죠. 그녀는 야스민을 몹시 사랑스러운 여자아이로 묘사했습니다. 야스민은 그녀의 집에 여러 번 왔었다고 합니다. 두 사람이 함께 피아노를 치며 노래를 부르곤 했었다면서요.”

“당시 사겔리에드는 어떻게 살고 있었지? 집이 어떤 모습이었는지 말해주게. 기억할 수 있겠나?”

“커다란 저택이었죠. 가구와 양탄자가 들어차 있었고, 크리스털 샹들리에가 달려 있었습니다. 그림이랑 사진, 장식품, 화병, 화분도 많았습니다. 제가 기억하기로, 우리는 거실에 앉아서 이야기를 나눴습니다. 도처에 물건들이 널려 있었죠. 다양한 역할을 맡아서 노래하는 그녀의 모습을 찍어 은제 액자에 넣은 커다란 사진들이 적어도 열 점은 되었을 겁니다. 작고한 남편을 찍은 작은 사진도 한 점 있었습니다. 검정색 나무 액자에 대충 끼워져, 벽난로 위 선반에 놓여 있었죠. 그는 편안한 인생을 살았던 것 같지는 않더군요. 불쌍한 사람 같으니. 그녀는 또 커다란 고양이를 두 마리 키웠습니다. 털이 긴 녀석들은 좀 소름이 끼치더군요. 저는 고양이를 좋아하지 않아서요.”

"그녀는 시골로 갈 때 고양이들을 데려갔나?"

"그렇습니다." 카리나 텔이 고개를 끄덕이며 말했다. "저는 물론 그 질문도 했는데, 그녀가 사실대로 대답했다고 확신하는 편입니다. 그녀는 시골로 가면서 고양이를 데리고 갔습니다."

"청소부는 없었고? 집을 돌보는 사람이 아무도 없었나?"

"없었습니다. 저는 시간을 할애해서 그 점에 대해 자세히 물어봤습니다. 그녀는 굉장히 명확히 대답하더군요. 자신이 직접 청소하고 있다고 했습니다. 하지만 크리스마스가 되기 전, 그리고 봄이 올 때에는 청소업체를 불러서 집을 제대로 살펴보게 하고 창문을 닦는 등의 일을 시킨다면서요."

"정원 일은? 누가 정원을 돌봐주었지? 빌어먹을 정도로 많은 식물이나 화분들은? 누가 물을 주었다고 하던가?"

"그녀가 직접 했다고 말했습니다. 정원 일에 굉장히 관심이 많다면서요. 그렇지 않다는 정황은 보이지 않았습니다. 화단도 여러 개에, 커다란 과수원도 있었습니다."

"그녀에게는 청소부가 있었을 게 분명한데." 요한손은 치밀어 오르는 짜증을 숨기지 못한 채 말했다. 마르가레타 사겔리에드는 직접 청소를 할 사람은 아니었어. 어쩌면 자네는 그렇게 우둔할 수가 있지?

"어째서 그렇게 생각하십니까?"

"자네가 말해준 이야기에 근거했지. 사겔리에드가 청소나 세탁, 설거지 같은 일들을 직접 하는 유형의 사람이라고 믿기는 아무래도 어렵군."

"어째서요?" 카리나 텔이 응수했다. "그녀는 건강 상태가 양호했습니다. 생기가 넘치고 이동에도 불편함이 없는 사람이었죠. 실제 나이보다 훨씬 젊어 보였습니다."

"자네 말이 무슨 뜻인지는 알겠네. 하지만 여보게, 그녀는 이 주 동안 집을 비웠어. 뜨겁고 햇빛이 쨍쨍한 날씨에 이 주 내내 집을 비운 거야. 그녀는 분명히 다른 사람에게 화분에 물을 주라고 시켰을 거야. 화단이랑 잔디밭은 굳이 언급하지 않더라도 말이지."

"그녀와 그런 세부 사항에 대해 이야기를 나눈 기억은 없습니다만 국장님의 말씀을 듣고 나니……."

"그녀가 비공식적으로 자신을 위해 일해주는 사람을 두었을 가능성이 있을까? 그리고 아무 말도 하지 않은 이유는 그것 때문은 아니었을까?"

"그 점에 대해서는 물어보지 않았습니다." 카리나 텔이 미소를 지으며 말했다. "그녀가 불법 인력 시장에서 사람을 고용하고 있었는지에 대해서는 말입니다. 제가 멍청했습니다. 당시 저는 스물세 살이었거든요. 경찰이 된 지는 일 년 남짓 되었고요. 저는 그곳에 앉아서 일흔 살 정도 된 똑똑한 노부인에게 진술을 받고 있었지요. 확실히 저는 그녀에게 상습적으로 불법 인력 시장에서 사람을 고용하지 않았는지 물어봤어야 했나 봅니다."

그래, 그렇게 하지 않았다니 멍청한 짓이지. 요한손은 생각했다. 자네는 믿을 수 없을 정도로 더럽게 멍청하군.

"그냥 궁금해서 묻는 건데 두 번째 진술, 그러니까 자네가 전화로 받은 진술 있지 않나?"

카리나 텔이 대답했다. "그게 제대로 된 신문이었는지는 잘 모르겠습니다. 전화를 건 쪽은 그녀였으니까요. 묻고 싶은 게 있었던 것 같습니다. 저는 그녀에게 더 생각나는 게 있는지 물어봤습니다. 무엇이라도 진술에 추가하고 싶은 게 있는지요. 하지만 그녀는 할 말이 없었습니다. 주로 우리 수사가 어떻게 진행되고 있는지 듣고 싶어 했죠. 나중에 제가 작성한 진술서는 그녀가 전화를 걸었다는 내용이 대부분을 차지하는 메모 정도였습니다."

"그녀가 무엇인가 캐내려 한다는 인상은 받지 못했나?"

"아닙니다. 절대로 아닙니다. 할머니들이 보통 하는 것처럼 걱정이 대부분이었습니다. 물론 호기심도 보이긴 했죠. 우리가 찾고 있는 자동차를 찾았는지 그녀가 물어보았던 기억은 납니다. 빨간색 폭스바겐 골프 말입니다."

"자네는 뭐라고 대답했지?"

"그 자동차는 더이상 수사 대상이 아니라고 말했습니다. 목격자가 생각을 바꾸었다고도 말했고요. 자동차는 더이상 우리의 관심사가 아니었으니까요. 사겔리에드는 운전을 못 하고, 차량을 보유하지도 않았습니다. 자동차에 대해서는 하나도 몰랐죠. 볼보와 사브의 차이에 대해서만 간신히 알 정도였습니다."

"그런데 어떻게 그 이야기를 끌어냈지?"

"당시 저는 젊었고 야심에 가득 차 있었습니다. 그녀와 처음 이야기를 나눌 때, 빨간색 폭스바겐 골프의 사진을 한 장 가져갔던 게 분명히 생각납니다."

"그리고?"

"그녀는 그 자동차를 알아보지 못했습니다. 그리고 친구들 중 차량을 보유한 사람들은 작은 모델은 몰고 다니지 않았습니다. 그녀는 그 점에 대해서는 굉장히 확신하더군요. 그들은 메르세데스 벤츠나 재규어, BMW 같은 차를 몰고 다닌다면서요. 남편은 커다란 미국 차를 선호했습니다. 그녀가 해준 이야기죠. 그가 사망했을 당시에는 링컨을 갖고 있었다고 하더군요. 그녀는 짜증이 난 것 같았습니다. 자기가 우스꽝스러울 정도로 작은 차를 타고 다닐지도 모른다고 제가 생각했다는 점에서요. 그녀에게 폭스바겐 골프 사진을 처음 보여주었을 때 그녀가 했던 말입니다. 사겔리에드 자신이든 그녀가 알고 지내는 사람들이든 '그런 우스꽝스러울 정도로 작은 차'를 타고 다니는 사람은 아무도 없다고요."

"자네가 그녀에게 질문을 했을 때, 자네는 사겔리에드의 집 안에 앉아 있었나?"

"그렇습니다. 말씀드린 대로, 처음에 거실에 앉아서 대화를 나누다가, 제가 떠나기 전에 그녀는 집의 다른 곳들을 보여주었습니다."

"자네는 그 집을 둘러보는 게 즐거웠나?"

"물론입니다." 카리나 텔이 말했다. "저를 어떻게 보시는 겁니까?"

"그렇다면 말해보게. 그 집은 어떤 집 같던가?"

"말씀드린 대로 가구가 지나치게 많았습니다. 사방이 온갖 물건들로 꽉 차 있었죠. 물론 훌륭한 물건들도 많았습니다. 골동품이라든지 양탄자, 크리스털 샹들리에, 가격이 좀 나가 보이는 그림 같은 것들 말입니다. 집 안이 온갖 물건으로 가득 차 있어서, 사실 어느 하나에 크게 관심이 가지는 않았습니다."

"거실은 아래층, 그러니까 1층에 있었나?"

"그렇습니다." 카리나 텔은 고개를 끄덕였다. "제가 제대로 기억하는지 확인해볼까요? 우선 현관을 지나 커다란 복도에 들어갔습니다. 그로부터 왼쪽은 주방 및 다용도실이었고, 오른쪽은 오래된 서재였습니다. 남편이 응접실이나 서재로 사용하던 방이라고 하더군요."

"그리고?"

"앞으로 똑바로 가니 커다란 거실이 나왔습니다. 정원을 마주 보는, 유리 천장 베란다가 있는 거실이었죠. 제가 그녀에게 질문을 할 때 앉아 있던 바로 그 방이었습니다. 거실 왼쪽에는 식당이 있었습니다. 문제가 있는 집은 아니었습니다. 정말로 고급 저택이었죠. 요즘이라면 가격이 엄청나게 나갈 겁니다."

"위층에는?"

"우선 층계참이 있었습니다. 거기서 똑바로 가면 거실 위쪽에 있는 커다란 방이 나오는데, 그녀가 음악실로 사용하는 곳이었습니다. 그 안에는 커다란 그랜드피아노가 있었습니다. 그런 물건을 계단을 통해 올리는 것만 해도 보통 일은 아니겠구나 하는 생각을 했던 기억이 납니다. 음악실 옆에는 침실이 있었는데, 그 방은 옷을 보관해두는 별실과 화장실, 커다란 침실로 구성되어 있었습니다. 듣기로는 남편이 살아 있을 때는 침실을 따로 썼다고 하더군요. 남편이 쓰던 침실과 욕실도 기억하는데, 예, 남편에게는 길가를 내려다보고 있는 욕실도 따로 있었습니다. 사겔리에드의 욕실이 두 배는 더 컸고요. 그리고 재봉실도 하나, 비교적 작은 침실도 하나 있었습니다. 다 합쳐서 그 집에는 여덟 개에서 열 개의 방이 있는 셈이지요. 아, 그리고 주방 뒤에는 하녀가 쓰는 방도 하나 있었습니다. 하지만 보아하니 몇 년 동안 비어 있는 것 같았습니다. 남편이 살아 있던 시절에는 가정부가 자는 방이었다고 하더군요. 하지만 남편이 죽은 지 일 년 만에 가정부는 나가버렸다고 합니다."

“저장고는?”

“예, 저장고도 하나 있었습니다. 주방에서 계단을 내려가면 있다는데 저는 보지 못했습니다. 그녀가 저장고에는 와인을 몽땅 보관해두고 있다고 알려주더군요.”

“다락방은?”

“다락방 역시 보지 못했습니다.”

“흠, 그렇군.” 요한손이 말했다. 가구가 지나치게 많았다는 말이지. 물건들이 사방에 넘쳐났고. 와인은 저장고에, 그리고 다락방에 뭐가 있었을지 누가 알겠어? 마음만 먹었더라면 염탐해볼 구석은 엄청나게 많았겠군.

“그러니 말씀해주셨으면…….” 카리나 텔은 앞으로 몸을 내밀며 그를 향해 미소를 지었다. “어째서 국장님께서는 마르가레타 사겔리에드와 그 여자의 집에 그렇게 관심을 갖고 계신 겁니까?”

“사건이 일어난 곳이 그곳이라는 느낌이 들었기 때문이라네. 야스민이 살해당한 곳이라고 말이지.”

“이런 말씀 드리면 기분이 상하실지도 모르겠지만 저로서는 정말로, 정말로 믿을 수 없는 이야기입니다.” 카리나 텔은 고개를 저으며 말했다. “어떻게 그런 생각을 하시게 되었습니까?”

“대부분은 그저 느낌일 뿐이야.” 요한손은 어깨를 으쓱하며 말했다.

“예, 무슨 말씀이신지 잘 알겠습니다. 하지만 그게 사실이라면, 그 집에 살고 있었던 마르가레타 사겔리에드는 몰랐을 겁니다. 그 점은 전적으로 확신합니다. 천 퍼센트 확신합니다.”

“자네 말에 동의하네. 그녀는 아무것도 몰랐을 거야.” 나중에 알아차렸던 게지. 그 사실이 사겔리에드의 세상을 산산조각 내버렸을 테고.
"그 수사에 대해 달리 생각나는 것은 없나?"

카리나 텔이 대답했다.

"사실 저는 자주 그 사건을 떠올리곤 합니다. 이유는 여러 가지입니다. 제 체육관에서 운동을 하는 고객 중 한 명이 사건 당시 야스민과 마르가레타 사겔리에드가 살던 곳 옆 골목에 살고 있었습니다. 그 사람을 일주일에 몇 번은 보게 되니까요."

"누구지?"

"퇴역 군인입니다. 별까지 달고 퇴역한 것 같던데요. 나이가 여든을 넘겼습니다. 절대 예순 이상으로는 보이지 않지만요. 행동도 기민하고 몸 상태도 좋거니와 정신도 말짱합니다." 어째서인지 카리나 텔은 요한손을 향해 미소를 지으며 고개를 끄덕였다.

"이름은 뭐지?" 요한손이 물었다. 그 개자식은 분명 이름이 있겠지. 체육관에 다니는 사람들은 보통 그렇잖아.

"악셀 린데로트입니다. 전화번호부에 이름이 실려 있을 겁니다. 아니면 제가 전화번호를 알려드리겠습니다. 제 기억에는 그가 중장으로 퇴역했던 것 같습니다. 방위 사령부 중장으로요. 여기 온 김에 제 명함을 드리고 가는 편이 낫겠군요." 그녀는 일어서서 테이블 위에 자신의 명함을 올려놓았다.

"고맙네."

"언제든 연락주십시오. 불필요하게 달고 다니시는 지방을 빼는 데 제가 도움을 드릴 수도 있습니다."

"정말 고맙군, 카리나. 그렇게 해주겠다니 정말 고맙네. 자네 제안을 긍정적인 방향으로 신중하게 고려해보겠다고 약속하지." 그리고 당시 내가 자네 상관이 아니어서 다행인 줄 알라고.

"좋습니다." 카리나 텔이 말했다. "사모님께 안부 전해주십시오."

"피아를 알고 있나?"

"제 체육관에 다니시니까요. 자신의 건강에 신경을 쓰는 상식적인 분이라면 그러는 법이죠."

카리나 텔은 고개를 끄덕이고 미소를 지으며, 문을 닫고 떠났다. 나는 이렇게 누워 있군. 외롭고, 뚱뚱한 모습으로, 게임에서 밀려나고, 소파에서 돌아누울 수조차 없는 상태로. 하지만 더이상 두통도 불안도 느껴지지 않았다. 숨을 쉬기도 한결 편해졌다. 이제 곧 네놈을 잡아주지. 네놈을 잡고 말겠어. 모든 사람이 네놈은 존재조차 하지 않는다고 생각할지라도 말이야.

42

7월 23일 금요일 오후

요한손은 피곤했지만 잠을 이룰 수가 없었다. 그는 소파 위에 누운 채 건강한 왼쪽 팔을 허우적대면서 몸을 틀거나 뒤집어봤지만, 도무지 마음의 평화를 찾을 수 없었다. 낮잠이 주는 평온함을 기대할 수 없었던 것이다. 그래서 그는 선택의 여지가 없었다.

"마틸다!" 요한손은 고함을 질렀다. "도대체 어디 있나, 이 여자야!"

그녀는 쏜살같이 달려왔다. 그녀는 요한손 서재의 닫힌 문 밖에서 움직일 준비를 하고 서 있었던 게 분명했다. 기껏해야 일 초쯤 시간이 걸렸다. 요한손은 기분이 한층 밝아졌다.

"무슨 일 있으세요?" 마틸다가 물었다.

"아니, 빌어먹을." 요한손이 말했다. "다 괜찮네. 시험 삼아 불러본 거지. 그뿐이야."

"알겠어요. 그러면요?"

"뭐, 기왕 여기 왔으니 전화번호 하나만 찾아주겠나?" 그는 카리나 텔이 테이블 위에 놓고 간 명함을 가리켰다.

"여기 있네요." 마틸다가 말했다. "카리나 텔, 전화번호는……."

"뒤쪽에."

"악셀 린데로트요?"

"바로 그 사람이라네." 요한손은 뜻밖에도 따뜻한 목소리로 말했다. "착한 아이로군. 그는 브롬마에 살지. 퇴역 군인이고." 착한 아이라니, 대체 무슨 뜻으로 한 말이야? 내가 왜 이런 말을 하고 있지?

"알겠습니다, 보스. 또 다른 일은요?"

"트리플 에스프레소 부탁하네. 강한 종류로. 우유는 필요 없어."

"바로 가져오겠습니다." 마틸다는 이렇게 말한 다음 사라졌다.

보스라니. 요한손은 생각했다. 왜 나를 보스라고 부르지? 경찰도 아니면서.

"제가 대신 전화를 걸어드릴까요?" 마틸다는 천진난만한 표정으로 그를 바라보았다.

"괜찮다면 부탁하네." 요한손이 말했다. 나를 보스라고 불렀으니 그 정도는 해야지.

"직접 하세요." 마틸다가 말했다. "운동 기능을 단련하셔야 하니까요."

그러고는 밖으로 나가 문을 닫았다. "원하시는 게 있으면 소리 지르세요, 보스."

활기가 넘치는 아이로군. 나로서는 도저히 앞서갈 수 없겠어. 저 문신에 대해 이야기를 해볼 필요가 있겠군. 그는 생각했다.

그런 다음, 퇴역 장군의 번호로 전화를 걸었다. 그는 전화번호를 누르면서 무슨 말을 할지 고민해보았다. 하얀 거짓말을 섞어봐야겠군. 방위 사령부 장군 출신이니 내가 무슨 말을 하든 신경 쓰지 않을 테지.

장군은 첫 번째 벨이 울리자마자 전화를 받았다.

"린데로트입니다." 악셀 린데로트 퇴역 중장이 말했다. 말투 역시 퇴역 장군다웠다.

"요한손이라고 합니다. 성가시게 해드린 것은 아니었으면 좋겠습니다만, 질문이 하나 있습니다. 저는……."

"무슨 용건이신지 알고 있습니다." 린데로트가 말을 잘랐다. "카리나 텔, 내 개인 트레이너가 전화를 걸어 말해줍디다."

단도직입적으로 말하는 것을 좋아하는 사람이군. 요한손은 생각했다.

"만약 긴급한 상황이라고 한다면, 걸리는 문제가 하나 있습니다. 내일 오전에 일어나자마자 스코네에 갈 계획이라서요. 일주일 동안 골프를 칠 예정이지요."

"삼십 분 안에 그쪽으로 갈 수 있습니다."

"알겠습니다." 린데로트가 말했다.

"마틸다!" 요한손은 전화를 끊자마자 소리를 질렀다.

그녀에게 물어보는 편이 나을지도 몰라. 두 사람이 퇴역 중장을 방문하러 자동차를 타고 브롬마 에펠비켄으로 출발하려는 순간, 그는 이런 생각이 들었다.

"궁금한 게 좀 있는데." 요한손이 말했다.

"말씀하세요, 보스." 마틸다가 말했다.

"왜 나를 보스라고 부르지?"

"직장에서 선생님께서 무슨 고위 경찰이셨다는 이야기를 들었어요. 국가보안청 청장이셨다가 다른 많은 곳에서도, 국가범죄수사국 같은 곳에서도 국장으로 계셨다면서요. 뭐, 지금은 은퇴하셨지만요."

"아, 그런 이야기를 들은 게로군."

"예, 비록 처음에는 저희 다른 고객들과 별로 다르지 않다고 생각했지만요. 선생님께서 살고 계시는 모습 같은 것들을 봤을 때요."

"별로 다르지 않다고?"

"예, 회계사도 한 명 있었어요. 낙하산을 메고도 땅에 들이받을 정도로 스릴에 중독된 사람이었죠. 국장님이라는 명칭을 더 선호하신다면 그렇게 불러드릴 수도 있어요."

"보스 쪽이 낫겠군." 요한손이 말했다. 똑똑한 아이로군. 아마 그 문신들은 제거할 수도 있을 테지.

"물론이죠, 보스. 호칭 문제가 정리되니 기쁘네요."

"에펠빅스가탄 거리로 가자고." 요한손이 말했다.

"알고 있어요." 마틸다는 대시보드 쪽으로 고갯짓을 했다. "이미 내비게이션에 주소를 입력해놨죠."

요한손은 고개를 끄덕이며 만족감을 표했다. 이런 아이가 나 같은 사람과 뭘 하고 있는 거지? 우울하군.

감당할 수 있을 정도의 우울한 감정이 요한손의 몸 안에 퍼져나갔다. 마틸다는 운전을 할 줄 알 뿐만 아니라 매끄러우면서도 효율적으로 차를 몰았다. 거의 요한손의 단짝 친구처럼 운전을 했다. 물론 그는 그러고 싶을 때만 그랬지만.

“저는 차에서 기다리는 게 최선일 것 같네요.” 마틸다는 노란색 목조 주택 앞에 차를 세우며 말했다.

“어째서?”

“퇴역 군인이라면서요.” 마틸다가 말했다.

요한손은 고개를 끄덕이는 것으로 대답을 대신했다. 그 역시 뻔하게 예상 가능한 일이겠지.

“자, 여기요.” 그녀는 이렇게 말하며 몸을 굽히더니 요한손의 재킷 가슴 주머니에 녹음기를 집어넣었다.

“메모 걱정은 하지 않으셔도 돼요. 녹음기 스위치를 켜놨으니까요. 배터리가 적어도 스물네 시간은 갈 거예요. 녹음하고 있다는 사실을 그에게 알리고 싶지 않으시다면, 그냥 주머니 속에 두시면 돼요. 그래도 녹음에는 지장이 없을 테니까요.”

“고맙군.” 요한손이 말했다. “고맙네, 마틸다. 정말 수고가 많군.”

43

7월 23일 금요일 오후

“커피, 주스, 생수 중 무엇으로 하시겠습니까?” 악셀 린데로트가 두 사람이 앉아 있는 정원 테이블을 가리키며 물었다. 그 위에는 스테인리스로 된 써모스 보온병과 빨간색 주스가 담긴 유리 주전자, 그리고 커다란 람뢰사■ 생수병과 함께 유리잔 두 개, 스웨덴 국군 문장이 붙어 있는 자기 머그잔 두 개도 나란히 놓여 있었다.

“물이면 충분합니다.” 요한손이 말했다. 이 사람은 군복을 입지 않아도 천생 군인이로군. 린데로트는 호리호리하고 탄탄하며 햇볕에 그을린 몸에 흰색 면바지와 소매가 짧은 빨간색 폴로 셔츠 차림이었다. 절대 예순 이상으로는 보이지 않는군. 딱 예순 살인 것 같은데.

“당시 저는 아내와 살고 있었는데…… 사실 아내는 오 년 전에 세상

■ 스웨덴의 탄산수 브랜드.

을 떴습니다. 우리 둘은 1972년부터 여기 살았습니다." 장군이 말했다. "보시는 대로 저는 지금도 여전히 여기 살고 있죠. 아들 세 놈은 오래전에 독립했습니다. 다들 장성했으니까요. 가장 큰 녀석이 마흔하나, 둘째가 마흔, 그리고 막내가 서른아홉입니다."

"자제분들 터울이 짧군요." 요한손이 말했다. 야스민이 실종되었을 당시에 아들들은 각기 나이가 열여섯, 열다섯, 열넷이로군. 그는 갑자기 이런 생각이 들었다. 의도가 없었는데도 순식간에 떠오른 생각이었다.

"그렇습니다." 장군은 살짝 미소를 지으며 말했다. "첫째를 봤을 때 제 나이가 거의 마흔이었습니다. 사실 아내는 저보다 여덟 살 젊었지만, 린데로트 가문의 미래를 담보하려면 신속하게 진군할 필요가 있었습니다."

"그 사건이 일어났을 때 여기 계셨습니까? 1985년, 야스민이라는 여자아이가 실종되었을 때 말입니다."

"저는 중동에 있었습니다. 가자 지구에서 유엔군에 소속되어 있었죠. 그래서 당신네 동료들을 상대할 필요가 없었습니다. 제 아내와 아들들은 간단하게 넘어가지 못했지만."

"가족분들께서는 댁에 계셨군요." 요한손이 말했다.

"아뇨. 가족들은 집에 없었지만 당신네 동료들은 그 사실을 파악하는 데 한 세월이 걸리더군요."

"이런 사건을 수사하면서 통상적인 방식으로 일을 진행하다 보면 가끔 그런 문제가 발생하기 마련입니다." 요한손이 힘주어 말했다.

"듣자 하니 그런 모양입디다." 장군은 찡그린 표정을 지으며 동의했다. "아내는 아이들을 데리고 주말 동안 부모님을 뵈러 스코네에 갔습니다. 아이들에게는 외조부모님이죠. 가족들은 그 여자아이가 실종되고 나서 며칠이 지난 후에 귀가했습니다. 이 점은 분명히 해둬야겠는데, 가족들에게는 비행기표도 있었고 장인 장모님을 제외하고도 스코네에서 그들을 본 목격자가 많았습니다. 하지만 그런 증거들이 조금도 도움이 되지 않더군요. 당신네 동료 한 명은 특이할 정도로 집요하면서도 멍청한 작자 같았습니다. 뒤룩뒤룩 살진 작자였는데. 아내는 눈물을 흘리며 가자에 있는 제게 전화를 했습니다. 나는 화가 치밀어 경찰서장에게 전화를 걸었습니다. 그가 국가보안청에 있던 시절부터 서로 알고 지내는 사이였는데 괜찮은 사람이었죠. 그가 그 멍청이를 찾아내 정신 좀 차리라고 말해줬다더군요. 그후 오랜 시간이 지난 다음에야 아내와 아들들은 평화를 되찾을 수 있었습니다. 그 사건은 그 자체만으로도 힘든 일이었고 정말로 끔찍한 비극이었지요. 그런데 어쩌면 당신이 그 사건이 실제 이곳에서 일어났다는 망상을 하던 경찰이었을지도 모르겠군요."

그런 짓을 하는 놈은 언제나 벡스트룀이지. 요한손은 생각했다.

"그 사건이 이곳에서 일어났을지도 모른다고는 생각하지 않으시는군요?"

"절대 아닙니다. 그 사실을 깨달으려면 머리에 눈이 두 개 달려 있는 것만으로도 충분합니다. 장소도, 사람도 다 잘못 짚은 겁니다. 게다가 당시 집에 머물러 있던 이웃 사람들은 모두 연금 생활자였습니다. 물을 좀더 드릴까요?" 장군은 요한손의 빈 잔을 향해 고갯짓을 하며 물었다.

"감사합니다." 요한손이 말했다. "한 잔 더 부탁합니다."

"그날 저녁 여기 주차되어 있었다고 추정되던 빨간색 소형차를 두고 굉장한 야단법석이 일어났던 것으로 기억합니다. 마이블롬메스티겐 골목과 접하는 교차로 옆 모퉁이에서요." 장군은 그쪽 방향을 가리키며 말했다. "우리가 앉아 있는 곳에서 길을 따라 백 미터 정도 내려간 곳입니다. 요한 닐손의 집 앞에 주차되어 있던 것으로 추정되었지요."

"요한 닐손요?" 전에 이 이름을 어디서 들었더라?

"맞습니다." 장군은 살짝 미소를 지으며 말했다. "요한 닐손이 살던 집이었습니다. 사건이 일어났을 때 요한은 이미 죽은 후였죠. 하지만 요한의 아내는 홀몸으로 여전히 살고 있었습니다."

"마르가레타 사겔리에드 말씀이시로군요." 요한손이 말했다.

"바로 그 사람입니다. 원래 이름은 스벤손, 마르가레타 스벤손이었지만 그녀가 언급하고 싶어 하지 않는 많은 것 중 하나일 겁니다. 그녀가 이야기를 늘어놓고 싶어 하는 화제가 엄청나게 많은 것과는 대조적이죠."

"그녀는 어떤 사람이었습니까?"

"거만하고 지루하며 극도로 자기중심적인 사람이었습니다. 하지만 남편은 좋은 사람이었죠. 우리는 요한의 회사에서 가재를 먹으며 슈납스를 마신 적이 있습니다. 그는 저희 아버지만큼이나 나이를 먹었지만, 나이 차이는 문제가 되지 않았습니다. 그는 영리한 경영자이기도 했습니다. 오르스타와 엔스케데에서 육류와 돼지고기 가공품을 거래하는 커다란 도매업을 했죠. 그리고 시 중심가에 식료품점 몇 개를 갖고 있기도 했습니다. 이런 말을 해도 좋을지 모르겠지만, 오페라 가수였던 아내는 요한의 사후에도 금전적으로 부족하지 않았습니다."

"두 사람은 늘그막에 결혼했다고 알고 있습니다만?"

"그렇습니다. 요한이 제게 말해주었죠. 그가 여러 해 동안 구애한 끝에 그녀가 승낙했다고 합니다. 그리고 여러 해가 지나자 그는 그녀에게 구애하는 것보다는 다른 일에 더 시간을 쏟아야 했다는 사실을 깨달았다고 했습니다."

"그가 억울해하던가요?" 그게 무슨 상관이 있길래?

"아니, 그런 기색은 조금도 비치지 않았습니다. 그는 온화하고 친절하며 예의가 바르고 너그러운 사람이었으니까요. 하지만 우리 둘이서만 술 몇 잔을 나누니 마음을 열더군요."

"그에게는 이전에 만나던 사람이 있었습니까? 그러니까 제 말은, 이전에 다른 사람과의 관계에서 얻은 자식이 있었습니까?"

"없었습니다. 그는 그 이야기를 종종 했습니다. 자식이 없는 것이 유감이라고요. 제 기억으로는 그가 제 아들들을 굉장히 좋아했습니다. 자기 아내와는 편하게 지낼 수 없었으니까요." 장군은 한숨을 쉬며 딱 잘라 말했다. "그 빨간색 자동차 말입니다. 내 아내가 해준 이야기를 더듬어보면 폭스바겐 골프였던 것 같은데, 그렇게까지 집착할 문제인지는 잘 모르겠습니다."

"그렇게 생각하십니까? 어째서요?"

"그 자동차를 봤다고 주장한 사람이 누구인지 생각해보면 그럴 수밖에 없습니다. 근처에 사는 성가신 인간이었습니다. 거들먹거리면서 아무 권리도 없는 곳에서 온갖 일에 참견하고 다니는 조그만 남자였죠. 태생이 참견꾼이었습니다."

"어떤 일에 참견하고 다녔습니까?"

"이것저것 가리지 않았습니다. 학교 이사회와 학부모 협회부터 시작해서, 이 구역에 자경단 제도를 만들려고 하더니, 나이 지긋한 주민들

부양이라든지, 지역 파티, 크리스마스 축제에까지 손을 대려고 하는 겁니다. 크리스마스이브에 교회에 가고 싶지만 그날 저녁에 술을 지나치게 마실지도 모르는 사람들을 위해 교통편도 만들자고 했지만, 내 생각으로는 주민 대부분이 이 근처에 사는데 그게 무슨 소용이랍니까? 저녁이 되면 그는 괴물같이 커다란 검정 개를 끌고 이리저리 배회하곤 했습니다. 키가 작고 빼빼 마른 남자라서, 그 둘을 보고 있자면 개가 그를 끌고 산책을 하는 것처럼 보일 지경이었습니다."

"직업이 무엇이었는지 기억하십니까?"

"변호사 비슷한 일이었는데. 국립회계감사원에서 일했던 것 같습니다. 참견꾼에게는 굉장히 흥미진진한 일이었을 테죠."

"아직 살아 있습니까?"

"아닙니다. 사망했습니다. 소녀 사건이 일어난 지 몇 년 후에 죽었죠. 제 기억에는 심근경색이었나, 아마 그럴 겁니다. 세상 모든 일에 대해 걱정하면서 평생을 보냈으니 그런 일이 일어나는 것도 무리는 아닐 테죠."

"요한 닐손은 이전에 만나던 사람과의 관계에서 자식이 없었던 거로군요?" 그냥 포기해. 잘못 짚은 것으로 드러났잖아.

"없었습니다." 장군이 말했다.

"부인 쪽은 어떻습니까? 그녀는 남편이 죽은 후에 알고 지내는 사람이 많았습니까?"

"그렇다고 할 수 있을지는 잘 모르겠습니다. 그녀와 비슷한 연배에 배경이 같은 사람들은 꽤 많았습니다. 제가 추측하기로는 문화계 유명 인사들 같았죠. 하지만 그녀는 대부분의 시간을 혼자 보냈습니다. 이웃들 사이에서도 인기 있는 사람은 아니었지요. 만나면 인사는 하곤 했지만, 그게 전부였습니다."

"커다란 저택 아닙니까? 그녀를 도와주는 사람이 분명 있었을 텐데요? 집안일이랑 정원을 돌보는 사람 말입니다."

"요한이, 그 여자의 남편이 살아 있을 때는 입주 가정부가 있었습니다. 당시만 하더라도 꽤 많은 파티가 열렸고, 그럴 때면 일할 사람을 추가로 고용하곤 했습니다. 아내와 저는 나이 차이에도 불구하고 파티에 여러 번 참석했습니다. 하지만 요한이 죽자마자 가정부는 떠나버렸죠. 장례식이 끝나기도 전에 떠났던 것 같습니다. 가정부가 그렇게 떠난 이유에 대해서는 짐작만 할 뿐이죠."

"이유가 뭐라고 생각하십니까?"

"마르가레타 사겔리에드는 까다로운 여자였습니다. 상냥하다고 볼 수는 없는 사람이었죠."

"그러면 그때부터 그녀가 살림을 혼자 꾸려나간 겁니까?"

"전혀 아닙니다. 거의 곧바로 새 청소부와 잡역부를 구했습니다. 고용인들은 대체로 일 년 남짓 머무르다가 떠나곤 했죠. 에리카…… 에리카 브렌스트룀을 들이기 전까지는요."

"에리카 브렌스트룀이요?"

"굉장히 훌륭한 사람이었습니다. 매우 상냥한데다 인내심도 강했죠." 장군은 미소를 지으며 말했다. "그녀는 노를란드 출신이었습니다. 당신네 노를란드인들은 불굴의 의지를 가진 것으로 유명하지 않습니까? 그녀는 사겔리에드의 집에서 몇 년 동안 일했습니다. 결국에는 그녀 역시 나가버렸지만요. 저는 마르가레타 사겔리에드가 여자아이가 살해당한 다음 해 봄에 그 집을 팔았을 거라고 생각합니다. 1986년 봄에 말입니다. 그 점에 대해서는 꽤 확신하고 있습니다. 저는 가을에 다시 가자로 복귀했는데, 크리스마스 전에 집으로 돌아와 보니 그 집이 매물로 나와 있더군요. 아내와 저는 실제로 가서 둘러보기도 했지만, 왕국의 군인 신분에는 가격이 다소 비쌌습니다. 마르가레타 사겔리에드는 시 중심가로 이사를 간 후였습니다. 그녀는 외스테르말름에 있는 아파트를 하나 산 터라 그 집은 텅 빈 상태였습니다."

"마르가레타 사겔리에드에게 진술을 받은 사람은 우연찮게도 우리 둘 다 알고 있는 카리나 텔이었습니다. 사겔리에드는 고용인을 전혀 들이지 않았다고 단호하게 말했다고 하더군요. 그녀 스스로 집안 살림을 다 처리했다고 주장했습니다. 무슨 이유로 그렇게 말했을까요?" 그녀가 아닌 척했던 것과는 달리 실제로는 얼마나 똑똑했는지 감안한다면 말이지.

"제 추측으로 에리카는 미등록 가사 도우미가 아니었나 합니다." 장군이 말했다.

"어째서 그렇게 생각하십니까?"

"뭐, 그녀가 우리 부부의 청소를 도와주었을 때 그런 식으로 고용했으니까요." 퇴역 장군이 말했다.

"에리카 브렌스트룀 말씀이시지요." 요한손이 말했다.

"에리카 브렌스트룀 말입니다." 장군이 분명히 말했다. "에리카의 남편이 새 애인을 만들어서 집으로 데리고 들어왔다고 하더군요. 에리카에게 자식으로는 여자아이가 둘 있었는데, 혼자 아이들을 키웠답니다. 당시 그녀는 서른다섯 정도였을 겁니다. 지금은 예순 언저리겠죠. 딸들과 함께 릴라에싱에 섬에 살고 있었습니다."

"그녀가 살아 있는지 알고 계십니까?" 요한손이 물었다. 그녀에게는 여자아이가 두 명 있다고 했지.

"살아 있습니다. 지난주에도 이야기를 나눴으니까요. 알비크에서 출발하는 노면전차에서 만났지 뭡니까. 노케뷔에 사는 친구네 집에 가는 중이라더군요."

"혹시 에리카 브렌스트룀의 휴대전화 번호를 알고 계십니까?"

"그렇습니다. 아직도 나 같은 노인네들을 도와 청소를 해주는 데 관심이 있는지 물어보았죠."

"아직 그런 일을 하던가요?"

"그렇습니다. 선생님께 전화번호를 알려드리지요. 복도에 있는 연락처 수첩에 적어두었습니다."

일이 수월하게 풀리는군. 너무 늦어버려서 어떻게 해도 달라질 게 없었을 테지. 그게 유일한 설명일 거야. 에리카 브렌스트룀은 몇 년 동안 마르가레타 사겔리에드의 청소부였고 두 여자아이의 어머니였어. 그렇다면 아이들의 아버지는 누굴까? 그녀를 버리고 떠났다고 추정되는 남자. 그는 누굴까?

44

7월 23일 금요일 오후

마침내 집에 왔군. 집 같은 곳은 없어. 예전에도 그랬고, 지금은 더욱 그렇지.

순조롭게 흘러가고 있군. 요한손은 생각했다.

마틸다가 요한손의 부자연스러운 팔을 조심스럽게 붙잡고 문을 여는 사이, 그는 끝에 고무를 덧댄 지팡이를 단단히 움켜쥐었다. 그리고 문지방을 넘자마자 멋진 생각이 하나 떠올랐다. 참으로 훌륭한 생각이었다.

“알프 훌트.” 요한손이 마틸다에게 고개를 끄덕이며 말했다. “알프 훌트라고.” 그는 같은 말을 반복했다.

“알프 훌트라고요?”

“맞아.” 요한손이 말했다. “알프 훌트.”

45

7월 23일 금요일 저녁

진전을 보이는 것이 수사 활동만은 아니었다. 요한손의 신체적 건강 상태도 하루하루 개선되고 있었다. 커다란 보폭은 아니고, 그저 그가 이전에 살던 삶으로 가까이 다가가는 자잘한 발걸음이었다. 하지만 요한손의 머릿속에서 일어나고 있는 일들은 좀더 복잡했다. 하루 종일 이런 저런 생각들이 꼬리에 꼬리를 물고 이어졌고, 과정에 제대로 된 체계나 순서 따위는 존재하지 않았다. 그를 괴롭히는 두통 역시 매일같이 찾아왔다. 한 번에 한 가지씩 하자고. 그는 되뇌곤 했다. 한 번에 한 가지씩.

아름다운 저녁이었다. 약간의 설득 끝에, 아내 피아는 테라스에서 식사를 하는 데 동의했다. 그들이 도시 안에서 저녁을 먹을 때는, 날씨가 좋은 여름날 저녁이면 언제나 이런 식으로 식사하곤 했다. 그는 혼자 힘으로 계단을 올랐다. 계단을 오를 때는 그저 방해일 뿐인 지팡이는 치워버리고는, 굴러떨어지는 사태를 막기 위해 왼손은 난간 위에 올린 채 자신의 다리 힘만으로 위층에 올라왔다. 요한손이 굳이 그러지 말라고 애를 썼지만, 피아는 요한손의 뒤에서 따라 올라왔다.

"내가 엉덩이로 당신 가슴을 깔아뭉개면 팔다리가 부러지고 말 거야." 요한손이 말했다. 지극히 고집스러운 말투였다.

예전의 자기 자신을 되찾기 시작했구나. 아내는 이렇게 생각했다. 쉴 생각 없는 늙은 말 같다니까.

두 사람이 식사를 마치고 커피를 마시고 있을 때, 그는 두 시간 전에 떠올린 멋진 생각에 대해 아내에게 말했다.

"내일 점심 식사에 알프를 초대했어." 요한손이 말했다.

"알프?"

"알프 훌트 말이야."

"당신 매부?"

"그래." 요한손이 대답했다.

"안나도 온대?" 피아는 놀란 표정을 숨기지 못한 채 물었다.

"안나? 어떤 안나?"

"당신 여동생 말이야. 막내 여동생."

"뭐, 물론 그 애가 내 여동생이라는 것은 알아. 아니, 그 애는 안 올 거야. 그냥 알프랑 나 단둘이야."

"알았어. 알프나 당신이나 서로가 같은 방에 있는 것을 참지 못할 것 같은데." 피아는 요한손 가문의 지난 가족 모임들을 떠올리며 말했다.

"그건 좀 과장된 표현인걸. 알프에게도 좋은 점이 꽤 많아. 어떤 면에서 보면 그는 정말로 독특한 사람이란 말이지." 그는 어째서인지 이렇게 덧붙였다.

"그렇게 생각하고 있는 줄은 몰랐네. 궁금해서 묻는 건데, 왜 갑자기 그를 보고 싶어 하는 거야?"

"내가 그를 고용했거든." 요한손이 말했다. 길을 살짝 돌아 퀸터스에 들르기로 하면서 내 생명을 구했던 결정 이후로, 이것이야말로 내가 생각해낸 최고의 계획일 테지.

46

7월 24일 토요일 오전

알프 홀트는 은퇴한 회계 감사관이었다. 그리고 요한손의 여동생이자, 어머니 엘리나와 아버지 에베르트 사이의 많은 자녀 중 막내인 안나와 결혼한 사람이었다. 하나 덧붙이자면 안나는 바로 손위 형제이자 전 국가범죄수사국 국장 라르스 마르틴 요한손보다 다섯 살이 어렸다.

알프 홀트는 회계사 자격증을 취득했을 때부터 은퇴할 때까지 사십 년 가까이 솔나에 있는 세무서에서 근무했다. 그는 직장에서 순조롭게 출세했고 감사 대상에 올랐던 개인들과 법인들에게는 정정당당한 이유에서 공포의 대상으로 군림했다.

요한손의 큰형 에베르트는 알프 홀트를 진심으로 혐오했다. 에베르트의 말에 따르면, 알프 홀트는 모든 형태의 일반 사업체 및 평범한 인간의 삶에 위협적인 존재였다. 게다가 그는 술 한잔 마시지 않고도 어떤 문제에 대해 자신의 의견을 표출하는 데 거리낌이 없는 사람이었다.

알프 홀트는 사람들의 관심을 끄는 부류는 아니었다. 키가 크고 여위었으며 머리숱이 점점 줄어들고 건강한 몸을 유지하고 있다는 점에서, 꼭 매와 비슷한 사람이었다. 그는 감사 대상에 오른 자들이 시민으로서의 사회적 책임과 의무를 회피하려 시도하는 모습을 수십 년 동안 굽어본 끝에, 약간 구부정한 자세가 되고 말았다. 그는 비겁한 사람 역시 아니었다. 아내 안나의 오십 번째 생일 만찬 자리에는 가족의 화합을 위해 큰형님 에베르트까지 참석해야 했는데, 그 자리에서 그는 큰형님에게조차 차려진 커피와 코냑 너머로 점잖게 질책을 한 적도 있었던 것이다.

"형님께서는 제 긴 코가 잡기 쉬울 거라고 생각하실지도 모르지만, 지금까지 제 코를 마음대로 쥐고 흔들 수 있는 사람은 아무도 없었습니다."

알프 홀트는 은퇴한 후로 계보학에 관심을 갖기 시작했다. 그는 이 분야에 점점 열정이 생겨, 일찍이 감사 업무를 수행하는 데 바쳤던 지적 능력 및 객관성과 정확성을 이 일에도 적용했다. 그는 다른 사람들에 대해서만큼이나 자기 자신의 일에 대해서도 양심적으로 임했기 때문에, 가계 조사를 전문으로 하는 1인 기업을 세워 지난 몇 년 동안 성공적으로 운영하고 있었다. 당연하게도 아내 쪽의 제멋대로 뻗어나간 가계도에 대한 조사는 진작 마친 터였다. 그는 늘 하던 방식대로 작업을 진행하여 가족의 역사에 등장하는 사소한 결점조차 회피하지 않았고, 그 결과 이 가족의 원로 격에 속하는 아버지 에베르트와 큰아들 '작은 에베르트'의 불쾌감을 자극하고 말았다.

이 '작은 에베르트'라는 이름은 그가 성인이 되어 아버지가 그 피할 수 없는 이름을 처음으로 공공연하게 말했을 때까지 따라다녔다. "지금부터 누구도 내 맏아들을 '작은 에베르트'라고 불러서는 안 된다." 큰 에베르트는 이렇게 말했다. "이제 에베르트는 두 명이야. 그리고 머지않아 이 녀석은 그 이름을 이어받는 단 한 명이 될 거다."

내가 마이크로프트라면 알프, 자네가 셜록이 될 수 있겠지. 라르스 마르틴 요한손은 그 훌륭한 발상을 떠올린 당시에 이렇게 생각했다. 마이크로프트 홈스는 셜록 홈스의 형이었고, 가장 복잡한 범죄 사건을 해결하기 위해 굳이 편안한 안락의자를 떠날 필요가 없는 사람이었다. 요한손이 이제 대부분의 시간 동안 서재에 있는 소파에 누워 지낸다는 사실을 유념해볼 때, 이보다 더 적절한 계획이 있을까? 이 계획이야말로 현재 자신의 힘으로 사건 당시의 무대에 가장 가까이 접근할 수 있는 수단이었다. 그는 셜록 홈스의 형 이름을 아무런 어려움 없이 기억해냈다는 점에 새삼 주목했다.

요한손의 셜록 홈스이자 전 회계 감사관 알프 홀트는 날카로운 표정으로 요한손의 오른편에 앉아 있었다. 그는 형님에게 불필요한 무리가 가지 않도록, 자신의 안락의자를 소파 쪽으로 붙여 몸을 살짝 앞으로 기울이고 있었다. 기꺼이 귀를 기울이고 질문을 받아넘기면서, 모든 형태의 악랄한 행위와 은밀한 계략에 대응할 준비가 된 자세였다.

"마르가레타 사겔리에드와 그의 남편, 요한 닐손." 알프 홀트는 직접 적은 메모를 향해 고개를 끄덕이며 말했다.

"그리고 사겔리에드의 옛 청소부였던 노파, 에리카 브렌스트룀." 요한손이 말했다.

"아마 그렇게 나이를 먹지는 않았을 겁니다. 형님의 정보가 정확하다면, 그녀는 우리 두 사람보다 어릴 겁니다."

"나이가 무슨 문제라도 되나?" 요한손이 의문을 표했다. "내가 생일과 개인인증번호를 알고 있는 사람은 사겔리에드뿐이라네. 에리카 브렌스트룀에 대해서는 자네에게 말해준 주소와 전화번호 말고는 몰라."

"전혀 문제없습니다." 알프 훌트가 고개를 살짝 저으며 말했다. "무엇을 알고 싶으십니까?"

"전부 다." 요한손이 말했다.

"전부 다." 매부가 같은 말을 반복했다. "그렇다면 비용이 순식간에 심각한 수준까지 치솟을 수도 있다는 말씀을 드려야 할지도 모르겠군요."

"비용 따위는 신경 쓰지 말게." 요한손은 매부의 말을 일축하는 손짓을 하며 말했다. 그는 융성하게 가지를 뻗은 일가들 중에서도 두 번째로 부유했던 것이다.

"일주일 내에 결과를 받아보고 싶으실 테죠?"

"물론." 요한손이 말했다. "자네가 셜록 홈스처럼 파이프 담배 석 대 정도 피울 수 있도록 시간은 넉넉히 주도록 하지." 마이크로프트는 시가를 피우지 않았나?

"코넌 도일은 한 번도 좋아해본 적이 없습니다." 알프 훌트는 딱 잘라 말했다. "제 취향에는 지나치게 낭만적이더군요."

47

7월 26일 월요일

월요일이 되었다. 거의 잃어버릴 뻔했던 요한손의 삶에 새 주와 또 다른 날이 찾아온 것이다. 아침 식사, 물리치료사와의 운동, 울리카 스텐홀름과의 검진이 차례로 이어졌다. 마흔네 살의 나이에도 주름 하나 찾아볼 수 없는 매끄럽고 새하얀 목을 자랑하는 그녀는 교구 목사의 딸이자 신경과 전문의였다. 그녀가 자리에 앉아 짧게 자른 금발을 한쪽으로 기울일 때마다 다람쥐와 닮은 모습이 두드러졌다.

"어떻게 지내고 계신가요?"

"점점 나아지고 있습니다." 요한손이 말했다. 거듭되는 두통이나 가슴 속 뻐근함, 오른팔을 대신해서 달려 있는 물개 지느러미발 같은 것은 신경 쓰지 말자. 징징거리지 말라고.

"저도 그렇게 생각해요." 그녀도 동의했다. "점점 나아지고 계세요. 여담이지만, 선생님 물리치료사는 굉장히 뿌듯하게 생각하던데요. 집에서도 잘 지내고 계신다고 피아에게 전해 들었어요."

도대체 피아가 뭘 안다고? 그는 갑자기 신랄한 감정이 치솟았다. "선생님께서는 어떠십니까?"

"소득은 없어요." 울리카 스텐홀름은 고개를 저었다. "아버지의 서류를 다 훑어보았거든요. 가방이랑 상자 전부 철저하게 살펴보았다고 장담할 수 있어요. 하지만 편지 봉투에 든 머리핀을 발견한 후로는 아무것도 발견하지 못했어요."

"분명히 뭔가 찾아내셨을 텐데요?" 요한손이 불쑥 끼어들었다.

"야스민에 대한 것은 아무것도 없었어요. 브롬마 교회에서 마르가레타 사겔리에드가 노래를 부른다고 광고하는 안내서가 몇 장 나왔고, 사겔리에드의 남편이 살아 있을 때 그녀가 저희 부모님께 보낸 저녁 식사 초대장이 두 장 있었어요. 부모님께서 그녀와 남편을 방문하셨을 때 찍은 게 분명한 낡은 사진도 몇 장 있었고요. 그녀가 교회에서 노래를 부르는 사진도 한 장 있었죠. 제 생각에는 1970년대쯤에 있었던 크리스마스 예배 자리에서 찍은 사진 같아요. 전부 여기 들어 있어요." 그녀는 갈색 봉투 하나를 건네며 말했다.

"그게 전부입니까?"

"그게 전부예요." 울리카 스텐홀름이 말했다. "선생님 쪽은 어때요? 진전이 좀 있나요?"

"잘 풀리고 있습니다. 놈을 곧 잡을 수 있을 겁니다." 내가 왜 이런 말을 하고 있지?

"범인이 누구인지 알고 계세요? 그가 누구인지 말씀해주실 수 있나요?" 울리카 스텐홀름은 놀란 기색을 숨길 수 없었다.

"알게 되면 가장 먼저 말씀드리겠다고 약속하겠습니다." 요한손이 말했다. 내가 왜 이런 말을 하고 있지?

"약속하신다고요?"

"약속하겠습니다." 일단 나는 다음 모퉁이부터 살펴봐야 할 텐데.

"내가 의리 없는 놈이 된 것 같구먼." 세 시간 후 단짝 친구가 말했다.

"무슨 일인데?" 라르스 마르틴 요한손은 야르네브링이 무슨 이야기를 하고 있는지 진작에 알아차렸지만 그저 이렇게 말할 뿐이었다.

결혼 생활의 어려움과 예상치 못한 문제들에 대한 평범한 이야기였다. 모든 문제는 야르네브링이 새로 산 차에서 비롯되었다. 야르네브링의 아내는 본래 가격의 절반 수준에 차를 샀다는 사실은 전혀 고려하지 않은 채, 가계에 너무 부담되는 가격이라고 했단다. 경찰 연금과 교사 봉급만으로 생활해야 하는 중년 부부에게는 부담되는 가격이었다.

"자네는 어떻게 했나?" 요한손은 대답을 알고 있었음에도 이렇게 물었다.

"내가 물러섰다네. 아내가 내게 말해주지도 않고 휴가 막바지 기간에 떠나는 우리 두 사람분의 태국 여행을 예약해버려서 나는 바보 꼴이 되고 말았지. 낭만적인 휴가일 테니 휴가를 보내면서 아직 나를 원하고 있는지 생각해보려는 것 같아. 고작 일주일 남짓이긴 한데, 뭐, 그렇기는 해도."

"스웨덴의 여름이 절정일 때로군." 요한손은 갑자기 기분이 고무되는 것을 느끼며 말했다. 근래 들어 두통 및 가슴 속 뻐근함, 짜증, 분노,

우울감과 번갈아 나타나는 것 같은 증세였다. 그렇다면 차를 팔게나.

"여자들이란 말이지." 야르네브링이 말했다.

"괜찮을 거야." 요한손이 말했다. 그냥 내 형에게 아무 말도 하지 않겠다고 약속해.

"자네 형님께는 이미 말씀드렸다네." 야르네브링은 그의 속마음을 읽은 것처럼 말했다.

"형은 뭐라고 하던가?"

"여자들이 다 결정하도록 내버려둬서는 안 된다고 말씀하시더군." 야르네브링이 대답했다. "그다음에는 태국의 멋진 곳을 몇 군데 추천해 주시던데."

에베르트답군.

야르네브링이 집을 나서자마자 마틸다가 커다란 찻잔 가득 담긴 차와 굉장히 훌륭한 샌드위치를 들고 들어왔다. 거칠게 간 호밀로 만든 빵 사이에 양상추, 얇게 썬 토마토, 자연 건조한 생햄을 양심의 가책이 생길 정도로 넉넉하게 끼운 샌드위치였다.

"어렸을 적 병에 걸려 학교를 쉬었을 때 이후로 이런 대접은 처음 받아보는군." 요한손이 말했다. 징징대지 마.

"회사 방침이라서요." 마틸다가 말하며, 소파 옆 바닥에 놓여 있는 서류 상자들 쪽으로 고갯짓을 했다. "저게 현재 조사하고 계시는 옛 사건인가요? 마음을 편히 가지시고 스트레스는 되도록 피하셔야 한다는 점은 알고 계시죠? 보스께서는 푹 늘어지시는 법을 배우셔야 해요."

"평범한 사건이라고 불러야 할지 잘 모르겠군. 오래된 미제 살인 사건이라네."

"살인 사건이라니…… 멋져요!"

"어린애처럼 굴지 말게." 요한손은 고개를 저으며 말했다. "조금도 멋진 사건이 아니니까. 비극적이고 비참할 뿐이야. 섬뜩하기도 하고."

"괜찮으시다면 제가 도와드릴 수도 있어요."

"그건 안 될 것 같군." 요한손이 말했다.

"어째서요?"

"수사 내용은 기밀 사항이니까. 자네처럼 떠벌리기 좋아하는 사람들이 들여다보는 것을 막기 위해서라네."

"제 걱정은 하지 않으셔도 돼요. 저는 남 이야기 하고 다니는 사람이 아니거든요."

남 이야기 하고 다니는 사람이 아니라고. "좋아." 요한손은 갑자기 또 다른 생각이 떠올라 이렇게 말했다. "자네는 인터넷에 대해 잘 알고 있을 테지?"

"리스베트 살란데르■ 만큼은 아니지만 나름 괜찮은 편이에요."

리스베트 살란데르가 대체 누구야?

"조지프 사이먼이라는 사람에 대해 인터넷에서 뭐라도 찾을 수 있을지 한번 알아보는 것도 괜찮을 것 같군. 발음과는 다르게, 조지프의 철자는 'ph'로 끝난다네."

"문제없어요. 조만간 그 사람에 대해 전부 알게 되실 거예요." 마틸다는 리스베트 살란데르만큼도 아닌 주제에 호언장담했다. "나쁜 사람인

■ 스티그 라르손의 범죄소설 '밀레니엄' 시리즈에 주인공으로 등장하는 천재 해커.

가요?"

"아니." 요한손이 말했다. "1951년에 태어난 의사라네. 1979년에 이란에서 스웨덴으로 정치적 망명을 했고. 1990년에는 스웨덴을 떠나 미국으로 이주했지. 현재는 의약계에 종사하고 있으며 굉장히 부유한 사람으로 추정되고 있네."

"어째서 그 사람에게 관심이 많으신데요? 그 사람이 범인이 아니라면요."

"어떻게 그런 큰 슬픔을 극복할 수 있었는지 알고 싶다네." 요한손이 말했다.

피아는 퇴근해서 집에 도착하자마자 그의 상태가 어떤지 묻는다.

"괜찮아." 요한손은 미소를 지으며 대답한다. 비록 두통에 시달리고 가슴이 뻐근한 처지이기는 해도. 비록 십오 분 전에 긴급 상황에서 먹도록 되어 있는 흰색 알약을 하나 먹은 처지이기는 해도. 어린아이라도 된 것처럼 갑자기 짜증이 치밀어 오를 땐, 흰색 알약이 선사할 수 있는 무심함만이 유일한 구원이기 때문이다.

"똥통에서 구르는 돼지만큼 잘 지냈어." 요한손은 거짓말을 한다. "이리 와서 좀 앉아. 은행에서는 어떻게 지냈는지 말해줘, 여보." 내가 왜 이런 말을 하고 있지? 고작 직장에서 어떻게 지냈는지 같은 것을 묻고 있는 거냐고?

그날 저녁 매부가 전화를 걸어, 예상했던 것보다 작업은 순조롭게 진행되고 있고, 해결할 수 없는 문제와는 아직 부딪치지 않았다고 말했다.

"에리카 브렌스트룀과 두 딸에 대한 조사는 거의 끝난 상태입니다."

"아이들 아버지는 찾아냈나?"

"그렇습니다." 알프 훌트가 말했다. "두 사람 다 친부는 같은 사람입니다. 1956년생인 톰뮈 회그베리라는 사람입니다. 1953년생인 에리카 브렌스트룀보다 세 살이 어리죠. 맏딸 카롤리나는 1975년에 태어났고, 둘째 딸 예시카는 1979년에 태어났습니다. 에리카는 톰뮈 회그베리와 결혼한 적은 없지만 두 사람은 함께 살았고, 그는 자신이 두 아이의 아버지라는 사실을 잘 알고 있었습니다. 팩스나 메일로 보고서를 받아보시겠습니까?"

"팩스로 부탁하네. 그러면 컴퓨터 키보드의 조그만 버튼이랑 씨름하지 않아도 되니까." 요한손이 설명했다. 톰뮈는 자신이 친부라는 사실을 알고 있었군.

"톰뮈 회그베리는 과세소득으로 판단해볼 때 꽤 게으름뱅이인 것 같습니다. 형님의 옛 동료들 중 아직 현역에 있는 사람이 있다면, 그 사람들에게 한번 확인해보셔야 할지도 모르겠군요. 전과 기록이 나와도 놀랍지 않을 겁니다."

"정말인가?" 요한손이 말했다. 톰뮈 회그베리가 달리 자백하고 싶어 할 게 있을까?

그리고 그는 전화를 끊었다. 잠이 들기 전에 가까스로 전화기를 내려놓을 수 있었다.

48

7월 27일 화요일 오전

평소와 마찬가지로, 요한손은 건강을 회복하는 일에 오전 시간을 할애했다. 물리치료사에게 다녀왔을 때, 마틸다는 그가 살고 있는 블록 주변을 산책하자고 제안했다.

"나는 이미 운동을 마쳤는데." 요한손이 반박했다.

"어서요." 마틸다가 말했다. "어차피 운동을 무리하게 하실 수도 없을걸요."

그는 마지못해 항복했다. 입씨름을 하기에는 너무 피곤했다. 비록 일 킬로미터도 채 걷지 않았고 그렇게 걷는 데 고작해야 이십 분밖에 걸리지 않았는데도, 두 사람이 정문 현관을 통해 집으로 돌아올 즈음에는 요한손의 얼굴에서 땀이 뚝뚝 떨어지고 있었다. 가슴 속에서 심장이 달음박질쳤고, 그는 얼굴과 이마 전체로 고통스러운 표정을 짓고 있었다. 마틸다는 엘리베이터 안에서 그를 흘끗 훔쳐보았다. 걱정하는 듯한 기민한 시선이었다.

“소파에 누워 계시면 제가 점심 식사를 준비할게요.” 마틸다가 말했다. 그가 문지방을 넘는 동안, 그녀는 현관문이 닫히지 않도록 붙잡은 채 요한손의 축 처진 오른팔을 조심스레 붙들었다.

교훈이 됐을 테지. 요한손은 그녀가 베개를 불룩하게 매만져 등 뒤에 받쳐주는 모습을 바라보았다. 이제 낫군. 자리에 누우니 몸 상태가 한결 편해졌다.

“보스를 죽이려던 게 아니었어요. 하지만 가끔은 이렇게 하실 필요가 있어요. 누워 계시니 좀 괜찮으세요?”

“호들갑 그만 떨게나. 먹을 거나 갖다주면 좋겠군. 팩스로 들어온 메시지가 있을 테니 그것도 가져다주고.”

에리카 브렌스트룀은 1953년에 헤르뇌산드에서 태어나 그곳에서 자랐다. 그녀는 스무 살이 되자 스톡홀름으로 이주하여 후딩에 병원에서 간병인 일을 시작했다. 그즈음 그녀는 톰뮈 회그베리와 만났다. 그는 그녀보다 세 살 어렸고, 평생 스톡홀름에서 살아온 사람이었다. 그는 기술학교에서 자동차 정비를 배운 후 자동차 정비공으로 일했다.

두 사람은 후딩에 플레밍스베리에 있는 아파트에서 동거를 시작했다. 두 사람 사이에서는 아이가 둘 있었는데, 카롤리나는 1975년에 태어났고, 여동생 예시카는 1979년에 태어났다. 1983년, 둘째 딸이 태어난 지 사 년 만에 에리카와 톰뮈는 갈라서고 말았다. 톰뮈는 플레밍스베리에 있는 아파트에 남았고, 일 년 후에는 1964년생인 새 애인과의 사이에서 아들을 보았다. 그녀 역시 후딩에 병원에서 간병인으로 일하던 사람이었다. 에리카는 두 딸을 데리고 릴라에싱에로 이사를 했다. 그녀는 상트예란 병원에서 파트타임 일을 시작했고, 공식 기록상으로는 새 남자가 생겼다는 흔적은 나타나지 않았다.

상트예란 병원에서 파트타임 일이라. 요한손은 생각했다. 1983년, 그녀가 두 딸을 데리고 시내로 이사했을 때였다. 십중팔구 그때가 마르가레타 사겔리에드의 집 청소 일을 시작한 시점일 터였다. 에리카의 전 애인은 새 여자를 만났고 심지어 그녀보다 열한 살이나 어린 사람을 찾았으니, 그녀는 돈을 벌기 위해 닥치는 대로 일을 했을 터였다.

요한손의 성실한 매부는 공공 기록 및 과세소득 신고 제도의 도움을 받아 에리카의 아이들 친부에 대한 조사까지 진행한 터였다. 1985년에 네 번째 아이가 태어난 이후, 그는 다시 혼자가 되어 후딩에에 있는 새 주소지로 이사를 했다. 고용주는 동일한 사람이었지만 소득은 줄어들어서, 이제는 소득 보조금 제도에 의해 일정 금액을 지원받는 상태였다.

술을 마시기 시작했겠지. 요한손은 일찍이 경찰 일을 통해 평범한 직업적인 고통을 경험한 사람들에게 주어지는 통찰력을 발휘하여 이렇게 생각했다. 애인이 그를 쫓아냈을 거야. 그러면 그는 어떻게 했을까? 에리카에게 다시 연락이라도? 어쩌면 그녀를 찾아가기까지 했을지도 몰라. 그녀가 새로 일을 구한, 브롬마에 있는 커다랗고 화려한 저택에도 갔을까?

또다시 일 년 후, 좀더 급격한 변화가 일어났음이 분명했다. 소득이 절반으로 줄었지만 이번에는 소득 지원을 받지 못했던 것이다. 요한손은 보고서를 여기까지 읽다가 휴대전화를 꺼내 스톡홀름 주 경찰청 헤르만손 경정에게 전화를 걸었다.

“요한손이네.” 그가 말했다.

“안녕하십니까, 국장님. 몸이 좀 괜찮아지셨으면 좋겠습니다만, 어떻습니까?”

“더할 나위 없을 정도라네, 헤르만.” 요한손은 거짓말을 했다.

“무슨 일로 전화 주셨습니까?” 헤르만손이 물었다.

“나 대신 기록을 검토해줬으면 좋겠군. 1956년에 출생한 톰뮈 리카르드 회그베리라는 사람이야.”

“잠시만요. 컴퓨터가 있는 곳으로 가도록 하겠습니다. 자, 이제 말씀하시죠.”

“성은 회그베리, 이름은 톰뮈 리카르드, 1956년 2월 16일 출생, 개인인증번호는 0539. 마지막으로 알려진 거주지는…….”

헤르만손이 말을 끊었다. “찾았습니다. 플레밍스베리 디아고날베겐 14번지에 살고 있군요.”

“그 외에는?”

“잡다하게 좀 있군요. 사실 대부분은 별 의미가 없는 내용입니다. 술 문제가 있는 것으로 보이고요. 첫 번째 항목은 1983년에 음주운전을 한 기록이고, 마지막 항목도 똑같습니다. 2006년에 음주운전으로 걸렸군요. 그리고 무면허 운전도 적발되었습니다. 1996년에 면허를 상실했거든요.”

“그 이후에는 아무 기록도 없나? 2006년 이후로 말일세.”

“없습니다. 이 불쌍한 친구는 꼴이 말이 아닐 테죠. 술을 마시면 그렇게 되는 법이니까요. 쉰 살이 된 2006년에 건강 문제로 이른 은퇴 신청을 한 것으로 보입니다.”

"그 외 중요한 내용은?"

"그다지 없습니다. 1987년에 특수 절도 혐의로 육 개월 실형을 선고받았지만, 말씀드린 대로 나머지는 대부분 별거 아닙니다. 음주운전 적발이 세 건, 무면허 운전이 몇 건, 보험 사기 시도가 한 건 있지만 이 건은 기각되었습니다. 공무원 폭행 혐의도 있지만, 역시 기각되었습니다. 제가 보기에는 술집에서 쫓겨난 것 같습니다. 이게 전부입니다."

"그뿐인가?"

"그렇습니다. 자세한 설명이 필요하시다면……."

"DNA 데이터베이스에는 등록이 되어 있나?"

"아닙니다. 하지만 1987년 절도 사건 이후, 다른 개인정보는 확보한 상태로군요. 저는 엄청나게 호기심이 동하기 시작합니다만."

"나중에 계속하지. 달리 파헤칠 게 있는지 알아보게. 나중에 또 통화하지."

그러고 나서 요한손는 헤르만손의 항의에도 불구하고 통화를 종료한 다음, 별다른 어려움 없이 소파에서 일어나, 아까 다짐을 받았던 점심 식사 준비가 어떻게 되고 있는지 확인하러 주방으로 향했다. 마틸다는 그가 오는 소리를 듣지 못한 채 통화에 열중하고 있었다. 기분이 상한 듯한 목소리였다. 요한손은 걸음을 멈추고 통화 내용을 엿듣기 시작했다. 현역 시절 몸에 밴 나쁜 버릇 중 하나였다.

"그래, 하지만 그건 내 문제가 아니잖아. 늦어도 목요일까지는 주기로 약속했잖아. 정말 그따위로 행동하면 안 되는 거 아냐? 나는 집세도 못 내게 되었는데 이것 참 고마워서 어쩌나. 그냥 알고나 있으라고."

남자친구거나, 여자친구거나, 아니면 친한 친구거나. 요한손은 생각했다. 그는 충분히 큰 소리로 헛기침을 했다. 마틸다는 목소리를 낮추더니 주방 문 쪽으로 몸을 돌렸다.

"그냥 알고나 있으라고." 그녀는 같은 말을 반복했다. 그런 다음 통화 종료 버튼을 누르고 전화기를 주머니 속에 집어넣었다.

"죄송해요. 식사는 거의 다 준비됐어요."

"남자친구인가? 아니면 여자친구?" 요한손은 온화한 미소를 지은 채 이렇게 물어보며 고개를 끄덕였다.

"망할 엄마예요. 완전히 미쳤다니까요. 그리고 저까지 미치게 하고요."

"그렇게 하도록 놔두지 말게. 내 건강에도 악영향을 끼칠 수 있으니까. 배가 고프군. 점심으로는 뭘 먹지?"

"쿠스쿠스■를 곁들인 삶은 닭고기랑 샐러드요. 좋아하실 것 같은 건강한 드레싱을 샐러드 위에 뿌렸어요. 그리고 깜짝 메뉴도 하나 있고요. 여기서 드시겠어요, 아니면 쟁반에 담아서 가져갈까요?"

"여기서 먹지." 요한손은 주방 테이블을 향해 고갯짓을 하며 말했다. "지금부터는 집 안에서 식사를 할 때는 똑바로 앉아서 먹도록 하자고." 그런데 깜짝 메뉴라고?

■ 북아프리카에서 주로 먹는 좁쌀 모양의 파스타.

49

7월 27일 화요일 오후

마틸다가 피아에게 의견을 내고, 피아가 심장병 전문의와 상담을 해 본 끝에, 깜짝 메뉴가 그가 앉아 있는 테이블에 차려졌다. 보르도산 레드 와인 한 잔이었다. 우선 요한손은 신중하게 잔에 코를 대고 킁킁거렸다. 요 한 달 동안 한 방울도 입에 대지 못했더니 이런 향기가 나는군. 그는 생각했다. 그런 다음 와인을 맛보자 작은 흰색 알약을 먹었을 때만 느낄 수 있었던 평온함이 밀려 들어왔다. 하지만 이번에는 그런 느낌이 곧바로 사라져버리고 말았다.

마틸다가 말했다.

"두 잔까지만이에요. 협상 불가 대상이에요. 두 잔까지는 괜찮지만 석 잔째는 절대 안 돼요."

"좀더 큰 잔을 찾아야겠군." 요한손이 말했다. 그는 미소를 지으며 잔을 들어 그녀에게 내밀었다. "완전히 다른 이야기이긴 하지만, 어디에 살고 있지?"

"헤게르스텐에 살아요. 방 두 개짜리 임대 아파트에서요. 남자친구는 없고요. 그건 왜 물어보시죠?"

"이유는 곧 말해주지. 그 정도 집은 집세가 얼마나 하나? 한 달에 이천 크로나 정도?"

"농담하세요?" 마틸다가 말했다. "라플란드■ 같은 촌구석에 사신다면 그 정도 되겠죠. 매달 육천 정도 내요. 보스는 집세로 얼마나 내세요?"

"이 집은 우리 소유라서 말이지." 요한손이 말했다.

"그럴 거라고 생각했어요. 제가 아주 멍청한 건 아니네요. 그렇다면 관리비는 매달 얼마 정도 드나요?"

"사실상 없다고 봐야지. 입주민회 소유의 임대용 집이 몇 세대 있어서 그 수익으로 관리비를 충당한다네. 입주민회 소속이면 관리비를 낼 필요가 없지."

"대체 누가 인생이 공평하다고 했어요?" 마틸다가 말했다.

"자네는 벌이가 얼마나 되지?"

"한 달에 세금 떼고 만 삼천 정도요. 보스는요? 혹시 비밀이 아니라면 말이에요."

"솔직히 말해서, 잘 모른다네. 피아가 수입을 다 관리하니까."

"왜 우리가 이런 대화를 나누고 있죠?"

"어쩌다가 자네가 통화하는 것을 조금 듣게 돼서 말이야." 요한손이 말했다.

■ 스웨덴 최북단 지역.

"엿듣는 게 그리 좋은 행동은 아닌데요."

"알아. 현역 시절에 몸에 밴 나쁜 습관이라서."

"알아요. 저도 엿듣는 건 좋아해요." 마틸다는 활짝 웃었다.

"내가 어디까지 이야기를 했더라?" 요한손이 말했다. 내가 어디까지 이야기를 했더라?

"제 집세 이야기요. 제가 얼마나 버는지, 그리고 보스께서 사람들을 엿듣는다는 사실도요." 마틸다가 말했다.

"그래. 7월 25일, 그러니까 그저께 우리가 자네에게 봉급을 지급했지. 자네는 어머님에게 돈을 좀 빌려줬고, 어머님은 가능한 한 빨리 돈을 갚아서 자네가 월말에 집세를 치를 수 있도록 해주겠다고 약속했을 거야. 그게 나흘 동안 일어난 일일 테지. 하지만 어머님이 아직 돈을 갚지 못해서, 자네는 집세를 낼 돈이 충분하지 않아. 호기심에서 물어보는데, 어머님에게 얼마나 빌려줬지?"

"제가 집세를 내지 못할 만큼요."

"그런 일이 자주 있나? 어머님이 돈을 빌려가고 갚지 않는 경우 말이야."

"그만하세요." 마틸다는 고개를 저으며 말했다. "보스께서 상관하실 일이 아니에요."

"이전에도 그런 적이 있었다는 뜻으로 받아들여도 되겠군." 요한손이 말했다. 아마 굉장히 자주 있는 일일 테지.

"좋으실 대로 생각하세요. 하지만 정말로 보스께서 신경 쓰실 일이 아니에요."

"그 문제가 내 건강을 위태롭게 하는 한, 신경 쓸 일이지." 요한손은 그녀에게 미소를 지으며 말했다. "내가 돈을 빌려줄 수도 있으니, 필요하면 말만 하게나." 엄마라는 인간이 그딴 짓이나 하다니.

"만약 돈을 빌리거나 하면 저는 모가지를 당하는데요. 어쨌든 저는 보스 돈을 빌리고 싶지는 않아요. 그냥 알고나 계시라고요."

"혹시 마음이 바뀌면 말만 하게나." 요한손은 어깨를 으쓱하며 말했다.

그는 저녁 식사를 마치고 두 번째 잔의 귀중한 마지막 한 방울까지 놓치지 않고 음미한 다음, 마틸다에게 커피를 한 잔 달라고 말했다. 그러고는 약간 고생하면서 자신의 비밀 장소로 향해, 비상용 상자 안에서 지폐로 육천 크로나를 꺼낸 뒤, 지폐를 접어 외투 보관실에 걸려 있는 마틸다의 재킷 주머니에 집어넣었다.

"어디 가 계셨어요?" 마틸다는 쟁반을 들고 서재로 들어오면서 말했다.

"화장실에 좀." 그는 쾌활한 미소를 지으며 대답했다. "레드 와인을 진탕 마셨더니."

"그럴 때는 반드시 말씀을 하셔야 해요." 마틸다는 이렇게 말하며 요한손의 커피잔에 따뜻한 우유를 따랐다.

"잠깐만." 요한손이 말했다. "미안하지만 전화를 한 통 걸어야겠네."

요한손은 에리카 브렌스트룀에게 전화를 걸었다. 그녀는 통화를 굉장히 꺼려했다. 우선 그는 자신의 신분을 밝히고, 통화 용건, 즉 이십오년 전 마르가레타 사겔리에드의 이웃에 살던 아홉 살 난 야스민의 살인 사건에 대해 설명했다. 그러자 그녀는 지체 없이 말을 잘랐다.

"당신이 어떤 사람인지 매우 잘 알아요. 악셀 린데로트가 전화를 걸어서 당신이 연락할지도 모른다는 이야기를 해줬거든요. 당신이 어떤 사람인지는 잘 알지만, 왜 저랑 통화를 하려는지 도통 이해가 안 가네요."

"말씀드린 대로 야스민에 관한 이야기를 하고 싶습니다." 요한손은 같은 말을 반복했다. "당신은 아이를 실제로 만났던 사람 중 제가 알고 있는 유일한 사람입니다."

"그 애 부모는요?"

"그들과는 연락할 수가 없습니다. 이십 년도 더 전에 스웨덴을 떠났으니까요."

"좋아요. 하지만 저는 여전히 이해가 안 가요. 그 애를 만났다 해도 열 번 정도, 후하게 쳐도 스무 번도 안 된다고요. 게다가 이십오 년도 더 된 일이잖아요."

"따님 둘은 그 아이와 나이가 비슷할 겁니다. 그래서 저는 당신과 이야기를 나눠볼 만할 가치가 있을 거라는 느낌을 받았습니다." 요한손이 말했다. 게다가 당신 딸들은 아직 살아 있으니까. 다른 것들을 다 떠나, 그들은 성인 여성으로 성장해서 서른 살을 넘길 때까지 살아남았으니까.

"오늘 오후에 세탁실 예약을 해놨는데요." 그녀가 말했다.

"문제없습니다. 기꺼이 제가 그쪽으로 가겠습니다. 한 시간 정도 이야기를 나눌 수 있을까요?"

"도착하기 전에 전화 주세요." 그녀가 말했다. "도착하기 전에 꼭 전화 주겠다고 약속하세요."

결국 허락을 받아냈군. 그는 통화를 끝내며 생각했다. 왜 그렇게들 자진해서 경찰을 도와주려 하지 않는 걸까?

"마틸다!" 그는 고함을 질렀다.

"예, 보스." 마틸다가 대답했다. 요한손의 서재 문에 기대고 서 있던 게 분명했다.

"배트모빌에 시동을 걸게. 출동할 예정이라네." 분명히 와인 탓이겠지. 두통도, 가슴 속 뻐근함도, 심지어 고무되는 듯한 감정도 느껴지지 않았다. 그저 침착하면서도 집중력이 살아나 있었다. 마치 손에 쥔 것만으로 최선을 다하고 우연의 일치를 증오하며 불필요하게 일을 복잡하게 만들지 않는 남자가 된 것 같았다.

50

7월 27일 화요일 오후

에싱에브로가탄 거리에는 1930년대까지 건축 연도를 거슬러 올라가야 하는 건물이 한 채 있었고, 그 건물 맨 위층에는 작은 방이 두 개 있는 아파트가 있었다. 방 두 개, 식탁 옆으로 잠을 잘 수 있는 벽감이 딸린 주방이 있는 곳이었다. 아마 에리카 본인이 사용했던 곳이겠지. 두 방 중 작은 쪽을 자매들이 함께 쓰도록 양보하고 말이야. 이곳은 그녀가 거의 삼십 년 전에 이사를 했던 바로 그 아파트였고, 에리카의 두 딸이 자란 곳이기도 했다. 두 딸이 스스로의 인생을 살아가면서 독립하기 전까지 어머니와 함께 지낸 곳이었던 것이다. 그가 물어볼 필요조차 없었다. 실내 장식을 비롯하여 바닥과 천장, 벽에 남아 있는 모든 것을 통해 판단해본 결과, 요한손은 이곳이 에리카가 자신의 인생 중 스물일곱 해를 보낸 곳이라는 사실을 깨달았다. 소박한 삶이었고 부지런한 삶이었다. 잘 정돈되고 깔끔했지만, 사치품에 할애할 금전적인 여유도 남는 공간도 없었다.

마치 에리카 그녀 자신 같은 공간이었다. 딱 들어맞았다. 나긋나긋한 동작, 기민한 두 눈, 햇볕에 그을린 강인한 두 손. 그 손은 일하는 여성의 손이었다. 그녀는 젊은 시절 아름다웠을 게 분명했다. 걸음걸이는 용수철 같았을 테고, 미소와 두 눈 속에서는 미래에 대한 꿈들을 엿볼 수 있었을 터였다. 하지만 지금도 외모는 괜찮아 보이는군. 요한손은 이렇게 생각하며, 이유는 모르는 채 자신이 알아낸 것에 대해 극심한 고통을 느꼈다. 그녀는 혹시 그가 차를 더 좋아하는지 묻지도 않은 채 커피를 내왔다. 우리 같은 사람들의 행동 방식이지, 진짜배기 노를란드 사람들 말이야. 요한손은 생각했다. 요한손은 누가 닳아빠진 심장을 힘껏 잡아당기는 듯한 기분이었다.

"설탕이랑 우유를 타드릴까요?" 그녀가 진작에 했던 질문이었다.

"블랙이 좋습니다." 요한손이 말했다.

"무슨 이야기를 하고 싶은데요?" 그녀가 물었다.

"처음부터 시작하죠." 요한손이 말했다. "당신이 마르가레타 사겔리에드의 집에서 일을 시작했을 때부터 말입니다."

1983년 봄이었다. 남편은 후딩에 병원에서 에리카와 함께 일하던 더 어린 여자와 바람이 나 그녀를 떠나버렸다. 그 여자는 에리카보다 열한 살이 어렸고 딸린 아이는 없었지만 남편의 아이를 임신하고 있었다. 그녀는 남편에게 물어볼 필요조차 없이 모든 상황을 파악했다. 남편의 거짓말을 잠자코 들었고, 분노 어린 폭력과 죄책감을 지켜보았다.

병원에서 상사로 있던 사람은 에리카를 위해 현실적인 대책을 전부 마련해주었다. 그는 선임 전문의이자 오페라 애호가이기도 하며 넉넉한 봉급과는 상관없이 부유했으니, 은수저를 물고 태어났다는 표현이 딱 어울리는 사람이었다. 그는 릴라에싱에에 에리카가 살 아파트를 하나 골라주었다. 그의 친구가 소유한 건물로, 그녀는 일주일에 한 번 로비와 계단을 청소하고 필요할 때마다 전구를 한두 개 가는 일을 맡는 조건으로 집세를 면제받았다. 그가 상트예란 병원에 에리카의 새 직장을 구해주는 일은 단 하루 만에 마무리되었는데, 친구 겸 동료에게 전화를 한 통 거는 것으로 충분했다. 그리고 마르가레타 사겔리에드에게 고용된 것 역시 마찬가지였다. 사겔리에드는 그와 아내의 가까운 친구였던 것이다.

"당연히 제가 그 사람이랑 자는 사이였는지 궁금하실 테죠." 에리카 브렌스트룀이 말했다.

"아닙니다. 그랬습니까?"

"아니에요. 그는 좋은 사람이었을 뿐이에요. 다른 부류의 모든 사람을 참고 받아들일 수 있을 거라는 기분을 느끼게 해주는 사람 말이에요. 게다가 그는 저랑 나이 차이가 두 배는 났으니까요."

그게 무슨 상관이지? 요한손의 아내는 그보다 스무 살은 더 어렸다.

"그렇다면 당신은 사겔리에드 부인을 위해 어떤 일을 했습니까?" 요한손이 물었다. 우리 노를란드인끼리만 아는 이야기로 남겨둘 테니.

"청소, 설거지, 세탁, 집이랑 정원 관리요. 식재료 구입도요. 손님을 초대했을 때 돕기도 했죠."

"그녀는 어떤 사람이었습니까? 고용주로서요."

"나쁜 사람은 아니었어요. 정말로 나쁜 사람은 아니었지만, 자기애가 굉장히 강했죠. 그녀가 자기 이야기를 하는 내내 제가 자리에 앉아 참고 들을 수만 있었다면 아마 귀부인의 말벗 역할을 대신할 수도 있었을걸요. 그랬다면 설거지나 청소를 할 필요도 없었을 거예요."

"그렇게 힘든 일이었습니까?"

"그녀의 비위를 맞추고 맞장구쳐줘야 하는 일이니까요. 그리고 했던 것을 처음부터 반복해서 해야 한다니까요."

"그녀는 박정한 사람이었습니까?"

"그건 확실히 아니에요. 사겔리에드는 자기중심적이었지만 박정한 사람은 아니었어요. 잘못된 방향으로 접근한다면 그녀는 힘든 사람일 수도 있어요. 그리고 물론 그녀는 자식도 없었지요. 사실 그녀는 그 이야기를 굉장히 자주 했어요. 아이를 가졌다면 자신의 가수 경력이 끝나버렸을 거라면서요. 그게 그녀에게 큰 후회로 남았죠. 너무 늦은 나이에 결혼을 한 것과 나이가 많은 남자랑 결혼한 것 말이에요."

"당신 아이들에게는 어땠습니까? 그녀가 따님들을 만난 적이 있었습니까?"

"아, 그래요. 굉장히 여러 번 만났죠. 언제나 둘 중 하나는 기침이 심해지거나 감기가 도져서 유치원에 가지 못했거든요. 그게 아니면 저녁이나 주말에 그녀를 도와줘야 할 일이 생길 때나, 일이 늦어서 우리 모두 그녀의 집에서 자는 게 여러모로 더 나을 때 같은 경우에요. 혹시 자식이 있나요?"

"그렇습니다." 요한손이 말했다.

"그렇다면 어린아이들을 키운다는 게 어떤 일인지 아실 테죠."

"어느 정도는 알고 있습니다."

“상상이 가네요.” 에리카 브렌스트룀이 말했다. 그녀는 살짝 미소를 지으며 다시 한번 커피를 저었다.

“그러면 당신이 아이들을 데리고 있었을 때는 어땠습니까? 사겔리에드 부인이 말입니다.”

“정말로 괜찮았어요. 아이들은 마르가레타 숙모님을 굉장히 좋아했거든요. 셋이서 피아노를 치고 노래를 부르고 연극도 하고 옷을 입어보기도 했는데, 나는 정확히는 잘 몰라요. 일에 매여 있어야 했으니까요. 그녀가 아이들 버릇을 나쁘게 들였어요. 지나치게 비싼 선물을 주었거든요. 그녀는 크리스마스나 아이들 생일 때면 NK 백화점에 데려가 선물을 사주곤 했죠.”

“당신 남편은 어땠습니까?” 그는 앞서 한 말을 정정했다. “전남편 말입니다. 그가 사겔리에드 부인을 만난 적이 있습니까?”

갑자기 경계하기 시작하는군.

“아니에요. 한 번도 없어요. 왜 그런 질문을 하는지 알겠네요.”

“그게 무슨 뜻이죠? 어떻게 안다는 겁니까?”

“당신은 경찰이니까요. 지금쯤은 그에 대해 다 알고 있을 거예요. 솔직히 말해서 그가 당신이 여기 앉아 있는 진짜 이유일 테고요. 아닌가요?”

“사실은 아닙니다. 야스민에 대해 이야기를 나누어볼 생각이었지만, 당신이 제가 전남편에 대해 흥미를 갖는 이유를 생각해낸 것을 보니 어쨌든 그에 대해 말해줄 이야기가 있을지도 모르겠군요?”

“뭐, 사실 숨길 것은 아무것도 없어요. 톰뮈는 게으름뱅이였죠. 술을 많이 마셨어요. 우리가 처음 만났을 때부터 그랬는데, 그때는 고작 열여덟밖에 안 됐었죠. 저는 시골에서 올라온 여자애였고, 몇 살 더 많았지만 톰뮈의 눈에는 제가 쉬운 먹잇감으로 보였을 거예요."

"그는 술을 지나치게 많이 마셨습니까?"

"파티도 엄청나게 다녔죠. 도를 넘을 정도로 여자를 좋아했어요. 저랑 함께 살면서도 항상 다른 여자를 만나고 다녔을 거라고 확신해요. 결국 술 문제가 심각할 정도로 진행되고 말았지만, 그때쯤 나는 딸아이들을 데리고 그를 떠난 후였지요."

"그가 당신이랑 접촉하려는 시도는 하지 않았습니까?"

"그런 적은 없었어요. 헤어진 첫해 동안은 거의 연락을 하지 않았어요. 양육비에 대한 이야기를 위해 몇 번 전화를 걸어야 했지만 소용없는 짓이었어요. 마침내 서무 변호사를 찾아간 후로 톰뮈의 봉급에서 바로 양육비가 공제되어 제게 들어왔죠. 그렇게 되면서 그에게 전화를 걸어서 잔소리를 할 필요가 없게 되었으니, 그것만으로도 다행스러운 일이었어요. 말씀드린 대로 그는 게을렀고 술을 지나치게 마셨지만, 사람 자체가 나쁜 것은 아니었어요. 그가 어리석은 일에 관여했다는 것은 확실히 알고 있지만요. 심지어 잠시 감옥에 다녀왔다는 것도 알고 있어요. 직장에서 몇 번 절도 사건이 일어났는데, 거기 휘말리고 말았죠."

"따님들과는 어땠습니까? 그는 따님들과 연락을 유지하고 싶어 했습니까?"

"제 후임자가…… 제가 평소 그녀를 어떻게 생각하는지 아시겠죠? 어쨌든 그녀가 톰뮈를 내쫓았다고 말한 후로, 그는 우리에게 연락을 해보려고 했어요. 하지만 잘되지 않았죠. 그는 끊임없이 약속을 늘어놓았지만, 말한 대로 이루어진 것은 하나도 없었어요. 그냥 말뿐인 약속이나 엄청 해댔기 때문에, 아직 어렸던 딸아이들이 속상해서 울음을 터뜨린 적도 굉장히 많았어요. 아이들이 좀더 나이를 먹은 후에는 아이들 쪽에서 그에게 연락을 취해보려 했죠. 물론 그 또한 잘되지 않았어요. 두 아이 다 지난 십 년 동안 그를 한 번이라도 만났을 것 같지는 않아요. 톰뮈는 어린아이였어요. 술에 취한 어린아이요. 그는 조금도 자라지 않았지요."

"그를 마지막으로 본 것은 언제였습니까?"

"1983년에 그를 떠난 후에는 비공식적으로 딱 한 번 봤어요. 몇 년 후 일이었죠. 그는 제 직장이었던 상트예란 병원으로 왔어요. 돈을 좀 빌려달라면서요. 저는 승낙하고 몇백 크로나 정도 쥐여줬죠. 당연하게도 전혀 돌려받지 못했고요."

"그때는 제외하고 말입니다. 서무 변호사나 사회부 사람들을 끼고 만난 적은 없었습니까? 어떤 형식으로든 분명 접촉이 있었을 텐데요."

"그동안 대여섯 번 정도 있었던 것 같네요. 단둘이서 만났던 것은 단 한 번뿐이었고, 그때가 바로 병원으로 돈을 빌리러 찾아왔을 때였어요. 그리고 저도 그에게 돈을 줄 정도로 멍청했을 때였고요."

"알겠습니다." 요한손이 말했다. 역겨운 멍청이 자식이로군.

"당신이 뭘 찾고 있는지 알아요." 에리카 브렌스트룀이 말했다. "하지만 톰뮈가 야스민의 죽음과 관련이 있다고 생각한다면, 완전히 잘못된 판단을 내린 거예요. 톰뮈는 절대 그런 짓을 할 사람이 아니에요. 그냥 그런 사람인걸요. 톰뮈는 다 자란 여자들에게 관심을 보였고, 그런 여자들은 그에게 지나치게 관심을 보였죠. 그에게 어린 여자아이들은 예쁘고 행복한 존재이지 무슨 문제를 일으키는 존재가 아니에요. 그는 잠자리에서 아이들에게 동화책을 읽어주는 것도 제대로 못 했다고요."

"당신 말을 믿습니다." 요한손이 말했다. "대화 주제를 바꿔보도록 하죠. 1985년 6월, 야스민이 살해당했을 때 당신은 무엇을 하고 있었습니까?"

"저는 마침내 제대로 된 휴가를 떠날 수 있는 시간 여유가 생겼었어요. 몇 년 사이에 처음 있는 일이었죠. 마르가레타는 친구를 만난 다음, 시골 별장에 가서 머물 예정이었고요. 저는 첫째가 다니던 학교가 방학을 하자마자 아이들을 데리고 부모님 댁으로 갔어요. 그곳에서 여름 내내 지냈죠. 새 학기가 시작하기 직전인 팔월 중순까지는 돌아오지 않았고요. 둘째 예시카는 그해부터 학교에 다니기 시작했죠."

"제 동료가 당신과 대화를 나눠보려고 연락을 취한 적은 한 번도 없었습니까?"

"없었어요. 어째서 제 이야기를 듣고 싶었겠어요? 경찰이 마르가레타와 이야기를 나눈 것은 알고 있어요. 그녀가 말해줬으니까요. 하지만 경찰이 왜 저랑 이야기하고 싶어 했겠어요?"

"저는 이야기를 듣고 싶습니다. 야스민에 대해서요. 그 애에 대해 말해주시죠." 요한손이 말했다.

야스민이 길 맨 위쪽에 있는 그 집으로 이사를 온 시기는, 에리카가 마르가레타 사겔리에드의 집에서 일을 시작한 이후 처음으로 맞은 봄이었다. 야스민은 아버지와 새 애인과 함께 살았다. 조그만 소녀가 에리카의 고용주를 방문하기까지는 그리 오랜 시간이 걸리지 않았다.

"그 애는 예뻤어요. 정말 예쁘고 매력적인 아이였지요. 활발하고 행복해하며, 다소 과장되게 행동하는 면도 있었죠. 그렇다고 버릇없는 아이는 아니었어요. 그래서 그 애와 마르가레타는 처음 보자마자 서로 사랑에 빠져버렸죠. 이런 말을 해도 될지 모르겠지만, 그 애 아버지도 별 문제 없는 사람이었어요."

"어떤 사람이었습니까?"

"덩치가 크고 힘이 세며 체격도 탄탄했죠. 짙은 피부색에 굉장히 잘 생겼고요. 게다가 의사이기도 했으니까요. 마르가레타는 그가 굉장히 매력적이라고 생각했어요. 그녀는 몇몇 파티에 그 남자와 남자의 애인을 초대했죠. 그녀 역시 의사였어요. 저는 마르가레타가 연 파티에서 그 사람들을 처음 보자마자 야스민의 아버지와 새 애인이라는 것을 알 수 있었어요. 저들은 얼마나 오래갈까 하고 혼자 생각했던 기억이 나네요."

"그런 생각을 했습니까?"

"그는 자석 같은 사람이었어요. 모든 여자가 나이를 가리지 않고 그에게 다가가 이야기를 나누고 싶어 했죠."

"그가 이란에서 온 이민자라는 사실은 상관이 없었습니까?"

"전혀요. 마르가레타는 절대 그런 사람이 아니었어요. 그 반대에 가까웠죠. 그녀의 친구들도 마찬가지였어요. 야스민의 아버지는 좀더 키가 크고 좀더 젊고 좀더 잘생긴 이란 왕처럼 보였죠. 게다가 파라 디바가 되고 싶지 않은 사람이 누가 있겠어요? 저 역시 그를 거부했을 것 같지는 않아요."

"그렇습니까?"

"그래요. 하지만 그와 엮일 일은 없었어요. 그 점에 대해서는 걱정할 필요도 없었죠. 그가 하인들이랑 사귀는 부류였다고 생각하지는 않아요. 그는 매력적이고 겸손했지만, 저 같은 사람들은 안중에도 없었을 거라고 확신해요."

"야스민 말입니다만, 그 애가 따님들과 만난 적이 있었습니까?"

"예전에 그런 생각을 해본 적이 있어요. 사건이 일어났을 때, 그런 적이 있었나 하는 생각을 해봤죠. 실제로 그 아이들은 서로 만난 적이 없었어요. 어쩌다가 인사를 나눴을 수도 있을 테지만 함께 놀았던 적은 없었죠. 나중에 일어난 일을 생각하면 오히려 다행스러운 일이었을지도 몰라요. 이런 말을 해도 좋을지 모르겠지만, 수많은 어려운 질문에 대답을 하지 않아도 됐으니까요."

"예, 그렇습니다. 어떤 인간이 여자아이에게 그런 짓을 할 수 있었을까요?"

"당신 같은 경찰들이 알고 있을 거라고 생각했는데요?" 에리카가 놀라며 말했다. "그런 것들을 아는 사람들은 당신네들 아닌가요?"

"그렇습니다. 하지만 아는 것과 이해하는 것은 서로 다른 문제라서요."

"무슨 말씀인지 알겠어요. 그게 바로 카롤리나와 예시카의 아버지에 대해 걱정할 필요가 없는 이유라고요."

1985년 가을의 어느 날, 마르가레타 사겔리에드는 에펠비켄에 있는 집을 팔고 이사를 가기로 결심했다.

"그 집이 1986년 봄에 팔렸다는 것은 알고 있습니다." 요한손이 말했다. "살인 사건이 발생한 지 아홉 달쯤 지난 후였지요. 그녀가 갑자기 이사를 하고 싶어 한 이유를 아십니까?" 에리카는 예전의 모습으로 돌아간 것 같군. 경계하고 있어. 분명히 극도로 경계하고 있어.

"갑자기라는 말을 써도 될지는 모르겠네요. 일 년 가까이 지나서였잖아요."

"흠. 집이란 하룻밤 사이에 사고파는 물건이 아닙니다. 그리고 나는 부동산 중개인이 가을부터 사람들에게 그 집을 보여주기 시작했다고 믿고 있습니다."

"전혀 이상하다고 생각되지 않는데요." 에리카 브렌스트룀이 말했다. "사겔리에드가 한동안 그런 이야기를 한 적이 있어요. 이 집은 혼자 살기에는 지나치게 큰데다가 자신은 늙어가고 있으니 시내로 이사를 가고 싶다고요. 여기저기 다 쉽게 갈 수 있는 외스테르말름에서 작은 아파트를 하나 살 생각을 하고 있다고도 했고요."

"그 집이 지나치게 크다고요?" 그 집은 사겔리에드의 박물관이었을 텐데. 그녀 자신의 인생에 바치는 기념비였겠지. 그 집이 크다고 생각했다니, 말도 안 돼.

"그래요. 그녀는 한동안 그런 이야기를 했어요. 분명히 그랬어요."

"야스민에게 일어난 일은 어땠습니까? 사건이 그녀에게 영향을 끼쳤을 수도 있다고 생각하십니까? 어쨌든 그 애는 그 집에 가서 놀곤 했으니까요. 일어난 일을 생각하면, 특별히 즐거운 기억이었을 리는 없을 텐데요." 어째서 당신은 내게 거짓말을 하는 거지?

"그렇지 않아요." 에리카 브렌스트룀은 고개를 저으며 말했다. "무슨 뜻으로 하시는 말인지 알겠어요. 하지만 그녀가 그런 말을 한 적이 없다는 것은 확실해요."

"내가 제대로 알고 있다면, 당신은 그녀가 이사하는 것을 도왔을 테죠? 이사를 나간 후에 청소를 했다든지, 그런 일들 말입니다."

"맞아요. 그녀는 외스테르말름 리다르가탄 거리에 아파트를 하나 구입했죠. 제가 그쪽으로 이사 가는 것을 도와주었어요."

"그후에는 어떻게 됐습니까?" 요한손이 물었다.

"무슨 뜻이지요?"

"사겔리에드와 계속해서 연락을 주고받았습니까? 그녀는 당신이 계속 도와주기를 바랐을 텐데요?"

"아뇨. 그녀가 좀더 작은 집으로 이사를 하고 싶었던 까닭은, 다른 사람에게 의지하고 싶지 않았기 때문이기도 했어요. 그러고 나서 그녀는 병에 걸렸죠. 암이었어요. 그녀는 이사를 한 후 고작 이 년 정도 살다가 죽었는데, 죽기 전까지 꽤 오래 병에 시달려야 했어요. 몇 번 통화를 한 적은 있지만, 그게 전부였어요."

"그녀가 전화를 걸었습니까, 아니면 당신이 전화를 걸었습니까?" 어째서 거짓말을 하고 있지? 누구를 보호하려 애를 쓰고 있는 거야?

"둘 다였어요. 저도 그녀에게 전화를 걸었고, 그녀도 제게 전화를 걸었죠."

요한손이 말했다. "다른 주제로 넘어갑시다. 사겔리에드의 교제 범위 말입니다. 제가 제대로 알고 있다면, 그녀는 주로 동년배들과 시간을 보냈습니다. 그녀 자신과 배경이 같은 사람들과요."

"맞아요. 이웃 한둘 정도 제외하면요. 악셀이랑 악셀의 부인, 그리고 야스민의 아버지와 아버지의 애인 같은 사람들 말이에요. 오랜 친구들의 자녀들도 있었어요. 성인이었지만 아직 삼사십 정도밖에 나이를 먹지 않은 사람들이었죠. 어쨌든 그들이 가장 젊은 축이었어요."

“대놓고 하나 물어보겠습니다. 그녀와 가까운 사이였던 특정 남성 지인이 있었습니까? 나이가 대략 서른 살 언저리였던 사람은요? 그녀가 정기적으로 만나던 사람은 없었습니까?”

“그게 무슨 뜻이죠? 그녀가 어린 남자를 만나고 있었는지 묻는 거예요?”

“아니, 그런 뜻이 아닙니다. 그녀가 잘 알고 있고, 일을 도와주던 사람이었을지도 모릅니다. 친척이나 지인, 친구 중 누군가의 아들일 수도 있습니다.” 어째서 멍청한 척하는 거지?

“없었어요.” 에리카 브렌스트룀은 고개를 저었다. “그런 사람은 없었다고요. 있었다면 제가 분명히 알았을 거예요.”

“물론이지요.” 요한손은 미소를 지었다. “따님들은 어떻습니까? 제가 알기로는 따님들은 일이 잘 풀린 것 같던데요.” 이번에는 질문보다는 진술에 가까웠다.

“그래요.” 딸들의 어머니가 말했다. “애들은 일이 잘 풀렸죠. 둘 다 결혼했고, 직업도 자식들도 있어요. 그걸 어떻게 아시죠? 혹시 궁금해하는 게 이거라면, 사위 둘 다 지극히 평범하고 괜찮은 사람이에요.”

“당연히 그렇겠죠. 당신 같은 어머니를 둔 딸들과 결혼한 사람들일 테니.”

“뭐, 항상 쉬운 일만 있었던 것은 아니었어요.” 에리카가 말했다.

“상상이 갑니다. 그러면 좋습니다. 이야기를 나눌 만한 게 또 있을까요? 아무것도 생각나지 않습니까?” 나는 당신에게 기회를 한 번 더 주고 있는 거야. 제발 받아들여, 이 여자야. 그래야 굳이 당신에게 상처를 주지 않아도 되니까.

에리카 브렌스트룀이 말했다. "없어요. 자, 저는 빨랫감이 엄청나게 많다고요."

요한손은 두 사람이 작은 복도로 나가 서서 에리카가 문을 열어주려 할 때까지 기다렸다. 그런 다음 주머니에 한 손을 집어넣고 머리핀이 들어 있는 작은 비닐 봉투를 꺼냈다. 요한손은 봉투를 그녀 앞으로 내밀었다. 거의 떠넘기다시피 했는데도 그녀는 봉투를 받아 들지 않았다.

"사실은 있습니다. 하나가 더 남았습니다. 이 물건을 알아보지 못하겠습니까?"

"모르겠어요. 머리핀이라는 것은 알겠지만, 내 딸들 둘 다 그런 물건은 없었어요."

"그 점에 대해 확신하십니까?" 요한손이 말했다.

"예, 확신하고말고요. 당신을 쫓아내려는 것처럼 보이고 싶지는 않지만……."

"생각 좀 해보시죠. 제 전화번호를 알려드렸으니까요. 생각을 해보셨으면 좋겠군요. 그리고 마음이 바뀌면 연락 바랍니다." 그는 그녀에게 고개를 끄덕였다.

이제는 겁에 질렸군. 겁에 질린 눈이야. 내게 달려들지도 않았어. 만약 조금 전 내가 한 말이 그릇된 것이고 부당한 비난에 불과하다면, 응당 화를 내야 할 텐데 그러지도 않았지. 당신은 머리핀을 어디서 찾아냈을까? 요한손은 아래로 내려가는 엘리베이터 안에 서서 생각했다. 분명히 침대 시트와 베갯잇이 한 장씩, 어쩌면 베개도 하나 사라졌다는 것을 눈치챘을 때와 거의 동시였겠지. 1984년 초가을의 어느 날, 당신이 휴가에서 돌아와 그 집을 꼼꼼히 청소하고 있었을 때 머리핀을 발견했을 거야.

51

7월 28일 수요일

요한손의 단짝 친구가 인도양에서 수영 팬츠 차림으로 늦은 저녁 수영을 하러 가고 있을 때와 같은 시각, 그는 녹초가 된 채 자신의 서재 바닥에 누워 있었다. 그렇게 되기까지는 많은 일이 있었다.

마틸다는 요한손에게 아침 커피를 내오면서 혹시 단둘이서 이야기를 나눌 수 있는지 물었다.

"보스께 드려야 할 이야기가 있어서요. 혹시 괜찮으실까요?"

"말해보게." 요한손은 친절하게 미소를 지으며 말했다. 그는 그녀가 무슨 이야기를 할지 잘 알고 있었다.

"어제저녁 제가 집에 도착했는데, 재킷 주머니에 지폐로 육천 크로나가 들어 있었어요. 그 돈에 대해 혹시 아시는 게 있나요?"

"모르겠군." 요한손은 고개를 저으며 말했다. "무슨 말을 하는지 전혀 모르겠는데.”

“진지하게 말씀드리는 거라고요. 저는 환자들에게 돈을 받을 수 없어요. 선물은 고사하고 빌리는 것도 안 돼요. 왜냐하면…….”

“잠깐만.” 요한손이 말을 잘랐다. “자네가 지금 무슨 말을 하고 있는지 전혀 모르겠군.”

“그러면 나중에 반드시 이야기 좀 해봐요.”

“그때쯤에는 내가 그에 대해 더이상 기억이 나지 않을 것 같구먼.”

요한손은 수수께끼 같은 미소를 지으며 말했다.

“그러면 피아와 이야기를 해보겠어요. 그냥 알고나 계시라고요.”

“그래야 할 것 같군. 하지만 그녀도 나보다 잘 알고 있을 것 같지는 않은데.” 여자들이란. “자, 이제 미안하지만 자네가 나를 태우고 흰색 가운을 입은 의사들을 보러 가기 전까지, 나는 평화롭고 조용히 휴식을 취하고 싶네.”

“예, 오늘은 보스를 담당하는 심장병 전문의도 만날 예정이에요. 그다음에는 물리치료사에게 갈 거예요.”

“내 담당 심장병 전문의라니. 이렇게 영광스러울 수가. 나만의 신경과 전문의도 있고 나만의 심장병 전문의도 있고 나만의 물리치료사에 나만의 베이비 시터도 있다니.” 내가 정말로 갖지 못한 것은 나 자신의 인생뿐이지.

요한손을 담당하는 심장병 전문의와의 약속이 첫 번째였다. 그는 키가 작으면서도 몸이 탄탄한 오십 대 남자로, 머리는 벗어졌고 기민한 두 눈은 갈색이었다. 요한손이 어린 시절 방아쇠를 당기면서 작은 머리에 달린 작은 빛을 꺼뜨리기 전에 보았던 다람쥐의 눈과 비슷한 감정이 그 남자의 눈에도 담겨 있었다. 심장병 전문의는 내내 고개를 이리저리 움직이지 않고도 좋은 판단력을 보여주었다. 그는 그저 자리에 앉은 채 친절한 미소를 지으면서, 요한손의 가슴에 귀를 기울여 폐와 심장에서 나는 소리를 듣고 심전도 결과를 확인한 다음, 보다 평범한 태도로 그를 바라볼 뿐이었다.

"이렇게 합시다." 요한손은 어서 끝내는 편이 다행스러울 거라고 생각하며 말했다. "저는 평생 동안 경찰로 일해왔습니다. 저는 단도직입적으로 이야기를 듣는 데 이골이 난 사람이고, 당신네 의사들이 늘어놓는 헛소리에 진절머리가 납니다. 나는 내 상태가 어떤지 알고 싶고, 그 이유는 내가 꽤 끔찍한 상태라고 보기 때문입니다. 나는 불평을 늘어놓는 사람도 아닙니다. 그러니 그냥 단도직입적으로 말씀해주시죠."

"알겠습니다." 심장병 전문의가 말했다. "선생님의 심장은 오랜 세월 동안 타격을 받아왔습니다. 수치들이 좋지 않아요. 제가 가장 걱정하는 것은 선생님의 혈압입니다. 혈압을 낮춰야 합니다. 약물도 도움이 될 테지만, 선생님께서는 체중을 줄이셔야 하고 운동도 더 하셔야 하며 좀더 마음을 편히 가지셔야 합니다. 스트레스를 받는 일은 피하셔야 하고, 걱정하거나 흥분하는 것도 삼가셔야 합니다. 이 정도면 충분히 솔직 담백합니까?"

"그렇군요. 혹시 만약을 대비해서 현실적인 준비를 하고 있어야 할까요?"

"제 조언을 따르신다면 아마 새 유언장을 작성하실 때까지는 조금 시간이 남으실 겁니다."

"다행이로군요." 손에 쥔 것만으로 최선을 다하라는 거로군. 선택의 여지가 없을 때는 갖고 있는 것만으로 최선을 다해야지.

운동 시간이 끝난 후, 요한손의 물리치료사는 똑같은 질문을 받았다.

"이 팔을 보시죠." 요한손이 말했다.

오른팔을 앞으로 들어 올린 그는 주먹을 폈다가 쥐고 나서 검지손가락을 쭉 뻗었다.

"한 달만 있으면 사슴 사냥 시즌이 시작됩니다." 요한손은 말을 이었다. "저는 꼬마 시절부터 사슴 사냥을 했지요. 이 팔로 다시 사냥을 할 수 있을까요? 이 손으로 총을 들고? 오른쪽 검지손가락으로 방아쇠를 당길 수 있을까요? 지금은 손가락에 아무것도 느껴지지 않습니다. 아침에 신문조차 집어 들 수 없단 말입니다."

"시간이 걸릴 거예요." 그녀가 말했다.

"그게 무슨 뜻입니까? 일 년? 오 년? 평생?"

"콕 집어 말씀드릴 수는 없어요. 하지만 예전에도 말씀드렸다시피, 그런 식으로 생각하시면 안 돼요. 왜냐하면……."

"감사합니다." 요한손이 말을 잘랐다. "한 말씀 드리자면, 다들 제게 무슨 생각을 해야 하는지 가르치려 드는 탓에 진심으로 신물이 날 지경입니다." 그리고 무슨 생각을 하지 말아야 하는지도 말이지.

죽는 날까지 얼마나 남았는지 날짜만 세면서 보내는 삶이 무슨 의미가 있을까? 요한손은 집으로 돌아가는 자동차 안에 앉아 생각했다. 대체 어떻게 된 인생이길래?

마틸다가 입을 열었다.

"제가 계속 괴롭히는 것 같아 죄송해요. 그 돈에 대한 이야기인데요."

"그래, 진짜로 신경 더럽게 긁는구먼. 지금 내 기분이 엄청나게 더러우니, 닥치고 집에 데려다준다면 정말로 고맙겠네. 그게 곤란하다면 여기서 차를 세워주게. 택시를 부를 테니."

"죄송해요. 기분 상하게 해드릴 생각은 없었어요."

이제 다른 사람까지 불행하게 만들었군.

"죽는 날까지 얼마나 남았는지 날짜만 세면서 보내는 삶이 무슨 의미가 있을까? 대체 어떻게 생겨먹은 인생이길래?"

"앞으로 나아지실 거예요." 마틸다가 말했다. 그러더니 요한손의 팔을 토닥거려주었다. "곧 정상으로 돌아오실 거예요. 장담할 수 있어요."

요한손은 소파에 반쯤 누운 채 혼자서 점심 식사를 했다. 자신의 베이비 시터와 같은 테이블에 앉아 식사를 하는 것은 생각하기조차 싫었다. 이번에는 와인도 없었다. 마틸다가 와인을 마실 것인지 물어보았지만, 그는 고개를 저을 뿐이었다.

머리가 아프고 가슴이 조이는 느낌이 들었다. 이런 식으로는 살 수 없어. 요한손은 이렇게 생각하며 소파에서 일어나 욕실로 향했다. 조그만 흰색 알약을 하나 삼키고는 다른 모든 것으로부터 벗어날 작정이었다. 겨우 두어 걸음 떼었을 때, 바닥이 요동치더니 두 다리가 제멋대로 움직이고 벽이 빙빙 돌았다. 그는 뭐라도 잡기 위해 오른팔을 마구 휘저었지만 헛된 시도였다. 그러다가 눈앞이 깜깜해지면서 옆으로 쓰러지고 말았다.

"가만히 누워 계세요." 마틸다가 요한손의 옆에서 무릎을 꿇은 채 말했다. 어떻게 그녀가 여기 있는 거지?

"제 말 들리세요? 다리를 움직이실 수 있겠어요? 발에 힘을 한번 줘 보세요. 저는 전화로 도움을 요청할게요."

"하기만 해봐. 그러지 말고 나를 일으켜서 소파로 데려가주게."

"가만히 누워 계셔야 해요." 마틸다는 오른손으로 휴대전화를 꺼내면서 왼손으로 요한손의 가슴을 짚었다. "피아에게 전화를 걸게요. 걱정하지 마세요."

"하기만 해보라고." 요한손은 왼팔로 그녀를 밀쳐냈다. "아내에게 전화를 했다가는 죽여버리겠어."

그녀는 아무 말도 하지 않은 채, 고개를 저으며 서재 밖으로 나가 문을 닫았다.

그가 스스로 몸을 일으켜 소파까지 가는 데는 오 분이 넘게 걸렸다. 소파는 고작 몇 미터 떨어진 곳에 있었다. 그가 마침내 소파에 도착했을 때 서재 문이 활짝 열리더니 큰형이 쳐들어왔다.

"곤돌렌 레스토랑에서 점심을 먹고 있었는데 피아가 전화를 하더라. 대체 이게 무슨 일이냐?" 에베르트가 물었다. 그는 촉박한 상황에서 쓸데없는 말은 하지 않는 사람이었다.

"뭐 그렇게 빌어먹을 일이 있었을라고. 넘어졌어. 그뿐이야."

"헛소리 집어치워." 에베르트가 말했다. 그 순간, 마틸다가 서재 안으로 들어왔다.

"보스께서는 너무 빨리 일어나시려다가 기립성 저혈압이 생겨서 현기증 때문에 쓰러지신 것 같아요. 제 생각에는……."

"좀 닥치고 나가야 내가 내 동생이랑 조용히 이야기를 할 게 아니겠나." 에베르트는 그녀가 들어온 방향에 대고 손짓을 하며 말했다.

에베르트가 손을 휘두르면 슈퍼맨조차 바지에 실례를 하는 법이지. 그는 가슴과 옆구리에서 느껴지는 통증에도 불구하고, 갑자기 이해할 수 없는 쾌활한 감정이 치솟아 오르기 시작했다.

에베르트는 의자를 하나 가져와 앉았다.

"물 한 잔 줄까?" 그가 물었다.

"코냑이나 한잔했으면 좋겠는데." 요한손이 말했다. "큰 잔으로."

"좋아." 에베르트가 승낙한다는 뜻으로 고개를 끄덕이며 말했다. "당연히 코냑 한잔 마셔야지. 나는 스카치위스키나 한잔 마셔볼까."

두 사람은 앉은 채 이야기를 나눴다. 평화롭고 조용하게, 남자 대 남자로, 형과 동생으로, 에베르트는 위스키를 홀짝거렸고 요한손은 코냑을 마셨다.

"이런 식으로 지내는 것은 곤란하지. 너 스스로도 알 거 아니냐." 에베르트가 말했다.

"그래? 사실은 나도 진작에 깨달았어. 무슨 제안이든 겸허하게 받아들이지."

"사내 녀석 하나 빌려줄까? 내가 데리고 오지. 녀석이 도움이 될 거야. 아내랑 나를 위해 내 땅에서 일을 봐주는 녀석이야."

"형이 데리고 있는 직원?"

"그래. 자기 아파트에서 자빠져 자살하려는 녀석에게는 아무래도 소용없을 것 같지만."

"그 친구에게는 무슨 문제가 있길래? 형 직원 말이야."

"아무 문제도 없어." 에베르트는 고개를 저으며 말했다. "덩치 크고 힘이 센 녀석이야. 멍청한 것과도 거리가 멀어. 시키는 대로 일도 잘하고."

"아무 문제도 없다고?"

"없다니까." 에베르트는 활짝 웃으며 말했다. "이따금 내가 보드카를 한잔 권할 때마다, 녀석은 술에 취해 경찰이 되고 싶다는 이야기를 늘어놓곤 해. 그 점만 빼면 지극히 정상인 놈이지."

"그러면 형은 어쩌고? 그 친구가 필요하지 않아?" 말이랑 개, 농장과 숲, 사냥터는 어쩌려고?

"내가 알아서 해." 에베르트는 코웃음을 쳤다. "당장 우리가 해결해야 할 문제는 바로 네 녀석이라고."

"좋아. 그렇게까지 해준다니 정말 고마워."

"악수면 충분해. 이제 네가 기운을 차려야 할 때야. 사슴 사냥 시즌이 시작될 때까지 한 달밖에 남지 않았으니까."

"사냥 시즌이로군." 요한손은 고개를 끄덕이며 술잔을 들었다.

52

7월 28일 수요일 저녁

요한손은 피아와 함께 저녁 식사를 했다. 두 사람은 주방에서 음식을 먹었다. 요한손의 기분에 딱 어울리게도 밖에는 비가 내리고 있었기 때문에 테라스에는 앉을 수 없었다.

"기분은 좀 어때?" 피아가 물었다. "그거 알아? 나는 오늘 놀라서 기절할 뻔했어." 그녀는 테이블 위에 놓인 요한손의 무력한 손을 쓰다듬으며 말했다.

"나 때문이 아니야." 요한손은 아내의 말에 순간 짜증이 나서 이렇게 말했다. "문신투성이 계집애한테 당신한테 전화하지 말라고 했는데 그년이 내 말을 무시했다고. 다시 소파로 가고 싶으니 나 좀 도와달라고도 했는데 그 말 역시 무시했고."

"마틸다는 그럴 의무가 있다는 걸 당신도 알아야 해. 마틸다는 전화를 해야만 했어. 당신을 돌보는 사람이니까 그렇게 한 거라고."

"아니, 모르겠는데. 당신 말이 무슨 뜻인지는 알겠지만 하나도 동의 못 하겠어. 다들 나를 위한답시고 한다는 행동에 정말이지 신물이 난다고. 굳이 말하자면 당신도 마찬가지야."

"지금 당신은 힘든 시간을 보내고 있으니까. 그 점은 이해가 가지만, 우리가 당신을 돕고 싶어 한다는 것을 당신도 알아야 해."

무의미한 대화일 뿐이야. 그는 기진맥진해진 나머지 분노마저 휩쓸려 사라지는 것을 느꼈다.

"큰아주버님이랑 이야기를 했어." 피아가 말했다. "아주버님 생각이 훌륭한 것 같더라. 그러면 내 마음이 훨씬 진정될 테니까. 이제 휴가를 떠난 사람들이 돌아오고 있어서 직장에서 할 일이 점점 더 늘어나고 있거든. 그 사람은 잠시 동안 손님용 침실에서 지내라고 하면 될 것 같아."

"두 사람이 의견 일치를 보았다니 멋지군." 요한손이 말했다.

"지금 당신은 좀 지나치게 굴고 있는 것 같아, 라르스. 당신 상태를 보러 온 의사와도 이야기를 해봤어. 골절된 곳은 없지만 발목을 삐었고 여러 군데 타박상을 입었대. 일어날 때는 천천히 움직여야 한다던데. 지나치게 빨리 일어나면 현기증이 나서 쓰러질 수밖에 없대."

정말 있을 수 없는 일이야. 요한손은 이렇게 생각했다.

"물어보고 싶은 게 하나 있는데. 나는 지금 더럽게 피곤하거든. 아마 내가 더럽게 피곤하기 때문에 그렇게 느끼는 것 같아. 혹시 가서 좀 누워도 될까?"

피아는 이제 억지 미소를 지었고, 쓰다듬던 손을 멈췄다. "내가 도와줄게." 그녀가 말했다.

"아니. 제발 그러지 마. 내가 직접 침대로 갈 테니까. 나 혼자 세수도 하고 이도 닦고 빌어먹을 정도로 끔찍한 약도 다 먹은 다음 침대로 갈 거야. 나 혼자 할 거라고."

그는 그녀에게 고개를 까딱했다. 피아의 미소가 사라졌다. 그리고 그녀는 요한손의 손을 잡고 있던 손을 치웠다.

요한손은 자신이 하겠다고 말한 모든 일을 해치웠다. 그는 조그만 흰색 알약을 하나 더, 그리고 수면제도 한 알 먹으면서 모든 일을 마쳤다. 그는 옆구리가 쑤시고 호흡하기 힘들다는 사실에도 불구하고, 머리가 베개에 닿는 순간 잠이 들고 말았다.

53

7월 29일 목요일 오전

이날 아침 요한손은 눈을 뜬 순간, 자신 인생의 결정권을 다시 찾아오자고 결심했다. 그는 6시가 되기 전에 일어났다. 그가 쓰러져 죽음과 직면하기 전까지 언제나 따르던 습관대로였다. 그는 절뚝거리며 화장실로 가 샤워와 면도, 양치를 한 다음, 약을 먹고 물 두 잔을 마시고 나서 실내복을 입고 조간신문을 집어 들고는, 절뚝거리며 서재로 돌아와 소파에 앉아 신문을 읽기 시작했다. 즉시라고 해도 좋을 정도로 두통이 시작되었기 때문에 신문은 한쪽에 던져놓았다. 피아가 서재로 들어와 그에게 아침 식사를 할 생각이 있는지 물어보자, 그는 고개를 저었다. 두 눈을 감고 아내가 화해를 시도할 여지조차 남기지 않았다. 그가 자기 삶의 결정권을 회복하고자 한다면 어쩔 수 없었다. 그럼에도 그녀는 그저 나가버렸다.

그후 요한손은 잠깐 잠이 들었던 게 분명했다. 왜냐하면 그가 다음으로 기억하는 것은 복도에서 아내가 마틸다에게 이야기를 한 다음 서재로 들어와 그에게 몸을 숙이고 손가락으로 왼쪽 뺨을 쓰다듬은 것이기 때문이다. 그녀는 이렇게 속삭였다.

"몸 좀 잘 살피고 있어, 여보. 저녁때 봐." 그런 다음 서재를 나섰다. 현관문이 쾅 닫히는 소리가 들렸다. 그 외 다른 소리일 리는 없었다. 걱정하기보다는 화가 난 태도인데. 그는 이렇게 생각하다가, 이내 도로 잠든 게 분명했다.

또다시 잠에서 깨보니 마틸다가 서재 안에 서 있었다. 그녀는 마치 전날 아무 일도 없었던 것처럼 밝은 미소를 띠고 있었다.

마틸다가 말했다. "어서 일어나세요, 보스. 우리는 이제 물리치료사에게 가야 해요."

요한손이 고개를 저으며 물었다. "그게 무슨 뜻이지, '우리'라니?" 그리고 말을 이었다. "자네나 가게. 나는 오늘은 빼먹을 테니까. 그녀에게 그 문신이나 어떻게 할 수 없는지 물어보지 그래. 혹시 재활 운동으로 문신을 없앨 수 있을지 누가 알겠나?"

"바보 같은 소리 마세요." 마틸다가 말했다. 그녀는 심지어 고개를 한쪽으로 기울이기까지 했다. 신경과 전문의가 요한손이 자기 기대를 충족시켜주지 못할 때마다 취하던 동작 그대로였다.

"나는 유르고르덴 섬으로 산책을 갈 생각이라네. 그런 다음 레스토랑에서 점심을 먹을 거고. 혹시 나를 태워주고 싶다면 고맙게 받아들이지. 그게 아니라면 택시를 부르겠네."

"알겠어요." 그녀는 어깨를 으쓱하며 대답했다. "제가 태워드릴게요.

준비 끝나면 말씀하세요."

요한손은 조심스럽게 옷을 차려입었다. 흰색 리넨 바지, 파란색 리넨 셔츠, 노란색 리넨 재킷이었다. 요한손의 기분에도, 서재 창문을 통해 반짝거리는 햇빛과도 어울리는 옷차림이었다. 그는 서두르지 않고 천천히 움직이다가 거실에 앉아 손목시계를 흘끗 보는 마틸다의 모습을 알아차렸지만, 조금도 눈치채지 못했다는 듯 그녀를 지나 똑바로 걸음을 옮겼다. 순간 그는 전선을 좀더 앞으로 밀어붙이기로 결심했다. 저들이 아이를 원하신다면야 안겨드려야지.

"진정하고 앉아 있게. 나는 출발하기 전에 전화를 한 통 해야 하니까."

요한손은 휴대전화를 꺼내 헤르만손의 번호로 전화를 걸었다.

"요한손일세. 부탁하고 싶은 게 몇 가지 있네."

"말씀하시죠, 국장님." 헤르만손 경정이 말했다. 은퇴로 인한 삼 년간의 공백은 요한손의 어조에 의해 사라져버린 것과 다름없었다.

"회그베리에 대한 조사는 어떻게 되고 있지?"

"그에 대해 광범위한 조사를 해봤습니다. 감시과 녀석들도 회그베리의 사진을 몇 장 갖고 있더군요. 정정해 보이지는 않았습니다. 어젯밤에 동네 술집에서 비틀거리며 나오는 그를 붙잡아 사진을 찍은 모양입니다. 이런 말을 해도 될지 모르겠지만, 아주 술에 절어 있더군요."

"좋아. 지난 이십오 년의 세월이 그렇게까지 문제가 되었던 것은 아니로군. 문제는 당시 그가 어떤 모습이었느냐 하는 건데. 과거 체포당했을 때 찍은 사진이 남아 있다면 보내주게."

"알겠습니다. 파트리크가 근무 교대를 하면 들려 보내겠습니다. 그런

데 몸을 좀 사리셔야 할 겁니다. 우리들 외에는 다른 곳에 퍼지지 않도록 조심하시고요."

"그게 무슨 뜻인가? 몸을 사리다니?" 요한손이 말했다.

"뭐, 사건은 이제 공소시효가 지났으니까요. 그러니 사건에 대해 보다 신중하게 접근해야 합니다. 그뿐입니다."

"허튼소리 그만하게. 누구 하나 보내 개자식에게서 DNA 샘플을 채취하고. 자네가 해준 말대로라면 그는 지금도 인사불성일 거야. 자네는 그저 회그베리의 집 초인종을 누르기만 하면 돼. 필요한 것은 회그베리의 DNA뿐이니."

"무슨 말씀이신지 알겠습니다, 국장님. 생각 좀 해보겠습니다. 말씀드린 대로 우리는 공소시효가 지난 사건 이야기를 하고 있고, 사법 옴부즈맨이 제 목에 콧김을 내뿜는 일은 절대로 피하고 싶으니까요."

"그렇다면 신경 쓰지 말게. 다른 사람에게 전화를 걸어 부탁해볼 테니."

"잠깐만요, 국장님. 라르스, 제발, 그렇게 나오시면 곤란합니다. 우리가 한두 해 알고 지냈습니까?"

"가끔 자네가 걱정된단 말이지, 헤르만. 만약 야스민을 죽인 놈이 회그베리라면, 자네는 진심으로 놈이 그 사건을 마지막으로 삼았다고 생각하지 않을 테지?"

"그렇습니다. 무슨 말씀이신지 알겠습니다. 반드시 가능한 한 빨리 DNA를 확보하겠습니다. 하지만 어떻게 일을 진행해야 할지 도통 모르겠군요."

"자네 사위를 보내는 게 어때?" 요한손이 의견을 밝혔다. "그 친구라면 지체 없이 해낼 수 있을 거야. 만약 회그베리가 입을 벌리기 거부한다면, 면봉으로 콧구멍을 찌르기만 해도 충분하지."

"알겠습니다, 국장님."

"좋아. 그런 다음에는 국립법의학연구소에 최우선 순위로 맡겨줬으면 좋겠군."

"잠깐만요. 흥분하지 마세요." 헤르만손이 말했다. "어제 다른 사건, 그러니까 우리 주 경찰청에서 현재 다루고 있는 사건에 관련해서 그쪽과 이야기를 나눴습니다. 누군가 러시아인 두 명을 쏴 죽여 비스콥수텐 부두에 유기한 사건입니다. 그들 말로는 최대 삼 주 전에 일어난 일이라고 하더군요."

"책임자가 누구지? 국립법의학연구소."

"그 여자 있잖습니까? 국장님께서 현역이셨을 때 국가경찰청 청장 말입니다."

"좋아. 그녀에게 전화를 걸어서 내 안부를 전해주게. DNA 샘플을 받는 즉시, 최대 여섯 시간 안에 처리해달라는 부탁도 하고."

"물론입니다. 무슨 말씀인지 알겠습니다. 확실히 처리하겠습니다."

"훌륭하군. 자네 사위를 어서 만나기를 고대하고 있겠네." 요한손이 말했다.

그런 다음 그는 휴대전화를 재킷 가슴주머니에 넣은 다음, 지팡이를 짚고 절뚝거리며 복도로 나갔다. 마틸다가 의자에 앉아 그를 기다리고 있었다. 그녀는 힘없이 미소를 지었다.

"보스 새 인생의 첫날이네요." 그녀는 고개를 저으며 말했다. "어디로 모실까요?"

"그냥 운전이나 하게. 입은 닥치고 있고. 가는 길에 필요한 정보는 다 알려주겠네." 요한손이 말했다. 이제 다시 길을 달리게 되는군.

차를 타고 가는 와중에, 요한손은 왼손을 들어 손짓으로 방향을 지시했다. 자동차는 슬루센 교차로를 건너, 셉스브론 도로를 타고 감라스탄과 그란드 호텔을 지나치더니, 스트란드베겐 부둣가 도로를 따라 미국 대사관과 카크네스 탑을 지나, 좁은 해협에 놓인 작은 다리를 건너 유르고르덴 섬으로 접어들었다.

태양은 노란색으로 빛났고, 하늘은 파란색이었으며, 흰색 구름도 조금 떠 있었다. 마치 짝짓기 철이 된 참솜깃오리의 가슴 솜털, 즉 아홉 살짜리 소녀를 질식시키기에 충분하고도 남는 베개를 만든 솜털과도 같은 모습이었다. 스톡홀름이 가장 아름다운, 그리하여 구경꾼들에게 가장 훌륭한 모습을 보여줄 수 있는 시기였다.

"여기서 멈추게." 요한손이 말했다.

이번에는 아무런 반대 의사가 없었다. 마틸다는 말없이 차를 세웠다.

"나는 시내 쪽으로 걸어갈 생각이야. 스칸센 공원의 궤도 차량이 끝나는 곳에 있는 오래된 호텔 식당에서 만나지." 대체 그 호텔 이름이 뭐였더라? 그의 삶이 정상적이었던 시절 백 번은 족히 그곳에서 식사를 했음에도 갑자기 이름이 기억나지 않았다.

"울라 빈블라드 말씀이시네요." 마틸다가 말했다.

"바로 그거야. 울라 빈블라드. 한 시간 정도 걸리겠지."

그녀는 그제야 그를 바라보았다. 그러고 나서 고개를 끄덕였다.

"알겠어요." 그녀가 말했다. "울라 빈블라드에서 만나요."

그런 다음 그녀는 자동차가 있는 곳으로 돌아가 차를 몰고 출발했다.

처음에 요한손은 자신감이 넘쳤다. 힘든 언덕도 없었고, 그저 자신만의 페이스로 해협 가장자리를 따라 걷기만 하면 되는 일이었다. 십오 분 정도 지나자, 조금 피곤해지기 시작했다. 그는 벤치에 앉아 이마에서 흐르는 땀을 닦으며 두 눈을 감고 혈압이 떨어지는 것을 느끼며 몇 번 심호흡을 했다. 잠시 후 그는 자리에서 일어나 다시 걷기 시작했다. 느릿느릿하고 조심스러운 동작이었기 때문에, 혈압이 유지될 시간적 여유가 있어 별다른 이유 없이 고꾸라지는 일을 막을 수 있었다.

또다시 십오 분이 지나자, 그는 절반쯤 온 상태였다. 이제 호흡이 한결 수월해졌고, 땀도 덜 흘렸다. 다시 휴식 시간이 되어 다른 벤치에 앉자, 그는 보온병에 담긴 커피와 팔룬산 소시지 슬라이스를 채운 두툼한 샌드위치 말고는 다른 생각이 나지 않았다. 어쩌면 볼과 턱에 부딪치는 구월의 날카로운 바람 또한 그리워하고 있는지도 몰랐다. 앉아서 쉴 나무 그루터기, 고향집 뒤로 보이는 풍경, 스웨덴 엘크하운드가 막 사슴을 발견했다고 낮게 짖는 소리 역시.

너는 살아 있어, 라르스 마르틴. 요한손은 약속한 시간에 호텔 안으로 들어가며 이렇게 생각했다.

"따뜻한 샐러드를 곁들인 곤들매기구이 어떠세요?" 메뉴판을 펼치고 앉아 있던 마틸다가 권했다.

"내가 입 닥치라고 말할 상황을 만들지 않았으면 좋겠는데." 요한손이 말했다. "난 감자 팬케이크를 곁들인 포크 촙이랑, 체코 필스너 맥주 한 병, 그리고 보드카 큰 잔으로 한 잔 주문하겠네."

54

7월 29일 목요일 오후

요한손은 집에 돌아오자, 서재에 있는 소파에 드러누운 채 마틸다에게 커피 한 잔과 생수 한 병을 달라고 말했다. 오랜만에 생기가 느껴졌다. 두통도, 가슴 속 뻐근함도 느껴지지 않았다. 역시 손에 쥔 것만으로 최선을 다하는 게 제일이로군. 그는 이렇게 생각하며, 며칠 전 울리카 스텐홀름이 건네준 갈색 봉투를 꺼냈다. 봉투는 마음을 편히 먹고 스트레스를 받는 일을 피하라는 말을 듣는 사람도 안심하고 열어볼 수 있을 정도로 얇았다.

마르가레타 사겔리에드가 노래를 부르는 공연 안내서 몇 장이었다.

브롬마 교회에서 열린 크리스마스 공연이로군. 노래는 흔한 곡들뿐이고. 사실 요한손은 이런 분야에 대해 별다른 조예가 없었는데도 이렇게 생각했다.

이것은 스퐁아 교회에서 열린 공연이고. 확실히 여기서는 선곡이 좀

더 다양하군. 요한손은 이 분야에 대해서도 별다른 조예가 없으면서도 이렇게 생각했다.

이것은 드로트닝홀름 궁 오페라 극장에서 열린 모차르트 공연이로군. 여기를 모르는 사람도 있나. 요한손은 그곳에 발 한번 들여놓은 적 없음에도 이렇게 생각했다.

여섯 장의 사진이야말로 그와 같은 사람에게는 즉각적으로 보람을 느끼게 하는 정보였다. 사진들 속에는 그가 한 번도 만나보지 못했고, 이야기도 섞어보지 못했으며, 심지어는 사진상으로도 본 적 없는 사람들의 얼굴이 다수 등장했기 때문이다.

마르가레타 사겔리에드의 서명이 된 사진도 한 장 있었다. 사진사가 뒷면에 스탬프로 찍어놓은 날짜에 따르면, 1951년에 촬영된 젊은 시절의 굉장히 아름다운 마르가레타 사겔리에드의 사진이었다. 이 사진이 많은 세월이 흐른 후에 울리카 스텐홀름의 아버지 손에 들어가게 된 이유는 단 하나, 그녀가 사진을 그에게 주었기 때문이라고밖에 생각할 수 없었다. 아니, 그와 그의 아내에게 주었다고 하는 편이 더 낫겠지. 요한손은 생각했다. 그녀는 어두운 배경을 뒤로 한 채 얼굴을 반쯤 옆으로 돌리고 고개를 뒤로 살짝 넘긴 채 두 눈꺼풀을 살짝 내리깔고 경멸에 가까운 듯한 미소를 띠고 있었는데, 반세기 후에는 전혀 먹히지 않을 과장된 표정이었다. 〈카르멘〉이로군. 카르멘이 그녀가 생각하는 자신의 모습인 건가?

또 다른 사진도 있었다. "가재 파티■, 1970, 마르가레타와 요한의

■ 팔월 말부터 구월 초쯤 여름을 떠나보내며 가족, 친지가 모여 제철 가재를 먹는 스웨덴 전통 파티.

집.” 요한손은 그 뒷면에서 이런 글귀를 발견했다. “우리 호스트 요한, 내 아름다운 아내 로우이세, 매력적인 호스티스 마르가레타, 그리고 나.” 그 아랫줄에는 이렇게 적혀 있었다. 분명히 목사 아버지가 적은 것이로군. 요한손은 생각했다. 화려한 파티용 드레스를 입은 두 명의 여자 옆에 스모킹 재킷 차림의 남자 두 명이 서 있었다. 그들 모두 머리에는 가재가 그려진 고깔모자를 쓰고 손에는 당시 유행했던 입구가 넓은 샴페인잔을 든 채 쾌활한 미소를 미소를 띠고 있었다. 누가 이 사진을 찍었을까? 요한손은 생각했다. 무슨 상관이람? 그는 이렇게도 생각했다. 사진을 찍은 사람이 남자라고 해도, 십오 년이 지난 시점에서는 지나치게 나이를 먹었을 터였기 때문이다.

그 사진 오른쪽부터 보면, 머리숱이 적고 안색이 벌겋게 된, 일흔 살쯤 되어 보이는 노인이 있었다. 덩치가 크고 건장했으며 표정이 굉장히 쾌활해 보였다. 옆에 있는 여자는 그 남자보다 나이를 절반 정도밖에 먹지 않은 듯 보였고, 요한손의 신경과 전문의와 쌍둥이로 보일 정도로 닮아 있었다. 그리고 등장하는 매력적인 호스티스는 사진을 찍었을 당시인 쉰여섯 살보다 젊어 보였다. 그녀는 울리카 스텐홀름의 어머니보다 머리 하나가 더 컸다. 울리카 스텐홀름의 어머니는 카메라를 향해 활짝 웃으며, 술잔을 든 채 자신의 옆에 있는 남자의 몸에 왼팔을 두르고 있었다. 목사 아버지겠지. 요한손은 생각했다. 그는 호리호리하고 머리는 거의 다 벗어졌으며 이목구비가 반듯하고 친근하면서도 살짝 수줍은 듯한 미소를 띠고 있었다. 그런 외모로 판단해봤을 때, 그는 현명하고 선량한 남자인 듯 보였다. 아내가 허리에 팔을 두르고 있어서 약간 쑥스러워하는 것일지도 몰라. 이런 생각을 하던 요한손은 휴대전화가 울리기 시작하자 사진을 내려놓았다.

"요한손입니다." 요한손은 원래대로라면 전화를 건 사람에게 그저 툴툴거리기부터 했지만, 은퇴한 후로는 그러는 대신 보통 자신의 성을 밝히며 전화를 받곤 했다.

"안녕하세요, 라르스." 매부가 말했다. "알프입니다. 잘 지내고 계신가요?"

"쉴 새 없이 아프지." 요한손이 말했다. 알프를 상대로 굳이 거짓말을 할 사람이 있으려고? "오페라 가수와 결혼했던 늙은 도축업자에 대한 조사는 어떻게 진행되고 있나?"

"그 이야기를 하려고 전화드린 겁니다."

"말해보게. 듣고 있으니까."

관련된 모든 공식 등록 기록을 뒤져본 결과, 두 사람 모두 자식이 없었다. 이번만은 알프 홀트도 그 점이 정말 사실이라는 쪽으로 기울어지고 있었다.

"혼외 자식도 없었나?" 요한손이 말했다.

"모든 가문이 그런 일을 감수할 수 있는 것은 아닙니다." 알프 홀트는 조심스럽게 헛기침을 하며 말했다.

"다른 사람은? 적절한 나이의 젊은 남자나 조카, 사촌 같은 사람들은 없었나?"

매부의 말에 따르면, 그런 사람들 역시 존재하지 않았다. 요한 닐손과 마르가레타 사겔리에드 모두 형제자매가 없었던 것이다.

"요한 닐손은 육류 거래를 하던 집안의 3대손입니다. 그는 1895년에 태어나 1980년에 사망했습니다. 아버지는 식료품점을 하던 안데르스 구스타브 닐손이라고 하는데, 1870년에 태어났습니다. 그리고 아들 요한은 외동입니다. 여담이지만, 안데르스 구스타브는 1950년에 사망했습니다. 반면 요한의 조부는 자식이 굉장히 많았습니다. 제가 제대로 센 것이 맞는다면 총 여덟 명인데, 아들이 셋, 딸이 다섯이었습니다. 하지만 그들 모두 조건에 맞는 나이의 남성 후손을 남긴 것 같지는 않습니다."

"여자 쪽은? 사겔리에드 말이야."

"알아보기 편리하게도, 그녀 또한 외동이었습니다. 그녀의 원래 성은 스벤손이었습니다. 아버지는 스톡홀름에서 모피 상인으로 일했고, 어머니는 가정주부였습니다. 그들은 당시에는 프티부르주아라고 불렸을 소상공인 계급이었습니다. 형님을 실망시킬 위험을 무릅쓰고 드리는 말씀이지만, 그쪽에서도 건질 만한 게 별로 없습니다. 가까운 남성 친척들도 없었습니다. 마르가레타 사겔리에드는 태어났을 때는 이름이 마르가레타 스벤손이었고 1937년, 그녀가 스물세 살이 되었을 때 개명했습니다. 스톡홀름 오페라 극장에서 정규 배역을 따내기 이 년 전 일이었습니다."

"이름을 바꾼 게 적절한 인상을 심어준 게로군." 요한손은 어째서인지 이렇게 말했다.

"그렇습니다." 매부가 동의했다. "개명 행위가 저 같은 사람들에게 어떤 문제를 일으킬 수 있는지 형님께서 알아주시면 좋겠군요. 제가 세무서에서 근무하던 시절에 겪은, 형님 같은 경력이 있는 분도 머리털이 쭈뼛 설 만한 이야기를 여럿 들려드릴 수 있습니다."

"그야 당연할 테지." 요한손이 말했다. 이제 우리는 어떻게 하지?

"그래서, 이제 우리는 어떻게 할까요?" 알프 홀트가 말했다.

"좀더 깊게 파헤쳐야 할 걸세." 요한손은 막 결심을 끝내고 이렇게 말했다.

"어쩌면 형님께서 찾으시는 남자는 친족 관계가 아닐 수도 있습니다. 물론 그런 사람이 있다고 가정하면 말이지만요."

"아마 자네 말이 맞을 테지." 요한손은 마지못해 인정했다.

"만약 조건에 맞는 친척들이 있다면 우리가 찾아낼 겁니다. 그 점에 대해서는 걱정하지 마시죠."

"당연히 걱정하지 않아." 요한손이 말했다. 그런 친척들이 있다면 말이지. 그는 이렇게 생각하며 전화를 끊었다.

내가 처음부터 끝까지 잘못 짚은 게 아니라면, 심장에 실제로 문제가 생기면서 머릿속에 혈전이 하나 생겨버린 탓이겠지.

그는 소파에서 잠들었다가, 마틸다가 몸을 굽혀 부드럽게 어깨를 찌르는 것을 느끼며 잠에서 깨어났다. 마틸다가 말했다.

"손님이에요. 경찰이라고 하던데요. 보스께 드릴 서류를 가져왔다면서요."

"이름이 뭐라고 하던가?" 요한손이 말했다.

"저한테는 말해주지 않던데요." 그녀는 이렇게 말하면서 미소를 지었다.

"그렇다면 거짓말을 하는 게 아니라는 걸 어떻게 알지?" 요한손이 말했다. 파트리크 오케손, P-2일 테지.

"이마 한가운데 적혀 있더라고요." 마틸다는 그를 향해 씩 웃었다. "보스나 보스의 친구분, 그러니까 늑대처럼 생긴 덩치 큰 남자분처럼 말이에요."

이마 한가운데 적혀 있는 게 아니지. 요한손은 생각했다. 사실은 두 눈 속에 적혀 있었다. 다른 훌륭한 경찰들과 마찬가지였다. 요한손의 단짝 친구처럼, 그 자신처럼, 그와 야르네브링을 꼭 닮은 다른 모든 전 동료처럼. 우호적이면서도 주의하는 듯한 표정이 의미하는 것은 단 하나, 얌전하게 굴지 않으면 곤경에 처할 것이라는 뜻이었다. 그러지 않으면 수갑을 찬 채 입 닥치고 있으라는 명령을 듣거나 엉덩이를 걷어차일 수도 있는 노릇이었다. 상황에 따라서는 더 심한 꼴을 당할 수도 있었다.

요한손이 말했다.

"어서 앉게. 커피를 내오라고 말해두었지."

"감사합니다." 파트리크 오케손이 말했다.

"자, 말해보게, P-2. 노인네 한 명 깨우쳐달라고. 회그베리라는 주정뱅이에게서 뭐라도 찾아냈나?"

"아침에 장인어른께서 전화로 여간 들볶으셨어야 말이죠."

"상상이 가는군."

"그래서 톰뮈 리카르드 회그베리에게서 DNA 샘플을 채취했습니다. 제 동료와 함께 방금 샘플을 보내고 오는 길입니다." 그는 미소를 지은 채 어깨를 으쓱하며 말했다.

"녀석은 어떻게 받아들이던가?"

"거부 의사는 전혀 없었습니다. 굉장히 협조적이었죠. 조금 피곤해

보이기도 했는데, 확실히 어젯밤에 잠을 설친 것 같더군요. 일단 정신이 번쩍 나도록 몇 번 흔들어주었더니, 그때부터는 일사천리였습니다. 경정님께서는 즉시 샘플을 국립법의학연구소에 보낼 생각이십니다. 듣자하니 늦어도 내일이면 결과를 받을 수 있답니다."

"상상이 가는군." 요한손이 툴툴거렸다. "회그베리의 사진을 가져왔나?"

"물론입니다." P-2가 말했다. 그는 가져온 서류 뭉치를 뒤적거리더니, 1987년에 그가 구류되었을 때 찍은 사진을 한 장 건넸다. 스톡홀름주 경찰청에서 특수 절도 혐의로 체포했을 때 찍은 사진이었다. 정면과 좌우 측면 사진이 한 장에 담겨 있었고, 사진을 찍게 된 상황에도 불구하고, 그는 카메라를 향해 미소를 띠고 있었다.

곱슬곱슬한 검정색 머리카락, 이목구비가 반듯한 얼굴, 흰색 치아, 환한 미소. 톰뮈 회그베리, 여자들이 좋아할 법할 남자로군.

"어떻게 생각하십니까, 국장님? 그가 범인일까요?" P-2가 호기심이 가득한 태도로 요한손의 손에 들려 있는 사진을 향해 고갯짓을 하며 말했다.

"그건 아닐 것 같군." 요한손은 고개를 저었다. 눈을 보고 판단하자면, 의지가 약하고 지나칠 정도로 멍청해 보이는군. "시간이 말해주겠지." 그는 어깨를 으쓱하며 덧붙였다. 이제 곧 말이야.

"만약 그가 한 짓으로 드러나면 제가 기꺼이 가서 놈을 잡아오겠습니다." 파트리크 오케손이 말했다. 파트리크의 두 눈에 떠오른 표정은 회그베리에게는 좋은 징조가 아니었다.

"공소시효가 만료되었지. 그렇게 단순한 문제가 아니야." 그는 어깨서인지 P-2의 장인인 스톡홀름 주 경찰청 헤르만손 경정과 똑같은 말투로 이렇게 말했다.

"녀석은 분명히 다른 짓도 저질렀을 겁니다. 그런 짓을 하는 놈은 절대로 그만두지 않는 법 아닙니까?" 그는 갑자기 격렬하게 말했다. "우리는 뭐라도 찾아낼 겁니다. 국장님께서 전화만 주시면 제가 가서 놈을 잡아 오겠습니다. 저항이라도 한다면 놈의 팔다리를 잡아 뜯어버릴 겁니다."

맙소사. 전에 어디서 이 말을 들었더라?

"내게 말하고 싶은 게 있나?" 요한손이 말했다.

"헤르만 경정님께서 아무 말씀 안 하시던가요? 장인어른께서 말입니다."

"듣긴 했지. 하지만 자네에게 직접 들을 수 있으면 좋겠군."

"제 막내딸 로비사가 봇쉬르카 시 툴링에에서 그 빌어먹을 어린이집에 다녔습니다. 당시 우리는 거기 살았습니다. 지금으로부터 사 년 전 일이었습니다. 국장님께서도 기사들을 보셨을 테죠. 사회부에서 쉬쉬하려고 애를 썼음에도 언론에서 야단법석을 떨었으니까요."

"들어본 적이 없는 것 같은데. 자세히 말해주겠나." 누가 내 머릿속을 몽땅 지워버린 게 틀림없어.

"그 어린이집에서는 유치원 교사가 될 공부를 하던 남성을 수습 직원으로 고용했습니다. 그놈이 그곳에서 일한 지 두 달쯤 지나 어떤 인간인지 드러났는데……."

파트리크 오케손은 갑자기 입을 다물고 마른침을 삼키며 의자에 앉은 채 몸을 앞으로 기울이더니, 두 손을 무릎 사이에 끼워 넣고 주먹을 쥐었다 풀기를 반복했다.

"유아를 대상으로 성적 학대를 일삼는 놈이었나?" 요한손이 말했다.

"놈은 아이들을 더듬으면서 자신의 성기를 꺼내 보여주며 만져달라고 했습니다. 어린이집 한복판에서요. 아이들이 화장실에 가는 일을 도와주는 때를 노렸기 때문에, 다른 직원들 누구도 그 개자식이 무슨 짓을 하는지 눈치채지 못했습니다. 원장이 바지를 내리고 있는 놈을 발견하기 전까지 말이죠. 놈은 근무 첫날부터 그런 짓을 했을 텐데, 무려 석 달 만에 비로소 들통난 겁니다. 다들 박쥐처럼 눈이 멀었는지 말입니다."

"혹시 자네 딸도……." 요한손이 말했다.

"아닙니다. 이 자식은 어린 소년에게만 흥미를 보이는 놈이었습니다. 그래서 로비사는 건드리지 않았죠. 감사하게도 그 애는 범행 대상이 아니었습니다. 물론 그 특정 상황에서만 대상이 아니었겠죠."

"그렇다 한들 쉽지 않은 경험이었을 테지." 요한손이 말했다. 정말 빌어먹을 정도로 그렇겠지.

"그렇습니다. 네 살짜리 여자아이에게 산부인과 검사를 받게 하는 일은 결코 쉽지 않았습니다. 그 애가 앉은 자리에서 텅 빈 대가리나 끄덕거리는 심리학자 놈들에게 이야기를 하면서 보낸 시간들은 언급할 가치도 없죠."

"시간이 지나면 알게 되겠지. 회그베리가 범인이라면, 분명히 우리는 다른 범행도 찾아낼 테니까."

"만약 찾아내지 못한다 해도, 어쨌든 우리는 언제나 반드시 찾아낼 수 있도록 하는 법이니까요." 파트리크 오케손이 말했다. "커피는 건너뛰어야 할 것 같습니다. 실례가 안 되었으면 좋겠습니다, 국장님." 그는 자리에서 일어났다.

"물론 괜찮네. 건강 잘 챙기게. 그리고 노파심에서 하는 말이지만, 자네가 멍청한 짓을 하는 것은 바라지 않아."

"약속드리겠습니다, 국장님." 파트리크 오케손이 말했다. "약속드리겠습니다." 그는 같은 말을 반복했다. "맹세코 말입니다."

그날 저녁, 피아와 함께한 저녁 식사가 끝난 후, 요한손은 서재에 있는 소파에 누워 혼자 생각에 잠겨 있었다. 그때 휴대전화 벨이 울렸다. 오랜 충직한 일꾼이자 계보학의 아인슈타인, 우리 알프가 그자를 찾아낸 게로군.

"요한손이네."

"헤르만입니다." 헤르만손 경정이 말했다. "혹시 주무시는데 깨운 것은 아닙니까?"

"아니. 놈을 찾아냈나?" 반드시 아인슈타인이라고는 할 수 없겠지.

"아닌 것 같습니다. 조금 전에 법의학연구소에서 걸려 온 전화를 받았습니다. 톰뮈 회그베리의 DNA는 야스민 사건과는 관계가 없다더군요. 비슷한 종류의 다른 사건들에 대해서도 말입니다."

"흠, 그렇군." 요한손이 말했다. 어째서인지 에리카 브렌스트룀의 얼굴이 머릿속에 떠올랐다.

"다음번에는 찾아내실 겁니다."

"그래." 요한손이 말했다. 당연히 찾아내고말고. 그녀는 무엇을 겁내고 있었던 거지? 오랫동안 고된 노동을 한 흔적이 손에 밴 근면한 노를란드 사람이 말이야. 두 딸도 인생이 잘 풀리고 있을 텐데. 야스민과는 달리. 야스민이 살아남을 수만 있었다면 그들과 비슷한 또래일 테고, 이후 인생도 틀림없이 그들보다는 훨씬 더 잘 풀렸을 거야. 적어도 물질적인 측면에서 보자면.

"약속하셔야 합니다. 제게 가장 먼저 연락해 알려주시겠다고요."

"물론이네. 앞으로 계속 연락하지."

일단 내가 놈을 찾아내고 나면, 가장 먼저 알려줄 사람은 자네도, 자네 사위도 아니야. 그는 휴대전화를 내려놓았다. 잠시 후 전화벨이 다시 울렸다.

"여보세요." 그가 말했다. 누가 됐든 놈의 팔다리를 잡아 뜯어버리고 싶은 사람이겠지.

"나다." 에베르트가 툴툴거렸다. "네 큰형 말이다. 혹시 내가 누군지 기억하니?"

"큰형님께서 무슨 용건으로 친히 전화를?" 에베르트가 젊은 시절에 잡아 뜯어버린 팔다리가 한둘이 아니었을 테지. 크람포르스 시민 공원에만 수천 톤은 묻혀 있을 거야.

"그 녀석은 토요일에 너희 집으로 갈 게다." 에베르트가 말했다. "이미 피아와는 사전 조율을 다 마쳤지. 그러니 네가 걱정할 것은 아무것도 없어."

"그러면 왜 굳이 전화를 했는데?"

"까먹고 하지 않은 말이 있어서."

"그게 뭔데?"

"그 친구에 대한 이야기야."

"아." 형님 제안에 수상한 냄새가 난다 싶었지. "듣고 있어."

"러시아인이야."

"러시아인이군." 요한손은 같은 말을 반복했다. "그러면 스웨덴어는 할 줄 알아?" 에베르트가 내게 러시아 놈을 보낸다는 말이지.

"물론 할 줄 알지. 맙소사, 우리 나라에 온 지 십오 년이나 됐는데."

"몇 살인데?"

"1987년에 태어나서 어렸을 때 스웨덴에 왔다는군. 당시에는 열 살 정도였겠지. 그전에는 상트페테르부르크에 있는 고아원에 있었다고 하더라고. 그곳에서는 웃을 만한 추억이 없었던 것 같아."

"그런데 형이 보증하는 사람이라고?"

"물론이지. 좋은 녀석이야. 버릇없는 내 자식들과는 전혀 다른 녀석이지."

"어떤 사람인데? 굳이 그 친구에 대해 설명한다면 말이야."

"나 같은 사람이야. 좋은 녀석이지. 나처럼."

"이름은 있어?" 요한손이 말했다. 결국 나만의 작은 에베르트가 생기게 되는 거로군. 뇌졸중에 걸리기만 하면 되는 일이었나.

"막심, 막심 마카로프야. 하키 선수랑 성이 같지. 옛날에 우리 국가대표 애들을 항로 부표처럼 갖고 논, 지긋지긋하게 잘하던 놈 말이야. 어쨌든 줄여서 막스라고 불러."

"세르게이." 요한손이 말했다. "하키 선수. 이름이 세르게이 마카로프■야."

"혹시 그 친구 아버지가 그 사람일지 누가 알겠어?" 에베르트가 낄낄

■ 구소련의 올림픽 2회 우승을 이끈 전설적인 아이스하키 선수.

거렸다.

"다른 용건은 없어?"

"없어." 에베르트가 말했다. "아니, 사실은 하나 더 있어. 이 녀석이 네 새 차를 끌고 갈 거야. 예전이랑 같은 모델이지만 자동변속기가 달려 있지."

"고마워." 요한손이 말했다. 그만의 작은 에베르트가 와서 그와 피아랑 함께 사는 것이었다. 최근까지는 요한손의 성이었던 집에서. 대체 무슨 빌어먹을 일이 일어나고 있는 거야?

55

7월 30일 금요일 오전

“시간 좀 내주시겠어요? 말씀드릴 게 있는데, 물리치료사에게 가야 할 시간까지는 끝날 것 같아요.” 마틸다가 말했다.

“물론이지.” 요한손이 신문을 내려놓으며 말했다. 이쪽이 더 낫지. 뭔가를 읽으려 할 때마다 두통이 재발했기 때문이다.

“인터넷으로 조사해보라고 하셨던 조지프 사이먼에 대한 이야기인데요.”

“뭔가 찾아냈나?”

“엄청나게요. 끝이 없던데요.”

“요약해서 말해주면 좋겠군.”

“알겠어요. 그는 1951년에 테헤란에서 태어났어요. 1979년에 아내와 어린 딸과 함께 스웨덴으로 망명했고요. 당시 이름은 요세프 에르메간이었고 수련의 신분이었죠. 요세프는 솔나에 있는 카롤린스카 병원

연구소에서 연구원 겸 의사로 일했어요. 1985년에 스웨덴 시민권을 취득했고요. 같은 해 이혼을 했어요. 일 년 후에는 조지프 사이먼으로 개명했고요. 1990년에 스웨덴을 떠나 미국으로 이주했어요. 비행기에서 내리기 전에 이미 영주권을 갖고 있었어요. 그는 1995년에 미국 시민권을 취득한 것으로 보이는데, 그렇게 빨리 시민권이 나오는 것은 드문 일이에요. 9.11 이후에는 특히 그렇죠. 물론 당시는 그 사건이 터지기 전이었지만요. 여기까지는 이미 알고 계시죠?"

"그래. 그후로는 어떻게 됐는지 궁금하군." 누가 뭐라고 해도 이 애는 확실히 바보가 아니야. 비록 그렇게 보이긴 해도.

"눈에 띄는 점이 세 가지 있었어요."

"듣고 있네."

"첫째, 그는 어마어마한 부자인 것 같아요. 다시 말할게요." 그녀는 미소를 지으며 말했다. "'어마어마한' 부자라고요. 제약 산업 분야에서 거물이더라고요. 엄청난 거물요. 꽤 많은 제약 업체를 보유하거나 장악하고 있고, IT 분야에서도 유망한 업체를 몇 개 갖고 있어요. 최근에는 소프트웨어를 개발하는 회사를 하나 매각했어요. 그 소프트웨어만 있으면 동물실험이 필요하지 않기 때문에 쥐, 토끼, 침팬지, 고양이, 개 등 동물실험에서 보통 쓰이는 동물을 죽이지 않아도 되는 거예요. 제약 산업과 화장품 업체에서 매년 얼마나 많은 동물들을 죽이고 있는지 알고 계세요?"

"모르겠군. 얼마나 되지?"

"업계 자체 추산치를 따르더라도 수억 마리나 되고, 다른 독립적인 조사 결과에 따르면 십억 마리를 훌쩍 넘긴다고요. 그가 매각한 회사는 실험용 동물들을 20퍼센트 가까이 줄일 수 있는 컴퓨터 시뮬레이션 프로그램을 발표한 곳이에요. 토끼가 귀엽다든지 그런 이유 때문이 아니라, 기업들이 실험을 한 다음 쓰레기통에 처넣는 피터 래빗을 구입하는 비용이 마리당 백 크로나에 달하니까 그런 거죠."

"그는 그 회사를 얼마에 매각했지?" 요한손이 물었다.

"십칠억 달러요. 우리 돈으로는 거의 백삼십억 크로나쯤 될 거예요. 칠 년 전에 그가 사업을 시작했을 때 투자한 돈은 몇백만 달러 정도였는데 말이죠."

"달리 말하자면 그는 지난 수년간 제법 많은 돈을 번 것 같다는 뜻이로군." 요한손이 말했다.

"그래요, 보스. 정말 더럽게 많이 벌었다니까요. 명단에도 올라가 있던데요. 몇 년 연속으로요."

"명단이라니?" 요한손이 말했다.

"세계에서 가장 부유한 오백 명 중 하나로요."

"그러면 재산이 총 얼마나 되지?"

"작년 기준 개인 자산이 백이십억에서 백오십억으로 추산됐어요. 달러로요."

에베르트가 놀라 자빠지겠는데. 그 돈을 스웨덴 통화로 바꾸면 풀장을 가득 채울 수 있을 정도니 스크루지 영감조차 빠져 죽어버릴지도 몰랐다.

"그리고 둘째는?" 요한손이 말했다.

"둘째, 그는 소아성애자와 아동 성폭행범에 맞서는 일종의 십자군 활동을 벌이는 것 같아요."

"무슨 십자군 말인가? 그런 일을 어떻게 벌인다는 거지? 그가 칼을 뽑아 들고 범죄자들을 쫓아다니는 모습은 상상하기 어렵군." 나쁜 발상은 아닌데. 덩치가 크고 피부색이 짙은 이란인이 페즈를 쓰고 시미터를 든 채, 욘 잉바르 뢰프그렌, 울프 올손, 안데르스 에클룬드 같은 자들에게 종교적인 심판을 냉혹하게 내린다니. 천년왕국의 도래로군.

"사실상 그렇게 하고 있어요. 그가 할 수 있는 만큼 최대한요."

"그게 무슨 뜻이지?"

"온갖 방법을 동원해서요. 그는 오래전, 1995년에 재단을 하나 설립했어요. 야스민 추모 재단요. 재단이 설립된 이후 그와 그가 소유한 사업체들은 재단에 수억 달러를 퍼부었죠."

세제 혜택을 노린 것일 테지. 요한손은 생각했다. 조지프 사이먼과 소유 업체들에 대한 세제 혜택. 그 정도 금액은 그가 살고 있는 나라에서 벌이는 '사업에 도움이 된다면' 그리 큰 액수는 아니었고, 그가 몸담고 있는 산업에는 더한층 도움이 될 터였다. 양쪽이 무슨 차이가 있을까 싶지만. 조지프 사이먼이 홀로 이십오 년 동안 가슴속에 불을 지피며 살아온 것을 감안했을 때, 이제 그는 그 불길에 얼마든지 기름을 퍼부을 수 있게 된 것이었다.

"그에게 그 정도 금액은 사소한 회계 오류 정도에 불과할 테지. 실제로 무슨 일을 하지? 그 재단 말이야."

"대부분은 캠페인을 벌이는 것 같아요. 소아성애자와 아동 성폭행범을 규탄하는 광고도 여기저기 내고요. 텔레비전, 라디오, 신문, 인터넷 같은 곳은 물론이고, 심지어 지금은 구식이 된 평범한 책자 형식으로도요. 정치적인 운동을 벌이는 것은 기본이고요."

"지금은 어떻게 되고 있지?"

"정말 잘되고 있어요. 최근 미국에서는 아동 성폭행 전과가 있는 사람들은 거주지를 옮길 때마다 경찰에게 주소를 알려줘야 할 의무가 있어요. 직장과 전화번호, 자동차 번호는 물론이고, 누구랑 살고 있는지, 그러니까 가족들과 함께 사는지, 아이들이 함께 사는지, 그 외 동거인이 있는지도 알려야 한다는 거죠. 뭐든지 다요. 현재 이런 법은 미국 대부분의 주에서 적용되고 있어요. 판결을 받고 형을 마친 곳이 어디인지는 문제가 되지 않아요. 게다가 만약 열다섯 살 먹은 남자애가 열네 살짜리 여자애랑 자기라도 한다면, 그 여자애의 미쳐버린 아버지가 그 남자애를 고발해서 유죄판결을 받게 할 수 있어요. 하지만 그건 시작일 뿐이에요. 전체의 일부에 불과하다니까요."

"또 뭐가 있지?"

"지역 경찰은 아동 성폭행 전과자들에게 어디에 갈 수 있는지, 누구를 만날 수 있는지 결정을 내릴 권한도 있어요. 그들은 어린이나 청소년이 다니는 어린이집, 유치원, 학교, 수영장, 스포츠센터 같은 곳에는 갈 수 없어요. 그 외 유혹에 굴복할 가능성이 있는 곳은 어디든지요. 또 자동차를 타고 특정 학교 앞을 하루에 두 번 이상 지나치기만 해도 다시 감옥에 갇히게 되죠."

"그렇다면 세 번째는?" 요한손이 말했다. 조만간 이곳도 그렇게 될 것 같군. 하지만 아직까지는 인터넷과 석간 타블로이드 신문에서나 볼 수 있는 이야기뿐인데. 이런 이야기에는 아무도 신경을 쓰지 않는 것 같아.

"그는 스웨덴을 증오해요. 스웨덴에 대해 비난을 퍼붓지 않는 인터뷰는 단 하나도 없어요. 각 인터뷰들은 서로 완전히 다른 주제로 진행되었는데도요. 보통은 사업에 관련된 것이었지만 매번 같은 식이에요. 그는 어떻게든 인터뷰 방향을 틀어서 자신의 두 번째 조국이었던 나라에 주먹을 날리곤 하죠."

"또 다른 것은 없나?" 요한손이 물었다. 어째서 여기서는 그런 기사를 한 번도 읽을 수 없었지?

"보스께서 좋아하실 것 같은 내용을 스무 쪽 정도로 정리해봤는데요."

"지대한 관심을 갖고 읽어보도록 하지." 요한손이 말했다. 두통이 허락해주기만 한다면 말이야.

"게다가 그는 외모가 굉장히 훌륭하던데요."

"어떤 식으로 말인가?"

"진짜 헐크 같은 사람이에요. 나이가 환갑 언저리는 됐잖아요. 하지만 많아 봐야 쉰 이상으로는 보이지 않는걸요. 친구분과 비슷해요. 뭐, 덩치 면에서는요. 눈은 전혀 닮지 않았거든요."

"눈이라고?"

"늑대 같은 눈이 아닌걸요." 마틸다는 미소를 지었다. "조지프 사이먼의 눈은 고통을 겪은 사람의 눈이에요. 스스로를 건사하는 사람의 눈이 아니라요. 그리고 여자애들은 그런 남자를 매력적이라고 생각해요. 큰 시련을 겪고는 거기서 아직 벗어나지 못하는 사람 말이에요. 사실 그런 고통에서 벗어나기란 굉장히 힘든 일이니까요."

"그래서?" 요한손이 말했다. 그는 예순일곱 살이었고 외모가 특별히 남달랐던 적은 없었다. 하지만 외모가 극히 최근까지도, 그러니까 약 한 달 전까지만 해도 꾸준히 나아지고 있던 터였다.

"저는 스물셋이에요. 만약 조지프 사이먼이 저를 유혹한다면, 또 그가 보이는 그대로의 남자라면요. 설사 그가 주머니에 동전 한 푼 없다고 해도, 와, 진짜 대박!"

"'대박'이라는 말이 무슨 뜻이지?" 요한손이 물었다.

"곧바로 드러누워서 그를 받아들일 거라고요. 혹시 그가 다른 체위를 원하면 뭐든지요."

"정말인가?" 요한손이 말했다. 그 말을 들으니 문신이랑 피어싱을 한 것도 충분히 이해가 되는군.

"그럼요. 그렇게 할걸요. 어쨌든, 질문이 하나 있는데요." 그녀는 아직 서재 바닥에 방치되어 있는 상자들을 향해 고갯짓을 했다.

"좋아. "말해보게." 그는 질문에 어떤 대답을 할지 이미 알고 있었음에도 이렇게 말했다.

"저 상자 속 서류에 관련된 여자애 말이에요. 그 사람의 딸 아닌가요? 야스민요."

"그래. 그 사람의 딸 야스민이라네." 이제 그 아이는 내 서재 바닥에 놓인 상자 속에 살고 있구나. 지금까지 내가 해줄 수 있었던 것은 머리핀을 돌려주는 것뿐이었지.

"행운을 빌게요. 그런 짓을 저지른 놈을 잡으시기를 바라요. 그리고 범인이 누구인지 알게 되면 제게도 알려주세요."

"어째서?" 요한손이 물었다. 자네도 놈의 팔다리를 잡아 뜯어버린 다음 푹 졸여서 곤죽으로 만들어버리려고?

"그래야 눈이라도 할퀴어줄 수 있죠. 그냥 손톱을 세워서 눈깔에 찔러 넣고 파내버리려고요. 이렇게요. 푸슉, 푸슉."

56

7월 30일 금요일 오후

물리치료사를 방문하고 집으로 돌아오는 차 안에서 요한손은 탔을 때부터 입을 꼭 다물고 앉아, 누구의 잘못인지 심각하게 고민하고 있었다. 평범하고 품위 있는 사람들조차, 일반적으로 평범하고 심지어 존경할 만한 사람들조차, 극도로 끔찍한 상황에서 만난 적도 없는 사람을 죽여버리겠다는 의사를 지속적으로 밝히는 것은 누구의 잘못일까?

만약 내가 현역 시절 이 사건을 맡게 되었더라면, 분명 범인은 한 달 안에 법정에 서게 되었을 거야. 어찌할 수 없는 불가피한 사태가 일어나는 것만 아니면, 다른 일들은 모면할 수 있었을 테지. 이 살인범은 욘 잉바르 뢰프그렌, 울프 올손, 안데르스 에클룬드처럼 집단 망각 속으로 사라져버리고 말았어. 그들은 자기들이 죽인 희생자들과 가까운 사람들의 머릿속에서만, 그리고 뢰프그렌, 올손, 에클룬드 같은 자들에게서 가까스로 살아남은 모든 피해자, 즉 평생 지속될 고통 속에서 살아가야 하는 사람들의 머릿속에서만 살아 있을 테지. 그런 자들을 피해 갈 수 있을 정도로 충분한 거리가 있었던 우리 같은 사람들에게는 아니야. 하지만 나 대신 에베르트 벡스트룀이 그 사건 수사 책임을 맡아버렸고, 벡스트룀이 뭔가 하려고 할 때 언제나 귀결되는 방식대로 결과가 드러나고 말았지.

하지만 전적으로 벡스트룀의 잘못이라고는 볼 수 없어. 어쩌면 그 미친 국가경찰청장에게도 일정 부분 책임이 있을지도 몰라. 가장 기초적인 신문을 진행하는 자신만의 방식조차 없고, 수사 과정에서 유용한 단서를 골라내는 방법은 더욱더 모르는데도, 자신은 경찰 노릇을 할 수 있을 거라고 믿는 놈이라니. 혹은 그놈의 절친한 친구인, 사람을 잘못 골라 집으로 데려가 죽도록 얻어맞고 강도까지 당해 지갑과 리타 헤이워스의 낡은 야회복까지 몽땅 털린 출판업자에게도. 반드시 범인이 이 땅에서 정의의 심판을 받도록 해야 할 임무를 띠고 에베르트 벡스트룀에 배정되었던, 벡스트룀과 오십보백보였던 검사 녀석에게도.

에베 칼손의 잘못은 거의 없다고 봐야겠지. 벡스트룀에게 온갖 치욕을 다 겪었다는 점을 감안하면, 그가 절친한 친구에게 벡스트룀에 대해 밀고한 것도 그리 이상한 일이 아니야.

어쩌면 벡스트룀의 잘못도 전혀 아니었을 수 있지. 어쩌면 사실상 요한손 자신의 잘못인지도 몰랐다. 가끔 에베르트 벡스트룀 같은 미친놈이 나타남에도 불구하고 경찰 조직은 그의 가족이나 다름없었지만, 그는 벡스트룀 같은 자들로부터 경찰 조직을 깨끗하게 지키는 데 실패했기 때문이다. 그가 같은 조직에서 경력의 마지막 이십 년을 고위 계급으로 있었던 것을 감안하면 더욱 그랬다.

"생각을 좀 하고 있었다네." 요한손은 자신의 운전기사, 마틸다 쪽으로 고개를 끄덕이며 말했다.

"말씀하세요, 보스."

"아까 자네가 한 이야기 말인데. 야스민을 살해한 자의 눈을 할퀴어 주겠다고 한 것. 정말로 그렇게 할 작정인가?" 이제는 신중하게 생각하고 말해주면 좋겠군.

"만약 그 애가 제 딸이었다고 한다면요. 그리고 보스 같은 분들이 그를 놓쳐버렸다고 한다면?"

"그렇군." 요한손이 말했다.

"그렇다면 그렇게 할 거예요."

"무슨 뜻인지 알겠네."

"저는 보스께서 왜 그런 질문을 하시는지 알겠네요."

"어떻게 안다는 말인가?"

"왜냐하면 저는 보스께서 범인을 찾아내실 거라고 생각하니까요. 사실 그렇게 하실 거라고 꽤 확신하고 있어요. 그래서 보스께서는 제가 그놈이 누구인지 알고 나면 오만 가지 수단을 동원해서라도 야스민의 아버지에게 범인의 이름과 그가 사는 곳을 알려줄 거라고 걱정하시는 거잖아요."

"그렇게 할 생각인가?" 요한손이 물었다. 그런 일을 할 사람이 자네 혼자는 아닐 거야.

"아니에요." 마틸다는 고개를 저으며 말했다. "선이라는 게 있으니까요. 만약 그 애가 제 딸이라면, 당연하죠. 놈을 완전히 다진 고기로 만들어놓을 거라고 맹세라도 할 수 있어요. 하지만 그런 상황이 아니라면,

그러지는 않을 거예요."

"어째서?"

"선이라는 게 있으니까요. 보스께서도 분명 아실 텐데요."

"알고 있네." 요한손이 말했다. 절대 넘어서는 안 되는 선이 있는 법이지. 만약 그 선을 넘어버리게 된다면, 죽여버릴 수 있을 정도로 끔찍한 놈들보다도 더 나쁜 사람이 된다는 뜻이니까.

"그런 놈들은 확실히 감옥에 처넣어버리기만 하면 돼요. 그러면 충분하니, 저 같은 사람들에 대해 걱정하실 필요는 없을 거예요."

요한손은 귀가하자마자 에베르트의 옛 친구에게 전화를 걸었다. 요한손 또한 잘 아는 사람이었다. 보통 셋이서 함께 사냥을 다니곤 했기 때문이다. 그는 사십 년 동안 재계를 취재해온 저명한 프리랜서 저널리스트로, 전문 분야로 여겨지는 인간 삶의 영역에 무슨 일이 벌어지고 있었는지 대부분 파악하고 있으며, 필요할 때는 공개적으로 목소리를 높이는 것을 두려워하지 않는 사람이었다.

"물어볼 게 하나 있어서 전화를 걸었는데, 혹시 방해한 것이 아니었으면 좋겠군."

"자네 목소리를 들으니 좋구먼, 라르스. 아니, 자네가 전화를 걸었는데 방해라니. 전혀 아니라네. 몸은 좀 어떤가?"

"온 세상을 다 얻은 것 같은 기분이야." 요한손은 거짓말을 했다.

"그러면 평소처럼 사슴 사냥을 하러 가는 건가?" 요한손의 좋은 친구가 말했다.

"그렇게 되면 좋겠군. 내가 궁금한 게 좀 있는데 말이야."

"뭐, 물어보는 데 돈이 드는 건 아니니까."

"조지프 사이먼. 자네가 아는 사람인가?"

"그래, 대부분의 사람들보다는 좀더 잘 알고 있다고 말할 수 있을 정도는 된다네. 예전에 그가 스웨덴에 살던 시절부터 알고 있었지. 1980년대 초반에 그에 대한 기사를 한 편 썼으니까. 그는 카롤린스카 병원에서 교수로 있는 숙부와 함께 부업 삼아 개인적인 사업을 벌이고 있었거든. 그들은 혈액 샘플, 소변, 대변 같은 것들을 분석했어. 주 의회에서 던져주는 일이라면 뭐든지 했던 거야. 지금으로부터 삼십 년은 된 이야기라네."

"그 사업은 어떻게 됐지?" 요한손이 물었다.

"정말 잘 풀렸지." 사냥 파트너가 말했다. "내 흥미를 끌었던 것은 그런 이유였고, 그 결과 기사가 나온 거라네. 평범한 똥이라 할지라도 원래는 있어서는 안 되는 박테리아가 포함되어 있는 게 확실하다면, 그 똥은 같은 무게의 금만큼이나 가치가 나갈 수도 있지. 그런 점에서 보면 다른 것들도 마찬가지라네. 너무 많거나 적을 수는 있어도. 하지만 그게 문제는 안 되지."

"그에 대해서는 어떻게 묘사할 수 있을까? 사이먼 말이야." 요한손이 말했다. "한 문장으로 부탁하네." 그는 한마디 덧붙였다.

"한 문장으로?"

"한 문장으로." 요한손이 말했다. 어려울 리는 없겠지. 어쨌든 자네는 저널리스트이니까.

"한 문장이라. 이렇게 말해보지. 지구상에 절대로 관계가 틀어지고 싶지 않은 사람을 한 사람만 진지하게 꼽아보자면, 그 사람이 바로 조지프 사이먼일 걸세. 무슨 대가를 치르더라도 말이야. 여기서 관계란 사업적인 측면이 아니라, 감정적이고 개인적인 관계를 뜻하네."

"만약 그와 사이가 틀어지면 무슨 일이 일어날까?"

"그러면 그는 아마 나를 죽여버릴 수도 있을 거야. 자네는 조지프 사이먼의 딸 야스민에게 일어난 일을 알고 있는 것 같은데?"

"그래, 물론이야. 하지만 그 이야기는 잠시 기다리게. 조지프 사이먼은 나 같은 사람도 없애버리겠다고 진지하게 생각할 수 있다는 말인가?"

"자네가 국가보안청과 국가범죄수사국 수장을 모두 역임했다는 사실에도 그럴 수 있느냐는 말이겠지?"

"그래."

"만약 자네가 딸의 살인 사건에 관여했다는 사실이 드러난다면 그는 분명히 그렇게 할 걸세. 자네가 미국 대통령이라 하더라도 그는 진지하게 시도를 할 테지. 조지프은 무한한 재원을 갖고 있는 사람이고, 내 개인적인 생각으로는 이미 그 사실을 뼈저리게 알게 된 미국인 소아성애자가 한두 명은 있을 거야. 그의 딸 야스민에 대해서는 어디서 들은 적도, 읽은 적도 없는 자라 할지라도 말이야. 혹은 그 아이의 아버지에 대해서도."

"정말인가?"

"최근 나는 인터넷을 좀 들여다보고 있는데." 저널리스트가 말했다. "야스민 살인 사건에 대한 공소시효가 만료되고, 그와 함께 살인 사건에 관한 기존의 법령이 폐지되고 새 법안이 적용되었을 무렵이었어. 자네도 그 기사를 읽어봤으려나? 《스벤스카 다그블라데트》에 올로프 팔메 살인 사건과 야스민 살인 사건을 비교하는 기사가 실렸다네. 팔메 살인 사건은 앞으로 공소시효가 만료되지 않을 테지만, 야스민이라는 어린 소녀의 살인 사건은 공소시효가 만료되었지. 왜냐하면 새 법안이 발효되었을 시점에서 야스민 사건은 공소시효가 삼 주 전에 지났기 때문이야. 범인을 찾는 데 얼마나 걸리든 상관없이, 범인에게 유죄를 선고할 수 있는 DNA 증거가 존재한다 할지라도 말이야. 그러니까 평범한 사람들을 안에서부터 갉아먹는 사건이 있다면, 그것은 성적인 동기를 가지고 어린아이를 살해한 사건일 거야. 어쨌든 우리는 다들 부모일 테니까."

"무슨 뜻인지 알겠네." 요한손이 말했다. 모든 부모의 가장 끔찍한 악몽일 테지.

"나는 흥미로운 것들을 꽤 많이 발견했지. 예를 들어, 작년 미국에서 살해된 소아성애자가 몇 명인지 알고 있나?"

"아니."

"삼백 명이 넘어. 혹시 믿지 못할 것 같아서 하는 말이지만, 이 숫자는 FBI에서 흘러나온 거라서 그냥 뜬소문과는 다르지. 심지어 미국에서는 이런 살인 사건들을 개별 항목으로 따로 분류하기까지 한다네. 소아성애자-피해자 살인 사건이라고 부르지. 이런 사건이 작년에만 삼백 건이 넘는다니까. 그런 사건들 중 지금까지 해결된 건이 얼마나 되는지 알고 있나? 살인범이 기소된 경우가?"

"아니." 요한손이 말했다.

"세 건이라네." 친구가 말했다. "그중 한 사건의 범인은 불법 가택 수색을 이유로 풀려났다네. 남부 촌구석에서 지방 판사가 내린 판결이지.

그 멍청이를 변호한 백만 달러짜리 변호사의 수임료를 누가 지급했는지 맞혀보겠나? 짐작할 수 있을 테지. 바로 조지프가 딸을 추모하는 뜻으로 설립한 재단이었다네."

야스민 추모 재단 말이로군.

"두 번째 사건은 어땠지? 범인에게 어떤 일이 일어났나?"

"그 사건은 알기 쉬웠지. 범인 자신이 아동 성폭행의 피해자였으니까. 그래서 그는 집행유예 선고를 받고 풀려나 지역사회로 돌아갔다네. 그는 가해자, 혹은 피해자라고 해야 할 놈의 성기를 잘라 입안에 처박아두었지. 이 사건은 뉴욕에서 일어났는데, 이곳은 법이 비교적 공정하게 적용되는 곳이라네."

"세 번째 사건은?"

"정신 치료감호 판결을 받았다네. 하지만 항소가 제기되어 검토가 진행될 예정이지. 피고인은 현재 보석으로 풀려난 상태이고."

"하지만 정의를 집행하려고 거리를 뛰어다니는 사람은 조지프가 아니지 않나?"

"그가 그런 짓을 할 이유가 있나? 그는 아무 대가도 없이 그런 일을 하려는 사람들에게 일 년에 십억 크로나를 쓴다네. 그들이 아동 성폭행범의 이름과 주소를 알고 있다면, 그 외에 누가 그런 일을 하는 데 굳이 돈까지 지불하려 하겠나. 그런 사람들은 자신이 아동 학대 피해자인 경우가 많으니까."

"정말인가?"

"그리고 조지프는 이런 분위기를 주도하고 있다네. 지난가을 선거에서 스웨덴 민주당이 이 주제를 큰 이슈로 만든 적이 있었지. 미국과 마찬가지로 소아성애자 및 여타 성폭행으로 유죄판결을 받은 자들에 대한 모든 정보를 공유하고 모든 사람에게 공개하는 법안을 제정해야 한다고 주장하면서 말이야. 작년에는 비슷한 법이 폴란드에서 통과되었다네. 그리고 덴마크를 포함한 여섯 개쯤 되는 EU 소속 국가들이 비슷한 법령을 준비중에 있지."

"무슨 뜻인지 알겠네." 요한손이 말했다. 그렇다면 나는 그에 대해 무엇을 해야 할까?

"내 호기심을 용서하게나." 친구가 말했다. "당연한 말이지만, 자네가 조지프 딸의 살인 사건에 관련이 있다고는 절대로 생각하지 않아. 하지만 호기심을 참을 수가 없군. 자네와 자네 동료들이 범인의 정체를 알고도 깔아뭉개고 있다는 느낌이 드는데? 야스민을 강간하고 질식시킨 범인 말이야."

"아니. 절대로 아니라네. 사건의 공소시효가 만료되었다 보니 한번 살펴보게 되었을 뿐이야."

"그 말을 들으니 안심이구먼." 사냥 파트너가 말했다. "안심이야." 그는 같은 말을 반복했다. "왜냐하면 조지프는 어떤 희생을 무릅쓰더라도 알아내려 할 테니까. 만약 자네가 범인의 이름을 조지프에게 알려준다면, 자네는 자네 형님만큼이나 부자가 될 수 있을 거야. 그리고 조지프가 그 이름을 듣지 못한다면, 그리고 자네가 알고 있지만 자신에게 말해주지 않는다고 확신한다면, 조지프는 자네에게 그보다 훨씬 더 많은 것을 요구할 걸세."

"뭐, 전부 탁상공론일 뿐이로군." 요한손이 말했다. "사냥할 때 보세."

멍청한 개자식 같으니. 그는 전화를 끊으며 생각했다. 아무것도 아닌

헛소리를 늘어놓다니. 미국 대통령을 암살해? 맙소사, 도대체 이런 자들은 자기를 뭐라고 생각하는 거지? 그저 돈이 조금 있다는 이유만으로 자기가 원하는 것은 무엇이든 할 수 있다고 진심으로 생각하는 걸까? 그리고 자네 머리에 대체 무슨 일이 일어난 거야? 그냥 입 좀 다물고 있을 수 없나?

57

7월 30일 금요일 저녁

그날 저녁, 요한손은 피아와 이야기를 나눴다. 그녀에게 단도직입적으로 질문을 던진 것이었다. 남자 대 여자로, 달리 말하면 나이 많은 남편 대 스무 살 어린 아내로.

요한손이 말했다. "그동안 궁금했던 게 하나 있어. 사실은 몇 개 있긴 한데."

"그런 경우라면 제대로 찾아왔네, 라르스." 피아가 미소를 지으며 말했다.

"당신은 얼마나 많은 남자가 어린아이와 그 짓을 할 수 있을 거라고 생각해? 나나 에베르트, 장인어른, 처남들 같은 평범한 보통 사람들 이야기를 하고 있는 거야. 사실은 예시로 든 사람들 누구도 평범한 사람이 아니지만."

"한 명도 없을 거야." 피아는 고개를 저으며 말했다. "보통 남자들에 대한 이야기라면 말이야. 어린아이와 섹스를 하는 보통 남자, 혹은 보통 사람은 없어."

"당신 말을 믿어. 그런데 나 자신을 위해 이런 질문을 하는 건 아니야. 모든 남자로 범위를 확대하면?"

"아마 1퍼센트 정도 되겠지." 피아가 말했다. "백 명 중 하나, 오십 명 중 하나, 어쩌면 사십 명 중 하나일 수도 있고. 어린아이로 한정할 때 이야기이지만. 열두 살쯤 돼서 이제 막 가슴이 부풀고 음모가 나기 시작한 소녀들을 빼면 말이지. 혹시 당신이 그런 성향일까 싶어 말해주는 건데, 음모는 쉽게 제모할 수 있어."

"그런 소녀들까지 포함하면?" 요한손이 말했다.

"굉장히 많겠지. 내 말이 믿기지 않는다면 가서 인터넷을 한번 뒤져봐. 듣자 하니 그런 사이트들에 매주 찍히는 방문자 수가 수천만은 된다던데. 페이지 조회 수가 아니라 방문자 수 말이야. 조회 수는 수억 회는 될 테니까."

"그건 알고 있어."

"질문이 하나 있어. 저 상자들 말이야." 그녀는 요한손의 서재 바닥에 놓여 있는 상자를 향해 고갯짓을 하며 말을 이었다.

"그래. 저 상자들이 왜?"

"저 안에 들어 있는 것들은 야스민 에르메간이라는 소녀의 살인 사건 수사에 관한 거 아니야?"

"그래. 그 사건에 관한 것인지 어떻게 알았어?" 그리고 저 상자들이 야스민이 살아 있는 곳이라는 것도.

"물론 상자 속을 살펴봤거든. 당신은 나를 누구라고 생각하는 거야?"

"아, 직접 봤구나."

"그러다 당신이 죽지만 않으면 괜찮아."

"그게 무슨 뜻이야?"

"범인을 찾아내려다 죽지 말라는 거야. 당신은 범인을 찾을 거라고 철석같이 믿고 있잖아. 그러다가 또다시 뇌졸중이나 심근경색이 일어나지 않으면 괜찮다는 뜻이야."

"아니, 그 점에 대해서 걱정할 필요는 없어."

"그러면 그다음에는 어떻게 할 거야? 범인은 찾아냈는데, 너무 늦어서 당신 같은 사람들이 아무 조치도 취하지 하지 못할 때 말이야. 법이 난장판이 되어버린 바람에 등신같이 멍청한 짓을 하려면 변호사라도 되어야 할걸. 아무리 생각해봐도 이해할 수 없을 정도로 멍청해서, 덜떨어진 행동을 보면서 그저 고개를 저을 수밖에 없는 그런 일이 닥치면. 표현이 거칠어서 미안해."

"나는 그따위 짓은 하지 않아." 요한손이 말했다. 범인을 찾아낸다 하더라도 너무 늦었을 테지. 하지만 내가 놈을 찾아내면 나 대신 다른 사람들이 그따위 짓을 해줄 거야.

58

7월 31일 토요일 오전

“라르스.” 피아가 불렀다. “현관에 누가 왔는데. 나가볼 수 있겠어?”

“어째서?” 요한손은 소파에서 큰 소리로 외쳤다. 그는 소파에 누운 채, 두통에 시달리지 않고 신문을 읽고 있었다.

“지금 화장실에 있단 말이야.” 그녀가 외쳤다.

은행의 여성 임원이 화장실에 가는 줄은 몰랐는데. 요한손은 생각했다. 그러고는 약간 고생한 끝에, 자리에서 일어나 지팡이를 짚고 절뚝거리며 복도로 가서 문을 열었다. 그는 심지어 문에 난 구멍으로 밖을 살펴보지도 않았다. 요즘 그가 느끼는 심정을 고려하면 그 정도는 전혀 신경 쓸 문제가 아니었다. 만에 하나 무슨 일이 일어난다 하더라도 그는 지팡이를 제대로 겨냥해서 두어 번 타격을 날릴 수 있을 터였다.

“막스라고 합니다.” 막심 마카로프가 말했다. “형님 되시는 에베르트 사장님께서 보내셨습니다.”

작은 에베르트로군. 대체 에베르트는 이런 녀석을 어떻게 찾아낸 거지? 이 이상 닮을 수 없을 정도로 비슷하군.

"들어오게, 막스. 정말 환영하네." 나만의 작은 에베르트로군. 육십여 년이 지나 비로소 나만의 작은 에베르트를 갖게 되다니. 그것도 나와 내 아내와 함께 살게 되다니. "어서 들어오게, 막스." 그는 이해할 수 없을 정도로 기분이 고무되는 것을 느끼며 이렇게 말했다.

피아는 새 객식구에 대해 진심으로 반기는 것 같았다. 그녀는 막스에게 점심 식사로 스테이크를 대접했다. 요한손에게는 샐러드를 제외하면 작은 조각밖에 허용되지 않았지만, 막스는 피아가 직접 만든 갈릭 버터를 듬뿍 끼얹은 감자튀김을 산처럼 쌓아놓고 입안에 쏟아부었다. 요한손에게는 레드 와인 두 잔이 허용되었다. 옆에서 마시는 양을 감안하면, 와인 두 잔은 동정 어린 적선 수준이었다. 그나마도 아내가 단호하게 선을 그으면서 십 밀리리터 단위로 정확하게 재어 따라준 것이었다. 그에게는 레드 와인 두 잔과 생수 한 병이 전부였지만, 막스는 갓 짠 오렌지 주스를 일 리터쯤 마시고 있었다. 얼마 가지 않아 우리 집에 있는 음식들을 다 먹어치우겠군.

"마음껏 들게." 요한손은 순진한 표정을 지으며 이렇게 말했다.

"음식이 굉장히 훌륭합니다." 막스는 피아에게 고개를 끄덕이며 말했다. "감사합니다. 정말로 맛있습니다."

"더 먹고 싶으면 말만 하게." 요한손이 말했다.

"감사합니다. 하지만……."

"디저트도 있으니까." 피아가 경고하는 눈빛으로 남편을 쏘아보았다.

"다 같이 먹을 과일 샐러드를 만들었거든."

점심 식사 후, 요한손은 서재로 가 소파에 드러누웠고, 그사이 막스는 아내를 도와 먹고 남은 음식들을 치웠다. 식욕만 왕성한 것이 아니라, 유머 감각도 상당한 녀석인가 보군. 요한손은 주방에서 피아가 웃음을 터뜨리는 소리가 재차 들리자 이렇게 생각했다. 그때 막스가 갑자기 문가에 모습을 드러냈다. 게다가 저 마카로프의 사생아 녀석은 아무 소리도 내지 않고 움직이는구먼. 키는 작지만 덩치가 떡 벌어졌군. 꼭 조상 대대로 내려오는 농장에 있는 낡은 곡물 저장고 문 같은데. 움직일 때 소리가 나지 않는 것도 그렇고.

"방해해서 죄송합니다, 보스. 보스라고 해도 괜찮을까요, 보스?"

"괜찮고말고. 그냥 궁금해서 물어보는 건데, 내 형은 뭐라고 불렀지?"

"에베르트요." 막스는 살짝 놀란 표정으로 요한손을 바라보며 말했다. "다들 그렇게 부르니까요."

"그러면 형은 자네를 뭐라 부르고?"

"막스라고 부르시죠. 또는 마칸이라고도 부르셨습니다."

"그러면 나는 자네를 어떻게 불러줬으면 좋겠나?"

"막스가 좋습니다. 마칸이라고 하셔도 되고요. 좋으실 대로 부르시죠, 보스."

"키가 얼마나 되지?" 요한손이 물었다.

"174센티미터입니다."

"체중은?"

"100킬로그램에서 105킬로그램쯤 나갈 겁니다. 운동을 얼마나 하느냐에 따라 달려 있죠."

"힘은 세고?"

"예. 저보다 힘이 센 사람은 만나본 적이 없습니다." 그는 이 질문에 놀란 게 분명했다.

"그런 질문을 하는 까닭은, 지난번에 내가 살짝 현기증이 나서 여기 바닥에 쓰러진 적이 있었기 때문이라네. 다시 소파에 올라가는 데 빌어먹을 정도로 고생을 해야 했지. 보다시피 나는 체중이 120킬로그램이야." 120킬로그램보다는 조금 더 나가지만.

"문제없습니다. 120킬로그램 정도는 문젯거리도 아니죠. 그런데 일단 지팡이를 바꾸셔야 할 것 같습니다." 그는 끝에 고무 패드를 덧댄 요한손의 지팡이를 향해 고갯짓을 하며 말했다. "몸에 맞지 않는 지팡이를 짚으면 균형을 잡을 수가 없습니다, 보스."

"정말인가?" 요한손이 말했다.

"조심조심 일어나보시면 제가 보여드리겠습니다, 보스."

요한손이 그의 말을 따르자 막스는 주머니에서 줄자를 꺼내 겨드랑이부터 바닥까지의 거리를 쟀다.

"목발을 사용하시는 게 좋겠군요." 막스가 말했다. 그는 줄자를 집어넣고 확신에 찬 미소를 지었다.

"목발을 짚는 데 문제가 좀 있어." 요한손은 자신의 연약한 오른팔을 보여주며 말했다. "병원에서 쓰던 목발은 너무 짧았다네. 짚고 설 수가 있어야지."

"길이는 조절할 수 있습니다. 제가 처리할 테니, 믿으셔도 좋습니다. 그리고 용건이 하나 더 있습니다, 보스. 보스의 새 자동차를 몰고 왔습니다. 괜찮으시다면 드라이브를 해도 괜찮을 것 같은데요, 보스?"

"그래? 지금?" 특이한 친구로군. 분명 그런 것 같단 말이지.

새 자동차는 그가 예전에 타던 차, 즉 형이 자신의 단짝 친구에게 거의 떠넘기다시피 했던 것과 같은 모델이었지만 자동변속기에 운전자의 편의성을 높여주는 각종 전자장치들이 추가되어 있었다.

"운전석 문을 리모컨으로 여닫을 수 있습니다, 보스." 막스가 시연을 해보며 말했다. "운전석에 앉는 즉시 좌석이 자동으로 조절되고요. 안전벨트도 마찬가지입니다. 그리고 버튼 하나만 누르면 자동으로 시동이 걸립니다. 이 버튼입니다, 보스." 그는 대시보드를 가리켰다. "자동변속기입니다. 왼손과 오른발만 가지고 운전을 할 수 있으니 아주 거저 먹는 거죠."

"훌륭하군." 요한손이 말했다. 이번에도 검정색이로군. 나 정도 되는 남자는 언제나 검정색 자동차를 모는 법이지. 뭐, 한창때 이야기이긴 해도.

요한손이 특별한 목적지도 생각해놓지 않은 채 차를 몰아 거리로 나서자, 가슴 속이 뻐근한 느낌이 줄어들었고 숨을 쉬는 것도 한결 수월해졌다. 그는 거의 한 달 만에 처음으로 운전석에 앉았다. 이제 다시 길을 달리게 되는군. 그는 생각했다. 평범한 삶을 향해 작게나마 한 걸음 더 내디딘 것이었다. 심지어 점심 식사를 하면서 마신 와인 두 잔은 아예 머릿속에서 지워졌다.

59

8월 1일 일요일

일요일 아침에 요한손이 주방으로 들어가보니 아내는 소풍 바구니를 꾸리는 중이었다.

"무슨 일이야?" 그가 물었다.

"우리는 시골 별장에 갈 거야. 별장을 한 달 가까이 비워놓았으니 할 일이 꽤 많아."

"우리라니? 누가 시골 별장에 간다는 거야?"

"당신이랑 나, 그리고 막스도."

"내가 청소를 해야 하는 게 아니라면 가고 싶지 않은데. 당신도 인정할 테지만 내가 컨디션이 썩 좋지 않잖아."

"어차피 당신은 청소 같은 건 한 적 없잖아. 그러니 걱정할 필요 없어."

지금 무슨 말을 하는 거지? 분명 조금은 했을 텐데.

그가 운전석에 올라타자, 막스와 피아는 빠르게 시선을 교환했지만 아무 말도 하지 않았다. 요한손 역시 아무 말도 하지 않았지만 노르텔리에 시로 향하는 간선도로에 들어서자마자 길 한쪽으로 차를 붙이더니 버스정류장에 차를 세웠다.

"이제부터 누가 운전 좀 해줘." 그는 별다른 설명 없이 이렇게 말했다. "나는 뒷좌석에 앉을 테니. 잠시 쉬고 싶은데."

그는 피아와 자리를 바꾸었다. 그러고는 깜빡 잠이 든 게 분명했다. 그가 정신을 차렸을 때 자동차는 노르텔리에 로드만쇠의 시골 별장 앞에 주차되어 있었다.

"다 왔어. 기분은 좀 어때?" 그녀는 두 눈에 떠오른 걱정을 숨기며 그에게 미소를 지었다.

"괜찮아." 그가 말했다. 더이상 두통은 느껴지지 않는군. 이틀째 두통이 없었다. 신기록이었다. 가슴 속이 빼근한 증세도 한결 나아졌다. 하지만 그는 피곤했다. 사실은 잠을 자기 전보다 훨씬 더 피곤했다. 무슨 이유에서인지 콕 집어 말할 수는 없었지만, 피곤하면서도 비참한 기분이었다. 정신 똑바로 차려. 그는 생각했다.

"정말 괜찮아." 그는 그녀를 안심시켰다. "간만에 좀 나은데." 그는 한마디 덧붙였다. "멱이라도 감아볼까 생각중이야."

두 사람 모두 요한손의 말에 반대하지 않았다. 심지어 그가 절뚝거리며 부두 위에 섰을 때도 마찬가지였다. 그는 모든 다리 힘을 짜내 머리부터 물에 뛰어들었다. 왼손으로 오른손을 꼭 붙들고 있었음에도 오른팔이 펄럭거렸다. 그는 숨을 깊게 들이마신 다음 천천히 바닥을 향해 가라앉으며, 그냥 내뱉고 싶은 욕구에 맞서 싸우고 저항했다. 그 대신 물장구를 치며 다시 수면으로 나갈 때까지 숨을 참았다. 이제는 한결 쉽군. 그는 숨을 들이마셨다. 한결 쉬워졌어.

그런 다음 그들은 점심 식사를 했다. 막스가 설거지를 자원했다. 피아와 라르스 마르틴 둘 다 딱히 반대하지 않았다. 피아는 일광욕 침대 위에 누워 신문을 읽었다. 요한손은 그녀 옆에 놓인 의자에 앉아 파일을 읽었다. P-2, 즉 스톡홀름 경찰 긴급출동반 소속 파트리크 오케손 경위가 지난번에 찾아왔을 때, 어린이집에서 자신의 딸에게 일어난 일을 말해주며 건넨 파일이었다. 좀더 긍정적인 측면에서 생각해보자면, 파트리크의 딸에게 실제로 일어난 일은 아니었다고 할 수 있었다.

서류 묶음 맨 위에는 미제 사건 담당 부서에서 육 개월 전에 의뢰한, 좀더 광범위한 최신식 DNA 분석 결과 보고서가 있었다. 그들이 야스민 사건의 공소시효가 만료되기 전에 마지막 시도를 해보자는 생각으로 보낸 것이었다. 그리고 그들은 같은 날, 지나치게 성실하게 일하던 검사를 후딩에 시에서 살해한 신원 불명의 범인, 혹은 복수일지도 모르는 범인들에 대한 이메일을 한 통 받았다. 그는 집에서 기르는 개를 내보내주려고 현관 밖으로 나갔다가 총탄에 머리를 관통당해 사망했다. 그리하여 두 어린아이는 아버지를 잃고 말았고, 아내는 복잡한 문제를 해결한 것일 수도 있었다. 그녀는 남편이 지나치게 일에 몰두해서 가족을 소홀히 대했다는 이유로 지난 반년 동안 이혼을 요구해왔기 때문이다.

그리하여 경찰 수뇌부에서는 경찰 인력을 재배치했다. 스톡홀름 주 경찰청 청장은 기자회견을 열었고, 라디오, 텔레비전 및 기타 매체에도 출연했다. 그녀의 설명에 따르면, 이 사건은 단지 훌륭하고 성실한 검사이자 두 어린아이의 아버지가 살해된 사건이 아니라, 고도로 조직화된 범죄자들에 의해 계획적으로 실행된 사법제도 전체에 대한 공격이라고 했다. 또한 그녀는 가용할 수 있는 모든 자원이 이 살인 사건을 해결하기 위해 투입될 것이므로, 이십오 년 전에 강간당하고 살해되어 우플란드 지역 스코클로스테르 궁에서 멀리 떨어져 있지 않은 진흙탕 속에서 처박힌 아홉 살짜리 소녀를 배려할 여유는 없다고도 말했다.

아홉 살짜리 소녀 야스민 살인 사건에 대한 수사는 '다음 지시가 있을 때까지 동결' 처리되었다. 이는 스톡홀름 주 경찰청 셸 헤르만손 경정이 상관에게 들은 이야기였다. 그리고 일주일 후, 그는 야스민 사건에 대한 모든 자료를 몇 개의 상자에 나누어 담아 사무실에서 들고 나가 부서에서 이용하는 기록 보관실에 가져다두었다. 그가 파트리크 오케손 경위의 장인이기도 한 바로 그 헤르만손 경정이었다. 그들이 살고 있는 곳은 좁은 세상이었고, 경찰이라는 직업을 가진 시민들에게는 훨씬 더 좁은 세상이었다.

그 사건의 공소시효가 끝난 후에도 상자들은 그 자리에 가만히 놓여 있었다. 강간당하고 질식사당한 아홉 살 소녀 야스민이 지난 이십오 년 동안 잠들어 있던 바로 그 상자였다.

그러다가 어느 날, 셸 헤르만손의 옛 상관 보 야르네브링이 갑자기 나타나 자신의 단짝 친구를 대신해서 그 자료들을 빌려달라고 부탁했다. 그리고 친구라는 사람 역시 평범한 사람은 아니었다.

"라르스 마르틴이 그 사건을 살펴보고 싶어 하네." 야르네브링은 헤르만손에게 설명했다.

"맙소사." 헤르만손은 놀라움을 금치 못하며 말했다.

"왜 진작에 연락을 주시지 않았답니까?" 그는 큰 소리로 말했다. "그 사건에 대해 무슨 일이라도 하기에는 너무 늦었단 말입니다."

"자네는 라르스 마르틴이 장기 미제 사건을 어떻게 생각하는지 알고 있지 않나." 야르네브링은 쓴웃음을 지으며 말했다.

"예, 잘 알고 있습니다." 헤르만손이 한숨을 쉬며 말했다.

거의 십 년 전 일이었지만, 그 어마어마한 참극은 헤르만손의 기억 속에 생생하게 살아 있었다. 각지에서 모인 장기 미제 사건을 담당하는 상급 경찰관들을 대상으로 한 전국 심포지엄에서 국가범죄수사국 국장이 헤르만손과 동료들을 완전히 굴복시킨 적이 있었다.

"그 친구는 뇌졸중을 일으키고 나서야 비로소 이해한 거라네." 야르네브링은 싱긋 웃으며 말했다.

당연히 라르스 마르틴 요한손은 그들 사이에 오간 대화와 그들이 품고 있는 생각에 대해서는 전혀 알지 못한 채, 의자에 앉아 '야스민 사건에 대한 마지막 시도'라 할 수 있는 보고서를 읽었다. 이십오 년도 더 전에 범인이 야스민의 신체와 옷가지에 남긴 정액에 대해 좀더 광범위한 최신식 DNA 분석을 시도한 것은, 법의 테두리 안에서는 의미가 전혀 없고 돌발적이라고 할 만한 시도일 뿐이었다.

"흥미로운 게 좀 있어?" 피아는 읽고 있던 신문을 내려놓고 남편을 바라보았다. 그가 서류를 읽으면서 두 번째로 스스로에게 소리 내어 투덜거렸기 때문이다.

"약간. DNA 분석 결과를 읽고 있어. 야스민 사건에서 발견된 정액에 대한 조사였지. 여기서는 범인이 노르드인 혈통에 아마도 스웨덴인, 그것도 중앙 스웨덴인일 가능성이 90퍼센트라고 하는데. 민족적인 측면에서 봤을 때 타 민족의 DNA 흔적은 나타나지 않는다는군." 이 DNA를 다루는 과학자들은 꽤 비범한 구석이 있는걸. 이제 곧 그 개자식의 얼굴 사진도 팩스로 보낼 수 있게 되겠군.

"그거 흥미롭게 들리네."

"내게는 아니야." 요한손은 고개를 저으며 말했다. 그 정도는 나도 진작에 알아냈으니까. 그는 범행 현장이 어디인지 알기도 전에 이미 그 사실을 알아냈던 것이다.

"정말?" 피아는 미소를 지었다. 이제 예전의 당신 모습이 보이네.

"그래." 요한손은 다른 생각을 하면서 대답했다.

"냉장고를 다 비웠고 쓰레기도 밖에 내놨습니다. 청소기도 돌렸으니 청소는 거의 끝난 셈입니다." 막스가 말했다. "그리고 커피를 좀 내려봤습니다."

저 사생아 자식은 소리 하나 내지 않는군. 요한손은 생각했다.

그는 왼손으로 직사각형 모양의 쟁반을 하나 들고 있었다. 그 위에는 유리잔 세 개, 머그잔 세 개, 보온병 하나, 생수병 하나, 우유가 담긴 유리 주전자, 과일이 담긴 커다란 대접이 놓여 있었다. 그는 쟁반 가장자리를 왼손 엄지와 다른 손가락들 사이에 끼워 꽉 틀어쥔 채, 다른 손으로는 두 사람 사이에 놓인 테이블을 잡고 움직였다. 똑같은 방식으로 테이블을 잡고 있는 오른손 역시 조금도 떨리지 않았다.

자네 말을 믿네. 자신보다 힘센 사람은 한 번도 만난 적이 없었겠지.

"집으로 갈 때는 내가 운전할 수 있을 것 같은데." 두 시간 후 그들이 차에 타려는 순간, 요한손이 말했다. 막스와 피아 모두 아무 말도 하지 않고 그저 고개를 끄덕였다. 이번에는 몰래 시선을 교환하지도 않았다.

여름도 막바지로군. 요한손은 차를 몰고 노르텔리에와 스톡홀름을 잇는 간선도로로 들어서며 생각했다. 여름도 막바지야. 하지만 여름이 끝나기 전에 사슴 사냥을 가야지.

그날 밤 요한손은 꿈을 꾸었다. 막심 마카로프에 대한 꿈이었다. 막스는 상트페테르부르크의 고아원에 있다가 열 살 때 스웨덴으로 넘어온 러시안 태생의 난민이었고, 자신보다 힘이 센 사람은 한 명도 만난 적이 없다는 호언장담에 충분한 근거가 묻어 나는 사람이었다. 어쩌면 두 사람을 만나게 해주었을 수도 있는, 예민하지만 여전히 얼굴 없는 소아성애자에 대한 꿈도 꾸었다.

"일어나시죠, 보스." 막스는 요한손의 어깨를 부드럽게 흔들며 말했다. "시키실 일은 없습니까, 보스?"

그는 옆으로 누워 있던 요한손에게 아동 살해범을 불쑥 내밀었다. 커피 쟁반을 잡고 있는 것과 동일한 방식으로, 손을 조금도 떨지 않는 모습으로 범인을 움켜쥔 채였다. 소아성애자는 막스의 손아귀에 매달려 있었다. 막심 마카로프가 왼손으로 잡고 있는 동안, 두 눈을 감고 머리를 축 늘어뜨리고 미동도 없이.

"글쎄. 잠깐 생각 좀 하고." 잠시 후 그는 잠에서 깨어났다. 꼿꼿하게 몸을 일으키자 심장이 증기기관이라도 된 것처럼 가슴 속에서 마구 요동쳤다.

60

8월 2일 월요일

월요일이었다. 새로운 일주일의 새로운 날. 라르스 마르틴 요한손의 새 삶에, 환자로서의 삶에 또 다른 날이 찾아왔다. 그가 침대에서 반쯤 잠든 채 머무르는 사이 아내 피아는 출근을 했다. 그는 너무 피곤했던 나머지, 그에게 몸을 굽히고 손가락으로 이마를 쓰다듬어주는 아내에게 말조차 건넬 수 없었다.

마틸다는 요한손의 서재 소파 옆에 놓인 테이블에 아침 식사가 담긴 쟁반을 놓아두었다. 사워밀크와 과일, 뮤즐리, 삶은 달걀 하나, 진하게 내린 커피 한 잔으로 구성된 건강한 식단이었는데, 아무래도 그의 과거 식생활이 건강하지 않았다는 사실을 인정하라는 것처럼 보였다. 그는 조간신문 아래에서 오백 크로나 지폐 열두 장이 들어 있는 봉투를 하나 발견했다.

그녀가 할망구 엉덩이를 걷어차주었다면 좋겠는데. 요한손은 생각했다. 마틸다의 어머니가 되는 그 할망구는 십계명의 제4계명■을 어기고 스스로에게는 절대로 하지 않았을 짓을 딸에게 저지른 사람이었다.

"마틸다." 그녀가 요한손의 아침 식사 쟁반을 치우기 위해 다가오자, 그가 그녀를 불렀다. "혹시 이 봉투에 대해 아는 게 있을까?" 그는 봉투를 집어 들며 말했다.

"전혀 모르겠는데요." 마틸다는 고개를 저으며 말했다. "이가 하나 빠지지 않았는지 살펴보시는 게 좋을 거예요."

"이가 빠지다니?"

"이빨 요정■■ 말이에요. 어쨌든 감사합니다." 그녀는 이렇게 말하고는 밖으로 나가 문을 닫았다.

고용인은 두 명뿐인데 벌써부터 직원 문제가 터지는군. 얼마 전까지만 해도 천 명이 넘는 경찰의 우두머리였던 라르스 마르틴 요한손은 이렇게 생각했다. 그들이 물리치료사에게 가기 위해 차를 타려고 했을 때 요한손은 운전석을 차지했지만, 마틸다가 요한손의 옆에 타려고 하자 막심이 간단히 고개를 흔들어 거부했다.

"뒤에 타요." 그는 엄지손가락으로 뒷좌석을 가리키며 말했다.

"왜요? 앞자리는 남자애들이나 타는 곳이라는 거예요, 뭐예요?"

"당연히 조수석에 앉아도 됩니다." 막스는 미소를 지으며 말했다. "조건만 하나 만족한다면 말이죠."

■ 부모에게 효도하여라.

■■ 어린아이가 머리맡에 빠진 유치를 놓아두면 이를 가져가고 대신 동전을 놓아준다는 동화 속 존재.

"무슨 조건요?" 마틸다가 말했다.

"당신에게 운전 교습 자격증이 있다면 말입니다." 막스는 씩 웃었다.

"당신만 갖고 있는 줄 알아요?" 마틸다가 말했다.

"하지만 내가 더 힘이 세죠." 막스는 이렇게 말하며 다시 한번 미소를 지었다.

"옥신각신 그만하게나, 꼬마 친구들." 요한손은 갑자기 나이가 훨씬 들어버린 기분을 느끼며 말했다. 그리하여 뒷좌석에는 이쁠 요정이 기분이 좀 상한 채 타게 되었지만, 곧 풀릴 터였다. 그리고 요한손의 옆자리는 자신만큼 힘이 센 사람은 만나본 적이 없는 러시아 출신 고아가 차지했다.

물리치료사와의 운동 시간은 특별할 것이 없었다. 진전도 없었지만, 예상치 못한 퇴보도 없었다. 하지만 결과와는 상관없이, 요한손의 기분은 조금도 나아지지 않았다.

"점심 먹을 시간이로군. 울라 빈블라드에 전화를 걸어서 크림소스와 햇감자, 월귤 잼으로 속을 채운 양배추를 주문할 수 있는지 물어보게."

그는 백미러에 비치는 마틸다를 향해 고개를 끄덕이며 말했다.

"당연히 될 거예요." 그녀는 두 눈썹을 추켜올리고 자동차 지붕을 올려다보며 말했다.

"좋아." 요한손이 말했다. 누가 뭐라고 해도, 저 여자애는 바보가 아니야. 스스로를 완전히 망쳐버렸다 할지라도 말이야.

"크림소스를 드시는 것은 그리 좋은 생각 같지 않습니다." 막스가 조수석에 앉아 꼼지락거리며 말했다.

"잘 듣게, 막스." 요한손은 방향지시등을 켜지도 않고 차선을 변경한 다음, 뒤에서 상향등을 밝히며 경적을 요란하게 울리는 택시는 무시하기로 결심했다.

"잘 듣게." 그는 같은 말을 반복했다. "진짜 남자는 보스를 한 명만 모시는 법이야. 보스가 크림소스를 먹겠다고 했으면 크림소스를 먹는 거라네." 내 아내가 자네에게 뭐라고 말했는지는 몰라도.

"알겠습니다, 보스." 막스가 말했다.

"그러니 저 개자식을 무서운 눈으로 한번 노려봐주지 않겠나?" 요한손은 이제 옆에 와서 달리고 있는 택시에게 고갯짓을 하며 말했다. 택시 운전사는 운전대 앞에서 미친 듯이 손을 휘두르고 있었다.

"알겠습니다, 보스." 막스가 말했다. 그는 차창을 내린 다음 주먹을 꽉 쥐고는 택시 운전사를 향해 흔들었다.

"경우가 있는 친구로군." 요한손은 택시 운전사가 브레이크를 밟아 뒤로 물러나는 모습을 지켜보며 말했다. 더이상 상향등을 밝히지도, 경적을 울리지도, 팔을 휘두르지도 않았다. 마치 사십 년 전, 그가 절친한 친구와 함께 자동차 앞자리에 탄 채, 양아치를 찾아 거리를 천천히 오가던 시절, 이 세상의 왕이었던 시절 같은 기분이었다. 요한손은 칼베리스베겐 거리에 있는 스웨덴에서 가장 훌륭한 핫도그 가게 앞에 차를 세우고 긴급출동반 소속 P-2 및 P-2의 동료들과 함께 이야기를 나눈 이후로, 이번만큼 기분이 좋았던 적은 없었다.

그는 돌아오자마자 소파에 누워 짧은 낮잠을 잤다. 일어났을 때는 마틸다가 들어와 자신의 상태를 확인하고 있었다.

"일어나셨어요?" 그녀가 물었다.

"그래." 요한손이 말했다. 커피 한 잔만 있으면 참 반가울 텐데.

"편지가 한 통 왔어요." 그녀는 흰색 편지 봉투를 든 채 말했다.

"아, 이빨 요정이 보낸 편지인가?"

"아니에요. 조금 수수께끼 같은 구석이 있어요."

"그게 무슨 뜻이지? '수수께끼'라니?"

"우편물은 두 시간 전에 왔는데요. 이 편지에는 소인이 찍혀 있지 않아요. 보내는 사람의 이름도 없고요. 그냥 보스 성함인 라르스 요한손만 적혀 있을 뿐이에요. 누가 우편함에 집어넣고 가버린 게 분명해요."

"그렇다면 열어보게." 요한손은 약해진 오른팔을 흔들며 그녀를 격려했다.

마틸다는 반으로 접힌 A4지 한 장을 들어 올리며 말했다. "이제 정말로 수수께끼 같은데요."

"뭐라고 써 있길래?"

"이름이 하나 적혀 있어요. 스타판 레안데르. 그냥 이름 하나뿐이에요. 스타판 레안데르요."

"스타판 레안데르라." 요한손은 같은 말을 반복했다.

"직접 보세요." 마틸다는 그에게 종이를 건네주었다.

"자네가 나를 릴라에싱에로 태워다 준 날부터 얼마나 지났지?" 요한손이 물었다.

"지난주였어요. 화요일요. 거의 일주일은 지났는데요."

에리카 브렌스트룀일 테지. 요한손은 생각했다. 갑자기 그녀는 요한손의 앞에 놓인 의자에 앉아 있었다. 무릎 위에 놓인 두 손을 서로 움켜

잡고, 두 눈에서는 경계심을 내비치면서. 에리카의 손에는 고된 노동의 흔적이 남아 있었지. 편지를 보낸 사람은 야스민과 비슷한 나이의 딸이 둘 있는 에리카였다.

61

8월 2일 월요일 오후

그저 생각일 뿐이었고 일순간 떠오른 발상이었지만, 결국 그는 '무언가' 해야만 했다. 그는 약간 고생한 끝에 수백 개의 차량 등록 기록이 들어 있는 상자를 소파까지 끌고 왔다. 맨 위에 놓인 등록 서류들을 집어 들었다. 서류들을 훑어본 다음 다시 상자 속에 넣어두고, 상자 바닥에서 새 서류 다발을 꺼내 들었다. 순서대로 정리되어 있지도 않고 온통 뒤죽박죽이로군. 요한손은 이렇게 생각하며 그 서류 다발 역시 제자리에 넣어두었다. 이십오 년 전에 많은 동료가 제각기 자신들이 찾는 것을 발견하기 위해 서류를 뒤져보자고 마음먹었을 때, 그리고 이십오 년 후 그에게 단서를 제공해줄 수 있는 컴퓨터로 정리된 요약본 없이 같은 작업을 수행할 때, 바로 이런 일이 일어나는 법이었다.

막스가 있었지. 요한손은 생각했다. 그는 휴대전화를 집어 들고 막스에게 전화를 걸었다. 요한손은 소리를 질러 막스를 부를 생각은 추호도 없었다. 그리고 서재 문 밖에 앉아서 감시하고 있을 게 뻔한 마틸다에게는 부탁할 생각이 없었다. 그런 엄마 밑에서 자랐으니, 그녀에게 무슨 일이 일어났는지 누가 알겠어? 어디 푸슉 푸슉 따위를 당할까 봐. 확실히 빨간색 손톱 없이는 눈알을 푸슉 뽑아내는 일은 아무래도 어렵겠지.

"이리로 좀 와주겠나." 요한손이 물었다.

"저는 주방에 앉아 있습니다, 보스." 막스는 놀란 심정을 숨기지 못한 채 말했다.

"그렇다면 어서 오게."

주방에서는 기껏해야 이십 미터쯤 될 텐데, 그런데도 십 초를 넘기다니. 도대체 왜 이렇게 오래 걸리는 거지?

"무엇을 도와드릴까요, 보스?" 막스가 물었다.

"일단 앉게." 요한손이 자신이 누워 있던 소파와 가장 가까운 곳에 있는 의자 쪽으로 고갯짓을 하며 말했다.

"말씀하시죠, 보스." 막스는 자리에 앉았다.

"단도직입적으로 물어보겠네, 막스. 자네는 입이 무거운 사람인가?"

"그렇습니다. 저보다 입이 더 무거운 사람은 만나본 적이 없습니다."

"한마디도 밖에 흘려서는 안 된다네. 에베르트 형에게도. 제대로 이해했나?"

"그렇습니다."

"좋아. 이 상자 안에는 차량 등록 기록 사본이 수백 장 들어 있네. 이십오 년 전에 빨간색 폭스바겐 골프 자동차를 갖고 있었던 사람들 명단이지. 더 정확히 말하면 1985년 6월 기준으로 말이야. 그 안에서 스타판 레안데르라는 차주 이름을 찾을 수 있을지 한번 살펴보게." 요한손은 그에게 마틸다가 준 종이를 건네며 말했다.

"서류가 몇 장이나 됩니까?"

"수백 장은 되지. 어쩌면 수천 장일 수도 있어. 꽤 많지." 도대체 내가 그걸 어떻게 알겠나?

"차주들의 명단은 없습니까?"

"없네." 요한손이 말했다. "어떤 바보 천치 자식이 그 명단을 잃어버렸거든." 이십오 년 전 일이지만.

"아, 알겠습니다. 서류를 제 방으로 가져가도 될까요?"

"물론이네." 요한손은 닫힌 문을 향해 고갯짓을 했다. "단 조건이 있네. 절대로……."

"알고 있습니다." 막스는 대답하며 씩 웃었다.

막스는 한 시간을 훌쩍 넘긴 후 돌아왔다.

"어떻게 됐나? 뭐라도 좀 찾았나?" 이미 막스의 두 눈에서 대답을 읽을 수 있었기에, 멍청한 질문이었다.

"스타판 레안데르라는 사람은 없었습니다. 그냥 성이 레안데르인 사람도 없었고요."

"확실한가?"

"백 퍼센트 확실합니다. 혹시 궁금해하실까 해서 말씀드리는데, 자동차들은 다 합쳐서 칠백 대가 좀 넘었습니다, 보스. 당시 기준으로 골프 자동차의 최신 모델은 1982년부터 시작해서 1986년형 모델까지입니다. 왜냐하면 그해 모델은 1985년 6월에 출시되었으니까요. 이름이 스타판인 차주는 여러 명 있었지만, 성이 레안데르인 사람은 한 명도 없었습니다. 거의 절반쯤이 회사, 렌터카 업체 소유의 차량이었습니다. 이 레안데르라는 사람이 그런 자동차 중 한 대를 운전한 사람이 아니라는 게 분명합니까, 보스?"

"아니." 요한손이 말했다. "자네 말이 맞을 수도 있어." 그리고 최악의 시나리오라면, 내가 전부 잘못 파악했을지도 몰라.

62

8월 3일 화요일

아침이 되자 요한손은 새 목발을 손에 넣었다. 목발은 요한손의 오른쪽 겨드랑이에서 뻗어 나와 바닥까지 곧바로 내려오는 물건으로, 권총 모양의 손잡이가 달린 가로대가 튀어나와 있어 불편한 오른쪽 골반을 지탱하고 상박을 흔들림 없이 잡아주는 방식이었다. 그가 아무런 어려움 없이 짚을 수 있는 구조였다.

"자네가 직접 만들었나?" 요한손이 물었다.

"아는 데가 있습니다. 아이스하키를 했거든요. 저도 비슷한 목발을 짚고 절뚝거리며 다니곤 했습니다."

"고맙네." 요한손이 말했다.

매부가 요한손의 휴대전화로 전화를 걸었다.

"뭔가 찾아낸 것 같습니다." 알프 홀트가 말했다.

"찾아냈다니, 정말인가? 말해보게."

"제가 찾아뵙고 말씀드리는 게 좋겠습니다. 꽤 복잡한 이야기라서요. 물론 바쁘지 않으시다면 말입니다만."

"전혀 바쁘지 않네. 괜찮다면 내가 점심 식사를 대접해도 될까?"

"한 시간 후에 뵙겠습니다. 버스가 십오 분 후에 출발하거든요." 알프가 말했다. 그는 테뷔 시에 살고 있었고, 형님인 에베르트의 말에 따르면 그는 한 번도, 심지어 자신의 결혼식 날에도 택시를 타본 적이 없는 사람이었다.

삼십 분 후, 마틸다가 서재 문을 두드렸다.

"예, 예." 요한손이 말했다. 그는 J.D. 샐린저의 유작 『아메리칸 리플렉션■』이라는 책을 읽고 있었다. 이 주 전에 영어로 출판된 것으로, 《뉴욕 타임스 북 리뷰》에서 발췌해서 책 커버에 인쇄해놓은 문구에 따르면, "그저 아메리칸 드림을 끝장내버리는 것에 그치지 않고 극도로 포괄적이고 사적인 신경증을 국가적 트라우마로 바꿔버리기까지 하는, 모든 유신론에 대한 격렬한 고발"이었다.

그렇단 말이지. 그 점에 대해 작가와 논쟁을 벌일 수는 없겠군.

"물리치료를 받으러 가실 시간이에요." 마틸다가 자신의 손목시계를 가리키며 말했다.

"취소해야 할 것 같군." 요한손은 읽고 있던 책을 흔들어 마틸다의 말을 제지하며 말했다. "중요한 손님이 오기로 되어 있어서. 내 매부가

■ 샐린저의 미발표작이 상당수 된다고 알려져 있지만, 해당 제목으로 발표된 작품은 존재하지 않는다.

올 예정이야."

"손님께서는 점심을 드실까요?" 마틸다가 물었다.

"물론이지." 요한손이 말했다. "그 친구는 생선을 선호하는 것 같던데. 신중한 사람이거든. 외스테르말름 시장으로 가서 신선한 연어가 있으면 사 오게."

마틸다는 고개를 끄덕이더니, 요한손이 다른 생각을 떠올렸을 때는 이미 사라진 후였다. 발트해 청어도 괜찮을 텐데. 식초를 살짝 뿌린 신선한 발트해 청어에 으깬 감자를 곁들여 차가운 체코 필스너와 함께 낸다면…….

"아니면 발트해 청어도 괜찮아!" 요한손은 마틸다의 등에 대고 큰 소리로 외쳤다. 내 말을 들었을까? 그는 현관문이 쾅 닫히는 소리를 들으며 이렇게 생각했다.

알프는 정말 유례를 찾을 수 없을 정도로 따분한 자식이란 말이지. 삼십 분 후, 요한손은 생각했다. 요한손이 소파에 누워 손을 흔들어주었음에도, 매부는 요한손과 악수를 나눠야 한다고 고집을 부렸다. 그런 다음 그는 두 사람 사이에 테이블을 가져다놓고 자신이 앉을 의자를 조절한 다음, 그제야 자신의 낡은 갈색 서류 가방에서 얇은 종이 다발을 하나 꺼냈다.

"뭔가 찾아냈다고 했지." 요한손이 말했다. 이 녀석이 지금 나를 가지고 놀려는 건가? 내 기대치를 올려놓고 가격을 세게 부를 심산으로.

"그렇습니다." 알프가 조심스럽게 헛기침을 하며 말했다. "꽤 괜찮은 건입니다. 마르가레타 사겔리에드와 결혼했던 친구, 요한 닐손에게 지금까지 알려지지 않은 이복 누이가 한 명 있었다는 사실을 알아냈습니다."

"그녀의 이름이 뭐지?"

"베라 닐손입니다. 1921년 10월 21일 출생. 1986년 3월 10일 사망. 어째서 제가 좀더 일찍 그녀를 찾아내지 못했는지 궁금하실 텐데, 주민 등록 대장에는 그녀과 요한 닐손과의 관계가 불분명했기 때문입니다. 주민 등록 대장에는 베라의 아버지가 '신원 불명'으로 나와 있습니다. 부친이 신원 불명으로 처리되는 것은 스웨덴 인구 기록의 전형적인 특징이라고 할 수 있습니다." 알프 훌트는 환희에 찬 듯한 표정으로 말했다.

"그러면 두 사람의 관계를 어떻게 알아냈지?" 그녀는 이복 오빠보다 스물여섯 살이 어리군.

"1959년 11월에 요한 닐손이 서명한 유언장에서 튀어나왔습니다. 그의 부친이 사망한 지 두 달 후의 일이죠. 식료품점을 하던 안드레스 구스타브 닐손은 그해 9월 15일에 사망했습니다. 그의 아들 요한은 정확히 두 달 후인 1959년 11월 15일에 새 유언장을 작성하고 서명했습니다. 이 유언장은 스톡홀름 지방법원에 제출되어 공증을 받았습니다."

"정말인가?"

"안드레스 구스타브 닐손이 임종을 앞두고서야 비로소 아들 요한에게 배다른 누이에 대한 이야기를 했다고 추정해도 주제넘는 판단은 아닐 겁니다."

"늦더라도 하는 것이 하지 않는 것보다는 나은 법이지. 확실한가?"

"확실합니다. 1959년 11월에 요한 닐손이 서명한 유언장 내용에 따르면, 그는 자신의 자산 중 상당 부분을…… 유언장을 직접 인용하자면 '나의 사랑하는 이복동생 베라 닐손'에게 남겼습니다."

"상당 부분이라." 요한손이 말했다.

"그의 총 자산의 거의 10퍼센트 가까운 금액이었습니다. 제가 대충 계산해보니, 그 10퍼센트는 요한 닐손이 부친 안드레스 구스타브에게 상속받은 재산의 절반 정도와 맞먹는 양이었습니다. 안드레스 구스타브가 유언장 하나 남기지 않고 사망했다는 사실은 전혀 중요하지 않았습니다. 그는 홀아비였으니 모든 재산은 그의 외아들이자 상속인인 요한에게 갔으니까요."

"지금 우리가 이야기하는 금액이 어느 정도지? 그는 누이동생에게 얼마를 남겼나?"

"대략 삼십만 크로나 정도 됩니다. 물론 당시 기준에서는 많은 돈입니다. 현재 물가로 환산해보면 상속세를 떼더라도 약 이백만 크로나 정도이니, 상당히 큰 금액이죠. 게다가 값나가는 물건도 꽤 있었습니다. 물건들 중에는 레안데르 엥스트룀■이 그린 〈방랑자이자 사냥꾼〉이라는 굉장히 값나가는 그림도 한 점 있었고요. 1917년에 완성되어, 2003년 부코브스키 봄 경매장에서 삼백오십만 크로나에 낙찰된 그림입니다. 유언장에는 그 그림의 값어치가 만 오천 크로나로 매겨져 있습니다."

"레안데르 엥스트룀의 그림이라." 요한손은 같은 말을 반복했다. 레안데르라는 이름이 또 나왔지만, 이번에는 성이 아니라 이름이로군. 그는 생각했다. 그 화가는 1920년대에 사망했다. 요한손은 그 화가가 산

■ 20세기 초반 짧게 활동하고 요절했던 스웨덴의 표현주의 화가.

을 그린 풍경화를 한 점 갖고 있었다. 그림은 거실에 걸려 있었다.

“베라 닐손은 흥미로운 사람입니다.” 알프가 말했다.

“어떤 점에서?”

“여러 가지가 있지만, 무엇보다 베라의 어머니가 안드레스의 조카였기 때문에, 베라와 어머니는 사촌 관계였습니다.”

“당시에는 흔히 있었던 일이로군.” 요한손은 씩 웃으며 말했다.

“흠.” 알프 홀트는 헛기침을 했다. “닐손 가문은 스톡홀름 지역에 뿌리를 내리고 살아온 집안이었고, 이 지역은 북쪽 옹에르만란드 지방과는 관습이 좀 다를지도 모르겠습니다.” 그는 다시 헛기침을 하며 말을 이었다. “베라 닐손은 1960년 가을, 그러니까 1960년 10월 5일에 서른아홉 살의 나이로 아들을 낳았습니다. 당시 기준에서 봤을 때는 늦은 나이였죠. 그 아들의 아버지 역시 ‘신원 불명’이었으니, 역사는 반복되는 법입니다. 그해 7월, 요한 닐손은 자신의 이복 누이에게 이른 재산상속을 했습니다. 그전 해에 작성한 유언장에서 그녀에게 남겨주기로 명시한 것과 같은 금액이었습니다. 1960년 8월, 그러니까 딱 한 달 후에 그는 마르가레타 사겔리에드와 결혼을 했고, 결혼식 직전에 새 유언장을 작성해서 1959년 11월에 작성한 유언장을 대체했다는 사실을 감안하면, 그가 미리 유산을 상속해준 이유는 충분히 설명이 될 겁니다. 그러니까 우선 그는 누이동생에게 부친에게서 상속받은 재산 중 동생의 몫을 넘겨주고, 그런 다음에는 자신의 아내에게 모든 재산을 남기는 새 유언장을 작성한 것이지요. 새 유언장에는 이복 누이는 전혀 언급되지 않았습니다. 그는 마르가레타 사겔리에드와 결혼을 했으니, 이십 년 후 그가 결국 사망하자 모든 재산이 그녀에게 상속된 겁니다.”

"이 아들 말이야. 베라 닐손이 낳은 사생아. 이름이 뭐지?" 나는 알고 있지.

"스타판 레안데르 닐손입니다. 레안데르는 그의 미들 네임이고, 이런 이름을 붙인 이유로 추측할 수 있는 것은 단 하나뿐일 테죠. 그는 1960년 10월 5일생입니다. 개인인증번호를 여기 적어 왔습니다."

"그는 아직 살아 있나?" 요한손이 물었다. 스타판 레안데르 닐손이라.

"그렇습니다. 아직 살아 있습니다. 미혼에 자식도 없습니다. 가장 최근 거주지는 솔나 시 프뢰순다, 구스타브3세 대로 20번지입니다. 그는 태어났을 때부터 1986년까지는 시 중심가 비르게르얄스가탄 104번지에서 살았는데, 어머니 베라 닐손이 살던 곳과 같은 건물이었습니다. 비르게르얄스가탄 거리와 발할라베겐 거리 사이에 있는 HSB 주택조합 건물인데, 혹시 알고 계십니까? 그는 1886년 5월에 스웨덴을 떠나 1998년 가을까지 돌아오지 않았습니다. 십이 년 하고도 육 개월 동안 말입니다."

"해외에 있었군. 어디였지?"

"아마도 태국일 겁니다. 아직 주소까지 찾아낼 수는 없었습니다만 애쓰는 중입니다. 그는 스웨덴을 떠났을 무렵 상당한 금액의 세금을 부과받았습니다. 몇십만 크로나 정도일 겁니다. 세금 중에는 모친의 사후에 부과된 상속세도 있었습니다. 그 세금은 십 년 후에 탕감되었습니다. 좋게 말하자면, 그가 세금 납부를 피해 다니고자 한 것도 믿는 구석이 있어서였던 겁니다."

"그가 태국에 머물렀다는 것은 어떻게 확신할 수 있지?" 요한손이 물었다.

“그 점은 명백합니다. 그는 파타야에 호텔을 짓는 프로젝트에 지분이 있는 것 같습니다.”

태국이라. 1980년대에 그 같은 사람에게는 천국과도 다름없는 곳이었을 테지. 어쩌면 지금도 마찬가지일지도 몰라.

알프가 말했다. “요약해보겠습니다. 베라 닐손은 1986년 3월 10일에 사망했습니다. 두 달 후, 베라 닐손의 아들은 유일한 상속자로서 유산을 받은 다음 스웨덴을 떠났습니다. 베라 닐손은 유언장을 남긴 것 같지는 않습니다. 공증 자료에 따르면, 그녀의 재산은 총 백만 크로나를 살짝 밑도는 금액이지만, 제 개인적인 생각으로는 그 두 배는 될 것 같습니다. 그는 그로부터 십이 년 하고도 육 개월이 지난 후에야 스웨덴으로 돌아왔습니다.”

“좋아, 상황이 이렇게 됐군.” 요한손은 소파에 일어나 앉으며 말했다. “이 스타판 레안데르 닐손이라는 자 말인데…….”

“예?” 홀트는 되물으며 고개를 끄덕였다.

“그에 대해 모든 것을 알고 싶네. 모든 것을 완벽하게 말이야.”

“파헤쳐보겠습니다.”

“잠시 실례해도 될까?” 요한손이 말했다.

“물론입니다.”

요한손은 새로 얻은 목발을 집어 들고 아무 어려움 없이 복도로 나가 손님용 침실로 들어갔다. 그만의 작은 에베르트는 컴퓨터 앞에 앉아 헤드폰을 쓴 채 굉장히 폭력적으로 보이는 수상쩍은 게임 같은 것을 하고 있었다.

“보스.” 막스는 헤드폰을 벗었다.

“상자를 다시 한번 살펴봐주겠나?” 요한손은 막스가 침대 위에 놓아둔 차량 등록 기록이 담긴 상자를 가리키며 말했다. “1960년 10월 5일생, 스타판 닐손, 혹은 스타판 레안데르 닐손이라는 사람이 있는지 찾아보게.”

“잠시만요.” 막스는 긴 팔을 뻗어 클립으로 한데 묶어놓은 얇은 인쇄 서류 다발을 끌어당겼다. “잠시만요.” 그는 서류를 넘기며 같은 말을 반복했다.

“스타판이라는 이름이 나온 서류를 한데 모아두었습니다. 다 합쳐서 서른 명 정도 됩니다.”

“굉장히 합리적이로군.” 요한손이 말했다. 이 친구는 절대 멍청하지 않다니까.

“여기 있습니다.” 막스가 서류 한 장을 내밀었다. “스타판 닐손, 1960년 10월 5일생. 당시 주소는 스톡홀름 비르게르얄스가탄 104번지. 그는 1985년 7월 5일에 신형 골프 GTI 1986년 모델의 소유주로 등록했습니다. 빨간색 폭스바겐 골프입니다. 스웨덴 폭스바겐 직영점에서 구매했군요.”

“내 그럴 줄 알았지!” 요한손이 말했다. “내 그럴 줄 알았어!” 그는 차량 등록 서류를 가져가며 같은 말을 반복했다.

자, 이 개자식이로군. 전 국가범죄수사국 국장이자 일찍이 우연의 일치를 증오하도록 배운 라르스 마르틴 요한손은 생각했다. 한 번은 아무 의미도 없지만, 두 번은 너무 많지. 이제 네놈은 내가 잡았어. 그리고 만약 그가 내내 의심을 품었던 것들이 사실로 밝혀진다면 몸을 사려야 한다고 스스로에게 다짐했음에도, 그는 즉각적이고도 비합리적일 정도로 과도한 증오가 끓어오르기 시작했다.

"괜찮으십니까, 보스?" 막스가 조심스럽게 요한손의 팔을 건드리며 물었다.

"괜찮네. 정말로 괜찮아." 그는 이렇게 말하며 고개를 끄덕였다. 이제 나는 어떻게 하지?

4장

눈은 눈으로, 이는 이로,
손은 손으로, 발은 발로…….

『출애굽기』 21장 24절

63

2010년 8월 4일 수요일 오전

요한손은 가능한 한 규칙에 따라 움직이는 사람이었다. 몸이 보다 눈에 띄는 방식으로 그를 괴롭히지 않는 날이면 주방에서 아침 식사를 했지만, 이날은 서재 안 소파에 앉아서 식사를 했다. 그는 잠에서 깼을 때부터 두통에 시달렸다. 그러더니 가슴이 뻐근해져와서, 갑자기 불안감에 휩싸인 그는 작은 흰색 알약을 하나 더 먹어 몸을 달랠 수밖에 없었다. 그런 다음에는 깜빡 잠이 들었다. 서재 어둠 속에 숨어 있던 히프노스가 어린아이처럼 아름다운 금발을 한쪽으로 기울이고 친절한 미소를 지으며, 녹색 양귀비 이삭을 들고 있는 손을 그에게 내밀었기 때문이다.

삼십 분 후, 그는 기분이 한결 나아졌다. 그래서 노트북컴퓨터를 꺼내 무릎 위에 올려놓고는, 일을 어떻게 진행할지 계획을 하나 짜보기로 결심했다. 전성기 시절에는 계획들을 포스트잇에 적어 직장에 있는 자신의 책상 위에 붙여두곤 했었지만, 지금은 아무래도 불가능했다.

전성기 시절에는 작은 메모 같은 것까지 끄적거리곤 했었지. 이제 오른손으로 그는 읽기 편한 글씨를 쓸 수가 없었다. 하지만 그런 오른손이라도 왼손으로 컴퓨터를 두드리는 동안 무릎 위에서 노트북컴퓨터가 떨어지지 않도록 붙잡을 수는 있었다.

"작전 행동." 요한손은 컴퓨터 화면 맨 위에 이와 같이 적었다. 그런 다음 줄을 바꿔 "1960년 10월 5일생, 스타판 레안데르 닐손에 대한 정보를 계속해서 확보할 것"이라고 적었다. 그리고 다시 줄을 바꿔 "스타판 레안데르 닐손의 생애를 정리할 것"이라고 적었다. 그가 거기까지 적어 내려갔을 때, 마틸다가 안으로 들어와 비난하는 듯한 표정으로 자신의 손목시계를 내려다보았다.

"물리치료사에게 갈 시간이에요." 마틸다가 말했다.

"오 분만 더 주게." 요한손은 말하면서 "가용 인력: 1명 플러스 4명"이라고 적었다. 일단 나를 먼저 놓아야지. 그는 여기에 절친한 친구 보야르네브링을 더하고, 그의 매부 알프 훌트를 더한 다음, 마틸다와 막스를 추가했다. 하지만 더이상은 없었다. 헤르만손 경정이나 그의 사위 같은 전 동료들은 확실히 아니었다. 그들은 일이 달아올랐을 때 냉정을 유지하기 어려울지도 모른다.

훨씬 더 엉망이었던 수사팀도 이끌어봤으니까. 그는 컴퓨터를 끄고 테이블에 내려놓은 다음 지금까지 누워 있던 소파에서 일어섰다.

물리치료사에게 갔다가 집으로 돌아오는 차 안에서, 막스가 제안을 하나 했다.

"보스, 제가 사슴 사냥에 대해 이런저런 생각을 해봤는데, 혹시 시간 좀 나십니까?"

"시간이야 나지." 요한손이 말했다. 내가 달리 시간을 쓸을 일이 뭐가 있다고? 공소시효가 만료된 옛 사건을 파헤치는 것 외에는 알약이나 과식하면서 오늘이 며칠인지 세고 있을 뿐인데. 고작 한 달 전만 하더라도 품위 있고 행복한 인생이었는데 말이지.

"총기 제작자와 이야기를 해봤습니다. 보스의 오른손에 대해 설명을 했죠. 혹시 노리쇠를 당겨서 새 탄약을 장전하실 수 있겠습니까, 보스?"

"그럼." 요한손은 지난주에 몰래 이 동작을 연습해본 적이 있었다.

"그렇다면 방아쇠를 당기는 손가락이 문제로군요?"

"그래. 손가락에 아무것도 느껴지지 않아."

"총기 제작자 말에 따르면 그 문제는 해결할 수 있다고 합니다. 이전에도 다른 손님을 위해 해본 일이라고요. 그 손님도 보스와 같은 문제를 겪고 있었는데, 소총 몸통 앞쪽으로 새 방아쇠를 부착해서 왼손 검지로 방아쇠를 당기는 게 가능해진 모양입니다."

"정말인가?"

"오른손으로 개머리판을 어깨에 잘 밀착시키고 조준을 할 수 있다면, 분명 가능할 겁니다."

"그러면 도대체 뭘 기다리고 있는 거지?" 요한손이 말했다. 마침내, 이제 우리는 어디론가 떠나게 되는군. 그는 이렇게 생각했다. 그가 향하는 곳은 적어도 지금까지 걸어왔던 인생을 어렴풋하게 연상시키는 곳이었다.

64

8월 4일 수요일 오후

알프는 점심 식사를 시작하기 전에 요한손에게 전화를 걸었고, 한 시간 후 현관 앞에 나타났다.

"말해보게." 요한손은 매부가 의자에 앉아 낡은 갈색 서류 가방에서 또 다른 서류 한 다발을 꺼내자마자 말했다.

"이것저것 좀 섞여 있습니다." 알프는 좁은 입술을 오므렸다. "제가 말씀드렸던 그림 기억하십니까? 레안데르 엥스트룀이 그린 〈방랑자이자 사냥꾼〉. 베라 닐손은 그 그림을 이복 오빠 요한에게서 받았고, 요한은 아버지 안데르스 구스타브 닐손으로부터 상속받았습니다."

"그래. 그게 어쨌다는 거지?"

"그림은 1986년 5월에 부코브스키 봄 경매에서 팔렸습니다. 세금을 공제하고도 거의 백만 크로나에 낙찰되었죠. 그림을 판 사람은 베라 닐손의 아들, 스타판 닐손이었습니다. 혹시 궁금해하실지 몰라 말씀드리자면, 그때는 베라 닐손이 작성하던 유언장의 세부 내용이 확정되기 전이었습니다."

"그들은 그런 일에 신경 쓰지 않을 텐데?" 미술상들은 다 그런 법이지.

"그럴 테죠. 아마 그럴 겁니다." 알프가 동의했다. "혹시 듣고 싶으시다면 미술품 시장에 대한 이야기 한두 개 정도 말씀드릴 수 있습니다. 어쨌든 그림을 찍은 사진을 한 장 가져왔습니다. 훌륭한 작품이죠." 그는 커다란 컬러 사진 한 장을 요한손에게 건네며 말했다.

〈방랑자이자 사냥꾼〉, 그림에서 레안데르 엥스트룀의 붓이 잡아낸 남자는 눈에 띄는 모습으로 호수 옆에서 휴식을 취하고 있었다. 빨간색과 파란색, 녹색과 회색으로 표현된 산의 경관은 배경 속으로 서서히 사라지고 있었고, 가을의 서늘함을 가리키는 반투명한 공기는 그저 한 해의 이 시기에 겨울이 다가온다는 징조일 뿐일 수도 있었다. 그는 총을 바위에 기대어놓았다. 사냥한 오리 한 쌍과 토끼 한 마리는 나뭇가지에 걸어놓은 터였다. 남자 자신은 조금 전 피워놓은 모닥불 옆에 앉아 책을 한 권 읽고 있었다.

〈방랑자이자 사냥꾼〉이라. 좀더 나은 제목을 떠올리기 어렵겠군.

"이 그림이 백만 크로나입니다." 전 국세청 회계 감사관이었던 알프 홀트가 말했다. "또한 스타판 닐손의 모친은 비르게르얄스가탄에 아파트를 두 집 소유하고 있었습니다. 아들은 아파트 역시 그림을 팔았던 것과 거의 비슷한 시점에 매각했죠. 모친이 사망하기 고작 일주일쯤 전에 작성된 위임장을 내세워 처리한 것 같습니다. 굉장히 비정상적인 일 처리 방식입니다."

"그러면 총 얼마를 벌어들인 거지?" 요한손이 끼어들었다.

"이백만 정도 될 겁니다. 그림 가격으로 백만, 아파트 두 집이 칠십만, 그리고 나머지 금액은 같은 시기에 처분했을 것으로 보이는 예금과 주식이었습니다."

"전부 팔아치운 게로군." 요한손이 말했다. "제 어미의 몸이 채 식기도 전에."

"그렇습니다." 요한손의 매부가 입술을 오므리며 동의했다. "적절한 요약인 것 같군요."

"그리고 놈은 세금을 낼 생각을 하지 않고, 태국으로 튀어서 호텔을 한 채 샀다는 게로군." 요한손은 갑자기 자신의 큰형을 떠올렸다.

"그렇습니다." 알프는 한숨을 쉬었다. "바로 그런 짓을 한 겁니다. 하지만 그쪽 문제에 대해서는 조금 더 기다려주셔야 합니다. 그가 관여했던 것처럼 보이는 호텔 프로젝트에 대해 정보를 모으는 중입니다."

"놈은 그 외에 무슨 일을 했지? 그러니까 태국으로 튀기 전에."

"젊은 남자들이 보통 할 법한 짓은 다 했습니다. 꽤 게으르게 지낸 것 같기도 합니다. 증명서를 위조한 내역도 두 건 찾아냈습니다."

"정말인가?"

"1980년대 초반, 직업을 구하고 있을 때 저지른 일이었습니다. 직업에 대한 이야기는 조금 있다가 말씀드리겠습니다. 그는 1979년에 고등학교를 졸업했다고 주장했습니다. 여기 스톡홀름에 있는 노라레알 고등학교였죠. 그런 다음에는 하고많은 대학 중에서도 웁살라 대학■에서

■ 스웨덴에서 가장 오래된 대학이자 세계적으로도 인정받는 명문 대학이다.

경제학을 전공했다고 주장했습니다. 경영경제학을 두 학기, 국가경제학을 한 학기, 통계학과 법학개론을 각각 한 학기. 다 합쳐서 학사 학위를 받기까지 4분의 3 가까이 진행했다고 말입니다."

"하지만 사실이 아니다?"

"그렇습니다." 그는 노라레알 고등학교에 입학했지만, 세 학기만 마치고 졸업은 하지 못한 채 학교를 떠났습니다. 그리고 웁살라 대학 학생으로 등록된 적은 전혀 없는 것 같습니다."

"건방진 양아치 자식이로군. 병역은 어디서 수행했지?"

"면제를 받았습니다. 척추측만증, 그러니까 등에 심각한 문제가 있다는 진단서를 제출한 것으로 보입니다."

야스민을 강간할 때는 아무 문제 없었겠지. "또 다른 것은?" 요한손이 말했다.

"재단도 하나 찾아냈습니다. 마르가레타 닐손이 남편 요한 닐손이 사망하자 이 년 후에 설립한 재단입니다."

"재단 이름은?"

"오페라 예술을 후원하는 마르가레타 사겔리에드 재단입니다." 알프는 어째서인지 한숨을 쉬며 말했다.

누가 상상이나 했겠어? "말해보게."

65

8월 4일 수요일 오후

요한 닐손이 사망하고 아내가 재산을 상속받게 되자, 그녀는 상당한 양의 상속분 중 오백만 크로나를 떼어내 이른바 '오페라 예술'을 후원하는 재단을 설립했다. 젊은 가수들과 음악가들은 교육 및 연수에 필요한 자금이나 공연을 제작하는 비용에 대해 재단에 보조금을 신청할 수 있었다. 재단은 또한 매년 '올해의 가장 촉망받는 젊은 소프라노'에게 마르가레타 사겔리에드상을 수여하여 이만 크로나의 상금을 지급했다. 재단은 1983년부터 업무를 시작했다. 재단 이사장으로는 오페라 애호가이기도 한 굉장히 저명한 변호사가 선임되었고, 재정 업무는 SE 은행의 재단 담당 부서가 맡아서 진행했다.

"사겔리에드는 현대판 옌뉘 린드■인 것 같군." 요한손은 소파에 편

■ 19세기 중반에 활동했던, '스웨덴의 나이팅게일'이라고 불리던 오페라 가수. 자신이 번 돈의 상당 부분

히 기대어 두 손을 배 위에 겹쳐놓은 채 말했다. 그는 오랫동안 이런 자세를 취해왔지만 지금만큼 편안했던 적은 없었다.

"예, 그럴지도 모릅니다." 매부는 한숨을 쉬었다. "이런 말을 해도 좋을지 모르겠지만, 애석하게도 재단이 순탄하게 굴러간 것은 극히 짧은 기간에 불과했습니다."

"어째서? 오백만 크로나 정도면 당시에는 굉장히 큰돈 아니었나?"

"재정 문제는 아니었습니다." 알프 훌트가 말했다. "불행하게도 마르가레타 사겔리에드는 가장 가까운 친척, 사실상 유일한 친척을 고용해서 세부적인 사항을 처리하도록 했습니다. 당연하지만 젊은 시절의 스타판 닐손입니다. 고작 이 년 후에 재단은 거의 사업을 접어야 하는 상황에 처하고 말았습니다. 그가 굉장히 수상쩍은 일을 벌이면서 재단을 엉망으로 만들어버린 탓이었습니다."

"그런 일이 어떻게 가능하지? 그런 재단을 설립하려면 굉장히 철저한 관리 시스템이 있어야 할 텐데."

"보통은 그렇습니다." 알프가 동의했다. "엄격한 관리 시스템을 두는 가장 큰 이유는, 재단은 상당한 세제 혜택을 누리고 있어서 언제나 악용될 위험이 따르기 때문입니다. 마르가레타 사겔리에드가 유일하게 가까운 친척, 스타판 닐손을 고용하겠다고 결정했을 때, 재단 이사장은 그 점을 지적했습니다. 그런 인사는 다양한 세금 관련 이익을 그에게 증여하는 수단으로 보일 위험이 있다고요. 의장이 그에게 이력서를 요구한 것 또한 그 때문이었습니다. 그가 단지 마르가레타 사겔리에드가 부당

을 교육 분야에 기부한 것으로 유명하다.

한 특혜를 주고 싶어 하는 친척이 아닌, 자신의 능력으로 그 자리를 차지한 사람이라는 점을 입증할 수 있도록 말입니다."

"하지만 학위 증명서를 날조했군." 요한손이 말했다.

"예, 제가 조사한 바로는 그렇습니다. 스타판 닐손은 학교를 다니고 있을 때도 여름방학이면 다양한 아르바이트를 하는 근면한 젊은이라고 스스로를 설명했지만, 저는 현실적인 이유 탓에 그 점에 대해서는 아직 조사를 할 수 없었습니다. 혹시 관심 있어 하실 것 같아 이력서 사본을 가져왔습니다." 알프는 서류가 들어 있는 얇은 플라스틱 파일 하나를 들어 올렸다.

"다른 서류들과 함께 두게." 요한손이 말했다. 아마 처음부터 끝까지 그 자리에 놓여 있게 되겠지.

"처음에는 여느 재단처럼 규정과 강령에 따라 설립 의도대로 굴러가는 것 같았습니다. 마르가레타 사겔리에드상은 첫 삼 년 동안, 그러니까 1985년까지 매해 수여되었습니다. 그 외에도 매년 총 십만 크로나에 달하는 금액이 보조금과 기부금이라는 명목으로 지출되었습니다. 여기에 기타 비용 및 이사들에게 지급되는 보수, 스타판 닐손의 봉급, 외스테르말름 린네가탄에 있던 작은 사무실 임대료를 다 더하면, 재단의 매년 지출액은 삼십만 크로나에 육박했습니다."

"자본금의 육 퍼센트라. 내 생각으로는 꽤 높은 비율인 것 같은데."

"첫해에 재단은 자본금을 바탕으로 괜찮은 수익을 올렸습니다. 실은 삼십만 크로나 정도 실제 흑자를 보았죠."

"하지만 그다음부터 모든 일이 틀어진 게로군."

"제 개인적인 생각으로는 1984년부터가 아니었나 합니다. 불행하게도 그들은 위험부담이 큰 금융 투자로 손실을 만회하고자 했습니다. 이는 관리 체계가 제대로 돌아가지 못했다는 뜻입니다. 당연히 재단 내부와 은행 양쪽 모두 재단 활동에 대해 감시 관찰을 해야 했지만, 그러지 못한 거죠."

"그렇다면 닐손이라는 어린애의 주머니 속에 얼마나 굴러 들어간 거지?"

"제가 알아낼 수 있는 한도 내에서는 그리 큰 금액은 아니었습니다. 누가 봐도 투자 실패가 사실상의 원인이었죠. 어쨌든 간단히 줄여서 말씀드리면, 1986년 여름에 육 개월마다 실시하는 추가 회계 감사가 진행되자, 재단 자본금의 절반 이상의 금액이 손실되었다는 사실이 드러났습니다. 하지만 그때쯤에는 스타판 닐손이 재단에서 사직하고 목적지도 밝히지 않고 떠나버린 후였습니다."

"그후에는 어떻게 됐지?" 1986년 상반기에는 많은 일이 일어났군.

"그 이후로 재단 규모는 천천히 줄어들었습니다. 마르가레타 사겔리에드가 사망할 즈음에는, 재단에서 움직일 수 있는 자금은 이백만 크로나 정도였습니다. 재단은 지금도 보조금을 지급하고 마르가레타 사겔리에드상을 수여하고 있지만, 다 합쳐도 매년 십만 크로나가 채 못 되는 금액입니다. 재단을 운영하는 비용까지 계산에 넣으면, 매해 총 지출액은 약 이십만 크로나입니다. 재단의 자본 규모는 매해 이 퍼센트씩 서서히 줄어들고 있고, 여러 해에 걸쳐 진행되고 있는 상황입니다."

"사겔리에드가 자본금을 보충하려는 시도는 하지 않았나? 그녀가 사망할 때 말이야."

"마르가레타 사겔리에드는 사망할 당시에도 여전히 굉장히 부유했습니다. 그녀의 자산 가치는 세후 기준 천만 크로나를 상회했습니다. 1989년에요. 하지만 재단에는 한 푼도 돌아가지 않았습니다."

"그러면 누구에게 갔지? 그 많은 돈이?"

"마르가레타 사겔리에드는 1986년 10월에 새 유언장을 작성했습니다. 재단에 대한 회계감사가 실시되어 재단의 불안정한 재정 상황이 들통난 지 넉 달 후였습니다. 그녀는 대부분의 재산을 어린이와 청소년에 관한 활동을 하는 여러 자선단체에 기부했습니다. 처치스 칠드런 펀드, 세이브 더 칠드런, 적십자 아동청소년위원회 같은 곳 말입니다."

"그러면 스타판 닐손은?"

"한 푼도 받지 못했습니다. 하지만 여기서 사겔리에드의 옛 청소부가 갑자기 등장했습니다. 에리카 브렌스트룀 말입니다만. 분명히 기억하실 테죠? 그녀는 오십만 크로나를 받았습니다. 유언장에는 그 돈을 에리카의 두 딸의 교육비로 사용하라고 적혀 있었습니다."

"누가 상상이나 했겠어?" 요한손이 말했다. 다른 사람이 저지른 범죄에 대해 속죄하고 죄를 사하는 용도로 돈을 사용했군. 나쁘게 생각하자면 자신이 입을 다물고 있었던 것에 대한 보상이었을 테지. 마르가레타 사겔리에드의 인생은 죽기 몇 년 전부터는 생지옥이었을 게 분명해.

"에리카 브렌스트룀 말입니다만." 알프 홀트가 같은 말을 반복했다. "혹시 관심 있어 하실 것 같아, 그녀에 대해서도 좀더 조사를 해봤습니다. 그녀와 두 딸 모두 살아 있다는 사실을 확인했습니다. 그녀는 현재 약 육십 살쯤 되었고, 두 딸은 삼십 대입니다. 사실 형님께서는 이미 알고 계시는 정보입니다."

"그렇지도 않아." 요한손이 말했다. 그녀에 대해서는 신경 끄도록 하게. 그녀에 대해 알고 싶은 것에는 자네가 도움을 줄 수 없으니까. "다른 것은 없나?"

"사실 하나 있습니다." 매부가 말했다. "스타판 닐손의 모친, 베라 닐손에 대한 것입니다."

"베라에 대한 일이라고?"

"말씀드린 대로, 그녀는 1986년 3월 10일에 사망했습니다. 법적 효력이 있는 유언장을 남기지 않았지만, 외아들이 유일한 상속자였다는 점을 고려하면, 유언장이 없는 것은 그렇게 흥미로운 점이라고는 할 수 없습니다. 하지만 베라 닐손의 죽음을 둘러싼 정황은 흥미롭습니다. 특히 형님 같은 분에게는, 그러니까 형님 같은 직업적 배경이 있는 분께서 보시기에는 말입니다."

"정말인가?" 요한손이 말했다. 이제 대화 같은 대화가 좀 되는군.

66

8월 4일 수요일 오후

64세의 베라 닐손은 1986년 3월 11일 오전, 스톡홀름 비르게르얄스가탄 104번지에 있는 자택에서 사망한 채 발견되었다. 그녀를 발견한 사람은 아들 스타판이었고, 그는 그녀와 같은 건물의 좀더 작은 세대에 살고 있었다.

베라 닐손은 자신의 집 거실 소파에 누워 있었다. 팬티와 브래지어, 가운, 슬리퍼 차림이었다. 커피 테이블 위에는 반쯤 빈 위스키 한 병, 다 마신 엑스포트 라거 맥주 세 캔, 반쯤 차 있는 커다란 보드카 한 병, 텅 빈 생수 한 병, 다 비워버린 것이나 다름없는 탄산음료 한 병, 그리고 보드카와 자몽 맛 탄산음료가 섞인 음료가 든 텀블러가 하나 놓여 있었다. 텅 빈 강한 수면제 통과 거의 빈 신경안정제 통이 욕실에서 발견되었다. 유서, 혹은 비슷한 내용의 메모 같은 것은 전혀 발견되지 않았다.

침실에 놓인 침대는 손이 닿은 흔적이 없었고 시트도 깨끗했지만, 그와는 달리 아파트에 딸린 두 개의 방과 주방은 어수선하고 지저분하다는 인상을 풍겼다. 서랍은 모두 밖으로 빠진 채 내용물이 바닥에 쏟아져 있었고, 두 개의 옷장에 걸려 있던 옷들 역시 바닥에 쌓여 있었다. 주방은 누군가 음식과 가정용품을 찾으려고 찬장과 서랍을 완전히 뒤집어엎은 것처럼 보였다.

조심스럽게 표현하자면, 베라 닐손의 죽음을 둘러싼 정황이 명확하지 않았기 때문에, 시신은 솔나 법의학연구소로 옮겨져 검시를 받았고, 스톡홀름 경찰 범죄수사과는 아파트에서 현장 감식을 진행했다. 그런 수사 결과물은 첫 장에 "가정에서 일어난 변사 사건"이라는 제목이 달린 보고서에 기록되었다.

시신의 검시 결과에 따르면, 베라 닐손은 다량의 수면제 및 신경안정제, 알코올에 의한 급성중독으로 사망했다. 혈중알코올농도가 0.3퍼센트에 달했고, 소변에서 검사한 알코올 수치 또한 혈중농도에 비해 크게 낮지 않았다. 오랜 기간 동안 알코올을 남용했다는 증거는 발견되지 않았기 때문에, 그녀 정도의 나이와 신체 조건을 가진 여성치고는 굉장히 높은 수치였다.

담당 법의학자는 일을 서두르지 않았고, 한 달 반이 지나서야 그가 제출한 의견서는 범죄적인 행위의 가능성을 배제할 수는 없지만 증거 대부분이 자살을 가리키고 있다는 말로 시작했다. 이는 그가 내린 최종 결론이기도 했다. 베라 닐손은 스스로 생을 마감했다. 법의학자는 누군가가 은밀히 그녀를 음독 살해했을지도 모른다는 가설은 개연성이 낮다고 판단했다. 그녀가 먹은 약은 독한 증류주나 맥주, 탄산음료로 가리기에는 맛이 지나치게 끔찍했기 때문이다. 또 그녀의 신체에는 폭력을 가했다거나 완력에 의해 제지당했다는 사실을 가리키는 외상은 발견되지 않았다.

하지만 그는 검시 보고서의 한 대목에 충격적인 사실을 기술해두었다. 검시중에 드러난 몇 가지 요인으로 판단하면, 베라 닐손은 발견될 때까지 최소 스물네 시간 이상 자신의 아파트에 죽은 채 누워 있었다는 것이었다.

아들이 그녀를 발견한 시각은 3월 11일 오전 11시쯤이었다. 그는 전날 저녁 7시에 어머니와 통화를 했다고 주장했기 때문에, 최소 한 가지 의문이 떠올랐다. 검시 과정에서 주장에 배치되는 여러 가지 요인들이 드러났음에도, 법의학자는 베라의 사망 시점이 3월 10일 저녁일 수도 있다는 가능성을 배제할 수 없었다.

"잠깐만, 알프." 매부가 말을 마치자마자, 요한손이 말했다. "이런 것을 어떻게 알았나?"

"굉장히 운 좋게도 저는 베라 닐손의 장례식을 진행했던 장의사와 예기치 않은 기회에 연락을 주고받는 사이가 되었습니다. 그는 계보학적으로 저와 같은 가계에 속한 사람입니다. 사실 우리 두 사람 모두 같은 위원회 소속이기도 합니다. 그의 장례업체에서 베라 닐손의 사망 이후 모든 실질적인 처리를 맡았습니다. 아파트를 청소하고, 아들에게 유품 판매 대행을 맡을 경매업체를 소개해주기도 했습니다. 그들이 아파트를 청소했을 때 검시 보고서가 발견됐다고 합니다."

"알겠네. 그러면 장의사는 왜 보고서를 가지고 있었지?" 수사가 종결된 후 보고서는 아들에게 발송되었을 텐데. 어떻게 그런 일이 일어난 거지?

"제 지인은 베라 닐손과 아는 사이였습니다." 알프는 가볍게 헛기침을 했다. "이 이야기도 말씀드렸는지 모르겠는데, 베라는 집에서 그리 멀지 않은 한 레스토랑에서 지배인으로 일했습니다. 제 지인이 종종 점심 및 저녁 식사를 하던 곳이어서, 두 사람이 알게 되었던 겁니다. 그는 베라가 자살했다는 이야기를 듣고 꽤 이상하다고 생각했습니다. 그가 알고 있는 베라는 명랑하고 긍정적인 사람이었기 때문에, 그는 보고서를 발견하자 한 장 복사해두었습니다. 보고서 원본은 그가 베라의 아파트를 청소하면서 발견한 다른 모든 서류와 함께 아들에게 건네준 것으로 추정하고 있습니다."

"그런데 자네 지인은 한 번도 경찰에게 연락을 취하지 않았나?"

"네. 그러지 않았습니다. 경찰은 확실히 자살로 결론을 내린 것 같았으니까요. 그리고 아들이 연관된 문제였으므로, 장의사들은 유족을 대신하여 행동하고 유족의 이익을 보호해야 합니다. 그래서 그는 문제를 건드리지 않았습니다."

"베라 닐손의 사망에 대한 수사 과정에서 나온 것들은? 그는 그런 보고서는 발견하지 못했나? 내 동료들은 반드시 보고서를 쓰는데 말이야."

"그런 것은 없었습니다." 알프는 고개를 저었다. "하지만 그런 것이 존재한다면, 형님께서 찾아내셨을 거라고 생각합니다. 이런 일은 제가 계보학 작업을 하면서 맞닥뜨리는 종류가 아니라서요. 하지만 제 생각에는, 그런 보고서가 존재한다면 스톡홀름의 국립 기록 보관소에 있을 테죠."

"분명히 그럴 테지." 요한손이 말했다. 그게 아니면 낡은 판지 상자에 담긴 채 경찰청 지하실에서 썩어가고 있을 수도 있고.

"혹시 형님께 쓸모가 있을 경우를 대비해서, 저 서류들과 함께 검시 보고서 사본도 한 장 가져왔습니다." 알프 홀트는 요한손의 커피 테이블 위에 놓아둔 서류 다발을 호리호리한 검지손가락으로 톡톡 두드렸다.

"다 잘될 거야." 요한손이 말했다. 다 잘될 거야.

67

8월 4일 수요일 저녁

그날 저녁, 요한손은 막스와 함께 저녁 식사를 했다. 근처 레스토랑에서 주문한 이탈리아 요리였다. 피아는 은행의 공식 만찬에 참석하기 위해 집을 비웠다. 그가 병원에서 퇴원한 이후, 그녀가 저녁에 그와 함께 있지 않은 것은 이번이 처음이었다. 그가 밖으로 밀어내다시피 했기 때문에, 피아는 결국 집을 나섰다.

"정말로 괜찮겠어?" 피아는 코트를 입은 채 현관 복도에서 말했다.

"제발, 여보. 내가 막스에게 강도 짓이라도 당할 거라고 생각하는 거야, 뭐야?"

그는 자신만의 작은 에베르트와 함께 저녁 식사를 했다. 메뉴는 사슴고기 스튜와 건강에 좋은 종류라 평소 먹었던 것보다 맛이 절반도 나지 않는 파스타, 그리고 생수였다. 막스가 식사를 차리는 동안, 요한손은 의자에 앉아 신문을 넘기면서 그가 일하는 모습을 지켜보았다.

"레드 와인을 마시고 싶군." 요한손은 석간신문을 내려놓고 와인 선반 쪽으로 고갯짓을 하며 말했다. "이탈리아 와인을 한 병 따게. 검정색 라벨이 붙은 것으로." 그는 와인에 대해서는 잘 모를 게 분명한 막스를 생각해서, 신중을 기하기 위해 한마디 덧붙였다.

"물론입니다, 보스." 막스가 말했다.

식사가 끝난 후, 막스는 거실로 가서 자리에 앉아 텔레비전을 켜고 스페인 리그 축구 경기를 보았다. 요한손은 막스가 열어준 와인병을 끝까지 비우겠다는 강한 목적의식을 품고, 서재 안 소파에 드러누웠다.

맹인이 '어디 보자'라고 말하는 꼴이로군. 요한손은 매부가 두고 간 서류 중 마지막 다발을 집어 들며 이렇게 생각했다.

우선 그는 검시 보고서를 읽었다. 그 안에는 자살을 시사하는 강력한 증거가 들어 있었고, 법의학자를 정말로 골치 아프게 만들었던 것은 베라 닐손의 정확한 사망 시각을 규명하는 것뿐이었다.

그리 놀랄 만한 일은 아니군. 모친이 자신에게 평지풍파를 안겨줄 수도 있는 메모나 서류를 남기지 않았다는 사실을 확인하기 위해, 아파트를 뒤지는 데 스물네 시간은 필요했을 테니까.

그런 다음 충실한 동반자인 두통이 존재감을 여실히 드러내자, 그는 별다른 목적 없이 낡은 공증 서류들과 주민 등록 대장에서 발췌한 서류들을 대충 넘겨 보았다. 서류 뭉치 한가운데에서 그는 스타판 닐손이 날조했던 이력서를 찾아냈다. 그가 숙모 마르가레타 사겔리에드의 재단을 운영하는 일에 지원했을 때, 형식적 절차를 좋아하는 변호사였던 재단 이사장의 요구에 따라 낼 수밖에 없었던 것이다.

맨 꼭대기에는 문서가 처음 작성된 날짜가 적혀 있었다. "1983년 4월 15일 스톡홀름".

그다음은 제목이었다. "스타판 레안데르 닐손(1960년 10월 5일생)의 이력서". 개인인증번호는 적혀 있지 않았는데, 요한손의 매부가 이 문서의 진실성에 대해 해준 이야기를 감안하면, 차라리 없는 편이 다행이었다.

맨 아래쪽에는 스타판 닐손의 서명이 있었다. "아래 서명한 자는 위에 제공된 정보 전체가 사실과 일치한다는 점에 대해 본인의 명예를 걸고 엄숙하게 맹세하는 바입니다". 서명은 스물두 살짜리 젊은이가 쓴 것이라고 하기에는 꽤나 멋을 부린 필체였고, 서명을 마무리하는 장식체에 자신감이 부족하다는 징후는 전혀 보이지 않았다.

제목과 서명 사이에 스타판 닐손의 인생이 요약되어 있었다.

그는 1967년에 스톡홀름 발할라베겐 거리에 있는 엥엘브렉트 초등학교에서 학업을 시작했고, 구 년 후인 1976년에 초중등교육을 마쳤다. 그리고 그해 가을에 스톡홀름 로슬락스가탄 거리에 있는 노라레알 고등학교에서 고등교육을 받기 시작했다. 두 학교 모두 그와 어머니가 살고 있던 비르게르얄스가탄 거리에서 지척인 곳이었다.

그는 고등학교에서 삼 년을 보내면서 경제학을 전공했다. 닐손은 1979년 봄에 고등학교를 졸업했다고 주장했다. 같은 해 가을, 그는 웁살라 대학에서 경제학 학사 과정을 밟기 시작해서 이 년을 보낸 후, "실습 경험을 쌓기 위한 안식년"을 일 년 동안 가졌는데, 보아하니 스톡홀름에 있는 에릭손■ 본사에 있었던 것처럼 보였다. 1982년 가을이 되자 그런 경험을 등에 업고, "외국어 공부를 위한 안식 학기"에 들어가 "영국과 프랑스"에서 지냈다. 1983년 1월이 되자 그는 "웁살라 대학에서 경제학 학사 학위를 위한 공부를 마치기 위해" 스웨덴으로 돌아왔다.

그가 본인의 명예를 걸고 엄숙하게 맹세한 정규교육 과정은 대략 이러했다.

다음 부분은 여름방학 동안 겪었던 다양한 아르바이트와 학기중에 다녔던 다른 직장에 대해 다루고 있었다.

참 부지런한 개자식이로군. 요한손은 그 대목을 읽기 시작하며 이렇게 생각했다.

그는 열여섯 살의 나이에 스톡홀름에 있는 스트란드 호텔에서 "주방 보조" 일을 하면서 여름방학 아르바이트를 시작했다. 다음 해 여름, 모르닝톤 호텔에서 "웨이터"로 일했고, 다음 두 해 여름은 같은 곳에서 "접수 보조" 일을 맡았다. 그는 1979년 가을에 운전면허를 취득했고, 1980년과 1981년 여름은 시그투나 시 스코클로스테르 궁 미술관에 있는 레스토랑에서 "부지배인 겸 지배인 대리"로 일했다.

누가 상상이나 했겠어? 전 국가범죄수사국 국장 라르스 마르틴 요한손은 스타판 닐손이 직접 작성한 짧은 전기를 내려놓으며 생각했다. 이력서가 작성된 날짜는, 야스민 에르메간이 강간 살해당한 후 스타판 닐손의 옛 직장에서 고작 이 킬로미터밖에 떨어지지 않은 갈대밭 속에서 발견된 시점으로부터 이 년 이 개월 전이었다.

■ 스웨덴의 통신장비 제조업체.

68

8월 5일 목요일 오후

라르스 마르틴 요한손의 새 삶에 또 다른 날이 찾아왔다. 우선 그는 왼손으로 조그만 빨간색 플라스틱 통 안에서 이제는 반드시 복용해야 하는 약을 어렵게 꺼내 물 한 잔과 함께 삼켰다. 그런 다음 샤워를 하고는 건강한 아침 식사를 했다. 식단은 예전과 마찬가지로 요거트와 과일, 뮤즐리로 이루어져 있었다.

식사 후 서재 소파에 누워 조간신문을 읽었다. 최신 뉴스와 경제란, 예술 증보판까지 독파했지만 두통은 느껴지지 않았다. 그는 자신만만해진 나머지 스도쿠 퍼즐에 달려들었다. 과거의 규칙적인 일과 중 하나였다. 이 분 후, 두통이 도지기 시작했다.

그는 신문을 한쪽으로 치워놓고 소파에 편히 기대며, 마음속으로 시선을 돌리고 평정을 회복하려고 애썼다. 큰손녀가 준 명상과 내적 평화에 대한 작은 책에 나오는 조언에 따라, 아무것도 생각하지 않으려 노력

하며 심호흡을 몇 번 했다.

세상의 거룩하신 모든 분의 이름으로 하는 질문인데, 어떻게 아무 생각도 하지 않을 수가 있지? 표현 자체가 모순된 말 아닌가?

마틸다가 말했다. "손님 오셨어요. 친구분께서 오셨네요. 늑대 우두머리 같은 분요."

전날 저녁, 야르네브링은 태국에서 보낸 낭만적인 휴가에서 돌아왔다. 호리호리하고 탄탄한 몸을 햇볕에 그을린 야르네브링은 두 눈을 늑대처럼 반짝거렸고, 스무 시간 동안 비행을 하고 난 뒤의 후유증은 찾아볼 수 없었다.

"에베르트가 자네에게 보낸 친구와 방금 이야기를 했네." 야르네브링이 닫힌 문을 향해 고갯짓을 하며 말했다. "보기보다 괜찮은 친구 같더군."

"훌륭한 젊은이야. 친절하고 예의도 바르지. 멍청하지도 않고, 내가 시킨 대로 딱딱 움직인다니까." 그 외 다른 사람들과는 달리 말이지.

"그러면 어떻게 되고 있나?" 야르네브링이 물었다.

"뭐가?"

"야스민 사건 말이야." 야르네브링이 말했다.

"정말 잘되고 있지." 요한손이 말했다. "약속한 대로 범인을 찾아냈네. 범인은 아직 살아 있고, 남은 것은 몇몇 의례적인 절차뿐이야."

"자네라서 할 수 있었겠지. 믿고 있었네. 말해보게."

"놈의 이름은 스타판 레안데르 닐손이고, 1960년 10월 5일생이야. 미혼에 자식은 없고, 현재 솔나 프뢰순다에 살고 있네. 직업에 대해서는 아무 정보도 없지만, 이런저런 일을 죄다 찔러보고 다닌다는 느낌이 들어. 자네라면 다양한 활동이라고 할지도 모르겠군."

"그만 가지고 놀게, 라르스. 내 말이 무슨 뜻인지 알 테지. 놈을 어떻게 찾아냈나?"

"머릿속에서 수사를 벌여서 찾아냈지. 그렇게 어려운 일도 아니었어. 어젯밤에 잠이 들기 직전에는, 내가 사흘 전에 받은 제보만 있었더라면 악몽 같은 땅딸보 에베르트 벡스트룀조차 범인을 찾아냈을 거라는 생각조차 들더군."

"맙소사, 라르스. 자네가 무슨 말을 하고 있는지 생각해보게. 나 역시 수사팀의 일원이었다고."

"만약 자네가 똑같은 제보를 받았다면, 범인을 잡는 데 이삼 일이면 충분했을 거라고 확신하네."

"그러면 이제 우리는 어떻게 하지?"

"좋은 질문이야. 나는 그 개자식을 직접 한번 보려는 생각을 하고 있었다네. 형식적인 절차는 거쳐야 할 테니, 놈의 DNA를 확보해야지. 그리고 내 생각대로 범인과 일치하는 결과를 얻게 될 거야. 하지만 그다음에 우리는 어떻게 할까? 좋은 질문이야. 내가 정확하게 알고 있다면, 어쨌든 사건은 공소시효가 만료되었어. 즉, 우리는 그저 그가 존재한다는 사실을 잊어야 한다는 뜻이야."

"맙소사, 라르스. 설마 진심은 아니겠지?"

"진심이라네." 요한손이 말했다. 한 번에 하나씩 하자고.

"이제 우리는 어떻게 하지?"

"놈이 범인이 확실한지 확인해야지. 내가 잘못 판단하고 있는 게 아닌지 말이야." 하지만 이번에는 아니야.

"짜증이 날 테지만 한 번 더 물어보지. 우리는 어떻게 하지?"

"내 생각에는 우선 스타판 닐손 어머니의 사망 건에 대한 수사 과정부터 파헤쳐야 할 것 같군."

"내가 헤르만에게 말하겠어. 그는……."

요한손이 말을 가로챘다. "헤르만에게는 입을 다물고. 이제부터 우리는 서로를 제외하면 다른 사람에게는 이에 대한 이야기를 하지 않는 거야. 자네와 나, 그 외에는 없어. 전 동료들에게는 절대로 안 돼."

"알겠네. 헤르만의 손녀에게 무슨 일이 있었는지 들은 게로군?"

"그래. 그 애의 아버지, 그러니까 P-2가 말해주었지." 내 생명을 구해준 사람일지도 모르는, 파트리크 오케손이 말이야. "그러니 걱정하지 말게. 나는 아무래도 그 개자식을 놓아줄 생각이 없으니까. 아는 변호사들이랑 좋은 뜻을 품은 바보들이 몇 있는데, 공소시효 따위는 똥구멍에 처박아버릴 수 있는 친구들이거든."

"좋아." 야르네브링이 말했다. "내게 그 닐손이란 놈의 어머니 이름을 알려주면, 일을 시작하지."

"자네에게 필요한 모든 정보는 저 플라스틱 파일 안에 들어 있네." 요한손은 커피 테이블 위를 가리켰다. "그리고 나는 자네를 절대적으로 신뢰하니까, 당시 일어난 일을 어떻게 알아냈는지에 대해서도 다 적어 놓았네."

"그저 호기심에서 물어보는데, 자네 정보 제공자가 누군가?" 야르네브링이 말했다.

"내 정보 제공자의 이름만 빼고는 다 알려주지."

요한손은 엄격한 표정을 지으며 말했다. 넘지 말아야 할 선이라는 게 있는 법이거든.

69

8월 6일 금요일

요한손이 주방에 앉아 점심 식사를 하고 있는데 야르네브링이 휴대전화로 전화를 걸었다.

“몸은 괜찮나?” 야르네브링이 말했다.

“아주 좋아.” 그는 두통이 도지고, 가슴 속 뻐근함 때문에 심호흡을 하기 어려울 지경인데도 이렇게 말했다. “여기 앉아서 청어 튀김을 먹고 있는 중이야.” 햇감자를 곁들인 발트해 청어 튀김이라니. 때로는 그저 감사할 줄 알아야 하는 법이야.

“굳이 내 몫을 남겨두지는 말게.” 야르네브링이 말했다. 그는 악명 높은 육식 애호가였다. “그 보고서를 찾아냈네.”

“빨리 찾아냈군.” 요한손은 놀라움을 숨길 수 없었다.

“뜻밖의 행운을 만났거든. 삼십 분 후에 보세나.”

평소처럼 요한손이 소파에 누워 있는데, 야르네브링이 서재 안으로 들어와 문을 닫고 자리에 앉아 커피 테이블에 얇은 플라스틱 파일을 내려놓았다.

야르네브링이 말했다. "닐손의 사망 건에 대한 수사 보고서라네. 베라 소피아 닐손, 1921년생. 옛 스톡홀름 형사과에서 작성했지. 최초 보고서에 따르면 사건 정황이 불명확하더군."

"이걸 어디서 찾아냈지?" 요한손은 미심쩍을 정도로 빠르다는 생각을 하며 말했다. 자신들의 노력에 옛 동료들을 끌어들이지 말자고 합의했던 기억이 생생했다.

"아까 말한 대로, 정말로 뜻밖의 행운이었다니까. 린드그렌이라는 검시관 노인네 기억하나? 키가 크고 비쩍 마른데다 속삭이듯 말하고 남의 눈은 똑바로 쳐다보지 못하는 사람이었는데. 개인적으로는 완전히 미친 사람이라고 생각했지."

"아니. 그런 사람은 기억나지 않는군." 그쪽 사람들은 다들 미치지 않았나?

"갑자기 그가 쓴 자살에 대한 논문이 생각나더라니까. 그는 논문을 쓸 때 나를 끊임없이 괴롭혔지. 자신이 써먹을 만할 재미있는 사건을 접해본 경험이 있는지 물으면서."

"그래서?" 요한손이 말했다. 요점만 말하라고.

"알고 보니 베라 닐손의 검시도 그가 진행했다네. 그는 솔나 법의학 연구소에 보관해둔 상자 속에서 베라 닐손의 검시 보고서를 찾아냈지."

"훌륭하군. 그럼 자네는 닐손 부인의 죽음에 대해 어떻게 생각하나?"

"자살이야. 나는 전문가를 대동하고 보고서를 살펴보았네. 린드그렌과 커피를 마시고 있었거든. 린드그렌의 의견에 따르면 유서의 부재에도 불구하고 명백한 자살이라는군. 그녀는 다량의 수면제와 치명적일 정도의 알코올을 섭취했어. 그래서 심장이 멎어버렸지. 기타 장기들도 기능을 상실했고. 직접 읽어보게." 야르네브링은 수사 보고서를 그에게 건네주었다.

"머리가 아프군. 그러니 자네가 말해주면 좋겠네." 반드시 유서나 편지가 있을 텐데. 베라의 아들 녀석은 유서를 꽉꽉 숨겨두기로 작정했군.

"그녀를 발견한 사람은 아들이었다네. 스타판 레안데르 닐손, 바로 그놈 말이야. 놈의 진술은 초동수사 보고서에 기록되어 있네. 현장에 최초로 출동한 순경이 진행한 굉장히 짧은 진술이었어. 놈은 어머니에게 몇 번인가 전화를 걸어보고, 심지어는 집 초인종을 눌러보기까지 했다는 거야. 아무런 응답이 없었지. 그래서 놈은 불안해졌다는군. 놈의 말로는, 두 사람은 매일같이 연락을 주고받았고, 그녀와 같은 건물에 살고 있다고도 했지. 소파에서 어머니의 시체를 발견하고는 곧바로 경찰에 신고했다는 거야."

이거 놀라운데. "놈에게 진술을 받은 것은 그때뿐이었나?" 요한손이 물었다.

"아니. 일주일 후, 과학수사과가 와서 저들 할 일을 하고 있을 때, 놈은 다시 불려 와 무슨 일이 있었는지 확실히 밝혀달라는 요구를 받았지. 과학수사과가 누군가 아파트를 뒤진 것 같다고 생각했기 때문에 취한 조치였어. 특별히 수상쩍은 인상을 받지는 못했지만, 조금 이상하다는 생각이 들기에는 충분했던 거야."

"스타판은 뭐라고 말했지?"

"놈은 신문중에 어머니가 지난해 동안 매우 우울해했다고 말했다네. 보아하니 지난해 여름, 직장을 그만두었을 때 시작되었던 것 같더군. 그녀는 술을 푸기 시작했어. 아들에 따르면, 그녀는 일주일에 며칠씩이나 심각할 정도로 술에 취했고, 그럴 때마다 몹시 혼란스러워했다더군."

"누가 상상이나 했겠어?" 요한손이 말했다.

"그래. 야스민을 강간하고 살해한 놈이 자기 아들이라는 사실을 알게 되었다면 기분이 썩 좋지 못했겠지."

"그래, 제정신을 유지할 수 없었겠지. 사건 수사 책임자는 누구였나?"

"알름이었네." 야르네브링은 씩 웃으며 말했다. "덜 떨어진 놈으로 잘 알려져 있는 친구 말이야. 사실상 수사는 상관이었던 펠킹이 진행했지. 그 주정뱅이 경정 기억하지? 그가 수사를 중단시켰다네. 펠킹의 말에 따르면 이 건은 범죄 사건이 아니었어. 우리는 모두 사랑하는 총리 나리 살인 사건에 열중하고 있었기 때문에 누구도 이의를 제기하는 사람이 없었지. 그리고 말했듯이, 나도 같은 의견으로 기울어지는군."

"다른 것은 없나?" 요한손은 자신이 받은 서류를 이리저리 흔들면서 물었다.

"베라 닐손의 옛 친구 한 명이 경찰에 연락을 취했다네. 그녀와 같은 직장에서 근무하는 사람이었어. 그녀는 베라 닐손이 자살한 지 일주일 정도 지났을 때 전화를 걸었지. 베라가 자살할 사람이라고는 믿기 힘들다면서. 그리고 베라가 물고기처럼 술을 마시기 시작했다는 사실도 믿지 않았어. 그녀는 입에 술을 한 방울도 대지 않는다고는 할 수 없었지만, 딱 적당히 조절하는 사람이었다는 거야. 그녀는 함께 일하던 시절에는 베라가 쾌활하고 긍정적이며 굉장히 이상적인 직장 동료라고 설명했네."

"두 사람은 계속해서 만나는 사이였나? 베라 닐손이 자살하기 전에 말이야."

"여러 해 동안 관계가 지속되었다더군. 직장에서는 물론이고 사적으로도. 알름이 그 점에 대해 다그쳐보았더니, 친구는 베라 닐손은 지난 몇 달 동안 평소보다 훨씬 근심스러워 보였다고 말했네. 그녀는 베라에게 이유를 물어보기까지 했지만 제대로 된 설명을 들을 수 없었다는군. 진술 과정에서 친구 자신은 원인이 베라의 아들과 관련이 있을 거라고 확신한다고 말했네. 친구에 따르면, 베라의 아들은 언제나 게으르고 무능했다는 거야. 어머니에게 끊임없이 근심을 안겨주는 원천이었지. 또 친구에 따르면, 마지막으로 두 사람이 대화를 나눈 것은 베라 닐손이 죽기 몇 주 전 전화 통화였다고 하네."

"알겠네." 요한손이 한숨을 쉬었다.

"이제 우리는 어떻게 하지?" 야르네브링이 물었다.

"생각 좀 해봐야겠군." 요한손이 말했다.

"라르스, 맙소사. 정신 좀 차리게!"

"더 나은 제안이 있나?"

"에둘러 접근하는 짓은 그만두는 게 어때? 그 개자식의 DNA 샘플을 얻어내서 범인과 일치하는지만 확인하면 더이상 종이 쪼가리나 읽고 있을 필요가 없어."

"무슨 말인지 알겠네. 무엇을 할지 주말 동안 생각 좀 해보겠네."

"좋아. 그사이에 생각이 바뀌면 그냥 전화 한 통 주게. 그러면 우리는 밖으로 출동해서 거리를 활보하고 땅에 귀를 대고 들어보는 거야."

생각 좀 해봐야겠군. 요한손은 생각했다. 뭘 하려고만 하면 머리에 두통이 밀려오는데 대체 뭘 하라는 거지?

70

8월 7일 토요일

아침 식사가 끝난 후, 피아는 절친한 친구와 함께 버섯을 따러 시골로 나섰다.

"자, 남자애들은 장난질 같은 것 좀 하지 않도록 노력해봐요." 피아는 남편에게 키스를 한 다음 어머니다운 태도로 막스를 안아주었다.

"약속할게." 요한손은 그만의 작은 에베르트와 함께 예전 방식대로 길고 진지한 점심 식사를 할 속셈이었지만, 이렇게 말했다.

야르네브링은 굉장히 멋진 발상이라고 생각했다. 막스가 기꺼이 집까지 와서 그를 태우고 간다는 생각은 굉장히 훌륭했다. 두 시간 후, 그들은 차 안에 앉아 요한손이 보통 '내 시골 호텔'이라고 부르던 곳으로 향하는 중이었다. 스톡홀름 유르고르덴 섬에 자리 잡고 있다는 점에서, 요한손이 호텔을 부르는 이름은 꽤 현실적이었다.

"오늘은 한층 더 생기 있어 보이는군, 라르스." 야르네브링이 말하며 우정 어린 손길로 요한손의 어깨를 두드렸다.

"나도 알아." 요한손이 말했다. 잔소리에 잔소리, 잔소리뿐이로군.

요한손은 전채와 메인 코스, 디저트를 주문했다. 대부분 동행인들의 심기를 불편하게 하는 메뉴였다. 막스는 꺼림칙한 듯 보였지만 예의 바르게 아무 말도 하지 않았다. 하지만 요한손의 절친한 친구는 거리낌 없이 불만을 표시했다.

"때로는 자네가 자살하려는 게 아닐까 하는 생각이 든다니까." 야르네브링은 요한손이 주문한 전채 접시 쪽으로 고갯짓을 하며 말했다.

"그게 무슨 뜻인가?" 요한손은 딜을 섞은 마요네즈와 머스터드를 크게 한 스푼 떠서 토스트 위에 올려놓은 자반 연어에 펴 바르며 천진난만하게 물었다.

"연어는 괜찮지만, 몸 상태가 자네 같은 꼴인 사람에게 마요네즈는 죽음의 키스나 마찬가지라네. 대체 자네 단기 기억력에 무슨 일이 생긴 거지, 라르스? 저런 쓰레기 같은 음식을 볼이 터져라 먹어대면서 운동은 요만큼도 하지 않는 탓에 죽다 살아난 게 고작 한 달 전일 텐데."

"한 달 전에는 내 몸 상태에 대해 물어보거나 내가 먹는 음식에 토를 다는 사람은 한 명도 없었는데." 요한손이 말했다. "이제 온통 그런 소리를 듣는다니까. 내가 어린아이인 것처럼 잔소리를 해댄다고."

그는 연어와 토스트를 크게 한입 베어 물더니, 입가에 묻은 소스를 검지손가락으로 훔쳐내어 자신의 말을 강조하기 위해 손가락을 핥은 다음, 보드카잔을 반쯤 비우고 입안을 씻어내려고 맥주를 한 입 가득 마시며 마무리했다.

"어디까지 이야기했더라? 아, 그래." 그는 이렇게 말하더니, 야르네브링이 무슨 말을 할 시간을 주지 않고 손을 번쩍 들었다. "신사분들께 고하는데, 나를 성인으로 대접해주지 못하겠다면, 그 끔찍한 샐러드와 구운 소고기를 가지고 다른 테이블을 찾아보라고 제안하겠네. 그렇게 되면 나는 평화롭고 조용하게 식사 시간을 즐길 수 있을 테니."

막스는 샐러드를 입안에 한껏 집어넣은 듯 아무 말 없이 고개를 끄덕였고, 야르네브링은 화제를 바꾸기로 결심한 듯 어깨를 으쓱했다.

"막스. 에베르트 말로는 자네가 경찰이 될 생각을 하고 있다던데. 지금 몇 살이지?"

"스물셋입니다." 막스가 말했다.

"그렇다면 지금이 적당한 때로군. 라르스와 내가 경찰학교에 들어갔을 때가 스물한 살이었지."

"저는 고등학교를 졸업하지 못했습니다. 초중등교육 구 년을 마친 다음 학교에 가지 않았거든요."

"그런 문제라면 쉽게 해결할 수 있네." 야르네브링이 이렇게 말한 까닭은, 자신은 여덟 살 이후 학업에 대한 뜻을 포기하여 학교에서 끔찍한 성적을 받았음에도, 운동 실력으로 가산점을 받아 경찰학교에 합격했기 때문이다.

"어쩌면요. 하지만 그게 진짜 문제는 아닙니다."

"무슨 뜻인지 알겠군." 야르네브링이 말했다. "나도 과거 경찰학교에서 바보와 몇 번인가 부딪친 적이 있다네. 그리고 경찰이 된 후에는 좀 더 많았지. 사실은 꽤 많았다네."

"고아원에 계셨던 적은 없었을 텐데요." 막스가 말했다.

"그래. 하지만 좋은 사람과 나쁜 사람은 빌어먹을 정도로 잘 구분할 수 있다네. 자네는 좋은 녀석이야, 막스. 그게 중요한 거지."

"대체 무슨 헛소리를 지껄이고 있나?" 요한손이 끼어들었다. "이 세상은 대부분 똥 대가리 놈들이 지배하는 거야. 그러니 막스, 자네에 관한 중요한 사실들을 알려주게. 그리고 그 점을 어떻게 받아들이고 있는지도. 막스라는 사람이 어떤 사람인지 말해보게나."

"어디서부터 듣고 싶으십니까?" 막스가 물었다. 그는 희미한 미소를 띤 채 한결 차분한 모습으로 건장한 팔을 테이블 위에 올려놓고 있었다.

"처음부터 듣고 싶군. 그리고 자네 말인데, 보. 좀 닥치고 있으라고."

"좋습니다." 막스는 미소를 지었다. "음, 제 이름은 막심 마카로프입니다. 아, 그 위대한 세르게이 마카로프와는 아무 관계도 아닙니다."

막심 마카로프는 1987년에 레닌그라드에서 태어났다. 레닌그라드는 그로부터 사 년 후에 러시아 차르 시대의 본래 이름이었던 상트페테르부르크로 되돌아갔다. 당시에도 막심의 이름 철자는 Maxim이 아닌 Maksim이었다.

"어머니는 의사셨고, 아버지는 구소련 공산당 레닌그라드 지부 최고위원들의 운전기사 겸 보디가드였습니다. 아버지는 어머니보다 벌이가 네다섯 배는 됐죠. 구소련에서 의사라는 직업은 보통 저임금이었으니까요. 지금도 그런 것 같습니다. 구소련이 붕괴된 이후에는, 당원이 아닌 이상, 또는 직접 병원을 운영하지 않는 이상 말이죠."

"거보게, 이제 알겠나." 야르네브링이 말했다. "공부에 너무 매달리지 말라니까."

"닥치고 있게, 보." 요한손이 말했다. "계속하게. 듣고 있으니." 그는 막스를 향해 고개를 끄덕였다.

막스의 부모는 그가 태어난 직후 갈라섰다. 1989년 가을, 그가 두 살이 되었을 무렵, 소비에트 제국의 기반에 균열이 가기 시작하자, 어머니는 균열을 틈타 에스토니아의 수도 탈린에서 열리는 한 의학 학회에 참석했다. 그녀는 탈린에 도착하자마자 에스토니아인 친구들의 도움을 받아 핀란드로 향했다. 그리고 핀란드에서 다른 연줄을 이용해서 스웨덴으로 향하는 배에 몸을 실었다. 그녀는 레닌그라드를 떠난 지 이틀 만에 스웨덴에 도착해서 정치적 망명을 신청했다. 어린 아들은 시부모에게 맡겨놓은 상태였다.

"그래서 저는 할아버지, 할머니 손에서 자랐습니다." 막스가 말했다.

"아버님께서는?" 야르네브링은 요한손의 경고의 눈빛에도 불구하고 이렇게 물었다.

"함께 살지 않았습니다. 저는 아버지를 열 번도 만나보지 못했습니다. 얼굴조차 기억이 나지 않습니다. 어쨌든 아버지는 제가 네 살 때 총에 맞아 사망했습니다. 아버지는 최고 위원의 집으로 그를 데리러 갔다가, 문 밖으로 나왔을 때 다함께 총에 맞았죠. 아버지와 최고 위원, 그리고 운전사 모두 사망했습니다. 당시 레닌그라드는 완전히 전쟁 상황이었습니다. 칼라시니코프 동무■와 정당 거물들이 꽉 틀어쥐고 놓지 않

■ 미하일 칼라시니코프. 구소련의 무기 개발자로, 현대 돌격소총의 양대 산맥 중 하나인 AK 시리즈를 개

으려 하는 돈 때문이었죠."

"그리 즐거운 일은 아니었겠군." 절친한 친구가 큰 소리로 끙 하는 소리를 내려는 것처럼 보였지만, 야르네브링은 그를 무시하고 말했다.

"사실 제게는 별 차이가 없었습니다. 결국 아버지와 저는 서로 모르는 사이였으니까요. 아버지가 총에 맞아 죽었다는 소식을 듣고 꽤 흥미진진하다는 생각을 했던 것 같습니다. 그러니 정말로 별문제는 아니었던 거죠. 할머니는 좋은 분이셨습니다. 할아버지도 좋은 분이셨죠. 하지만 그후로 상황이 점점 더 안 좋아지더니, 끝내는 더이상 나빠질 것도 없는 상황이 되었죠."

"무슨 일이 있었지?" 요한손이 물었다.

"우선 할아버지께서 돌아가셨습니다. 할아버지께서는 연세가 지긋하셨습니다. 독소전쟁에도 참전하셨고, 제가 태어났을 때는 이미 은퇴하신 몸이었으니까요. 할아버지께서는 심근경색으로 돌아가셨습니다. 갑작스러운 일이었죠. 당시 저는 다섯 살이었습니다. 그리고 다음 해에, 제 기억으로는 저의 여섯 살 생일이었던 것 같은데, 할머니께서 돌아가셨습니다. 역시 심근경색이었습니다. 주방에서 제 생일 케이크를 내오다가 쓰러지시고 말았죠. 그래서 저는 결국 고아원에 가게 되었습니다. 저는 그곳에서 사 년 동안 지내다가, 열 살이 되던 해에 스웨덴으로 왔습니다."

"그곳 생활은 어땠나?" 야르네브링이 말했다. "고아원 말일세."

"그 기억은 잊으려 애썼습니다." 막스는 커다란 두 손을 마주 쥐고

발했다. 본문의 '칼라시니코프 동무'는 칼라시니코프 자동소총을 뜻한다.

눈을 가늘게 뜬 채 야르네브링을 바라보았다. "정말로 그 이야기를 듣고 싶어 할 사람이 있을 것 같지는 않군요."

"자네 모친 말이야." 요한손이 화제를 바꾸기 위해 말했다. "왜 좀더 일찍 자네를 스웨덴으로 데려오려고 하지 않았나? 내가 제대로 이해했다면, 모친은 이곳에서 몇 년 동안이나 살고 있었을 텐데. 그때쯤에는 영주권과 직업이 있지 않았을까?"

"그렇습니다." 막스는 고개를 끄덕였다. "처음에 어머니는 일이 잘 풀렸습니다. 영주권도 받고 직장도 구했으니까요. 어머니는 순스발 병원에서 의사로 일했습니다. 심지어 스웨덴에 온 지 고작 일 년 만에 직업을 구했던 겁니다. 그리고 스웨덴인인 새 남자를 만나 아이들을 낳았습니다. 제게는 이부동생이 두 명 있는데, 한 명은 열아홉 살 남자아이이고, 한 명은 열여덟 살 여자아이입니다. 그 아이들은 일이 잘 풀렸죠. 이부남동생은 대학교에서 컴퓨터 공학을 전공하고 있고, 이부여동생은 고등학교 졸업반입니다."

"단도직입적으로 물어보겠네. 똑같은 질문을 계속해서 미안하구먼." 요한손이 말했다. "자네 모친은? 어째서 자네를 좀더 일찍 스웨덴으로 데려오지 않았나?"

"어머니는 별로 신경 쓰지 않았던 것 같습니다." 막스는 어깨를 으쓱했다. "새 인생, 새 남자, 새 아이들. 저는 정말로 그 이야기는 하고 싶지 않습니다. 지금에야 신경 쓰지 않지만, 처음에는 그러지 못했죠. 할아버지, 할머니와 함께 살 때는 괜찮았습니다만."

"모친 이야기를 좀더 듣고 싶군." 요한손이 말했다.

"어머니는 매사가 실패의 연속이었습니다." 막스의 말투에는 이제 감정이 실려 있지 않았고 그저 사실관계만 나열할 뿐이었다. "어머니는 술을 마시기 시작했고, 애인과는 헤어졌으며, 이부동생들도 그 남자를 따라갔습니다. 음주 문제와 약물 절도 때문에 병원에서 해고당하기도 했죠. 어머니는 빼돌린 약물을 시내에서 팔곤 했던 것 같습니다. 약물의 존자들에게 말입니다. 결국 어머니는 정신과 병동에 들어갔다가 이후에는 재활 센터로 옮겼습니다. 그제야 저에 대해서 떠오른 겁니다."

"내 추측이 틀렸다면 말해주게." 요한손이 말했다. "모친의 재활 치료사가 자네를 여기 데려오는 게 좋을 거라는 생각을 떠올렸던 게 아닌가? 모친의 치료 계획의 일환으로."

"그렇습니다." 막스는 요한손을 향해 미소를 지으며 말했다. "보스 말씀이 정확합니다. 제 입으로도 더 나은 표현을 할 수는 없겠군요. 저는 어머니와 팔 년 동안이나 서로 만나지 못했는데, 그런 어머니와 함께 살기 위해 스웨덴으로 오는 수속 절차는 일 년 정도면 족했습니다. 그때쯤에는 어머니가 아파트도 구하고 새 직장도 얻었습니다. 예전에 있었던 재활 센터에서 간병인 일을 했죠. 강연이나 수업도 꽤 많이 진행하면서요. 그리고 저를 데리러 고아원으로 왔을 때 동행했던 임상심리학자와도 잘 사귀고 있었습니다. 당연히 저는 스웨덴어를 한마디도 하지 못했지만, 어머니는 제게 러시아어로 말하기를 거부했습니다."

흥미로운 여자로군. "그렇다면 자네가 여기 오자마자, 모친에게는 또 다시 만사가 어긋나버렸겠군."

"당시 저는 순스발에 있는 초등학교에 처박아둔 열 살짜리 러시아 꼬마에 불과했습니다. 열네 살이 됐을 때에는, 지금과 다름없을 정도로 성장했습니다. 그래서 어느 정도는 제 살길을 찾을 수 있었죠."

"자네 모친과 새 애인은? 두 사람 사이는 어떻게 됐나?"

"어머니는 똑같은 짓을 저질렀습니다. 처음에는……."

"알겠네." 요한손이 말을 잘랐다. "그런 다음 자네는 어떻게 지냈나?"

"처음에는 위탁 가정에 맡겨졌습니다. 그곳에서 열다섯 살이 될 때까지 있었죠. 순스발 북쪽에 팀로라는 마을이었습니다. 제 위탁 부모는 괜찮은 분들이었고, 제가 다시 시설에 들어가게 된 것은 그분들 탓이 아니었습니다. 당시 저는 망나니나 마찬가지였으니까요. 저는 열여덟 살이 될 때까지 시설을 들락날락하면서 보냈습니다. 그러다가 제가 마지막으로 시설을 나섰을 때, 제 담당 보호자가 일자리를 하나 구해주었습니다. 순스발에서 에베르트 사장님께서 경영하고 계신 건설 회사였죠. 대부분의 일은 사장님의 부동산을 관리하는 것이었습니다. 그때부터 쭉 사장님 밑에서 일하고 있습니다. 작년에는 사장님께서 살고 계신 농장에서 지냈죠."

"형님은 뭐라고 하던가? 두 사람이 처음 만났을 때 말이야." 멍청한 질문이로군.

"아직도 기억이 납니다." 막스는 미소를 지으며 말했다. "사실은 한 마디도 빼놓지 않고 기억납니다. 제가 빈둥거리며 뻰대는 짓을 그만두지 않고, 평범하고 분별 있는 사람처럼 행동하지 않는다면, 사장님으로서는 제가 빌어먹을 러시아 개자식들이 들끓는 빌어먹을 러시아의 빌어먹을 고아원으로 돌아가고 싶어 하는 것으로 받아들이겠다고 말씀하셨죠."

"에베르트다운 말투로군." 요한손이 말했다.

"보스께서 어떻게 하실 수 있는 분이 아니죠." 막스는 의미심장한 미소를 지었다. "사장님은 제가 만나본 가장 훌륭한 분이십니다. 그리고 사장님께서는 보스에 대해 굉장히 좋게 말씀하시더군요."

"같은 이유로 형님은 항상 자네에 대해 굉장히 좋게 말하지, 막스." 요한손은 진지하게 말했다. "보?" 그는 절친한 친구에게 고갯짓을 하며 말했다. "궁금한 게 더 있나?"

"자네 모친 말이지, 막스. 그다음에는 어떻게 되셨지?"

"돌아가셨습니다." 막스가 말하고는 어깨를 으쓱했다. "칠 년 전에 돌아가셨습니다. 간암이었죠. 사실은 좀 웃기는 일입니다. 당시 저는 열여섯 살이었지만 어머니가 어떻게 생긴 사람이었는지 기억나지 않았으니까요. 아버지 때와 마찬가지였지만, 아버지가 돌아가셨을 때 저는 고작 네 살이었고, 만나본 적도 별로 없었지요."

분명히 해방된 기분이었을 테지. 요한손이 말했다. "보. 저기 조그만 금발 웨이트리스 말인데, 자네가 오 분 동안 뚫어져라 쳐다보고 있던……."

"그녀가 어쨌다고?" 야르네브링이 말했다.

"내 미트볼에 곁들일 레드 와인 한 잔 주문할 테니, 그녀를 좀 불러주게." 요한손이 말했다.

"궁금하던 게 하나 있습니다, 보스." 두 시간 후 막스가 말했다. 두 사람은 야르네브링을 내려주고 쇠데르말름으로 돌아가는 길이었다.

"말해보게." 요한손이 말했다.

"아까 경찰 이야기 하지 않았습니까? 제가 경찰에 지원하는 문제 말입니다. 정말 가능성이 있을까요? 경찰에서 저 같은 놈을 받아주겠습니까?"

"아니. 이런 말이 자네에게 위안이 될지 모르겠지만, 자네는 전혀 아쉬워하지 않을 거야."

"제 생각도 바로 그렇습니다." 막스가 고개를 끄덕이며 말했다.

두 사람이 집으로 돌아오자, 요한손은 소파에 드러누워, 즉시라고 해도 좋을 정도로 금방 곯아떨어졌다. 그러다가 막스가 팔을 조심스럽게 건드리는 바람에 깨어났다.

"그래, 일어났네." 요한손이 말했다.

"사모님께서 전화하셨습니다. 보스께서 어떻게 지내는지 알고 싶어 하시더군요. 그리고 친구분과 시골에서 주무시고 오셔도 될지 물어보셨습니다."

"그래서 자네는 뭐라고 대답했지?"

"다 괜찮다고 말씀드렸습니다." 막스가 미소를 지었다. "보스께서도 괜찮으시다고요. 전부 다 괜찮다고 말입니다."

"잘했네." 요한손이 말했다.

그는 다시 잠이 들었던 게 분명했다. 이번에는 꿈을 꾸지 않았고, 서재 창문 밖에 불빛이 비치기 시작할 때가 되어서야 비로소 잠에서 깨어났다. 두통이 심했다. 약 먹는 것을 잊어버렸던 것이다. 그는 욕실로 가 찬물로 세수를 했다. 그런 다음 신중을 기하기 위해 약을 정량보다 몇 알 더 먹었다. 그러고는 침대로 가서 다시 잠이 들었다.

71

8월 8일 일요일

일요일은 기분이 나빴다. 그리고 요한손은 이 기분이 전날 긴 점심 식사와 관련이 없는 것은 아니라는 의혹이 생긴 탓에, 조금도 나아지지가 없었다. 유일하게 다행인 점이라면 피아가 오후까지 돌아오지 않는다는 것이었으니 기분을 추스를 시간을 번 셈이었다. 그는 피아의 휴대전화로 전화를 걸어보았다. 그녀가 그리워서가 아니라 죄책감을 달래기 위해서였다. 피아의 목소리는 명랑했다. 기대했던 것보다 버섯이 훨씬 많아서 당연히 그 기회를 최대한 살려야 했던 것이다.

그는 가슴 속이 빼근한 증세가 더욱 심해진 나머지 숨을 제대로 쉴 수가 없었고, 두통은 조금도 차도를 보이지 않았다. 처음에 그는 규칙적인 일과를 진행하면서 안정을 찾으려 했다. 약을 먹은 다음 샤워를 하고 면도도 했다. 그러고는 아침 식사를 하러 주방으로 갔다. 그가 식사를 하는 사이 막스가 안으로 들어왔다. 막스는 걱정스러운 마음을 감추지 못하며 요한손에게 시선을 흘끗 던졌다.

"괜찮으십니까, 보스?" 막스가 물었다.

"별로." 요한손이 말했다. "하지만 좋아질 거야. 자네는 어떤가?"

"좋습니다." 막스가 말했다. "걱정하실 것은 아무것도 없습니다. 가서 앉아 계시면 제가 남은 음식을 정리해서 가져가도록 하겠습니다."

막스가 준비를 하는 사이 요한손은 가장 쉬운 길을 택했다. 그는 욕실로 들어가 작은 흰색 알약을 하나 더 삼키고 약효가 센 두통약을 추가로 한 알 더 먹은 다음, 소파에 눕기 위해 서재로 향했다. 막스가 음식을 쟁반에 담아 그에게 가져왔다.

요한손은 커피와 생수, 갓 짠 오렌지주스, 요거트를 큰 컵으로 한 잔 마셨다. 그러자 두통이 누그러졌고, 가슴 속 심장과 폐가 편안해져 숨을 쉬기가 한결 수월해졌다.

"좀 어떠십니까, 보스?" 막스는 요한손의 서재 안에 선 채 그가 먹다 남긴 음식이 담긴 쟁반을 가리켰다.

"호들갑 그만 떨게, 막스." 요한손이 툴툴거렸다. "대신 저기 있는 책이나 주게." 그는 한쪽을 가리켰다. "파란색 표지의 얇은 책."

"독일어로군요. 독일어를 하십니까, 보스?"

"그래." 요한손이 말했다. "내가 독일어를 배우기 시작했을 때는 지금 자네보다 더 나이가 많았지."

"저는 이제 러시아어도 거의 하지 못합니다." 막스는 상냥한 미소를 지으며 말했다.

"혹시 이 책에 흥미가 있다면 스웨덴어 번역본도 있네. 제목은 'Der

Richter und sein Henker'. 우리말로는 '판사와 형리'라고 하지. 이 책을 쓴 작가는 프리드리히 뒤렌마트라는 스위스 사람인데, 작가 겸 예술가이기도 했지. 이십 년 전에 사망했고. 훌륭한 작가이자 괜찮은 예술가였다네." 요한손이 말했다. 그는 언제나 사람들과 어떤 공통적인 관심사가 있는지 알고 싶어 했다. 심지어 한 번도 만나보지 못한 사람들과도 그랬다.

"저는 책을 그다지 많이 읽지 않습니다. 컴퓨터를 하는 데 대부분의 시간을 쏟아서요."

"독서는 웬만해서는 해가 되지 않는 법이지. 만약 어떤 책이 별로라면, 그런 사실은 얼른 알아차릴 테니 쓰레기통 속에 던져버리면 그만이야. 어떤 책이 훌륭하다면, 그 책은 생각해볼 거리를 던져준다네. 그리고 어떤 책이 정말로 훌륭하다면, 그 책을 읽음으로써 좀더 나은 사람이 될 수 있어. 나는 이 책을 여러 번 읽었다네."

"무슨 말씀이신지 알 것 같습니다." 막스가 말했다. "'판사와 형리'. 그 제목이 어떤 뜻인지요. 제가 할 일이 있으면 알려주시죠, 보스."

"예를 들면?" 요한손이 물었다.

"빌어먹을 소아성애자 자식 말입니다. 어린 소녀를 죽인 닐손이라는 놈요."

"안 돼. 그놈은 내가 직접 상대할 생각이라네." 알아차린 게로군.

막스는 아무 말도 하지 않고 그저 어깨를 으쓱할 뿐이었다. 그러더니 왼손으로 쟁반을 집어 들고 고개를 끄덕하더니 밖으로 나갔다. 덩치에도 불구하고 아무 소리도 나지 않았다. 그는 요한손이 혼자 생각에 잠기도록 내버려둔 채 문을 닫고 떠났다.

안 돼. 한 시간 후, 요한손은 책을 내려놓고 생각했다. 설사 내가 죽음을 앞두고 있다 하더라도 그럴 수는 없어. 이제 두통은 사라졌고 그저 피곤할 뿐이어서, 그는 이내 잠에 빠져들고 말았다. 고아원에서 막스에게 무슨 일이 있었는지 궁금한데? 이런 생각을 하다가 잠이 들었다.

그가 일어났을 때는, 피아가 옆에 있었다.

"좀 걱정이 되기 시작하더라. 혹시 얼마나 자고 있었는지 알아?"

"그래." 요한손이 말했다. 화장실에 가야겠군. 진짜배기 남자라도 참기 어려울 정도로 방광의 압력이 한계에 달했다.

"세 시간 정도 늦긴 했는데, 점심 먹을 수 있겠어?" 피아는 이렇게 말하며 일어서기 시작했다.

"일단 화장실에 다녀와야겠어. 좀 앉아봐. 당신이랑 할 이야기가 있어."

이유는 묻지 않는군. 그녀는 고개를 끄덕이며 도로 앉았다. 이번에는 내가 말한 대로 하다니, 현명한 여자라니까.

"말해봐." 그가 화장실에서 돌아오자, 피아가 말했다.

"놈을 찾아냈어." 요한손은 말하며 어째서인지 서재 바닥에 놓여 있는, 서류로 가득 찬 상자들을 향해 고갯짓을 했다.

"아직 살아 있어?" 그녀가 물었다.

"그래. 놈은 살아 있어. 그리고 야스민에게 저지른 짓에 대해 죄책감에 시달리는 것 같지 않아."

"세상에, 끔찍한 일이야. 정말 이해할 수가 없어. 대체 어떤 인간이길래 그런 짓을 저지르고도 계속 고고하게 살아가는 거지?"

"그래. 굉장히 교훈적인 이야기지."

"또 누가 알고 있어?"

"보에게 말해줬어." 요한손이 말했다. 그리고 세상에서 가장 힘이 센 고아원 출신 청년도 스스로 알아냈지. 어쩌면 마틸다도. 여기에 더해 옛 동료들도 범인이 옛 수사 기록이 담긴 상자 속에 숨어서, 걔들이 머리 위에서 쿵쿵거리는 사이, 굴을 파고 누워 있다는 사실을 깨닫기만 하면, 머지않아 같은 결론에 도달할 터였다.

"당신은 어떻게 할 생각이야?"

"사실은 잘 모르겠어. 그래서 사랑하는 아내에게 조언을 구하는 거지." 요한손은 희미한 미소를 지으며 말했다. 내가 왜 이런 말을 했지? 상황을 매끄럽게 만들어서, 견딜 수 없는 비밀을 품고 살아갈 수 있도록 하려고?

"음, 당신은 그냥 내버려두지는 못할 거야, 라르스. 그러면 굉장히 끔찍해질 테니까. 당신은 그런 사람이 아닌걸, 라르스."

"순전히 형식적인 관점에서 보자면, 나는 아무것도 할 수 없어. 지난 한 달여 동안 놈은 새처럼 자유롭게 날아다녔지. 야스민 살인 사건의 공소시효가 6월 21일에 만료되었거든. 그 아이의 시체가 발견된 지 이십오 년째 되는 날이었어. 유일한 희망은 놈이 아직 공소시효가 만료되지 않은 다른 짓을 저질렀을 가능성이야. 놈을 옭아맬 수 있는 짓. 하지만 솔직히 말해서, 나는 그게 충분히 가능하리라고 믿는지 잘 모르겠어."

"언론에 알리면……."

"내가 언론에 알리면 놈은 죽은 목숨이지. 심지어 놈은 나를 고소할 시간도 없을걸. 어떤 미친놈이 놈을 죽여버릴 테니까. 사냥 허가 기간이잖아." 요한손은 뒤틀린 미소를 지으며 말했다.

"그 애 아버지가 누군지 알잖아. 야스민의 아버지 말이야."

"그래." 요한손은 놀라며 말했다. "당신이 알고 있었는지는 몰랐는데."

"아, 알고 있었어. 금융 서비스 업계에 있는 사람이라면 조지프 사이먼이 누구인지는 다 알지. 나는 당신이 어떤 일에 매달려 있는지 알아차렸을 때, 인터넷 검색으로 좀더 자세히 알게 됐어. 정말 끔찍한 이야기야."

"낸시 드루■가 여기 있었네." 요한손이 말했다. 그는 말하면서, 상황을 매끄럽게 하려는 시도는 잘못된 선택이 아니었다는 느낌을 받았다.

"당신은 어떻게 할 생각인데?"

"모르겠어. 정말 모르겠어." 그는 같은 말을 반복했다. "내 손에 그 개자식의 피를 묻히고 싶지는 않아. 내가 그런 구렁텅이에 빠지고 제대로 처신할 수 있을지도 잘 모르겠고."

"무슨 방법이 있다면 내가 도와줄 수도……."

"그런 방법은 없는 것 같아. 생각 좀 해봐야겠어." 그는 고개를 저었다.

"그러다 당신이 죽지만 않으면 괜찮아."

"안 그래. 그러면 바보 같을 테니." 요한손은 오른팔을 피아에게 두르고 끌어안았다. 비록 가슴 속이 뻐근한 증세와 지끈거리는 두통이 하루하루 점점 더 심해지기는 했지만. 다 때가 있는 법이지.

■ 1930년부터 시작되어 현재까지 여러 매체로 이어지는 십 대 명탐정 소녀 시리즈의 주인공.

72

8월 9일 월요일 오전

월요일 오전, 요한손이 아침 식사를 채 끝내기도 전에 마틸다가 굉장히 활발한 기세로 서재 안으로 들어왔다.

"조지프 사이먼이라는 사람요. 구글링해보라고 부탁하셨던 그 남자 있잖아요, 보스."

"그래. 그 사람이 어떻다는 거지?" 내가 언제 누구한테 뭔가 구글링을 해보라고 부탁했었나?

"그때 그 사람에게는 부인이 있었잖아요. 야스민의 어머니요. 이름이 마리암 에르메간이었어요. 역시 이란에서 망명했고요. 두 사람은 1986년, 야스민이 살해당했던 해에 이혼했어요."

"알고 있네. 그녀가 어떻다는 거지?"

"그녀에 대해서도 구글링을 해봤거든요. 주말 내내요. 더이상 좋을 수 없는 정보를 찾아냈어요."

“말해보게.” 요한손이 말했다.

야스민이 살해당한 지 몇 년 후, 마리암 에르메간은 이슬람교로 개종했다. 그녀는 스웨덴 신문에 몇 건의 기고를 통해, 이슬람교의 여성에 대한 관점을 변호하고, 그런 관점을 남편들과 가족에 대한 여성의 감정적 해방과 성적인 해방에 실리적인 태도를 취하는 리버럴한 서양의 시각과 비교하는 글을 실었다. 그리고 서양의 시각은 남성과 여성을 평등하게 만드는 것이 아니라 그저 여성들을 모든 서양 남성의, 더 나아가 모든 남성 공동체의 보다 손쉬운 먹잇감으로 만드는 방식이며, 신뢰와 도덕, 역사와 연대에 대한 유대감을 공유하고 있지 않다고 주장했다. 게다가 그녀는 자신의 이전 조국인 이란에서는 절대로 일어날 수 없는 일의 예시로, 딸아이의 비극을 여러 차례 반복해서 제시했다.

1995년 가을, 딸이 살해당한 지 십 년 후, 그녀는 여성을 바라보는 이슬람교의 관점, 이슬람교의 여성 억압, 히잡 사용 의무, 여성 성기 훼손 의식, 명예 살인, 그 외 주제와 관련이 있을 수도, 없을 수도 있는 온갖 종류의 사안에 대해 다루는 텔레비전 토론회에 참석했다. 마리암은 텔레비전 생방송에서 한 기독교인 여성 출연자의 머리카락을 잡아 뜯으려 하는 엄청난 사고를 저질렀다. 당연히 이 소식은 다음 날 석간 타블로이드 신문들에 대서특필되었다.

“그녀는 완전히 미쳤어요. 분명히 나를 죽이려고 했다니까요.” 그 ‘충격을 받은’ 참가자는 《엑스프레센》 기자에게 이렇게 말했다.

한 달 후, 마리암은 두 번째 조국을 떠나 이란으로 돌아갔다. 육 개월 후, 《다겐스 뉘헤테르》는 마리암과 마리암의 새 삶에 대한 기사를 싣기 위해 기자와 사진기자를 한 명씩 보냈다. 하지만 그들은 마리암과 접촉할 수 없었다. 마리암은 흔적 하나 없이 사라져버렸고, 결국 그런 마리암의 행적이 기사의 주제가 되고 말았다. 마리암은 자유의지로 몸을 피하고 있는 것인가, 아니면 자비심 없는 전체주의 정권이 마리암을 없애버린 것인가?

스웨덴 외무부와 이란 주재 스웨덴 대사관 모두 이 쟁점에 대해 아무런 실마리를 제공할 수 없었다. 그녀는 스웨덴을 떠나기 전에 스웨덴 시민권을 포기했기 때문에, 스톡홀름에 위치한 외무부는 할 수 있는 것이 아무것도 없었다. 그들에게 있어 마리암 에르메간은 '스웨덴의 관할권을 넘어선 종료된 사례'였고, 테헤란의 스웨덴 대사는 그녀에 대한 질문을 받았을 때 아무런 논평도 하지 않았다. 이는 전적으로 당연한 태도였다. 마리암 에르메간은 '현재 국적에 따라, 이란 및 이란 정권의 내부 문제'이기 때문이었다.

"그들이 마리암을 살해했다고 생각하세요?" 마틸다가 꼬치꼬치 캐물었다. "그 아야톨라들요."

"모르겠네." 요한손이 말했다. 그걸 안다고 해서 뭐가 달라질까? 마리암의 인생은 1985년 6월 22일 오전, 솔나 경찰이 그녀의 집 초인종을 눌러 딸을 발견했다는 소식을 전해주었을 때 끝난 것이나 다름없었다. 야스민은 죽었고, 십중팔구 살해당했다는 소식이었다. 그들은 마리암에게 모든 세부 사항을 알려주었다. 석간신문에 실린 기사들은 경찰들만큼 사려 깊은 논조가 아니었다.

"모르시겠다고요? 모르시겠다니, 그게 무슨 말씀이세요? 그냥 신경 쓰시지 않는다는 뜻이에요, 뭐예요?"

"아. 신경 쓰고야 말고. 굉장히 많이. 하지만 내가 가장 신경을 쓰고 있는 것은 그전에 일어난 일이라네. 인간의 생명에 대한 마리암의 권리 말이야." 그녀가 단 한 번도 다른 사람에게 강요할 생각을 하지 않았을 일에 그녀 자신이 시달릴 필요는 없겠지. 요한손과 같은 사람들은 그런 모든 것으로부터 그녀를 보호해야 했고, 적어도 그들이 실패했을 때 그녀는 정당한 대우를 보장받아야 했다.

"무슨 말씀이신지 이해했어요. 정말 너무한 일이에요. 이제 그 생각을 떠올리기만 해도 그 개자식을 죽여버릴 수 있어요."

"호기심에서 하나 물어보지. 자네는 자라면서 아무 일도 당하지 않았나? 친구나 어떤 남자에게 성적 학대를 받았던 적은? 자네를 억지로 밀어붙이거나, 바닥에 쓰러뜨리거나, 혹은 더 심한 짓 말일세." 그 주제로 돌아갔군.

"여자애들은 모두 그런 일을 참고 견뎌야 하는걸요." 마틸다는 누가 봐도 놀란 태도로 말했다. "뭐, 전부는 아닐지 몰라도 대부분은요. 어쨌든 저 같은 사람들은 말이죠."

"말해보게." 요한손이 말했다. 피아가 자네 이야기를 들을 수 없어서 다행이로군.

"몇 년 전, 제가 평범한 십 대였을 때였어요. 친구들 한 무리와 어느 파티에 갔었어요. 그중에는 같은 반 남자애가 있었는데, 우리 둘 사이에는 그야말로 아무것도 없는, 그냥 지인일 뿐이었죠. 그런데 그 애가 완전히 정신이 나가서 저를 어떤 방으로 끌고 들어가더니 자기 물건을 제 입에 쑤셔 넣었어요. 입으로 해주지 않으면 죽여버리겠다면서요."

"그래서 그 말에 따랐군." 요한손이 말했다.

"그래요." 마틸다는 자신의 어깨를 문지르며 말했다. "저도 그 애만큼이나 술에 취해 있었거든요. 그리고 그 애는 저보다 두 배는 더 힘이 셌죠."

"그후에는 어떻게 했지?"

"아무것도요." 마틸다가 말했다. "제가 어떻게 해야 한다고 생각하시는데요? 경찰한테 신고해서 학교에서 드라마 찍고 앉아 있으라고요? 저는 아버지가 없었어요. 그리고 오빠도 없었죠. 그 애를 먼지 나게 패줄 사람이 아무도 없었다고요."

"그런데 그때뿐이었나?" 요한손이 말했다.

"농담하시는 거 아니죠?"

"아니. 말해보게."

"남자들은 절대 물러서는 법이 없다니까요. 그저 계속해서 밀어붙이고, 또 밀어붙일 뿐이죠. 더이상 견딜 수가 없어서 어금니 꽉 깨물고 한 번 하고 끝내버리자는 결심을 할 때까지요. 보스는 그렇게 밀어붙이신 적은 없죠?"

"없다네. 정말로 없어." 확실히 그런 짓을 한 적은 없지.

"믿을게요. 보스는 주어진 것을 받는 타입이니까요. 딱히 요구할 필요가 없죠. 그 점에 대해 정말 지랄 맞을 정도로 감사하셔야 해요. 아시겠지만 흔한 경우는 아니거든요. 보스 어머님을 뵐 수 있었으면 좋았을 텐데요."

"내 어머니는 굉장히 좋은 분이셨지." 요한손이 말했다. 엘리나는 참 좋은 분이었어. 어머니는 그에게 자신의 아내를 직접 고르도록 해줄 정도로 좋은 사람이었다. 어머니는 언제나 그 자리에 있었지만, 한 번도 쓸데없는 참견을 한 적이 없었다. 한두 번 정도였나, 그가 아직 어린아이였을 적 긴급 상황이 발생했을 때만 빼면 결코 없었다.

“굳이 말씀하실 필요는 없어요. 보기만 해도 다 아는걸요. 보스 어머님께서는 모든 것을 다 베풀어주시면서도 아들을 마마보이로 만들지 않는 분이었을걸요. 또 다른 예를 들어볼까요? 친구분요. 그분 역시 여자에게 조를 필요가 전혀 없었을 거예요. 그분의 문제는 아마도 그분을 원하는 여자들이 언제나 달라붙어 있다는 것일 테죠.”

“무슨 뜻인지 알겠군. 하지만 야스민에게 일어난 일은, 자네에게 일어난 것과는 전혀 다른 문제 아닌가?”

“기본적으로 다 같은 변태들인걸요.” 마틸다는 이렇게 말하며 어깨를 으쓱했다. “그런 놈들은 어디나 있어요. 출퇴근 시간에 기차를 타고 있으면 딱 달라붙어 비벼대는 영감탱이들도 있고, 버스 정류장에서 코를 후비면서 딸딸이 치는 것들도 있어요. 처음 당했던 것은 다섯 살 무렵, 유치원에 다닐 때였어요. 제대로 난리가 났죠. 교사들이랑 부모들에 경찰들까지. 다들 모여서 난리도 아니었어요. 그런 일은 끊이지 않고 반복되는 것 같았어요. 친구랑 저는 정말 진저리가 난다고 생각했죠. 그리고 흥미진진하다는 생각도요.”

“알겠네.” 요한손이 말했다. 도대체 무슨 말을 해야 하지?

“야스민에 대한 일 말인데요. 그리고 지금 여기서 한 이야기들은 정말 우리 둘이서만 알고 있으면 좋겠는데요.”

“우리 둘만의 이야기로 남겨두도록 하지. 그 점에 대해서는 걱정하지 말게.”

“좋아요. 믿을게요. 제 엄마는 언제나 살짝 미쳐 있어요. 매번 새 남자를 끌어들인다거나 하는 짓을 벌이거든요. 제가 어릴 때만 해도 제 가족은 엄마, 저보다 세 살 많은 언니, 그리고 저였는데, 여기에 엄마의 애인들이 끊임없이 우리 집에 들어왔다 나가곤 했어요."

"편한 환경은 못 됐겠군." 요한손이 말했다. 저런 모습으로 다니게 된 것도 그리 놀랄 일은 아니로군.

"그래요." 마틸다는 어깨를 으쓱했다. "사실 그 남자들 모두 그다지 큰 문제는 없었어요. 그리고 엄마도 충분히 행복해했으니까요. 엄마는 금방 사랑에 빠졌고, 관계가 끝나고 나면 정말로 침울해했죠. 그러다가 다른 사람이랑 또 사랑에 빠지는 거예요. 딱 한 번 엄마가 정말로 돌아버렸을 때가 있었는데, 엄마 애인 중 하나가 언니랑 잤을 때였죠."

"자네는 그때 몇 살이었나?"

"열 살쯤 됐었을 거예요. 언니는 열세 살이었고요. 여름에 일어난 일이었어요. 학교는 방학이었고, 엄마는 간호사 일을 나갔고, 엄마의 새 애인은 직업도 없이 우리 집에 눌러앉았어요."

"모친께서 간호사였다고?"

"예, 교대 시간을 종잡을 수가 없었죠. 어쨌든 그해 여름, 엄마의 애인은 언니랑 잤어요. 언니는 열세 살이었고, 그 남자는 서른 살이었죠. 저는 언니랑 같은 방을 쓰고 있어서, 잠든 척을 해야만 했어요."

"열세 살이었다고." 요한손이 말했다. 미성년자와 성교라니. 그게 정말로 무슨 상관이 있는 것은 아니지만.

"예, 하지만 언니는 가슴도 부풀었고 음모도 나고 있었어요. 사실 열세 살밖에 안 됐는데 가슴이 굉장히 컸죠. 보스께서 저를 바라보시는 모습을 보니 그게 믿기 어렵다는 건 알겠지만, 정말로 그랬다니까요. 그리고 언니는 그 남자에게 홀딱 반해 있었죠. 그는 제게는 아무 짓도 하려고 들지 않았어요. 그랬다가는 언니가 저를 죽여버렸을 테니까요. 한번은 이불을 잡아당기고 저를 쳐다본 적은 있었지만 그 이상은 하지 않았죠. 그 남자는 우선 제가 좀더 자랄 필요가 있다고 하더라고요. 그는 속만 놓고 보면 기본적으로 괜찮은 사람이었던 것 같아요. 폭력을 휘두르는 짓은 전혀 하지 않았으니까요. 술을 많이 마셨고 대마초는 조금 피웠지만, 절대로 폭력을 쓰지는 않았어요."

"그래서 어떻게 됐지?" 요한손이 물었다. 피아는 은행에서 어떻게 지내고 있을까?

"엄마가 현장을 목격했어요. 하는 광경을 제대로 보고 말았죠. 엄마는 완전히 정신이 나가서 사방에 죄다 발길질을 해댔어요. 그 남자를 내쫓고도 분을 못 이겨서 그 남자의 물건들을 죄다 발코니 밖으로 던져버렸죠. 엄마는 언니에게도 굉장히 화를 냈고, 제게도 마찬가지로 화를 냈죠. 알고 있으면서 아무 말도 안 했다면서요."

"어머니는 그를 신고했나?" 요한손이 말했다.

"아뇨." 마틸다는 고개를 저었다. "대신 엄마는 막바지 휴가 일정을 잡아서 그리스에 갔어요. 거기서 다른 남자를 만났죠. 언니도 마찬가지였고요. 엄마랑 언니는 화해했어요. 고작 일주일 만에요. 두 사람은 꽤 닮았거든요. 적어도 남자에 관해서는요."

"자네는 어떻게 지냈지?" 요한손이 물었다. "그리스에서 보낸 여름 동안 말이야."

"잘 기억나지 않아요. 어쨌든 남자친구는 없었어요. 그때도 여전히 꽤 어렸거든요. 대부분 다른 아이들이랑 풀장에서 시간을 보냈던 것 같아요.”

“이런 일이 흔히 일어나는 편인가? 그러니까 자네 세대 젊은이들 사이에서.”

“흠, 여보세요, 보스! 잠에서 깨어나실 시간이에요! 1980년대에 도시 근교에서 태어난 아이들이라고요. 우리에게는 행복한 핵가족 따위는 없어요. 제가 초등학교에 입학했을 때는, 부모님 두 명과 함께 사는 아이가 반 전체 서른 명이 넘는 아이들 중 딱 세 명이었어요. 이런 복층 아파트에서 지내시고 재산이 얼마나 되는지도 모르시는 보스 같은 분은…… 저랑은 완전히 다른 행성에 살고 계신 거라니까요, 보스.”

“무슨 뜻인지 알겠네.” 요한손이 말했다. 그는 자신도 모르는 사이에 자식들과 손주들에 대한 생각을 하고 있었다. 그 애들에게는 해당되지 않는 이야기로군. 적어도 그 애들은 나와 같은 행성에 살고 있으니까.

73

8월 9일 월요일 오후

오후가 되자 야르네브링이 나타나 지금까지 찾아낸 것들을 보여주었다. 그는 요한손에게 잠복 과정에서 갓 찍은 스타판 레안데르 닐손의 사진을 한 다발 보여주면서 이야기를 시작했다.

"이 사진들을 어디서 구했지?" 요한손은 수상쩍다는 듯이 물었다.

"걱정하지 말게." 야르네브링은 씩 웃으며 말했다. "내가 직접 찍었으니까. 어제 기회를 노려 그 개자식을 조금 감시했다네. 아침에 한 번, 그리고 저녁에 한 번. 놈이 사는 곳 길 건너편에 피자 전문점이 하나 있거든. 놈은 그곳 단골인 것 같더군. 가게 주인이랑 이야기를 좀 해봤네. 닐손이란 자식은 보통 일주일에 몇 번은 그곳에서 식사를 한다고 하던데."

"식당 주인이랑 이야기를 했다는 게로군. 무작정 갑자기 말이야."

요한손은 사진을 넘겨보며 말했다. 지극히 평범하게 생긴 놈이로군.

심지어 예의 바른 사람으로 보이기까지 하는데. 올해 가을이면 오십이 된다고 하기에는 훨씬 젊어 보이는군. 평균에 살짝 못 미치는 신장, 뚱뚱한 것도 마른 것도 아닌 넉넉한 체중, 균형 잡힌 얼굴형, 짧고 짙은 금발, 희끗희끗한 관자놀이, 청바지, 빨간색 폴로셔츠, 파란색 여름 재킷 등 잘 입었지만 과시적인 옷차림 등등. 나는 대체 무엇을 기대한 거지? 검정색 망토와 뾰족한 이빨?

야르네브링이 말했다. "무작정 갑자기 말이지. 그게 자네가 걱정하고 있는 거라면 나는 아직 솜씨가 녹슬지 않았다네. 그 집 주인은 터키인인데 사람이 좋고 협조적인 사람이야. 닐손이 가게에서 나오자 나는 안으로 들어갔지. 놈이 마시던 물잔을 낚아채려 했는데 동작이 충분히 빠르지 못했지. 놈은 궐련을 피우지도, 씹는 담배를 애용하지도 않는 것 같았어. 은퇴한 연금 생활자 두 명이 그런 식으로 DNA 샘플을 얻으려면 조금 시간이 걸릴 것 같더군. 그래서 대신 기회를 노려 그 집 주인이랑 짧게 이야기를 해봤네. 맥주 한잔 주문하면서, 방금 나간 손님이 어딘지 낯이 익다는 말을 던졌지. 내가 운송회사에 다니던 시절 함께 일한 동료 같다면서. 나를 뭐라고 생각하는 겐가, 라르스?"

"터키인은 뭐라고 말했나?" 요한손이 말했다. 자네는 조금도 녹슬지 않았군.

"꽤 많은 이야기를 하던걸. 놈의 이름은 스타판 닐손이라는 이야기까지. 놈은 이 집 단골이고 좋은 녀석이며 언제나 얌전하고 예의가 바르다고도 했지. 그러더니 운송 회사에 다녔다는 이야기에 대해서는 아마 내가 잘못 보았을 거라고 하더군. 주인의 말에 따르면, 닐손의 직업은 부동산 중개인이라네. 태국에서 공유용 아파트라든지 주택, 호텔 등을 취급한다더군. 오레■에서도 비슷한 일을 시작할 계획이라던데. 두 사람 사이는 나름 괜찮아서, 놈은 주인장의 남동생이 솔나에서 아파트를 얻는 일을 도와주었다고 했어. 내가 이해하기로는, 중개료가 공짜는 아니었지만 터무니없는 금액도 아닌 것 같았다네. 요컨대 놈은 괜찮은 녀석이라는 뜻이었지."

"지극히 평범한 품위 있는 스웨덴인이라." 요한손이 말했다. 원하는 것에 군침을 흘리는 덩치만 큰 어린아이도 아니고, 폭력적인 성향과 기이한 성적 취향을 가진 반쯤 미친 음모론자도 아니고, 심지어 어디 촌구석에서 올라온 뚱뚱하고 머리가 벗어진 반편이 트럭 운전사도 아니라는 거로군.

"바로 그거야." 야르네브링이 말했다. "지극히 평범한 중년 스벤손■■ 씨라고나 할까."

"또 무엇을 알아냈나?" 요한손이 물었다.

"꽤 많이 알아냈지." 야르네브링은 사진만 들어 있던 봉투보다 훨씬 두꺼운 서류 뭉치를 그에게 넘겼다.

"자네는 군에게 그 개자식의 조사를 시킨 게로군." 요한손은 힐난조로 말했다. "옛 동료들은 아무도 이 건에 끌어들이지 않기로 합의하지 않았나?"

군은 민간인 신분으로 스톡홀름 경찰서에서 삼십 년 넘게 일하고 있는 사람으로, 야르네브링이 가능한 한 피하려고 하는 사무실 수사 업무

■ 스웨덴 옘틀란드 주에 있는 마을로, 스칸디나비아반도에서도 손꼽히는 스키 리조트가 있다.

■■ 한국의 김씨처럼 스웨덴에서 가장 흔한 성씨.

를 돕는 일에 인생의 대부분을 바친 사람이었다. 아마도 오랫동안 그를 짝사랑하고 있을 터였다.

"군은 계산에서 빼야지." 야르네브링이 말했다. "맙소사, 그녀는 만리장성만큼이나 입이 무거운 사람이라고. 갈라진 곳 하나 없고, 심지어 벽돌 하나 빠진 곳 없는 만리장성처럼 말이야."

"자네는 만리장성에 가본 적이 없는 게 분명하군. 그녀가 뭐라고 하던가?"

"직접 살펴보게나." 야르네브링이 말했다.

"머리가 아파서 말이야." 요한손은 파일을 내려놓았다. "자네가 말해보게."

군은 평소 하던 대로 모든 일을 처리했다. 그녀는 스타판 닐손의 출생 시점부터 그가 동네 피자 레스토랑을 나서며 야르네브링을 지나쳤다는 사실을 꿈에도 몰랐던 그날까지 기간을 정해, 그에 대한 정보가 조금이라도 있을지 모르는 모든 데이터베이스를 검색했다.

"우선 가장 중요한 사실관계들을 먼저 찾아보았네. 놈은 현 주소지에서 그 건물이 지어졌을 때부터 십오 년 동안 쭉 살고 있다네. 놈이 태국에서 스웨덴으로 돌아왔을 때가 그즈음이었지. 그런데 놈이 살고 있는 아파트는 자신의 소유더군. 부인도, 자식도 없어. 하지만 여권이랑 운전면허증은 있고, 자동차도 한 대 있네. 이 년쯤 된 르노의 무슨 소형차던데. 친환경 자동차 말이야. 빨간색 폭스바겐 골프는 더이상 갖고 있지 않더군."

"놈은 아무 전과가 없나?" 요한손이 물었다.

"전과는 없다네. 기소된 적도 없고, 심지어 무슨 용의 선상에 오른 적도 없어. 하지만 그 파일에 관련 내용이 몇 개 있네. 취하된 소송들 말이야."

"예를 들면?"

"놈은 사기꾼 같은 냄새를 풍긴단 말이지. 놈에게는 1980년대 후반부터 탈세 혐의가 있어. 심지어 특정범죄가중처벌이 가능한 탈세라니까. 이 탈세 혐의는 몇 년 후에 지워졌다네. 혐의를 증명할 수가 없어서였지. 놈은 태국에 숨어 지내고 있었거니와 감사원 녀석들이 굳이 귀찮게 놈을 찾으려 하지 않았기 때문일 테지. 놈의 정체와 거주지를 알고 있어서 외국 경찰 친구들이 그저 가서 잡아 오기만 하면 되는 상황이라 할지라도, 그런 잡범에 대해서는 국제범죄인 인도구속영장을 받을 수가 없으니까."

"알고 있네." 요한손이 말을 잘랐다. "다른 것은 없나?"

"사기 건이 두 건 더 있네. 블랙마켓에 아파트를 팔아버린 다음, 집을 넘겨주지 않고 재임대한 적이 한 번 있군. 원고는 고소를 취하했네. 그 다음에는 무슨 호텔 프로젝트에 돈을 투자했다가 사기를 당했다고 주장하는 사람이 한 명 있었는데, 그 사건 역시 기각되었지. 이유는 명확하지 않아."

"그게 전부인가?" 요한손이 말했다.

"아니. 한 건 더 있어. 그리고 여기서부터가 흥미로워지기 시작하지."

"그게 뭔가?"

"육 년 전, 그러니까 2004년에 국가범죄수사국에서 아동 포르노 사건을 수사하던 우리 동료들이 인터넷을 싹 뒤져서 더럽게 많은 소아성애자 놈들의 신상을 손에 넣었거든. 방구석에 처박혀서 아동 포르노를 다운받으면서 서로서로 정보를 교환하는 놈들 말이야. 그렇게 적발된 남자들 중에 스타판 레안데르 닐손이 있었네."

"정말인가? 수사는 어떻게 됐나?"

"주범은 감방에서 몇 년 살았지. 놈들 대부분은 유죄판결을 받았어. 딱 닐손만 빼고. 검사가 놈의 혐의를 기각했더군."

"어째서? 블랙마켓에서 놈의 아파트를 구입한 자가 그 검사였나?"

"그는 놈의 사연에 속아 넘어가버린 거야." 야르네브링이 말했다. 우리 동료들이야 그러지 않았지. 자네가 물어보기 전에 미리 말해두지만, 그 친구들과는 전혀 이야기를 나누지 않았네. 나는 초동수사 보고서와 닐손의 진술서를 읽어보았거든. 놈은 신문을 네 번 받았고, 마지막 신문 때는 검사가 동석했어. 그리고 신문이 끝난 후에 놈에 대한 혐의가 기각되어버렸지. 우리 쪽 친구들이 그 모든 일에 대해 뭐라고 생각했을지는 뻔하지 않나. 검사는 닐손의 사연에 속아 넘어가버린 거야. 우리 친구들은 그러지 않았는데 말이야. 제대로 된 경찰이라면 당연히 그랬겠지."

"그가 뭐라고 말했길래? 무슨 사연이었지?"

"닐손은 모로코인 이민자에게 방을 하나 임대했다고 주장했네. 이름이 알리 후세인이고, 감라스탄에 있는 한 게이바에서 만났다고 진술했지."

"게이바라고? 닐손은 게이가 아닐 텐데? 그런 식으로 보이려고 했던 건가? 자신이 게이라고?"

"그런 질문을 받았지. 동성애자인지 말이야."

"그래서 뭐라고 대답했지?"

"놈은 그게 무슨 상관이 있는지 모르겠다고 했어. 자신의 성적 취향은 사적인 문제라면서."

"누가 상상이나 했겠어?" 요한손은 코웃음을 쳤다. "그리고 그 외에는 또 무슨 말을 했지?"

"닐손의 말에 따르면, 자신도 모르는 사이에 후세인이 자신의 컴퓨터를 이용해서 포르노 사이트를 돌아다니곤 한 게 틀림없다는 거야. 놈은 평소 컴퓨터 비밀번호를 쪽지에 적어 책상 안에 넣어두었다고 주장했어. 그러고는 후세인에게 화가 나면서도 당황스럽다고 말했지. 소름이 끼칠 정도라고."

"상상이 가는군." 요한손이 말했다. "그러면 알리는 뭐라고 말했나?"

"애석하게도 알리는 아무 말도 하지 않았어. 우리 동료들은 끝내 그를 찾아낼 수 없었거든. 닐손에 따르면, 알리의 행방을 알 수 없는 것은 그가 밀입국자이기 때문일지도 모른다는 거야. 닐손은 만난 지 몇 달이 지나서 똑같은 의심을 하기 시작했는데, 막상 놈이 알리에게 물어보자 알리의 대답은 기묘하게도 짐을 싸서 아파트를 나가버리는 것이었다지. 바로 그날로 자신의 물건을 가지고 사라져버렸다는 거야."

"맙소사. 대체 어떤 검사가 그런 이야기에 속아 넘어갈 수 있지?"

"닐손이 임대계약서를 제출했다네. 임대인 스타판 닐손과 임차인 알리 후세인의 서명이 된 계약서. 놈의 아파트의 네 방 중 하나를 임대하는 표준 계약서였지. 알리는 계약 기간 도중에 나간데다 심지어 퇴거 한 달 전에 통보해야 하는 계약상 의무조차 지키지 않았던 것 같더군."

"알리가 다운받은 것은 어떤 포르노였지?"

"대부분 어린 소녀들이었네. 어린 소년들도 몇 명 있었지만, 행위 과정에서 핵심 역할을 맡을 때만 등장했지. 내용 자체는 모두 어린 소녀들에 대한 것이었어. 어린 소녀들에게 억지로 섹스를 강요하고 폭력을 가하는 내용이었지. 〈교정 시설에 들어간 어린 소녀들〉, 〈엄격한 교사〉, 〈아동 캠프〉, 〈어린이 팝니다〉, 〈작은 유대인 소녀의 이야기〉 같은 이름을 달고 있는 포르노 사이트에서 다운받은 영상들에서는 엄청난 폭력이 자행되었다네. 자네가 상상할 수 있는 모든 추악한 내용들이 담겨 있었지. 아동 포르노로서나, 폭력 포르노로서나 말이야. 온통 그런 쓰레기였어."

"무슨 말인지 알겠네." 요한손이 말했다. "놈처럼 어린 소녀들과 섹스를 하는 자들이 원하는 내용이로군. 그래서 닐손은 자신이 게이라고 주장했던 건가? 그리고 자신의 컴퓨터에서 뭐가 나왔든, 자신의 것이 전혀 아니라고 했고?"

"자네는 어떻게 생각하나?"

"자네 생각이랑 같지." 요한손이 말했다.

"이성애자이자 소아성애자. 사디스트. 닐손은 어린 소녀들에게 강압적인 성행위를 하면서 만족감을 얻는 놈이야. 그렇게 하기 전에 폭력을 쓰기 좋아하고."

"그런데 검사가 놈의 혐의를 기각했다고?" 그 예민한 소아성애자에게 무슨 일이 일어났던 거지?

"그래." 야르네브링은 얼굴을 찡그리며 말했다. "어쩌면 알리 후세인이 온라인에서 사용하는 닉네임 때문이었을지도 몰라. 후세인 더 칼리프, 마스터 알리, 아라비아의 노예 주인 같은 닉네임이었지. 전부 하렘 판타지를 반영한 것이었어. 알리 후세인 같은 놈이 범인이라는 증거는 굉장히 많았지."

"맙소사. 우리 동료들은 그 건물 집집마다 문은 두드려보긴 한 건가? 닐손의 이웃 사람들과 이야기는 해보고? 후세인을 본 사람이 있는지 찾아보는 것은? 그가 실제로 존재한다는 사실을 확인해줄 수 있는 사람이 또 누가 있는지 알아보지도 않았단 말인가?"

"그래. 그 친구들이 그런 생각을 했을 것 같지는 않군. 그럴 시간도 없었을 거야. 당시만 하더라도 이런 종류의 범죄에 대한 형량이 그리 무겁지 않았거든. 대부분은 벌금형에 그쳤지."

"그 외 다른 것은?" 요한손이 물었다.

"아까 말했던 것처럼 사기꾼 냄새가 난다니까. 스타판 레안데르 닐손 사장님께서는 작은 회사 세 개의 소유주로 등록되어 계시지. 스타판 레안데르 홀딩 유한회사가 있는데, 이 회사가 레안데르 태국 투자 유한회사와 스타판 닐손 부동산&호텔 유한회사의 지주회사로 등록되어 있는 구조라네."

"그 회사들은 자본금은 있나?"

"군이 조사한 바에 따르면 아니야. 실제 돈은 없고 대부분 허풍일 뿐이지. 어쨌든 에베르트 형님이 군침 흘릴 만한 것은 아무것도 없어. 그 회사들은 모두 주소지가 닐손의 집 주소로 되어 있다네. 회사들의 단독 소유주로 등재되어 있는 닐손을 제외하면, 임원진 명단에 다른 두 사람이 등장하지. 군의 말에 따르면, 아마 스타판 닐손의 회계사들일 거라는군. 조금 편법이긴 해도 불법은 아니지."

"그러면 놈은 수입이 없는 건가? 그 개자식은 무슨 짓을 하면서 먹고 사는 거지?"

"자네보다는 적지, 라르스. 그것도 꽤 차이 나게 말이야." 야르네브링은 활짝 웃으며 말했다. "그러니 그 점에 대해 걱정할 것은 아무것도 없어. 자네에 비하면 놈은 빈곤층이라네. 놈이 갖고 있는 것은 자네 형님 책상에 파리가 싸놓은 똥만큼도 안 될 거야. 놈의 세금 자진 납부 신고액으로 판단해볼 때, 일 년에 몇십만 크로나 정도 될 테지. 그런데 그 일부는 놈의 어머니가 삼십 년 전에 들어놓은 연금보험에서 나오는 거야. 아들이 유일한 수령인으로 등록되어 있으니까."

베라의 오빠인 식료품상이 사망했을 때 가입했던 거로군. 요한손은 생각했다. 베라 닐손은 품위 있고 근면하며 정직한 사람이었을 테지. 좋은 어머니였지만 아들은 아동 살해범이 되고 말았군.

"오랜 세월 동안 이자가 쌓여서 지금은 꽤 괜찮은 목돈이 됐지. 놈은 연금보험에서만 일 년에 오만 크로나를 받고 있네. 내가 제대로 이해했다면, 놈이 죽을 때까지 받는다더군."

"잠깐만. 연금보험은 쉰다섯 살이 넘어야 연금이 지급되지 않나?"

"나한테 묻지 말게. 놈은 좀더 일찍부터 받았을지도 모르지. 작년에 은퇴자 명단에 올랐거든. 목뼈 부상 탓이었지. 굴마르스플란 로터리에서 어떤 자동차가 놈을 뒤에서 치었다는군. 그래서 상대방의 자동차 보험사에서 꽤 많은 돈을 토해내야 했지."

"그게 전부인가?" 요한손이 물었다. 척추측만증에 목뼈 부상이라. 놈은 정말 고생했겠군. 놈이 보험회사에 사기를 쳐서 뜯어내는 돈이 얼마나 될까?

"그래, 거의 다 끝났네. 뭔가 빼먹었을지도 모르겠군. 만약 그렇다 해도 군의 파일에서 찾아낼 수 있을 걸세."

"무슨 말인지 알겠네." 요한손이 말했다. 소아성애자에 가학 성애자이자 아동 살해자이기도 한 놈이 멀쩡히 돌아다니다니. 요한손은 일평생 사냥꾼이었고 수천 마리나 되는 죄 없는 동물들을 쏴 죽였다는 사실을 고려하면, 두 손에 피를 조금 더 묻힌다 한들 세상이 끝나지는 않을 터였다.

이제 다시 그런 표정을 짓는군. 야르네브링은 생각했다. 요한손은 갑자기 다른 생각에 깊이 빠져버린 것 같았다. "이건 어떤가, 라르스? 오늘 저녁에 그 개자식을 보러 드라이브를 가지 않겠나?"

"좋아." 요한손이 말했다. 우선 놈을 살펴보고 싶군. 놈을 살펴본 다음, 놈과 이야기를 나눠볼 필요가 있어. 그러고는 뭐라도 해야겠지.

74

8월 9일 월요일 저녁

피아가 은행에서 돌아왔을 때, 남편과 남편의 절친한 친구, 그리고 남편의 새 간병인 막스는 출발할 채비를 마치고 현관에 서 있었다.

"또 무슨 사고를 치려고 나가는 거람. 당신 저녁 식사 포장한 거랑 보온병 잊지 말고 가져가. 옷은 따뜻하게 입었어? 밖의 기온이 13도밖에 안 돼. 우리 라르스가 감기 걸리면 싫어요."

"당신도 몸 잘 챙겨. 그리고 내 걱정은 하지 마."

세 사람이 차에 타기 전에, 야르네브링은 길가에 서서 지시를 내렸다.

"막스, 자네가 운전하게. 라르스, 자네는 조수석에 타고. 나는 뒤에 탈 테니. 그래야 내가 다양한 각도에서 사진을 찍기 편할 테니까. 질문 있나?"

"질문 없습니다." 막스가 말했다.

"질문 없네." 요한손이 같은 말을 반복했다.

"그러면 닻을 올리도록 하지." 야르네브링은 근엄한 표정으로 말했다. "내 말은, 젠장, 출발하자고." 그는 신중을 기하기 위해 이렇게 덧붙였다.

"무슨 계획이 있나, 보?" 요한손이 물었다. 샌드위치는 언제 먹을 수 있는 거지? 그는 벌써부터 배가 고파지기 시작했다.

"평소처럼 시작하자고." 야르네브링이 씩 웃으며 말했다. "그 개자식에게 장난전화라도 한 통 걸면서."

"자네가, 아니면 내가?" 요한손이 물었다. 샌드위치는 틀렸군.

"스코네 사투리를 써볼 생각이라네. 들어본 적 있나?"

기진맥진해질 때까지 들었지. 온갖 다채로운 방식으로.

"처음 들었던 것은 아마 사십 년 전이었지. 1975년 가을이었던 것 같군. 우리가 사창가 지도를 만들고 있었을 때였어."

"특별한 요청이 없다면, 나는 스코네 주 엥엘홀름 시에서 온 라뤼 행세를 할 생각이라네. 우유부단했던 친구 말이야."

"나는 뵈리에가 좋을 것 같은데. 스코네 주 크리스티안스타드 시 출신 뵈리에. 멍청한데다 쉽게 짜증을 내는 녀석이었지."

"그 개자식을 겁주는 것은 불필요한 행동이야." 야르네브링은 고개를 저으며 휴대전화를 꺼내 프뢰순다 구스타브3세 대로에 있는 스타판 레안데르 닐손의 집 전화번호로 전화를 걸었다.

스타판 닐손은 벨이 세 번 울린 후에 전화를 받았다. 뒤이어 혼란스러운 대화가 이 분 정도 지속되다가, 닐손이 수화기를 내려놓으며 통화가 끝났다.

"닐손입니다." 스타판 닐손이 사뭇 정중한 말투로 말했다.

"그래, 안녕하신가?" 야르네브링은 마치 투덜대는 듯한 강한 스코네 억양으로 말했다. "나 라뤼라네. 어떻게 지내나, 스타판? 잘 지낸다면 좋겠는데."

"죄송합니다. 누구시라고요?" 여전히 정중한 말투였지만 이제는 경계심이 서려 있었다.

"라뤼라니까. 라뤼 옌손 말일세. 앙엘홀름에서 열리는 농업 협동조합 회의에 참석하러 우리 집에 왔을 때 만나지 않았나. 내가 그쪽으로 가면 연락하겠다고 약속했는데, 마침 우연찮게 아내와 함께 스톡홀름에 왔지 뭔가. 그래서 나는……."

"전화번호를 잘못 알고 계신 것 같습니다." 닐손은 쌀쌀맞게 말했다. "전화 잘못 거셨다고요."

"전화번호가 틀렸다고? 솔나에 사는 스타판 닐손 아닌가? 빌리아■에서 일하고. 하가노라에 있는 빌리아 대리점 말이야. 거기 있는 게 맞나? 나 라뤼라니까. 라뤼 옌손. 봄에 우리 집에서 만났는데……."

"전화 잘못 거셨다니까요." 스타판 닐손은 같은 말을 반복했다. "제 이름은 스타판 레안데르 닐손이고, 우리는 한 번도 만난 적이 없는 것 같군요." 어조로 판단해보건대 그는 라뤼 옌손을 바보 천치로 치부해버린 것 같았다.

"아니, 만난 적 없다니. 여보게, 물어볼 게 있는데……."

■ 유럽의 대형 자동차 대리점 체인.

"죄송합니다." 스타판 닐손이 말을 잘랐다. "제가 좀 바빠서요. 친구와 저녁 식사 약속이 있습니다."

그러고는 전화를 끊었다.

"멋지군요." 막스는 쾌활하게 씩 웃으며 말했다.

"라뤼는 고전적인 방식이라네." 야르네브링이 말했다. "1970년대에 라르스와 내가 감시반에서 근무하던 시절, 우리는 라뤼를 통해 매춘부들에게 전화를 걸어서 가격이랑 서비스에 대해 물어보았지."

"그런 게 잘도 먹혔군요." 막스는 고개를 저었다.

"이번에는 확실히 그런 것 같군." 야르네브링 길 위쪽을 가리키며 말했다. 백 미터쯤 떨어진 스타판 닐손의 아파트 정문에서 그가 막 모습을 드러내며 동네 레스토랑으로 출발하는 모습이 보였다.

"거짓말을 한 게 아니로군." 야르네브링이 말했다. 닐손은 삼십 초 후 그 피자 전문점 안으로 들어가 가게 주인에게 인사를 하며 바에 놓인 의자에 앉았다.

"어쨌든 이번에는." 요한손이 말했다. "아직 놈의 친구라는 사람은 나타나지 않은 것 같지만."

"이제 어떻게 하죠?" 막스가 시동을 끄며 물었다.

"이제부터 기다려야지. 감시 업무는 앉아서 기다리는 게 주된 일이라네."

꼭 사냥처럼 말이지. 요한손은 생각했다. 사냥이야말로 기다림의 연속이었다. 거의 일어나지 않는 일을, 아직 일어나지 않은 일을 기다리는 것이었다.

"꼭 사냥처럼 말이죠." 막스가 말했다.

빌어먹을. 고아원에서 저런 것을 배웠을 리는 없을 텐데.

"자네도 알고 있군?" 그가 말했다. "에베르트가 가르쳐주었나?"

"타고난 겁니다." 막스는 어깨를 으쓱하며 말했다. "하지만 에베르트 사장님께서는 보통 저를 사냥에 데리고 가셨습니다. 그러니까 지금 사슴이나 토끼 같은 것들에 대한 이야기를 하고 있는 거라면요. 숲속에 사는 새들도 마찬가지고요."

그런 것 같군. 요한손은 이렇게 생각했다.

"그러면 자네 실력은 괜찮나? 사냥 말이야."

"저보다 더 사냥을 잘하는 사람은 만나본 적이 없습니다." 막스는 이렇게 말하면서 다시 어깨를 으쓱하더니, 등받이에 몸을 기대고 커다란 두 손을 무릎 위에 올려놓았다.

그들은 자동차 안에 한 시간 삼십 분 가까이 앉아 있었다. 막스는 미동도 하지 않은 채 자동차에서 오십 미터쯤 떨어진 피자 전문점 안쪽 바 앞에 앉아 있는 남자에게 시선을 고정했다. 그는 다른 사람이 거는 말에 대답하는 것을 제외하면 아무 말도 하지 않았다. 날카롭고 움푹 들어간 두 눈은 눈구멍 주변에 불룩 튀어나온 뼈로 둘러싸여 있어 성벽의 좁은 화살 구멍처럼 보였다. 그는 사냥감을 응시하면서, 눈을 깜짝하지도 얼굴빛 하나 바꾸지도 않았다.

스타판 닐손은 손목시계를 보는 빈도가 점점 늘어나더니, 오 분 후에 휴대전화를 꺼내 전화를 한 통 걸었다가 삼십 초 후에 다시 주머니 속에 집어넣고는, 와인잔을 다 비웠다. 그는 와인을 한 잔 더 주문하더니 오 분 후에 다시 휴대전화로 통화를 시도했다. 이번에는 휴대전화를 주머니 속에 넣기 전에 메시지를 한 통 남기는 것 같았다. 그는 이제 동요한 듯한 모습이었다. 불안해하며 안달하기도 했다. 그러다 자리에서 일어서 바 안쪽에 있는 남자에게 무슨 말을 하더니, 두 번째 와인잔도 다 비우고 세 번째 잔을 주문한 다음, 메뉴판을 가지고 작은 레스토랑의 입구가 잘 보이는 구석자리 작은 테이블로 가서 앉았다.

"신중한 개자식이로군. 내가 선택했을 것 같은 자리를 골랐단 말이지." 요한손이 말했다.

"놈의 친구에게 무슨 일이 생긴 게 분명해." 야르네브링이 말했다.

"샌드위치 하나 먹을 짬이 될까?" 요한손이 말했다. "그리고 커피도 한 잔."

"어서 드시게, 보스." 야르네브링은 과거 두 사람이 비슷한 일을 할 때면 항상 그랬던 것처럼 쾌활한 말투로 대답했다. "어떻게 생각하나, 라르스? 내가 안으로 들어가서 놈의 잔을 슬쩍 가지고 나올까?"

"아직은 안 돼." 요한손이 말했다. "안에는 손님이 고작 다섯 명뿐이야. 적어도 몇 명 더 들어갈 때까지는 기다려야 하네."

닐손이 주문한 음식과 함께 네 번째 와인잔이 나왔다. 그는 식사를 하면서 전화를 두 통 더 걸어보았다. 삼십 분 후, 그는 손짓으로 웨이터를 불러 빈 접시와 잔을 치우게 했다. 웨이터는 얼마 지나지 않아 커피 한 잔과 다섯 번째 와인잔을 들고 돌아왔다.

"저 개자식은 정말 술을 많이 마시는군." 요한손은 세 번째 샌드위치 비닐 포장을 벗기며 슬픈 듯이 말했다.

"자네는 그저 질투하는 거야, 라르스." 야르네브링이 말했다. 그는 포장해 온 음식에는 손도 대지 않았다. "다음에는 막스에게 제대로 된 세 단계 코스 요리를 준비하라고 지시하지 그러나. 싸구려 보드카, 차가운 맥주, 질 좋은 레드 와인을 엄청."

"이제는 이동해야 할 시간인지도 모르겠군." 요한손이 말했다. "놈이 자리에서 일어나려는 것 같은데."

그는 커피잔과 빈 와인잔을 양손에 하나씩 들고 자리에서 일어나 바 안쪽에 가져다 놓은 다음 지갑을 꺼내 값을 치렀다.

"위치를 바꾸겠습니다." 막스는 시동을 걸며 이렇게 말하고는 길 위쪽으로 백 미터 정도 차를 이동시킨 다음 멈췄다. 닐손이 문 밖으로 나와 자신의 아파트로 향하는 것과 거의 같은 순간이었다.

"놈의 친구에게 무슨 일이 일어났을까?" 요한손은 속으로 하던 생각을 입 밖으로 중얼거리듯 말했다.

"그 애 엄마가 외출 허락을 해주지 않았을지도 모르지." 야르네브링이 씩 웃으며 말했다. "어쨌든 8시가 넘었으니까. 조그만 여자아이들은 이제 잠자리에 들어야지."

닐손은 아파트 정문 현관을 오 미터 앞두고 걸음을 멈췄다. 그는 손목시계를 바라본 다음 다시 걸음을 옮겨 문 앞을 지나쳤다. 이번에는 좀 더 빠른 걸음걸이였다.

"이제 저 개자식은 어딜 가려는 거지?" 야르네브링이 말했다.

"차를 다른 곳에 옮겨두려는 거야." 요한손이 말했다. 그는 절친한 친구와는 다르게 성인이 된 이후로 쭉 시내 중심가에서 살아왔기 때문에,

주차 위반 딱지를 취소해달라는 전화를 걸었던 적이 여러 번 있었다. "내 추측이지만 자동차를 주차한 자리를 옮기려는 것 같군." 컴퓨터 앞에 앉아 새 세입자를 대신해서 포르노를 보기 시작하기 전에 말이지.

이 분 후, 닐손은 길 맞은편으로 자동차를 옮겨 주차한 다음, 차에서 내려 길을 건너서 아파트 정문 현관 안으로 사라졌다.

"빌어먹을. 만약 우리가 근무중이었다면 저 개자식을 불러 세워 음주측정기를 불게 한 다음, 보고서를 제출해서 측정용 빨대를 챙기기만 하면 만사 해결일 텐데."

"다른 방법들도 있을 겁니다." 막스가 말했다.

"일을 정중하고 온화하게 처리하자고. 이런 인간은 모습을 감추거나 하지 않을 것 같으니." 막스를 대동하고 가는 게 과연 좋은 생각일까?

"이제 어떻게 하지?" 야르네브링이 물었다. "여기서 끝낼까?"

"여러분들께서 새벽까지 죽치고 앉아 있고 싶으시다면야, 자네들을 말릴 생각은 없네. 하지만 이제 집에 가서 햄 오믈렛이나 먹으면서 레드와인 두어 잔 마시고 싶군."

"좋은 생각 같습니다." 막스는 고개를 끄덕였다.

"그래야겠군. 집으로 갑시다, 기사 양반. 간단히 요기나 하면서 앞으로 어떻게 해야 할지 의논이나 하면 되겠군. 닐손 자식은 컴퓨터 앞에서 자위나 하라고 하고." 야르네브링이 말했다.

놈은 누구를 기다리고 있었을까? 요한손은 잠이 들기 전에 생각했다.

75

8월 10일 화요일

개인 위생 활동, 아침 식사 겸 하루의 첫 끼, 그런 다음 매일같이 하는 물리치료사와의 운동. 이번 화요일은 심장병 전문의의 검진까지 있는 날이었다. 심전도검사부터 시작해서 초음파검사, 혈압 측정이 이어졌고, 마지막은 심장병 전문의가 슬픈 듯이 고개를 젓는 것으로 마무리되었다.

"단도직입적으로 듣는 것을 선호하시니 드리는 말씀입니다만, 제 환자들은 대개 선생님보다 몸 상태가 좋았습니다." 의사는 친근하게 고개를 끄덕이며 말했다.

"그럴 테죠." 요한손이 말했다. "그리고 상태가 훨씬 좋지 않았던 환자도 한둘은 있었을 테죠?"

"문제는 그런 환자들은 대부분 사망했다는 사실입니다." 의사가 대답했다. "지난번에 뵀을 때보다 체중이 이 킬로그램이 더 늘었습니다.

저는 이런 결과가 나온 까닭이 선생님께서 제가 조언한 식단과 운동을 무시하셨기 때문이라고 이해하고 있습니다. 선생님의 혈압도 지난번보다 훨씬 더 악화되었으니, 혈압약을 이전보다 더 늘려 처방할 수밖에 없겠군요. 이는 굉장히 단기적인 해결책이라는 사실을 깨달으셔야 합니다. 건강한 음식을 드시고, 운동도 하시고, 스트레스를 피하세요. 이게 그렇게 이해하기 어렵습니까?"

"제게 묻지 마시죠. 의사는 당신이지, 제가 아니니까요."

"그런 뜻으로 하는 말이 아닙니다. 제 조언을 따르는 데 무슨 문제라도 있습니까?"

"죽는 날까지 얼마나 남았는지 날짜만 세고 있다면, 그건 어떻게 된 인생이랍니까?" 요한손은 자리에서 일어서며 말했다.

막스는 두 사람이 탄 차를 몰고 쇠데르말름에 있는 집으로 향했다. 그는 몇 번인가 남몰래 요한손을 흘끗 바라보았다. 그는 볼마르 윅스쿨스가탄 거리에 위치한 집 앞에 주차를 하면서 비로소 입을 열었다.

"좀 어떠십니까, 보스?" 막스가 말했다.

"괜찮네, 막스. 자네는 어떤가?"

"보스보다 좀더 나은 것 같긴 합니다."

"헛소리 말게." 요한손이 말했다. 그는 미소를 지으며 막스의 어깨를 두드렸다. "팔씨름이 하고 싶으면 언제든지 말하게."

막스는 웃지 않았다. 그저 요한손을 바라볼 뿐이었다. 그러다가 고개를 저었다. "뭐라도 시키실 일이 있으면 언제든지 말씀하시죠, 보스."

"고맙네."

"무언가 안쪽에서 자신을 갉아먹는 것 같은 기분이 어떤 것인지는 저도 압니다." 막스가 말했다.

점심 식사 후, 요한손은 서재 소파로 가서 드러누웠다. 마틸다는 쿠션들을 빵빵하게 부풀려놓고 얼음통에 커다란 생수통을 넣어 가져왔다. 그녀는 고개를 한쪽으로 기울이고 그를 바라보았다. "또 필요하신 게 있으면 큰 소리로 부르세요."

"호들갑 그만 떨게." 요한손은 툴툴거렸다.

그는 잠이 들었다. 그가 잠에서 깨어나자, 피아가 옆에 앉아서 손가락으로 뺨과 이마를 쓰다듬고 있었다.

"의사가 뭐래?" 그녀가 물었다.

"몸 상태가 훌륭하다던데. 최고라고 말이야."

"정말이야?" 피아는 상냥한 미소를 지으며 말했다.

"당신에게 거짓말할 생각은 꿈에도 없어." 요한손은 별다른 어려움 없이 일어나 앉으며 거짓말을 했다. 내 오른팔에 대해서는 말이지. 적어도 내 오른팔은 하루하루 지날수록 점점 좋아지고 있으니까. 팔 녀석도 주인만큼이나 사슴 사냥을 고대하고 있겠지.

"대화를 좀 할 기분이 들어?"

"물론이야." 요한손이 말했다. 나에 대한 이야기만 아니라면.

"그저께 우리가 나눈 이야기에 대해 계속 생각해봤어. 야스민을 죽인 사람에 대한 이야기." 피아가 말했다.

"그놈에 대해 어떤 생각을 했는데?"

“다른 모든 상황이 똑같다고 가정했을 때, 만약 이 일이 당신 아이들이나 손주들에게 일어났다면, 당신은 어떻게 했을까?”

“놈을 죽여버렸을 거야. 구약성경에 나오는 방식대로. 눈에는 눈으로, 이에는 이로.” 때리는 횟수를 세어가면서 놈을 박살내버렸겠지.

“처음 이야기 나눴을 때 그런 느낌은 받지 못했는데. 나는…….”

“그때는 나에 대한 이야기가 아니어서였지.” 요한손이 말을 잘랐다. “내게 있어 증오는 거리의 문제니까. 그런 상황이 지나치게 가까운 곳에서 발생한다면……. 만약 누가 당신이나 우리 자식, 우리 손주들을 해치려 한다면 다른 방법은 없어. 그런 식으로 다른 사람을 죽일 수 있겠느냐고? 그래, 물론이야.”

“나를 위해서도?” 피아가 말했다.

“당신을 위해서라니. 그게 무슨 뜻이야?”

“음, 나는 당신이 나를 위해서라도 다른 선택을 하기를 바라.”

“걱정하지 마.” 요한손이 피아의 손을 잡으며 말했다. “무슨 짓을 하기 전에 신중하게 생각해보겠다고 약속할 테니까.”

“그냥 내버려두는 것은 어떨지 생각해볼 수는 없을까? 당신 건강이 걱정돼서 하는 말이야.”

“결코 그럴 수는 없어. 나 같은 사람이 그런 일을 내버려둔다면 과연 어떻게 보일까? 우리에게는 과연 무엇이 남게 될까? 당신이나 나나 그런 세상에서는 살고 싶지 않을 거야.”

76

8월 11일 수요일

알프는 아침 식사를 하기도 전에 전화를 걸어 요한손을 점심 식사에 초대해도 괜찮은지 물어보았다. 맙소사. 그 친구가 청구서를 받아 들고 점심값으로 얼마나 치러야 할지 알게 된 모습을 지켜보는 것도 굉장히 흥미진진할 거야.

"형님께서 꽤 흥미 있어 하실 만한 것을 몇 가지 찾아냈습니다." 알프가 말했다. "1980년대 후반과 1990년대 초반에 스타판 닐손이 태국에 있던 시절에 대해 말입니다."

"정말인가?" 요한손이 말했다. 흥미롭군.

"제 오랜 지인 중 한 명이 닐손과 꽤 친분이 깊었다는 사실을 알게 되었습니다. 저희 둘은 비슷한 계층인데다, 지인은 제가 다니는 셀스카페트 클럽 회원이기도 합니다. 1980년대 말 즈음에 닐손과 함께 같은 호텔 프로젝트에 관여하고 있었는데, 그는 굉장히 까다로운 친구여서 말입니다. 형님이나 저보다 나이가 약간 많고, 여러 해 동안 그곳에 살았습니다. 한 번에 오랜 기간 동안 여러 차례요. 그는 쓰나미가 닥친 이후 대부분의 자산을 처분했습니다. 현재 굉장히 작은 지분만 갖고 있는 것 같습니다. 혹시 이견이 없으시다면, 그를 한번 만나보시는 게 어떨까요? 관계자에게서 직접 이야기를 듣는 편이 나을 것 같아서 드리는 말씀입니다."

"좋고말고." 요한손이 말했다. "그러면 내가 닐손에 대해 관심을 갖고 있는 이유에 대해서 그에게 뭐라고 이야기를 했나?"

"닐손이 태국에서 진행되는 새 프로젝트 몇 건에 투자해보라고 형님에게 권유한 적이 있다고 말했습니다. 그래서 형님께서는 그가 인간으로서, 그리고 잠재적인 비즈니스 파트너로서 어떤 사람인지 궁금해하신다고 했습니다. 물론 신중하게 말을 골라가면서요."

"훌륭하군. 언제 어디서 만나면 되지?"

"저희 클럽은 어떠십니까? 오늘 오후 1시쯤요. 그때쯤 되면 클럽에 사람이 많이 몰릴 시간은 지났을 때니, 자리에 앉아 평화롭고 조용하게 이야기를 나눌 수 있을 겁니다."

요한손이 1시 정각에 블라시에홀멘에 있는 셀스카페트 클럽의 응접실 문을 지나 안으로 들어가자, "사람이 많이 몰릴 시간"이 지났다는 것은 명백했다. 한 구석자리에는 스리피스 정장 차림의 나이 든 얼간이 하나가 자리를 차지하고 앉아, 《다겐스 인두스트리》를 읽으며 처음에는 큰 잔을 가득 채우고 있었으리라고 보이는 보드카를 조금씩 홀짝거리다가, 청어가 담긴 접시를 집어 들었다. 요한손의 일행은 반대쪽 구석에 자리를 잡고 앉아 있었다. 그와 동석한 사람은 매부 알프와, 그보다 나이가 많지만 키 크고 마르고 등이 살짝 굽고 머리숱이 줄어들고 있으며 피부가 멋지게 그을렸다는 점에서 놀랄 정도로 알프와 닮은 남자였다. 그는 스웨덴 왕립 요트 클럽의 문장을 새긴 파란색 블레이저와, 회색 리넨 바지, 반짝반짝 광을 낸 갈색 구두 차림이었다. 네 사람을 제외하고는 주방으로 통하는 문가에 자리를 잡고 있는 나이가 지긋한 웨이터만 빼면, 응접실에 다른 사람은 없었다.

"마침내 뵙게 되어 반갑습니다, 라르스 마르틴 씨." 요한손의 새 정보 제공자는 새하얀 치아를 드러낸 채 만면에 환한 미소를 지으며, 햇볕에 그을리고 주름진 손을 내밀었다. "제 아내에게는 경찰에서 일하는 대녀가 한 명 있습니다. 선생님의 옛 동료와 함께 살고 있어서, 대녀에게서 선생님에 대한 이야기를 오랜 시간에 걸쳐 들어왔죠. 제 이름은 칼이라고 합니다. 친구들은 칼레, C로 시작하는 칼레라고 부르죠. 점심 식사를 대접할 기회를 주셔서 영광입니다."

내게 점심 식사를 사시겠다고. 이제야 설명이 되는군. 요한손은 다른 곳에 정신이 팔린 것 같은 알프를 흘끗 바라보며 생각했다.

"감사합니다, 칼레." 라르스 마르틴 요한손은 칼레의 팔을 따뜻하게 토닥거리며 말했다. 오른손으로 악수를 하기에는 아직 어려움이 따랐기 때문이다. 요한손의 꼼꼼한 매부는 무슨 일이 일어났는지 설명을 해 놓았을 터였다. "제 친구들은 저를 라르스라고 부릅니다." 그가 말했다. 그러니 만약 나를 라세라고 불렀다가는 죽여버릴 거야.

"대녀라고요?" 요한손은 약간 고생하면서 자리에 앉은 다음 목발을 의자에 기대어두었다. 웨이터가 그를 돕기 위해 서둘러 다가오는 모습이 시선 가장자리에 들어왔다. "대녀의 이름은 뭡니까?"

"선생님이 데리고 있던 젊은 친구입니다." 새로 사귄 친구가 말했다. "수산네 쇠데리엘름이라고 합니다. 선생님이 국가범죄수사국 국장으로 있던 시절에 밑에서 일했습니다. 현재는 당시 선생님과 가까운 동료 중 한 사람이었던 비클란데르 경정과 함께 살고 있죠. 그 사실은 이미 알고 계시겠죠?"

결국 같이 사는 건가? 벌써 그렇게 됐군. 요한손은 생각했다. 좁은 세상이야. 비클란데르에게 전화를 걸어봐야겠군. 은퇴한 후에는 거의 이야기를 나누지 못했으니.

"두 사람 다 굉장히 훌륭한 동료였습니다." 요한손이 딱 잘라 말했다. "굉장히 유능한 친구들이죠." 이제 말을 신중히 해야겠군.

"그 친구들에게 훌륭한 조언을 해줄 상관이 있었으니, 어떻게 제대로 일하지 않을 수 있었겠습니까?" 칼이 다시 한번 미소를 지으며 말했다. "알프와 저는 아직 여름이 지나지 않은 관계로 맥주를 한 잔씩 마셨습니다. 하지만 선생님을 환영하는 의미에서, 다른 것을 권하고 싶군요. 점심 식사에 곁들이는 술로 드라이 마티니를 주문하면 어떨까요?"

"좋은 생각 같습니다." 요한손은 동의의 뜻으로 웨이터에게 고개를 끄덕이며 말했다. 웨이터는 목발을 건드리지 않으려 신경을 쓸 정도로 센스가 훌륭했다.

"아주 좋습니다." 그를 초대한 남자가 말했다. "그렇다면 맥주를 한 잔 더 추가하고 적당한 온도로 차게 식힌 드라이 마티니 두 잔을 주문하겠소. 마티니는 내 특별 레시피대로. 그러니 마티니를 만들 때 신경 좀 쓰면 좋겠군. 신경 많이 써달라고 전해주시오. 베르무트를 조금만 넣어야 훌륭한 법이니."

"물론입니다, 블롬크비스트 씨." 웨이터는 이렇게 말하며 살짝 묵례했다. "식사를 주문하실 때 불러주시면 감사하겠습니다."

이름이 칼레 블롬크비스트라니. 그런데 이름이 C로 시작한다고. 그리고 아마도 Q나 U도 들어가겠지. 어찌 됐건 좋은 이름이었다. 그가 북쪽 지방 오달렌의 한 농가에서 반바지를 입고 쏘다니다가 무릎이 깨져 평생 흉이 남을 딱지가 앉았던 어린아이였던 시절, 아스트리드 린드그렌의 책에 등장하는 같은 이름의 어린 탐정■이 그가 장래 직업을 선택하고 인생의 형태를 만들어가는 데 영향을 끼쳤기 때문이다.

삼십 분쯤 지나 드라이 마티니를 다 마셨을 무렵, 세 사람의 앞에는 청어 절임 요리가 담긴 접시가 하나씩 놓였다. 요한손이 새로 사귄 친구는 바로 본론으로 들어갔다.

"선생님 매부 알프로부터 들었습니다. 최근 스타판 닐손이 선생님께 접근했다면서요." 칼레가 말했다. "선생님의 투자를 바라는 부동산 프로젝트가 태국에 몇 개 있다면서."

"저는 그 닐손을 만나본 적은 없습니다만." 요한손은 자신의 청어 위에 채 썬 차이브를 뿌리며 고개를 저었다. 차이브를 유백색 햇감자 옆에 뿌려놓으니 통통한 잎이 은색으로 빛나는 것이 굉장히 먹음직스럽게 보였다. "그는 제게 굉장히 많은 정보를 보냈습니다. 저는 에베르트 큰

■ '말괄량이 삐삐' 시리즈로 유명한 아스트리드 린드그렌이 1946년부터 발표한 '소년 탐정 칼레' 시리즈에 등장하는 소년 탐정의 이름이 칼레 블롬크비스트이다.

형님의 말씀을 따라 자료들을 살펴보았습니다. 저는 가족들의 부동산 투자 사업을 진행하는 위원회 자리에 앉아 있고, 형님께서는 직접 살펴보실 시간이 없어서요. 이 프로젝트는 공용 아파트와 주택을 결합한 형태로, 단독 소유와 공동 소유 양쪽이 다 가능하고 편의시설 및 호텔, 레스토랑, 작업을 맡은 직원 등을 공유한다고 하더군요. 위치는 태국 카오락이라고 합니다. 저는 그곳이 어디인지조차 모른다고 고백할 수밖에 없겠군요. 총 예상 비용은 이억 크로나 정도인데, 저희 가족은 그중 10퍼센트를 투자해달라는 요청을 받은 상태입니다." 요한손은 조금도 어려움 없이 술술 말했다. 이날 물리치료사에게 가는 삼십 분 동안 군이 자신의 단짝 친구에게 건네준 자료를 탐독한 덕이다.

"제가 선생님 입장이라면, 그자와 동업하는 것은 굉장히 조심할 겁니다." 명탐정과 이름이 같은 남자가 말했다. 그는 고개를 젓고는, 경고하는 듯한 동작으로 은제 포크를 들어 올리며 자신의 주장을 강조했다.

"정말입니까? 말씀해주시죠." 목격자란 뭔가 할 말이 있는 사람이고, 이 목격자는 하고 싶은 말을 우아한 방식으로 표현하는군.

칼레가 말한 경고의 요지는 이러했다. 요한손이 새로 사귄 지인은 그와 형이 투자 권유를 받은 프로젝트에 대해 잘 알고 있는 것은 아니었다. 그래도 그에게는 몇 년 전 쓰나미가 닥친 직후 태국에 있던 자산을 매각했던 경험이 있었다. 당시 그는 아내와 자식들, 손주들과 함께 그저 여행객으로서 태국을 방문했을 뿐이었다. 그는 여전히 카오락 북부에 가족들끼리 사용하는 집을 갖고 있었다. 멋진 나라에 멋진 기후였고 특히 멋진 사람들이 있었지만……. 여기까지가 경고하는 듯한 동작에 함축되어 있었다. 그자가 자신을 스타판 닐손, 스타판 레안데르 닐손, 스타판 레안데르 중 어떤 이름으로 지칭하든, 그는 다른 점들은 모두 제쳐두더라도 비즈니스 파트너로 선택할 사람은 아니었다.

"정말입니까?" 요한손이 다시 말했다. "뭐가 문제였습니까? 그에 대해 설명해주시죠. 아까 말씀드린 대로, 저는 그를 실제로 만나본 적이 없습니다. 심지어 통화를 해본 적도 없지요."

"게으르고 무능한 사기꾼입니다." 요한손의 새 친구가 말했다. "선생님께서도 닐손 같은 자와는 관계를 맺고 싶지 않을 겁니다. 가장 긴 삿대만큼의 거리를 두고서라도 말입니다."

"정말입니까?" 요한손은 한 번 더 같은 말을 반복했다.

1980년대 중반, 칼 블롬크비스트는 이전 해에 스웨덴 주식시장에서 벌어들인 돈의 상당 부분을 태국 동쪽 해안에서 진행되는 호텔 프로젝트의 최대 지분을 구입하는 데 사용했다. 프로젝트가 진행되는 장소는 꼬사무이 섬 근처 해변가였는데, 당시만 해도 거대한 미개발 지역이었다. 스웨덴인들은 상상하기조차 어려운, 사람 손이 닿지 않은 이국적인 아름다움이 풍기는 곳이었다. 프로젝트는 개발 목적이 신선하기도 해서, 아이들을 동반한 가족들, 즉 이제 막 중년으로 접어드는 중산층들을 고객으로 노리고 있었다. 그들이 원하는 것은 태양과 따뜻한 기후, 평온함, 충분히 이국적이지만 너무 자극적이지는 않은 음식, 리조트에서 고용한 베이비 시터들과 레크리에이션 진행자들이 다음 세대 고객들을 돌보는 동안 마실 수 있는 우산 장식 한두 개를 꽂은 칵테일 같은 것들이었다.

"스무 살짜리 젊은이들이 신나게 지낼 수 있는 곳은 아니었을 겁니다. 디스코텍이나 매춘부가 가득한 바, 그 외 사람들이 태국에서 휴가를 보낸다고 하면 떠올리는 것들은 찾아볼 수 없었을 테니까요. 유감스럽지만." 칼 블롬크비스트는 지금 막 내온 비프 뤼드베리■에 HP 브랜드의 브라운 소스를 끼얹으며 말했다.

"스타판은 어떻게 그 프로젝트에 관여하게 된 겁니까?" 요한손은 물으며 포크로 스테이크를 미심쩍다는 듯 찔러보았다. 곁들여 나온 재료가 고추냉이라면 피하고 싶었기 때문에, 좀더 세심하게 살펴보려는 의도였다.

"동업자와 저는 공동투자자를 찾고 있었습니다. 우리가 프로젝트 전체를 떠맡고 싶지는 않았으니까요. 그래서 은행의 도움을 받았습니다. 저는 당시 SE 은행에 계좌를 트고 있었는데, 그들이 당시 젊은이였던 닐손을 소개해주었습니다. 닐손을 젊은이라고 한 까닭은, 그가 저와 제 동업자보다 스무 살은 족히 어렸기 때문입니다. 제 기억이 정확하다면 서른 살까지는 차이 나지 않았을 겁니다.

그는 매력적이고 예의 바른 사람이었습니다. 그리고 자금까지 충분해서, 모친에게 상속받은 이백만 크로나를 기꺼이 투자하겠다고 했습니다. 애석하게도 우리는 그런 태도에 넘어가 그를 우리 계획에 끼워주었습니다." 칼 블롬크비스트는 한숨을 쉬었다.

"안타깝군요." 요한손이 동의를 표했다.

■ 소고기와 여러 채소를 작게 깍둑썰기를 해 제각기 빠르게 익혀, 재료를 서로 섞지 않고 한 접시나 팬에 내는 요리. 원래 뤼드베리 호텔 레스토랑에서 처음 개발한 요리였지만, 뤼드베리 호텔은 현존하지 않기 때문에 오리지널 레시피의 비프 뤼드베리를 먹을 수 있는 곳은 같은 건축가가 설계해서 호텔의 연회장까지 그대로 본떠 만든 셀스카페트 클럽이 유일하다.

"불행하게도 우리는 심지어 더 큰 실수도 저질렀습니다."

"실수라고요?" 요한손은 자세한 이야기를 듣고 싶은 간절한 속마음을 들키지 않으려 애쓰며 물었다.

"그는 우리 일에 합류하기 전부터, 스웨덴을 떠나 태국으로 이주하려는 생각을 하고 있었다는 이야기를 했습니다. 팔메가 암살당한 해였으니 1986년 초여름이었군요. 당시에는 우파 유권자가 아니더라도 스웨덴이 엉망으로 변해가고 있다는 생각이 만연해서 떠날 생각을 한 사람은 닐손뿐만이 아니었습니다. 어쨌든 그는 태국으로 이주해서 호텔 및 레스토랑 사업을 시작하거나, 관련 사업의 지분을 매입할 생각을 하고 있었습니다. 새 나라에서 자리를 잡고 미래를 그려나가려 했던 겁니다. 동업자와 제게는 그런 계획이 매력적으로 들렸습니다. 그가 호텔 및 레스토랑 업계에서 훌륭한 경험을 쌓았기 때문에 우리가 받은 인상은 더욱 굳어졌습니다. 우리는 스타판 닐손의 경력을 확인해보았지요. 그는 고등학교에 재학하던 시절부터 여러 호텔과 레스토랑에서 여름 아르바이트를 시작했습니다. 웁살라 대학에서 경제학을 공부하기 훨씬 이전부터였죠. 그가 자신은 호텔 사업에 특화된 경제학을 전공했다고 말했던 기억이 나는 것 같습니다."

"그래서 그를 고용해서 프로젝트 전체를 맡기셨군요." 요한손이 말했다. 스타판의 경력을 조사하는 데 빌어먹을 정도로 많은 노력을 기울였겠지.

"동업자와 저는 여기 고국에서 사업을 여러 개 벌이고 있어서, 그곳에서는 유능한 현지 직원들을 고용했습니다. 총지배인부터 서빙 담당 직원까지 모두 태국 현지인이었죠. 하지만 현지에 스웨덴인을 한 명 두는 것이 낫지 않을까 하는 생각을 하지 않을 수 없었습니다. 우리의 대리인 겸 연락 담당으로 말입니다. 그래서 우리는 닐손을 부지배인 겸 재무 담당으로 임명했습니다."

"그게 잘못됐군요?" 그는 먹다 남긴, 회색으로 변해가는 스테이크를 접시 한쪽으로 치워버리며 말했다. 괜찮은 디저트나 주문해야겠군.

"뭐, 그렇게 되기까지는 좀 걸렸습니다. 닐손이 재정적인 쪽에 완전히 부적절하다는 사실이 드러나서, 우리는 그 점에 대해서는 비교적 빨리 수습할 수 있었습니다."

"그가 횡령을 하고 있었습니까?" 요한손이 물었다.

"그렇습니다. 크게 놀라운 일은 아니었지요. 그런 사업에서는 흔한 일이죠. 그리고 그가 다른 사람들보다 더 크게 해먹고 있었던 것도 아니었습니다. 하지만 그보다 훨씬 나쁜 문제들이 있었습니다. 우리는 그에 대해…… 좋게 말해서 그가 재정 업무에 부적합하다는 사실을 알아차리자, 재정 담당을 교체하고 그를 우리 사업 중 호텔과 레스토랑 쪽에 집중할 수 있도록 해줬습니다. 그러니까 우리가 노리는 고객층, 즉 아이들을 동반한 평범한 가족들에게 어필하도록 고안한 서비스 분야에 말입니다."

"무슨 일이 일어났습니까?" 요한손은 이미 답을 알고 있었음에도 이렇게 물었다.

"처음에는 잘 굴러갔습니다. 그는 어린아이들을 위한 여러 가지 야외 활동을 마련했습니다. 수중 에어로빅이나 소풍, 보트를 타고 섬을 돌아다니는 보물찾기 놀이, 태국 무용 공연과 강습 등 이것저것을요." 칼 블롬크비스트는 고개를 저었다.

"뭐가 문제였습니까?"

사소한 철자 차이만 빼면 명탐정과 이름이 같은 칼 블롬크비스트는 레드 와인을 크게 한 모금 마신 다음, 새로 사귄 지인이 기다리고 있는 이야기를 간신히 털어놓았다.

"그는 젊은 청년일 뿐이었습니다. 당연하게도 매력적이고 잘생기기도 했죠. 지극히 정상적인 사람처럼 보였습니다. 하지만 너무 낙관적이고 단순한 생각이었습니다. 저는 손님들로부터 그가 아이들을, 뭐, 어린 여자아이들을 더듬는다는 항의가 들어왔다는 이야기를 들었을 때, 의자에서 떨어지고 말았습니다. 실제로요."

"끔찍한 일이로군요. 그래서 어떻게 하셨습니까?"

"다들 보통 하는 방식대로 일을 처리했습니다. 서둘러 일을 덮고 손님들에게는 피해 보상을 해주었지요. 불행히도 상당히 많은 비용이 들었지만 별다른 선택지가 없었습니다. 심지어 그가 리조트 단지에 접근하지 못하도록 경비원을 추가로 고용하기까지 했습니다."

"고발당하지 않은 겁니까? 경찰은 그가 저지르려 한 행위에 대해 수수방관했습니까?"

"당시 태국에서 말입니까?" 칼 블롬크비스트는 고개를 저으며 말했다. "간과하신 점이 있군요. 매해 서유럽에서 수백만이나 되는 더러운 영감탱이들이 어린 여자애들과 섹스를 하려고 그곳에 출몰하곤 했습니다. 닐손이 그들과 유일하게 다른 점이라면, 다른 사람들보다 나이가 절반 정도밖에 되지 않았다는 것이었습니다. 맙소사, 라르스. 지금은 어떤지 몰라도 당시에는요. 생각만 해도 견딜 수 없을 정도이지만, 태국 북쪽 지방의 가난한 농부들은 자식들을 팔아넘겼습니다. 관광객들이 강아지 한 마리 집으로 데려가는 비용보다 적은 값을 받고 친자식을 파는 겁니다. 그 아이들은 방콕의 사창가, 또는 대형 관광 리조트로 흘러 들어갑니다. 호텔에서 종업원으로 일하게 되는 경우는 그리 많지 않죠. 아이들이 그렇게 버는 수입의 어느 정도가 지역 경찰들의 호주머니 속으로 들어가는지는 감히 상상조차 하기 어렵습니다. 태국 경찰은 선생님이나 동료분들 같은 스웨덴 경찰과는 다릅니다."

"그후에 어떻게 됐는지 아십니까? 닐손 말입니다. 그는 해고당한 후에 어떻게 됐습니까?"

"몇 번인가 소식을 들었습니다. 그곳에는 스웨덴인이 제법 많아서 이런저런 소문이 돌았지요. 특히 스타판 닐손에 대한 소문은 상당히 떠돌았습니다. 그는 처음에는 푸켓에서 매춘굴 술집, 그러니까 어린 소녀들을 취급하는 술집 두어 곳의 지분을 매입한 것 같았습니다. 아마 우리에게 횡령한 돈으로 매입했겠지요. 그런 술집들이 주 소득원이었다고 생각합니다. 그리고 듣자 하니 기념품 상점도 하나 갖고 있었던 같았습니다. 역시 푸켓에 있었죠."

"그는 아직도 현지에 재산이 있습니까?" 요한손이 물었다.

"마지막으로 들은 소식은 그가 태국 현지 동업자들과 사이가 심각하게 틀어져서 다시 스웨덴으로 돌아왔다는 것이었습니다. 제가 들은 이야기에 따르면 신빙성이 높은 소식입니다. 맙소사, 그것도 최소한 십 년은 된 이야기로군요. 알프에게서 그가 아직도 태국 현지 프로젝트에 관여하고 있다는 이야기를 들었을 때 저는 굉장히 놀랐습니다. 여러 해 전에 태국에서 발을 뺐을 거라고 생각했거든요."

"음, 굉장히 감사합니다." 요한손이 말했다. 이제 화장실에 갈 시간이 됐군. 가슴주머니에 넣어둔 소형 녹음기에서 삐 소리가 나기 전에 전원을 꺼야 할 테니.

“별말씀을요.” 칼 블롬크비스트가 술잔을 들어 올리며 말했다. “지금 나눈 이야기가 테이블 밖으로는 새어 나가지 않을 거라고 생각해도 좋을까요?”

“물론입니다. 신중함은 명예에 관련된 문제입니다.” 요한손이 술잔을 들어 올리며 말했다.

77

8월 12일 목요일

오후가 되자, 요한손은 울리카 스텐홀름 박사에게 진료 및 검사를 받았다. 여느 때와 다름없이 몸을 쥐어짜고 두드리는 검사가 끝난 후, 그녀는 물리치료사가 요한손의 진전에 기뻐하고 있다는 소식을 전해주었다. 반면 심장병 전문의는 그렇지 못하다는 소식 역시.

"저도 그렇게 기뻐하고 있다는 말씀은 못 드리겠네요." 울리카 스텐홀름은 이렇게 말한 다음, 금발을 한쪽으로 기울였다. "수치가 훨씬 더 좋아질 수 있을 텐데요. 정말 어떻게 지내시는 거죠, 라르스?"

"제게 그런 것을 물어보시면 곤란합니다. 의사는 선생님이지, 제가 아니니까요. 어쨌든 잘 지내셨습니까?"

"예, 잘 지냈어요. 저는 다른 일도 궁금한데요." 그녀가 말했다. "야스민 일 말이에요."

"사실 굉장히 잘 진행되고 있습니다." 요한손이 말했다. "그 짓을 저지른 놈을 찾았으니까요."

"뭐라고요? 농담하시는 거 아니죠?"

"이런 일은 농담거리가 아닙니다."

"범인은 누구죠? 아직 살아 있나요?"

"개인적인 의견이지만, 더할 나위 없이 건강해 보이더군요."

"충격적이라는 말씀밖에 드리지 못하겠네요."

그래, 상당히 놀란 것처럼 보이는군. 더이상 호기심은 보이지 않고, 겁을 먹은 쪽에 더 가까워. "뭐, 이 사건을 완전히 끝낼 수 있어 다행입니다." 그는 모호한 태도로 말했다.

"이해가 가지 않는데요. 이십오 년 전에는 선생님 동료들이, 굉장히 많은 경찰들이 그 사건에 매여 있었잖아요. 몇 년 동안이나요. 그런데도 아무런 성과도 없었어요. 그러다가 선생님께서 나타나시고 제가 그 사건 이야기를 말씀드린 지 한 달도 채 되지 않았는데, 범인을 찾아냈다고 말씀하시다니요."

"그렇게 할 수 있었던 것에는 부분적으로 선생님의 공이 있습니다." 요한손이 말했다. "그 점에 대해 감사드립니다." 당신 진료과에 나타난 사람이 벡스트룀 자식이 아니었다는 게 당신에게는 행운이었지. 그 엉덩이에 난 커다란 종기 때문에 뇌에 혈전이 생길 수 있다고 한다면 말이야.

"범인이 누구인지 제게 말씀해주셔야죠." 울리카 스텐홀름이 말했다. "얼마나 끔찍한 일인지."

"그것은 좀 곤란합니다." 요한손이 말했다. "왜냐하면 당연하게도 이 사건은 공소시효가 만료되었기 때문입니다. 그래서 순전히 법리적인 관점에서 보면 이제 사건에 대해서 어떤 조치도 취할 수 없습니다. 그 점을 염두에 둔다면, 저로서는 범인의 정체를 사람들에게 까발리고 돌아다니는 게 과연 좋은 생각인지 모르겠습니다. 그래도 이 대화에 한해서라면, 이 주제에 대해 나눈 이야기가 우리 두 사람 외에는 밖으로 절대로 새어 나가지 않는다면, 그건 좀 다를지도 모르겠군요."

"그 점은 걱정하실 필요 없어요, 라르스. 지금까지 아무에게도 이 이야기를 한 적 없는걸요. 맙소사, 얼마나 끔찍한 일인지. 뭔가 할 수 있는 일이 분명히 있지 않겠어요? 그런 짓을 저지른 놈에게요. 범인을 처벌할 수 있는 방법이 분명 있지 않을까요?"

"벌은 주님께 맡겨두도록 합시다. 세속적인 정의에 관련된 문제라면, 우리는 이미 놈을 놓쳐버린 겁니다."

"하지만 선생님께서 분명 뭔가 하실 수 있을 텐데요?"

"그 점에 대해서는 아직 생각중입니다." 요한손이 말했다. "무슨 말씀이신지 알고 있고, 그에 대해 고민하고 있습니다." 하지만 지나치게 큰 기대를 품어서는 곤란할 거야.

가장 훌륭한 대처 방식은 바로 입을 닥치고 있는 것일 테지. 요한손은 집으로 향하는 자동차에 탄 채 이렇게 생각했다. 그녀는 겁에 질린 것처럼 보이던데. 불쌍하게시리.

"오늘은 어떠셨어요? 그 의사랑 만나셔서요." 그가 서재 안 소파에 안전하게 자리를 잡자, 마틸다가 물었다.

"그 여자 의사 말이로군. 스텐홀름 박사라고 하지. 괜찮았다네. 물어봐줘서 고맙군. 전부 괜찮았어. 나를 보더니 굉장히 기뻐하던데."

"거짓말하지 마세요. 그거 아세요? 보스는 그냥 덩치 큰 어린아이라고요." 그녀는 고개를 저으며 말했다.

"에스프레소 더블로." 요한손이 말했다. "유리 주전자에 따뜻한 우유를 담아 같이 내와주게. 햄 샌드위치도 있으면 좋겠지."

"됐어요." 마틸다가 말했다. "커피는 드릴 테지만, 조건이 하나 있어요."

"그게 뭐지?"

"정신 똑바로 차리고 몸 좀 챙기시라고요."

"약속하지." 요한손이 말했다.

마틸다는 좋은 아이라니까. 그는 커피를 준비하러 나가는 마틸다를 바라보았다. 하지만 온몸에 죄다 저런 낙서질이라니, 저런 수치스러운 몰골이 또 있을라고? 뭐랄까, 어머니가 어떤 사람인지를 감안하면 저 애가 손목을 긋지 않은 것에 대해 감사해야 할지도 모르겠군.

78

8월 12일 목요일 저녁

피아는 은행에서 저녁 회의가 잡혀버리는 바람에 늦게까지 퇴근할 수 없었고, 그래서 요한손이 새로 얻은 자유를 이용해서 에리카 브렌스트룀을 불시에 방문하기로 결심했다는 사실을 알 도리가 없었다.

"시동 걸게, 막스. 증인 한 명과 이야기를 해봐야겠네."

"바로 대령하겠습니다, 보스." 막스가 말했다.

요한손이 방문 목적에 대해 설명하자, 막스는 차 안에 남아 있기로 했다. 민감한 상황인 만큼 요한손이 증인과 나눌 대화는 그들 사이에서만 이루어져야 했다. 대화가 이루어진다면 말이지만.

"오 분이 걸릴 수도 있고, 한 시간이 걸릴 수도 있네. 그러니 근처에 대기하고 있게. 내가 전화를 걸 테니."

"그 남자 이름이 뭡니까? 만약의 경우를 대비해서 말입니다." 막스는 살짝 미소를 지으며 덧붙였다.

"그가 아니라 그녀야. 육십 대 여성이고, 이름은 에리카 브렌스트룀이라네. 3층에 살고 있지."

"알겠습니다. 제가 필요하시면 전화 주십시오."

요한손은 배운 대로 행동했다. 문제는 그가 이 일을 마지막으로 해본 지 이십 년도 더 지났다는 점이었다. 우선 그는 안쪽에서 나는 소리가 더 잘 들리도록, 상당히 고생한 끝에 쭈그리고 앉아 에리카 브렌스트룀의 아파트 문에 난 우편물 투입구를 살살 열었다. 아파트 안에 누군가 있군. 라디오가 켜져 있었고, 이지 리스닝 계열 음악 소리가 흘러나왔다. 한 곡이 끝나고 다음 곡으로 이어지는 찰나의 정적 속에서, 그녀가 아바의 〈댄싱 퀸〉의 마지막 소절을 흥얼거리는 소리가 들려왔다.

자, 그렇다면. 요한손은 이렇게 생각하고는 초인종을 누르려고 몸을 일으켰는데, 갑자기 모든 것이 검게 변했고 그가 딛고 있는 바닥은 무슨 문이 달려 있다 열린 듯 뻥 뚫려버린 것만 같았다. 그는 에리카의 아파트 현관문과 부딪쳤다가 뒤로 넘어가 엉덩이를 바닥에 찧으며 자빠지고 말았다. 모든 상황을 고려해봤을 때, 이전에 겪었던 것보다는 훨씬 나은 증세였다. 게다가 초인종을 누를 필요조차 없었다. 십 초 후에 에리카 브렌스트룀이 문을 열고 그를 바라보면서 고개를 저었기 때문이다. 얼굴에 떠오른 표정으로 미루어 보아 재미난 광경이라고 생각하는 것 같았다.

"밤새도록 거기 앉아 있을 작정이었어요?" 그녀가 물었다.

"이건 아셔야 합니다. 우리 둘 다 노를란드 사람 아닙니까?"

“천천히 일어나세요.” 그녀는 요한손의 건강한 팔을 단단히 붙들고 그가 일어나는 것을 도와주며 말했다.

“감사합니다.” 요한손이 말했다.

“커피 드시겠어요?” 그녀가 물었다.

“커피 한잔 마시면 정말 좋을 것 같군요.”

오 분 후, 두 사람은 거실에 앉아 커피를 마시고 있었다. 에리카 브렌스트룀은 말없이 그를 바라보고 있을 뿐이었다. 적대적인 분위기는 아니었고, 그보다는 흥미롭다는 듯한 태도였다. 불안한 마음도 약간은 있는 것 같았다.

“자기 몸을 돌봐야겠다는 생각은 전혀 하지 않으시나 봐요?” 그녀는 고개를 저으며 말했다. “지난번에 봤을 때보다 살이 더 찐 것 같은데요.”

전에 이 이야기를 어디서 들었더라? “그게 그렇게 쉬운 일은 아닙니다. 분명히 말씀드리지만, 쉬운 일이 아니란 말입니다.”

“그쪽처럼 고집 세고 가만히 있지 못하는 사람에게는 그렇죠. 그럴 수 없다는 말을 제게 할 생각일랑 마세요. 너무 쉽게 생각하니까 그런 거죠. 물론 신경 안 쓰시겠지만요.”

“노력해보겠다고 약속드리죠.” 요한손이 말했다. “질문 몇 개 드려도 괜찮을까요?”

“다 털어놓는 게 최선일지도 모르겠네요. 이웃 사람들이 무슨 일인지 궁금해하기 전에요. 머리핀에 아직도 신경을 쓰고 있는 것 같으니까요. 야스민이 갖고 있었다고 생각하는 머리핀 말이에요.”

“그렇습니다.” 요한손이 말했다. 그 이야기를 먼저 하는 게 낫겠지.

"머리핀을 찾아낸 사람은 제가 아니에요. 마르가레타였죠. 가을의 어느 날이었어요. 야스민이 살해당한 끔찍한 여름이 지난 다음이었죠. 우리는 마르가레타의 이사를 앞두고 청소를 하고 있었는데, 마르가레타가 자신의 침대 밑에서 머리핀을 찾아냈어요. 그녀는 머리핀을 제게 주면서, 혹시 카롤리나나 예시카의 것이 아닌지 물어봤어요. 제 딸들 이름은 알고 있겠죠? 어째서 그녀가 그런 질문을 했는지는 모르겠어요. 두 아이 다 당시에는 머리가 짧았으니까요."

"그래서 당신은 뭐라고 말했습니까?"

"우리 아이들 것이 아니라고 했죠. 그러다가 오래 지나지 않아서 야스민의 것이 아닐까 하는 생각이 떠올랐죠. 그렇다 한들 특별히 이상한 일은 아니었어요. 사실 그 애는 일주일에도 몇 번씩 그 집으로 와서 놀았으니까요. 그리고 내키는 대로 아무 곳이나 쏘다녔죠. 예시카와 카롤리나는 행동거지가 그나마 나았어요. 게다가 다른 사람들이 어지른 것들을 죄다 치워야 하는 사람은 저였으니까요. 그래서 우리 아이들에게서는 눈을 떼지 않았죠."

"마르가레타는 머리핀에 대해 뭐라고 생각했습니까? 머리핀이 야스민의 것이라는 생각은 하지 않았습니까?"

"그러지는 않았어요." 에리카 브렌스트룀이 말했다. "그녀는 한 번도 그렇게 물어보지 않았어요. 하지만 의료계 종사자가 아니더라도 마르가레타의 심정이 썩 편하지 않았으리라는 것은 능히 알 수 있었을 거예요. 그녀가 그 아이를 얼마나 좋아했는지 생각해보면 놀랄 일이 아니죠."

"그렇습니다. 그런 일이 이웃 아이에게 일어났을 거라는 사실은 그야말로 엄청난 충격이었을 테죠."

"제가 선생님 말을 제대로 이해한 거라면, 사실은 훨씬 더 충격적이었다는 말을 할 수밖에 없겠네요." 에리카 브렌스트룀이 말했다.

"그게 무슨 뜻입니까?" 요한손은 그녀가 무슨 생각을 했는지 정확하게 알고 있었음에도, 이렇게 물었다.

"그 아이가 마르가레타의 집에서 살해당했다는 사실 말이에요." 에리카 브렌스트룀이 말했다. "제가 아이들을 데리고 헤르뇌산드에 있는 부모님 댁에 가 있었고, 마르가레타는 린되 섬에 있는 자신의 여름 별장에 있었을 동안 일어난 일이었죠. 선생님도 그렇게 생각하고 계시잖아요?"

"생각하고 있는 게 아닙니다. 그렇게 된 것이라고 확신하고 있습니다. 혹시 궁금해하실지 모르겠는데, 그 일은 마르가레타 사겔리에드의 침실에서 일어났습니다. 줄곧 그렇게 생각했습니다."

"그렇다면 한두 가지 의문이 풀리네요."

"예를 들면?"

"그녀가 이사를 가기 전에 같이 그 집의 물품 목록을 작성하고 있었을 때였어요. 물건들 대부분을 팔아버릴 작정이었거든요. 그때 저는 침대 시트 한 장과 베갯잇 한 장이 사라진 것 같다고 생각했죠. 각각 열두 장씩 한 묶음이었는데, 둘 다 남편이 결혼 선물로 준 것이었어요. 최상급 리넨 제품이었죠. MS라는 머리글자가 수놓여 있었고요."

"그때는 어떻게 생각했습니까?"

"무슨 생각을 했던 것 같지는 않아요. 마르가레타의 집에서 무슨 일이 일어났을지도 모른다는 생각은 꿈에도 하지 않았거든요. 완전히 말도 안 되는 이야기였어요. 만약 제가 무슨 생각이라도 떠올렸다면, 아마 몇 년 사이 세탁중에 분실했을지도 모른다는 생각 정도였겠죠. 어쩌면 그녀가 시골로 가져갔다가 두고 왔을 수도 있었고요. 그런 정도였을 거예요."

"그녀에게 물어보지 않았습니까?" 요한손이 말했다.

"아니요. 어쨌든 마르가레타는 날이 갈수록 상태가 점점 더 나빠지고 있었으니까요. 봄이었나, 아니면 겨울이었나. 어쩌면 해가 바뀐 다음이었을 수도 있겠네요. 어쨌든 1986년에는 마르가레타의 물건이 대부분 팔렸어요. 저는 그녀가 진심으로 걱정됐죠. 그녀는 하루 종일 정신이 딴 데 있는 사람처럼 굴었거든요. 사실 저는 그녀를 굉장히 좋아했어요. 아시겠지만, 마르가레타의 별난 성격에도 불구하고요. 그리고 우리 아이들도 아무 불만 없었어요. 마르가레타 아주머니는 아이들의 우상이었으니까요."

"예, 상상이 갑니다." 요한손이 말했다. 이번에는 거짓말이 아니로군.

"자, 그렇다면. 정말로 남는 가능성은 하나밖에 없지 않겠어요?"

"그게 뭡니까?"

"스타판 레안데르요. 마르가레타 남편의 조카 되는 사람이에요. 요한 이복동생의 아들이니, 요한은 외삼촌이 되는 거죠. 마르가레타는 외숙모가 되고요. 예, 바로 그 사람이에요." 에리카 브렌스트룀은 고개를 끄덕이며 말했다. "마르가레타가 그 사람의 외숙모였죠."

"스타판 레안데르 닐손. 레안데르는 미들 네임입니다. 좀더 정확히 말하면 성은 닐손입니다."

"알겠어요." 에리카가 말했다. "스타판 닐손. 뭐, 그랬군요. 그가 제게 자기소개를 했을 때, 분명히 자신의 이름이 스타판 레안데르라고 했거든요. 제게 마르가레타가 외숙모라는 말을 할 때도 마찬가지였어요. 왜냐하면 저는 그에 대해 전혀 모르고 있었거든요. 마르가레타의 친척들은 모두 죽었다고 생각했으니까요."

"그때 이야기를 해주시죠." 요한손이 말했다. 아무래도 경찰이 되었어야 했다니까, 라르스 마르틴. 신문을 이렇게 완벽히 진행하다니.

에리카 브렌스트룀이 스타판 레안데르 닐손을 처음 만난 것은 1984년 봄이었다. 그녀는 마르가레타의 집에서 열린 큰 파티를 도와주러 와 있었고, 두 사람이 만난 장소는 그 파티 자리였다. 두 사람이 마지막으로 이야기를 나눈 것은 그로부터 육 개월 후, 같은 해 가을, 그녀가 스타판 레안데르 닐손을 불러냈을 때였다. 그녀는 그가 딸들에게 저질렀다고 의혹을 품은 일에 대해 결판을 내려고 했다. 1984년 봄부터 여름 사이에, 그들이 마주친 것은 날짜로 따져보면 기껏해야 아마도 열 번 남짓이었을 터였다. 그중 두 번은 그가 에리카의 딸들을 데리러 집에 잠깐 들렀을 때였다. 처음은 그와 마르가레타가 에리카의 딸들을 데리고 스칸센 공원에 가려고 했을 때였고, 다음은 그가 여자아이들과 함께 콜모르덴 동물원에 갔을 때였다.

"그는 굉장히 매력적인 사람이잖아요. 재미있고 함께 있으면 즐거운 사람이기도 했죠. 예의 바르고 헌신적이기도 하며, 뭐 그런 거 있잖아요. 제가 결혼했던 남자와는 전혀 다른 사람이었죠."

"그가 당신에게 추근댔습니까?"

"처음에는 그랬던 것 같아요. 하지만 저는 전혀 관심이 없었어요. 저보다 열 살은 어렸고, 당시 저는 남자라면 진절머리가 났거든요. 하지만 그는 여자애들에게 굉장히 상냥하게 굴었어요. 아이들과 굉장히 잘 놀아주곤 했죠. 조금 전에 말했듯, 아이들 아버지와는 다르게요."

"그게 이상하다는 생각은 안 들었습니까?"

"그에게 물어봤던 기억은 나요. 자신은 외동이라 엄마 손에서 혼자 자랐다고 했어요. 아버지는 한 번도 만나지 못했다면서요. 어린 시절 내내 남동생과 여동생이 생기기를 간절히 바랐다고도 했죠. 같이 노닥거리면서 놀기에는 여동생 쪽이 더 좋다고 했어요. 듣자 하니 여동생이 생기기를 계속 바랐던 모양이었어요."

"예, 그럴싸하게 들리는군요." 요한손은 남자 형제 셋과 여자 형제 셋 틈바구니에서 자라, 어린 시절 내내 자신이 외동이었으면 얼마나 좋을까 간절히 바랐음에도 이렇게 말했다.

"예, 이건 소아성애자에 대한 커다란 논쟁거리일 거예요. 그리고 그렇게 멋지고 예의 바른 젊은 남자가 그런 식으로 어린 여자애들에게 눈독을 들일지도 모른다니…… 음, 상상조차 할 수 없는 일이죠. 그러니까 둘째 딸 예시카는 당시 대여섯 살밖에 되지 않았고, 그 애 언니는 열 살이었다고요. 그리고 처음 몇 번은, 그가 제 딸들을 만날 때면 저도 그 자리에 함께 있었죠. 한번은 그뢰나룬드 놀이공원에도 갔었어요. 그리고 하가파르켄 공원으로 야유회도 갔었죠. 저는 그저 행복하고 감사할 뿐이었어요. 멋진 청년이 난생처음으로 어린 동생들이 두 명이나 생겼다고 이렇게까지 해주니까요."

"언제부터 뭔가 잘못됐다는 의심이 들기 시작했습니까?" 요한손이 물었다.

"모르겠어요." 에리카 브렌스트룀이 말했다. "대부분은 그저 느낌일 뿐이었어요. 그에게 뭔가 이상한 점이 있다고요. 젊고 잘생긴데다 예의까지 바른 청년에게 여자친구가 없었으니까요. 사실 그 점에 대해 물어보기도 했어요."

"뭐라고 하던가요?"

"몇 명인가 여자친구를 사귀어봤지만, 누구하고도 오래가지 못했다고 했어요. 자기 또래의 여자애들은 얄팍한 것 같았대요. 그래서 그저 아직까지 제대로 된 상대를 만나지 못한 것뿐이라고 했죠. 그러다가 그가 아이들을 데리고 콜모르덴 동물원에 다녀온 이후로, 의혹이 싹트기 시작했던 것 같아요. 그때가 무슨 일이 일어난 게 틀림없다는 사실을 깨달았던 시기였죠. 두 아이 모두 그 이후로 완전히 달라졌거든요. 아이들에게 무슨 일이 일어났는지 물어봤지만, 둘 다 아무 말도 하고 싶어 하지 않았어요. 여름이 막바지로 향해가던 어느 날이었죠."

"그래서 어떻게 했습니까?"

"의료 기관에서 여러 해 동안 일한 적이 있어서, 전 직장 동료이자 친한 친구 한 명에게 이야기를 했어요. 소아과 의사라 그가 우리 아이들을 진찰해보았죠. 아이들과 아는 사이라 무슨 일이 있었다 한들 아이들에게는 그나마 편했을 테죠. 하지만 아이들에게서 어떤 신체적인 이상도 발견할 수 없었어요. 그럼에도 그는 아이들이 원치 않는, 혹은 이해할 수 없는 무슨 일을 겪었다는 사실에 대해서는 나름대로 확신하고 있었죠. 하지만 강간이나 그 비슷한 것은 아니었어요."

"그 점은 분명 위안거리였겠군요. 상담 전문가는 찾아가지 않았습니까?"

"아까 말했듯이, 제 친구와 이야기를 해봤어요. 친구의 생각은 어떤지 물어보았죠. 그는 상담을 받는 것은 반대했어요. 이런 일은 저절로 가라앉도록 내버려두어야 하는 종류고, 상담 치료 같은 것이 자칫하면 상황을 더 악화시킬지도 모른다고 했죠. 성인들이 그런 일을 파헤치겠다고 고집을 부리도록 내버려두어서는 안 된다는 말도 했어요. 적어도 아이들이 당한 일이 그 정도 수준에서 그친 상황에서는요."

"그의 조언에 따랐군요."

"그래요. 힘든 결정은 아니었어요. 병원에서 일하면서 미친 사람들은 수없이 만나봤으니까요. 그런 점에 대해서는 노를란드인 기질이 조금은 있었던 것 같아요."

"굉장히 분별 있는 행동이었군요." 요한손이 말했다. "그렇다면 스타판 닐손은? 그는 어떻게 됐습니까?"

"그게 참 웃긴 일이었어요." 에리카 브렌스트룀이 말했다. "그는 한 달 내내 연락을 하지 않았어요. 전에는 일주일에도 여러 차례 전화를 걸곤 했는데도요. 그래서 마침내 제가 전화를 걸기로 했어요. 그에게 우리 아이들이랑 콜모르덴 동물원에 갔을 때 무슨 짓을 했는지 대놓고 물어보았죠."

"그는 뭐라고 했습니까?"

"충격을 받았어요. 자신은 아무 짓도 하지 않았다고 단언하며 맹세까지 했는데, 울고 있는 게 아닐까 하는 생각마저 잠시 들었다니까요. 통화상으로는 그런 느낌이 났다는 거죠. 그는 제가 무슨 말을 하는지 이해하지 못했어요. 완전히 순진한 척 굴었던 거예요. 그래서 저는 이 문제는 그냥 그 정도로 해두는 게 최선일지도 모르겠다고 말했죠. 그리고 앞으로 나나 내 아이들에게 접근하려는 시도를 조금이라도 한다면, 곧장 경찰에 가서 신고하겠다고도 했어요."

"그때가 그와 마지막으로 접촉했던 때였습니까?"

"그래요. 그후로는 만나거나 이야기를 나눈 적이 없었어요. 모습을 본 적조차 없었고요."

"마르가레타에게 그 이야기를 했습니까?"

"아니, 하지 않았어요. 만약 제가 그런 말을 했더라면, 그녀는 그 자리에서 정신이 나가 죽어버렸을 거예요. 그녀는 저보다도 사람 말을 훨씬 잘 믿는 사람이었거든요."

"당신의 대처가 유별났다고 생각하지 않습니다. 평범하고 품위 있는 사람들은 믿는 사람이 그런 짓을 했다는 발상 자체를 전혀 이해할 수 없을 테니까요. 특히 당신처럼 부모 된 입장에서는 말입니다."

"야스민에게 그 일이 일어난 이후, 제가 무슨 의혹을 품지 않았는지 궁금하실 테죠. 그게 굉장히 이상한 점이었어요. 그리고 제 말을 믿지 못한다고 해도 충분히 이해할 수 있어요. 하지만 진심으로 의심은 하지 못했어요. 스타판이 그런 짓을 저질렀을지도 모른다는 생각은 꿈에도 하지 못했다니까요. 그와 똑같은 성향을 지닌 다른 사람이 저지른 일이 틀림없다고 생각했죠. 하지만 그가 저질렀을지도 모른다는 생각은…… 그런 생각은 한 번도 떠오른 적이 없었어요. 왜냐하면 야스민에게 일어난 일은 그저 너무나 소름 끼치는 일이었으니까요. 제 딸아이들에게 일어난 것과는 달랐죠. 야스민을 죽인 범인은 완전히 괴물이 틀림없는데, 제가 아는 스타판 닐손은 괴물은 아니었어요. 그가 아이들을 꾀어서 자신의 성기를 꺼내 희롱했거나, 그 비슷한 짓을 했을지도 몰라요. 하지만 강간하고 목 졸라 살해하는 정도는 아니었잖아요. 그런 짓은 분명 아니었어요. 머릿속에 떠올리기에는 너무 끔찍한 일이라고요."

"당신 말을 믿습니다. 그런 식으로 생각하는 사람은 당신이 처음이 아닙니다." 그리고 마지막도 아니겠지.

"솔직하게 말씀드리는 거예요. 그저 그 생각은 떠올리지 못했어요."

"마르가레타 사겔리에드 말입니다. 그녀가 저택을 팔고 시내로 이사를 간 후, 그녀와 연락을 주고받았습니까? 언제였죠? 1986년 봄이었나요? 사겔리에드의 집에서 일을 그만둔 후로요."

"그녀가 전화를 걸었어요. 육 개월 후, 가을이었죠. 그녀가 자기를 만나러 와달라고 부탁했어요. 우리는 마르가레타의 아파트에서 만났어요. 제 기억이 정확하다면 외스테르말름 리다르가탄 거리였을 거예요. 사실 꽤 충격적이었어요. 그녀는 머리부터 발끝까지 변해버렸으니까요. 정신이 온전치 않은 것 같았어요. 갈퀴처럼 바짝 마르기도 했고요. 그녀는 암에 걸렸다고 했어요. 그녀가 무슨 말을 하고 있는지 깨닫기까지는 시간이 걸렸죠. 그녀는 요한의 조카에 대해 말하고 있었던 거예요. 그가 자살했다고 생각하는 게 분명했어요. 그런 다음 그녀는 제 딸들에 대한 이야기를 한참 늘어놓으면서, 아이들에 대해서는 걱정하지 말라고도 했어요. 걱정할 것은 아무것도 없다면서요. 아이들에게는 아무 일도 일어나지 않았다고 확신한다면서요. 정말 끔찍했죠."

"상상이 갑니다. 그녀와 마지막으로 대화를 나눈 게 그때였습니까?"

거창한 정직성 테스트를 할 시간이로군.

"그녀가 살아 있었을 때는 그때가 마지막이었어요. 그후에 신문에서 사망 기사를 읽었죠. 1989년 봄이었던 것 같은데, 그로부터 일주일 후에 변호사가 전화를 걸어서 그녀가 제 딸들에게 많은 돈을 남겨주었다고 했어요. 오십만 크로나였죠. 당시 기준에서 그 돈이 어느 정도 가치였는지 계산해보셨을 테죠?"

"그렇습니다." 요한손은 미소를 지으며 말했다. "계산해봤습니다. 현재 기준으로 이백만 크로나 정도일 테죠."

"제게, 그러니까 우리들에게 그 돈은 그야말로 어마어마한 금액이었어요. 그녀는 유언장에 그 돈은 두 딸의 교육비와 앞으로 괜찮은 인생을 살아가는 데 써달라고 적어두었어요. 정확히 그렇게 적어놓았죠."

"유언에 따랐습니까?"

"말씀드릴게요. 두 아이 모두 학자금 대출은 전혀 받지 않았어요. 둘 다 대학까지 갔는데도요. 카롤리나는 물리치료사로 일하고, 예시카는 MBA 학위가 있어요. 둘 다 자기들 아버지와는 전혀 다른 남편을 만나 결혼해서 자식들도 낳았죠. 그리고 아이들이 독립했을 때 각자 아파트 보증금을 치르기에도 충분한 돈이었어요. 대단한 집은 아니지만 조용한 곳이에요. 거처할 집이 있다니, 평범한 아이들 중 그럴 수 있는 사람이 얼마나 되겠어요?"

"그런 말을 들으니 기쁘군요. 따님들 일이 그토록 잘 풀렸다는 이야기를 듣다니, 이보다 더 멋진 일이 어디 있을까요?" 조카가 저지른 짓을 돈으로 무마하려고 하다니, 사겔리에드는 지옥도로 걸어 들어간 게지.

"당신에게 물어보고 싶은 게 하나 있어요. 마르가레타는 스타판 닐손이 자살했다고 말했지요. 그게 사실인가요?"

"그의 모친은 자살했습니다. 1986년 봄에 사망했고, 자살이 확실합니다. 그는 비슷한 시기에 모습을 감췄습니다. 그후에 일어난 일은 그다지 명확하지 않습니다."

"지금 말씀하신 게 사실인가요?"

"모친과 그, 양쪽 모두 사실입니다. 우리가 반드시 확실히 해둬야 할 것이 하나 있습니다."

"그게 뭐죠?"

"야스민에게 일어난 일에 유일하게 책임이 있는 자는, 그 아이를 살해한 자입니다. 그리고 당신에게는 분명히 책임이 없습니다."

"그렇다면 아이들이 콜모르덴 동물원에 놀러 갔다 온 후, 경찰에게 연락을 취했어야 했다는 생각이 계속해서 드는 것은 어째서일까요?"

"이것만은 믿어도 좋습니다. 당신이 스타판 닐손을 소아성애자로 의심해서 경찰에 신고했다 한들, 경찰은 그에 대해 아무 조치도 취하지 않았을 겁니다. 오히려 당신에게 정신적인 문제가 있다고 의심했을 수도 있습니다. 그가 두 손 들고 자백했으리라고는 상상하기 어렵지 않습니까?"

"선생님은 좋은 분이로군요, 요한손 씨. 그거 알고 계셨나요?"

"글쎄요. 그건 모르고 있었는데요?"

"선생님을 처음 만난 이후로, 무슨 일이 일어난 것인지 매일같이 생각했어요. 야스민에게 일어난 일을 막기 위해 무엇을 할 수 있었는지 고민하면서요. 제가 그 아이의 생명을 구할 수 있었을까요? 그럴 수 없었겠지만, 당연히 그런 건 확신할 수 있는 일이 아니잖아요. 제가 당신네들을 도와 그를 잡을 수 있었을까요? 그럴 수 있었을 것 같지 않아요. 저는 그가 범인일 수 있다는 생각을 하지 못한걸요. 그리고 그 일이 마르가레타의 집에서 일어났을지도 모른다는 생각조차 전혀 떠올리지 못했다고요."

"저는 그가 그런 짓을 저지른 자라는 말은 하지 않았습니다." 요한손이 말했다.

"예, 그런 말은 하지 않았죠. 하지만 그건 당신이 좋은 사람이기 때문에 그런 거고요. 제게 호의를 베풀고 있으니까요. 그래서 그런 식으로 말을 돌려서 하시는 걸 테죠."

"그래서 당신이 말하는 거로군요."

"그래요. 당신은 야스민을 살해한 사람이 스타판 레안데르, 스타판 닐손이라는 사실을 알고 있을 거예요. 저도 당신이 알고 있다는 사실을 알아요. 그리고 당신이 옳다고 전적으로 확신해요. 하지만 어떻게 알아냈는지는 모르겠어요. 전혀 모르겠다고요. 저는 그가 아직 살아 있다는 것도, 그리고 당신은 그가 어디 있는지 알고 있다고도 확신해요. 그는 자살하지 않았다면서요. 어머니가 자살한 까닭은, 갑자기 무슨 일이 일어난 것인지 깨달았기 때문이었을 테죠. 만약 제 아들이 그런 짓을 했더라면 저 역시 자살했을 거예요. 그리고 이제는 이해할 수 있는 게 하나 있어요. 처음 신문에서 읽었을 때에는 사실이라고 생각하지 않았지만요."

"그게 뭡니까?"

"그가 저지른 짓에 대해 그를 처벌하는 것은 너무 늦었다는 사실 말이에요. 이해하려면 변호사라도 되어야 할 그 이상한 법 때문에요."

"그렇습니다. 그렇게 된 겁니다. 한 사건의 공소시효가 지나게 되면, 범인은 더이상 처벌받지 않습니다."

"당신에게 물어보려고 쭉 생각하던 것이 하나 있어요." 에리카 브렌스트룀이 말했다.

"그게 뭡니까?"

"반드시 그가 처벌받도록 해주실 건가요?"

"최선을 다하겠다고 약속드리겠습니다." 요한손이 말했다.

"좋아요." 에리카 브렌스트룀이 말했다. "만약 품위 있고 존경할 만할 사람을 찾으려 한다면 스스로가 품위 있고 존경할 만할 사람이 되어야 해요. 선한 사람이 악의 접근을 막는 것은 쉬운 일이 아니에요. 때로는 똑같이 악해져야 하니까요. 그런 다음에는 평범한 사람처럼 살아갈 수 있을지도 모르죠. 하지만 당신은 노를란드인이니 제가 무슨 말을 하는지 이해할 거예요."

"저는 그를 죽일 생각은 없습니다. 혹시 그런 뜻으로 하신 말이라면요." 요한손이 말했다.

"아니, 정말 그러지 않기를 바라요. 저 역시 그러고 싶지 않으니까요. 하지만 당신이라면 우리 같은 괜찮은 사람들조차 감수할 수 있는 방식을 찾아낼 수 있을 거예요."

"일은 잘 끝났습니까, 보스?" 두 사람이 차를 타고 쇠데르말름으로 돌아오는 길에, 막스가 물었다.

"사실은 굉장히 잘 풀렸다네." 요한손이 말했다. 그런 대화 주제임에도 불구하고 말이지.

"다행이군요." 막스가 말했다. "혹시 제가 할 수 있는 일이 있으면 언제든 말씀하시죠."

"약속하지." 요한손이 말했다. 자네에게 말하는 게 가장 쉬운 해결책

일 테니. 막스나 그와 비슷한 사람을 보내 스타판 닐손을 곤죽으로 만들어버리는 거지. 눈에는 눈, 이에는 이로, 머리부터, 분명히 반짝반짝 빛나는 구두를 신고 있을 발끝까지.

"막스." 요한손이 말했다. "잠깐 들러서 버거 하나씩 먹고 가는 것은 어떤가?"

"안 됩니다." 막스가 고개를 저었다. "별로 좋은 생각 같지 않습니다."

"유혹에 조금도 흔들리지 않는 건가?"

"흔들리는데요. 하지만 그랬다가는 피아가 저를 죽이려 할 테니, 정말로 좋은 생각 같지 않습니다. 보스께서는 저를 용서해주셔야 합니다. 제가 어쩌겠습니까?"

"그렇다면 집에 가서 괜찮은 샐러드 한 접시 만들어보는 것은 어떤가?"

"그거라면 참 좋은 생각처럼 들리는군요. 괜찮은 샐러드라면 문제될 게 없죠."

79

8월 13일 금요일

금요일 저녁, 야르네브링과 막스는 스타판 닐손의 DNA 샘플을 얻기 위해 다시 한번 시도해보았다. 우선 두 사람은 스타판 닐손의 집으로 또다시 장난전화를 걸었다. 아무도 전화를 받지 않았다. 자동 응답기조차 응답하지 않았다. 그들은 군이 제공해준 휴대전화 번호로 전화를 걸었다. 이번에도 응답이 없었고, 그들 역시 부재중 메시지를 남길 생각은 없었다.

두 사람은 이미 밖에 나와 있었기 때문에, 스타판 닐손의 집 근처를 돌아보며 상황을 파악하기로 했다. 닐손의 자동차는 평소 주차되어 있던 자리에 그대로 있었다. 깔끔히 주차된 채, 평소처럼 문이 잠기고 경보 장치가 켜진 상태였다.

야르네브링은 그가 사는 건물 안으로 들어가보았다. 아파트 문 밖에서 귀를 기울여보려고 한 것이었다. 안에서는 아무 소리도 나지 않았다.

그는 다시 길가로 내려가, 이번에는 맞은편 건물 안으로 들어갔다. 그 위치에서는 계단통을 통해 닐손의 집이 잘 보였다. 조명은 켜져 있지 않았고, 텔레비전도 꺼져 있었으며, 안에서 사람이 움직이고 있다는 기색은 전혀 느껴지지 않았다.

"놈이 내뺀 거라고 생각하십니까?" 야르네브링이 자동차로 돌아오자 막스가 물었다.

"아니, 그런 느낌은 안 드는데." 내가 아직 현역 경찰이고, 이게 내가 맡아 수사중인 사건이라면 좋을 텐데. 살인 사건을 수사중이어서 통상적인 숫자의 경찰들이 지원을 나와 실질적인 세부 사항을 맡아준다면 내가 여기 앉아서 추측만 하고 있지 않아도 될 텐데 말이지. "오늘은 이만 끝내지. 동네 술집이나 재빨리 한 바퀴 돌아본 다음 끝내자고. 무슨 일이 일어나지 않는다면 말이야."

"놈이 도망칠 것 같지는 않군." 막스가 요한손의 서재 소파 앞에 선 채 그날 밤 일에 대해 보고하자, 요한손이 말했다.

"보스 말씀이 그렇다면 그럴 테죠." 막스가 말했다.

"놈은 그럴 유형이 아니야." 요한손은 고개를 저었다. "자살할 유형도 아니지. 왜냐하면 자신을 너무나 사랑하니까. 그리고 만약 정말로 내뺀다 한들, 자동차를 놔두고 사라질 유형도 아니지. 먼저 자동차를 팔아버렸을 거야. 그런 놈들은 인색한 법이거든. 나 같은 사람들이 놈들을 잡고 싶을 때는 그런 점이 굉장히 도움이 될 때가 종종 있지. 놈들은 얼마간 선수를 빼앗기곤 하니까."

"현명하시군요, 보스." 막스가 말했다.

"그래. 당분간은 내가 자네보다 현명할 테지만, 자네 잘못은 아니라네."

"어째서 그렇습니까?"

"자네가 어린 시절에 겪었던 시궁창 때문이지. 자네가 스스로를 지키기에는 너무 어렸던 시절, 사악한 어른들이 자네에게 억지로 강요했던 그 모든 시궁창 말이야. 모든 것이 자네 잘못은 아니지만, 여전히 자네 인생을 지배하고 있다네. 자네가 그런 것들을 극복해내는 날, 비로소 자네는 나만큼 현명해질 걸세."

"반가운 말씀이로군요." 막스가 말했다.

"그래. 그러니 그런 이유로 걱정할 필요는 없네. 그리고 자네는 서 있고 나는 누워 있으며 피아는 컴퓨터로 친구들이랑 채팅을 하고 있으니, 욕실에 들어가서 내 약병을 가져다주겠나?" 그래야 두통 좀 닥치게 하고 평범한 사람처럼 숨을 쉴 수 있을 테니.

"알겠습니다." 막스가 말했다.

막스가 이 분 후에 돌아왔을 때, 요한손은 잠든 채였다. 막스는 요한손의 곁에 놓인 의자에 앉았다. 그러고는 코 고는 소리에 귀를 기울였다. 그는 그 자리에 두 시간 동안 앉아 있었는데, 주된 이유는 보스가 아침에 잠에서 제대로 깨어날 수 있다고 스스로를 안심시키기 위해서였다. 그런 다음 그는 자신의 방으로 들어가 문을 닫았다. 그러고는 신발을 벗지도 않은 채 침대 위에 드러누웠다.

보스는 좋은 사람이야. 막스는 생각했다. 나쁜 자식이 내부에서 저분을 갉아먹고 있어. 저분을 도와야 해. 내 눈앞에서 돌아가시지 않도록.

그러고는 잠이 들었다. 그는 깨어 있을 때 아무 소리도 내지 않고 움직였던 것처럼, 조용히 잠을 잤다. 언제나 그렇듯이 두 눈을 반쯤 뜬 채였지만, 정작 자신은 그 사실을 전혀 몰랐다.

80

8월 14일 토요일

8월 14일 토요일, 보 야르네브링은 스타판 닐손의 DNA 샘플 확보를 다시 한번 시도했다. 이번에는 좀더 적극적으로 나섰다. 아침 일찍, 그는 군이 알려준 출입문 비밀번호를 사용해서 닐손이 사는 건물 안으로 들어갔다. 그녀는 여전히 스톡홀름 경찰서에서 일하고 있었기 때문에 별 어려움 없이 정보를 얻을 수 있었다. 그는 일단 로비에 들어선 다음 스타판 닐손의 우편함에 삐죽 튀어나와 있는 《스벤스카 다그블라데트》를 훔쳤다. 이른 아침에 그를 건물 밖으로 끌어낼 수 있지 않을까 하는 기대를 했던 것이다.

한 시간 후, 닐손이 파자마와 슬리퍼, 가운 차림으로 정문 현관에 모습을 드러냈다. 야르네브링은 그가 무슨 말을 하는지 들을 수는 없었지만 신문이 사라진 것에 대해 욕설을 퍼붓고 있다는 사실은 충분히 알 수 있었다.

닐손은 처음에는 이웃 우편함에서 《다겐스 뉘헤테르》를 잡아 빼려고 했지만, 야르네브링은 경찰이 사용하는 다양한 도발 방식이라면 굉장히 성실하게 수행하는 사람이었기 때문에, 다른 조간신문들을 죄다 수령인의 우편함 안에 가능한 한 깊숙이 밀어 넣은 터였다. 닐손은 몇 번인가 더 시도하다가 끝내 포기하고 엘리베이터를 타고 3층에 있는 자신의 아파트로 사라져버렸다.

십 분 후, 그는 운동화와 반바지, 재킷 차림으로 거리로 나와 옆 블록에 있는 가장 가까운 편의점으로 출발했다. 신문이나 담배, 다양한 식료품 등을 팔 뿐만 아니라, 손님들에게 간단한 아침 식사도 제공하는 곳이었다. 야르네브링은 좀더 나은 위치를 차지하려고 거리를 따라 내려가면서, 희망이 부풀어 오르는 것을 느꼈다.

스타판 닐손은 《스벤스카 다그블라데트》 한 부와 시나몬 번 하나, 종이컵에 담긴 커피를 한 잔 샀다. 그는 산 물건들을 가지고 곧장 자신의 아파트로 돌아가면서, 야르네브링이 큰 소리로 욕설을 퍼붓게 만들었다.

더 나은 선택지가 없었기 때문에, 그는 닐손의 자동차를 조사해보았다. 하지만 어떤 법의학적 조사를 할 수 있을지 살펴보았던 이전 날들과 마찬가지로, 자동차는 문이 잠겼고 경보 장치가 켜져 있었다.

저 개자식은 머리카락 한 올 흘리고 다니지도 않나. 야르네브링은 앞문 유리창을 통해 자동차 시트와 머리 받침대를 살펴보다가 슬픈 심정이 들었다. 뭐, 포기하는 자는 절대 승리할 수 없는 법이지. 그는 자신의 자동차로 돌아오며 생각했다. 그는 닐손의 집 주방과 거실 창문이 보이는 자리에 자동차를 주차해둔 채, 방금 훔친 신문을 휙휙 넘기면서 자동차 전면 유리창을 통해 정문 현관을 계속해서 지켜보았다.

다시 아무런 소득 없이 두 시간이 지나자, 그는 포기하고 말았다.

그는 집으로 돌아오는 길에 요한손의 휴대전화로 전화를 걸어 이른 아침에 고생했던 일에 대해 이야기했다.

"그 개자식은 머리카락 한 올 흘리고 다니지도 않나 보더라고." 야르네브링이 말했다.

"담배도 피우지 않고 씹는담배도 즐기지 않으면, 아무 소득이 없을 테지."

"순찰 도는 친구들에게 전화 한 통 해야 할 때라고 생각하지 않나? 놈이 다음번에 자동차를 이동시킬 때 말이야. 음주운전 혐의를 적용시킬 수 있을지도 몰라. 놈에게 메인 코스를 대접하기 전에 전채를 약간 맛보게 해주는 것은 어떤가?"

"안 돼. 그럴 생각 없네. 뭐, 자네가 양해를 해준다면 나는 이만 아침 먹으러 가야겠군." 요한손이 말했다.

81

8월 15일 일요일

“야르네브링 선생님과 저는 그 소아성애자 녀석에 대한 감시를 좀더 해볼까 생각중입니다, 보스. 놈의 DNA 샘플을 확보할 수 있을지 알아보려고요.” 막스가 말했다.

“좋은 생각 같군. 행운을 비네.”

“함께 가시지 않는 겁니까, 보스?”

“그래.” 요한손은 고개를 저었다. “나는 여기 누워서 저 바보상자나 볼까 생각중이라네. 텔레비전 말이지.” 그는 막스 같은 젊은이가 짧은 인생을 살아오면서 이런 속어를 얼마나 알고 있을지 확실치 않아 덧붙였다. “DVD로 1980년대 활동사진이나 볼까 하는데.” 설마 활동사진이 뭔지는 알겠지.

“무슨 영화입니까?”

“사실 꽤 재미있는 내용이지. 1970년대에 야르네브링과 내가 스페인에서 일했을 때 관련되었던 일에 대한 거라네. 사실 완전히 난장판이지. 법무장관이 매춘부들과 놀아나는 이야기거든. 하지만 영화는 괜찮은 편이라네."

"즐겁고 조용한 저녁 보내시기 바랍니다, 보스." 막스가 말했다.

"자네도. 보에게 안부 전해주게. 행운을 비네."

"감사합니다."

영화 자체는 나쁘지 않았지만 요한손은 중간에 잠들어버리고 말았다. 그는 최근 들어 주변에 어떤 일이 일어나든지 상관없이 곧바로 잠들 수 있었다. 잠에서 깨어나자, 막스가 요한손의 위로 몸을 굽히고 왼쪽 어깨를 살짝 두드리고 있었다.

"끝났습니다." 막스가 말했다.

"뭐가 말인가?" 요한손은 소파에 일어나 앉으며 말했다. "뭐가 끝났다는 거지?"

"DNA 샘플을 확보하는 일 말입니다. 제가 해냈습니다." 막스는 누군가 사용한 종이 냅킨처럼 보이는 물체가 들어 있는 2리터짜리 지퍼백을 들어 올리며 말했다.

"도대체 자네들 둘이서 무슨 짓을 한 건가?" 요한손은 냅킨이 담긴 지퍼백을 가져가며 물었다.

"보는 전적으로 결백합니다." 막스가 말했다.

"그게 무슨 뜻이지? 결백하다니?"

"보는 오지 못했습니다. 따님 댁에 일이 생겼다면서요."

"무슨 일인지 알겠군."

"그래서 저 혼자 갔습니다."

"혼자 갔다고? 정말인가?"

"보스께서 계셨을 때와 마찬가지 상황이었습니다. 우선 놈은 밖으로 나와 그 레스토랑으로 가서 자리에 앉아 음식을 먹었습니다. 이전과 달랐던 점은 전화를 한 통도 걸지 않았다는 것뿐이었습니다. 놈은 피자 한 판과 레드 와인 한 병을 주문했습니다. 한 병을 다 마시더군요."

"그런 다음에는?"

"그런 다음에 놈은 자기 자동차를 이동시켰습니다. 내일은 월요일이니까요. 하나 이해가 가지 않는 것은, 어째서 놈은 애초에 제대로 된 자리에 주차하지 않을까 하는 점입니다. 뭐, 그거야 놈의 문제이지, 제가 걱정할 것은 아니죠. 저는 놈을 따라갔습니다. 놈이 자동차를 후진시키는 순간, 저는 놈의 차 뒤로 불쑥 튀어나왔습니다. 놈은 저를 차로 치지 않을 도리가 없었죠."

"놈이 자네를 치었다고?" 대체 이 친구가 무슨 소리를 하고 있지?

"그렇습니다. 놈은 후진하면서 저를 치었지만 그건 별문제 아니었습니다. 야단법석을 떨 일은 전혀 아닙니다. 놈은 자신이 무슨 짓을 저질렀는지 알아차리자마자 문을 열고 제가 괜찮은지 물어보았습니다."

"그래서 자네는 어떻게 했나?"

"저는 놈에게 걸어가 차에서 끌어냈습니다. 무슨 짓을 했는지 아느냐고 을러대면서요. 술을 처먹었으면 운전을 해서는 안 된다고 말해줬죠. 놈이 뭐라 따지려 들자, 놈의 코에 한 방 먹여줬습니다. 그런 다음 제 주머니에 들어 있던 냅킨을 한 장 꺼내서 놈의 얼굴을 닦아줬습니다. 그리고 음주운전 따위를 할 생각을 하기 전에 신중하게 고민을 해보라고 말했죠. 조심하지 않으면 다른 사람을 죽일 수 있다고요."

"자네가 놈을 때렸다고? 코를 때렸다는 건가?" 이건 있을 수 없는 일이야.

"주먹을 쥐고 때리지는 않았습니다." 막스는 요한손의 단짝 친구의 손보다도 훨씬 큰 오른손을 들어 올렸다. "손바닥으로 코를 살짝 쓰다듬어줬죠. 어쨌든 놈은 저를 차로 치었으니까요."

"코를 말인가?" 이 친구는 예전에도 해본 게로군. 손바닥으로 때리는 것과 주먹으로 때리는 것은 처벌이 다르다는 사실을 알고 있는 거야.

"심하게 상처 입히지 않으면서 피를 흘리게 하려면 코만 한 곳이 없습니다." 막스는 어깨를 으쓱하며 말했다. "만약 제가 턱이나 눈썹 쪽을 때렸다면, 놈은 죽어버렸을지도 모르니까요. 놈의 두개골을 깨버리면서도 피 한 방울 나지 않게 할 수도 있었습니다."

"그 외 다른 짓은 하지 않았겠지?" 요한손이 물었다. 그랬을 가능성이 충분하단 말이지.

"하지 않았습니다. 저는 그냥 걸어서 자리를 떴습니다."

"놈이 살아 있기를 진심으로 바라네."

"물론 살아 있습니다. 코피 조금 흘렸다고 해서 사람이 죽겠습니까?"

"그렇긴 하지. 하지만 다른 선택지는 생각해보지 않았나?"

"다른 선택지가 없어서요. 레스토랑 안으로 들어가서 놈을 한 방 갈길 수야 없는 노릇 아닙니까? 목격자가 잔뜩 있는데 말이죠. 제게 화가 나지 않으셨으면 좋겠군요, 보스."

"아니. 유감스럽게도 화가 나지 않았다네. 일이 진행된 모양새가 자네가 말해준 그대로라면 말이지." 즉시 자네를 영입하려 할 사람이 적어도 두 명은 떠오르는군.

"걱정하실 필요는 없습니다, 보스. 거짓말이 아니니까요. 나쁜 사람들만 거짓말을 하는 법이죠. 저는 한 번도 그럴 필요가 없었습니다."

그렇겠지. 자네가 그럴 필요가 뭐 있겠나? "하나만 묻겠네. 자네는 언제나 주머니 속에 종이 냅킨을 넣고 다니나?"

"항상 그렇습니다. 코를 풀거나 할 때 필요해서요. 궁금하신 게 또 있습니까, 보스?"

"아니. 하지만 이 말은 해줘야 할 것 같군."

"그게 뭡니까?"

"고맙네, 막스." 요한손은 고개를 끄덕이며 말했다. "굉장히 고맙네. 그리고 다음번에 나를 위해서 문제를 해결하려고 결심할 때는, 먼저 내 허락을 받으면 더욱 고맙겠군."

"물론입니다." 막스가 말했다.

보에게 전화를 걸어야겠군. 그는 갑자기 이해할 수 없을 정도로 기분이 고무되었다. 마치 가슴을 조르고 제대로 숨을 쉴 수 없게 만들던 끈을 제거해버린 것 같았다. 두통도 느껴지지 않았다. 그저 자유로울 뿐이었다. 자유롭게 풀려난 기분이로군, 마침내.

82

8월 16일 월요일

요한손은 전날 밤 잠들기 전에 다음 날 무슨 일을 할지 미리 결심해 둔 터였다. 국가보안청에서 현실적인 문제는 처리해줄 수 있겠지. 그는 이렇게 생각했다. 국가보안청에 대해 높이 평가할 수 있는 점은 몇 가지 있겠지만, 무엇보다 그들은 입 닥치는 법을 아는 사람들이었다. 만약 그가 막스가 가져온 피 묻은 냅킨을 일반 수사팀의 지인 중 한 명에게 보낸다면, 분석 결과가 나오는 것과 동시에 관련 기사가 신문에 실릴 가능성이 굉장히 높았다. 그는 그런 사태의 결과가 어떠할지 생각조차 하고 싶지 않았고, 어차피 너무 뻔한 결과일 터였기 때문에 굳이 생각할 필요도 없었다.

리사와 이야기를 해야겠군. 리사 마테이는 그가 경찰에 재직했던 마지막 십 년 동안 알고 지낸 동료 중 가장 어리면서도 가장 유능한 친구였다. 그녀는 그를 따라 국가보안청에서 국가범죄수사국으로 자리를 옮겼고, 그가 은퇴한 후 국가보안청으로 복귀했다. 최근 들어 그녀는 고작 서른다섯 살의 나이에 국가보안청의 스톡홀름 지역 본부 차장으로 재직하고 있었다.

월요일 아침, 요한손은 물리치료사와의 운동 예약을 취소하고 대신 리사 마테이에게 전화를 걸었다.

"요한손이네." 그녀가 전화를 받자 요한손은 말했다.

"라르스." 리사 마테이가 말했다. "목소리 들으니 반갑네요. 사무실에 들려오는 최신 소식에 따르면, 하루하루 몸 상태가 나아지고 계신다고요."

"나는 잘 지내네." 요한손이 말했다. '라르스'라니. '국장님'이 아니라? 갑자기 우리가 가까운 친구라도 된 건가?

"제가 도와드릴 일이라도 있나요?"

"그래. 현실적으로 내게 도움을 줄 수 있는 사람이 자네밖에 떠오르지 않더군. 긴급한 일이기도 하고."

"한 시간쯤 후에 짬을 낼 수 있을 것 같군요." 마테이가 말했다. "용건은 얼마나 걸릴 것 같으신가요?"

"십오 분이면 충분하네." 요한손이 말했다. 꼬마 리사도 다 컸군. 그는 전화를 끊으며 이렇게 생각했다.

과묵한 모습에, 굉장히 멋진 금발, 옷차림도 근사하고, 기분이 좋아지는 괜찮은 외모라니까. 리사 마테이를 한 문장으로 표현하면 이럴 테지. 요한손은 리사 마테이의 사무실로 들어가며 이렇게 생각했다. 현재 배

크기를 보아 하니 누가 봐도 임신한 게 분명했다. 꼬마 리사도 이제 어른이로군. 그는 이렇게 생각했다.

“라르스. 이렇게 만나뵈니 정말 반가워요. 한번 안아봐도 될까요?”

“물론이지.” 요한손은 말하며, 몸을 앞으로 굽혀 그녀가 등 뒤로 쉽게 팔을 두를 수 있도록 했다. “어느 쪽인지 알고 있나?” 그는 자리에 앉자마자 리사 마테이의 배를 향해 고갯짓을 하며 말을 이었다.

“여자아이예요. 더이상 기다릴 수가 없어서 알려달라고 부탁했죠.”

“아이 아버지는? 그 사람도 경찰인가?”

“전혀 아니에요. 영화학을 가르치는 사람이에요. 대학에서요.”

“좋은 소식이로군.” 요한손이 말했다.

“제가 뭘 도와드리면 되죠, 라르스?”

“DNA 샘플에 대한 검사를 하나 진행해야 하네. 민감한 사안이라서 말이지. 샘플을 넘겨줬을 때, 정보가 새어 나가는 것은 바라지 않아.”

“무슨 사건인데요?”

“성적 동기에 의한 아홉 살 소녀 살인 사건이라네. 이십오 년 전에 발생한 미제 사건이고, 이제는 공소시효가 지났지.”

“야스민 에르메간요?” 리사 마테이가 그를 뚫어지게 바라보았다.

“그래.” 요한손이 말했다.

“그 사건의 진상을 밝혀내셨다고요?”

“그래. 범인을 제대로 짚었다고 확신한다네. 그리고 놈은 아직 살아 있지.”

“흥미가 동하지 않을 수 없는데요.” 마테이가 말했다. “어떻게 야스민 살인 사건에 흥미를 가지게 되셨죠? 예전에 담당하셨던 사건은 아니잖아요?"

"병원에서 지내는 동안 소일거리가 필요해서 말이지."

"전혀 변하지 않으셨네요, 라르스." 리사 마테이가 딱 잘라 말했다.

"어쩌면." 요한손이 말했다. "솔직히 말해서 좀더 나아진 기분이야. 이게 놈의 DNA 샘플이고, 피해자의 소지품이라고 믿고 있는 머리핀도 하나 있다네." 그는 두 개의 비닐 봉투를 책상 위에 내려놓으며 말했다.

"혈흔이로군요." 마테이가 종이 냅킨이 담겨 있는 지퍼백을 집어 들었다.

"그래. 가끔은 손에 쥔 것만으로 최선을 다해야 할 때도 있지. 그 이야기는 나중에 할 수 있을 거야." 그는 어깨를 으쓱했다.

"이 머리핀은 야스민의 것이라고요?"

"그래. 거기서는 특별한 게 나올 것 같지는 않지만, 순전히 학문적인 관점에서 시도해볼 가치는 있을 거야. 질문이 하나 있네. 이 건을 보안 사항으로 취급해줄 수 있겠나?"

"증거가 손에 들어왔으니 분명히 그래야죠. 야스민의 아버지가 누구인지 알고 계실 테죠?"

"그래." 요한손이 말했다. "현재 상황은 괜찮은가?"

"친구 좋다는 게 뭡니까?" 마테이는 미소를 지었다. "게다가 여기는 제가 일하는 곳인데요." 그녀는 이렇게 덧붙였다.

"결과가 나오면 알려주게." 요한손은 자리에서 일어섰다. "그리고 건강 조심하게나." 그는 부푼 배를 향해 고갯짓을 하며 말했다.

"라르스도요." 마테이가 말했다.

점심 식사 후, 요한손은 갑자기 무슨 생각이 떠올랐다. 그는 재빨리 몇 가지 선택지를 저울질해본 다음, 자신의 규칙 중 하나를 깨뜨리기로 결심했다. 그는 솔나 경찰서의 옛 지인 한 명에게 전화를 걸어, 단도직입적으로 질문을 던지기 시작했다.

"토이보넨입니다." 솔나 경찰서 범죄수사과 소속 토이보넨 경정이 말했다.

"요한손이라네." 요한손이 말했다.

"맙소사." 토이보넨이 말했다. "어떻게 지내십니까?"

"잘 지내지." 요한손이 말했다. "자네는 아직도 입이 무거운 편인가?"

"이전보다 훨씬 무겁죠. 나이를 먹을수록 점점 더 피곤해지는 법이거든요. 이제는 혼잣말도 하기 힘들 지경입니다." 그는 딱 잘라 말했다. "무엇을 도와드릴까요?"

"어제저녁에 사건 하나가 접수되지 않았는지 확인해줄 수 있겠나? 프뢰순다에서 일어난 사건이라네. 광장 근처 주차 구역에서. 10시쯤 됐을 거야. 폭행 사건이라네."

"잠시만요." 토이보넨이 말했다.

그가 대답을 하기까지는 오 분이 걸렸다.

"시간이 걸려서 죄송합니다. 컴퓨터에 문제가 좀 있어서요." 그가 설명했다. "사건 담당 형사에게 확인을 해야 했습니다. 그런데 이 사건을 어떻게 알고 계신 겁니까? 특수 폭행, 고소인은 스타판 닐손, 1960년생. 어젯밤 10시 직전에 잠을 자러 집으로 가는 도중에 강도를 당했다고 하는군요. 근처 레스토랑에서 식사를 하고 돌아가는 길이었다고 합니다."

"특수 폭행이라고?"

"그렇습니다." 토이보넨이 말했다. "고소장에 따르면 범인은 적어도 두 명이었답니다. 스타판 닐손의 진술에 따르면 세 명일 가능성도 배제할 수는 없습니다. 놈들은 금장이 들어간 롤렉스 시계와 지폐로 만 이천 크로나가 들어 있던 금제 머니 클립, 목에 걸고 있던 금목걸이, 왼손에 끼고 있던 화이트골드 인장 반지를 털어 갔습니다. 피해액은 어림잡아 십오만 크로나 정도입니다. 그런 것들을 다 걸치고 돌아다녔다니, 솔직히 자업자득 아닙니까? 아니면 더럽게 좋은 보험에 가입했을지도요."

"목격자는?"

상황이 점점 더 좋아지는군.

"무슨 일이 일어났는지 본 사람은 없습니다. 사건 발생 직후에 저녁 산책을 나왔다가 피해자를 발견한 부부가 한 쌍 있습니다. 스타판 닐손이 코피를 흘리며 인도에 앉아 있었다더군요. 그들이 112에 전화를 걸었습니다. 오 분 후에 첫 번째 순찰차가 도착했습니다. 구급차는 그 직후에 도착했고요."

"감시 카메라는?"

"사건 발생 장소에는 없었습니다."

"그렇다면 피해자의 상태는 어떤가?"

"그는 어젯밤에 병원에서 치료를 받고 퇴원했습니다. 코뼈 골절이었습니다. 그리 심각한 것은 아닙니다. 그 사람을 알고 계십니까?"

"누구 말인가?"

"피해자 말입니다만?"

"무슨 피해자 말인가?" 요한손이 말했다.

“무슨 말씀이신지 알겠습니다.” 토이보넨이 말했다. “건강 조심하십시오.”

그렇다면 이것을 어떻게 이용한담?

83

8월 16일 월요일 저녁

그날 저녁, 67세의 라르스 마르틴 요한손은 23세 막심 마카로프와 한 시간이 넘도록 대화를 나눴다. 막스가 살아오면서 겪었던, 입 밖으로 꺼내기조차 어려웠던 일들에 대해 털어놓으면서 이루어진 개인적인 대화였다. 그에게 이야기를 하도록 부추긴 사람은 요한손이었다. 그것이 옳은지 그른지 판단하는 것은 그로서는 절대 답을 알 수 없는 질문이나 마찬가지였다. 대화는 충분히 악의 없는 방식으로 시작되었는데, 대부분은 허심탄회한 인간관계를 구축하려는 시도였다. 어쩌면 심각한 일에 대해 농담이라도 던져보려는 시도일지도 몰랐다.

요한손은 막스에게 차를 내오라고 부탁했다. 성별을 막론하고 러시아인에게 차를 부탁하는 것은 위험부담이 적은 일에 속했다. 요한손이 선호하는 종류의 차는 영국 스타일의 구정물이 아니라 러시아식 홍차였다. 두 사람은 서재에 앉았고, 요한손은 스타판이 자존심에 하등 도움이 되지 않은 방식으로 코를 얻어맞은 다음 얼굴까지 문질러지는 꼴에 처했을 뿐만 아니라, 머니 클립과 돈, 시계, 목에 걸고 있던 금목걸이, 왼손 새끼손가락에 끼고 있던 인장 반지까지 털렸다는 이야기를 막스에게 해주었다.

"놈은 거짓말을 하는 겁니다. 금목걸이 따위는 걸고 있지 않았습니다. 반지와 시계는 기억이 나지 않는군요." 막스가 말했다.

"자네 말을 믿네. 게다가 놈이 자신을 공격한 사람들에 대해 묘사한 내용은 자네와 전혀 들어맞지 않거든. 범인은 두 명, 혹은 세 명일 가능성도 있다고 주장했고, 내가 제대로 알고 있다면 그들 중 누구도 자네와는 비슷하게 생기지도 않았다네." 지금쯤이면 스타판 닐손은 보험회사에 보내는 청구서까지 작성했겠지.

"쉬운 일은 아니었습니다." 막스가 말했다. "그런 놈들에게 얼마나 고생했는지 모릅니다."

"자네가 놈을 죽이지 않아서 기쁘네." 요한손이 말했다.

"보스를 위해서였습니다. 보스를 위해서 놈을 살려 보내준 거죠."

이 친구는 완전히 기운이 빠져버렸군.

"고아원 시절 이야기를 해보게. 때로는 부담을 조금 덜어내는 게 도움이 될 수도 있으니까. 자네가 하는 이야기는 이 방 밖으로는 새어 나가지 않을 걸세."

"알겠습니다." 막스가 말했다.

막심 마카로프가 인생에서 발 디딜 곳을 잃어버렸던 것은 1993년, 그가 여섯 살 된 해였다. 할머니가 사망하면서, 그는 자신을 먹여주고 재워줄 친척 하나 없이 홀로 남은 처지가 되었다. 조금이나마 위안을 찾아 매달릴 어른이 주변에 없었던 것이다. 그와 비슷한 처지의 아이들이 그렇듯, 남은 곳은 고아원뿐이었다.

상트페테르부르크는 네바 강이 핀란드 만으로 흘러나가고, 스톡홀름의 3분의 1정도 크기의 땅에 오백만 명의 주민들이 꽉꽉 들어찬 오래된 석조 도시였다. 구소련 공산당 정치 위원들과 그들이 만든 상대적인 질서는 게걸스러운 자본주의와 잔인한 무한 경쟁으로 대체된 지 오래였다. 그럼에도 크게 보았을 때, 각각의 개인이 걱정하는 내용들은 별다른 차이가 없었다.

평범한 사람들은 봉급이나 연금의 지급이 늦어지거나 아예 지급되지 않는 고통에 시달렸다. 갑작스럽게 범람하는 상품들은 그저 소수의 사람들만이 누릴 수 있는 사치일 뿐이었다. 빵과 감자를 비롯하여 사람들이 배를 채우기 위한 모든 상품의 가격은 계속해서 상승했다. 범죄는 전염병이 번지는 수준으로 퍼져 나갔다. 새롭게 부랑 노동자 계층에 편입한 사람들이 거리와 광장을 자신들의 집으로 삼았다. 아침저녁으로 그런 자들을 인민공화국의 경찰 유치장으로 끌고 가던 경찰차는 더이상 찾아볼 수 없었다. 그나마 그들에게 물과 멀건 귀리죽, 빵, 그리고 구토를 하고 대소변을 볼 수 있는 들통을 제공해주던 곳이 사라진 것이었다. 이제 그런 것들은 전혀 없었다. 복지국가 소련은 소멸해버렸고, 자유기업들이 그 자리를 차지해버렸다.

이런 상황은 막스 같은 사람들, 즉 인생의 길을 가르쳐줄 어른들이 없는 외로운 어린이들에게도 예외는 아니었다. 그래도 고아원은 있었다. 적어도 삼시 세끼 식사와 머리 위를 가릴 수 있는 지붕, 그리고 행실이 나쁘거나 옷에 오줌을 지렸을 때 언제든지 날아드는 폭행이 있는 곳이었다. 다른 곳에 입양될 수 있으리라는 희망은 여전히 존재했다. 언젠가는 새 부모가 나타나, 상트페테르부르크의 절망으로부터 안전한 거리까지 데려가 자본주의 천국 속 삶을 선사해줄 거라는 희망이었다.

"저는 그라즈단카에서 자랐습니다. 외스테르말름과는 여러모로 다른 곳이었죠. 부유한 사람들이 사는, 에베르트 사장님의 사무실이 있는 지역과는 전혀 다른 곳이었습니다." 막스가 설명했다.

"그곳은 교외 지역이었나?" 요한손이 물었다. 그는 공산주의가 몰락하기 전에도, 그후에도 상트페테르부르크를 방문한 적이 있었음에도 자신이 갔던 곳에 대해 제대로 알지 못했다.

"그 도시에는 교외라는 곳은 사실상 존재하지 않습니다." 막스는 고개를 저으며 말했다. "이곳과는 다른 곳이니까요. 페테르부르크는 석조 도시이고, 그중에서 그라즈단카는 슬럼 지역입니다. 제가 할머니 할아버지와 함께 살았던 건물은 화장실이 집 밖에 있었습니다. 얼마 동안은 고아원이 거의 매 블록마다 있기도 했습니다. 지금은 좀 나아졌죠. 최악의 시기는 지났습니다. 고아원 직원들이 아이들을 팔아넘기는 일은 이제 더이상 일어나지 않는 것 같더군요. 푸틴이 그런 짓을 금지시킨 모양입니다."

아동 매매 역시 다른 상품 거래에 적용되는 것과 같은 규칙에 따라 이루어지곤 했다. 가격은 수요와 공급에 따라 결정되었고, 구매자에게는 어린아이에 대한 예상 가능한 선호도가 분명히 존재했다. 아이들은 가능한 한 어리고, 당연히 건강해야 했으며, 밝고 가능한 한 예뻐야 했다. 여자아이들은 남자아이들보다 수요가 더 많았다.

"자네는 계속 진열장에 남아 있었나?" 요한손은 쓴웃음을 지으며 말했다.

"추측에 맡기겠습니다." 막스는 마주 미소를 지었다. "저는 지금 모습과 별로 다르지 않았습니다. 당시에는 덩치가 작았을 뿐이었죠."

"아무런 제안도 받지 못했다고?"

"한 번 있었습니다. 뚱뚱한 핀란드 노인네가 집적거렸습니다. 그 아내는 훨씬 뚱뚱하더군요. 저는 뛰어올라서 놈에게 한 방 먹여줬습니다. 짐작하시겠지만 그후에 흠씬 얻어맞았죠. 저는 그 주 내내 엎드려 자야만 했습니다."

막스가 사 년 동안 지낸 고아원은 낡고 버려진 병원이었다가 그가 들어가기 일 년 전에 대충 수리해서 고아원으로 개축한 곳이었다. 삼백 명의 아이들과, 대부분 여성인 스무 명의 직원들이 지낼 수 있을 정도의 크기였다. 아이들은 일반적인 원칙에 따라 분류되었다. 신생아부터 갓 걸음을 떼기 시작한 아이들은 맨 아래층이었다. 여섯 살부터 열두 살까지의 어린이들은 그 위층이었는데, 소년 소녀를 구분해서 계단을 중심으로 나뉘었다. 더 나이가 든 아이들은 맨 위층이었고, 이 아이들은 열다섯 살이 넘는 즉시 다른 살 곳을 찾아야 했다.

"거시기에 털이 날 때가 되면 맨 위층으로 옮기게 됩니다. 어머니가 한 해만 더 늦게 저를 찾았더라면, 저 역시 그곳으로 가게 되었겠죠. 일단 그곳에 가면 다 끝난 겁니다."

"상상이 가는군." 요한손이 말했다.

"그곳에서 지내던 나이 많은 친구가 몇 명 있었습니다. 다 죽어버렸죠. 술, 메스암페타민, 메탄올, 헤로인, 범죄 같은 것에 손을 댔다가 고아원에서 쫓겨나 거리로 직행하는 겁니다. 저보다 네 살 많았던 친한 친구가 있었는데, 메탄올 한 병을 몰래 들여와서 진탕 마신 모양입니다. 그날 밤 고아원에서 죽어버렸죠. 열세 살에 말입니다."

"자네는 교육을 좀 받았나? 학교 같은 곳에 다녀야 하지는 않았고?"

"물론 다녔습니다. 바로 옆 건물이었죠. 읽기와 쓰기, 산수도 배웠지만, 대부분은 실습이었습니다. 기본적으로는 작업장에서 일을 했죠. 저는 팰릿에 못질을 하면서 일 년을 꼬박 보냈습니다. 그곳에서 보낸 마지막 해에 한 일이었죠. 그전에는 더러운 유리잔을 설거지하고 감자도 깎았습니다. 우리가 일을 하면서 번 돈은 고아원 직원들의 노다지였죠. 우리에게 읽는 법을 가르쳐서 돈을 벌 수는 없었으니까요."

"노다지?"

"그들 주머니 속으로 들어갔다는 뜻입니다. 우리는 여러 곳에서 일했습니다. 레스토랑, 작은 작업장, 일반 가게, 건설 회사 같은 곳에서 말입니다. 그들은 트럭에 싣고 온 돌무더기를 마당에 한가득 부려놓곤 했죠. 그러면 저희는 밖으로 달려나가 못도 빼내고, 나무를 골라내 한쪽에 쌓았습니다. 오래된 벽돌에 달라붙은 시멘트를 두드려 깨기도 하고요. 그런 일을 하는 러시아 꼬마들이 가득했죠. 마치 일곱 명의 난쟁이가 나오는 영화 같았습니다. 그런데 그 난쟁이들은 광산에서 일하지 않았습니까?"

"그래." 요한손은 한숨을 쉬었다. 나는 무슨 이야기를 해줄 수 있을까? 학교에 들어갈 나이가 되지 않았던 오래전, 농장 집 주방에 앉아 나무를 쪼개 불쏘시개를 만드는 사이, 어머니가 초콜릿과 거품 낸 크림을 얹은 갓 구운 시나몬 번을 주면서 자신을 달래던 이야기를?

"남에게 기대지 않고 살아가는 건 사실 별로 나쁘지 않았습니다." 막스는 요한손의 속마음을 읽었다는 듯 말했다. "하지만 우리는 기본적으로 고아원 직원들의 노예였죠. 만약 그들이 우리를 부유한 서방세계 사람들에게 팔아넘기지 못한다면, 일을 해야 했으니까요. 우리가 그나마 읽고 쓰는 것을 배운 것은, 그들이 실제로 하는 짓을 가리기 위한 면피 행위에 불과했습니다."

"만만한 삶이 절대 아니었겠군." 요한손이 말했다. 무슨 말이라도 해야 하는데. 주방 난로 옆에 앉아 불쏘시개나 쪼개던 이야기를 할까? 어느 정도 자란 후에는 감자를 캐거나 건초를 수확했다는 이야기를?

"그 이상이었습니다. 아이들은 훨씬 심한 일을 겪었죠." 막스는 어깨를 으쓱했다. "그중 최악의 일은 아직 말씀드리지 않았습니다. 더 심한 일들이 계속 이어졌죠."

"말해보게." 요한손이 말했다.

"듣고 싶어 하실 이야기인지 잘 모르겠습니다, 보스."

"곧 알게 되겠지."

"알겠습니다." 막스는 다시 어깨를 으쓱했다. "제게는 굉장히 친한 친구가 한 명 있었습니다. 여자애였죠. 우리는 비슷한 시기에 고아원에 들어왔습니다. 그녀는 저보다 두어 달쯤 전에 들어왔죠. 그전부터 우리는 아는 사이였습니다. 같은 블록에 살았었으니까요. 그녀는 마치 제 누나 같았죠. 이름이 나데즈다였습니다. 나데즈다 나자로바요."

별로 좋은 생각은 아니었을지도 모르겠군. 요한손은 막스의 두 눈에 떠오른 표정을 보며 생각했다.

“혹시 내키면 나데즈다에 대해 말해보게.”

84

8월 16일 월요일 저녁

나데즈다 나자로바는 막스보다 세 살 많았다. 그녀는 그와 같은 블록, 마당 건너편에 있는 집에 살았다. 그녀는 그를 비롯하여 같은 블록에서 자란 백여 명의 또래 아이들과 마당에서 함께 놀았다. 나데즈다 아버지가 누구인지는 확실하지 않았다. 어머니의 애인들은 그녀가 알지 못하는 성인들이었고, 그다지 좋은 사람은 못 되었다. 나데즈다의 어머니는 막스의 할머니보다 두 달 먼저 사망했다.

"사인은 무엇이었지?" 요한손이 물었다. "나댜의 어머니 말이네."

"스컹크처럼 취해서 공사장 발판에서 추락했습니다. 즉사했습니다."

"왜 공사장 발판 같은 데 올라간 거지?"

"거기서 일했으니까요." 막스는 미소를 지으며 말했다. "그녀는 건축회사에 다녔습니다. 건물 외벽에 회반죽을 바르는 일을 했죠. 우리는 지금 러시아 이야기를 하고 있는 겁니다, 보스."

"무슨 뜻인지 알겠군." 요한손이 말했다.

막스가 여섯 살의 나이로 고아원에 들어갔을 때, 아홉 살의 나댜는 이미 그곳에 있었다.

"그녀는 결국 제 누나가 되고 말았죠." 막스가 말했다. 그는 더이상 소파 위에 누워 있는 요한손을 신경 쓰지 않고 혼잣말을 하듯 고개를 끄덕였다.

"우리는 같은 구역에 배정되었습니다. 저는 남자애고 나댜는 여자애였기 때문에 방은 달랐지만, 우리 둘은 대부분의 시간을 함께 보냈습니다. 저녁이 되어 다른 아이들은 모두 잠들고 나면, 그녀는 몰래 들어와 저를 안아주곤 했죠. 제 귀에 많은 이야기를 속삭여줬습니다. 제가 잠이 들 때까지요."

"무슨 일이 일어났지?" 요한손은 구체적인 내용을 짐작할 수 있었음에도, 심지어 마음속에서 구체적인 모습을 상상할 수 있었음에도 이렇게 말했다.

"나댜는 정말 예뻤습니다." 막스가 말했다. "고작 아홉 살이었는데도, 그녀를 입양하고 싶어 하는 사람들이 굉장히 많았죠."

"하지만 그녀는 자네 곁에 머물렀군." 요한손이 말했다. 빌어먹을.

"물론입니다. 그녀는 우리 둘이 나이를 먹어서 고아원을 빠져나가 우리 둘만이 찾아낼 수 있는 집으로 갈 때까지 저를 돌봐주겠다고 약속했으니까요. 그때가 되면 우리는 결혼을 해서, 내내 키스를 하고 안아줄 수 있는 아이들을 낳자고요. 그러던 어느 날, 한 스웨덴인 부부가 와서 어떤 금액을 내놓더라도 그녀를 데려가려고 했습니다. 사실 그들은 꽤 정상적인 사람처럼 보였습니다. 남자는 무슨 임원인가 하는 사람이었고, 아내는 교사였습니다. 그들이 베스테로스 시에 살고 있었다는 것은 확실합니다. 베스테로스 말입니다." 막스는 같은 말을 반복했다. "하고 많은 곳들 중에서도 스웨덴 베스테로스였습니다."

"무슨 일이 일어났지?" 요한손이 물었다.

"저는 다 끝났다고 확신했습니다. 이제 다 끝난 일이지, 이렇게 생각했습니다. 하지만 그때 나다는 히스테리 발작을 일으킨 척하면서, 바닥을 구르며 마약에 취한 듯 정신 나간 행동을 했습니다. 그러더니 베스테로스에서 온 여자의 눈을 할퀴어버리려고도 했죠. 고아원 직원이 그녀를 끌어내서 사무실 안에 가둬버렸습니다. 베스테로스에서 온 부부는 대신 다른 아이를 골랐습니다. 말 한마디 하지 못하는 불쌍한 어린아이였죠. 그렇게 만사가 해결된 것이었습니다. 제가 얼마나 안도했는지는 상상하실 수 있을 겁니다. 하지만 그녀는 음모가 자랄 때가 되었습니다." 막스가 말했다. "그러자 정말 모든 것이 끝나고 말았죠. 정말로 말입니다."

나다는 열두 살이 채 되기 전에 사춘기를 맞이했다. 가슴이 자라고 사타구니에 음모가 돋기 시작했다. 다른 모든 아이와 마찬가지로, 그녀 역시 첫 번째 산부인과 검진을 받기 위해 고아원 의사에게 보내졌다. 그리고 그 의사가 매력적이라고 생각한, 사춘기에 접어든 다른 모든 소녀들과 마찬가지로, 그녀는 첫 번째 성 경험을 했다.

"놈이 그녀를 강간했습니다." 막스는 멍한 눈빛으로 말했다. "놈은 고아원에 있는 여자애들이 음모가 자라자마자, 그 아이들을 죄다 강간하고 다녔죠. 그 사실을 모르는 아이들은 없었습니다. 하지만 그곳에서 일하는 어른들은 짐작도 못 하는 일이었죠. 적어도 경찰이 나타났을 때, 그들 주장은 그랬습니다. 나댜는 외부를 완전히 차단해버리고 말았습니다. 마치 제가 더이상 존재하지 않는 것처럼요. 그녀는 저와 더이상 이야기를 나누고 싶어 하지 않았습니다. 심지어 저를 바라보지도 않았죠. 그저 좀비처럼 이리저리 돌아다닐 뿐이었습니다."

"경찰이 왔다고? 무슨 이유로 나타난 거지?"

"그날 밤에 나댜가 죽었으니까요. 놈이 마지막으로 그녀를 강간한 날에 말입니다. 놈은 자신의 사무실에서 내내 죽치고 있었습니다. 우선 그녀에게 술을 먹여 취하게 만들었죠. 그래서 놈이 그 짓을 할 때, 나댜는 비명을 지르지 못했습니다. 그놈 자신도 술을 일 리터는 족히 마셨을 겁니다. 보드카였지요. 보드카야말로 언제나 마더 러시아를 움직이는 연료이니까요. 그는 잠이 들었습니다. 그저 술에 취해 의식을 잃었던 겁니다. 나댜는 여자애들이 검진을 받을 때 앉는 의자에 묶여 있었습니다. 그녀 역시 잠이 들었습니다. 아니, 정신을 잃었다고 해야 할 테죠. 사실 저는 잘 모르겠습니다."

"어떻게 자네는 이 일을 전부 알게 되었지?" 요한손이 말했다. 어째서 난 입을 닥치고 있지 못했지? 그는 말을 하는 순간 이렇게 생각했다.

"그녀를 발견한 사람이 저였습니다." 막스는 갑자기 일어섰다. 뼈가 툭 튀어나올 정도로 살집이 없는 얼굴은 침대 시트처럼 창백했고, 아무런 표정도 드러나지 않았다. "죄송합니다, 보스." 그는 이렇게 말하며, 불끈 쥔 주먹으로 입을 틀어막고는 밖으로 뛰쳐나갔다.

"이제 괜찮습니다." 십 분 후, 막스는 다시 돌아왔다. "어디까지 이야기했죠?"

"그녀를 발견한 사람이 자네였다는 이야기까지 했네."

"예. 당시 저는 한밤중에 화장실에 다녀와야 했습니다. 화장실은 그 의사의 사무실 바로 옆이었죠. 어떻게 그랬는지는 모르지만, 어쨌든 저는 그저 상황을 깨달았습니다. 사무실 문이 잠겨 있어서 소화기로 문을 박살 내 열었습니다."

아홉 살짜리가 말이지. 요한손은 이렇게 생각했다.

"나다는 죽어 있었습니다." 막스가 말했다. "당시 그 사실을 깨달았던 것은 아니었습니다. 저는 그녀를 흔들어 깨우려고 애썼으니까요. 그녀는 자신의 토사물에 질식한 것 같았습니다. 의사는 완전히 정신이 나간 채 바닥에 축 늘어져 자고 있었습니다. 저는 밖으로 나가 소화기를 가져와 놈의 머리를 내리쳤습니다. 그때 다른 직원이 나타나 저를 붙들고 바닥에 쓰러뜨리는 바람에, 딱 한 대밖에 칠 기회가 없었죠. 그리고 경찰이 나타났습니다."

"그다음에는 어떻게 됐지?"

"놈은 병원을 떠났습니다. 사실상 그게 전부였습니다. 혹시 궁금해하실지 모르겠는데, 놈의 이름은 알렉산드르 콘스탄티노프였습니다. 놈은 몇몇 고아원에서 주치의를 맡고 있었죠. 저는 소년법 12조에 의거하여 처음으로 소년 보호시설에 들어갔을 때 그 시설에서 달아났습니다. 배를 타고 핀란드로 간 다음, 그곳에서 페리를 타고 상트페테르부르크로 향했습니다. 놈에게 나댜와 제가 보내는 마지막 메시지를 전달하면서, 그야말로 끝을 볼 계획이었던 겁니다."

"그때 자네 나이가 몇 살이었지?" 요한손이 물었다.

"열여섯이었습니다. 하지만 겉모습은 지금과 다를 바 없었죠. 그래서 별문제 없었습니다."

"그래서 놈을 찾아냈나?"

"아닙니다. 최선을 다했지만 놈은 그전 해에 이미 죽어버렸더군요. 술에 취해 네바 강에 추락해서 익사했습니다. 아마 제 인생에서 두 번째로 슬픈 일이었을지도 모르겠습니다."

"이해하네." 요한손이 말했다. 나댜의 일 다음으로 말이지.

"아니, 이해 못 하십니다." 막스가 말했다. "외람된 말씀이지만, 보스는 굉장히 좋은 분이십니다. 하지만 보스처럼 좋으신 분도 이런 일은 정말로 이해하실 수는 없을 겁니다. 절대로 이해하실 수 없을 테고, 그 점에 대해 지랄 맞을 정도로 감사하셔야 합니다. 에베르트 사장님께 듣기로는, 보스께서는 경찰에 계셨을 때 살인자들을 잡아 처넣으셨다지요. 하지만 그렇다고 이해하실 수 있는 것은 아닙니다. 제가 말씀드리는 것은 전혀 다른 이야기이니까요. 보스께서 차량 등록 기록을 조사해서, 어린 소녀를 살해한 소아성애자 스타판 닐손의 자동차를 찾아보라고 하셨을 때, 저는 거의 신을 믿기 시작할 지경이었습니다."

"어째서?"

"우선 놈은 1960년생이었습니다. 콘스탄티노프 박사와 같은 해에 태어난 겁니다. 그리고 외모 역시 비슷했습니다. 저는 닐손의 사진을 인터넷에서 찾아보았거든요. 엄밀히 따지면 최근 사진은 아니었지만, 두 사람은 굉장히 비슷하게 생겼습니다. 형제 사이라 해도 좋을 외모였죠. 어쨌든 형제 사이라고 해도 무방할 겁니다. 콘스탄티노프와 닐손 같은 놈들을 한데 묶어서 말입니다. 어린 소녀들을 강간해서 죽게 만든 놈들은 형제나 다름없을 테죠. 저는 닐손의 코를 한 방 갈기기 직전, 정말 신의 존재를 믿게 되었습니다. 신께서는 알렉산드르 콘스탄티노프, 그러니까 제 손으로 본때를 보여주기 전에 안타깝게도 제멋대로 익사해버린 놈을 대신해서 스타판 닐손을 제게 내려주신 겁니다."

"자네가 놈을 죽이지 않아서 기쁘네."

"대단히 죄송합니다, 보스. 사실은 정말로 죽일까 하는 생각도 했습니다. 그런데 그 순간, 놈은 보스의 것이라는 생각이 문득 들었습니다. 보스께서 놈을 찾아내셨으니 소유권은 보스에게 있는 겁니다. 제가 아니라요. 그것만큼은 제가 바꿀 수 없는 것이었습니다."

85

8월 17일 화요일

“손님이 오셨어요, 보스.” 마틸다는 점심 식사를 마친 후 소파에 누워 쉬고 있는 요한손을 향해 고갯짓을 하며 말했다.

“야르네브링이로군.” 요한손이 말했다. 미리 전화 한 통 하는 게 그렇게 어려운 일인가? 그는 짜증이 났다.

“땡.” 마틸다는 어째서인지 이렇게 말했다. “늑대는 눈에 띄지 않네요. 그리고 막스 어린이는 자기 방에 틀어박혀서 컴퓨터 게임에 빠져 있고요. 보스 친구분은 시내에서 만난 불쌍한 녀석의 뼈를 씹으며 집에 틀어박혀 있겠죠. 이번 손님은 훨씬 나아요.”

“어떤 점에서?”

“여자라고요. 젊고 예쁜 여자요. 뭐, 어쨌든 그 정도면 젊은 편이죠.”

“자네만큼 예쁜가?” 그는 갑자기 이런 말을 할 기분이 들었다.

“아마도요.” 마틸다가 말했다. “그런데 저와는 다른 타입이에요.”

리사 마테이로군. 요한손은 이렇게 생각했다. 갑자기 극도로 차분해지는 기분이었다. 차분하면서도 다소 냉담해진 것이, 어쩌면 그가 너무 자주 복용하는 것일지도 모를, 작은 흰색 알약을 먹었을 때 보통 느끼는 기분과 유사했다.

"리사 마테이라고 하네요. 보스랑 알고 지내는 사이라면서, 찾아온 용건도 아실 거라고 했어요. 그녀가 보스를 방해하는 게 아니었으면 좋겠네요."

"어서 앉게, 리사." 요한손은 소파 가까운 곳에 놓인 안락의자를 향해 손짓하며 말했다. "뭐라도 좀 들겠나?"

"차 한잔 주시면 좋을 것 같네요." 그녀는 마틸다에게 고개를 끄덕이며 말했다.

"그리고 더블 에스프레소 한 잔 주게. 우유는 빼고. 그리고 문 좀 닫아주겠나?" 그는 대충 주방 쪽에 대고 손을 내저으며 말했다.

"몸은 좀 어떠세요, 라르스?" 리사 마테이는 자리에 앉아 얌전히 다리를 꼬며 말했다. 치맛단이 무릎 바로 아래까지 내려왔다. "어제 뵈었을 때보다는 안색이 좀더 밝아 보이는데요."

"컨디션은 최고라네." 요한손이 말했다. 다시는 나를 국장님이라고 부르지 않을 작정인가 보지? 이제 다 컸다는 건가?

"방이 멋지네요." 리사 마테이는 사방에 놓인 책꽂이를 둘러보았다.

"그런 건 신경 쓰지 말게, 마테이." 요한손이 말했다. "바로 본론으로 들어가지."

"알겠습니다." 그녀는 심각한 표정으로 그를 바라보았다. "처음 뵈었을 때가 분명 십 년도 더 전이었죠? 그때 이후로 당신이 틀리기를 정말로 바랐던 적은 이번이 처음이었어요. 이번만큼은 실수를 하셨기를 바랐죠."

"하지만 그러지 않았지." 요한손이 말했다. 나를 누구라고 생각하는 거야?

"그래요." 리사 마테이가 말했다. "제가 멍청했죠. 그 종이 냅킨에 묻은 혈흔에서 추출한 DNA 샘플은 야스민 살인 사건에서 확보한 범인의 정액 DNA와 일치해요. 우리 쪽 전문가에 따르면, 서로 다른 사람일 확률은 100만분의 1도 안 된다고 하더군요. 게다가 그들은 머리핀에서도 DNA 샘플을 확보해냈어요. 머리핀 안쪽에 미세한 피부 조직이 남아 있었거든요."

"그렇다면?"

"야스민 에르메간이었어요." 마테이가 말했다. 그녀는 이 말을 하는 순간, 보호하려는 듯한 태도로 자신의 오른팔을 배 위에 올려놓았다.

86

8월 17일 화요일

“질문드릴 게 몇 개 있는데요. 분명 이해해주실 거라고 믿어요.” 리사 마테이가 말했다. “이의 없으실 거라고 기대해도 되겠죠?”

“물론이네. 말해보게.”

“처음 질문은 DNA 샘플을 추출했던 전문가가 제기했던 의문이에요. 냅킨에 묻은 혈흔요. 그는 혈흔이 코에서 흘러나온 피라고 생각했어요. 이와 같은 상황에서는 꽤 이례적인 경우일 테죠.”

이런. “어째서 그는 그런 생각을 했지?” 요한손이 말했다.

“혈흔에서 코털이 검출되었거든요. 정확히 말하면 세 가닥요. 우리 쪽 전문가에 따르면, 피 흘리는 코를 강하게 압박한 결과라고 해요. 그래서 궁금해하지 않을 도리가 없더라고요.”

“별일 아니라네.” 요한손은 어깨를 으쓱하며 말했다. “더이상 지체했다가는 위험한 상황이라서, 내 동료 한 명이 조금 성급하게 행동했을 뿐이야. 자네도 이해할 테지만, 아무래도 그놈의 입안에 면봉을 넣어 샘플을 달라고 부탁할 수는 없는 상황이었다네."

"다른 방법도 있잖아요. 범인은 분명히 의심을 품었을 거예요."

"놈은 담배를 피우지도, 씹는담배를 애용하지도 않아서 말이지. 그리고 놈이 사는 건물에는 쓰레기 처리 장치가 되어 있더군. 놈은 아파트와 자동차 문단속에 철저한데다 경보 장치까지 달고 깨끗하게 관리하고 있어. 술집에서 술을 마실 때도 테이블 위에 술잔을 놓고 가는 법이 없더군. 야르네브링이 놈을 일주일 내내 감시했는데 별 소득이 없었지."

"제게 전화를 주실 수도 있었잖아요." 리사 마테이는 살짝 미소를 지었다.

"알아. 내 현역 시절 동료들에게 전화를 걸어 부탁하려고 했다면, 그럴 수 있는 사람들이 여럿 있었겠지. 긴급출동반 녀석들이라면 내가 얼마나 많은 피를 요구하든지 간에 십오 분 만에 처리해줬을 거야. 하지만 나는 그러지 않기로 했다네. 자네는 걱정할 필요가 없어. 그 개자식은 아직 살아 있고 건강하기까지 하지. 혹시 궁금해할지도 모르겠는데 나보다 몸 상태가 훨씬 좋다네. 놈은 이십오 년 전에 불쌍한 여자아이에게 그런 짓을 저질렀는데도 현재 굉장히 안락하게 살고 있어. 그러니 놈에 대해서는 걱정할 필요가 없네."

"전혀 걱정하지 않아요. 그자에 대해 전부 밝혀내셨을 테죠?"

"일반적인 것들만 알아냈을 뿐이야. 요즘 나는 연금 받아먹으며 사는 처지이기도 하고, 또 입을 닥치고 있지 못할 옛 동료들에게 관련 이야기를 하기 꺼려졌다는 사실을 고려하면, 당연히 한계가 있을 수밖에 없지. 그리고 내가 뇌졸중을 일으킨 것은 그리 오래전 일이 아니라네."

"놈의 정체를 말씀해주시겠어요? 분명 알고 계실 거라 생각하는데, 그러면 제 일이 훨씬 수월해질 텐데요."

"거절하겠네. 현재 상황으로선 곤란해. 일주일 후, 내가 충분히 생각할 시간을 가진 후에 다시 오게."

"놈은 전과가 없나요?"

"스웨덴에서는 없어. 놈은 아직도 소아성애자 성향을 갖고 있을까? 여전히 그럴 거라고 확신하네. 놈이 다른 짓도 저질렀을까? 그 점에 대해서는 거의 확신하지만, 야스민에게 저질렀던 짓만큼은 아닐 거야. 자네와 자네 동료들은 내가 아직까지 알려지지 않은 연쇄살인범을 찾아냈다는 기대는 하지 않는 게 좋을 거야."

"저는 놈의 DNA 샘플을 우리 국제 수사 네트워크에 올려놓았습니다." 마테이가 말했다. "궁금해하실지 몰라서 말씀드리지만, 이제 이 건에 대해 유일하게 알고 계신 게 아니라고요. 여기 오기 바로 전에 올려놓았죠."

"그렇다면 두 손 모아 기도하면서 뭔가 튀어나오기를 바랄 수밖에 없겠군." 요한손이 말했다. "그런 인간들이 평소 돌아다니는 곳을 뒤져보게. 태국, 필리핀, 멕시코, 중앙아메리카, 러시아, 발트해 연안 국가들, 남부 발칸반도 등등 말이지. 나라면 태국부터 시작해보겠네. 하지만 스웨덴을 비롯한 북유럽 국가들은 머릿속에서 지워도 좋을 것 같아. 이곳에서 일어난 미해결 사건 중 여기에 들어맞는 성적 동기에 의한 소녀 살인 사건은 생각나는 게 없으니까. 소녀들이 실종되었다든지, 다른 극단적인 소아성애 활동이 감지되었다든지 하는 기억은 없어."

"그 점에 대해서는 저도 완전히 의견이 일치합니다." 리사 마테이는 미소를 지으며 말했다. "실은 어제 그 점에 대해 조사를 마쳤거든요. 질문이 하나 더 있습니다. 사회적인 시선으로 봤을 때, 놈은 어떤 사람입니까?"

"스웨덴인이고 중년에 미혼이며 자식은 없지. 큰 성공도 실패도 겪지 않았고. 부동산 쪽에서 다양한 일을 벌이면서 먹고산다네. 그리고 혹시 궁금해할지도 모르겠는데 놈은 지극히 정상적으로 보이는 사람이야. 좀더 정확히 말하면, 멋진 사람이라고 할 수도 있을 정도라네. 이런 식으로 표현할 수 있을지 모르겠지만 우리는 또 한 명의 안데르스 에클룬드를 상대하고 있는 게 아니야."

"정확히 이해했습니다." 리사 마테이는 어째서인지 한숨을 쉬었다.

"나도 마찬가지라네. 야스민의 아버지가 누구인지 감안하면, 또 우리가 그에 대해 알고 있는 점을 고려해보면, 만약 이 건이 새어 나가게 되면 자네는 폭발 위험이 있는 정치적 문제를 떠맡게 될 거라고 생각하는 것도 무리는 아닐 테지."

"그 점에 대해서는 걱정 마십시오." 리사 마테이가 말했다. "이미 본부장님께 보고를 마쳤으니까요."

"뭐라고 하던가?"

"어서 쾌차하시라고 안부 전해달라고 하시더군요. 복귀하실 생각이 있으시다면, 전화 한 통 주시라고도 하셨습니다. 근본적으로 본부장님께서는 같은 생각을 하고 계십니다. 조지프 사이먼을 스웨덴 헌법을 수호하는 조직들의 주목을 받을 만한 만만찮은 상대로 취급해야 한다고 말이죠.

마지막 질문입니다."

리사 마테이는 자리에서 일어나, 서재 바닥에 놓인 서류가 가득 찬 상자들을 가리키며 말했다.

"좋아." 요한손이 말했다. 아직 두통약을 먹지 못했으니 딱 하나만 받도록 하지.

"저와 제 동료들이 놈을 찾는 데 얼마나 걸릴까요?"

"일주일 이상은 걸리겠지. 그러니 귀찮은 일에 굳이 수고 들이지 말게."

"약속하신 것으로 받아들이겠습니다. 제가 일주일 후에 찾아오면 범인의 정체를 알려주실 거라고요."

"자네와 자네의 빌어먹을 동료들이 나를 염탐하려 들지만 않는다면."

요한손은 미소를 지었다.

"보이지 않는 곳까지 살펴보실 수 있는 분을 염탐하려는 시도는 감히 하지 않습니다. 그리고 만약 제 동료들 중 누군가가 그런 멍청한 생각을 떠올리면, 그 즉시 제가 정리하겠다고 약속드리겠습니다."

"건강 조심하게, 리사." 요한손은 불룩한 배를 향해 고갯짓을 하며 말했다. 내가 이 친구의 아이를 볼 수 있을까? 그는 불현듯 이런 생각이 들었다.

"몸조심하세요, 라르스." 리사 마테이는 갑자기 심각한 말투로 말했다. "명심하세요. 조만간 세례식에 오셔야 하니까요."

그녀는 몸을 굽혀 그를 포옹했다.

어서 가게. 그는 목이 메는 기분이었다. 눈물을 쏟기 전에 어서 가보라고.

5장

네 눈이 긍휼히 여기지 말라.
생명에는 생명으로, 눈에는 눈으로,
이에는 이로, 손에는 손으로,
발에는 발로이니라…….

『신명기』 19장 21절

87

8월 18일 수요일, 44일째

뭔가 하기에 딱 좋을 때로군. 요한손은 아침에 일어나자마자 이렇게 생각했다. 스타판 닐손에게 접촉하기에 좋을 시점이야. 놈에게 거절할 수 없는 제안을 하기에도 좋을 때고.

순전히 실용적인 측면에서 보면, 닐손을 죽이고 뒤처리를 한 다음 남은 인생을 살아가는 것이 손쉬운 해결책이었다. 그에게는 그런 해결책에 필요한 모든 지식과 자원이 있었고, 자진해서 도와줄 사람들 역시 부족하지 않았다. 하지만 주변 사람들에게, 심지어 자신의 마음속에 분노의 파도가 휘몰아치고 있다는 점에도 불구하고, 이는 상상도 할 수 없는 발상이자 실현 불가능한 행위였다. 그런 발상은 무시해도 좋을 정도였다. 요한손의 세계에서는 그런 수단을 정당화할 수 있는 목적이란 존재하지 않았기 때문이다.

스타판 닐손을 언론에 노출시켜서 요한손을 대신하여 사적인 제제가 가해지도록 내버려두는 것 또한 논외였다. 이는 야스민의 아버지와 접촉하여, 그로 하여금 상주의 자격으로서 구약성서에서 찾을 수 있는 정의에 대한 모든 규범에 의거하여 일을 처리하도록 내버려두는 것과 다름없었다.

그로서는 모든 일을 덮어놓고 지나갈 수 없었다. 악이 승리를 거두는 경우가 굉장히 많다는 사실도 충분히 불쾌했지만, 이처럼 악이 손쉽게 승리를 거두고 내빼는 모습을 방관하는 것은 상상할 수 없었다. 이번에는 그럴 수 없었다. 궁극적인 책임을 지고 있는 사람이 바로 자신이었기 때문이다. 만약 그가 남은 인생을 살아갈 수 있으려면, 자신과 자신의 양심에 거슬리지 않는 방식으로 일을 처리할 수 있어야 했다.

그 개자식과 이야기를 나누면서 놈에게 무엇이 최선인지 깨닫게 해주는 것밖에 방법이 없어. 라르스 마르틴 요한손은 생각했다.

아침 식사 후, 그는 큰형에게 전화를 걸어 몇 가지 실질적인 세부 사항에 대한 도움을 청했다. 에베르트는 막냇동생의 안녕에 대한 고민에 시간을 점점 더 쏟아붓고 있어서, 통화의 목적을 파악하기까지는 오 분 이상 걸렸다.

"형 도움이 필요해서 말이야." 요한손이 말했다. "덫을 놓아야 할 개자식이 하나 있거든."

"그렇다면 상담 상대를 제대로 고른 게지." 에베르트는 툴툴거렸다. "돈은 얼마나 들 것 같은데?"

"돈은 들지 않아. 그만한 일은 아니야." 형은 전혀 변하지 않았군.

"무슨 일인지 말하고 싶지 않은 것 같은데?"

“그래. 나중에 말해줄 수도 있고. 일단 다 끝나고 나면.” 바라는 대로 모든 일이 잘 풀린다면.

“형 사무실을 빌리고 싶어.” 요한손이 말을 이었다. “신뢰할 수 있다는 인상을 심어줄 필요가 있거든.” 그래야 놈이 의심해서 내빼지 않을 테니까.

“굳이 물어볼 필요가 있나. 어쨌든 네 사무실이기도 하니까. 맛스랑 이야기를 해보렴. 우리 컴퓨터 말이야.”

“고마워, 형.” 요한손이 말했다.

그런 다음 라르스는 맛스와 이야기를 나눴다. 맛스 에릭손은 요한손의 절반쯤 되는 나이였고, MBA 학위가 있었으며, 요한손 가문 소유의 그룹에서 임원 보좌로 재직중이었다. 에베르트가 큰돈이 걸려 있는 중요한 계획에 대한 책임을 지고, 라르스는 본인 및 남은 가족들의 이익을 대변하여 이사진 자리에 앉아 있었다면, 맛스는 각종 세부 사항에 대한 책임을 지는 사람이었다.

“태국에서 진행되는 부동산 벤처 사업에 투자 권유를 받은 것과 관련된 일이라네. 호텔, 공유용 아파트, 주택, 그리고 그에 관련된 서비스 산업에 대한 거지. 전부 평소대로 진행하게. 프로젝트 제안서를 자네에게 보내줄 테니, 자네가 요한손 홀딩 유한회사를 대표해서 그 프로젝트를 진행하는 회사와 회의를 잡아줬으면 좋겠군.”

“회사 이름이 뭡니까?”

“레안데르 태국 투자 유한회사라네. 책임자는 스타판 닐손이라는 사람이고. 그 사람과 만나보고 싶군.”

"스타판 닐손이라." 맛스가 말했다. "잠시만요. 지금 스타판 레안데르 닐손에 대한 이야기를 하고 계시는 겁니까?"

"그래." 요한손이 말했다. "그를 직접 만나야 할 중요한 이유가 있다네."

"에베르트 사장님께서도 이 일을 알고 계십니까?"

"그래. 그걸 왜 묻지?"

"저는 스타판 닐손이 어떤 사람인지 알고 있기 때문입니다." 맛스가 말했다.

"나도 마찬가지야. 내가 멍청한 사람이라고 생각하는 것은 아니겠지? 그자를 만날 수 있는 그럴듯한 이유가 필요해서 말이야. 나 대신 그 일을 주선해줄 수 있을 것 같나?"

"그런 경우라면, 알겠습니다. 저도 그 자리에 동석할까요?"

"그래, 꼭 부탁하지. 하지만 나에 대해서는 한마디도 하면 안 돼. 특히 내 직업적 배경에 대해서는. 그저 사주 한 명이 회의에 참석하는 것으로 해두게."

"제 일정을 확인해보겠습니다. 말씀하신 내용은 잘 이해했습니다."

"너무 신경 쓰지는 말게. 오늘, 혹은 늦어도 내일까지만 만나면 되니까. 자네도 동석했으면 좋겠지만, 내 일정은 전혀 걱정하지 않아도 좋아. 나는 이틀 다 시간이 된다네."

"그렇다면 제가 알아서 정하겠습니다. 일정이 조율되는 대로 전화드리겠습니다."

"하나만 더 부탁하지." 요한손은 갑자기 무슨 생각이 떠올랐다. "우리가 그 회의를 주관하는 게 중요하네. 우리 사무실에서. 점심 식사도 안 되고, 그 비슷한 허튼짓도 해서는 안 돼. 그리고 그는 혼자 오면 좋겠군."

"그런 부분이라면 별다른 문제는 없을 것 같습니다." 맛스 에릭손이 말했다. "스타판 닐손은 사무실을 주머니에 넣고 다니는 부류라서요. 그리고 그쪽 회사 사람이라고 해봐야 손에 꼽을 정도입니다. 그런 자에게 점심 식사를 대접할 생각은 꿈에도 하지 않고요. 그러니 걱정하실 필요는 없습니다. 커피와 생수 정도면 충분하고도 남을 테죠."

"고맙네." 요한손이 말했다. 건방진 놈 같으니.

삼십 분 후, 맛스 에릭손이 전화를 걸었다.

"모든 일정이 잡혔습니다. 금요일 1시 정각에 여기 사무실에서 회의가 진행될 예정입니다. 괜찮으시겠습니까?"

"그래. 모레 보도록 하지." 다시 길을 달리게 되는군. 요한손이 이렇게 생각하자, 갑자기 두통이 사라졌다.

그는 형형색색으로 장식된 스타판 닐손의 홍보용 책자를 봉투에 넣고, 막스를 불렀다.

"시키실 일이 있습니까, 보스?" 막스가 물었다.

"이 서류를 가지고 스톡홀름에 있는 형님의 사무실에 배달해주면 좋겠군. 주소는 칼라베겐……."

"어디 있는지는 알고 있습니다." 막스가 말했다. "외스테르말름 아닙니까? 부자들은 죄다 그곳에 살죠."

88

8월 19일 목요일

요한손이 아침에 일어나자, 가슴 속 뻐근함은 참을 만했고 두통은 느껴지지 않았다. 그는 세면대 위로 몸을 굽혀 세수를 하다가 마침 면도를 하기 좋을 때라는 생각이 문득 떠올랐다. 꼴이 참 말이 아니군. 요한손은 욕실 거울에 비친 자신의 모습을 바라보면서 얼굴을 찌푸렸다. 하지만 바로 면도를 할 기분은 아니었다.

그가 아침 식사를 하기 위해 주방으로 내려오자 마틸다가 요한손의 얼굴에 대해 똑같은 의견을 표했다.

"수염을 기르실 생각이에요, 보스?" 마틸다가 말했다.

"변장용이라네." 요한손은 무작정 떠오르는 대로 말했지만, 나쁜 컨디션과 약해지는 몸 상태 탓에 얼굴에 떠오른 무기력함에 대한 온전한 변명거리는 되지 못할 것 같았다.

"변장이라고요?"

"비밀 임무가 있다네. 이제 곧 착수해야 해서 외모를 좀 바꿔볼까 생각했지." 그렇게 멍청한 생각은 아니로군. 그는 은퇴하기 전에 텔레비전에 출연했던 때를 일일이 떠올렸다. 스타판 닐손이 경계심 많은 사람일 것 같다는 사실을 고려하면, 요한손 같은 사람들에 대해서 특히 경계심을 품게 되리라는 것은 자명했다. 그리고 적어도 그와 야르네브링은 스톡홀름 경찰서 감시반에서 일하던 시절에 택시 기사나 도로 공사 인부, 핫도그 판매원 같은 사람들로 위장하곤 했다는 사실을 생각하면, 그리 멍청한 생각은 아닐 터였다.

"제가 도와드릴 수 있어요. 단짝 친구분도 알아보실 수 없을 정도로 변장시켜드릴게요. 그저 선글라스 하나랑 적당한 옷, 머리에 바를 기름이나 좀 있으면 충분해요." 마틸다가 말했다.

"문신은 안 된다네." 요한손이 말했다. 그 점은 명확히 해두는 게 최선이겠지.

"귀에 조그만 피어싱 하나 정도도 안 되나요?" 그녀는 미소를 지었다. "걱정 마세요, 보스."

분명히 지금으로부터 사십 년 전이었지. 당시 요한손과 야르네브링은 아이스하키에 대한 흥미와 성기를 내놓은 채 흔들고 싶은 내적 욕망을 결합시킨 게 틀림없는 악명 높은 노출증 환자를 추적하던 중, 요한네스호브 아이스하키 경기장 밖에서 핫도그 장사꾼으로 위장했던 적이 있었다.

야르네브링은 핫도그 장사꾼 역할을 하기에는 자격 미달이었다. 그를 변장시킨다 한들 얼굴이 너무 험악한 나머지, 사람들이 머스터드와

케첩을 더 달라고 하기는커녕 가판대에 감히 접근하지도 않을 터였기 때문이었다.

하지만 요한손에게는 전혀 문제가 되지 않는 일이었다.

"머스터드를 추가해주시겠습니까?" 바바리맨이 묻는 찰나, 야르네브링은 바바리맨의 뒤로 다가가 헤드록을 걸었다.

"머스터드를 어디에 발라줄까?" 야르네브링이 물었다.

그들은 바바리맨에게 수갑을 채우고 경찰차를 불러 범인을 유치장으로 연행하도록 한 다음, 빙판 위에서 브뤼네스가 유르고르덴을 박살 내는 모습을 지켜보며 남은 저녁 시간을 보냈다.

그것도 다 추억이로군. 요한손은 생각했다. 적어도 아직은 곱씹을 추억거리가 남아 있긴 한가 본데.

"저기요, 여보세요, 보스! 여보세요! 도대체……."

"미안하네. 잠시 딴생각을 하고 있었군."

요한손은 물리치료사를 만나러 갔다. 더이상의 잡념도, 추억도 허용하지 않는 곳이었다. 그저 육체적인 노력만 필요했다. 잃어버린 삶을 매일같이 비통하게 떠올리게 하는, 새로 생긴 의무적인 일과였다. 물리치료가 끝나자 그는 막스와 함께 산책을 나갔다. 두 사람 다 전혀 아무 말도 하지 않았다. 아무도 그럴 필요를 느끼지 않았기 때문이다. 이제 한층 차분해졌군. 그는 걸음을 옮기며 심호흡을 했다.

그런 다음 점심 식사를 했다. 그는 함께 나온 레드 와인 두 잔을 물리면서, 피아와 함께 저녁 식사를 하면서 마시겠다고 했다. 그리고 어린 시절부터 겉모습은 별 차이가 없었음에도 최근 들어 이 집의 어린아이

역할을 수행하고 있는 막스는, 다른 평범한 아이들과는 다르게, 그리고 그런 점에 대해서는 그 누구와도 다르게, 당연하게도 아무 소리도 내지 않고 움직였다.

요한손이 서재에서 소파에 누워 스타판 닐손에게 거절하지 못할 제안을 어떻게 건네는 것이 최선일지 생각에 잠겨 있는데, 휴대전화 벨이 울렸다. 예상치 못한 전화였고, 내용은 사뭇 놀라웠다.

"안녕하십니까, 국장님." 스톡홀름 주 경찰청의 헤르만손 경정이었다. "혹시 제가 방해를 한 것은 아닙니까?"

"아니, 괜찮네." 요한손이 말했다.

"일이 잘 풀리고 있다고 기대해도 될까요, 국장님?"

"그럭저럭 해나가고 있다네." 요한손이 말했다. 바로 본론으로 들어가라고. 딸랑거리기만 할 줄 아는 개자식 같으니.

"문제가 하나 생겼습니다." 헤르만손이 말했다. "제가 국장님께 보내드렸던 야스민 사건 관련 파일이 필요할 것 같습니다."

"무엇 때문이지? 그 자료는 이제 막 받았는데." 분명히 무슨 일이 일어났군. 자신과 사위의 호기심을 충족시키려는 헤르만손의 욕망과는 상관없는 무언가가.

헤르만손에 따르면 복잡한 문제였다. 국가경찰청 소속 연구원이 연락을 했다고 했다. 듣자 하니 미국 시카고 외곽 지역에 있는 노스웨스턴 대학에 새롭게 구성된 연구자 모임에서 담당자에게 연락을 취해, 자신들은 폭력을 수반한 아동 대상 성폭행에 대한 대규모의 국제적 비교 연구를 진행할 계획중이기 때문에, 다른 사건들 중에서도 특히 야스민 에르메간 살인 사건에 대한 경찰 수사 자료를 들여다보고 싶다고 했다는 것이었다.

"불법 거래에 대처하려고 UN에서 벌이는 프로젝트의 일환인 것 같더군요. 아시겠지만 여성들을 성 노예로 팔아넘기는 놈들이 있고, 때로는 아이들조차 거래하는 모양입니다." 헤르만손이 말했다.

"무슨 뜻인지 알겠네. 그게 야스민과 무슨 관계가 있지?"

"그들은 어린아이들을 살해한 소아성애자들에 대해서도 연구를 확대한다는 명목으로 보조금을 받고 있는 것 같습니다. 연구 작업은 유럽과 미국 양쪽을 모두 포함할 거라고 하더군요."

누가 상상이나 했겠어? 우연의 일치뿐만 아니라 불가사의할 정도로 동시다발적으로 일어나는 일 역시 증오하도록 배운 요한손은 생각했다.

"그래서 괜찮으시다면, 제가 잠깐 들러서 수사 자료가 담긴 상자들을 가져가는 게 어떨까 생각을 해봤습니다." 헤르만손이 말했다. "그런데 더이상 국장님을 귀찮게 해드리고 싶지 않아서요. 가장 간단한 해결책으로 제 사위를 부르는 게 어떨까 싶습니다만."

얼마나 사려가 깊으신지. "오늘 저녁에는 내가 바쁠 것 같군. 그러니 내일 오는 게 좋겠는데."

"그래도 괜찮습니다. 정말 괜찮습니다." 헤르만손이 말했다. 어째서인지 그는 안도감을 숨길 수 없는 듯 보였다.

"내일 오전에 전화 한 통 주게." 요한손이 말했다.

그는 전화를 끊는 순간 무슨 일이 일어나고 있는지 깨달았다. 나도 무뎌지기 시작했군. 야르네브링이 그녀에 대해 어떻게 묘사했더라? 젊고 매력적인 금발? 야스민 에르메간이 강간 살해당했던 이십오 년 전 여름에는 고작 열아홉밖에 되지 않았던 젊고 매력적인 금발이라니.

89

8월 19일 목요일 저녁

박사의 집 주소를 알아내는 것은 특별히 어려운 일은 아니었다. 전화번호부에 나와 있었던 것이다. 그리고 마틸다가 여전히 집에 있었기 때문에, 그는 스텐홀름 박사가 불필요하게 불안해하는 것을 막기 위해 마틸다에게 익명의 전화를 걸어보도록 부탁했다.

"그녀는 집에 있어요. 언니가 어서 텔레비전 앞에 앉으려고 아이들을 재우려 실랑이를 벌일 때 나는 소리가 들리던데요."

"막스, 나랑 외출 좀 하지." 그가 막스를 향해 고개를 끄덕였다. 멍한 표정으로 창턱에 기대고 있는 막스는 손에 없으면 죽을 것처럼 여기는 스포츠 드링크를 든 채였다.

막스는 마주 고개를 끄덕이더니 밖으로 나갔다.

"피아에게는 뭐라고 하죠?" 마틸다는 스토브를 흘끗 바라보며 말했다.

“저녁 식사는 잠시 기다리라고 전해주게. 두 시간쯤 후에 집에 돌아올 테니. 그런데 말이야.” 그는 마틸다를 바라보며 한마디 덧붙였다. “여기 있다가 우리랑 함께 저녁을 먹는 게 어떤가? 나랑 막스가 돌아올 때까지 피아와 함께 와인이라도 한잔하면서.”

“남자애들을 기다리면서 말이죠.” 마틸다는 신랄한 태도로 말했다. “제가 이런 말을 들은 적이 있던가요? 좋아요, 보스.”

“좋아. 남자애들을 기다리면서.”

남자애들을 기다린다니. 이는 석기시대 이후로 서방세계의 여성들을 노예로 만든 것으로 여겨지는 단순 명료한 행위였다. 하지만 그 자신은 1940년대와 1950년대에 걸쳐 북쪽 옹에르만란드 지역의 한 농가에서 자랐기 때문에, 그런 부르주아 여성들이 무슨 이야기를 계속 늘어놓고 있는지 사실은 전혀 이해할 수 없었다. 어머니 역시 이해하지 못했을 테지. 그의 사랑하는 어머니는 언제나 할 일이 넘쳤기 때문에, 누군가를 기다리느라 허비할 시간이 조금도 없었다. 특히 자신을 둘러싸고 있는 남자들에 대해서는 더욱 그러했다.

카롤린스카 병원은 1940년에 문을 열었지만, 의사 거주용 주택은 1950년대 초반에 지어졌다. 일터에서 가까운 곳에 살기를 선호하는 병원의 선임 전문의들과 교수들을 위한 커다란 저택이 세 채 있었고, 아직 커리어의 정점에 도달하지 못한 일반 전문의들을 위한 테라스하우스가 열두 채였다. 집들은 모두 전형적인 영국식 디자인에 따라, 벽돌과 회반죽을 이용하여 견실한 솜씨로 지어졌으며 넉넉한 정원과 녹지 공간을 갖추고 있었다. 그리고 이 주거지역은 북쪽으로는 솔나 기념 묘지와 접하고 남쪽으로는 제멋대로 뻗어 있는 병원과 접해 있는 한적한 공간에 조용히 자리 잡고 있었다.

당연히 그녀는 테라스하우스 중 한 곳에 살고 있었다. 시기적으로도 이게 맞거니와, 그녀 같은 사람들의 삶의 조건을 좌우하는 재정 상황 및 그 외 모든 것을 고려하면 당연하겠지. 요한손은 생각했다.

"걱정할 것 없네." 그는 막스를 향해 미소를 지었다. "그저 숙녀분을 한 명 만나려는 것뿐이니까."

"뒤를 조심하시죠, 보스." 막스는 마주 웃어 보이며 말했다.

"요한손 씨." 울리카 스텐홀름은 문을 열며 분명히 놀란 듯한 표정으로 말했다. "여기서 뭘 하고 계신 거죠? 저는 보통 집에서 환자들을 보지 않는데요."

"나는 환자 자격으로 여기 온 게 아닙니다. 안에 들어가서 이야기할까요? 아니면 내 차 안에 타서 이야기를 나눠도 좋습니다." 그는 막스가 색유리창 안쪽에 미동도 하지 않고 앉아 있는 커다란 검정색 아우디 자동차를 가리켰다.

"들어오세요. 아직 아이들이 잠자리에 들지 않았어요." 그녀가 말했다. "무슨 일이 일어났나요?"

"내게 묻지 마십시오. 나보다는 당신이 더 잘 알고 있을 테니."

오 분 후, 그녀는 아들 둘을 주방 안으로 들여보냈다. 아이들은 자란 모양새로 보아 대여섯 살 정도로 보였고, 엄마를 꼭 닮은 금발이었다. 그녀는 아이들을 진정시키기 위해 아이스크림과 컴퓨터 게임을 뇌물로 써야만 했다.

바닥부터 천장까지 책꽂이가 들어섰고, 바닥에는 낡았지만 고급 양탄자가 깔려 있었다. 벽에는 페테르 달■의 그림들이 걸려 있었고, 소파가 하나, 발판이 달린 안락의자가 하나, 커피 테이블이 하나, 커다란 그랜드피아노가 하나, 방 절반을 차지하고 있는 오디오 세트가 하나 들어서 있었다. 모두 처음 구입했을 때는 값이 비쌌을 테지만, 그후로 많은 세월이 지난 것 같군. 부모에게 물려받은 것일 테지. 달의 그림들만 빼면 말이야. 요한손은 생각했다. 주제로 판단했을 때, 그림들은 구세대 교회 목사가 벽에 걸어놓을 만한 종류가 아니었다. 그렇다고 목사 딸의 취향은 더더욱 아닐 것 같은데.

"무슨 일이 일어났나요?" 울리카 스텐홀름은 요한손의 맞은편 소파에 앉았다. "혹시 뭐라도 좀 드시겠어요?" 그녀는 덧붙였다. "커피라도 한잔 어떠세요?" 그녀는 불안해하고 있었다. 너무 불안한 나머지 가느다랗고 창백한 목을 기울일 여유도 없었다.

"아닙니다." 요한손이 말했다. "아무것도 마시고 싶지 않습니다. 하지만 당신과 야스민의 아버지가 어떤 관계인지는 듣고 싶군요. 이십오 년 전 주말부터 이야기를 시작하는 게 어떨까 싶습니다만. 그의 딸이 살해당하는 동안, 군도에 있는 별장에서 두 사람이 정신 없이 떡을 치고 있을 때부터 말입니다."

말을 내뱉는 순간, 머릿속에서 환하게 불타고 있던 순백의 불길이 사그라졌고, 요한손은 갑자기 숨을 제대로 쉴 수 있게 되었다. 그리고 울리카 스텐홀름은 두 손으로 얼굴을 탁 감싸더니 울음을 터뜨렸다.

■ 20세기 중후반에 활동했던 노르웨이 출신 스웨덴 화가.

상투적이로군. 요한손은 생각했다. 그녀와 같은 사람들이 마음을 단단히 먹고 맞설 수 없는 상황에서 취하는 전형적인 행동이었다.

"죄송해요." 울리카 스텐홀름이 말했다. "죄송해요. 하지만 정말로 당신이 그를 찾아낼 줄은 몰랐어요. 야스민을 살해한 남자요."

"말해봐요. 그만 훌쩍거리고." 그는 종이 냅킨을 건네며 한마디 덧붙였다. 조수와 똑같은 수준의 선견지명을 갖춘 그가, 집을 나서기 전에 주머니에 넣어둔 것이었다.

울리카 스텐홀름은 1984년에 브롬마에 있는 한 초중등학교를 졸업했다. 그녀는 열여덟 살이었고 우수한 성적을 거두었기 때문에, 스톡홀름의 카롤린스카 연구소에서 의학을 전공하는 데에 아무런 문제가 없었다. 그녀는 대학에서 첫 해를 마친 후, 요세프 에르메간이 숙부와 함께 소유하고 있는 사설 연구소에 여름방학 아르바이트 자리를 얻었다. 얼마 지나지 않아 딸이 살해당했기 때문에 이름을 조지프 사이먼으로 바꾸고 미국으로 이주하게 되는 바로 그 요세프 에르메간이었다.

그는 그녀에게 의화학 과목을 가르친 교수이기도 했다. 그녀는 다른 여학생들과 마찬가지로 그를 흠모했다. 그는 수업을 마무리한 다음, 그녀에게 여름 아르바이트에 관심이 있는지 물었다. 당연히 그녀는 제안을 수락했고, 새 일터에 출근한 지 이틀 만에 그와 자는 사이가 되었다.

"그는 내 인생을 바쳐 사랑한 사람이었어요." 울리카 스텐홀름은 눈물을 닦으며 말했다. "사실상 내가 유일하게 사랑한 사람이었죠."

"그다음에는 어떻게 됐습니까?" 요한손이 물었다.

이윽고 울리카 스텐홀름의 삶에 번개가 치고 말았다. 울리카의 인생은 굉장히 작은 조각으로 갈라져, 당시 함께 있었던 남자 곁에 머무르려는 그 어떤 다짐으로도, 그녀가 인생 전부를 바쳤던 위대한 사랑으로도 다시는 그러모을 수 없는 상태가 되어버리고 말았다. 하지만 그녀에게도 갓 사귄 남자친구가 있었다. 그녀보다 두 살이 더 많은 학교 친구였고, 역시 의사가 되려고 계획중이었다. 그는 그해 여름에는 병역의무를 수행하고 있었다. 최악의 사태가 발생하여 러시아가 침략해 들어오는 상황에 대비해서, 당시 의대생들은 모두 병역의 의무를 지고 있었던 것이다. 남자 의대생들이 자리를 비우자, 여학생들은 스스로를 건사하도록 남겨졌다.

"그는 내 아이들의 아버지랍니다." 그녀는 길고 가느다란 목을 쭉 빼서 아이들이 있는 주방 문을 향해 고갯짓을 하며 이렇게 말했다. 문은 닫혀 있었다. "우리는 삼 년 후에 결혼했어요. 하지만 내가 임신을 한 것은 십오 년이 지나서였죠. 그로부터 삼 년 후에 우리는 이혼했어요. 더 이상 그를 사랑하는 척하면서 살아갈 수 없어서요."

"전남편은 어떻게 됐습니까?" 그녀는 이미 요한손에게 이야기를 해준 적이 있었지만, 요한손은 다시금 질문했다.

"후딩에 병원에서 전문의로 일하고 있어요. 내과 교수이기도 하고요. 그는 재혼을 했어요. 새 아내와의 사이에서 아이들도 두 명 얻었고요. 우리는 양육권을 공동으로 갖고 있지요." 그녀는 덧붙였다.

"그후에는 어떻게 됐습니까?" 요한손이 물었다.

그녀가 인생을 바쳐 사랑한 사람은 완전히 의욕을 잃어버린 사람 같았다. 그는 심지어 그녀와 대화를 하는 것조차 거부했다. 그녀가 용기를 내서 전화를 걸자, 그는 전화기를 바닥에 내동댕이쳤다. 그녀는 자신과 야스민의 아버지가 그 주말 동안, 인생을 바꾸어버린 그 모든 일이 일어났던 주말 동안 도시를 벗어나지만 않았더라면 어떻게 되었을까 하는 생각에 매일같이 자책했다.

"만약…… 만약 우리가 떠나지 않았더라면, 그 아이는 지금까지도 살아 있겠죠." 울리카 스텐홀름이 말했다. 그녀는 다시 울기 시작했다.

"무슨 말도 안 되는 소리를 하고 있습니까?" 요한손이 말했다. 그는 자책을 일삼거나 실제로 일어나지 않은 일을 가정하며 따지려 드는 사람에게는 그리 호의적이지 않았다. 게다가 그는 아직도 자신과 이야기를 나누고 있는 여자에게 굉장히 화가 나 있었다.

"정신 차리십시오. 만약 당신이 그와 함께 떠나지 않았다면, 그는 자신과 함께 떠날 다른 사람을 찾았을 겁니다." 요한손이 말했다.

십 년 동안, 적어도 십 년 동안 그녀는 야스민에게 일어난 일에 대해 자신을 책망하며 지냈다. 게다가 그 일에 대해 이야기를 나눌 수 있는 사람이 한 명도 없었다. 남자친구와도 그럴 수는 없었다. 충격을 받을까 두려워 아버지에게도 털어놓지 못한 이야기를 그에게 했다가는 같은 이유로 울리카의 약혼자를 갈기갈기 찢어놓을 게 뻔했다. 사연을 듣는 즉시 아버지에게 이야기할 어머니 역시 그녀가 속을 털어놓을 수 있는 상대는 아니었다. 다른 여자와 함께 살고 있다는 말을 한 다음 그저 집을 나가 부모와의 관계를 끊어버린 언니는 애초에 고려조차 하지 않았다. 목사였던 아버지의 말에 따르면, 남자는 아내를 맞이하고 살아야 하는 것이니, 여자가 다른 여자와 함께 사는 것은 절대 안 될 일이었고, 특히 자신의 큰딸의 경우에는 더더욱 용납할 수 없었다. 그리하여 두 사람은 더이상 관계를 지속하는 일이 불가능해졌다.

"십 년이 지나자, 그에 대해 매일같이 생각하는 일은 그만두었죠." 울리카 스텐홀름은 요한손이 건네준 종이 냅킨으로 코를 풀며 말했다. "마침내 그에 대한 생각은 가끔씩만 하게 되었어요. 그러다가 아이들을 갖게 되었죠. 나는 인생이란 이런 게 아닐까 하는 생각을 했어요. 남편은 행복해했지만, 나는 그 모든 일이 일어난 여름 이후로 요세프와 통화조차 하지 못한걸요."

"부친께서는 어떠셨습니까?"

"아버지가 내게 고해성사에 대해 말했을 때는 지금으로부터 일 년 전이었어요. 인생이 또다시 송두리째 뒤집힌 것 같았지요. 조금이나마 평화를 찾으려는 참에 말이에요. 나는 이해를 할 수가 없었어요. 아버지는 내가 그동안 저질렀던 일들을 다 알고 있었는데 내내 아무 말도 하지 않다가, 이제야 벌을 주려는 것은 아닐까 하는 생각이 잠깐 들었지요. 임종을 앞두고 누가 야스민을 살해했는지 들었다는 이야기를 하면서 나를 벌주고 싶었구나 하는 생각요. 하지만 고해성사에 대한 비밀 유지 서약 때문에 아버지는 범인이 누구인지 말할 수가 없었죠."

"정말 그런 겁니까? 부친께서는 알고 있었습니까? 당신을 벌주고 싶었던 겁니까?"

"아니에요." 울리카 스텐홀름은 고개를 저었다. "아버지는 그러려던 게 아니었어요. 그랬을 가능성은 조금도 없어요. 아버지는 그런 짓을 할 사람이 아니에요. 만약 아버지가 나와 야스민의 아버지 사이에서 무슨 일이 일어났는지 알았더라면, 진작에 말했을 거예요. 가장 먼저 그러셨을 테죠. 그저 내 인생에 닥친 또 하나의 끔찍한 우연이었어요. 아버지는 내가 무슨 일을 겪었는지 전혀 알지 못했어요. 아버지는 나와 같은 이유로 자신만의 고통을 견디며 고군분투했던 거죠. 우리 둘은 서로가 겪는 고통에 대해 알지 못했어요."

당신 말을 믿어. 두 사람에게 우연의 일치가 일어난 거야. 우연의 일치가 겹친 이례적인 경우일 뿐이지. "그렇다면 당신이 나를 만났을 때 말입니다. 무슨 꿍꿍이였습니까?"

"처음에는 일시적인 변덕일 뿐이었어요. 언니가 당신에 대해 해준 이야기를 들었으니까요. 전부 믿은 것은 아니었어요. 안나 언니는 언제나 대책 없을 정도로 낭만적이었고, 나는 내 성격에서 그런 부분을 떨쳐내려고 애를 써왔으니까요. 그런데 갑자기 당신이 나타난 거예요. 도대체 어떻게 된 일인지, 아버지가 무덤 속에서 내게 말을 거는 것만 같았죠. 주님께서는 이해할 수 없는 방식으로 움직이신다고 말씀하시는 것 같았다고요. 다시 그 일이 닥치고 있구나, 그렇게 생각했죠. 처음에는 내게, 그다음에는 아버지에게요. 그러고는 당신이 나타났어요."

"무슨 뜻인지 알겠습니다." 요한손이 말했다.

"나는 절대로 거짓말하지 않았어요." 울리카 스텐홀름은 고개를 저으며 말했다.

"마르가레타 사겔리에드가 관련되었을 거라고는 전혀 생각지도 못했어요. 그녀가 요세프와 같은 골목에 살고 있었다는 것조차 몰랐어요. 심지어 야스민이 실종된 날 밤에, 도시를 떠나기 전 요세프의 집에 갔었는데도요. 나는 택시를 타고 요세프의 집으로 갔어요. 그가 나를 위해 예약해주어서, 직장으로 나를 데리러 온 택시였죠. 그런 다음 우리는 요세프의 차를 타고 교외로 나갔어요. 머리핀은…… 지금은 그게 야스민의 것이라는 사실을 알지만 그 아이가 살해당한 날 밤에 그 머리핀을 꽂고 있었다는 사실은 전혀 몰랐어요. 그리고 만약 당신이 아니었더라면 나는 절대로 머리핀을 찾을 수 없었을 거예요."

"정말입니까?" 요한손이 물었다. 당신 말을 믿어.

"맹세할게요." 울리카 스텐홀름이 말했다. "전적으로 사실이에요."

"그렇다면 옛 애인에게 전화를 건 것은 언제였습니까? 언제 조지프 사이먼에게 전화를 걸었습니까?"

"당신이 그자가 누구인지, 야스민을 살해한 자가 누구인지 내게 말해준 날이었어요. 그와 이야기를 나눈 것은 이십오 년 만에 처음이었죠."

"멍청한 짓을 저질렀군요. 굉장히 멍청한 짓을 저지른 겁니다. 당신은 그런 짓을 하는 대신 내게 털어놓았어야 했습니다."

"죄송해요." 울리카 스텐홀름이 말했다. "죄송해요. 미처 몰랐어요."

"그에게 다시 전화를 걸어요. 가능한 한 빨리 이곳으로 와서 나와 이야기를 하자고 전해요. 나는 여행을 할 수 있는 몸 상태가 아니니." 그가 말했다. 조지프 사이먼 같은 사람은 전용기를 갖고 있을 테니까.

"정말이에요? 그와 이야기를 하겠다고 약속하시는 건가요?"

"월요일입니다." 요한손이 말했다. "그가 월요일에 여기 올 수 있다면, 그와 이야기를 나누겠다고 약속하지요."

요한손은 자동차로 돌아오자마자 마테이에게 전화를 걸었다. 휴대전화로 마테이의 휴대전화에게 거는 전화였고, 또 마테이는 마테이였기 때문에, 그녀는 첫 번째 벨이 울리자마자 전화를 받았다.

“좀 만나야겠네. 가급적이면 지금 당장.” 요한손이 말했다. “문제가 좀 생겼어.”

“제 사무실로 오시면 좋겠습니다. 저는 아직 여기 있으니까요.”

90

8월 19일 목요일 저녁

머지않아 사라질 것은 입구 위에 달린 쌍두의 독수리뿐이겠군. 라르스 마르틴 요한손은 스톡홀름 쿵스홀멘 섬에 자리 잡고 있는 국가범죄수사국 본부 안으로 걸어 들어가며 이렇게 생각했다. 대리석이 깔린 커다란 로비 안에는 방탄 경비실이 있었는데, 무광 처리된 강철로 둘러싸인 경비실 안으로 무장 경비원들이 보였다. 외부 스피커를 통해 말하는 경비원은 그가 현역이었던 시절부터 계속 근무했던 게 분명했다.

"제가 사람들을 호출해두었습니다. 곧 모시러 내려올 겁니다, 국장님. 전부 무탈하셨으면 좋겠습니다, 국장님."

"더할 나위 없을 정도라네." 그는 엄지손가락을 들어 등 뒤쪽 거리에 있는 커다란 검정색 아우디 자동차를 가리켰다. "저기 내 차에는 운전기사가 타고 있다네. 신경 쓰지 말게." 그가 덧붙였다.

경비원은 마이크를 손으로 덮고 카운터 위에 나 있는 작은 유리문을 열어, 요한손에게 직접 말을 걸면서 대답했다. "알겠습니다, 국장님." 그가 말했다. "여기 있는 사람들 모두 국장님께서 아직 비밀 작전을 진행하고 계시다는 사실을 알고 있습니다."

오 분 후, 요한손은 리사 마테이의 책상 앞에 놓인 손님용 의자에 앉아 있었다. 그가 삼 년 전에 은퇴하기 전까지 사용했던 것에 버금갈 정도로 커다란 의자였다.

"지금쯤이면 자네랑 딸아이는 자고 있어야 할 시간 아닌가?" 요한손은 리사 마테이의 불룩한 배를 향해 고갯짓을 하며 말했다.

"이 아이랑 저는 활동하는 시간이 똑같다니까요." 마테이는 미소를 지었다. "지금은 엄마 배 속에서 축구를 하고 있네요. 이제 한 시간쯤 지나면 잠자리에 들 거예요."

"전화로 말했다시피 문제가 생긴 것 같아. 나 때문에 문제가 생겼다는 사실을 인정할 수밖에 없어 유감이로군."

요한손은 그녀에게 모든 이야기를 들려주었다. 울리카 스텐홀름이 그에게 자신의 이야기를 한 시점부터였다. 그는 야스민을 살해한 범인의 이름만 제외하면, 모든 것을 남김없이 털어놓았다. 심지어 자신의 단짝 친구에게조차 말해주지 않은 정보 제공자의 이름까지 마테이에게 알려주었다. 그가 울리카 스텐홀름과 처음으로 대화를 나눈 시점부터 고작 몇 시간 전에 헤르만손 경정에게서 전화를 받았을 때까지, 이야기가 시종일관 이어졌다.

"그래서 이제 그들은 내 파일들을 원하고 있네." 요한손이 말했다.

"헛소리 말라고 하세요. 그딴 생각은 접어야 할 겁니다." 리사 마테이가 말했다.

“이제 우리는 어떻게 하지?”

“제가 처리하겠습니다. 조금도 걱정하지 않으셔도 괜찮아요, 라르스. 일이 처리되는 대로 전화드리겠습니다.”

“저 안에 있는 경비원은 자네가 국가보안청에서 일하는 사람이라고 생각하더군.” 요한손은 다시 차에 올라타서 말했다.

“굉장히 이상하군요.” 막스는 어깨를 으쓱말했다. “제 아버지도 꼭 그렇게 보였는지, 할아버지께서는 아버지가 KGB 소속이라고 항상 주장하셨죠.”

“거기서 무슨 일을 했다고 생각하셨나?”

“프로 암살자라고요. 할아버지께서는 항상 아버지가 프로 암살자였다고 말씀하시곤 했죠.”

“자네는 어떻게 생각했지?” 요한손이 말했다. 도대체 내가 이 이야기를 듣고 뭐라고 말해야 하는 거지?

“꽤 흥미진진한 이야기라고 생각하곤 했습니다. 당시 저는 머리가 그다지 굵은 편은 아니었으니까요.”

그와 막스가 돌아왔을 때, 피아와 마틸다는 주방에 앉아 있었다. 두 사람은 그가 말한 대로 화이트 와인을 마시고 있었다. 여자들이 보통 하는 방식대로군. 나이나 소득 차이는 전혀 개의치 않고 말이야.

“당신이 두 시간이면 돌아오겠다고 했다던데. 틸다가 그렇게 말했단 말이야.” 요한손의 아내는 날카로운 눈빛으로 스토브 위에 걸려 있는 시계를 쏘아보며 딱 잘라 말했다.

"거의 세 시간은 걸렸군." 그는 순한 양처럼 대답하며, 자신의 말이 맞는지 손목시계를 살펴보았다.

"집에 잘 왔어. 자기 몫은 닭다리구이랑 아보카도, 콩, 토마토, 적양파로 만든 샐러드야. 그리고 틸다 말대로라면, 당신은 착한 아이처럼 점심 때 레드 와인을 마시지 않고 남겨뒀다던데."

"사랑해." 요한손이 말했다. '착한 아이'라니, 그게 무슨 뜻이야? 어머니만이 나를 그렇게 부르곤 했는데.

"당신이 삶을 저버리고 떠나가지만 않는다면." 피아가 말했다.

"안 그래." 요한손은 고개를 저으며 말했다. 무슨 삶 말이지? 내게는 더이상 삶이라는 게 존재하지 않아. 당신이랑 이야기 좀 해봐야겠군.

저녁 식사 후, 피아와 막스, 마틸다가 와인을 더 마시며 수다를 떠는 사이, 그는 커피잔을 들고 서재로 가서 평화롭고 조용히 커피를 마셨다. 그가 막 소파에 등을 기대려는 순간, 휴대전화 벨이 울렸다.

"아직 안 주무시나요, 라르스?" 리사 마테이가 물었다.

"정신 말짱하네." 요한손이 말했다.

"본부장님께 보고를 드렸어요. 본부장님께서 국가경찰청장님께 말씀드렸더니, 청장님께서는 주 경찰청장님과 이야기를 하셨죠. 우리 모두 의견이 일치했어요. 이 수사에 관련된 내용은 혼자서만 알고 계셔야 해요. 그리고 이견이 없으시다면, 내일 오전에 제가 그 파일들을 가져가는 게 어떨까 하는데요."

자네도 다 컸군. 우리 리사가 스톡홀름 지역 본부장 겸 국가보안청장에게 전화를 걸었고, 그는 국가경찰청장에게 전화를 걸었으며, 국가경찰청장은 스톡홀름 주 경찰청장에게 전화를 걸었다는 게로군. 그리고 그들 모두 그녀가 말한 대로 따르고 있고.

"전혀 문제 없네. 내일 일찍 누구라도 보내게. 그런데 아이 이름을 엘리나라고 짓는 것은 어떤가? 내 어머니의 이름을 딴 거라네. 자네의 그 조그만 축구선수 말이야." 자네 배 속에서 소란을 피우고 있는 자네만의 축구선수.

"사실, 엘리나는 제가 정말 좋아하는 이름이에요." 마테이가 말했다.

"자네 애인은 무슨 이름을 붙이고 싶어 하던가?" 요한손이 말했다.

"잉리드요. 잉리드 베리만■의 이름을 따서요."

"그럴 거면 차라리 나랑 결혼하지 그러나." 요한손이 말했다. 어째서 이런 말을 한 거지?

십오 분 후 그는 깊은 잠에 빠졌다. 주방에서 들려오는 쾌활한 목소리에도, 그가 선잠과 깊은 잠 사이의 경계에 선 채 비틀거리고 있었을 때 히프노스가 녹색이 감도는 흰 이삭으로 유혹하는 것에도 전혀 아랑곳하지 않았다. 미안하네, 친구. 자네는 너무 늦었어. 요한손은 생각했다. 두 눈을 감고 자연스럽게 잠이 들었다. 그저 푹 잠들었다가 다음 날 아침 일어나보니 막스가 침대 옆에 선 채 부드럽게 왼쪽 어깨를 흔들고 있었다.

"스파이가 두 명 찾아와 보스를 만나고 싶다고 하는데요. 남자와 여

■ 잉그리드 버그만으로 잘 알려진, 스웨덴 출신의 할리우드 배우.

자 한 명씩입니다."

"누구라고 하던가?" 요한손이 물었다.

"제 아버지와 닮은 점이 있는 것은 아니지만, 같은 업종에 종사하고 있다는 느낌을 받았습니다. 스웨덴식으로 말이죠."

91

8월 20일 금요일

그들은 국가보안청에서 나온 무뚝뚝한 동료들이었다. 남자는 오십 대쯤 된 것 같았고, 여자는 그보다 열 살가량 어려 보였다. 요한손은 국가보안청 청장으로 재직했던 시절에는 두 사람을 알지 못했지만, 두 사람 모두 그가 누구인지, 좀더 정확히 말하면 그가 누구였는지 잘 알고 있다는 사실은 명백했다.

"저희는 상자 몇 개를 가지러 왔습니다." 남자가 말했다.

"그러게나. 잠깐 기다리면 내가 막스를 시켜 상자를 가지고 오라고 하겠네."

그는 막스를 데리고 서재 안으로 들어갔다.

"빠뜨리신 게 하나도 없습니까, 보스?" 막스는 바닥에 놓여 있는 판지 상자를 향해 고갯짓을 하며 이렇게 말했다.

"없어." 요한손이 말했다. 그는 전날 저녁, 사건 수사에 도움이 될 만한 자신의 의견을 적어놓은 메모를 모두 없애고, 마지막으로 스타판 닐손이 빨간색 폭스바겐 골프 차량의 소유주였다는 사실과 관련된 차량 등록 기록을 빼냈다. 그는 빼낸 자료들을 한 파일에 모아 금고 안에 넣고 잠가버린 터였다.

"그렇다면 알겠습니다." 막스가 말했다.

삼십 분 후, 요한손의 휴대전화 벨이 울렸다. 헤르만손이었다.

"무슨 일이 일어나고 있는 겁니까?" 그가 물었다.

"내게 묻지 말게." 요한손은 의도했던 것보다 훨씬 더 짜증이 섞인 목소리로 말했다.

"방금 청장님께 전화를 받았습니다. 야스민 사건은 국장님 외에는 외부로 새어 나가서는 안 된다고 하더군요."

"그래. 그게 뭐가 웃긴지 아나?"

"뭐, 제게는 빌어먹을 수수께끼처럼 보입니다만." 헤르만손이 조심스럽게 말했다.

"수수께끼 따위는 전혀 아니야. 나는 아직 그 사건을 끝내지 않았어. 그게 전부라네."

"국장님께서 이미 놈을 찾아내셨다고 생각한다면, 제가 너무 넘겨짚는 겁니까?"

"누구를 찾아냈다는 말이지?"

"야스민의 살인범 말입니다. 우리는 서로 신뢰하고 있다고 생각했는데요, 국장님."

"그래, 물론이지. 하지만 알지 못하는 게 더 나을지도 모르는 몇 가지가 있다네."

"이런 말씀 드려서 죄송하지만, 이번만큼은 아닙니다, 국장님."

"자네는 스스로 무슨 말을 하고 있는지 몰라서 그렇게 생각하는 거라네, 헤르만손. 이렇게 말해서 미안하군." 요한손은 전화를 끊었다.

우선 그는 평소처럼 물리치료사를 방문했고, 집에 돌아오자마자 서재에 틀어박혔다. 그는 맛스 에릭손에게 전화를 걸어 몇 가지 간략한 지시를 내렸다. 닐손이 물어볼 수도 있는 자신의 과거에 대해서 뭐라고 포장할지는 한마디도 하지 않았다. 요한손은 사업가이자 이 회사의 공동 소유주이며 대주주의 동생에 이사회 임원이기도 했다. 부유하고 괴짜라는 조건 외에도 스타판 닐손 같은 사람이 탐욕스럽게 군침을 흘릴 모든 점을 갖추고 있었다. 그 정도면 충분했고, 그 이상도 이하도 필요 없었다. 대화가 시작되면 맛스가 힘든 일의 대부분을 떠맡아야 할 터였고, 이런 상황에서 필요한 질문을 던지는 것 역시 맛스의 몫이었다. 모두 고전적인 회계 문제에 대한 질문이었기 때문이다.

"나는 주로 입을 다물고 앉아 있을 거야." 요한손이 말했다. "그렇게 해야 멍청한 말을 하지 않을 테니." 그는 이렇게 덧붙였다. 혹은 그렇게 해야 자리에서 일어나 놈을 때려죽이지 않을 테니까.

"궁금해하지 않을 도리가 없는데요. 그가 정말로 끔찍한 짓을 저지른 게 틀림없군요."

"그래." 요한손이 말했다.

"그게 뭡니까?"

"지랄 맞게 끔찍해서 자네는 알고 싶지 않을 거야." 요한손이 말했다.

요한손은 점심 식사를 했다. 그러고는 평소 먹는 약에 작은 흰색 알약을 하나 더 추가했다. 심지어 조만간 같은 방 안에서 만나게 될, 야스민을 살해한 남자와 충분한 거리를 확실히 유지할 수 있도록 약을 하나 더 먹을까 하는 생각마저 했다. 하지만 그가 완전히 무관심한 듯 보이거나, 심지어는 잠들어버릴 위험이 있었기 때문에, 약을 한 알 더 먹는 것은 자제했다.

"준비되셨나요, 보스?" 마틸다가 물었다. "엄청난 변신을 할 준비 말이에요."

"언제나처럼 준비는 되어 있네." 요한손이 말했다. 평소와 달리 마틸다가 생기가 넘치는 것 같군.

마틸다는 요한손의 옷장 안에서 필요한 모든 것을 찾아냈다. 빨간색 바지도 한 벌 나왔는데, 비록 그는 골프채를 잡아본 적도, 골프를 치려는 생각을 했던 적도 없었는데, 피아가 팔스테르보에서 주말 동안 골프를 치는 자리에 그를 끌고 가기로 마음먹으며 사준 것이었다. 처음 받았을 때부터 가슴주머니에 알 수 없는 문장이 달린 파란색 블레이저도 한 벌 있었다. 이 또한 아내가 준 선물이었다. 그는 품이 넉넉한 흰색 리넨 셔츠를 입고 실크 스카프를 목에 두른 다음, 빨간색 바지와 같은 시기에 손에 들어온, 가죽 술이 달린 갈색 골프화를 신었다.

평범한 남자가 어떻게 이런 꼬라지로 돌아다닐 수 있지? 십오 분 후, 요한손은 거울에 비신 자신의 모습을 보며 생각했다. 에베르트 형이 이 꼴을 보지 못해서 다행이로군. 보 역시 마찬가지고.

"옷이 남자를 만드는 법이죠." 마틸다는 요한손의 모습을 보고 기뻐하며 딱 잘라 말했다.

그녀는 요한손의 머리카락에 기름을 바르면서 작업을 마무리했다. 평소 제멋대로 뻗쳐 있던 회색 머리카락은 이제 머리 꼭대기에 반짝거리는 헬멧을 올려놓은 것처럼 뒤로 빗어 넘겨 고정된 채였다. 그리고 평소보다 꽤 어두운 색이었다. 게다가 그는 얼굴 표정마저 순식간에 완전히 다른 모습으로 변하고 말았다.

"스투레플란■ 패션이에요. 머리는 정통 삐끼 스타일이고요."

"다 끝났나?" 요한손이 물었다.

"거의 다 됐어요."

두 가지 세부 작업이 남아 있었다. 우선 그녀는 향이 독한 애프터셰이브로 요한손의 두 뺨을 문질렀다. 마지막으로 무테 미러 선글라스를 그에게 씌워주었다.

"놀랍군." 요한손은 거울에 비친 자신의 모습을 보며 말했다. 이건 내가 아니야.

"어린 여자애들을 좋아하는 나이 든 중역처럼 보여요." 마틸다가 말했다. "혹시 괜찮으시다면 제가 딱 달라붙는 상의를 입고 함께 가드릴까요?"

"호의는 고맙지만 그냥 택시 한 대 불러주면 좋겠군, 마틸다." 요한손이 말했다. 꼭 피노체트처럼 보이는군. 그는 택시에 올라타며 생각했다. 사람들이 옷을 벗긴 이후의, 말년의 피노체트 말이야.

■ 스톡홀름 중심가에 있는 광장으로 주변에 쇼핑몰들이 밀집되어 있다.

그는 의도적으로 십 분 늦게 회의에 참석했다. 그가 목발을 짚은 채 절뚝거리며 모습을 드러냈을 즈음, 맛스 에릭손과 스타판 닐손은 회의실 안에 자리를 잡고 앉아 있었다.

"늦어서 미안합니다." 요한손이 툴툴거렸다. "시내 교통 상황이 정말이지 믿을 수 없을 정도로 엉망이어서 말입니다. 앉으시죠. 어서 앉아요." 그는 자리에서 일어나 자기소개를 하려는 스타판 닐손에게 멀쩡한 손을 흔들며 말했다.

"하루하루 지날수록 몸 상태가 나아 보이시는군요, 라르스." 맛스 에릭손이 순진한 표정을 지으며 말했다.

"고맙네." 요한손이 말했다. 그는 긴 테이블의 한쪽 끝에 자리를 잡고 앉아, 수첩과 펜을 꺼내 들었다. 그런 다음 짙은 미러 선글라스를 쓴 채 고개를 끄덕였다.

"우리를 만날 시간을 낼 수 있어 다행이로군요, 스타판." 요한손이 말했다. 이제는 두통도, 가슴 속 뻐근함도 느껴지지 않았다. 사냥감으로부터 딱 적당한 거리였다. 심지어 오른손 검지손가락조차 정상적으로 움직이는 것 같았다.

똑똑하고 훌륭한 사냥감이로군. 그는 이렇게 생각했다. 누구라도 무장해제시킬 수 있는 외피 속에 숨겨진 악이었다. 그는 파란색 재킷, 흰색 셔츠, 회색 바지, 요한손과 같은 종류의 신발 차림이었다. 친근한 푸른색 눈에 흰 치아까지 갖추고 있었다. 일주일 전 요한손의 조력자가 코에 가한 타격에도 불구하고, 코에 붓기나 멍자국은 전혀 보이지 않았다.

"감사합니다." 스타판 닐손이 말했다. "여기 와서 여러분을 만나 뵐 수 있어 얼마나 기쁜지 모릅니다. 저희 새 프로젝트를 설명해드리기를 고대하고 있었습니다." 그는 자신이 가져온 노트북컴퓨터의 덮개를 열어 화면을 펼쳤다.

"정말 멋지군요." 맛스 에릭손이 말했다. 그는 의자에 등을 기대며 양 손가락을 모아 뾰족하게 세웠다. "시작해볼까요, 스타판?"

스타판 닐손은 천국 같은 태국의 사진들을 보여주었다. 그가 설명하는 리조트는 삼 년 안에 완공될 예정이었지만, 아직까지는 예상 건설 비용 및 3D 그래픽으로 구현한 건축가의 구상 정도만 나온 상태였다. 물론 주변 경관을 찍은 일반적인 사진들이 스타판의 설명을 뒷받침했다. 길게 뻗은 백사장, 푸른 바다, 해변에서 떨어진 섬들, 뒤쪽으로 높게 솟은 산들을 찍은 사진들이었다.

"과장하고 싶지는 않지만, 태국의 남부 해안이야말로 지구상에서 가장 아름다운 장소 중 하나로 꼽아도 전혀 무리가 없을 겁니다." 스타판 닐손은 요한손을 향해 미소를 지으며 친근하게 고개를 끄덕였다.

회의는 삼십 분이 걸렸다. 맛스 에릭손은 자금 조달, 자금 유동성, 예상 이윤 등 예상되는 회계 문제에 대한 질문을 모두 던졌다. 그리고 공사 과정중에 발생할 수 있는 모든 위험 요소와 이에 어떻게 대처할 것인지에 대해서도 물어보았다. 요한손은 가끔씩 툴툴거리는 소리를 내면서 자신의 역할을 해치웠다. 그는 자리에 앉은 채 스타판 닐손의 모습과 그가 취하는 몸짓, 얼굴에 떠오른 표정을 살펴보며 머릿속에 무슨 생각이 들어 있는지 알아내려 애썼다. 요한손 자신은 짙은 미러 선글라스와 기이하게 보일 차림새 뒤에 여전히 자신을 감춰둔 채였다. 놈은 자신이 하는 말을 믿고 있군. 그는 이렇게 생각했다. 그는 자기 자신마저 속이는 사람의 전형적인 예나 다름없었다. 그는 가식적으로 행동할 필요조차 없는 사람이었다. 그저 자신에게 달린 스위치를 켰다 끄는 것으로 충분했다. 평생 동안 가식적으로 행동하는 법을 익혀왔기 때문이다.

결과적으로 스타판 닐손은 흠잡을 데 없는 사업 설명을 했다. 그는 주문받은 과제도 성실히 준비해왔고, 호감 가는 태도로 조용조용 이야기하기도 했다. 네놈은 얼마든지 돈을 벌 수 있었겠군. 요한손은 생각했다. 네놈이 정상적인 인간이라면 얼마나 좋을까. 만약 네놈이 그런 성향을 타고나지만 않았더라면. 하지만 네놈 인생의 모든 것은 어린 여자아이들과의 섹스에 정당성을 부여하는 방식으로 맞춰져 있을 테지.

"어떻게 생각하나, 맛스? 진지하게 고민해볼 시간이 필요하지 않을까? 자리에 앉아서 숫자와 씨름 좀 해봐야 할 것 같군. 회의 약속을 한 번 더 잡았으면 좋겠는데." 요한손이 말했다.

"분명 굉장히 흥미로운 프로젝트입니다." 맛스 에릭손이 동의했다. "하지만 말씀하신 대로, 숫자들을 살펴보기 위한 시간이 필요합니다."

"다음 주 목요일 오후 시간이 비네. 아니면 금요일 오전도 괜찮고." 요한손은 자신의 수첩을 넘기는 모습을 일부러 보여주며 말했다. "그 이후로는 시간을 낼 수가 없어. 형님이랑 사슴 사냥을 가기로 했거든."

"저는 목요일은 하루 종일 바빠서요. 하지만 금요일 오전은 괜찮을 겁니다." 스타판 닐손이 말했다.

"그러면 그렇게 합시다. 금요일 오전 9시 정각." 그날 회의가 끝나면 네놈은 남은 인생 내내 바쁘게 지내게 될 거야.

요한손은 쇠데르말름의 집으로 돌아오자마자 맛스 에릭손에게 전화를 걸었다.

"자, 그러면 말이지. 자네는 스타판 닐손에게서 어떤 인상을 받았나?"

"저는 긍정적인 의미에서 꽤 놀랐습니다." 맛스 에릭손이 말했다. "그에 대해 이미 들은 이야기가 있는데도요. 제 입에서 긍정적인 의미에서 굉장히 놀랐다는 말까지 나오게 되는군요. 그리고 그가 제안한 프로젝트 역시 가치가 전혀 없는 것 같지는 않습니다."

"그러면 이제 자네는 태국에 호텔을 세울 생각을 하고 있나?"

"참 신기하게도 그렇지는 않습니다." 맛스가 말했다.

"어째서?" 요한손이 놀리듯 말했다. "프로젝트가 그렇게 괜찮아 보였다면서?"

"에베르트 사장님께서 저를 죽여버리실 테니까요." 맛스 에릭손이 말했다. "어째서 스타판 닐손에게 관심을 갖고 계신지 아직도 말씀하실 생각이 없습니까?"

"그래." 요한손이 말했다.

"어째서요?"

"왜냐하면 자네가 놈을 죽여버릴지도 모르니까."

그가 전화를 끊자마자 마테이에게서 전화가 걸려 왔다.

"다 잘되고 있나요, 라르스?"

"그럭저럭." 요한손이 말했다. "내가 도와줄 일이라도 있나?"

"스타판 닐손이죠. 이제는 공소시효가 만료된 사건의 범인 말이에요.

마르가레타 사겔리에드의 남편 쪽 조카요. 며칠 후에 일부러 제게 전화를 주실 필요가 없다는 말씀을 드리려고 전화드렸어요."

"축하하네. 빨리 찾아냈군."

"들은 정보가 있으니 그렇게까지 큰 도전은 아니었어요. 과거 그는 아동 포르노 소지죄로 고발당한 적이 있었지만, 그 건은 기각되었다는 사실을 알고 계실 거라고 생각하는데요?"

"알고 있네. 자네와 자네 동료들이 울리카 스텐홀름의 전화를 도청하고 있다는 생각이 드는 것은 어째서일까? 내가 울리카의 이름을 자네에게 언급했기 때문이 아닌가?"

"죄송하지만 그런 내용은 보고받지 못했는데요."

"자네를 난처하게 하고 싶지는 않아, 리사. 나도 자네만큼이나 우리는 그런 주장에 대해 아무런 논평도 하지 않는다는 사실을 알고 있으니까. 하지만 자네도 알고 있을 거라고 확신하는데, 월요일 오전에 나는 스톡홀름 그란드 호텔에서 조지프 사이먼과 만날 예정이라네. 당연하게도 나는 그를 빈손으로 돌려보낼 생각이고."

"다른 행동을 하실 거라고는 생각하지 않았어요." 리사가 말했다.

"그러니 닐손에게 감시를 붙이는 것은 보류해도 좋아. 당분간 놈은 괜찮을 테니까. 그리고 나와 사이먼이 나누는 이야기 역시 엿들을 필요는 없어. 예산을 아끼라고. 불필요하게 자원을 낭비하지 말게. 똑바로 처신하겠다고 약속하지."

"말씀드린 대로, 국장님을 도청하겠다는 생각은 꿈에도 하지 않을 겁니다." 마테이가 말했다.

"그 말을 들으니 기쁘군." 요한손이 말했다. 마침내 '국장님'이라는 말이 나오는군.

“주말 동안 무슨 계획이라도 있으십니까, 보스? 피아는 무슨 학회 같은 데 가신다고 하던데요.” 막스가 말했다.

“평화롭고 조용히 지낼 작정이라네.” 요한손이 말했다. 생각할 것도 있고 말이지.

“제가 도와드릴 수 있는 일이 있으면 언제든 말씀하시죠.”

“야르네브링에게 전화를 걸어서, 내일 함께 점심 식사를 할 건지 물어봐주게. 우리 집에서 말이야.” 그는 이렇게 덧붙였다. “그래야 허심탄회하게 이야기를 할 수 있을 테니.”

92

8월 21일 토요일~8월 22일 일요일

토요일이 되자, 요한손은 집에서 야르네브링과 막스와 함께 점심 식사를 했다. 그는 피아가 집을 비워 방해가 되지 않으리라는 사실을 확인하자, 동네 레스토랑에 음식을 주문하면서 자기 자신과 손님들에게 크게 한턱 대접했다. 그들이 식사를 하는 사이, 요한손은 사건 조사의 최신 진척 상황 및 스타판 닐손과 조우했던 이야기를 들려주었다. 하지만 조지프 사이먼과의 만남이 다가오고 있다는 이야기는 언급하지 않았다. 그 이야기는 나중에 할 기회가 있을 터였다.

"놈은 어떤 사람이었지?" 야르네브링이 물었다.

"만약 내가 야스민에 대해 몰랐더라면, 놈을 꽤 괜찮고 재미있는 친구라고 생각했을 테지. 확실히 죄책감을 뚝뚝 흘리고 다니는 녀석은 아니야. 죄책감을 다스리는 법을 배운 것 같아."

"놈을 만날 때 나를 데려가지 않은 것은 잘한 일이야. 내가 그 개자식을 죽여버렸을 테니까." 야르네브링이 말했다.

"맞아. 그래서 자네를 데리고 가지 않았는지도 모르지."

"적어도 막스는 놈에게 한 방 날려줄 기회라도 있었지." 야르네브링은 옆에서 식사를 하고 있는 막스의 어깨를 두드리며 말했다. "인생이 공평하다고 어느 놈이 그랬나, 응?"

"그게 막스 역시 집에 머물러야 했던 이유이기도 하고."

"그러면 이제 어떻게 할 생각인데?" 야르네브링이 물었다.

"내가 생각해낼 수 있는 범위 내에서는, 네 가지 선택지가 있네." 요한손은 깊은 생각에 잠긴 채, 그가 가장 좋아하는 레스토랑 주인이 정어리와 올리브, 조그만 아티초크 줄기 절임과 함께 전채로 선택한 훌륭한 이탈리아 살라미 소시지를 한 입 먹으며 말했다.

"어떤 거지?"

"첫 번째 선택지는 모든 것을 잊어버리는 거라네. 공소시효가 종료된 사건이니까." 요한손은 이렇게 말하며 어깨를 으쓱했다. "그저 입 닥치고 각자 인생을 살아가는 데에 공식적인 장애물은 없으니까."

"맙소사, 라르스." 야르네브링이 항의했다. "진지하게 말하는 것은 아닐 테지?"

"그래. 내 사전에는 그저 무시하고 넘어갈 수 없는 것이 몇 가지 있어. 이게 그중 하나라네. 아무튼 그렇게 될 것 같지는 않군. 이 자리에 모인 우리 셋이 입을 다물고 지낼 수 있다 할지라도 말이야."

"내 의견도 마찬가지야. 조만간 우리 옛 동료들 중 누군가가 모든 것을 알아내게 될 거야. 자네도 상상할 수 있듯이, 이미 상당한 소문이 떠돌고 있다네. '보이지 않는 곳까지 살펴볼 수 있는 인간'이 야스민을 죽인 놈의 정체를 알아냈다, 그리고 정체를 밝히기 거부하고 있다, 이게 무슨 말도 안 되는 헛소리인가, 이런 식으로 말이야."

"두 번째 선택지는 곧장 언론과 접촉한 다음 놈이 말라죽게 내버려 두는 거라네. 꽤 쉬운 방법이거니와, 헤르만손이나 그와 같은 생각을 품고 있는 다른 동료가 놈의 정체를 알아내도록 내버려두는 것과 비교하면, 적어도 시간은 절약할 수 있지." 왜냐하면 그 친구들은 분명히 시간이 좀 걸릴 테니까.

"놈에게 특별히 유쾌한 방법은 아니겠군." 야르네브링이 말했다.

"그래. 몇몇 범죄 조직은 평범한 소아성애자들의 사진을 자신들의 웹사이트에 올려놓았다네. 그리고 닐손에 대해서라면, 사법 시스템의 단점을 보완하려는 생각을 떠올릴 수 있는 사람들이 꽤 될 거야."

요한손은 한숨을 쉬며, 깊은 생각에 잠긴 채 와인을 홀짝거렸다. 그러고는 좀더 머리가 잘 돌아가도록 커다란 올리브 하나와 안초비 두 마리를 입안에 털어 넣었다.

"그 점만 고려해보면, 그 개자식을 바로 죽여버리는 게 가장 간단한 해결책 아닐까?" 야르네브링이 말했다.

"그게 세 번째 선택지야. 그리고 자네가 여기 앉아 있는 사람 중 한 명을 염두에 두고 있는 게 아니기를 진심으로 바라네."

야르네브링은 아무 말도 하지 않고 그저 어깨를 으쓱하며 막스와 짧은 시선을 교환했다. 막스는 다른 곳에 정신이 팔린 듯 보였다.

"자네는 네 가지 선택지가 있다고 했지. 그러면 네 번째는 뭔가?" 야르네브링이 말했다.

"놈에게 이야기를 하는 거라네." 요한손이 말했다. "닐손에게 말이야.

현 상황을 설명해주는 거지. 놈에게 죗값를 치를 기회를 제공하는 거야. 놈이 야스민에게 저지른 짓에 대한 처벌은 종신형이 되었어야 하지. 그 점에 대해서는 확신한다네. 사실 놈을 만나 가까운 거리에서 관찰할 기회가 있었기 때문에 지극히 확신하고 있어. 놈의 경우에는 정신과 치료감호 처분은 고려되지 않을 거야."

"무슨 뜻인지 알겠네." 야르네브링은 어깨를 으쓱하며 말했다. "하지만 문제는 놈이 저지른 일에 대해 볼기짝 때리는 정도의 벌조차 줄 수 없다는 거야."

"지금 그 이야기를 하려는 거라네. 놈에게 종신형을 내릴 수 있는 방법 말이야."

"그럴 수 있으면 정말 좋겠군." 야르네브링이 말했다.

"종신형 말이지." 요한손이 같은 말을 반복했다. "어쩌면 이십 년쯤 지나고 나서 놈은 감형이 되어 풀려났을지도 모르지. 나는 아마 그 정도는 감수할 수 있었을 거야."

"무슨 혐의로 종신형을 먹인다는 말인가? 문제는 우리가 놈이 저지른 다른 쓰레기 짓거리를 찾아낼 수 없다는 거라네. 집구석에 처박혀서 인터넷에서 아동 포르노나 다운받는 일 정도겠지. 그 정도 혐의로 어떤 형을 받게 될까? 기껏해야 육 개월 형과 가벼운 질책 정도겠지."

"나는 놈이 여러 해 동안 야스민과 비슷한 나이의 여자애들을 건드려왔다고 확신하네. 그 사실을 자백하도록 만들 수 있다면 몇 년 형을 기대할 수 있을 거야. 어쩌면 놈은 뭔가 꾸며놓았을 수도 있어. 토마스 퀵▪의 경우를 생각해보게. 스칸디나비아반도 범죄 역사상 최악의 연쇄살인범 말이야. 놈은 이십 년째 감옥에 있지 않나? 놈의 생생한 상상력과 놈보다 훨씬 멍청한 우리 동료들에게 감사하자고. 그 사건 전체에 벡스트룀이 관여했던 게 아닐까?"

"분명 그랬을 거야. 무슨 뜻인지 알겠네. 나는 닐손의 어머니 자살 사건에 대해 생각하고 있었지. 그 사건은 아직 공소시효가 지나지 않았으니까. 뭐, 그게 살인 사건이라면 말이지만. 나는 그게 살인 사건이라고 생각하지는 않아. 그녀는 자신의 아들이 야스민에게 저지른 짓을 알게 되었다는 간단한 이유로 자살했어. 놈이 처벌을 기꺼이 받아들이게 하기에는 좀……."

"유감스럽게도 그렇게 될 것 같지는 않군." 요한손은 고개를 끄덕였다. "놈은 양심에 거리끼는 일을 많이 감수하면서 살 수 있는 것처럼 보이던데."

"어째서 놈이 태도를 바꿀 거라고 생각하지?"

"나는 놈에게 가장 큰 이익이 무엇인지 깨닫게 해줄 수 있을 거라고 생각하네. 놈에게 그런 놈들을 처넣는 곳으로 스스로 기어 들어갈 기회를 주는 거야. 놈이 응당 받아야 했을 처벌을 받게 함으로써, 놈에게 살아남을 기회를 주는 거라네." 요한손은 방금 한 말을 강조하기 위해 고개를 끄덕였다.

"만약 놈이 그 기회를 거부한다면?" 야르네브링이 물었다.

"여전히 처음 세 가지 선택지가 남아 있다네. 적어도 놈은 선택권을

■ 본명은 스투레 베리발. 스웨덴의 연쇄살인범으로 알려졌던 인물로, 서른 건 이상의 살인 사건을 저질렀다고 자백하고 그중 여덟 건에 대해 유죄판결을 받았으나, 2008년에 모든 자백을 철회하면서 재조사가 이루어졌다. 이후 토마스 퀵의 자백은 과대망상으로 인한 것으로 판단되어 2013년에 최종적으로 무죄판결이 내려졌다. 이 사건은 구체적인 증거 없이 자백만으로 유죄판결을 내린 스웨덴 사법 제도에 큰 불신을 초래하는 결과를 낳았다. 본 작품의 시간적 배경은 2010년으로, 이 사건의 최종 판결이 내려지기 이전 시점이다.

받는 거지. 야스민이 받았던 것보다 더 많은 선택권을 말이야."

"제가 뭔가 하기를 바라신다면, 그냥 말씀만 하시죠, 보스. 제 사전에는 그놈처럼 생존권을 박탈당한 자들이 한가득 있습니다." 막스가 말했다.

"무슨 뜻인지 알겠네, 막스." 요한손이 말했다. "자네는 믿기 어렵겠지만, 내가 자네에게 그런 짓을 하지 말라고 부탁하는 이유는 사실 자네를 위해서라네."

요한손은 고향 사람들이 '죽기 전 신변 정리'라고 부르는 일을 하면서 일요일 오후를 보냈다. 이는 아직 죽지 못한 사람이 마침내 속세의 번뇌를 떨쳐버리고 죽음을 맞이할 때가 되면, 자신이 남긴 문서들을 적절한 방식으로 정리하는 것을 뜻했다. 딱 하나만 예를 들자면, 그들은 가깝고 헌신적인 친족의 이미지를 훼손할지도 모르는 것을 모조리 없애버리기도 했다.

그는 아무리 고민해봐도 무엇을 찾아봐야 할지 생각이 나지 않자, 자리에 앉아 아내 피아에게 보내는 사적인 편지를 한 통 써서 유언장과 함께 넣어두었다. 편지 내용으로 말할 것 같으면, 주변을 정리하는 것이 삶을 연장하는 한 방식이라는 사고방식과 관련된 것이었다. 이는 생명보험 정책과 다를 바 없었다. 보험을 유지하고 있는 동안에는 정말로 돈이 필요할 때가 있어도 실제로는 절대 지급받지 못함에도, 그와 같은 사람은 계속해서 생명보험을 유지하려고 하는 것이었다.

나는 천국에 갈 수 있을까? 요한손은 대부분의 시간을 보내는 소파에 눕는 순간 갑자기 이런 생각이 떠올랐다. 아마도 그렇겠지. 그는 끔찍한 짓은 한 번도 저지른 적이 없었고, 국가보안청에서 일하던 시절에조차 마찬가지였다. 어쨌든 그가 기억하는 한도 내에서는 그랬다. 순전히 직업적인 관점에서 보면, 그는 상상할 수조차 없는 공포에 시달리는 사람들을 보호하고 도우려 애를 쓰면서 인생의 대부분을 바쳤다.

"막스!" 요한손이 큰 소리로 불렀다.

"예, 보스." 막스는 거의 즉시라고 해도 좋을 정도로 요한손의 서재 문가에 모습을 드러냈다.

정말 놀랍군. 이름만 부르면 여기 나타나다니. 여기 앉아서 낡은 램프를 문지를 필요조차 없군. "자네는 신을 믿나, 막스?" 그가 말했다.

"신이 존재한다고는 생각하지 않습니다." 막스는 고개를 저었다.

"왜 그렇게 생각하지?"

"만약 신이 존재한다면, 그라즈단카에서 살던 집에 저를 절대로 혼자 내버려두지 않았을 겁니다. 저는 고작 어린아이였습니다. 그 누구에게도 해를 끼친 적이 없는 아이였죠."

93

8월 23일 월요일

월요일 오전 9시 정각, 요한손은 조지프 사이먼이 투숙하고 있는 스톡홀름 그란드 호텔 스위트룸에서 그를 만났다. 사이먼은 한 시간 전 브롬마 공항에서 호텔로 가는 길에 요한손에게 직접 전화를 걸었다.

"내 이름은 조지프 사이먼입니다." 조지프 사이먼이 말했다. "나는 야스민의 아버지였습니다. 지금은 스톡홀름에 와 있습니다. 사정이 허락하는 한 빨리 당신을 만나고 싶군요. 나는 그란드 호텔에 머무를 예정이지만, 당신이 다른 곳에서 만나는 것을 더 선호한다면 어디든 괜찮습니다."

요한손이 말했다. "한 시간 후 그란드 호텔에서 만나도록 하지요. 9시 정각입니다."

"좋습니다." 사이먼이 말했다. "데리러 갈 차를 한 대 보낼까요?"

"아닙니다. 개인 운전기사가 있습니다."

완벽한 스웨덴어로군. 많은 세월이 흘렀는데 불구하고, 억양에서 조금 티가 날 뿐이야. 근래 요한손의 영어 실력에는 아쉬운 점이 부쩍 늘었기 때문에, 그로서는 현실적인 걱정을 던 셈이었다.

"막스." 요한손이 말했다.

"예, 보스." 잠시 후 막스가 대답했다.

"외출 준비를 하게. 야스민의 아버지를 만나러 가는 데 자네도 동행하게." 만일의 사태를 대비해서 말이야. 과거를 돌이켜보면 야르네브링을 데려가는 것은 아예 논외의 대상이었다.

육체적으로는 야르네브링과 비슷하군. 요한손은 조지프 사이먼과 악수를 나누며 이런 생각을 했지만, 그 외에는 자신의 절친한 친구와 모든 면에서 달랐다. 이란 왕처럼 보이기도 하고. 요한손은 비록 이란 왕을 사진으로밖에 본 적이 없었음에도 이렇게 생각했다.

그는 조지프 사이먼의 수행원들에게 둘러싸였다. 조지프 사이먼 같은 사람들은 사적인 여행에도 수행원들을 데리고 다니는 것이 보통인 모양이었다. 남자 네 명과 여자 한 명이었다. 한 사람은 변호사, 한 사람은 수행 비서, 나머지 세 사람은 개인 비서였는데 그중 두 명은 외모와, 막스를 처음 보았을 때 서로 마주 본 것으로 미루어 보아 보디가드인 듯했다.

"만나서 반갑습니다." 조지프 사이먼은 정중한 태도로 자신의 옆에 놓인 안락의자를 가리키며 말했다.

요한손이 말했다. "흠, 우리가 만나야 할 것 같았습니다. 단둘이서 대화를 나누는 게 좋을 것 같군요."

"물론입니다." 사이먼이 말했다.

그가 다른 사람들을 방 밖으로 내보내기 위해서는 그저 자신의 수행 비서에게 고개를 끄덕이는 것으로 충분했다. 막스까지도 의미를 알아차리고 그들과 함께 밖으로 나갔다.

"자, 그렇다면 말입니다." 사이먼이 말을 이었다. "내 지인 한 사람이 당신이 내 딸, 야스민을 살해한 자가 누구인지 밝혀냈다고 하더군요."

"그렇습니다. 그래서 그녀에게 이 자리를 주선해달라고 요청한 겁니다."

"부디 불쾌하게 여기지 않았으면 좋겠군요. 여러 해 동안 많은 사람들이 범인을 알고 있다고 주장하며 내게 접촉해왔습니다. 내 딸을 살해한 자가 누구인지 말입니다. 내게 돈을 원하는 평범한 정신병자였을 뿐이지요. 애석하게도 진짜였던 적은 없었고 그들은 내게 현실적인 문제뿐만 아니라 개인적인 고통도 안겨주었습니다."

"물론 당신이 말하는 사람들이 어떤 부류인지 알고 있지만, 그 점에 대해서는 믿어도 좋습니다. 나는 정말로 범인을 찾아냈습니다."

"나는 당신이 어떤 사람인지 압니다." 조지프 사이먼은 살짝 미소를 지으며 말했다. "하지만 어떻게 확신할 수 있습니까? 사건이 일어난 후 이십오 년이라는 세월이 지났는데요."

"그자의 DNA 샘플을 확보해서 범인의 DNA와 비교해보았습니다. 서로 다른 사람일 확률은 100만분의 1이 못 된다고 하더군요. 그자가 진짜 범인임을 확인하기 위해 한 일이었습니다. 실수를 저질렀을 가능성을 배제하기 위해서였지요."

"그러면 DNA 없이 그자가 범인이라는 사실을 밝혀냈다는 말입니까?"

"그렇습니다. 만약 사건이 발생했을 때 내가 수사에 참여했었더라면, DNA 없이도 범인의 유죄판결을 받아냈을 거라고 확신합니다. 물론 당신 딸이 살해당했을 당시에는 그런 과학기술을 활용할 수 없었지요."

"나와 같은 사람들 역시 마찬가지입니다." 사이먼이 말했다. "내 직업 말입니다. 세상에는 좋은 의사들도 있고 나쁜 의사들도 있죠. 절대 의사가 되지 말았어야 할 지극히 나쁜 자들도 몇 명 있습니다."

"그렇습니다. 당신과 당신 부인은 운이 나빴습니다. 사건 수사는 형편없이 진행되었고, 내 동료들은 당신이 우리에게 마땅히 요구할 수 있는 정의를 당신과 당신 부인에게 선사할 수 없었습니다. 그것이 내가 여기 앉아 있는 이유 중 하나입니다."

"그의 이름을 알려주십시오." 조지프 사이먼이 말했다.

"미안합니다." 요한손은 고개를 저으며 말했다. "나는 당신이 어떤 사람인지 알기 때문에, 당신에게 알려줄 생각은 조금도 없습니다."

"어째서 말입니까?"

"당연히 나는 당신이 지금까지 겪어온 고통을 상상하려는 시도조차 할 수 없습니다. 너무 주제넘은 짓이 될 테죠. 이런 식으로 설명해보겠습니다. 만약 내가 당신이었더라면, 그리고 똑같은 일이 내게 일어났더라면, 만약 우리의 역할이 서로 바뀌었더라면, 나는 감히 나 자신을 믿지 않을 겁니다."

"내가 그자를 죽일까 걱정하고 있군요." 사이먼이 말했다.

"그렇습니다."

"그렇다면 내가 그 대가로 당신에게 줄 수 있는 것은 아무것도 없겠군요?"

"아무것도 없습니다." 요한손이 말했다. "하지만 제안을 하나 하려는 생각을 하고 있었습니다."

"그게 뭡니까?"

"우리가 그자를 이십오 년 전에 찾아냈다고 가정해봅시다."

"뭐라고요?"

"그렇다면 그는 종신형에 처해져서 십칠 년이나 십팔 년 정도 형을 살다가 감형되어 풀려났을 겁니다. 혹시 궁금해할지 모르겠는데, 나는 이미 그를 만나보았습니다. 그에게는 내가 누구인지, 그에 대해 무엇을 알고 있는지 전혀 모르도록 했지요. 그와 곧 다시 만날 예정입니다. 나는 그에게 정확히 이런 제안을 할 생각입니다. 자신이 받아야 했던 처벌을 받아들이라고요."

"어떻게 그럴 수 있다는 겁니까? 내 딸아이의 살인에 대한 공소시효는 만료되었습니다. 그자가 그 외에 다른 사건을 저질렀다는 뜻입니까?"

"세부적인 내용은 발설할 수 없습니다. 나는 그가 거절할 수 없는 제안을 하나 하려고 생각중입니다."

"그가 제안을 받아들이지 않는다면요? 그러면 어떻게 할 작정입니까?"

"다른 대안들을 고려해, 그가 내 제안을 받아들이기를 바랍니다."

"만약 그가 받아들이지 않는다면요?" 조지프 사이먼은 같은 말을 반복했다.

"당신에게 그자의 이름을 알려주겠습니다. 그가 책임을 지는 것을 거부한다면, 당신에게 그자를 넘기겠습니다."

"그게 언제입니까?"

"늦어도 다음 주 수요일 정오입니다. 당신은 현실적인 세세한 문제에 대해서는 걱정할 필요가 없습니다. 내가 신경 써서 준비해놓았으니까요. 그저 당신 전화번호만 알려준다면, 결과가 나오는 즉시 전화하겠다고 약속하겠습니다."

"당신 말을 믿겠습니다." 조지프 사이먼이 말했다. "내 전화번호를 알려드리죠. 당신 제안을 받아들이겠습니다. 그자가 내 딸을 살해한 죄로 받았어야 할 처벌을 똑같이 받아들인다면 말입니다. 시간 제한은 구 일입니다."

"굉장히 긴 시간처럼 보일 거라는 점은 충분히 이해합니다. 불행하게도 그 일을 처리하는 데 걸리는 시간만큼은 시간이 걸릴 겁니다."

"이십오 년이 긴 시간이지요. 그에 비하면 구 일은 전혀 긴 시간이 아닙니다. 아흐레 더 기다리는 일은 아무런 문제가 되지 않습니다."

"그렇다면 알겠습니다."

요한손은 자리에서 일어섰다.

"혹시 내가 해줄 수 있는 일이 있다면, 그저 말만 하십시오. 당신을 돕기 위해서는 내 힘이 닿는 한 무엇이든지 할 준비가 되어 있습니다."

조지프 사이먼이 말했다. 그는 말하면서 어떤 이유에서인지 요한손의 오른팔 아래로 이어진 목발을 흘끗 바라보았다.

"나 같은 사람들은 당신에게 빚을 지고 있습니다. 그러니 그런 생각은 더이상 하지 않아도 좋습니다."

에베르트 형처럼 일을 처리하지 않아서 다행이로군. 만약 그랬다가는 조지프 사이먼은 지금쯤 동전 한 푼 남지 않았을 테니까. 요한손은 집으로 돌아오는 차 안에 앉아 이렇게 생각했다.

94

8월 24일 화요일~8월 26일 목요일

화요일과 수요일, 목요일은 평소와 다름없는 규칙적인 일과에 따라 흘러갔다. 가슴 속 뻐근함, 두통, 달랑거리는 오른쪽 팔, 감각이 느껴지지 않는 오른손 검지손가락 또한 여전했고, 물리치료사의 장담에도 불구하고, 그런 상태는 그가 숨을 거두는 순간까지 지속되었다. 그리고 모든 준비가 완료되었다.

스타판 닐손이 야스민에게 저지른 일을 그의 눈앞에 들이댈 시간이 되기 전, 요한손은 모든 현실적인 세부 사항을 처리했다.

"금요일에 다시 미용실 예약을 하고 싶은데." 요한손은 마틸다에게 말했다.

"지난번과 같은 스타일로 갈 생각이세요? 초미니 검정 가죽 스커트에 노출이 심한 빨간색 상의를 입은 금발이 동행할 필요는 없을까요?"

"그렇게까지 해주겠다니 굉장히 고맙네, 마틸다. 제안은 고맙지만,

머리에 기름을 약간 바르고 짙은 선글라스 정도만 쓰면 더할 나위 없을 것 같군. 내가 평소에 입는 대로 차려입을 수 있으면 기쁠 거야."

"그러면 한 가지 문제가 있는데요. 그 사람은 이미 보스와 만났잖아요. 사실 그랬다가 그가 보스를 과연 알아볼까 하는 생각도 드는데요. 보스는 캐릭터가 굳어져버린걸요."

"멋지군." 요한손이 말했다.

"그 사람의 눈알을 뽑아버리는 건 어떨까요?"

"그런 일은 나 혼자서 어떻게든 할 수 있을 것 같군. 자네는 사소한 일을 하나 도와줬으면 좋겠어. 혹시 이 사진을 확대할 수 있겠나?" 그는 경찰 수사 자료에서 빼낸 야스민의 사진 한 장을 그녀에게 건넸다.

"굉장히 예쁜 아이네요. 아름답다고 할 수 있을 정도인데요. 이 애 사진은 인터넷에도 있어요. 아마 같은 사진인 것 같아요. A4 정도 크기면 될까요?"

"그 정도면 훌륭하네." 요한손이 말했다.

목요일 오전, 요한손의 매부가 전화를 걸어 도울 일이 또 있는지 물어보았다.

"며칠 동안 연락을 주시지 않아서, 형님께서 조용히 계신 까닭은 마르가레타 사겔리에드와 마르가레타의 친척들에 대해 원하시는 정보를 다 얻어내셨기 때문이라고 생각했습니다."

"얼마나 만족스러운지 모르겠군. 자네가 들인 비용을 어서 지불하고 싶다네." 이 말을 듣고 싶었을 테지.

"어젯밤에 마르가레타 사겔리에드의 노래를 들어보았습니다. 그녀가 토스카 역을 맡아 노래하는 오래된 LP판을 발견했거든요. 출연진 중에는 시구르드 비엘링■도 있었습니다. 그는 스카르피아 남작 역을 맡았는데, 정말 경이적인 바리톤이었지요. 그런데 사겔리에드 역시 그리 나쁘지는 않았습니다. 여자치고는 성량이 꽤 괜찮더군요. 게다가 역할이 그녀에게 잘 어울리는 것 같았습니다." 오페라 애호가인 알프가 말했다.

"자네는 그녀가 노래를 부르는 음반을 많이 갖고 있나?" 요한손은 어떤 생각이 문득 떠올랐다. 사소한 일이지만, 시도해볼 가치는 있어.

"한두 장 정도 있는 것 같습니다." 그는 특유의 겸손한 태도로 대답했다.

"그 음반들을 빌릴 수는 없을까? 사겔리에드가 노래를 부르는 음반 말이지. 그녀의 노래를 들어보고 싶군."

"괜찮고말고요." 그는 놀라운 심정을 차마 감추지 못했다. "얼마든지 빌려 가셔도 좋습니다. 특히 듣고 싶으신 게 있습니까?"

"그녀가 음반 커버에 등장하는 거라면 어떤 것이라도 좋아." 요한손이 말했다. 무슨 앨범인지 누가 신경 쓴다고 그래? 그런 음악은 죄다 똑같이 들리는데.

"그렇다면 저는 〈토스카〉를 추천드리겠습니다." 알프가 말했다. "앨범 커버에 마르가레타 사겔리에드의 사진이 굉장히 두드러지게 등장하거든요. 게다가 형님의 전 직업을 고려하면, 이쪽이 나름 어울릴 것 같

■ 20세기 중반에 활동했던 스웨덴의 오페라 가수. 특히 바그너의 작품에서 중요한 역할을 여러 차례 맡았다.

습니다."

"그게 무슨 뜻인가?" 요한손이 물었다.

"스카르피아는 경찰이니까요. 미리 말씀드리지만, 그리 괜찮은 경찰은 아닙니다. 하지만 시구르드 비엘링의 인물 해석은 그야말로 굉장합니다."

"훌륭하군. 퀵서비스 착불로 보내주게. 굉장히 고맙네, 알프." '그리 괜찮은 경찰은 아니'라니.

그날 오후, 요한손은 맛스 에릭손에게 전화를 걸어, 스타판 닐손과의 다음 회의에 그가 참석할 필요는 없다고 말했다. 그리고 닐손에게 연락해서 맛스의 불참을 알려줄 필요도 없고, 닐손이 사무실에 나타났을 때는 닐손의 눈에 띄지 않도록 피해 있으라는 말도 했다. 요한손은 이번에도 형의 사무실에서 닐손을 만날 생각이라고 말했다. 맛스 에릭손은 아무런 이의도 제기하지 않았다.

"전혀 문제 없습니다. 제가 또 할 일은 없을까요?"

"형님이 쓰던 낡은 전축이 있었는데, 아직 사무실에 있나?"

"물론입니다. 직원 파티가 있을 때면, 사장님께서는 갖고 계신 추억의 명곡들을 죄다 틀어주시곤 합니다. 〈코리나, 코리나〉, 〈로라에게 사랑한다고 전해주오〉, 〈석양에 붉게 물든 돛〉 같은 곡들을요."

자, 그렇다면.

금요일 오전 8시 정각, 라르스 마르틴 요한손은 막스와 함께 에베르트의 사무실에 도착했다. 스타판 닐손이 아무런 의심도 품지 않은 채,

부유하지만 어수룩한 노를란드 출신 촌뜨기에게서 크게 한몫 뜯어내기 위해 사무실에 들어올 때까지는 아직 여유가 있었기 때문에, 그들이 최종 준비를 마칠 시간은 충분했다.

95

8월 27일 금요일

요한손은 직접 최종 준비를 마쳤다. 마르가레타 사겔리에드의 사진이 박힌 음반 커버는 형이 사용하는 커다란 책상 위에 전체가 다 보이도록 올려두었다. 닐손이 앉게 될 의자는 세 차례의 시도 끝에 적절한 각도를 잡아 배치해두었다. 이 의자는 요한손이 닐손에게 무엇이 자신에게 최선의 길인지 깨닫게 하려는 희망을 품고 이야기를 하는 동안 그가 앉아 있을 곳이었다. 충직한 조수 막스는 옆방으로 통하는 닫힌 문 뒤에 앉아 있었다. 그저 스타판 닐손이 다루기 곤란해져서 코에 한 방 더 갈겨줄 필요가 있다고 판단되었을 때를 대비한 것이었다.

오 분 남았군. 요한손은 시간을 확인했다. 그러고는 스타판 닐손의 외숙모가 주연을 맡은 오페라 음반을 틀었다. 내가 스카르피아보다 좀 더 나은 경찰이라면 좋겠군. 요한손은 전날 밤에 음반 커버 뒤쪽에 적힌 줄거리 요약을 읽어보았기 때문에 이렇게 생각했다.

뭐 이렇게 죄다 쩌렁쩌렁 소리를 지르는 거지. 오 분 후 요한손이 이런 생각을 하고 있을 때, 누군가 조심스럽게 문을 두드리며 손님이 도착했다는 사실을 알렸다.

"닐손 씨께서 지금 도착하셨습니다." 에베르트의 비서 예르드가 말했다.

"앉으시오, 어서 앉아요." 요한손은 목발을 든 손을 그에게 흔들었다가, 이내 손님용 의자를 향해 손짓을 했다. "그러면 전축 좀 꺼주겠나, 예르드?" 그는 예르드 쪽으로 고갯짓을 하며 말했다. "그리고 문을 닫아주게." 그가 덧붙였다.

"저 여자 성량이 어마어마하군요." 요한손이 음반 커버 쪽으로 고갯짓을 하며 말했다.

진작에 미끼의 냄새를 맡고 있군.

"그렇게 생각하신다니 다행입니다, 라르스." 닐손이 말했다. "제 입장에서는 특히 그렇습니다. 노래를 부르고 계신 여자분이 사실 제 외숙모되시는 분이니까요."

"정말입니까? 외숙모 되신다고요? 그렇다면 아직 정정하신지……."

"유감이지만 아닙니다." 스타판 닐손은 애석한 표정으로 고개를 저으며 말했다. "1980년대 후반에 돌아가셨습니다."

그래, 네놈은 알고 있을 테지.

"저 그림은 참 아름답군요." 닐손은 책상 뒤쪽 벽 위에 걸려 있는 커다란 풍경화를 가리켰다.

"오슬룬드■의 작품입니다. 오달렌의 늦겨울 풍경을 그린 1910년 작품입니다. 우리 가족 농장에서 바라본 풍경이죠. 가족들이 해준 이야기에 따르면, 저 화가는 우리 집 앞에 있는 목초지에 이젤을 놓고 그림을 그렸다고 합니다. 할머니께서는 그 자리에서 저 그림을 구입하셨죠. 단돈 백 크로나에요. 뭐, 전해 들은 이야기이긴 합니다만."

"저도 어린 시절에는 운이 좋게도 레안데르 엥스트룀의 작품을 소장하고 있었습니다." 스타판 닐손이 말했다. "그 또한 노를란드 지방을 배경으로 하는 풍경화였죠. 사냥꾼 같은 사람이 등장하는 그림이었습니다."

"그렇군요." 요한손이 말했다. 누가 상상이나 했겠어? 그는 몸을 앞으로 굽히고 쓰고 있던 선글라스를 콧잔등 아래로 내렸다. "자, 미술이나 음악 이야기도 좋습니다만, 이제 사업 이야기를 시작하면 좋겠군요." 그가 말을 이었다. "맛스는 이 자리에 참석할 수 없을 것 같습니다만 그런 사소한 문제 때문에 우리 일이 지체되어서는 곤란할 테죠."

"예, 물론 그렇습니다." 스타판 닐손을 미소를 지으며 말했다.

아직 눈치를 못 챘군. 그저 입술을 핥으며 거기 앉아 있으니 말이야.

"궁금한 점이 하나 있습니다. 나와 내 형님이 어느 정도 금액을 투자하기를 바라고 있습니까? 이천만? 오천만?"

"저는 보통 그런 문제는 투자자분들 판단에 맡기는 편입니다." 닐손은 여전히 미소를 지은 채 말했다.

"그거 아시오? 나는 당신에게 이 세상의 모든 돈보다 더 가치 있을 제안을 할 생각입니다만."

"정말 궁금해지는군요, 라르스." 닐손은 만면에 환한 미소를 지으며

■ 헬메르 오슬룬드. 20세기 초 활동했던 스웨덴의 화가. 스웨덴 북부 지방의 풍경을 주로 그렸다.

말했다.

“나는 당신에게 생존의 기회를 제공할 생각입니다.” 요한손이 말했다. “앞으로 적어도 십오 년에서 이십 년 동안 말입니다. 당신이 형을 받아들여 스웨덴 교도소에 들어간다고 가정하면, 나는 당신과 같은 성향을 지닌 사람들과 함께 지낼 수 있도록 최선을 다하겠다고 약속하겠습니다. 그래야 동료 수감자들이 당신을 죽이지 않을 테니까요.”

아직 이해하지 못하고 있군. 요한손은 이렇게 생각했다. 가슴으로는 받아들일 수 없는 이야기를 들은 것 같은 모습이야.

“이해하지 못하겠군요. 무슨 농담 같은 겁니까, 뭡니까?”

그는 닫힌 문 쪽으로 신경질적으로 고개를 홱 돌렸다. 두 눈동자 속에 공포가 스멀스멀 스며들기 시작했다.

“유감스럽지만 아니라네.” 요한손은 야스민 에르메간의 사진을 건네며 말했다.

스타판 닐손의 얼굴은 예전에 나다에 대한 이야기를 하던 막스만큼이나 새하얗게 보일 지경이었다. 당시 막스는 화장실로 달려가야 했지만, 스타판 닐손은 에베르트의 값비싼 양탄자 위에 토해버리고 말아서 예르드가 나중에 청소를 해야 될 터였다. 자백으로서는 더할 나위 없는 행동일 테지. 최악의 경우라 할지라도, 언제든지 형에게 새 양탄자를 사주면 되니까.

“당신이 무슨 이야기를 하고 있는지 전혀 모르겠군요.” 스타판 닐손이 말했다. 그는 사진을 밀어냈다. 덫이 작동해서 문이 닫혀버렸다. 이제 두 눈은 공포의 감정이 지배하고 있었다. 그는 고개를 이리저리 돌리며 빠져나갈 곳을 찾아 헤맸다.

"나는 야스민에 대한 이야기를 하고 있네." 요한손이 말했다. "네놈이 강간하고 베개로 질식시켜 살해한 아홉 살짜리 소녀 말이야. 에펠비켄에 있는 네놈 외숙모의 저택 안, 외숙모의 침실에서 일어난 일이었지. 1985년 6월 14일 금요일 저녁이었어. 네놈은 외숙모가 시골에 가 있는 사이 집을 돌보고 식물에 물을 주기 위해 그 집에 가 있었을 거야. 그때 갑자기 야스민이 부모에게 전화를 걸고 싶어서 그 집 초인종을 누른 거지. 물론 네놈은 그 아이를 알고 있었어. 외숙모를 방문했을 때 분명 여러 번 만났을 테니까. 분명히 기억하고 있을 테지."

"도대체 무슨 소립니까?" 그는 자리에서 후다닥 일어서며 말했다. "뭐 하나 사실이 아닙니다. 대체 누가 그런 터무니없는 이야기를 해준 겁니까?"

"나 혼자 알아낸 일이라네. 그리고 네놈의 DNA를 야스민의 몸에서 검출한 정액의 DNA와 비교해볼 수도 있었지. 그래서 네놈의 유무죄 여부에 대해 논의할 필요는 없어."

"확실히 미친놈의 손에 놀아난 것 같군. 미치광이 사설탐정 같으니. 지금 당신이 저지른 짓거리는 범죄라는 거 알아? 악질적인 명예훼손이라고. 내가 주저할 줄……."

"죽여버리기 전에 닥치게." 요한손은 반대는 절대 용납하지 않는 눈빛을 쏘아 보내며 말했다. "저 문을 통해서 빠져나갈 생각은 하지 않는 게 좋아. 잠겨 있으니까. 경찰을 부르고 싶다면 말리지 않겠네. 하지만 네놈 자신을 위해서라도 그러지 말라고 충고하지. 석간신문에 본인이 실리는 꼴을 보고 싶지 않다면 말이야. 이 말을 듣고 진정했으면 좋겠는데, 네놈은 미치광이 사설탐정의 손에 놀아난 게 아니야. 나는 이제 은퇴했을지는 몰라도 평생 경찰로 살아왔으니까. 혹시 이 말이 위안이 될지 모르겠지만 은퇴하기 전에는 국가범죄수사국 국장이었어. 애석하게도 오랜 세월 동안 네놈 같은 자들 수백 명은 상대해봤지."

"조금도…… 단 한 마디도…… 당신이 말한 것은 사실이 아니야." 스타판 닐손이 말했다. 이제 스타판의 목소리는 현저하게 달라져 있었다. 숨을 쉬기 어려운 것처럼 억눌리고 쉰 목소리였다. 스타판의 시선은 계속해서 방 안을 맴돌면서, 요한손을 제외한 모든 것에 내리꽂혔다.

"네놈이 겁에 질린 모습을 보니 기쁘군. 만약 내가 조지프 사이먼의 딸을 강간 살인했다면 그리 기분이 좋을 수는 없을 거야. 요즘 같은 때 누군가 네놈의 잠자리를 사납게 만들 수 있다면, 그건 바로 그 사람, 야스민의 아버지일 테지. 무엇이든 할 수 있는 몇천억의 재산은 물론이고, 네놈을 붙잡은 그날에 자기 동료들과 함께 할 일에 관한 지식을 모두 갖추고 있는 사람이니까."

"당신은 지금 무슨 이야기를 하고 있는지 전혀 모르고 있어." 스타판 닐손이 말했다. 하지만 얼굴에 떠오른 표정은 전혀 다른 이야기를 하고 있었다.

"헛소리 말게." 요한손이 말했다. "그리고 이 분 정도 입을 닥치고 내 제안을 들어주면 좋겠군. 귀를 잘 기울여 듣는 게 좋을 거야. 이른바 평생에 단 한 번뿐인 제안이니까. 네놈은 거절할 처지가 못 되는 제안이지."

실수라도 하지 않는 한 거절할 수 없을 테지. 요한손은 이렇게 생각했다. 닐손은 의자에 축 늘어진 채 고개를 떨구고 있었다. 정신이 딴 곳에 가버린 것 같았다.

"며칠 전에 야스민의 아버지를 만났지. 그는 내게서 네놈을 사고 싶어 하더군. 내가 거절했기 때문에 그는 아직 네놈이 누구인지 몰라. 나는 네놈과 먼저 이야기를 해서 처벌을 받을 기회를 주고 싶다고 그에게 설명했어. 경찰에게 가서 다 토해내도록 하게. 네놈과 잔 여자아이들에 대해 모두 털어놓고, 강간했거나 섹스를 하기 전에 약을 먹인 아이들에 대해서도 다 자백해. 섹스를 하기 전에 그저 돈만 치르면 됐던 아이들에 대해서도 전부 다. 그 정도면 분명히 열흘 이상 구류가 가능한 영장이 나올 테지. 그러고도 영장이 나오지 않는다면, 언제든지 네놈 모친을 살해했다고 자백해도 좋아. 야스민 사건과는 달리, 다행스럽게도 네놈 모친의 사건은 아직 공소시효가 지나지 않았으니까."

"나는 어머니를 죽이지 않았어! 완전히 정신 나간 소리라고!"

"나도 네놈이 모친을 죽였다고는 생각하지 않아. 사실 모친은 네놈이 야스민에게 저지른 짓을 알아차리자마자 자살했을 테지. 하지만 법원에서 네놈에게 유죄판결을 내리리라는 것도 똑같이 확신해. 예를 들어 네놈이 내 동료들에게, 모친이 경찰에 네놈을 신고하겠다고 협박하는 바람에 그녀를 속여서 진정제와 알코올을 과다 섭취하게 함으로써 그녀를 독살했다고 자백한다면 말이지. 야스민을 살해한 자가 네놈이라는 것도 자백하도록 해. 어차피 경찰은 그 사실을 순식간에 알아낼 테니까. 모친이 네놈을 신고하려는 조짐을 보였다는 것도 자백하고. 그런 사연이라면 네놈의 동기에 대해서는 아무런 문제가 없을 거야. 네놈이 상속받을 돈에 대해서는 전혀 고려하지 않고서도 말이지."

적어도 지금은 내가 하는 말을 듣고 있군. 닐손은 의자 팔걸이를 붙잡고 있어야만 자세를 바로 할 수 있는 상태였음에도, 요한손은 이렇게 생각했다. 닐손의 머리는 휘청거렸고, 두 눈은 한곳에 고정되지 못했다.

"요약해보지." 그가 말을 이었다. "둘 중 하나를 선택해. 내 제안을 받아들이겠다면, 가능한 한 빨리, 늦어도 다음 주 수요일 오전까지 알려줬으면 좋겠군. 만약 내 제안을 거절하거나 내게 연락을 취하지 않는다면, 나는 야스민의 아버지에게 네놈의 정체를 밝힐 거야. 그는 네놈의 이름, 생년월일, 개인인증번호, 주소, 여권과 운전면허증 사본, 여권 등록번호, 자동차 등록번호, 네놈의 친구나 지인을 비롯해서 알고 있는 모든 사람의 이름을 알게 될 거야. 네놈의 생각이나 감정, 행동거지 모두를 알게 되는 거지. 그렇게 되면 그가 네놈을 찾는 것은 그저 시간문제일 뿐이야. 그가 어떤 사람인지 고려해보면 지구상에서 네놈이 달아날 수 있는 곳은 아무 곳도 없어. 그가 일단 네놈을 손에 넣고 나면 어떻게 할까? 그에 대해서는 생각하고 싶지 않군."

"전부 다 형편없는 날조야." 스타판 닐손은 자리에서 일어서며 말했다. "이런 식으로 혐의를 씌우면 나처럼 완전히 결백한 사람을 자살하도록 몰아갈 수도 있겠지."

"어떻게 그런 표현이 네놈에게 적용되는지 모르겠군. 우선 네놈은 유죄야. 아무리 내가 네놈이 저지른 범죄의 공소시효가 만료되었다는 사실을 외면하기로 했다 한들 말이지. 게다가 네놈은 자살하기에는 지나치게 자기중심적인 놈이야. 그 점에 대해 내가 잘못 판단했다고 드러난다 해도, 나는 내 죄를 감수하며 살아갈 수 있을 거야. 나는 사형에 강경하게 반대하는 사람이야. 그래서 네놈에게 살아남을 기회를, 처벌을 받을 기회를 주려는 거지. 조지프 사이먼, 그러니까 야스민의 아버지는 나와 입장이 달라. 그는 구약성서의 관점을 더 따르는 사람이거든. 혹시 무슨 뜻인지 궁금해할지 몰라서 말해주는데, 눈에는 눈으로, 이에는 이로 대응하는 사람이란 뜻이야. 그러니 내게 전화를 하도록 해. 혹시 내 전화번호를 모른다고 해도, 네놈 집 자동응답기에 내 전화번호가 기록되어 있을 거야. 그러니 현실적인 사소한 문제에 대해서는 걱정할 필요가 없어. 손수 네놈을 경찰청 본부까지 태워다 줄 수도 있지. 심지어 괜찮은 변호사를 선임하는 일까지 도와줄 수도 있고."

"다 잊어버릴 수도 있을 텐데." 스타판 닐손이 말했다. 이제 두 눈에는 증오가 서려 있었다. 순간적으로 분노가 공포를 지배했기 때문이었다. "만약 당신이 다른 사람 앞에서 그런 되도 않는 혐의에 대해 한마디라도 입 밖에 낸다면, 당신을 고소해서 땡전 한 푼 안 남기고 다 빼앗아주겠어."

"허튼소리." 요한손이 말했다. "네놈이 나를 악질적인 명예훼손으로 고소한다고, 그리고 그 소송에서 이겨서 피해 보상금으로 이십만 크로나 정도 받는다고 가정해보지. 그 이상은 받지 못할 테니까. 그렇게 되면 법원에서 판결을 채 내리기도 전에 네놈은 죽은 목숨이야. 어쨌든 나와 내 형에게는 푼돈 정도일 테고."

라르스 마르틴 요한손은 그와 야르네브링이 최악의 경우를 대비하여 아껴두곤 했던 시선을 스타판 닐손에게 고정하며 말을 이었다. "그거 알고 있나? 사실 네놈은 내가 평생 만나본 사람들 중 최악의 인간이야. 하지만 네놈에게 마지막 호의를 베풀 생각이야. 내게 전화를 걸어서 네놈이 저지른 짓에 대한 책임을 지는 데 동의하겠다고 말할 기회를 주고 있는 거라고. 내게 전화하게, 닐손. 벌써 두 발로 서 있는 꼴을 보니 이만 가는 게 좋겠군. 내가 마음이 변해 네놈을 창문 밖으로 던져버리기 전에."

"그렇게 하고 싶으시다면 제가 대신 해드릴 수도 있습니다, 보스." 막스가 말했다. 요한손이 눈에 띄지 않게 있으라고 말했음에도, 그는 갑자기 방 안에 들어와 서 있었다. 그는 커다란 두 주먹을 쥐었다 펴기를 반복했고, 두 눈은 상처 입은 사냥감을 응시하는 늑대의 눈 같았다. 뼈가 불거진 표정 없는 얼굴은 나데즈다에 대한 이야기를 했을 때만큼이나 새하얗게 변해 있었다. 그에게 강요된 인생에서 누나가 되어주었던 사람, 그와 함께 도망쳐 아무도 모르는 집으로 가서 하루 종일 키스를 해주고 껴안아줄 아이들을 가졌을 사람, 하지만 고아원에서 강간당하고 알코올에 취해 자신이 게워낸 토사물에 질식해서 죽어버린 사람.

"놈을 보내주게." 요한손이 말했다. "놈은 연락할 거야."

스타판 닐손은 길가로 나서자마자 택시를 잡아타고 사라져버렸다. 자, 그렇다면. 요한손은 생각했다. 두통과 가슴 속에서 지속적으로 느껴지는 뻐근함과는 상관없이, 그보다 더 기분이 나쁜 사람이 적어도 한 사람은 있었던 것이다. 그러는 것도 당연하겠지. 그는 이렇게 생각하며, 리사 마테이의 휴대전화로 전화를 걸었다.

"방금 스타판 닐손과 이야기를 마쳤다네." 그가 말했다.

"알고 있습니다. 놈은 택시를 탔는데, 집으로 가는 것 같네요. 혹시 궁금해하실지도 몰라서요, 라르스."

"다행이로군." 요한손이 말했다. 이 친구는 자기 내키는 대로 할 수 있을 테지.

"제 예감으로는 놈은 자살할 유형으로는 보이지 않네요." 마테이가 말했다.

"내 생각도 마찬가지야. 하지만 달아나겠다는 유례없이 멍청한 생각을 떠올릴지도 모르네."

"과연 어디에 몸을 숨길 수 있을지 상상이 안 가는데요. 물론 놈은 당장 이성적인 생각을 하지는 못할 테죠. 그래서 놈에게 감시를 붙이기로 결심했고요. 무슨 계획이라도 짜내려 한다면, 저는 언제든지 놈과 이야기를 나눠볼 수 있습니다. 당연히 알고 계시겠지만, 놈의 의지를 거스르면서까지 붙들어놓을 수는 없고요. 이런 식으로 말해도 될지 모르겠지만, 이쪽은 놈에게 신원 보호를 해주는 데 그리 열정적이지도 않아요."

"그 문제를 해결할 수 있는 방법이 하나 있을지도 모르겠군. 한동안 놈을 유치장에 가두고 생각할 시간을 주도록 하게."

요한손은 닐손이 스톡홀름 경찰서 서부 지서에서 작성한 고발장과 아마도 이미 보험회사에 제출했을 손해배상 청구서에 대해 그녀에게 말해주었다. 닐손은 조금 전 막스와 만났음에도, 자신이 특수 보험 사기를 시도했다는 사실을 떠올릴 마음의 여유는 조금도 없을 터였다.

"그가 분별력을 되찾지 못하고 있다면 시도할 가치가 있네요. 말씀해주신 내용 명심하겠다고 약속드리겠습니다. 기껏해야 한 달 정도 가둬둘 수 있을 것 같지만요." 마테이가 말했다.

"그렇겠지. 그러면 놈은 갇혀 있는 동안 신문에서 자신이 야스민에게 저지른 일에 대해 읽을 수 있겠군. 그러면 다시 거리로 쫓겨나기 전에 무엇을 해야 할지 심사숙고해볼 수 있는 평화롭고 고요한 시간을 얻게 되겠지."

"라르스, 라르스." 리사 마테이가 말했다. "마지막 말씀은 못 들은 것으로 하겠어요."

"그 개자식이 자신의 처벌을 받아들이지 않는다면 실제로 그런 일이 일어날 거라네. 더러운 짓을 하고 싶은 사람이 아무도 없다면 내가 그 일을 할 생각이야. 나는 놈에게 기회를 줬다네. 만약 놈이 거부한다면 스스로를 탓할 수밖에 없겠지. 하지만 놈이 그렇게까지 할 정도로 구제불능의 멍청이일 것 같지는 않군."

"그 말씀이 맞기를 바라요. 사슴 사냥 잘 다녀오세요."

사슴 사냥에 대해서도 알고 있군. 요한손은 전화가 끊기는 소리를 들으며 생각했다. 놀라운 여자라니까. 아무런 양심의 가책도 없이, 믿음직한 태도로 거짓말을 하다니. 심지어 자신보다 나이가 두 배는 많고, 십 년 이상 자신의 상관이자 멘토였던 사람에게 말이야.

96

8월 27일 금요일~8월 29일 일요일

금요일 저녁이 되자 요한손은 아내와 애정 넘치는 작별 인사를 나누었다. 그는 그녀를 포옹하고 키스를 하면서, 혈압약이 허락하는 만큼만 애정을 쏟았다. 그저 신중을 기하기 위해서였다.

"몸 잘 챙기겠다고 약속해." 피아가 말했다.

"약속할게." 요한손이 말했다. 이제 곧 농장으로 돌아가게 될 테니, 그곳에서는 나쁜 일은 아무것도 일어나지 않을 거야.

그런 다음 그와 막스는 브롬마 공항으로 향해, 곧장 비행기 계류장으로 차를 타고 가서 에베르트가 그와 마찬가지로 부유한 친구 두 명과 함께 사용하는 전용기에 탑승했다.

비행기가 한 시간 후 크람포르스 공항에 착륙하자 두 사람은 곧장 대기하고 있는 헬리콥터로 걸음을 옮겼다. 요한손은 쇠데르말름에 있는 자신의 집을 떠난 지 세 시간 만에 부모님의 농장 앞마당에 서 있게 되었다.

"집에 어서 오렴, 라르스." 에베르트가 말했다. 그는 녹색 몰스킨 바지와 체크무늬 플란넬 셔츠 차림으로 성큼성큼 현관 베란다로 나와 요한손을 힘차게 포옹했다. 그러자 이상하게도 요한손의 가슴 속 뻐근함이 한층 줄어들었다.

"고마워." 라르스 마르틴 요한손이 말했다. 마침내 집에 왔군.

"자, 이제 즐거운 시간을 보내면서 그저 푹 쉬자고. 물론 사슴 한두 마리 정도 사냥할 수도 있고. 너랑 나랑 막스는 여기 부모님 집에서 자면 될 것 같아. 다른 친구들은 사냥꾼 오두막에서 지내면서 내키는 대로 난장판을 만들라고 하면 돼."

"그 친구들은 언제 도착하는데?" 요한손이 물었다.

"일요일에. 다 도착하면 예행연습을 좀 하고 저녁거리를 사냥해보자고. 그때까지는 우리끼리 해봐야겠지."

"형이 요리를 하지 않는다면."

"너 정신이 어떻게 된 거 아니냐?" 에베르트는 요한손의 어깨에 팔을 두르며 말했다. "마을에서 여자들을 두 명 구해놨단다. 이미 열심히 일을 하고 있다지. 청어랑 보드카, 고기, 감자 같은 것들을 먹게 될 테니 아무 걱정할 필요가 없어."

에베르트는 약속을 지켰다. 요한손도 마찬가지였다. 그는 보드카를 세 잔째 마시려다 자제했다. 눈앞에 피아의 모습이 떠올랐기 때문이다. 그는 말린 자두로 속을 채운 돼지고기와 함께 레드 와인을 두 잔만 마시고, 애플파이는 거절하며 모든 식사를 마쳤다. 그러고는 커피 한 잔과 코냑을 아주 작은 잔으로 한 잔 마시는 것으로 만족했다.

"슬슬 네가 걱정되기 시작한단 말이지, 라르스." 에베르트가 그에게 윙크하며 말했다.

"그게 무슨 소리야?"

"너는 완전히 다른 사람이 되었다는 뜻이야. 네 브랜디잔을 병아리 눈물만큼 채운 거 보렴." 그는 요한손의 손에 들려 있는 술잔을 향해 고갯짓을 했다.

"배움에 늦은 때란 없는 법이지. 그러면 이제 일찍 잠자리에 들어야 할 것 같군." 요한손이 말했다.

그는 자리를 떠서 세수를 한 다음 침대에 들었다. 그는 그리스 협력자의 도움 없이 잠이 들었다가, 다음 날 아침이 되어 첫 햇살이 블라인드와 창틀 사이로 방 안을 엿보기 시작할 때 잠에서 깨어났다.

그는 농장 앞에 있는 목초지로 나가 맨발로 풀을 밟고 서서 동쪽에서 흐릿한 태양이 떠올라 계곡에 깔린 아침 안개를 녹이는 모습을 바라보았다.

여기가 분명히 오슬룬드가 서 있던 곳이겠지. 그때는 늦겨울이었거나, 아니면 지금처럼 초가을이었을 거야. 지구상에서 여기보다 더 아름다운 곳은 없겠지.

그는 다시 집 안으로 들어가 약을 먹고 샤워를 한 다음 옷을 입고 평소 하던 대로 심호흡을 했다. 머리가 마침내 맑아졌다. 마침내 집에 왔군. 그는 생각했다. 아마 여기보다 더 나은 곳은 없을 거야.

그들은 따뜻한 아침 식사를 마친 후, 차를 몰고 에베르트의 개인 사격장으로 향했다. 그곳에서 요한손은 총기 제작자가 개조하고 막스가 그에게 맞춰 걸어준 사슴 사냥용 총으로 사격 연습을 할 수 있었다.

총은 예상보다 훨씬 훌륭했다. 스물네 발 정도 연습을 하고 나자, 그는 어려움 없이 다른 손가락으로 방아쇠를 당길 수 있게 되었다. 그후에도 그는 상체를 비튼 채 개머리판과 총열을 문제 없이 잡고 있을 수 있었다.

"이제야 네 녀석을 알아보겠구나, 라르스." 에베르트는 만족스러운 미소를 지으며 말했다.

막스는 자신보다 사격을 더 잘하는 사람을 본 적이 없었지만, 그조차 놀란 표정을 감추지 못했다.

일요일 저녁이 되자 요한손은 에베르트의 사냥 오두막에서 다른 사냥꾼들과 만났다. 오두막은 숲속 중심부에, 그리고 사냥터 한가운데 자리 잡고 있었다. 모든 것이 평소와 마찬가지였다. 똑같은 얼굴, 똑같은 이야기, 똑같은 웃음소리, 똑같은 음식, 그리고 언제나처럼 다량의 보드카. 요한손마저 스스로 세 잔째 보드카를 들이켰고, 다른 사람들과 축배를 들기 위해 잔을 들어 올릴 때 아내에 대한 생각은 조금도 나지 않았다.

"빌어먹을, 우리 부자 나부랭이들은 다들 행복하게 지내고 있군." 세 시간 후, 에베르트는 자기 전에 마실 술을 한 잔 들고 타오르는 벽난로 앞에 앉으며 이렇게 툴툴거렸다.

"'꺼져라, 검댕으로 검게 그을린 가슴에서 피어나는 갈망과 나약함이

여. 우리의 눈 덮인 집 안에는 더이상 근심이 없다네. 불이 타오르고, 고기가 충분하고, 손님에게 대접할 술이 있으니■'……. 건배, 친구들!" 에베르트는 다리를 살짝 떨며 자리에서 일어나 말했다.

"이제 우리 형님을 잠자리로 보내드려야겠군." 요한손이 말했다. 비록 아내가 천 킬로미터나 떨어진 곳에 있었음에도, 여기 모인 사람들 중에서는 그가 확실히 가장 정신이 멀쩡한 사람이었다. 물론 막스는 제외였다. 그는 저녁 내내 술 한 방울 마시지 않았다.

"팔씨름 한판 할 생각 없나?" 에베르트가 말했다.

"내일 하지." 요한손이 말했다. 집에 오긴 했군. 진짜 집에 왔어. 그는 머릿속에 혈전이 생기고 나서야 비로소 오십 년 전에 떠나버린 것의 진짜 가치를 알게 된 것이었다.

■ 스웨덴의 전통곡 〈통나무집의 휴일 저녁〉의 한 대목. 스웨덴의 작가 단 안데르손이 1915년에 쓴 동명의 시에 스웨덴의 작곡가 스벤 숄란데르가 1926년에 곡조를 붙였다.

97

8월 30일 월요일

이날 아침의 첫 번째 사냥 장소는 그가 자란 농장에서 몇백 미터 떨어진 곳으로, 아래쪽으로 이 킬로미터 정도 떨어진 강을 향해 경사가 나 있는, 벌채를 마친 커다란 산림지대 끄트머리였다. 그들은 항상 그곳에서부터 사냥을 시작했다. 요한손의 기억이 닿는 한 오래전부터, 사슴 사냥은 농장 아래쪽에 있는 강 유역과 강둑을 훑는 것으로 시작했다.

"내 탑에 무슨 짓을 한 거지?" 요한손은 지난 이십 년 동안 자리를 잡고 앉았던 사냥용 나무 탑 쪽으로 고갯짓을 하며 말했다.

평범한 나무 사다리는 이제 양쪽에 난간이 달려 있는 계단으로 바뀌어 있었다. 무슨 프로 스포츠용 장비 같군. 요한손의 아버지는 자신이 너무 늙었다는 생각이 들자 이 탑을 요한손에게 물려주었다. 큰아들보다 막내아들이 사격에 훨씬 더 뛰어나다고 생각했기 때문이다.

"에베르트 사장님께서 지시하셨습니다." 막스가 말했다.

"언제?"

"병원에서 퇴원하시던 날이었습니다, 보스." 막스가 말했다.

"선견지명이 참 대단하군." 요한손이 말했다. 어렸을 때 내게 저지른 모든 일에 대해 드디어 조금은 죄책감을 느끼기 시작한 게 분명해.

전혀 문제 없어. 요한손은 계단을 올라 넓은 벤치에 앉으며 생각했다.

"자네는 어디 올라오려는 거지?" 그는 탑을 반쯤 오른 막스를 향해 말했다.

"옆에 앉아 있으려고 생각했는데요, 보스."

"그따위 생각일랑 집어치우게." 요한손이 말했다. "입을 다물고 조용히 앉아 있겠다고 약속한다면, 탑 아래쪽에 앉아 있게 해줄 수는 있네. 그게 싫으면 몰이꾼에게 합류하든지 하게."

"에베르트 사장님과 이야기를 해봤는데……."

"집어치워." 요한손이 말을 잘랐다. "자, 에베르트 형 이야기는 이걸로 됐어. 우리는 즐거운 시간을 보내려고 여기 온 거라네. 사냥이나 좀 하려고 말이야."

"알겠습니다, 보스." 막스는 어깨를 으쓱하며 요한손의 말에 따랐다.

지구상에서 이보다 아름다운 광경은 없을 테지. 그는 맑은 아침 공기를 들이마셨다. 가을의 날카로운 냉기가 뺨과 턱을 두드렸다. 더할 나위가 없군. 이렇게 생각하는 순간, 누군가 요한손의 흉곽을 쥐어짰다. 발밑으로 이 미터 정도 내려간 곳에 앉아 있는, 자신보다 힘센 사람은 만나보지 못했다던 막스보다 더 힘센 자였다.

이번에는 보너스 같은 게 아니로군. 라르스 마르틴 요한손은 생각했다. 그리고 이것이 그가 마지막으로 떠올린 생각이었다.

6장

네 눈이 긍휼히 여기지 말라…….

『신명기』 19장 21절

9월 20일 월요일, 라르스 마르틴 요한손이 죽은 지 삼 주 후, 스톡홀름 지역 본부장 겸 국가보안청장은 스타판 닐손에 대한 감시를 해제하기로 결정했다. 그는 요한손의 죽음이 상황을 본질적으로 바꿔놓았다는 확고한 의견을 견지했다. 최선의 시나리오대로 풀린다면, 이십오 년도 더 전에 스타판 닐손이 조지프 사이먼의 딸을 살해했다는 사실을 알고 있는 유일한 사람은 국가보안청 내부를 제외하면, 요한손뿐일 터였다. 닐손은 평소 삶으로 돌아간 것처럼 보였고, 만약 그가 자신의 신원보호 신청을 하려고 한다면, 통상적인 방법을 통해 자유롭게 그럴 수 있을 것이었다.

"자네 생각은 어때, 리사?" 본부장이 물었다. "내가 잘못 생각하고 있다면 지적해주게. 내 생각에 우리 예산은 좀더 긴급한 문제에 사용해야 할 것 같은데."

"본부장님 의견에 전적으로 동의합니다." 리사 마테이가 말했다. 그녀는 이렇게 대답하며, 마치 보호하듯이 자신의 팔을 배에 둘렀다. 불쌍한 라르스.

10월 1일 금요일, 쇠데르말름에 있는 마리아 마그달레나 교회에서, 북쪽 옹에르만란드 지역 오달렌 출신의 사냥꾼이자 방랑자를 추모하는 종이 울렸다. 요한손의 세속적인 방랑이 끝난 지는 한 달여 지났다.

요한손의 아내 피아에게는 슬픔 외에 아무것도 느낄 수 없었던 한 달이었고, 고작 이틀 전에야 그녀는 짧은 순간이나마 간신히 슬픔을 떨쳐버릴 수 있었다. 이는 그저 더 오래전부터 묻어둔 분노의 도움을 받았기 때문이었다.

빌어먹을 라르스. 그녀는 생각했다. 내 말은 한 번도 들은 적이 없었지. 왜 단 한 번만이라도 내가 말한 대로 하지 않았던 거야?

예배가 끝난 후, 문상객들은 요한손의 집 근처 낡은 레스토랑에 모여, 뷔페로 늦은 점심 식사를 하며 원기를 회복했다. 그들은 요한손 집안의 대가족들과, 스톡홀름 경찰서 및 국가범죄수사국과 국가보안청에서 함께 일하던 옛 동료들이었다. 야르네브링을 선두로 과거 훌륭한 경찰이었던 사람들이 대거 모습을 보였다.

그 자리는 서서히 왁자지껄한 행사로 변해갔다. 망자의 이름이 사람들의 입에 오르내렸다. 라르스 마르틴 요한손은 땅에 묻혀 조용하게 잊혀질 사람은 아니었다. 다시 곱씹을 만한 멋진 이야기들이 차고 넘쳤다.

피아조차 웃지 않을 수가 없었다. 그녀는 혼자 살기 너무 큰 아파트에서 외로이 지내고 있었다. 그 아파트는 지금과는 다른, 더 행복했던 기억만 떠올리게 할 뿐이어서 그녀는 진작에 아파트를 팔기로 결심한 상태였다. 남편을 매장하기 전날 밤, 그녀는 머릿속에서 답이 없는 질문들을 쫓아다니며 잠을 이루지 못한 채 누워 있었다. 웃어야 할까, 아니면 울어야 할까? 그녀는 교회 통로를 지나 신도석 맨 앞, 안나 홀트와 마틸다 사이 자신의 자리를 향해 걸어가면서 이런 의문을 품었다.

우선 그녀는 몇 번이나 울었는지 몰랐지만, 한 번 더 울고 말았다. 그런 다음 그녀는 웃었다. 웃는 것은 이번이 처음이었다. 장례식이 끝나자 피아의 삶은 다시 나아가기 시작했다. 이전과는 다른 삶이었지만, 그녀가 상황을 바꾸기 위해 할 수 있는 것은 아무것도 없었다.

"아직도 괘씸하구먼." 요한손의 큰형 에베르트가 딱 잘라 말했다. 레스토랑 바 앞에 선 그는 동생의 단짝 친구와 자신이 데리고 다니는 청년을 양옆에 두고 있었다. 여든 가까운 인생에서 처음으로 운 탓에 두 눈이 빨갛게 충혈되어 있었고, 그 역시 죽을 날이 머지않았다는 사실에 신경도 쓰지 않는 모습이었다. 오늘도 아니고 내일도 아닐 테지만, 그보다 먼저 떠나간 사람들처럼 머지않아 그렇게 될 터였다. 에베르트 본인은 그럴 생각이 조금도 없었다. 특히 막냇동생이 아버지가 있는 곳으로 가버린 지금은 더욱 그러했다.

"보통 사람들처럼 적당히 먹고 마셨어야지, 아직도 괘씸하다니까. 운동도 전혀 하지 않고. 뭐, 물론 사냥을 하러 다니던 것만 빼면 말이지. 녀석은 그럴 때면 재빠르게 굴었다니까. 결국 녀석은 예순일곱이나 먹었는데도 애송이일 뿐이었어. 그게 무슨 많은 나이라도 되나? 우리 아버지 에베르트는 아흔셋까지, 어머니 엘리나는 아흔여섯까지 사셨다니까. 나는 일흔일곱인데도 최근 몇 년 중에서 가장 몸 상태가 좋다네."

“그 친구는 그저 더럽게 불행했던 것 같습니다.” 야르네브링이 말했다. “삼 년 전 일을 그만두었을 때 왠지 결심을 굳힌 것 같았지요. 더이상 경찰로 살아갈 수 없다면 어떻게 되든 상관없었던 겁니다.”

“보스는 좋은 분이었습니다. 행복하지 못했던 좋은 분이었죠. 결국 굉장히 불행한 모습으로 가셨습니다.” 막스가 말했다. 사악한 놈이 그분 안쪽에서부터 갉아먹고 있었기 때문이야.

“그래.” 에베르트는 고개를 끄덕였다. “라르스는 조금 유별난 녀석이었지. 자네들 말이 무슨 뜻인지는 알지만 나는 상황이 그렇게까지 나빴다는 생각은 들지 않아. 녀석에게는 언제나 사냥터와 숲이 있었잖나. 그리고 농장도. 물론 우리는 그것들을 공동으로 소유하고 있지만, 이제 그 애 자식들이 녀석의 몫을 가져가게 되겠지.”

“그 친구가 사슴 사냥 첫날에 숨을 거둔 것이 우연의 일치였다고는 생각하지 못하실 겁니다.” 야르네브링이 말했다.

“아마 그럴 거야.” 에베르트는 커다란 어깨를 으쓱하며 말했다. “자네도 건강 좀 살피게, 친구.” 그는 이렇게 말하며 머리 위로 펼쳐진 시월의 회색 하늘을 올려다보았다. 그러고는 자신의 술잔을 한 번에 비워버렸다. “라르스에게 건배.” 그가 말했다.

“라르스에게 건배.” 야르네브링이 에베르트의 말을 이었다. 이제 나는 대체 어떻게 하지?

“나즈도로비에! 평화롭게 쉬시길, 보스.” 막스가 말했다. 반드시 평화롭게 쉬실 수 있도록 해드리겠습니다.

장례식 날 자정 직전, 스톡홀름 서부 경찰서 소속 순찰차 한 대가 멜

라렌 호수 안, 섬이 밀집된 지역에서 버려진 자동차 한 대를 발견했다. 자동차는 페링쇠 섬과 스톡홀름을 잇는 간선도로 한쪽 옆에 주차되어 있었다. 회색 르노 중형차로, 깨끗하고 잘 관리된 상태로 보아 말썽꾼의 소유가 아니라는 것은 분명했지만, 순찰 경찰들은 어쨌든 확인을 해보기로 결정했다. 자동차 트렁크 안에는 심하게 구타당한 남자 시체가 파란색 스포츠 가방에 처박힌 채 들어 있었다. 그때부터 모든 일은 통상적인 절차에 따라 진행되었다.

시체의 신원은 다음 날 아침이 되어서야 밝혀졌다. 50세의 남성으로, 차량의 소유주로 등록된 사람이었다. 솔나 경찰이 프뢰순다에 있는 남자의 집으로 들어가보았을 때, 그들은 살해된 장소가 어디인지 바로 확신할 수 있었다. 복도와 주방, 거실, 침실에서 다량의 혈흔이 발견되었던 것이다. 그는 과연 인간의 손으로 가능한가 싶은 생각이 들 정도로 심하게 구타당했지만, 대부분의 시간 동안 살아 있었다는 사실이 명백해 보였다. 이웃들 중 그 집에서 무슨 소리가 난 것을 들은 사람이 아무도 없었다는 사실은 수수께끼였다.

솔나 경찰서 과학수사과 과장 페테르 니에미는 그의 동료 에베르트 벡스트룀에게 전화를 걸었다. 벡스트룀이 마침내 전화를 받았을 때, 목소리에 의외로 생기가 넘쳤다.

"시체가 하나 나왔네, 벡스트룀." 니에미가 말했다. "이름은 스타판 닐손, 1960년생. 직업은 부동산 중개인, 싱글, 부인이나 자식은 없고, 거주지는 프뢰순다라네. 우리 쪽 형사들이 스타판 닐손의 자동차 트렁크에서 그를 발견했어. 자동차는 페링쇠 섬으로 향하는 길 옆에 주차되어 있었지. 지금 스타판 닐손의 아파트에 와 있는데, 여기는 무슨 도살장

같다니까. 그러니 여기가 사건 현장이라고 단언할 수 있겠군."

"정말인가?" 에베르트 벡스트룀이 말했다. 새로 하루를 시작하기에 나쁘지 않군. 그는 생각했다. "그러면 시체 상태가 어떻다는 거야?"

"솔직히 말해서 이보다 더 심한 상태의 시체는 본 적이 없는 것 같은데. 이런 식으로 말할 수 있을지 모르겠지만, 눈에는 눈, 이에는 이라고나 할까? 하지만 우리 법의학자에 따르면, 범인은 그 말을 완전히 거꾸로 적용했다는 거야. 그러니까 이 친구를 가능한 한 오래 살려두려고 했다는군."

싱글이라. 분명 그럴 테지. 벡스트룀은 생각했다. 전형적인 호모 새끼들 살인 사건이로군. 후장 따먹는 놈들끼리 지나치게 붙어먹다 보면 갈 때까지 가는 법이거든.

"전형적인 호모 새끼들 살인 사건이라네." 벡스트룀은 몇 시간 후에 열린 휘하 수사팀과의 첫 회의 자리에서 딱 잘라 말했다. 자리에 모인 형사들이 그리 똑똑한 무리라고는 할 수 없었지만, 그가 수사 책임을 맡았으니 틀림없이 괜찮아질 터였다.

"그걸 어떻게 아십니까?" 순찰반에서 전출된 한 형사가 물었다. 저 녀석 머리 길이로 보건대 똑같은 호모 새끼로군. 벡스트룀은 이렇게 생각했다.

"예전에 그가 고발당한 적 있는 사건을 찾아냈다네. 아동 포르노 소지죄였지. 그때 자신이 동성애자라고 인정했어." 벡스트룀이 말했다. "그리고 범인으로 유력해 보이는 옛 남자친구도 찾아냈지." 도대체 어떻게 저런 놈이 경찰에 들어올 수 있지?

"어째서 예전 남자친구가 유력한 용의자입니까?" 머리를 기른 경찰이 물었다. 아무래도 포기할 것 같지 않았다.

"놈은 아랍인이니까." 벡스트룀이 말했다. 엄숙하게 울려 퍼지는 벡스트룀의 목소리는 경찰 역사상 가장 위대한 전설들 중 하나인 그와 정말 잘 어울렸다. "놈의 이름은 알리 후세인이라네." 어쩌면 네놈 애인 중 한 명일지도 모르지.

십이월 초, 요한손의 장례식으로부터 두 달 후, 에베르트의 밑에서 일하던 막스는 사직서를 제출하고 미국으로 이주했다. 그는 새 직장을 구한 상태였고, 새 고용주는 이미 영주권 문제를 해결해주었다. 그는 또한 업무 활동의 일환으로 공부를 할 기회를 얻게 될 터였다. 막스는 새로 얻은 직업이 구체적으로 어떤 일인지 굉장히 비밀스럽게 굴었지만, 행복하고 즐거워 보였기 때문에 에베르트는 자세히 캐볼 이유가 없다고 생각했다. 공항에서 에베르트가 작별 인사를 건네면서 그에게 후한 상여금을 주며 옛날 방식으로 힘차게 안았다. 두 명의 진짜배기 남자들 사이였으니, 더이상의 감정 표현은 아무래도 불가했다.

"세상을 둘러보겠다니 좋은 생각이야." 에베르트 요한손이 말했다. "나와 내 아내와 함께 농장에 매여 있느니, 새로운 경험을 쌓아야지. 혹시 마음이 바뀌게 되면 언제라도 기꺼이 집으로 돌아오게나."

막심 마카로프가 순스발에서 스톡홀름으로, 그리고 다시 뉴욕으로, 그리고 수수께끼로 남은 마지막 행선지로 떠난 그 주의 금요일, 스톡홀름 서부 경찰서장 안나 홀트는 스타판 닐손의 살인 사건에 투입된 수사팀의 규모를 감축했다.

에베르트 벡스트룀은 확실히 알리 후세인을 몇 명 찾아내기는 했지만, 아무래도 그가 찾는 알리 후세인은 아닌 것 같았기에, 이내 수사는 지리멸렬해지고 말았다.

"이게 어떤 사건인지 알고 있을 텐데요, 서장님." 벡스트룀은 상관에게 사건에 대해 설명하며 이렇게 말했다. "늦든 빠르든 그 개자식은 모습을 드러낼 테니, 그러면 놈을 잡을 수 있을 겁니다."

안나 홀트는 벡스트룀이 제출한 보고서에 서명을 하며 수사가 실패했다고 생각했다. 하지만 그녀에게는 신경 써야 할 훨씬 더 중요한 일들이 있었다. 다가오는 주말에 그녀는 난생처음으로 대모가 될 예정이었기 때문이다. 안나 린다 엘리나라고 이름을 붙인, 리사 마테이의 두 달 된 딸아이의 대모였다. 안나는 안나 홀트에서 이름을 땄고, 린다는 리사 어머니의 이름을 따왔으며, 엘리나는 아기 엄마가 이야기하고 싶지 않은 누군가를 추모하는 의미에서 가져온 이름이었다.

요한손은 유언장과 함께 아내 피아에게 보내는 사적인 편지를 한 통 남겼다. 짧은 세 줄짜리 글귀로 이루어진 편지였고, 필적으로 미루어 보아, 편지는 그해 7월 11일 이후 어느 날 작성된 것이었다. "그만 좀 훌쩍거려, 할머니. 새 남자를 만나. 몸 좀 살피고." 그리고 "라르스"라고 서명이 되어 있었다. 피아는 남편의 조언을 따라 새해가 되자 바로 새로운 관계를 시작했다. 그녀는 누구하고도 결혼하거나, 또는 동거하려는 생각은 하지 않았다. 하지만 인생은 계속 흘러갔고 그녀는 다시 시작할 자리가 필요했다.

몇 주 후, 일월도 막바지에 이르렀을 무렵, 울리카 스텐홀름은 미국으로 이주했다. 그녀는 철저한 보안 속에서 자신보다 열여섯 살 많은 남자와 결혼했다. 그녀는 임신한 상태였다. 그녀와 새 남편은 혼전 임신으로 생긴 여자아이에게 야스민이라는 이름을 붙이기로 결정했다. 임신 육 개월에 그녀는 유산을 하고 말았다. 그들의 딸은 병원으로 가는 구급차 안에서 세상을 떠났다.

그들 모두가 판사와 형리였다. 눈에는 눈으로, 이에는 이로.

옮긴이 이동윤

서울대학교에서 사회학을 전공했다. 미스터리 애독자인 그는 고전부터 현대, 본격 추리부터 코지까지 폭넓은 미스터리를 독자에게 소개하기 위해 번역가의 길을 선택했다. 옮긴 책으로 앤서니 버클리의 『독 초콜릿 사건』, 피터 러브시의 『가짜 경감 듀』, 루이즈 페니의 『치명적인 은총』, 예른 리르 호르스트의 '빌리암 비스팅' 시리즈 등이 있다.

죽어가는 형사
DEN DÖENDE DETEKTIVEN

초판 발행 2022년 6월 3일

지은이 레이프 G.W. 페르손 | **옮긴이** 이동윤

책임편집 이송 | **편집** 임지호 | **외주편집** 김정현
표지 디자인 최윤미 | **본문 디자인** 이주영 | **저작권** 박지영 형소진 이영은 김하림
마케팅 정민호 이숙재 박치우 한민아 김혜연 이가을 안남영 김수현 정경주
브랜딩 함유지 함근아 김희숙 정승민
제작 강신은 김동욱 임현식 | **제작처** 영신사

펴낸곳 (주)문학동네 | **펴낸이** 김소영
출판등록 1993년 10월 22일 제2003-000045호

주소 10881 경기도 파주시 회동길 210
문의 031-955-1918(편집) 031-955-3578(마케팅) 031-955-8855(팩스)
전자우편 editor@elmys.co.kr | **홈페이지** www.elmys.co.kr

ISBN 978-89-546-8657-0 03850

엘릭시르는 출판그룹 문학동네의 장르문학 브랜드입니다.